Taschenbuch – Literatur - Klassiker

AF215902

Band 96
Daniel Defoe
Glück und Unglück der berühmten Moll Flanders

Daniel Defoe
Glück und Unglück der berühmten Moll Flanders

Band 96
1. Aufl.
Taschenbuch – Literatur - Klassiker
Herausgeber Frank Weber, Marburg
Bibliografische Information der Deutschen Nationalbibliothek:
Die Deutsche Nationalbibliothek verzeichnet diese Publikation
in der Deutschen Nationalbibliografie;
detaillierte bibliografische Daten sind im Internet abrufbar
über http://dnb.dnb.de
© 2020 Daniel Defoe
ISBN: 9783751979351
Deutsch: H. u. A. Möller-Bruck
Herstellung und Verlag: BoD – Books on Demand, Norderstedt

Inhalt

Daniel Defoe

Glück und Unglück

der berühmten Moll Flanders

die

im Newgater Zuchthaus geboren

während eines unruhvollen Lebens von sechzig Jahren

fünfmal verheiratet gewesen

darunter einmal mit ihrem leiblichen Bruder

dann zwölf Jahre lang Dirne zu London war,

Hochstaplerin,

acht Jahre lang nach Virginia zur Strafarbeitverschickt wurde

und endlich dennochreich

fromm und ehrbar starb.

Vorwort:

In atemloser Flucht reihen sich die ans Fabelhafte grenzenden Geschehnisse in der Geschichte dieses beispiellos bewegten Lebens aneinander. Und neben der fiebernden Spannung, immer mehr zu erfahren aus dem Kaleidoskop weiblichen Glücksrittertums, ergreift den Betrachter ein Staunen, Staunen über die unerhörte Lebenskraft dieser Frau, mit der sie in Gleichmut und ungebrochener Frische durch die grausigsten, romantischsten, spaßhaftesten Verwickelungen ihres schier unwahrscheinlichen Lebens schreitet, und dabei noch Zeit findet zu Überlegungen von Wert und Tiefe ... Staunen aber auch über jenes Zeitalter der unbegrenzten Möglichkeiten, das in den Abenteuern der berühmten Dirne und Diebin seinen Glanz und sein Elend so blitzartig erhellt.

Erstes Kapitel.

Mein wahrer Name ist in den Akten und Listen von Englands Zuchthaus, Newgate, so wohl bekannt, und so mancherlei dürfte dort noch seiner Erledigung harren, daß man nicht wohl erwarten kann, ich werde hier meinen richtigen Namen nennen und meine Familienverhältnisse ausführlich darlegen. Vielleicht, wer weiß, wird näheres einmal nach meinem Tode bekannt! Jetzt jedoch würde es zweifellos unangebracht sein, all ... all dieses selbst zu enthüllen; ja, auch dann noch würde es unangebracht sein, wenn gerade – setzen wir einmal den Fall – eine allgemeine Amnestie ohne Ausnahme der Person und Unterschied des Verbrechens erlassen worden wäre.

Es mag genügen, wenn ich Ihnen sage, daß ich unter meinen Genossen Moll Flanders hieß. Das waren nun freilich schlimme Genossen, die jetzt jedoch nichts mehr von mir verraten können, da sie diese Welt bereits wieder verlassen haben – und zwar über eine gewisse Leiter und durch eine gewisse Schlinge: ein Schicksal, von dem ich oft geglaubt, es werde einstmals auch meines sein. Gestatten Sie mir also, mich Moll Flanders zu nennen.

Man hat mir gesagt, daß in einem unserer Nachbarländer, ich weiß nicht, ob in Frankreich oder anders wo, der König ein Gesetz erlassen hat, nach dem die Kinder eines zum Galgen oder überhaupt zum Tode, oder auch nur zur Verbannung verurteilten Verbrechers, die durch die Missetaten ihrer Eltern schutzlos und unversorgt zurückbleiben, von der Regierung sofort in Obhut genommen und in ein Waisenhaus geschickt würden, in dem sie dann aufgezogen, gekleidet, beköstigt und unterrichtet werden, bis sie in Dienst gehen oder ein Gewerbe ergreifen können und fähig sind, sich mit Fleiß und in Ehrbarkeit ihren Lebensunterhalt zu verdienen.

Wäre dies auch in unserem Lande Gepflogenheit gewesen, so hätte ich mich nicht eines Tages als kleines, armes, hilfloses und verlassenes Mädchen sehen müssen – wie es das Schicksal mit mir wollte ... O dieses Schicksal, das mich nicht nur zu einer Zeit, da ich noch unfähig war, meine Lage zu verstehen oder gar zu bessern, hinein stieß in die

9

größte, in die grausamste Not, nein, das mich auch auf jenen Lebensweg brachte, der – den Menschen ein Ärgernis – gewöhnlich schnell mit zerstörtem Leibe und zerstörter Seele endet.

In meinem Falle lagen die Dinge so: Meine Mutter war eines kleinen, ach, eines kaum nennenswerten Diebstahls überführt worden. Sie hatte einem Händler in Cheapside drei Stück seinen holländischen Leinens entwendet. Es würde zu lange währen, wollte ich die näheren Umstände wiederholen; mir selbst sind sie übrigens auf so verschiedene Art erzählt worden, daß ich kaum sagen kann, welche nun die richtige ist.

Jedenfalls, darüber sind sich alle Berichte einig, war meine Mutter damals gerade guter Hoffnung und die Vollstreckung des Urteils wurde denn auch auf ihren Antrag hin sieben Monate lang aufgeschoben, während deren sie in Newgate verbleiben mußte. Dann jedoch wurde sie wieder »vorgenommen«, wie der Ausdruck lautet, und alsbald zur Verbannung in die Kolonien geschickt. Sie ließ mich im Alter von einem halben Jahre allein zurück – und in schlechten Händen, das können Sie mir glauben.

Aus dieser Zeit, die ja allzunah am Anfang meines Lebens liegt, kann ich natürlich nur vom Hörensagen erzählen. Ich kann Ihnen auch weiter nichts sagen, als daß ich eben in Newgate, diesem unglückseligen Orte, geboren wurde, daß kein Pfarrer oder sonst jemand sich meiner annahm, um mich aufzuziehen, und daß ich nicht weiß, wie es kam, daß ich überhaupt leben blieb. Ich muß also wohl glauben, wie man mir auch erzählt hat, daß irgend eine Verwandte meiner Mutter mich aus Newgate wegholte; doch auf wessen Kosten und unter wessen Leitung ich dann aufgezogen wurde, das weiß ich nicht.

Die erste Wahrnehmung, die ich selbst zu machen imstande war und deren ich mich erinnere, ist die, daß ich mit einer Zigeunerbande umherzog; doch habe ich, wie mir scheint, nur eine kurze Zeit unter diesen Leuten zugebracht, denn man färbte meine Haut nicht, wie es sonst bei den Kindern, die sie mit sich herumführen, geschieht. Ich weiß aber nicht, wie ich zu ihnen, noch wie und warum ich wieder von ihnen weggekommen bin.

Auf jeden Fall geschah dieses Letztere zu Colchester in Essex; da ließen die Zigeuner mich dann zurück ... oder nein, es ist mir so, doch ganz dunkel und unbestimmt, als hätte ich sie verlassen, als hätte ich mich versteckt, weil ich nicht weiter mit ihnen ziehen wollte; doch ich weiß, wie gesagt, auch hiervon nichts genaueres mehr; nur dessen entsinne ich mich noch, daß ich einem Polizeibeamten zu Colchester erzählte, ich sei mit Zigeunern in die Stadt gekommen, solle aber nicht mit ihnen weiterziehen; sie hätten mich hier zurückgelassen; wohin sie gegangen, wisse ich nicht. Man stellte darauf im Lande herum Nachforschungen nach der Zigeunerbande an, doch wurde sie, wie es scheint, nicht gefunden.

Von jetzt ab war ich in gewissem Sinne gut aufgehoben; denn obwohl ich gesetzlich durchaus keinerlei Anspruch auf eine Unterstützung oder die Barmherzigkeit der Gemeinde Colchester hatte, nahm mich der Magistrat der Stadt, als er hörte, daß ich zu jung sei, um selbst irgend etwas für mich tun zu können – ich war ja kaum drei Jahre alt – aus Mitleid als ortsangehörig an und verfuhr mit mir, als sei ich in Colchester geboren.

Ein glücklicher Zufall wollte es, daß sie mich der »Kinderfrau« übergaben, so nannten sie nämlich eine alte Frau, die dort wohnte. Sie war früher in besseren Verhältnissen gewesen und verdiente sich jetzt ihren kargen Lebensunterhalt, indem sie solche Wesen, wie ich eins war, in Pflege nahm und sie mit dem nötigsten versah, bis sie alt genug waren, um in Dienst zu gehen oder sonst ihr Brot selbst zu verdienen. Diese Frau hielt zugleich eine kleine Schule, in der sie Kinder im Lesen und in allerlei Handarbeiten unterrichtete. Da sie, wie ich schon sagte, früher in besseren Verhältnissen gewesen war, erzog sie die Kinder wirklich mit viel Geschicklichkeit und Sorgfalt.

Mehr wert als all dieses war jedoch, daß sie mich Gottesfurcht lehrte und überhaupt in der Religion unterwies. Denn sie war selbst eine sehr fromme und rechtliche Frau. Außerdem trug sie sich sauber, hatte häuslichen Sinn und ein gutes und gewandtes Betragen, so daß wir Kinder, von unserer recht einfachen Nahrung, allzu engen Wohnung und mäßigen Kleidung abgesehen, so gut aufgezogen und erzogen wurden, als seien wir in einer feinen Schule.

Hier durfte ich bleiben, bis ich acht Jahre alt war. Dann aber erfuhr ich eines Tages mit Schrecken, daß der Magistrat nunmehr angeordnet habe, ich solle »in Dienst gehen«. Ich sagte mir zwar, daß man vorerst nicht sehr viel von mir werde verlangen können, daß ich vielleicht leichte Botengänge würde tun und so im allgemeinen das Packeselchen für ein Küchenmädchen würde abgeben müssen. Doch –ich weiß nicht – jedesmal wenn man mir nur davon sprach, wurde ich von einem ganz großen Furchtgefühl ergriffen. Ich hatte, obwohl ich noch so jung war, schon eine gründliche Abneigung davor, irgendwie »in Dienst« zu gehen, und sagte meiner Kinderfrau denn auch rund heraus, ich getraue mich, mir meinen Lebensunterhalt »auch so« zu verdienen, wenn sie es mir nur gestatten wolle. Denn sie hatte mich nähen gelehrt und Kammgarn spinnen, das den hauptsächlichsten Handel der Stadt ausmachte; und ich versprach ihr, wenn sie mich bei sich behielte, wollte ich für sie arbeiten, und zwar gern hart arbeiten.

So redete ich fast den ganzen Tag ... und brachte bald auch wirklich jeden Augenblick damit zu, indes mir die Tränen nur so die Backen herunterliefen, für sie zu arbeiten, für sie zu spinnen und zu nähen; so daß die gute Frau sich schon Kummer machte, denn sie liebte mich recht von Herzen.

Eines Tags kam sie in das Zimmer, in dem alle die anderen und gleich mir armen Kinder mit ihrer Arbeit beschäftigt waren. Sie setzte sich grade mir gegen über, nicht an ihren gewöhnlichen Platz, den sie als Lehrerin inne hatte, sondern so, als wolle sie mich bei meiner Arbeit beobachten, beaufsichtigen. Ich hatte gerade eine vor, die sie mir neu aufgegeben hatte: ich zeichnete einige Hemden.

Nach einer Weile begann sie: »du dummes Kind,« sagte sie, »du weinst ja immer! (ich weinte wirklich wieder) nun bitte ich dich, weshalb weinst du?«

»Weil man ... mich hier wegnehmen will,« antwortete ich, »und in einen Dienst stecken ... und weil ich ... weil ich ... doch keine. Hausarbeit ... verstehe.«

»Nun Kind,« meinte sie, »wenn du auch jetzt noch keine Hausarbeit verstehst, so kannst du sie doch bald lernen, und sie werden dich anfangs nicht zu gar so schweren Arbeiten brauchen.«

»Das werden sie wohl,« rief ich, »und wenn ich es nicht ordentlich kann, dann werden die Dienstmädchen mich schlagen. Und ich bin doch noch so klein. Und ich kann doch auch noch nicht so schwer arbeiten.«

Und ich weinte wieder, und zwar so lange, bis ich nicht mehr sprechen konnte. Dies rührte dann die gute Kinderfrau so sehr, daß sie bei sich beschloß, mich vorläufig noch nicht in Dienst zu schicken. Sie sagte, ich möchte mit Weinen aufhören, sie wolle mit dem Herrn Bürgermeister sprechen, damit man mich erst in Dienst schicke, wenn ich größer geworden sei.

Ich beruhigte mich dabei jedoch nicht, denn die Aussicht, die sich mir nun einmal aufgetan: überhaupt in meinem Leben in Dienst gehen zu müssen, kam mir so schrecklich vor, daß ich auch geweint haben würde, wenn man mir versichert hätte, ich brauche erst mit zwanzig, mit dreißig Jahren eine Stellung anzunehmen.

Als meine Pflegerin schließlich sah, daß ich nicht zu beruhigen war, wurde sie ärgerlich:

»Was willst du noch mehr?« rief sie, »ich sage dir doch, daß du erst in Dienst zu gehen brauchst, wenn du größer bist.«

»Ach,« erwiderte ich, »einmal muß ich also doch gehen!«

»Du lieber Gott,« meinte sie darauf, »das Mädchen ist mir wohl verrückt! Du willst wohl eine Dame sein?«

»Ja,« rief ich, »das will ich!« und heulte wieder laut auf und weinte so lange und fassungslos, daß mich meine Schluchzer schließlich ordentlich hin und her stießen.

Die alte Frau aber mußte lachen, ob meiner Antwort – wie Sie sich denken können. »Nun, meine Gnädige,« sagte sie spöttisch, »du willst eine Dame sein, dann sag mir doch auch mal, wie du das anfangen willst? Glaubst du, daß du das mit deinen fünf Fingern fertig bringst?«

»Ja,« sagte ich unschuldig.

»So? Nun, dann sag mal, wie viel kannst du denn verdienen?«

»Drei Pence, wenn ich spinne ... und vier Pence, wenn ich Weißzeug nähe..«

»Ach, aber welch eine arme Dame'« lachte darauf meine Kinderfrau wieder; »damit willst du auskommen?«

»Ich werde schon damit auskommen – wenn ich nur bei dir bleiben darf.«

Dies letztere rief ich in solch kläglichem, bittendem Tone, daß es der alten Frau wirklich nahe ging, wie sie mir später einmal erzählte.

»Aber,« sagte sie, »das genügt doch nicht, um dich zu unterhalten und dir Kleider zu kaufen; und gar noch Kleider für eine kleine Dame ...«

Dabei lächelte sie mir freundlich zu.

»Dann will ich noch mehr arbeiten«, sagte ich, »und dir auch alles Geld geben.«

»Armes Kind,« sagte sie darauf, »es wäre dann immer noch nicht genug: das würde gerade für deinen Lebensunterhalt genügen.«

»Dann will ich keinen Lebensunterhalt haben,« sagte ich, »nur laß mich bei dir bleiben!«

»Aber wie willst du denn ohne Lebensunterhalt leben?« fragte sie hier wiederum.

»Ich will es versuchen,« antwortete ich. »Ich kann es sicher.«

Und wieder begann ich fürchterlich zu weinen.

Ich hatte keinerlei Nebenabsichten, als ich dies sagte. Es war nur meine Natur, die sich da äußerte ... doch mit soviel Unschuld und leidenschaftlichem Willen, daß das gute mütterliche Geschöpf wahrhaftig ebenfalls zu weinen begann und schließlich noch lauter schluchzte als ich selbst.

Dann aber nahm sie mich bei der Hand und führte mich aus dem Unterrichtszimmer hinaus.

»Komm,« sagte sie, »du brauchst nicht in Dienst zu gehen. Du sollst bei mir bleiben.« Und dies beruhigte mich dann auch – einstweilen.

Später ging die gute Frau, wie sie es mir versprochen hatte, zum Bürgermeister und erzählte ihm, wie ich mich angestellt hätte. Und meine Weigerung, in Dienst zu gehen, machte ihm soviel Vergnügen, daß er seine Gattin und seine beiden Töchter herbeiholen ließ, damit auch sie zuhören sollten. Und Sie können mir glauben, daß sich alle weidlich amüsierten.

Noch keine Woche war vergangen, als ganz unvermutet die Frau Bürgermeisterin und ihre beiden Töchter die alte Kinderfrau besuchten, um die Schule und die Kinder einmal in Augenschein zu nehmen.

Als sie sich alles angesehen hatten, sagte die Frau Bürgermeisterin plötzlich zu meiner Pflegerin: »Und wo ist das kleine Mädel, das absolut eine Dame wer den will?«

Ich hörte es und erschrak fürchterlich, obgleich ich nicht wußte, warum. Doch die Frau Bürgermeisterin trat auf mich zu: »Nun, mein Fräulein,« fragte sie, »und was arbeiten Sie jetzt?«

Das Wort »Fräulein« hatte ich in unserer Schule noch nie gehört; und ich fragte mich, mit welch mißfälligem Namen sie mich da wohl genannt haben mochte. Ich stand jedoch auf, machte meinen Knix und reichte ihr meine Arbeit hin. Sie betrachtete dieselbe und meinte, sie sei ja recht schön. Dann nahm sie eine meiner Hände, drehte sie hin und her und sagte dabei: »Nun, sie kann wirklich eine Dame werden, denn ich sehe – sie hat eine richtige Damenhand.« Diese Worte gefielen mir außerordentlich, doch ließ sich die Frau Bürgermeisterin damit noch nicht genügen, sondern steckte ihre eigene Hand in die

Tasche und zog sie mit einem Schilling für mich wieder heraus, ermahnte mich, recht fleißig zu sein und nur ja ein gutes und feines Arbeiten zu erlernen, dann könne ja immerhin noch eine Dame aus mir werden.

Meine gute alte Kinderfrau, die Frau Bürgermeisterin und die jungen Damen hatten mich freilich durchaus mißverstanden; denn mit dem Wort »Dame« meinten sie etwas ganz anderes als ich. »Eine Dame sein« bedeutete für mich blos, für sich selbst arbeiten dürfen und nicht in Dienst gehen müssen, während sie darunter ein üppiges, vornehmes Leben führen oder – was weiß ich – sonst noch alles verstanden.

Als die Frau Bürgermeisterin schon wieder weiter gegangen war, traten ihre beiden Töchter zu mir, um sich ebenfalls die kleine Dame anzusehen. Sie sprachen eine ganze Zeitlang mit mir und ich antwortete ihnen in meiner unschuldigen Weise; doch jedesmal, wenn sie mich fragten, ob ich denn wirklich fest entschlossen wäre, nur eine Dame zu werden, erwiderte ich prompt »ja«. Zum Schluß jedoch sagten sie, ich mochte ihnen aber auch erklären, was das sei, eine Dame. Diese Frage brachte mich in eine große Verlegenheit und nach einigem Nachdenken konnte ich es ihnen blos in seiner negativen Beziehung erklären – also: »eine Dame ist, wenn man nicht in Dienst zu gehen braucht, um Hausarbeit zu verrichten.« Diese Antwort schien ihnen viel Spaß zu machen, wie überhaupt mein ganzes kindliches Geplauder; denn sie waren sehr munter und schenkten mir zum Schluß ebenfalls Geld.

Dies Geld gab ich sofort meiner Pflegerin und sagte ihr, später, wenn ich erst eine Dame sei, solle sie alles haben, was ich verdiene. Solche und andere Redensarten ließen sie denn endlich erkennen, wie ich mir das Leben einer Dame vorstellte: daß ich mir nichts weiter darunter dachte – wie gesagt – als die Möglichkeit, mir meinen Lebensunterhalt selbst zu verdienen; und zum Schluß fragte sie mich denn auch, ob ich es nicht so verstanden wissen wolle?

Ich antwortete ihr natürlich mit »ja!« und meinte: »da ist doch die X.« – hier nannte ich den Namen einer ganz gewöhnlichen Frau, die Spitzen ausbesserte und die Spitzenhauben der vornehmen Damen wusch und plättete – »sie ist doch auch eine Dame, und jeder nennt sie Madam.«

»Armes Kind,« sagte meine Pflegerin, »verhüte Gott, daß du jemals eine solche Dame wirst, das ist nicht schwer, denn sie ist eine übelberüchtigte Person und hat zwei uneheliche Kinder.«

Ich begriff natürlich nicht, was das heißen sollte; und antwortete nur: »Doch, gerade eine solche Dame möchte ich werden, denn sie geht in keinen Dienst und braucht keine Hausarbeit zu tun.«

All dies wurde natürlich der Frau Bürgermeisterin und ihren Töchtern wiedererzählt. Sie amüsierten sich darüber; und hin und wieder besuchten die Töchter meine Pflegerin, um sich nach der kleinen »Dame« zu erkundigen – was mich selbstverständlich nicht wenig stolz machte. Zuweilen brachten sie auch andere Töchter aus bekannten Familien mit, so daß man mich bald in der ganzen Stadt kannte.

Ich war nun ungefähr zehn Jahre alt geworden und sah wohl schon ein wenig aus wie ein junges Mädchen, denn ich war stets außerordentlich ernst, hatte ein sehr gesittetes Benehmen und konnte oft die Damen sagen hören, ich sei sehr hübsch und werde gewiß einmal schön werden. Und Sie können sich wohl vorstellen, wie stolz mich ein solches Urteil machte. Doch hatte dieser Stolz keine böse Wirkung auf mich, und nur die Folge, daß meine alte ehrliche Pflegerin das Geld, das die Damen mir schenkten und das ich ihr stets übergab, wieder für mich auslegte, indem sie mir Hüte und Wäsche und Handschuhe dafür kaufte; so daß ich immer zierlich und sauber einhergehen konnte; freilich – hätte ich auch in Lumpen gehen müssen, reinlich wären sie gewiß immer gewesen und wenn ich sie selbst in kaltem, klarem Wasser hätte waschen müssen; so jedoch kaufte mir die schlichte alte Frau stets allerlei Kleidungsstücke für das geschenkte Geld und verfehlte nie, den Damen zu sagen, dies oder jenes sei durch ihre Güte für mich angeschafft worden, so daß sie mir gern immer mehr gaben.

Als mich der Magistrat von Neuem aufforderte, mir einen Dienst zu suchen, war ich mittlerweile eine so geschickte Näherin geworden und die Damen waren weiter so gut zu mir, daß ich wieder daran vorbeikam; denn ich konnte nun selber so viel verdienen, daß meine Pflegerin meinen Lebensunterhalt davon zu bestreiten vermochte; und sie fragte noch obendrein beim Magistrat an, ob er ihr nicht erlauben wolle, die »Dame« als Gehilfin bei sich zu behalten: die anderen Kinder lehren zu helfen, dazu wäre ich sehr wohl fähig, denn ich sei anstellig und flink bei der Arbeit – trotz meiner Jugend.

Als die Damen hörten, daß der Magistrat mich nicht mehr wie bisher unterstützen werde, gaben sie mir noch öfter Geld als vorher, und versahen mich dann auch mit Arbeit, brachten mir Weißzeug zum nähen, Spitzen zum ausbessern, Hüte zum garnieren und bezahlten mich nicht nur dafür, sondern lehrten mich sogar noch allerlei feine Arbeit, so daß ich also nun wirklich eine »Dame« war, oder vielmehr das, was ich mir darunter vorstellte, denn noch ehe ich zwölf Jahre alt war, schaffte ich mir nicht nur selbst meine Kleider an, und zahlte meiner Pflegerin meinen Lebensunterhalt mit eigenhändig Erworbenen, sondern sparte mir aus Verdientem obendrein noch ein kleines Taschengeld.

Oft schenkten mir die Damen auch Kleider von ihren Kindern, Strümpfe, Unterröcke, Hausröcke, die eine dies, die andere jenes; und mit all dem wirtschaftete meine Pflegerin für mich wie eine Mutter, ließ mich alles ausbessern, instand setzen, und instand halten und nach bestem Vermögen, anwenden, denn sie war eine selten gute Hausfrau.

Eine der Damen faßte zum Schluß eine solche Vor liebe für mich, daß sie mich für einen Monat, wie sie sagte, in ihr Haus aufnehmen wollte, damit ich ihren Töchtern Gesellschaft leiste.

Meine Pflegerin ging, wenn auch zögernd, auf den Vorschlag ein; und so begab ich mich denn für einige Zeit in das Haus der Dame. Dort gefiel es mir so gut bei den jungen Fräuleins, und diese gewannen mich bald so lieb, daß ich mich zum Schluß kaum von ihnen losreißen konnte, und auch sie sich nur sehr ungern von mir trennten.

Immerhin, ich kehrte am Ende in das Pflegehaus zurück und lebte noch fast ein Jahr bei der ehrlichen alten Frau, der ich nun schon eine tüchtige Stütze abgab. Ich war mittlerweile fast vierzehn Jahre alt geworden, groß für mein Alter und sah wirklich schon recht erwachsen aus. Doch hatte ich einen solchen Geschmack an dem angenehmen Leben in dem Hause der Dame gewonnen, daß ich mich in meinem bescheidenen Heim nicht mehr so behaglich fühlte, wie früher und dachte, es sei doch zu schön, eine richtige Dame zu sein. Denn ich hatte nun eine andere Auffassung von einer solchen, und weil ich also glaubte, es sei nichts schöner, als eine richtige Dame zu sein, wollte ich auch gern nur mit solchen umgehen.

Als ich dann vierzehn und ein viertel Jahr alt war, wurde meine Pflegerin, ich sollte sie eigentlich Mutter nennen, plötzlich krank und starb. Ich befand mich nun in einer traurigen Lage. Denn so schnell, wie sich eine arme Familie zerstreut, wenn man ihr Haupt erst einmal zu Grabe getragen, so schnell wurden die elternlosen Kinder auseinandergerissen. Die Schule war zu Ende, und die von den Kleinen, die bloß des Tages über gekommen waren, konnten nun zu Hause bleiben und warten, bis sie irgendwo anders hingeschickt wurden. Eine verheiratete Tochter der Verstorbenen, die in der Stadt wohnte, kam und nahm den kleinen Nachlaß derselben hinweg. Für mich hatte sie nichts weiter übrig, als den Scherz, die kleine Dame möge sich nun wirklich selbständig machen, wenn es ihr gefiele und möglich wäre.

Ich war darüber so erschrocken, daß ich alle Überlegung verlor und nicht wußte, was zu tun sei. Man hatte mich ja einfach vor die Tür gesetzt und in die weite Welt geschickt! Das schlimmste jedoch war, daß die alte ehrliche Frau bei ihrem Tode zweiundzwanzig Schilling in Verwahr hatte, die mir gehörten, mein ganzes Gut und Eigentum darstellten. Als ich die Summe von der Tochter zurückerbat, fuhr die mich ganz fürchterlich an und sagte, sie habe damit nichts zu schaffen. Dabei hatte die gute Verstorbene noch vor ihrem Tode der Tochter ausdrücklich gesagt, das Geld, das an jenem bestimmten Platze liege, gehöre mir. Auch hatte sie mich ein oder zweimal rufen lassen, um es mir zu geben. Doch war ich in der Stunde, da sie starb, unglücklicherweise gerade nicht im Hause, und als ich zurückkam, konnte sie schon nicht mehr sprechen.

Später gab mir übrigens die Tochter das Geld doch zurück, aber erst, nachdem sie mich so grausam geängstigt hatte.

Zweites Kapitel.

Nun stand ich also da und war in der Tat eine arme, selbständige Dame und wurde noch am selben Abend in die weite Welt geschickt. Ich wußte kein Plätzchen, wohin ich gehen konnte und hatte kein Stückchen Brot zu essen. Wenn ich mich recht erinnere, machte schließlich eine mitleidige Nachbarin die Dame, bei der ich den einen Monat gewohnt hatte, auf meine Lage aufmerksam, auf jeden Fall schickte die letztere am Abend ihr Dienstmädchen, um mich zu holen. Ich ging natürlich sofort mit, und freudigen Herzens, das können Sie mir glauben. Ich war noch so erschrocken und voll Angst, daß mir nichts mehr daran lag, eine Dame zu sein, und ich gern damit einverstanden gewesen wäre, als geringe Bedienstete einzutreten, und zwar für jede Arbeit, die sich mir bieten würde.

Doch hatte meine neue Herrin es besser mit mir vor.

Ich war übrigens kaum bei ihr, als die Frau Bürgermeisterin ebenfalls nach mir schickte, um sich nach mir zu erkundigen. Und noch eine Familie, die sich schon früher sehr um mich bekümmert hatte, ließ nach mir fragen. Die Bürgermeisterin war sogar nicht wenig böse, daß die Andere mich schon vorher zu sich gerufen hatte. Denn wie sie sagte, gehörte ich von rechts wegen ihr, da sie ja doch die erste gewesen, die für mich gesorgt. Die Familie, die mich zuerst aufgenommen, wollte mich jedoch nicht wieder gehen lassen und ich – nun, ich muß sagen, ich war nirgendwo besser aufgehoben, als da, wo ich nun einmal war.

Ich blieb hier, bis ich zwischen siebzehn und achtzehn Jahr alt war, und genoß die beste Erziehung, die man sich denken konnte. Die Dame hielt für ihre Töchter Hauslehrer, die sie tanzen, französisch sprechen und schreiben, und andere, die sie Musik lehrten. Und da ich immer mit ihnen zusammen war, lernte ich so schnell wie sie, obschon die Lehrer nicht ausdrücklich angewiesen waren, mich auch mit zu unterrichten. Aber ich lernte eben durch Obacht und Fragen alles, was ihnen durch Belehrung beigebracht wurde, so daß ich in kurzer Zeit so gut wie nur eine von ihnen tanzen und französisch sprechen und viel besser singen konnte, denn ich hatte eine schönere Stimme. Zwar konnte ich nicht so fertig Spinett oder Klavier spielen, da ich kein eignes Instrument zum üben hatte, und das ihrige nur dann benutzen durfte, wenn sie keine Luft zum spielen hatten. Doch lernte ich ziemlich gut, und zum Schluß besaßen die jungen Damen ja zwei Instrumente, ein Spinett und ein Klavier, und unterrichteten mich auch selbst. Beim Tanzen konnten sie mich so wie so nicht entbehren, da sie mich nötig hatten, um eine gerade Zahl auszumachen. Und überhaupt lehrten sie mich ebenso gern alles was sie selbst lernten, wie ich willig war, mir Kenntnisse und Fertigkeiten von ihnen und mit ihnen anzueignen.

Auf diese Weise wurde ich also, wie ich schon bemerkt habe, so wohl erzogen, als wäre ich wirklich ein Fräulein, wie die, bei denen ich lebte. In manchen Dingen war ich sogar im Vorteil gegen sie, denn ich war von der Natur mit Gaben ausgestattet, die sie sich mit all ihrem Vermögen nicht kaufen konnten. Erstens war ich hübscher als sie.

Zweitens hatte ich eine bessere Gestalt und drittens sang ich besser, das heißt, ich hatte meine schönere Stimme. Übrigens behaupte ich dies alles nicht, weil es meine eigene Überzeugung, sondern die Meinung aller war, die in der Familie verkehrten.

Zu diesen Eigenschaften kam aber noch die übliche Eitelkeit meines Geschlechtes. Ich wußte nämlich sehr gut, daß man mich für hübsch, oder wenn man will, sogar für eine große Schönheit hielt, und hatte infolgedessen eine so gute Meinung von mir, wie nur irgend sonst jemand. Es machte mir ein großes Vergnügen, jemanden von meinen Vorzügen reden zu hören, was sehr oft vorkam und mir jedesmal eine große Genugtuung gewährte.

Bis hierher habe ich eine ganz glatte Geschichte von mir erzählen können. Ich durfte sagen, daß ich nicht nur stets in sehr guter und geachteter Umgebung gelebt, sondern daß ich auch selbst mich des Rufes eines bescheidenen, ehrlichen und tugendhaften Mädchens erfreute. Ich hatte nicht einmal Gelegenheit zu bösen Gedanken gehabt und wußte nicht, was eine Versuchung zum Schlechten bedeutete.

Aber mein Äußeres, auf das ich zu eitel war, wurde mein Verderben, oder vielmehr meine Eitelkeit, die war die Ursache zu meinen Verderben.

Die Dame, in deren Haus ich lebte, hatte nämlich zwei Söhne, junge Herren von außerordentlichen Gaben und feinem Benehmen. Zu meinem Unglück sollte ich mit beiden etwas bekommen, sie jedoch betrugen sich ganz verschieden gegen mich.

Der ältere, ein sehr munterer Herr, kannte die Stadt so gründlich wie die ländliche Umgebung; und obwohl er leichtsinnig genug war, allerlei übles zu tun, behielt er doch immer soviel Besinnung, um seine Genüsse nie zu teuer zu bezahlen. Er begann damit, die für alle Frauen gefährlichste Schlinge nach mir auszuwerfen; ich meine, er begann damit, mir bei jeder Gelegenheit zu sagen, wie hübsch ich sei, welch gute Haltung ich habe, wie angenehm ihn mein Wesen berühre und dergleichen mehr. Und dies alles wußte er so geschickt vorzubringen, als habe er soviel Übung, Frauen in seinem Netz zu fangen, wie Rebhühner in seinen Schlingen, denn er sagte dies alles zu seinen Schwestern, wenn ich nicht gerade dabei, doch nahe genug war, um jedes Wort hören zu können. Seine Schwestern antworteten ihm dann wohl leise: »Still, Bruder, sie hört dich, sie ist ja im Nebenzimmer.« Dann hielt er inne, sprach leise weiter, als hätte er es nicht gewußt, tat darauf, als vergäße er sich plötzlich und sprach wieder laut. Und ich, die ich seine Reden ja gern hörte, belauschte sie natürlich bei jeder Gelegenheit. Nachdem er so seinen Köder ausgeworfen, und ihn leicht und sicher genug in meinen Bereich gespielt hatte, fing er an, offen vorzugehen.

Eines Tages kam er mit munterem Gesicht zu seiner Schwester ins Zimmer, in dem auch ich mich befand: »Oh, Fräulein Betty,« rief er wie überrascht aus, – Betty wurde ich nämlich damals genannt – »wie geht es ihnen, Fräulein Betty? Klingen ihnen ihre Ohren nicht?« Ich machte eine Verbeugung und errötete, doch sagte ich nichts.

»Was redest du so, Bruder?« warf seine Schwester ein.

»Nun, wir haben eben eine halbe Stunde von ihr gesprochen, nur von ihr.«

»Na,« meinte die Schwester, »da ihr doch nichts übles von ihr sagen konntet, dürfte es ihr ganz gleich sein, was ihr über sie redet.«

»Aber,« rief er, »wir haben auch gar nichts übles, sondern sehr viel gutes und angenehmes von ihr gesagt. Oder ist es nicht etwas gutes und angenehmes, wenn behauptet wird, daß sie das schönste junge Mädchen in ganz Colchester ist und daß man, kurz gesagt, bereits anfängt, in der Stadt auf ihre Gesundheit zu trinken?«

»Ich muß mich sehr über dich wundern, Bruder,« erwiderte die Schwester. »Unserer Betty fehlt allerdings, das gebe ich zu, bloß eines, aber da sie dies nicht hat, könnte ihr ebensogut alles fehlen. Denn es ist jetzt eine sehr schlimme und ungünstige Zeit für uns Mädchen und wenn eines von uns selbst aus gutem Hause ist, auch Schönheit, Erziehung, Klugheit, zierliches Betragen und Bescheidenheit im Übermaß besitzt, so nützt ihr das alles nichts, wenn sie kein Geld hat. Sie zählt einfach nicht und könnte alle anderen Eigenschaften ruhig entbehren. Nur das Geld empfiehlt heutzutage ein Mädchen von Bettys Alter, und die Männer denken in diesem Punkte wohl alle gleich.«

Aber da fiel ihr ihr jüngerer Bruder, der auch zugegen war, in die Rede: »Halt, Schwester, nicht zu hastig!« rief er, »ich bin eine Ausnahme von deiner Regel. Ich versichere dich, wenn ich ein so wohl ausgestattetes Mädchen fände, wie du es eben beschrieben hast, so würde ich mich um das Geld nicht kümmern.«

»Oh,« sagte die Schwester, »du würdest dich aber schon hüten, ein solches Mädchen ohne Geld zu finden.«

»Das kannst du durchaus nicht wissen,« antwortete der Bruder.

»Aber weshalb,« sagte jetzt der ältere, »legst du soviel Gewicht auf das Vermögen? Was dir auch sonst fehlen mag, über diesen Mangel hast du dich doch sonst nicht zu beklagen.«

»Ich verstehe dich sehr wohl, Bruder,« antwortete die junge Dame scharf. »Du willst sagen, Geld hätte ich, aber keine Schönheit. Doch wie die Zeiten nun einmal sind, genügt dieses vollständig und ich bin immerhin noch besser dran als manche andere.«

»Nun,« sagte der jüngere Bruder, »es kann aber doch vorkommen, daß manche andere nicht hinter dir zurückzustehen braucht, denn Schönheit stiehlt sich zuweilen einen Gatten trotz des Geldes. Und wenn das Zöfchen vielleicht zufällig hübscher ist als die Herrin, steht sie auf dem Heiratsmarkt oft ebenso hoch und fährt lange, lange vor ihr in der Hochzeitskutsche.«

Ich hielt es nun an der Zeit, mich zurückzuziehen. Doch begab ich mich nur soweit weg, daß ich auch ihre weiteren Reden noch verstehen konnte, in denen ich noch viele schöne Dinge über mich hörte, die meiner Eitelkeit schmeichelten, aber, wie ich bald einsehen mußte, nicht danach angetan waren, mich in der Familie beliebter zu machen. Denn die Schwester und der jüngere Bruder gerieten meinet halben ernsthaft aneinander, und da er ihr zu meinen Gunsten einige sehr wenig verbindliche Dinge gesagt hatte, mußte ich bald fühlen, wie sie sich dafür durch ihr künftiges und doch gewiß sehr ungerechtes Benehmen mir gegenüber zu rächen suchte. Ich hatte die Gedanken, die sie bei mir in Bezug auf ihren jüngeren Bruder argwöhnte, nie gehabt. Nur der ältere hatte, wie ich schon erzählte, im Scherz eine Menge Dinge gesagt, die ich, töricht genug, für Ernst gehalten; so daß ich mich denn mit Hoffnungen geschmeichelt, von denen ich mir hätte sagen müssen, daß er nie daran denken könne, sie zu verwirklichen.

Eines Tages kam er wieder die Treppen heraus und in das Zimmer gelaufen, in dem seine Schwester meist ihre Handarbeiten machte. Er hatte es schon öfter getan und rief auch diesmal, wie gewöhnlich, vor der Türe ihren Namen. Da ich mich allein in dem Raume befand, ging ich auf die Türe zu und rief: »Sie, die Damen, sind nicht hier, sie sind hinunter in den Garten gegangen.«

Doch im selben Augenblick schoß er auch schon herein und umarmte mich, als wäre es zufällig geschehen.

»Oh, Fräulein Betty,« sagte er, »sie sind hier, das ist ja viel besser. Ich habe mehr mit ihnen zu sprechen als mit den Schwestern;« und da er mich einmal in seinem Arm hatte, küßte er mich drei oder viermal.

Ich wand mich, um von ihm loszukommen, jedoch wohl nur schwach, denn er hielt mich fest und küßte mich immer wieder, bis er ganz außer Atem war, dann setzte er sich auf einen Stuhl und sagte: »Liebe Betty,« sagte er, »ich bin in dich verliebt.«

Ich muß gestehen, diese Worte brachten mein Blut auf. Es kam mir vor, als ströme jeder Tropfen zu meinem Herzen, und ich geriet in eine große Verwirrung. Er wiederholte nun noch mehrere Male, daß er in mich verliebt sei; und mein Herz sprach deutlich wie eine Stimme, daß ich es gern hörte; ja, jedesmal, wenn er es wieder sagte, antwortete mein Erröten allzudeutlich: »ich wollte, es wäre so!« Doch ereignete sich da noch nichts; ich war nur überrascht worden und fand bald meine Sinne wieder. Er wäre wohl gerne länger bei mir geblieben, doch sah er, als er zufällig aus dem Fenster blickte, seine Schwestern aus dem Garten heraufkommen. So nahm er schnell Abschied, küßte mich noch einmal, sagte, daß er es ernst mit mir meine, daß ich bald mehr von ihm hören solle und – weg war er; offenbar ganz außerordentlich mit sich zufrieden und der Wendung der Dinge. Ich hätte es auch sein können, wenn nicht, ja, wenn nicht leider die Verhältnisse so gelegen wären, daß Fräulein Betty diese Wendung ernst nahm und der junge Herr durch aus nicht.

Von nun an gingen mir allerlei sonderbare Gedanken durch den Kopf, und ich kann wohl sagen, ich war gar nicht mehr ich selbst, war nicht mehr die alte Betty, bei der Vorstellung, daß solch ein Herr gesagt hatte, er sei in mich verliebt und ich sei ein über die Maßen entzückendes Geschöpf. Ich wußte oft nicht, wie ich mit all dem fertig werden sollte, und meine Eitelkeit wuchs. In meinem Kopf waren jetzt nur hochmütige und stolze Gedanken, das ist wahr, aber da ich die Verderbtheiten der Zeit nicht kannte, hatte ich keine Ahnung davon, daß auch meine Tugend hier in Frage kommen könne: und wäre mir der junge Herr gleich beim erstenmale mit seinem Antrage gekommen, so hätte er sich gewiß jede Freiheit, die ihm beliebte, bei mir herausnehmen können. Doch nahm er seinen Vorteil damals noch nicht wahr: zum Glück für mich, für dies eine Mal.

Nicht lange danach fand er wieder eine Gelegenheit, mich zu überraschen, und zwar fast unter den gleichen Umständen, das heißt, von seiner Seite lag wieder Absicht vor, von meiner nicht die geringste. Die jungen Damen waren mit ihrer Mutter ausgegangen, um einen Besuch zu machen, der jüngere Bruder war überhaupt nicht in der Stadt, und der Vater befand sich ebenfalls schon seit acht Tagen außerhalb, in London. Der junge Herr hatte mich so genau beobachtet, daß er wußte, wo ich war, obwohl ich nicht ahnte, daß er sich überhaupt im Hause befand. Er eilte auch diesmal schnell die Treppen herauf, sah mich bei der Arbeit sitzen, trat ins Zimmer und tat wieder, was er das vorige Mal getan; das heißt er nahm mich in den Arm und küßte mich wohl eine Viertelstunde lang.

Ich befand mich im Zimmer seiner jüngeren Schwester, und da außer der Magd unten niemand im Hause war, benahm er sich vielleicht ein wenig stürmischer als das erste Mal. Vielleicht fand er auch, daß ich ihm ein wenig sehr willfährig sei, denn ich leistete nicht den geringsten Widerstand, als er mich in seine Arme nahm und küßte; ich war nämlich viel zu erfreut darüber, um mich erst lange zu wehren; das muß ich gestehen.

Nun, als er das Küssen müde geworden, ließen wir uns nieder und er sprach eine lange Zeit auf mich ein; er sagte, daß ich ihm so sehr gefalle und daß er keine Ruh noch Rast habe, bis er mir nochmals gesagt, wie sehr er in mich verliebt sei und wenn ich ihn wieder lieben könne und glücklich machen wolle, so würde ich das Heil seines Lebens sein und viel ähnliche schöne Worte. Ich antwortete ihm nur sehr wenig und entdeckte bald, daß ich gar nicht verstand, was er meinte.

Dann ging er im Zimmer auf und ab, nahm mich bei der Hand und ich schritt mit ihm hin und her. Mittlerweile schien er bemerkt zu haben, in welchem Vorteil er sich befand, denn er warf mich auf das Bett und küßte mich von neuem und sehr heftig; doch muß ich ihm die Gerechtigkeit widerfahren lassen und sagen, daß er in keiner Weise gewalttätig mit mir verfuhr, sondern mich nur immer und immer wieder küßte; dann sagte er jedoch, er höre jemanden die Treppe herauf kommen, stand von dem Bette auf, half auch mir aufstehen, drückte mir noch einmal seine große Liebe aus, wiederholte daß seine Zuneigung zu mir eine ganz ehrliche sei und daß er nur das beste mit mir im Sinne habe ... und mit diesen Worten steckte er mir fünf Guineen in die Hand und eilte die Treppe hinunter.

Der Anblick des Geldes setzte mich in größere Verlegenheit und Verwirrung, als es die Liebe getan; ja, ich war so aufgeregt, daß ich kaum den Boden unter meinen Füßen fühlte.

Alle diese Einzelheiten erzähle ich hier so genau, damit, wenn irgend ein junges unschuldiges Blut diese Geschichte lesen sollte, es sich beizeiten sagt, wie viel Übles daraus entstehen kann, wenn man zu früh von seinen Reizen eine Kenntnis erhält; weiß ein junges Mädchen erst einmal, daß sie schön ist, dann wird sie nie mißtrauen, wenn ein junger Mann ihr sagt, er liebe sie; denn da sie sich ja für reizvoll genug hält, um ihn überhaupt fesseln zu können, ist es nur ganz natürlich, daß sie glaubt, sie fessele tatsächlich gerade ihn.

Mein junger Mann hatte also sein Begehren nach mir ebenso angefeuert wie meine Eitelkeit; und ob er nun finden mochte, daß er eigentlich eine gute Gelegenheit unbenützt hatte vorübergehen lassen und sich darüber jetzt ärgerte – jedenfalls kam er nach einer halben Stunde wieder herauf und verfuhr wieder mit mir wie vorhin, nur machte er jetzt noch weniger einleitende Umstände.

Als er das Zimmer betreten, wandte er sich zuerst wieder um und schloß die Türe.

»Fräulein Betty,« sagte er dann, »ich glaubte eben, es käme jemand die Treppe herauf, doch war es nicht der Fall. Und wenn sie mich auch hier im Zimmer bei ihnen finden sollten, so will ich darum doch um keinen Kuß zu kurz kommen.«

Ich sagte darauf, ich wisse nicht, wer überhaupt herauskommen könne, denn ich glaube, es sei niemand sonst im Hause als der Koch und das Küchenmädchen, die niemals nach oben kämen.

»Desto besser, meine Liebste,« sagte er, »es ist immer gut, sicher zu gehen,« und er setzte sich nieder und begann wieder zu reden; und obwohl ich von eben her noch brannte und glühte und kaum antworten konnte, sprach er doch so unablässig auf mich ein, beschrieb mir, wie leidenschaftlich er mich liebe und sagte, daß er, obwohl er noch nicht im Besitze seines Vermögens sei, ganz fest entschlossen wäre, mich und sich glücklich zu machen, das heißt mich zu heiraten. In der Weise redete er noch eine Menge Dinge, ohne daß ich arme Närrin seine Absicht verstand; ich verblieb fest in dem Glauben, es gäbe überhaupt keine andere Liebe, als die mit einer gesetzmäßigen Ehe endigte. Und als er erst soviel gesagt, hatte ich weder die Neigung noch die Kraft, ihm mit einem Nein zu antworten; doch kamen wir auch jetzt noch nicht bis zum letzten Ende.

Zwar saßen wir noch nicht lange, als er aufstand, mir mit Küssen fast den Atem raubte und mich wieder auf das Bett warf; diesmal ging er auch weiter mit mir, als mir der Anstand zu erzählen erlaubt; ich hätte jedoch nicht die Kraft gehabt, ihn zurückzuweisen, selbst wenn er noch viel weiter mit mir gegangen wäre.

Immerhin, trotzdem er sich all solche Freiheiten mit mir herausnahm, kam es auch diesmal nicht, wie gesagt, zu dem letzten Ende, nicht zu dem, was man die letzte Gunstbezeugung nennt; er versuchte nicht einmal, sie zu erlangen, was ich der Gerechtigkeit halber wieder erwähnen muß; und diese Selbstüberwindung gebrauchte er später als Entschuldigung für all seine Freiheiten bei andern Anlässen. Er blieb dies mal auch nicht sehr lange, steckte mir plötzlich fast eine ganze Hand voll Gold zu und verließ mich mit tausend Beteuerungen seiner Leidenschaft und der oft wiederholten Versicherung, daß er von allen Frauen der Welt nur mich lieben könne.

Es wird niemanden verwundern, daß ich nun nach und nach ein wenig nachzudenken begann, doch tat ich es leider mit nicht viel Vernunft. Ich verfügte über ein fast unbegrenztes Maß an Eitelkeit und Stolz und über einen nur zu geringen Vorrat an Tugend. Ich erwog zwar zuweilen die Absicht, die der junge Herr mit mir hatte, doch dachte ich im allgemeinen nur an seine schönen Worte und an das Gold. Ich dehnte meine Betrachtungen nicht so weit aus, mir jemals klar zu machen, ob er mich wirklich heiraten könne oder nicht. Und ich tat nichts, um ihn an mich zu fesseln oder anzulocken, bis er mir selbst mit klaren, förmlichen Anträgen kam, wie Sie gleich hören sollen.

So stürzte ich mich gedankenlos in meinen Untergang und bin eine deutliche Warnung für alle jungen Frauen und Mädchen, deren Eitelkeit größer ist als ihre Tugend. Und dabei handelten wir alle beide noch höchst unklug und unvorteilhaft. Denn hätte ich mich betragen, wie ich sollte, und ihm, wie Tugend und Ehre es verlangten, widerstanden, so hätte er entweder von seinen Angriffen abgelassen, da er nicht hoffen durfte, sein Ziel zu erreichen, oder er hätte mir anständig und ehrlich einen Heiratsantrag gemacht. Und wer ihn dann auch immer tadelnswert finden mochte, mich konnte kein Vorwurf treffen. Hätte er mich jedoch gekannt und gewußt, wie leicht er die Kleinigkeit, nach der ihn verlangte, bei mir erreichen konnte, dann wäre weiteres Kopfzerbrechen für ihn ganz unnötig gewesen; er hätte mir bloß vier oder fünf Guineen gegeben und bei der ersten besten Gelegenheit bei mir geschlafen. Und anderseits würde ich, wenn mir seine Gedanken bekannt gewesen wären und seine Meinung, ich sei wunder wie schwer zu erringen, schon meine Bedingungen gestellt und wenn auch nicht auf sofortige Heirat, so doch auf standesgemäßen Unterhalt bis zu unserer dereinstigen Verheiratung gedrungen haben. Und höchst wahrscheinlich hätte ich meinen Willen auch durchgesetzt, denn er war ja, auch ganz abgesehen von dem, was er noch zu erwarten hatte, außerordentlich reich. Doch kam ein derartiger regelrechter Plan, wie ich mit ihm zu verfahren hätte, bei mir nicht auf; ich war vollständig eingenommen von meiner Eitelkeit und dem Stolz, von einem so großen Herren geliebt zu werden; dazu kam das Gold – ganze Stunden brachte ich damit zu, es zu betrachten, ich zählte die Guineen wohl tausendmal am Tage. Niemals war eine arme, kleine, eitele Kreatur verblendeter, als ich in jener Zeit, da ich auch nicht im entferntesten dachte, wie nahe mein Untergang vor der Türe stand; ja ich glaube, ich wünschte ihn innerlich sogar eher herbei, als daß ich versucht hätte, ihm zu entgehen.

Ich war jedoch schlau genug, niemandem in der Familie den geringsten Anlaß zu der Vermutung zu geben, ich unterhalte irgend welche Beziehungen zu dem ältesten Sohne. Ich sah ihn in Gegenwart anderer kaum an, antwortete kaum, wenn er mich gelegentlich anredete. Trotzdem trafen wir immer hin und wieder einmal zusammen und fanden Zeit zu ein paar Worten oder einem Kuß, doch niemals Gelegenheit zu dem Unheilvollem, das er im Sinne hatte, denn er hielt ja eine Menge Umschreibungen und Vorbereitungen für nötig, und hielt das Werk für so schwer, daß er es sich wirklich schwierig machte. Da der Teufel jedoch nicht so leicht zu entmutigen ist, findet er stets Mittel und Wege, um die Niedertracht, die er vorhat, auszuführen.

Als ich mich eines Abends mit den beiden jüngeren Schwestern und ihm im Garten erging, fand er die Möglichkeit, ein Zettelchen in meine Hand schlüpfen zu lassen, in dem er mir mitteilte, daß er mich morgen im Beisein der Familie bitten werde, eine Besorgung für ihn zu machen, und daß er mich dann unterwegs irgendwo treffen wolle.

So sagte er denn auch am folgenden Tage nach dem Mittagessen in Gegenwart all seiner Schwestern ernsthaft zu mir: »Ich wollte sie um eine Liebenswürdigkeit bitten, Fräulein Betty.«

»Was soll das heißen?« fragte die zweite Schwester.

»Nun, Schwester,« erwiderte er ihr sehr ruhig und höflich, »wenn du Fräulein Betty heute nicht entbehren kannst, so kann sie mir den Gefallen auch ein anderes Mal tun.«

»Doch, doch,« riefen nun die Schwestern alle: sie könnten mich heute sehr gut entbehren; und die zweite bat sogar um Verzeihung für ihre unfreundliche Frage.

»Aber du mußt dem Fräulein Betty nun auch sagen, um was es sich handelt,« meinte schließlich die älteste, »wenn es eine Privatangelegenheit ist, so geh mit ihr hinaus ...«

»Wie meinst du das, Schwester?« fragte der junge Herr nun sehr würdevoll. »Ich wollte sie nur bitten, für mich in die Highstreet und dort in einen Laden zu gehen.« Und darauf erzählte er ihnen eine lange Geschichte von zwei prächtigen Halstüchern, auf die er schon geboten hätte: ich solle gehen und sein Angebot wiederholen, und wenn man auf dasselbe noch immer nicht eingehen wolle, noch einen oder zwei Schilling mehr bieten, jedenfalls aber tüchtig feilschen. Und dann trug er mir noch eine ganze Menge anderer Besorgungen auf, so daß ich längere Zeit zu ihrer Erledigung brauchen mußte.

Als er mir diese Aufträge gegeben, schwindelte er seinen Schwestern noch in einer langen Erzählung von einem Besuch vor, den er bei einer ihnen allen wohlbekannten Familie machen wolle. Er werde dort noch einen andren Herrn ihrer Bekanntschaft treffen und bitte sie höflichst, sich ihm doch anzuschließen. Die Schwestern entschuldigten sich aber ebenso höflich, da sich bei ihnen für den Nachmittag selbst Besuch angesagt habe, was der Gentleman, der alles zu seinem Zweck aufs schlaueste eingerichtet hatte, natürlich längst ganz genau wußte.

Er hatte kaum zu reden aufgehört, als sein Diener ins Zimmer trat und ihm mitteilte, daß der Wagen des Herrn W– vor der Türe stehe. Er lief schnell hinunter und kam bald mit den Worten wieder zurück: »Ach, dieser Nachmittag wäre mir wieder verdorben; Herr W– hat mir seinen Wagen geschickt und läßt mich bitten, ich möchte umgehend zu ihm kommen, da er mit mir zu reden habe.« Ich glaube, dieser Herr W– war ein Edelmann, der auf seinen drei Meilen entfernten Besitzungen lebte und den mein Liebhaber gebeten hatte, ihm für eine besondere Gelegenheit seinen Jucker zu leihen, der ihn, wie es jetzt auch geschehen war, gegen drei Uhr nachmittags abholen sollte.

Er ließ sich nun gleich seine beste Perrücke, seinen Hut und Degen bringen, schickte seinen Diener mit einer Entschuldigung zu der Familie, die ihn für heute eingeladen haben sollte, und machte sich bereit, das Wägelchen zu besteigen. Im Vorübergehen blieb er noch einen Augenblick bei mir stehen, redete sehr ernsthaft von den Besorgungen zu mir, und sagte zum Schluß ganz leise: »Und nun, meine Liebe, komm, so schnell es geht.«

Ich antwortete nichts, sondern machte nur eine Verbeugung, als wolle ich damit sagen, daß ich all seine Aufträge, die er mir mit lauter Stimme gegeben, gut verstanden habe und ausführen werde. Nach ungefähr einer Viertelstunde ging ich dann auch unauffällig und harmlos fort. Ich hatte kein anderes Kleid angezogen, nur einen Hut aufgesetzt, eine Maske, einen Fächer und ein Paar Handschuhe in meine Tasche gesteckt, so daß ich im Hause nicht den geringsten Argwohn erregte. Er wartete in einem Seitengäßchen, durch das ich kommen mußte, auf mich, der Kutscher wußte schon, wohin er uns fahren sollte – an einem Ort nämlich, der Mile-end hieß, und wo ein Vertrauter meines Liebhabers wohnte und wir alle Bequemlichkeiten der Welt fanden, um so viel böses zu tun, als wir nur wollten.

Als wir dort waren, fing er wieder sehr ernsthaft mit mir zu reden an und sagte, er habe mich nicht hierher gebracht, um mich ins Verderben zu stürzen, seine wahre Leidenschaft zu mir mache es ihm ganz unmöglich, mein Vertrauen zu mißbrauchen. Er sei fest entschlossen, mich zu heiraten, so bald er in den vollen Besitz seiner Güter gelange; und mittlerweile würde er mich, wenn ich seine Bitte erfülle, standesgemäß unterhalten ... noch tausendmal beteuerte er mir seine Aufrichtigkeit und seine Zuneigung, sagte, er werde mich nie verlassen, kurz, machte wieder viel mehr Umschweife, als nötig gewesen wären.

Als er mich nun drängte, ihm eine Antwort zu geben, erwiderte ich, daß ich ja keinen Grund hätte, an seiner Aufrichtigkeit und seiner Liebe zu zweifeln, aber – hier hielt ich inne, als überlasse ich es ihm, den Schluß meines Satzes zu erraten.

»Aber – was? meine Liebe?« setzte er ihn fort, »du willst sagen, aber wenn ich nun guter Hoffnung werde, nicht wahr? Nun, dann werde ich für dich sorgen, und für das Kind auch, und damit du siehst, daß es auch wirklich meine Absicht ist, will ich es dir schon gleich beweisen.«

Damit zog er eine seidene Börse mit hundert Guineen aus der Tasche und reichte sie mir. »Und jedes Jahr, bis wir heiraten, sollst du ebensoviel bekommen,« fügte er noch hinzu.

Beim Anblick des Geldes, und wie er so drängend seine Anträge vorbrachte, wechselte ich mehrmals die Farbe, so daß er es bemerkte; auch, daß ich kein Wort sprechen konnte; er steckte mir die Börse in den Busen, ich leistete ihm nicht mehr den geringsten Widerstand und ließ ihn tun, was er wollte und wie oft er wollte und schuf mir so selbst meinen Untergang, denn von diesem Tage an blieb mir, da ich nun von aller Tugend und Scham entblößt war, nichts mehr an Wert, das mich der Hilfe Gottes oder dem Beistand der Menschen hätte empfehlen können.

Ich begab mich schließlich in die Stadt zurück, besorgte die Geschäfte, die er mir aufgetragen hatte, und war wieder zu Hause, ehe jemand sagen konnte, ich sei zu lange ausgeblieben. Der junge Herr jedoch blieb bis spät in die Nacht fort und weder er noch ich erregten bei der Familie den geringsten Argwohn.

Wir hatten nun häufig Gelegenheit, unser schmähliches Tun zu wiederholen und vollführten es selbst zu Hause, wenn die Mutter und die jungen Damen irgend wohin zu Besuch gegangen waren, was mein junger Herr immer vorher genau auskundschaftete, um nur nie zu verfehlen, mich, die dann in aller Sicherheit allein war, aufzusuchen, so daß wir fast ein halbes Jahr lang den vollen Becher unserer Schlechtigkeit tranken und zwar ohne daß ich, wie ich mit vollster Genugtuung merkte, schwanger wurde.

Drittes Kapitel.

Ehe jedoch dies halbe Jahr ganz zu Ende war, versuchte jener jüngere Bruder, den ich am Anfang meiner Geschichte schon einige Malekurz erwähnt habe, mit mir anzubändeln, und als er mich eines Abends allein im Garten traf, sagte er mir ziemlich dieselben Worte her, die ich nun inzwischen schon so oft, wenn auch nicht von ihm gehört hatte: das heißt, er machte mir eine Liebeserklärung, nur daß er sie – und das war wohl ein bedeutsamer Unterschied – kurz und bündig mit einem klaren und ehrenhaften Heiratsantrage schloß.

Niemals in meinem Leben war ich in eine größere Verwirrung geraten, als in dem Augenblick. Ich wies den Antrag mit Hartnäckigkeit zurück und führte alles mögliche gegen ihn an: Ich wies ihn auf die Ungleichheit der Partie hin, auf die Behandlung, die mir die Familie gewiß zu teil werden lasse, wenn sie von seinem Ansinnen erfahre, auf die Undankbarkeit, die ich durch meine Einwilligung gegen seinen guten Vater und seine gute Mutter begehen würde, die mich so großherzig aus dem niedrigsten Elend in ihr Haus aufgenommen; kurz, ich tat alles, um ihn von seinem Vorhaben abzubringen, nur die Wahrheit sagte ich ihm nicht, die gewiß seinen Bemühungen ein sehr schnelles Ende gemacht haben würde, die ich aber natürlich nicht anzudeuten wagte.

Es trat nun in der Folge eine Wendung ein, die ich nie erwartet hätte und die mir dann viel zu schaffen machte. Da der junge Herr nämlich so geradeaus und ehrlich war, benahm er sich auch stets und bei allen Gelegenheiten so; und da er sich selbst nichts vorzuwerfen hatte, lag ihm nicht, wie seinem Bruder, etwas daran, daß seine Zuneigung zu Fräulein Betty der Familie ein Geheimnis bliebe; obgleich er niemandem gerade heraus erklärte, daß er schon mit mir gesprochen habe, tat und sagte er doch so deutliches, daß seine Schwestern notwendig erkennen mußten, wie er mir mit Liebe zugetan sei. Auch seine Mutter merkte seine Neigung heraus; und obgleich sie alle mir gegenüber nichts erwähnten, sprachen sie doch untereinander davon, und ich Arme, ich erfuhr nun, daß sie ihr Benehmen mir gegenüber gründlich veränderten.

Doch wenn ich auch wohl die Wolken sah, die sich zusammengezogen, so dachte ich nicht, daß das Unwetter so nahe wäre; zwar mußte bald ein jeder erkennen, daß sich die Stimmung der Familie gegen mich gründlich geändert habe und von Tag zu Tag schlimmer wurde; dennoch überraschte mich eines Tages die Erkenntnis, man werde mir bald sagen, es sei sehr wünschenswert, wenn ich binnen kurzem das Haus verließe.

Zwar war ich nicht allzu beunruhigt darüber denn ich sagte mir mit Genugtuung, daß ich wohl versorgt war und verhehlte mir nicht, daß ich jeden Tag erwarten konnte, mich guter Hoffnung zu sehen, und daß ich dann die Familie ja sowieso, ohne einen Vorwand angeben zu können, verlassen müßte.

Nach einiger Zeit nahm der jüngere Herr eine Gelegenheit wahr, um mir zu sagen, daß seine Neigung zu mir seiner Familie bekannt geworden; ohne mein Verschulden, fügte er hinzu, denn er wisse ganz genau, wie die Sache herausgekommen sei. Seine eigenen Reden seien der Grund, und daß er aus seiner Hochachtung für mich einstweilen noch kein Geheimnis gemacht habe, wie er es eigentlich hätte tun sollen. Aber verbergen könne er nun einmal nichts, im Gegenteil, er werde, sobald ich einwillige, seine Ehefrau zu werden, allen offen mitteilen, daß er mich liebe und heiraten wolle. Weiter sagte er, daß sein Vater und seine Mutter allerdings damit nicht einverstanden und ungnädig zu mir sein würden, daß er aber selbständig leben könne, da er mündig sei und sich nicht davor fürchte, für mich mit zu sorgen, daß er, kurz gesagt, glaube, ich brauche mich seiner nicht zu schämen, er aber wolle sich meiner auch nicht schämen, er finde es verächtlich, mich, die er später als seine Frau anerkennen wolle, nicht auch jetzt schon als seine Braut anzuerkennen, ich habe nichts weiter zu tun, als ihm meine Hand zu geben, alles Übrige wolle er schon verantworten.

Ich befand mich nun in einer schlimmer Lage und bereute von ganzem Herzen, daß ich mich dem ältesten Bruder so leichtsinnig hingegeben hatte; nicht irgend welcher Gewissensbedenken halber, dergleichen war mir ganz unbekannt, aber ich konnte doch nicht daran denken, die Ehefrau des einen und die Geliebte des anderen Bruders zu sein. Außerdem kam mir in den Sinn, daß mir der ältere Bruder ja auch versprochen hatte, mich zu seiner Frau zu machen, sobald er in den völligen und endgültigen Besitz seines Vermögens gelange. Dabei fiel mir jetzt sehr auf, daß er, seit ich seine Geliebte geworden, nie mehr davon geredet hatte, mich später auch zur Ehefrau zu nehmen. Es hatte mich das jedoch bis dahin nicht weiter bekümmert, denn wie seine Zuneigung zu mir nicht zu erkalten schien, ließ auch seine Freigebigkeit nicht nach, obwohl er klug genug war, nur von mir zu verlangen, daß ich nicht einen Pence für Kleider ausgäbe oder sonst irgend welchen Aufwand triebe, damit es in der Familie nicht zu Eifersucht und Argwohn käme, da sich jedermann hätte sagen müssen, daß ich nicht auf rechtliche Weise, sondern nur durch geheime Freundschaft, deren Art man gar bald erraten hätte, zu solchem Putz gekommen sein könne.

Ich befand mich nun in einer großen Klemme und wußte nicht, was zu tun sei. Das Schlimmste war, daß der jüngere Bruder nicht nur unentwegt um mich warb, sondern es vor jedermanns Augen tat. So kam er wohl in das Zimmer einer seiner Schwestern oder seiner Mutter, setzte sich zu uns und sagte mir vor ihren Ohren tausend liebe Dinge über mich, so daß das ganze Haus bald davon sprach und die Mutter ihm Vorwürfe machte. Sie ließ denn auch bald einige Reden fallen, die darauf schließen ließen, sie werde mich aus der Familie entfernen, das hieß klar und deutlich, sie wolle mich vor die Türe setzen. Nun mußte ich mir doch sagen, daß meine Lage dem ältesten Bruder kein Geheimnis mehr sein konnte, es sei denn, er glaubte, was kein Mensch sonst in der Familie tat, der jüngere Bruder habe versprochen, in einem solchen Falle für mich zu sorgen. Da ich aber einsah, daß die Mutter es nicht bei bloßen Worten bewenden lassen werde, drängte sich mir die Notwendigkeit auf, mit ihm zu reden, nur wußte ich noch nicht, ob ich selbst von der Sache anfangen solle, oder warten, bis er auf sie zu sprechen kam.

Nach ernsthaftem Nachdenken – ich begann jetzt nämlich, aber auch erst jetzt, die Dinge ernsthaft zu betrachten – beschloß ich bei mir, selbst zuerst davon zu reden; und es dauerte auch nicht lange, so bot sich mir eine Gelegenheit, denn schon am nächsten Tage begab sich sein Bruder in Geschäften nach London, die Damen der Familie machten einen Besuch, und wie es früher so oft vorgekommen, kam er auch diesmal seiner Gewohnheit folgend zu mir herauf, um sich ein oder zwei Stunden mit Fräulein Betty zu vergnügen.

Als er ein Weilchen bei mir war, bemerkte er eine Veränderung in meinem Wesen, ich war nicht so offen und munter wie gewöhnlich, auch sah er, daß ich geweint hatte. Er fragte mich gleich mit vieler Güte, was denn geschehen sei und ob mich irgend etwas bekümmere. Ich hätte nun gerne noch eine Zeitlang geschwiegen, doch konnte ich meine Unruhe nicht länger verbergen; nachdem er mich noch heftiger bestürmt hatte, um das aus mir herauszuholen, was ich gerne so lange wie möglich verschwiegen hätte, sagte ich ihm, daß er recht gesehen und daß mir etwas Kummer mache, und zwar etwas, das ihm kaum verborgen geblieben sein könne, obwohl ich nicht recht wisse, wie ich es ihm mitteilen solle; daß die ganze Wendung mich nicht nur überrascht, sondern mich geradezu verwirrt, kopflos gemacht, und daß ich nicht aus, noch ein wisse, und nicht, wie ich mich zu betragen habe, wenn er mich nicht leiten wolle. Er antwortete mir darauf mit großer Zärtlichkeit: was es für eine Angelegenheit auch immer sei, ich solle mir nur ja keine Sorgen machen, er werde mich vor der ganzen Welt verteidigen.

Ich holte nun recht weit aus und sagte zuerst, ich fürchtete, den Damen seien unsere Beziehungen im Geheimen bekannt geworden; denn ein jeder müsse doch sehen, daß sich ihr Benehmen gegen mich durchaus geändert habe, daß sie nun plötzlich allerlei an mir zu tadeln fänden, ja oft geradezu rauh mit mir verführen, obwohl ich ihnen keine Veranlassung dazu gäbe; auch habe ich früher immer bei der ältesten Schwester geschlafen, während man mich neuerdings allein oder bei einer der Mägde schlafen ließe; und oft habe ich gehört, wie die Damen unter einander sehr unliebenswürdig von mir gesprochen hätten; was meine Befürchtung aber ganz besonders bestätige, sei der Umstand, daß eine der Dienstmägde mir gesagt, sie habe gehört, ich solle vor die Türe gesetzt werden, weil es zu gefährlich für die Familie sei, mich noch länger im Hause zu behalten.

Er lächelte, als er dies alles hörte, und ich fragte ihn, wie er die Sache nur so leicht nehmen könne, da er sich doch sagen müsse, daß es um mich geschehen sei, wenn man wirklich irgend etwas entdeckt habe und daß es auch ihm schaden werde, wenn es ihn auch nicht ins Verderben stürze wie mich. Ich warf ihm vor, er sei eben auch so wie alle Männer, die, wenn der Ruf und das Glück einer Frau in ihrer Hand läge, ihren Scherz damit trieben, oder das zum mindestens wie eine Kleinigkeit behandelten und den Untergang derer, bei denen sie ihren Willen durchgesetzt, als ein Unbedeutendes, Selbstverständliches und ganz Gleichgültiges betrachteten.

Als er sah, daß ich sehr erregt und in bitterem Ernste sprach, schlug er sofort einen anderen Ton an; er sagte, es betrübe ihn sehr, daß ich dergleichen von ihm denken könne; er habe mir doch nie den geringsten Grund dazu gegeben, sondern sei auf meinen Ruf stets nicht weniger bedacht gewesen, als auf seinen eigenen; auch sei er sicher, daß unsere Beziehungen, die wir mit soviel Geschick verheimlicht hätten, von niemandem in der Familie geahnt würden, und daß er vorhin nur gelächelt habe, weil er erst ganz kürzlich noch den Beweis erhalten, daß niemand auch nur im Entferntesten von unserm Einverständnisse wisse, und wenn er mir erst gesagt, wie viel Grund ich habe, die Sache ebenfalls leicht zu nehmen, so werde auch ich lächeln, denn er sei überzeugt, mich vollständig beruhigen zu können.

»Das verstehe ich nicht,« antwortete ich. »Wie könnte ich wohl beruhigt werden, da ich doch bestimmt weiß, daß man mich vor die Türe setzen will; denn wenn man unsere Beziehungen nicht erraten hat, dann weiß ich wahrhaftig nicht, was ich getan haben soll, um die ganze Familie, die mich früher so gütig behandelte, als sei ich selbst ein Kind des Hauses, gegen mich aufzubringen.«

»Sieh mal, Liebste,« sagte er, »es ist wahr, daß sie deinetwegen in Unruhe sind, es ist jedoch ausgeschlossen, daß sie auch nur ahnen, wie die Sachen liegen – zwischen uns beiden, meine ich. Ja, haben sie doch sogar meinen Bruder Robin im Verdacht, oder vielmehr, sie glauben, er mache dir den Hof, ja, der Narr hat es ihnen eigentlich selbst in den Kopf gesetzt, denn er spöttelt damit den ganzen Tag um sie herum und macht sich selbst zum Spott; ich muß gestehen, ich halte das für ein großes Unrecht von ihm, weil er doch sehen muß, daß sie das ärgert und der Grund ist, weshalb sie dich weniger gut behandeln als früher; mir ist es jedoch eine große Beruhigung, weil es mir beweist, daß sie nicht den geringsten Verdacht auf uns beide haben, und ich hoffe, das wird dich auch beruhigen.«

»Gewiß,« erwiderte ich, »doch ... doch ... das ist es ja auch eigentlich gar nicht, was mich so beunruhigt ... das mit dir ... obgleich es mir auch schon große Sorge gemacht hat.«

»Ja, was kümmert dich denn sonst noch?« fragte er verwundert, »wir sprechen doch eben davon –!«

Darauf brach ich dann in Tränen aus und konnte überhaupt nichts antworten. Er tat alles mögliche, um mich zu beruhigen, drängte mich jedoch immer heftiger, ihm zu sagen, was es denn sei. Endlich antwortete ich ihm, daß ich es ihm sagen wolle, denn er habe ein Recht, es zu wissen, daß ich übrigens seinen Rat nötig habe, denn ich sei so verwirrt, daß ich gar nicht wisse, wie ich mich zu verhalten habe.

Und nun erzählte ich ihm die ganze Geschichte, sagte ihm, wie unvorsichtig sein Bruder handele, daß er seine Gefühle so öffentlich zeige; denn hätte er sie mir nur im geheimen gestanden, so hätte ich ihn einfach abweisen können, ohne einen Grund dafür angeben zu müssen, und er würde seine Bitten schon nach und nach eingestellt haben; so jedoch habe er die Eitelkeit gehabt, erstens anzunehmen, daß ich ihn gewiß nicht abweisen werde, und zweitens seine Absicht dem ganzen Hause bekannt zu geben.

Ich erzählte ihm auch, wie hartnäckig ich seines Bruders Werbung widerstanden und wie aufrichtig und ehrenhaft seine Anträge dabei gewesen. »Aber,« sagte ich, »meine Lage ist nun doppelt unangenehm. Sie nehmen es mir übel, daß er mich zur Frau haben will, aber sie werden noch viel aufgebrachter sein und es mir noch übler auslegen, wenn ich ihn abweise. Ich bin überzeugt, sie werden sagen, dahinter stecke etwas. Sie werden sicher annehmen, ich sei schon gebunden, weil ich sonst wohl keinesfalls eine so günstige Partie ausschlagen würde.«

Diese Rede überraschte ihn sehr. Er entgegnete, daß es wirklich schwer sei, sich in dieser kritischen Situation richtig zu benehmen, er sehe selbst noch nicht klar, wie ich mich am besten aus der Schlinge ziehen könne; er wolle jedoch darüber nachdenken und mich bei unserer nächsten Zusammenkunft wissen lassen, zu welchem Entschluß er gekommen sei. Mittlerweile möge ich jedoch seinem Bruder weder mein bestimmtes Jawort, noch eine glatte Abweisung geben, sondern ihn im Ungewissen halten.

Bei den Worten, ich solle ihm mein Jawort nicht geben, fuhr ich aber auf. Er wisse doch wohl, sagte ich, daß ich es überhaupt nicht mehr zu vergeben habe, daß er versprochen, mich zu heiraten, daß ich also folglich mit ihm verlobt sei, daß er mir die ganze Zeit hindurch vorgeredet, ich sei so gut wie seine Frau, und daß ich mich selbst so gewiß dafür gehalten, als hätten die üblichen Ceremonien schon stattgefunden. Er habe mich doch selbst des langen und breiten überredet, mich seine Frau zu nennen.

»Nun, meine Liebe,« sagte er, »mache dir nur keinen Kummer deshalb. Wenn ich auch nicht dein Gatte bin, so will ich doch in jeder Weise seine Stelle für dich vertreten. Laß dich nur nicht beunruhigen. Sobald ich die Sache klar überschaue, werde ich dir mehr darüber sagen können.«

Er beschwichtigte mich auf diese Weise, so gut er konnte. Nur fand ich, daß er immer nachdenklicher wurde. Doch war er sehr gütig zu mir und blieb noch zwei ganze Stunden.

Sein Bruder Robin kam erst nach fünf oder sechs Tagen aus London zurück, und erst zwei Tage später fand er Gelegenheit, mit ihm zu sprechen. Doch tat er es sehr eingehend und wiederholte mir noch am selben Abend ihr ganzes Gespräch, das ungefähr so verlaufen war:

Er sagte zu seinem jüngeren Bruder, er habe während seiner Abwesenheit seltsame Dinge erfahren müssen, er, Robin, mache ja dem Fräulein Betty ernsthaft den Hof.

»Und was weiter?« antwortete ihm sein Bruder ein wenig ärgerlich, »geht das irgend jemanden etwas an?«

»Aber Robin,« erwiderte der ältere, »sei doch nicht gleich so aufgebracht! Ich behaupte ja nicht, daß es mich etwas angeht, ich finde nur, daß die Familie die Sache übel aufnimmt und daß das arme Mädchen darunter zu leiden hat, was ich nicht ruhig mit ansehen kann.«

»Wen meinst du mit ›die Familie‹?« fragte Robin.

»Na, die Mutter und die Schwestern,« erwiderte der ältere. »Ist es dir denn wirklich ernst,« fuhr er fort, »liebst du das Mädchen wirklich?«

»Nun denn,« sagte Robin, »ich will dir die Wahrheit gestehen. Ich liebe sie mehr, als irgend jemanden in der Welt, und ich will sie zur Frau haben, mögen sie sagen und tun, was sie wollen. Ich glaube, das Mädchen wird mich auch nicht abweisen.«

Das Herz tat mir weh, als er mir das erzählte, denn mein Gewissen zwang mich ja, ihn doch abzuweisen, und ich wußte, daß dies mein Verderben sein würde.

Mein Vorteil verlangte jedoch, anders zu reden, als mir zu Mute war. Ich unterbrach meinen jungen Herrn in seiner Geschichte und rief aus: »Ei, er glaubt, ich werde ihn nicht abweisen? Er soll bald sehen, wie gründlich ich seine Werbung zurückweise.«

»Laß mich die Geschichte erst auserzählen,« begann er wieder, »und dann sage erst, wie du dich entscheiden willst. Ich antwortete meinem Bruder nämlich: Lieber Robin, du weißt doch, daß sie nichts hat, daß du jedoch zwischen mehreren Damen mit gutem Vermögen wählen konntest. ›Das kommt nicht mehr in Betracht‹, antwortete mir Robin, ›ich liebe das Mädchen und ich will doch meine Börse nicht füllen, wenn ich heirate, und mein Gemüt dabei leer ausgehen lassen.‹ Du siehst also, meine Liebe, daß du seinem Antrage nicht mehr widerstehen kannst.«

»Gewiß kann ich das,« rief ich, »ich habe jetzt Nein sagen gelernt, obwohl ich es vorher nicht konnte, und wenn der größte Herr im Lande mir einen Antrag machte, er sollte kein Ja von mir hören.«

»Aber meine Liebe, was willst du ihm dann antworten? Du hast doch vorhin selbst gesagt, daß er dich nach Gründen fragen wird. Die ganze Familie wird sich wundern und die Ursache deiner Ablehnung erfahren wollen.«

»Nun,« meinte ich lächelnd, »ich kann ihnen ja allen mit einem Worte den Mund stopfen, indem ich ihm und ihnen sage, daß ich schon mit seinem älteren Bruder verheiratet bin.«

Dieser ältere Bruder lächelte zwar ein wenig bei meinen Worten; doch hatte ich wohl bemerkt, daß er zusammengefahren war; auch konnte er seine Verlegenheit nicht verbergen. Doch antwortete er scheinbar ruhig: »Wenn dies auch im gewissen Sinne wahr ist, hoffe ich doch, daß es nicht dein Ernst sein wird, ihnen eine solche Antwort zu geben. Es wäre aus vielen Gründen nicht angebracht.«

»Nein, nein,« erwiderte ich lachend, »mir liegt nichts daran, das Geheimnis ohne deine Einwilligung zu verraten.«

»Aber was kannst du ihnen denn sonst antworten,« fragte er mich wieder, »wenn sie wissen wollen, weshalb du eine so durchaus vorteilhafte Heirat mit solcher Entschiedenheit ausschlägst?«

»Nun,« entgegnete ich, »da kann ich eigentlich nicht in Verlegenheit kommen, den erstens kann mich niemand zwingen, ihnen überhaupt einen Grund anzugeben, und anderseits kann ich ihnen ja einfach sagen, daß ich schon vergeben bin und dann stillschweigen. Auch er wird dann schweigen müssen, denn weiteres Fragen kann ihm ja nichts mehr nützen«.

»Aber,« erwiderte er, »das ganze Haus wird dann an dir herumzerren, und wenn du ihnen keine genaue Auskunft gibst, werden sie zornig werden und, was schlimmer ist, Verdacht schöpfen.«

»Was soll ich aber sonst tun? Weißt du vielleicht etwas? Ich habe dir doch die ganze Sache mitgeteilt, um deinen Rat zu hören!«

»Meine Liebe,« entgegnete er, »sei überzeugt, daß ich reiflich über die Sache nachgedacht habe, und obgleich der Rat, den ich dir geben will, für mich selbst viel Schmerzliches enthält und dir zuerst seltsam vorkommen wird, sehe ich doch ein, daß es für dich keinen besseren Ausweg gibt, als wenn du den Wunsch meines Bruders erfüllst; da er es ehrlich und ernsthaft meint – heirate ihn.«

Ich blickte ihn bei diesen Worten ganz entsetzt an, fühlte, daß ich bleich wurde und auf dem Stuhle, auf dem ich saß, halb ohnmächtig hintüberglitt.

Er sprang auf und rief voll Angst: »Was fehlt dir, was machst du?« oder dergleichen. Und durch Schütteln und lautes Rufen brachte er mich wieder ein wenig zu mir selbst. Doch dauerte es noch eine ganze Weile, ehe ich meiner Sinne wieder mächtig war; sprechen konnte ich jedoch noch mehrere Minuten lang nicht.

Als ich mich endlich wieder einigermaßen erholt hatte, begann er von neuem: »Ich möchte nur, meine Liebe, daß du dir den Fall einmal klar über legtest und dir ausmaltest, wie die Familie sich zu uns stellen würde, wenn sie aus deiner Weigerung, Robin zu heiraten, schließen müßte, daß wir beide schon lange im Geheimen etwas mit einander gehabt; sie würden ja außer sich geraten!«

»So,« rief ich aufgebracht, »der Unwille deiner Familie macht also alle deine Beteurungen und Schwüre zu nichte? Hast du nicht, wenn ich einmal davon redete, gesagt, er sei dir ganz gleichgültig und könne dir nicht schaden, und nun kommst du mir mit solchen Ausflüchten? Ist das deine Liebe, deine Treue und Ehrenhaftigkeit, und willst du so dein Versprechen halten?«

Er antwortete mir trotz aller meiner Vorwürfe, mit denen ich jetzt nicht mehr sparte, vollständig ruhig und betonte zum Schluß noch einmal: »Meine Liebe, ich habe dir kein Versprechen gebrochen; ich sagte, ich wolle dich heiraten, sobald ich in den Besitz meiner Güter träte, aber du siehst doch selbst, daß mein Vater ein gesunder, starker Mann ist, der noch gut dreißig Jahre leben kann und dann noch immer so rüstig sein wird, wie mancher alter Herr aus unserer Bekanntschaft. Du selbst hast doch nie darauf bestanden, mich eher zu heiraten, weil du wußtest, daß es mir schaden würde; und was das Übrige angeht, nun, so habe ich es dir doch wohl an nichts fehlen lassen.«

Ich konnte keins dieser Worte Lügen strafen. »Aber wie kannst du mir nur zu einem so abscheulichen Schritte raten,« rief ich bloß aus, »weshalb soll ich dich verlassen, da du mich nicht verlassen hast! Weshalb willst du mir denn nicht gestatten, daß ich dir Zuneigung und Liebe beweise, nachdem du mir so viel davon bewiesen hast? Glaubst du denn nicht an die Aufrichtigkeit meiner Liebe? Sind die Opfer, die meine Ehre und meine Scham dir gebracht haben, nicht Bande, die uns zu fest mit einander verbinden, um jemals zerrissen werden zu können?«

»Es bietet sich dir jetzt aber eine Gelegenheit, in eine gesicherte Lage zu kommen, vor aller Augen als eine ehrenhafte Gattin dazustehen. Die Erinnerung an das, was zwischen uns nun einmal vorgekommen ist, soll in ewiges Schweigen begraben werden, als wäre das alles nie gewesen; meine Zuneigung aber soll dir immer erhalten bleiben, nur wird sie sich in den Grenzen halten, die ich meinem Bruder gegenüber zu beachten schuldig bin. Du sollst mir eine liebe Schwester sein, wie du mir jetzt eine liebe —« hier hielt er inne.

»Eine liebe Dirne bist, willst du sagen und hättest es auch sehr gut sagen können. O, ich verstehe dich jetzt. Und wie ich dich verstehe! Aber ich möchte dich doch nur noch einmal an deine langen Reden und die viele Mühe erinnern, die du dir gabst, um mich zu überzeugen, daß ich mich nach wie vor für ein anständiges Mädchen halten könne, daß ich in Wahrheit deine Frau sei, und daß wir so gewiß ein richtiges Ehepaar wären, als habe uns der Pfarrer hier am Orte öffentlich getraut. Du weißt, daß ich nur deine eigenen Worte wiederhole.«

Ich fand, daß ich ihm schon ziemlich hart zusetzte, ließ es damit jedoch noch nicht genug sein. Er blieb eine Zeitlang ganz still und erwiderte nichts. Ich aber begann wieder: »Du konntest doch auch nicht glauben, daß ich all diesen Beteuerungen und deinem ganzen Drängen nachgab, ohne eine so starke Liebe, daß sie durch nichts, was sich auch später ereignen mochte, wieder zu brechen war. Wenn du aber dennoch jemals solch unehrenhafte Gedanken über mich gehabt hast, muß ich dich fragen, in wie fern ich dir Grund gegeben habe? Willst du mir das sagen? Ja! Wenn ich meiner eigenen Liebe zu dir nachgegeben, nachdem du, du selbst mich überredet hattest, ich könne mich für deine Frau halten, soll nun all das Lüge gewesen sein? Bin ich bloß deine Dirne, bloß deine Geliebte gewesen, was dasselbe ist? Willst du mich so einfach deinem Bruder überlassen? Und ich, kann ich denn so einfach meine Liebe von dir auf ihn übertragen? Kannst du mir kurzweg befehlen, dich nicht mehr, sondern von nun ab ihn zu lieben? Liegt es in meiner Macht, mein Wesen auf Verlangen so zu ändern? Nein!!« rief ich aus, »mache dir nun klar, daß es ganz unmöglich ist, und, was in dir sich auch immer verändert haben mag – ich werde stets wahrhaftig und treu sein, und, das kannst du mir glauben, ich wäre noch immer lieber deine Dirne, als deines Bruders Frau!«

Diese letzten Worte schienen ihm sehr zu gefallen und ihn auch zu rühren, denn er antwortete mir, er stehe mir ebenfalls mit ganz unveränderten Gefühlen gegenüber, er habe kein Versprechen, das er mir je gegeben, gebrochen, nur habe sich ihm eine ganze Menge schrecklicher Gedanken über meine Zukunft aufgedrängt, so daß ihm der Antrag seines Bruders als ein wahrhafter Ausweg erschienen sei. Schmerzlich sei ja allerdings die Trennung, die uns bevorstände, doch könnten wir ja unser Leben lang Freunde bleiben und unsere Zuneigung mit größerer Sicherheit und Ruhe genießen, als in unseren jetzigen Verhältnissen. Ich brauche nie zu fürchten, daß er unser

Geheimnis jemals verraten werde, es brächte ja ebensowohl ihm als mir den Untergang, wenn es ans Tageslicht käme. Er habe nur noch eine Frage zu stellen, die hier in Betracht käme. Nur diese Frage könnte noch, nach all dem, was er mir gesagt, von Einfluß auf meine Entscheidung sein.

Ich erriet gleich, worauf er anspielte: er wollte wissen, ob ich vielleicht schwanger sei. Ich antwortete ihm, er möge sich darüber nur keine Gedanken machen; ich sei nicht schwanger.

»Nun, meine Liebe,« entgegnete er, »wir haben jetzt keine Zeit, weiter über die Angelegenheit zu reden, denke über sie nach, ich kann dir auch jetzt nur sagen: willige ein! Das ist das Beste, was du tun kannst.« Mit diesen Worten verließ er mich, und zwar ziemlich eilig, denn eben klingelte seine Mutter, die mit den Töchtern von einem Besuch zurückkam, am Haustore.

Er ließ mich in furchtbarer Verwirrung zurück; ich wußte nicht, wie ich mich zu halten hätte, und er mußte das am folgenden Tage und die ganze Woche hindurch auch merken; doch fand er erst am Sonntag wieder Gelegenheit, mit mir zu reden, als ich nämlich nicht wie gewöhnlich zur Kirche ging, da ich mich unwohl fühlte und auch er irgend einen Grund fand, zu Hause zu bleiben.

Und nun nahm er mich wieder eine Stunde lang und noch eine halbe vor und kam wieder und immer wieder mit denselben Beweisen und Gründen, die ich schon so oft gehört hatte, bis ich ihn zum Schluß gerade heraus und sehr erregt fragte, welche Meinung er denn eigentlich von meinem Schamgefühl habe, daß er annehmen könne, ich werde jemals einwilligen, bei zwei Brüdern zu schlafen? Dazu werde ich mich nie und nimmer verstehen. Und wenn er mir auch sage, daß er mich nie mehr sehen wolle – ein Wort, so schrecklich für mich zu hören, daß bloß der Tod mir noch schrecklicher sein könne – so werde ich doch nie auch nur einen Augenblick lang so etwas in Erwägung ziehen; denn das wäre ebenso unehrenhaft für mich, wie erniedrigend für ihn. Und deshalb müsse ich ihn bitten, wenn er noch eine Spur von Achtung oder Zuneigung für mich habe, nie wieder davon zu reden und lieber den Degen zu ziehen und mich zu töten.

Mein Eigensinn, wie er es nannte, schien ihn mit Verwunderung zu erfüllen. Er erwiderte, ich handele sehr unklug, sowohl gegen mich, als gegen ihn. Wir hätten ja beide einen solchen Ausgang nicht voraussehen können, doch wisse er keinen anderen Weg, der uns beide zu retten vermöchte; weshalb meine Hartnäckigkeit also auch zugleich eine große Lieblosigkeit gegen ihn bedeute; da er jedoch nicht mehr von der ganzen Sache reden solle, fügte er mit ungewöhnlicher Kälte hinzu, wisse er nicht, was wir beide überhaupt noch zusammen zu bereden hätten, und stand auf, um sich zu verabschieden. Auch ich erhob mich, anscheinend mit derselben Gleichgültigkeit, doch als er mir sozusagen einen Abschiedskuß gab, fing ich so furchtbar zu weinen an, daß ich, obgleich ich sprechen wollte, kein Wort hervorbringen konnte, und nur seine Hand so heftig drückte, als wolle ich ihm ewiges Lebewohl sagen.

Dies schien ihn sichtlich zu bewegen. Er setzte sich wieder hin und sagte mir eine Menge liebe Dinge, kam jedoch immer wieder auf die Notwendigkeit zurück, der Werbung seines Bruders zu folgen – wenn er sich auch verpflichten wolle, für mich zu sorgen, wofern ich ihm diesen Wunsch nicht erfülle; doch ließ er mich deutlich merken, daß er mich auf keinen Fall mehr zur Geliebten haben wolle, daß es ihm vielmehr Ehrensache sei, die Frau, die doch vielleicht früher oder später seines Bruders Gattin sein werde, nicht mehr zu berühren.

Daß ich ihn nur als Liebhaber verlieren sollte, bekümmerte mich nicht so tief, als der Gedanke, überhaupt seine Liebe verloren zu haben, denn ich selbst liebte ihn noch sehr; und daß nun alle meine Hoffnungen dahinsanken, die stets darin gegipfelt hatten, ihn eines Tages als meinen Gatten zu sehen, das schlug mich mit so viel Schmerz und Kummer, daß mich mein Gemütszustand in ein schweres, hitziges Fieber warf; und es sollte lange dauern, ehe man in der Familie wieder an mein Aufkommen glaubte.

Viertes Kapitel.

Ich kam sehr von Kräften und phantasierte viel. Dabei verfolgte mich in meinen lichten Augenblicken stets die Angst, ich möchte in den Fieberdelirien etwas zu meines Geliebten Nachteile verraten. Ich verlangte schmerzlich danach, ihn zu sehen, und auch er hätte mich gerne besucht, denn er liebte mich wirklich; doch ging es nicht an, es gab weder von ihm noch von mir aus einen Grund, der ein solches Verlangen den andern in der Familie hätte natürlich erscheinen lassen.

Fast ganze fünf Wochen lag ich zu Bett; und obwohl das Fieber nach drei Wochen nachließ, kam es doch in kurzen Zwischenräumen noch mehrere Male wieder. Die Ärzte erklärten wiederholt, sie könnten nichts weiter für mich tun, sondern müßten es der Natur überlassen, mit dem Übel fertig zu werden. Nach fünf Wochen besserte sich mein Befinden, doch war ich so schwach und erholte mich so langsam, daß die Ärzte fürchteten, ich würde am Ende schwindsüchtig werden, und, was mir am peinlichsten war, ihre Meinung dahin abgaben, ich sei gemütskrank; irgend etwas mache mir augenscheinlich schweren Kummer, kurz, wahrscheinlich sei ich verliebt. Und nun bestürmte mich das ganze Haus, doch zu gestehen, ob dies wahr und in wen ich denn verliebt sei; ich aber, wie's ja nicht anders möglich war, bestritt, überhaupt von Liebe zu wissen.

Eines Tages hatten sie aus diesem Anlaß bei Tisch eine Zwistigkeit, die fast die ganze Familie in Aufruhr brachte. Sie waren, mit Ausnahme des Vaters, alle gerade zum Essen versammelt; ich befand mich noch in meinem Krankenzimmer. Die alte Dame, die Mutter, die mir das Essen heraufgeschickt hatte, sagte zu einer Magd, sie möge herauflaufen und fragen, ob ich vielleicht noch etwas wünsche; die Magd kam jedoch mit dem Bescheid zurück, daß ich noch nicht die Hälfte dessen, was man mir eben geschickt, verzehrt habe und nichts mehr über die Lippen bringen könne.

»Ach,« rief darauf die Mutter, »das arme Mädchen! ich fürchte, sie wird wohl nie wieder gesund werden!«

»Wie sollte sie auch,« meinte nun der älteste Bruder, »die Ärzte sagen doch, sie sei unglücklich verliebt!«

»Ich glaube es nicht,« entgegnete die Mutter.

»Ja, ich weiß auch nicht, was man dazu sagen soll,« begann die älteste Schwester, »man hat ja allerdings ein solches Aufhebens von ihrer Schönheit, ihren Reizen und was weiß ich sonst noch gemacht, und zwar immer so, daß sie es hören konnte, daß es mich nicht wunder nehmen sollte, wenn es ihr den Kopf verdreht hätte. Wer weiß, was noch alles daraus werden kann? Jedenfalls ist etwas nicht in seiner Ordnung.«

»Nun Schwester, du mußt doch zugeben, daß sie sehr schön ist,« sagte der älteste Bruder.

»Und zwar viel schöner als du, Schwester,« fuhr Robin fort, »und das ist dein ganzer Ärger.«

»Darum handelt es sich hier nicht,« entgegnete die Schwester, »das Mädchen hat gewiß Ansehen genug, aber sie weiß es auch, und es ist nicht nötig, daß andere es ihr sagen und sie eitel machen.«

»Wir reden nicht davon, daß sie eitel, sondern daß sie verliebt sei. Vielleicht ist sie in sich selbst verliebt; es kommt mir wenigstens vor, als nehme meine Schwester dies an.«

»Ich möchte, sie wäre in mich verliebt,« sagte Robin darauf, »ich würde ihrem Kummer schon schnell ein Ende machen.«

»Was willst du damit sagen, lieber Sohn,« fragte die alte Dame, »wie kannst du nur so reden?«

»Nun, Mutter,« erwiderte Robin in aufrichtigem Tone, »glaubst du, ich würde das arme Mädchen aus Liebe zu mir sterben lassen, da sie mich doch so leicht haben könnte!«

»Pfui Bruder,« meinte nun die zweite Schwester, »wie du sprichst! Würdest du ein Geschöpf nehmen, das keinen Pence hat?«

»Ich bitte dich, liebes Kind,« entgegnete ihr Robin, »ist Schönheit vielleicht keine Mitgift? Schönheit und ein fröhliches Gemüt ist sogar eine doppelte. Ich wünschte nur, du hättest in dieser Beziehung die Hälfte von ihrem Vermögen!«

»Ich finde,« meinte darauf die älteste Schwester, »wenn Betty nicht verliebt ist, so ist es mein Bruder; es sollte mich wundern, wenn er ihr's noch nicht gestanden hätte, jedenfalls wette ich, daß sie nicht Nein sagen würde.«

»Die Ja sagen, wenn sie gefragt werden,« lachte jetzt Robin, »kommen einen Schritt vor denen, die niemals gefragt werden, ob sie Ja sagen wollten, und zwei Schritte vor denen, die Ja sagen, ehe sie gefragt werden; das mag dir Antwort genug sein, Schwester.«

Dies ärgerte das Mädchen gewaltig, sie geriet in große Erregung und sagte, die Dinge wären nun so weit gekommen, daß es die höchste Zeit sei, das Frauenzimmer, damit meinte sie mich, aus der Familie zu entfernen, und wenn man sie jetzt noch nicht vor die Türe setzen könne, so hoffe sie doch, ihr Vater und ihre Mutter würden sie nicht mehr länger, als unbedingt nötig sei, im Hause dulden.

Robin erwiderte, das gehe nur den Herrn und die Frau des Hauses etwas an, und die brauchtenwohl von jemandem, der so wenig Urteil habe wie seine älteste Schwester, nicht belehrt zu werden.

So ging die Zänkerei noch weiter; die Schwester schimpfte, Robin spöttelte und höhnte, und die arme Betty verlor dadurch immer mehr Boden in der Familie.

Als ich von dem Streit zuerst erfuhr, begann ich bitterlich zu weinen, und die alte Dame, die Mutter, kam selbst zu mir herauf, da sie hörte, daß ich so bekümmert sei. Ich klagte ihr, wie ungerecht ich es von den Ärzten fände, solch eine Meinung, zu der sie nicht den geringsten Grund hätten, über mich abzugeben, ja, daß es doppelt schlimm sei, eine Unvorsichtigkeit und eine Ungerechtigkeit zugleich, dergleichen von einem Mädchen zu sagen, das in solcher Lage in solch einer Familie sei; daß ich aber hoffe, nichts getan zu haben, was ihre Achtung für mich verringere oder Anlaß zu Streitigkeiten zwischen ihren Söhnen und Töchtern geben könne; ich wisse, daß es für mich angebrachter wäre, an einen Sarg als an die Liebe zu denken, und bat sie zum Schluß, mir nicht die Verschuldungen anderer Leute, nur meine eigenen anzurechnen.

Sie sah ein, wie gerecht alles war, was ich sagte, doch entgegnete sie mir, da es nun einmal zu diesen Streitereien gekommen sei und ihr jüngerer Sohn immer solch aufreizende Reden führe, bitte sie mich darum, ihr eine Frage aufrichtig zu beantworten. Ich sagte, ich wolle es tun, und zwar so ehrlich und klar, wie es mir nur immer möglich sei. So fragte sie mich denn, ob zwischen ihrem Sohne Robin und mir irgend welche Beziehungen beständen. Ich antwortete ihr mit allen Beteuerungen meiner Aufrichtigkeit, daß nichts zwischen uns schwebe, oder je geschwebt habe; daß Herr Robin nur geschäckert und gescherzt habe, wie es seine Art und Weise sei, und daß ich solche Reden immer für das gehalten, was sie auch wirklich seien, eine sonderbare und lustige Manier, mit den Menschen zu verkehren, der man keine Bedeutung beizumessen habe; und nochmals versicherte ich ihr, daß nicht der geringste Anlaß vorläge, anzunehmen, daß irgend etwas zwischen uns im Gange sei und daß diejenigen, die eine solche Vermutung in die Welt gesetzt, mir bitter Unrecht getan und Herrn Robin gewiß auch keinen Dienst erwiesen hätten.

Die alte Dame war nun ganz zufriedengestellt und umarmte und küßte mich, plauderte heiter mit mir, bat mich, nur ja auf meine Gesundheit zu achten, mir nichts abgehen zu lassen, und ging dann wieder. Als sie jedoch hinunter kam, lagen sich der Bruder und die Schwestern noch immer in den Haaren. Die Mädchen befanden sich in großer Aufregung und Wut, weil er ihnen vorgeworfen, sie würden sitzen bleiben, kein Mann habe sich noch für sie interessiert, trotzdem sie doch oft deutlich genug ungefragt Ja gesagt hätten. Dann zog er sie wieder mit dem armen Fräulein Betty auf, wieviel hübscher diese sei, wie angenehm ihr Wesen, wie wohllautend ihre Stimme, wie anmutig ihr Tanz; nichts, was sie ärgern konnte, ließ er aus. Die alte Dame kam gerade in dem Augenblick ins Zimmer zurück, als das Gezänk seinen Höhepunkt erreicht hatte; und um ihm ein Ende zu machen, erzählte sie ihnen die Unterredung, die sie mit mir gehabt, und daß ich beteuert, es bestehe nichts von dem, was sie zwischen mir und ihrem Sohn vermuteten.

»Da irrt sie sich sehr,« erwiderte ihr Robin, »denn wenn nicht sogar sehr viel zwischen uns bestanden hätte, wären wir jetzt nicht soweit auseinander, als wir es sind. Ich habe ihr gesagt, daß ich geradezu toll in sie verliebt sei, aber ich konnte das Teufelsmädel nicht dazu kriegen, daß sie mir glaubte.«

»Das finde ich sehr begreiflich,« erwiderte die Mutter, »kein Mensch mit gesundem Verstande würde annehmen, du redest im Ernste, wenn er dich so zu einem armen Kinde, dessen Verhältnisse du doch so gut kennst, sprechen hörte. Und ich bitte dich, mein lieber Sohn,« fügte sie hinzu, »da du uns selbst sagst, daß sie nicht einmal glaubt, du sprächst im Ernst, was sollen wir denn davon denken? Du springst ja in deinen Reden immer so unsinnig herum, daß kein Mensch wissen kann, wo die Vernunft aufhört und der Scherz anfängt. Da ich aber sehe, daß das Mädchen, deinen eigenen Worten nach, die Wahrheit gesagt hat, habe ich nur den einen Wunsch, auch du möchtest dich nun endlich einmal klar und deutlich aussprechen, damit ich weiß, woran ich bin. Ist etwas an der Sache oder nicht? Redest du im Ernst oder nicht? Hast du wirklich eine Dummheit vor oder nicht? Es ist eine gewichtige Frage, und ich wünschte, du machtest uns das Verständnis der Antwort etwas leicht.«

»Es wäre wirklich unnütz, Mutter,« begann jetzt Robin, »die Sache noch länger verschleiern oder Lügen auftischen zu wollen. Mir ist so ernsthaft zu Mute wie einem Mann, der zum Galgen geführt wird – wahrhaftig. Hört also klipp und klar: Wenn Fräulein Betty sagte, daß sie mich liebe und mich heiraten wolle, so würde ich noch morgen früh, ehe ich gefrühstückt hätte, mit ihr zum Pfarrer gehen.«

»So habe ich also einen Sohn verloren,« versetzte hierauf die Mutter, und zwar in so traurigem Tone, als habe sie wirklich den größten Kummer.

»Das hoffe ich nicht, Mutter,« erwiderte ihr Robin, »ein Mann, der eine gute Frau gefunden hat, ist doch wohl nicht verloren?!«

»Aber mein Kind,« entgegnete die alte Dame, »sie ist doch eine Bettlerin.«

»Dann hat sie also Liebe und Mitleid umso nötiger,« sagte Robin. »Ich werde sie mir, wenn es Not tut, vom Magistrat geben lassen, und sollten wir zusammen betteln gehen ... Sie und ich.«

»Es ist nicht recht von dir, mit solchen Dingen zu scherzen,« sagte die Mutter.

»Ich scherze auch nicht, Mutter,« erwiderte Robin, »das wirst du sehen, wenn ich mit ihr kommen werde und um deine und des Vaters Einwilligung bitten.«

»Die wird wohl nicht zu erlangen sein, mein Sohn,« sagte die Mutter, »wenn du Ernst machst, bist du unser verlorenes Kind.«

»Ich hoffe, ich würde es nicht sein, und Ihr hättet am Ende ein Einsehen,« antwortete Robin, »aber ich fürchte zugleich auch, daß ihr nie in die Lage kommen könnt, es zu haben. Denn sie will mich ja nicht!«

»Das ist mir eine schöne Geschichte,« warf die jüngere Schwester hier ein, »aber meinst du wirklich, ich glaubte, Fräulein Betty sei eine solche Närrin?«

»Na, Fräulein Neunmalklug,« erwiderte Robin, »Fräulein Betty ist allerdings keine Närrin, aber Fräulein Betty könnte schon irgend wo anders versprochen sein, und was dann?«

»Nein,« sagte die Schwester, »wer könnte der andere wohl sein? Sie kommt ja nie heraus, es kann nur zwischen euch beiden etwas bestehen.«

»Ich habe nichts weiter zu sagen,« erwiderte hier Robin; »an mir habt ihr nun genug herumgeschnüffelt. Aber mein Bruder ist doch auch noch da. So fragt doch einmal bei ihm an!«

Dies ging dem älteren Bruder gehörig in die Glieder, denn er vermutete, daß Robin etwas erfahren habe; doch nahm er sich zusammen und zeigte seine Verwirrung nicht. »Nun muß ich dich aber doch bitten, sagte er vielmehr ruhig, mir nicht etwa deine Geschichten in die Schuhe zu schieben. Ich kann dir nur sagen, daß ich in so was nicht mache, mein teurer Freund, ich habe mit keinem Fräulein Betty der Welt irgend etwas zu schaffen.« Und damit stand er auf und machte sich davon.

»Nein,« sagte die älteste Schwester, »für meinen Bruder will ich mich verbürgen, der kennt die Welt besser und begeht keinen Unsinn.«

So endete dieses Gespräch, das den ältesten Bruder in Wirklichkeit doch in eine große Unruhe versetzte. Er zweifelte nicht, daß Robin die ganze Sachlage durchschaue und begann zu erwägen, ob ich wohl die Veranlassung sei oder nicht; doch fand er trotz allen Nachdenkens kein Mittel, um mich in meinem Zimmer aufsuchen zu können, so daß er denn in immer größere Aufregung geriet und endlich beschloß, mit mir zu reden, was es auch für Folgen haben würde.

Eines Tages nach dem Mittagessen blieb er noch eine Zeit mit seiner ältesten Schwester zusammen, und wartete, bis sie sich wie gewöhnlich nach oben begebe. Als sie die Treppe hinaufstieg, lief er ihr nach und rief: »Sag mal, Schwester, wo ist denn das kranke Mädchen? Darf kein Gebein sie mal sehen?«

»Gewiß,« erwiderte die Schwester, »warum nicht? Aber ich will zuerst zu ihr gehen und sagen, daß du kommst.«

Damit öffnete sie auch schon meine Türe, benachrichtigte mich, wer kommen wolle, und rief ihren Bruder heran: »Wenn es dir also Spaß macht, dann komm nur mal, Bruder.«

»Er kam also herein, tat, als sei's ein Ulk für ihn, und rief lustig: ›Na, wo ist denn der kranke Korpus, der Liebesgram hat? Wie geht es Ihnen, Fräulein Betty?‹«

Ich wollte aus meinem Lehnstuhl aufstehen, fühlte mich jedoch so schwach, daß ich dazu nicht im stande war; er bemerkte es und seine Schwester auch.

»Versuche nur nicht, aufzustehen,« sagte sie, »mein Bruder, der verlangt keine Förmlichkeiten, besonders jetzt nicht, da du krank bist.«

»Nein, nein, Fräulein Betty,« sagte er, »bleiben sie nur ganz ruhig sitzen,« und damit setzte er sich auf einen Stuhl mir gegenüber nieder und tat, als sei er ganz außerordentlich fidel. Er schwätzte eine Menge spaßhaftes Zeug zusammen, bald von diesem, bald von jenem, um mich und seine Schwester zu belustigen, und hin und wieder kam er auch auf mich selbst zu sprechen. »Armes Fräulein Betty,« sagte er, »es ist wirklich eine üble Sache, verliebt zu sein – was? Die Liebe hat Sie ja nicht schlecht auf den Hund gebracht.«

Darauf antwortete ich traurig lächelnd: »Ich freue mich, daß sie so heiter sind, mein Herr, aber ich glaube, der Arzt hätte auch etwas besseres tun können, als seinen Spott mit seinen Kranken zu treiben. Wenn mir sonst nichts gefehlt hätte, wäre ich wahrhaftig zu klug gewesen, um ihn überhaupt herein zu lassen, glauben sie, ich kenne das Sprichwort nicht?«

»Welches Sprichwort,« fragte er, »vielleicht:

Wen die Liebe hat am Kragen,
Dem kann auch der Arzt kein Heilmittel sagen.

Meinten Sie das, Fräulein Betty?«

Ich lächelte und antwortete nichts.

»Die Wirkung der Kur beweist aber eigentlich, daß doch die Liebe im Spiel ist, denn der Doktor hat ihnen keine Dienste geleistet. Sie erholen sich nur sehr langsam, wird mir gesagt, und ich glaube auch, daß hier« – er deutete dabei auf sein Herz – »der Hund begraben liegt. Sie gehören vielleicht zu den Unheilbaren, Fräulein Betty.«

Ich lächelte wieder und sagte: »O nein, mein Herr, ich glaube, meine Krankheit hat ihren Sitz doch wo anders.«

Derartige Reden und andere, die ebensowenig bedeuteten, führten wir eine ganze Menge.

Dann fragte er beiläufig, ob er mir vielleicht etwas auf der Flöte vorspielen solle. Seine Schwester entgegnete ihm, sie glaube, mein Kopf könne das wohl noch nicht vertragen. Ich verneigte mich jedoch und sagte: »Bitte sehr darum, lassen sie es doch zu. Ich höre so gerne die Flöte spielen.«

»Gut denn, Bruder, spiele.«

Und er zog auch schon den Schlüssel zu seinem Zimmer aus der Tasche und: »Liebe Schwester,« sagte er, »ich bin heute so faul, geh doch bitte und hole die Flöte, sie liegt in der unteren Schublade links« und nannte einen Platz, an dem die Flöte bestimmt nicht lag, damit sie längere Zeit zu suchen nötig habe.

Kaum war sie gegangen, so erzählte er mir die ganze Unterredung, die er mit seinem Bruder über mich gehabt, äußerte seine Befürchtungen und gestand, das diese der Grund seien, weshalb er gewagt, mich zu besuchen.

Ich versicherte ihm, daß ich meinen Mund nicht aufgetan habe, weder seinem Bruder, noch irgend jemand sonst gegenüber; ich sagte ihm, in welch schrecklicher Not ich sei, daß meine Liebe zu ihm und seine Aufforderung, ich solle meine Zuneigung vergessen und sie auf einen anderen übertragen, mich darniedergeworfen habe, daß ich tausendmal gewünscht, ich möge lieber sterben, als mich erholen und unter den gleichen Kämpfen und Umständen weiterleben. Dann fügte ich hinzu, ich sehe im voraus, daß ich, sobald ich wieder hergestellt sei, das Haus verlassen müsse, daß mich jeder Gedanke an eine Ehe mit seinem Bruder mit Abscheu erfülle, nach dem, was zwischen uns beiden vorgefallen, und daß er mir glauben könne, ich werde diesem nie mehr gestatten, auch nur mit einem Worte auf sein Ansinnen zurückzukommen. Wenn er selbst aber all seine Schwüre und Versprechen brechen wolle, so möge er es mit sich und seinem Gewissen ausmachen. Er solle jedoch nie Grund haben, sagen zu können, daß ich, die er überredet habe, sich seine Frau zu nennen, und die ihm alle Rechte eines Gatten eingeräumt, ihm nicht auch so treu gewesen, wie eine Ehefrau es sein müsse – mochte der Gatte sich auch immer gegen sie benehmen, wer weiß wie!

Er antwortete mir, er sehe mit Bedauern, daß ich mich noch immer keines Bessern belehren lasse; und er wollte noch mehr sagen, als er die Schwester wieder hinzukommen hörte. Ich erwiderte ihm nur noch schnell und kurz, daß ich mich nie werde belehren lassen, den einen Bruder zu lieben und den andern zu heiraten. Er schüttelte den Kopf und sagte; »Dann bin ich wohl verloren.« In diesem Augenblick trat die Schwester herein und behauptete, sie könne die Flöte nicht finden. »Na,« entgegnete er ihr mit dem muntersten Gesicht, »ich sehe schon, mit meiner Faulheit komme ich nicht weit,« stand auf und ging nun selbst, um die Flöte zu holen. Doch kam auch er ohne sie zurück, nicht als ob er sie nicht gefunden, sondern weil er gar keine Luft verspürte, zu spielen; der Gang der Schwester hatte ja nun seinen Zweck erfüllt; es war ihm gelungen, mit mir unter vier Augen zu reden, so wie er es gewollt; ob das Gespräch auch nicht zu seiner Zufriedenheit ausgefallen war.

Mir gewährte es jedoch eine große Befriedigung, daß ich mich endlich einmal frei und mit solch ehrlicher Deutlichkeit, wie ich eben erzählt, ausgesprochen hatte, und wenn meine Worte auch durchaus nicht die gewünschte Wirkung hatten, ich meine, wenn sie den jungen Herrn nicht wieder von neuem an mich fesselten, so nahmen sie ihm doch alle Möglichkeit, mich ohne eine unverblümte Unehrenhaftigkeit, die er als Gentleman unmöglich begehen konnte, zu verlassen.

Erst ein paar Wochen nach dieser Unterredung machte meine Besserung Fortschritte, und ich konnte wieder im Hause umhergehen. Doch blieb ich traurig und in mich gekehrt, was die ganze Familie in Verwunderung setzte, nur den nicht, der den Grund kannte; doch dauerte es eine lange Zeit, ehe er tat, als bemerke er etwas davon. Ich hielt mich aber ebenso zurück wie der junge Herr, benahm mich ihm gegenüber äußerlich sehr respektvoll, versuchte jedoch nie ein Wort zu sagen, oder von ihm eines zu hören, das unsere alten Beziehungen betraf; und dies dauerte sechzehn oder siebzehn Wochen lang; so daß ich, die ich jeden Tag erwartete, von der Familie um der Feindseligkeit halber, die man ohne mein Verschulden noch immer gegen mich hegte, auf die Straße gewiesen zu werden, auch noch obendrein in der angstvollen Ungewißheit leben mußte, von meinem Geliebten, trotz aller feierlicher Gelöbnisse, nichts mehr hören zu sollen, sondern einfach verraten und verlassen worden zu sein.

Schließlich war es die Mutter, durch die eine Wendung kam. Als ich eines Tages mit der alten Dame ernsthaft über meine Verhältnisse sprach und meinte, daß meine Krankheit wohl eine Störung an Geist und Gemüt bei mir zurückgelassen habe, sagte sie:»Ach ja, ich fürchte, Betty, was ich Ihnen neulich über meinen Sohn sagte, hat zu großen Eindruck auf Sie gemacht und Sie sind traurig um seinetwillen. Wollen Sie mir nicht sagen, wie die Sachen zwischen Ihnen und Robin stehen? Ob da nicht doch irgend etwas Unangebrachtes geschehen ist? denn Robin schwätzt nur Unsinn und Torheit zusammen, wenn ich mit ihm von Ihnen sprechen will.«

»Gewiß, Madam, es ist wahr,« entgegnete ich, »die Sachen stehen zwischen uns so, wie ich wollte, sie täten es nicht, und ich werde ihnen ehrlich alles erzählen, was es auch für mich für Folgen haben sollte. Der junge Herr Robin hat mir mehrere Male einen Heiratsantrag gemacht, was ich bei meiner Armut nicht erwarten konnte; doch habe ich ihn immer abgewiesen und noch dazu in bestimmteren Ausdrücken, als mir vielleicht zukam, da ich doch jedem Gliede der Familie eine ganz besondere Achtung schuldig bin. Aber Madam,« fuhr ich fort, »es wäre mir ganz unmöglich gewesen, die Verpflichtungen, die ich gegen ihr Haus habe, je so weit zu vergessen, daß ich meine Einwilligung zu einer Verbindung gegeben hätte, die, wie ich weiß, ihnen nur unangenehm sein kann; und deshalb antwortete ich ihm kurz und bündig, daß ich einem solchen Heiratsgedanken niemals näher treten werde, wenn er nicht etwa die Zustimmung seiner Eltern erlange, denen ich viel zu sehr zur Dankbarkeit verpflichtet sei, als daß ich sie betrüben könne.«

»Ist es möglich, Fräulein Betty,« fragte die alte Dame, »sie wären gerechter gegen uns gewesen, als wir gegen sie? Wir haben sie alle als eine Art Schlinge für meinen Sohn betrachtet und ich wollte sie aus Furcht, es möchte ein Leichtsinn geschehen, schon auffordern, unser Haus zu verlassen. Wenn ich ihnen nichts davon gesagt habe, so geschah es nur, weil ich fürchtete, sie allzusehr zu treffen und vielleicht einen Rückfall in ihrer Krankheit herbeizuführen. Wir wissen sehr wohl, daß wir auch ihnen gegenüber Rücksichten zu nehmen haben; wenn dieselben auch nicht so weit gehen dürfen, daß wir eine Torheit unseres Sohnes ruhig geschehen lassen. Wenn sich die Sache jedoch so verhält, wie sie sagen, haben wir Ihnen alle großes Unrecht getan.«

»Was die Wahrheit meiner Worte angeht,« erwiderte ich, »so kann ich die gnädige Frau nur auf Ihren Sohn selbst verweisen. Wenn er mir nur die geringste Gerechtigkeit widerfahren läßt, wird er die Sache genau so erzählen, wie ich sie Ihnen dargestellt habe.«

Sofort begab sich die alte Dame zu ihren Töchtern und teilte ihnen die Angelegenheit genau mit meinen Worten mit.

Sie waren nicht wenig überrascht, wie ich mir wohl denken konnte. Die eine sagte, dergleichen hätte man allerdings nicht erwarten können, die andere nannte Robin einfach einen Narren, die dritte meinte, sie glaube dem Fräulein Betty kein Wort und gehe jede Wette ein, daß Robin die Geschichte schon anders darstellen würde.

Die alte Dame jedoch, die fest entschlossen war, die Wahrheit zu erfahren, beschloß, mit ihrem Sohn zu reden, noch ehe ich Rücksprache mit ihm nehmen konnte, und ließ ihn sofort rufen.

Er hatte sich gerade zu einem Notar in der Stadt begeben, kehrte jedoch auf ihren Wunsch umgehend zurück.

Er fand die ganze Familie, bis auf den Vater, versammelt.

»Nimm Platz, Robin,« sagte die alte Dame, »ich habe mit dir zu reden!«

»Von Herzen gern,« erwiderte Robin heiter. »Hoffentlich handelt es sich um eine gute Frau für mich, denn bin ich wahrhaftig nicht wenig in Verlegenheit.«

»Wieso,« erwiderte die Mutter, »sagtest du nicht, du seiest entschlossen, Fräulein Betty zu heiraten?«

»Allerdings, Mutter,« rief Robin, »aber es gibt nur leider jemand, der mich hindert, diese Absicht auch zu verwirklichen.«

»Die Absicht zu verwirklichen? Wieso? Wer könnte das wohl sein?«

»Fräulein Betty selbst,« antwortete Robin.

»Hast du denn schon um sie angehalten?«

»Natürlich, ich habe ehe sie krank war, nicht mehr und nicht weniger als fünf Angriffe auf sie unternommen, und bin jedesmal kräftig zurückgeschlagen worden. Das Bollwerk ist außerordentlich stark, und sie wollte nicht kapitulieren und sich nur unter unerfüllbaren Bedingungen ergeben.«

»Erkläre dich näher,« sagte die Mutter, »ich bin ganz überrascht und verstehe nicht, was das alles heißen soll. Wahrscheinlich redest du auch gar nicht im Ernst.«

»Das tu ich wohl, Mutter,« erwiderte er, »die Sache liegt so einfach, daß sie sich von selbst erklärt. Sie will mich nicht. Ist das nicht deutlich genug? Mir kam es jedenfalls so vor. Ich fand es eigentlich sogar ein wenig arg, gerade herausgesagt, von ihr.«

»Aber,« fragte die Mutter, »ich hörte da etwas von Bedingungen, die du nicht erfüllen konntest. Wie kommt sie überhaupt dazu, Bedingungen zu stellen? Dergleichen beruht doch immer auf Gegenseitigkeit. Was bringt sie dir denn etwa mit?«

»Nun, was ihr Vermögen anlangt,« sagte Robin, »sie ist reich genug, ich wäre schon ganz zufrieden. Ich selbst aber konnte ihren Ansprüchen nicht genügen. Sie besteht jedoch auf denselben und will mich nur unter diesen Bedingungen, oder überhaupt nicht haben.«

Hier fielen ihm seine Schwestern ins Wort. »Mutter,« sagten sie, »es ist ja ganz unmöglich, ernsthaft mit ihm zu reden. Er gibt niemals eine direkte Antwort. Am besten ließe man ihn ruhig seiner Wege gehen und spräche überhaupt von der Sache nicht mehr.«

Robin verlor bei solchen Worten seiner Schwester ein wenig die Ruhe, doch beherrschte er sich. »Es gibt eben zwei Arten von Menschen,« sagte er zu seiner Mutter gewandt, »die nie zu einander passen werden, Weise und Narren, und es ist vielleicht zu viel von mir verlangt, daß meine Verhandlungen mit beiden Arten zum selben Ziele führen sollten.«

Nun erregte sich die jüngere Schwester. »Der Bruder muß uns in der Tat für Narren halten, wenn er glaubt, uns vorreden zu können, er habe Fräulein Betty einen ernsten Antrag gemacht, und sie habe ihn zurückgewiesen.«

»Antworte und antworte nicht, sagt Salomon,« erwiderte ihr Bruder. »Wenn ich dir sage, daß ich nicht weniger als fünfmal um sie angehalten und daß sie mich jedesmal rund abgewiesen hat, so steht meiner jüngeren Schwester, dünkt mich, nicht das Recht zu, die Wahrheit meiner Worte in Zweifel zu ziehen, zumal meine Mutter es auch nicht tut.«

»Die Mutter hat dich gewiß nicht recht verstanden,« sagte die zweite Schwester.

»Sie bat mich nur um eine Erklärung und zweifelte an der Wahrheit meiner Worte nicht im mindesten.«

»Nun, mein Sohn,« begann die alte Dame wieder, »da du uns dein Geheimnis schon offenbaren willst, welches waren denn ihre unerfüllbaren Bedingungen?«

»Ich hätte sie dir schon längst mitgeteilt,« antwortete Robin, »wenn diese Quälgeister mich nicht immer mit ihren Zwischenbemerkungen belästigt hätten. Ihre Bedingungen sind, daß ich den Vater und dich dazu bewege, die Einwilligung zu geben, ohne welche sie mir noch nicht einmal mehr gestatten will, von meiner Liebe überhaupt zu reden. Diese Bedingungen werde ich aber wohl, wie ich schon sagte, nie zu erfüllen im stande sein. Und nun hoffe ich, daß meine eifrigen Schwestern meine Antwort deutlich genug finden und sich mal ein bischen tüchtig schämen.«

Seine Worte kamen allen sehr überraschend, der Mutter eigentlich noch am wenigsten, weil sie ja schon mit mir gesprochen hatte. Die Töchter dagegen standen einige Zeit stumm da.

Die alte Dame nahm dann das Wort: »Man hat mir schon etwas ähnliches gesagt, doch wollte ich es nicht glauben. Da ich jetzt aber nicht anders kann, sehe ich ein, daß wir Fräulein Betty großes Unrecht getan haben und daß sie sich besser zu benehmen gewußt hat, als ich erwartete.«

»Ich finde sogar,« meinte die älteste Schwester, »daß sie sich vorzüglich benommen hat.«

»Und ich glaube,« rief die Mutter, »daß es nicht ihr Verschulden war, daß er töricht genug gewesen, eine Neigung zu ihr zu fassen; daß sie ihm jedoch eine derartige Antwort gab, läßt auf mehr Achtung für uns schließen, als sich in ein paar anerkennenden Worten überhaupt sagen läßt. Ich werde das Mädchen dafür, so lange ich sie kenne, um so höher schätzen.«

»Ich nicht,« erwiderte Robin, »es sei denn, ihr gebt mir eure Einwilligung.«

»Alles weitere will erst überlegt sein, aber ich versichere dir, wenn ich nicht sonst noch meine Bedenken hätte, würde mich Fräulein Bettys ganze Haltung vielleicht schon zu einer Einwilligung bestimmen.«

»Ich wünsche natürlich nichts lebhafter,« sagte Robin, »als eure bedingungslose Zustimmung. Und wenn ihr mich wirklich ebenso gerne froh, als reich sehen wolltet, würdet ihr mir sie nicht lange verweigern.«

»Ist es dir also ein so voller Ernst, Robin?« fragte die Mutter. »Möchtest du sie wirklich so gern haben?«

»Wirklich, Mutter,« erwiderte Robin. »Ich finde es beinahe grausam, mich überhaupt noch zu fragen. Was nützt es mir, daß ich sie haben will, da ich sie nicht ohne eure Einwilligung haben kann. Ich will nur das eine nochmals sagen, daß es mir voller Ernst ist und daß ich niemals jemand anders heiraten will, noch werde. Ich wiederhole noch einmal ganz einfach: Betty oder niemanden, und es ist nur die Frage, welche von den beiden mir dein Herz bestimmt, Mutter, wobei ich nur hoffe, daß meine wohlgesinnten Fräulein Schwestern hier keine Stimme abzugeben haben.«

Dies ganze Gespräch, als es mir berichtet wurde, brachte mich in argen Schrecken, denn die Mutter schien ja nun nachgeben zu wollen, und Robin drängte immer eifriger. Auch befragte die alte Dame ihren ältesten Sohn um Rat und dieser kam ihr natürlich mit tausend Gründen, um sie zu bewegen, nur ja ihre Zustimmung zu geben. Er betonte immer wieder die leidenschaftliche Liebe seines Bruders zu mir, meine großmütige Rücksicht auf die Familie, mein feines Ehrgefühl, das mich meinen eigenen Vorteil ganz außer acht lassen ließ, und tausend Dinge mehr ... Was den Vater anging, so war dieser stets in eine Menge geschäftlicher und öffentlicher Angelegenheiten verwickelt, kam selten nach Hause, hielt es für die Hauptsache, viel Geld zu verdienen, und überließ alle häuslichen Angelegenheiten seiner Frau.

Sie können sich denken, daß es jetzt, nachdem das Komplott ans Tageslicht gekommen war, für den ältesten Bruder, auf den niemand Verdacht hatte, lange nicht mehr so schwer und gefährlich war, Zutritt zu mir zu erlangen. Ja, die Mutter kam seinen Wünschen sogar entgegen, indem sie ihn aufforderte, sich mit Fräulein Betty doch des Öfteren zu unterhalten.

»Ich glaube, mein Sohn,« sagte sie zu ihm, »du siehst in solchen Dingen klarer als ich, und wirst bald herausfühlen, ob sie in der Tat so entschieden geantwortet hat, wie Robin sagte, oder nicht.«

Kein Auftrag konnte ihm gelegener kommen. Er ließ sich allerdings erst noch ein wenig bitten, ehe er den Wunsch seiner Mutter erfüllte. Sie ließ uns jedoch beide in ihr Zimmer rufen, sagte mir, ihr Sohn habe in ihrem Auftrage mancherlei mit mir zu reden, schloß die Tür hinter sich und ließ uns allein.

Er kam auf mich zu und umarmte mich mit vieler Zärtlichkeit; dann jedoch sagte er, die Dinge hätten sich nun so zugespitzt, daß ich vor entscheidende Fragen gestellt sei, und ich könne mich heute für mein ganzes Leben lang glücklich oder unglücklich machen. Ja, wenn ich seinen Wunsch nicht erfülle, brächte ich uns beide ins Verderben. Dann erzählte er mir von der Szene, die sich zwischen Robin, seiner Mutter, seinen Schwestern und ihm selbst zugetragen. »Und nun, liebes Kind,« sagte er, »stelle dir doch vor, was es heißt, den Sohn einer guten Familie, der sich in solch glänzenden Verhältnissen befindet, mit der Einwilligung des ganzen Hauses zu heiraten und alles, was die Welt nur bietet, genießen zu können, – und was es andererseits bedeutet, als ein alleinstehendes Mädchen zu leben, um dessen Ruf es so schlecht bestellt ist, – und daß ich ferner, selbst wenn ich, so lange ich lebe, im Geheimen dein Freund bliebe, doch allerlei Mißdeutungen ausgesetzt wäre, so daß du bald Mühe hättest, mich wieder zu sehen, und es mir sehr schwer werden würde, mit dir in Verbindung zu bleiben.«

Er ließ mir gar keine Zeit, zu antworten, sondern fuhr hastig fort: »Was zwischen uns vorgekommen ist, mein Kind, kann ja, wenn wir wollen, begraben und vergessen sein. Ich werde immer dein aufrichtiger Freund bleiben und nicht mehr als das, wenn du meine Schwägerin bist. Wir können auf die ehrenhafteste Weise unsere Gesellschaft genießen, ohne uns Vorwürfe machen zu müssen, und ohne das Bewußtsein, je etwas Übles getan zu haben. Ich bitte dich noch einmal, dies alles zu erwägen und deinem eigenen Wohlergehen nicht im Wege zu stehen. Und um dir zu beweisen, daß ich es ganz aufrichtig mit dir meine, biete ich dir hiermit 500 Pfd. als Schadenersatz an und hoffe, daß wir beide die – sagen wir – Torheiten, die nun einmal hinter uns liegen, nicht allzusehr bereuen.«

Er sagte dies alles in so eindringlichen Worten, wie es nur möglich ist. Und Sie können sich vielleicht eine Vorstellung von seiner Rede machen, wenn ich noch hinzufüge, daß sie wiederum anderthalb Stunden dauerte. Er suchte meine Entgegnungen zu widerlegen und brachte alle Argumente herbei, die Witz und Verstand nur ersinnen können.

Ich kann jedoch nicht behaupten, daß er mich überzeugte, oder mich die Sache auch nur mit anderen Augen ansehen ließ.

Zuletzt erklärte er mir ganz einfach, daß er, da ich noch immer nicht auf ihn hören wolle, nur noch hinzuzufügen habe, daß er die Beziehungen zu mir, wie sie bis jetzt bestanden hätten, gänzlich ändern müsse; daß er, obwohl er mich immer noch so wie früher liebe und ich ihm noch immer so teuer wäre wie je, doch das Gefühl für Tugend noch nicht so weit verloren habe, um jemals wieder bei der Frau zu schlafen, die sein Bruder zu seiner Gattin zu machen gedenke; und daß er, wenn er sich mit einem abschlägigen Bescheid von mir entferne, gezwungen sei, mir zu sagen, daß er, wiewohl er mich, seinen Versprechungen eingedenk, stets unterstützen werde, doch nicht mehr sehen könne. Das möge mich nicht überraschen, ich könne nichts anderes von ihm erwarten.

Diese Worte erfüllten mich mit furchtbarem Schmerz, so daß ich mich krampfhaft aufrecht halten mußte; denn ich liebte ihn wirklich so übermäßig, wie man es sich kaum denken kann.

Er sah meinen Kummer denn auch und bat mich, doch noch einmal ernsthaft zu überlegen und mit mir zu Rate zu gehen, dies sei der einzige Weg, auf dem wir unsere Zuneigung zu einander bewahren könnten; daß wir uns ja in diesem neuen Verhältnis als Freunde weiter lieben könnten, mit so viel Leidenschaft als uns zu Gebote stände, und doch von allen Vorwürfen und dem Verdacht der anderen befreit; ferner, daß er sich des Glücks, das ich ihm gegeben, stets erinnern werde, daß er, so lange er lebe, mein Schuldner bleibe und diese Schuld bis zu seinem letzten Atemzuge abbezahlen wolle.

Durch solche Reden brachte er es am Ende wirklich fertig, daß ich in meinem Entschluß wankend wurde, besonders, als er mir noch auf der andern Seite in lebhafter Farbe die Leiden ausgemalt hatte, denen ich entgegenginge, wenn ich gleichsam als eine verworfene Dirne in die Welt hinausgestoßen würde, ohne die Mittel zu haben, für mich zu sorgen, ohne Freund, ohne Bekannten, in eine fremde Gegend, denn in der Stadt könne ich doch nicht bleiben. All dies erschreckte mich sehr und er ließ es sich angelegen sein, mir meine Zukunft möglichst schwer dahinzustellen. Anderseits jedoch wieder unterstrich er, welch leichtes und glückliches Leben mich sonst erwarte.

Alles was ich von unserer Zuneigung und von seinen früheren Versprechungen dazwischen warf, beantwortete er damit, die Not zwinge uns eben jetzt, ganz andere Maßnahmen zu ergreifen; was sein Eheversprechen angehe, so liege es doch nur in der Natur der Sache, daß ich ihm dasselbe zurückgäbe, da ich doch vor der Zeit, auf die es sich bezöge, die Gattin seines Bruders werden könne.

So, kann ich wohl sagen, rässonierte er mich um meinen Verstand. Er widerlegte all meine Be-weise; ich sah, was ich bisher noch nicht so klar getan, in welch bedrängter Lage ich mich befand, das heißt, daß ich in Gefahr war, von beiden Brüdern fallen gelassen und in die Welt geschickt zu werden, um mich dort durchs Leben zu schlagen.

Endlich kam ich denn mit mir überein, dem jüngeren Bruder mein Jawort zu geben. Ich tat es allerdings mit soviel Widerwillen, daß jedermann sah, ich ging zur Kirche ungefähr so, wie ein Verurteilter in seinen Kerker.

Hinzu kam, daß mich die Furcht nicht losließ, mein neuer Gatte, dem ich übrigens wirklich nicht die geringste Zuneigung entgegenbrachte, möge mich, wenn wir zum erstenmale zusammen zu Bette gingen, nach ... nach ... nun, er möge mich eben befragen. Aber ob es nun mit Absicht geschah oder nicht, das weiß ich nicht, jedenfalls machte ihn sein älterer Bruder am Hochzeitstage dermaßen beschwipst, daß ich die Genugtuung hatte, in der ersten Nacht einen ganz betrunkenen Bettgenossen neben mir zu sehen. Ich schloß, daß der ältere Bruder ihn gewiß nur in diesen Zustand versetzt hatte, damit er den Unterschied zwischen einer Jungfrau und einer, nun, einer, die keine Jungfrau mehr war, nicht bemerke. Jedenfalls machte mein neuer Gatte sich nie irgend welche Gedanken, oder machte gar mir gegenüber irgend eine Bemerkung.

Ich hätte aber eigentlich nicht vorgreifen, sondern die Geschichte da weiter erzählen sollen, wo ich abgesprungen bin.

Nachdem also der ältere Bruder so auf mich eingeredet hatte, war seine nächste Aufgabe, auch die Mutter zu bestimmen, und er ließ nicht nach, bis er sie dazu gebracht, sich wenigstens passiv zu verhalten und dem Vater – der sich damals gerade für eine längere Zeit fern von Colchester befand – einstweilen keine andere als eine rein sachliche Meldung durch die Briefpost zu machen. So willigte sie also in unsere Heirat ein und überließ es einer späteren Zeit und Gelegenheit, den Vater nach dem Willen ihrer Sohne zu lenken.

Dann machte er sich bei seinem Bruder sehr beliebt, indem er ihm zu verstehen gab, welch großen Dienst er ihm erwiesen, und mit wie vieler Mühe er die Mutter zu der Einwilligung gebracht, was ja gewiß richtig war, jedoch nur geschehen, um nicht jenem, sondern nur sich selbst einen Dienst zu erweisen; denn er wußte ihm so lieb zu kommen, daß er noch tausend Dank dafür erntete, daß er seine Dirne seinem Bruder als Frau in die Arme geschmuggelt.

So leicht spricht sich der Mensch von jeder Ehre und Gerechtigkeit los, wenn es gilt, sich selbst vor irgend einem Übel zu retten.

Doch muß ich auch von Bruder Robin, wie wir ihn alle nannten, weiteres berichten. Als er die Einwilligung seiner Mutter erhalten hatte, kam er ganz voll von der Neuigkeit zu mir, erzählte mir die Geschichte lang und breit mit solch aufrichtiger Freude, daß es mir innerlich in meinem Herzen leid tat, einen so ehrenhaften guten Menschen zu betrügen. Aber da war nun nichts mehr zu ändern. Er wollte mich nun einmal haben, und ich konnte ihm doch nicht sagen, daß ich schon die Geliebte seines Bruders gewesen – und einen andern Weg, ihn abzuweisen, gab es jetzt nicht mehr. So machte ich mich also nach und nach mit meiner Brautschaft vertraut, und siehe da, eines Tages waren wir, wie ich schon vorweg erzählt, richtig verheiratet.

Der Anstand verbietet mir ja, die Geheimnisse des Ehebettes auszuplaudern, immerhin – es hätte sich nicht günstiger treffen können, als daß, wie ich auch bereits erzählte, mein Gatte so betrunken war, daß er sich am andern Morgen überhaupt nicht mehr erinnern konnte, ob er mich nun in der Nacht eigentlich besessen hatte oder nicht. Ich selbst sagte natürlich, es sei der Fall gewesen, obwohl es gar nicht der Wahrheit entsprach, aber ich wollte sicher sein, daß er mich nun nichts mehr zu fragen hatte.

Es hätte keinerlei Beziehung zu meiner Geschichte, wollte ich weitere Einzelheiten aus der Familie oder meinem Leben in derselben erzählen. Fünf Jahre lang lebte ich mit meinem Gatten zusammen und will nur noch bemerken, daß ich zwei Kinder von ihm hatte und daß er am Ende des fünften Jahres starb. Er war mir ein guter Mann gewesen, und wir waren vortrefflich mit einander ausgekommen. Da er jedoch von seiner Familie nicht sehr bedacht worden war und in der kurzen Zeit unserer Ehe auch nichts nennenswertes dazu erworben hatte, befand ich mich nicht in den besten Verhältnissen und sah meine Lage durch meine Heirat eigentlich gar nicht sehr verbessert. Zwar hatte ich den älteren Bruder bei seinem Worte gehalten, mir die 500 Pfd., die er mir für meine Einwilligung zu der Heirat mit seinem Bruder angeboten, auszuzahlen, und diese Summe machte mit allem, was ich mir von dem Gelde, das er mir früher gegeben, erspart, und was mir mein Gatte hinterlassen, zusammen 1200 Pfd. aus.

Glücklicherweise nahmen mir die Eltern meines Gatten die beiden Kinder weg; das war dann alles, was Fräulein Betty der Familie eingebracht hatte.

Ich muß gestehen, daß mich der Verlust meines Gatten nicht so betrübte, wie es hätte sein müssen; auch kann ich nicht behaupten, daß ich ihn jemals gebührend geliebt, oder die gute Behandlung, die er mir zu teil werden ließ, genügend gewürdigt hätte; denn er war aufmerksam, zärtlich und gutmütig gewesen, wie es sich eine Frau nur immer wünschen kann; aber der Anblick seines Bruders – ich sah ihn fast jeden Tag – war mir eine stete Qual; und niemals fand ich mich im Bett meines Gatten, ohne zu wünschen, ich läge im Arm seines Bruders; und obgleich dieser Bruder mir nach der Verheiratung nie den Austausch von Zärtlichkeiten antrug, sondern sich stets so benahm, wie es einem Schwager zukam, war es mir doch ganz unmöglich, seinem Beispiel zu folgen; kurz, ich beging in meinen Wünschen täglich schmählichen Ehebruch mit ihm und war darum gewiß nicht weniger schuldig, als wäre es in Wirklichkeit geschehen.

Der ältere Bruder verheiratete sich vor dem Tode meines Gatten. Wir waren damals gerade nach London übergesiedelt, und die Mutter, die alte Dame, lud uns durch einen Brief ein, der Hochzeit doch beizuwohnen. Mein Gatte ging, ich schützte jedoch ein Unwohlsein vor und blieb zu Hause, denn ich konnte es nicht über mich gewinnen, zuzusehen, wie der andere mit einer anderen verbunden wurde, ob ich gleich wußte, daß er nie wieder der meine sein konnte.

Fünftes Kapitel.

Ich stand nun also, nachdem mein Gatte gestorben war, allein in der Welt; und da ich noch jung und schön war, wie jedermann sagte, und ich es selbst nicht zum wenigsten glaubte, und da ich außerdem mein ja allerdings kleines Vermögen in meiner Tasche wußte, so schätzte ich meinen Wert nicht allzu gering ein. Bald machten mir denn auch mehrere tüchtige Geschäftsleute den Hof; und zwar einer besonders, ein Leinwandhändler, in dessen Hause ich nach dem Tode meines Gatten eine Wohnung gemietet, da ich mit seiner Schwester befreundet war. Hier hatte ich jede Freiheit und Gelegenheit, mich zu vergnügen, denn diese Schwester meines Hauswirtes war eins der muntersten, tollköpfigsten Dinger, die man sich nur denken kann, wenn auch nicht so sehr Herrin ihrer Tugendsamkeit, wie ich ursprünglich angenommen. Sie brachte mich in eine ausgelassene Gesellschaft und lud oft Personen ein, denen sie die Freude machen wollte, sich die hübsche Witwe einmal anzusehen. Und wie sich die Wespen auf den Zucker stürzen, so hatte ich hier bald einen Überfluß an Bewunderern und fand sogar manche, die sich Liebhaber nannten und Bewerber um meine Hand. Doch hörte ich von keinem einen ehrlichen und endgültigen Antrag; und ich verstand zu gut, was im allgemeinen ihre Absicht war, um je wieder in eine Falle der Art zu gehen, wie ich einst mit meinem ersten jungen Herrn gegangen war. Auch lagen die Verhältnisse jetzt bei mir ja anders, ich hatte Geld in meiner Tasche und brauchte von niemandem etwas geschenkt zu nehmen. Einmal hatte man mich bei der Betrügerei, die man da Liebe nennt, übers Ohr gehauen, aber das sollte mir nicht zum zweiten Male passieren. Ich wollte mich verheiraten oder Witwe bleiben und zwar gut verheiraten oder überhaupt nicht; so ging mein Entschluß.
Ich liebte dabei die Gesellschaft lebenslustiger Männer und unterhielt mich oft und gern mit ihnen; freilich traf ich mitunter auch auf andere, ernstere; doch fand ich nach einiger Beobachtung heraus, daß die angenehmsten Männer das flaueste Geschäft, so zu sagen, für mich gewesen wären, und daß anderseits diejenigen, die mir die redlichsten

und besten Offerten zu machen gehabt hätten, wieder die flauesten, langweiligsten und unangenehmsten Menschen vorstellten. Ich war dabei im Grunde gegen einen Kaufmann nicht abgeneigt, doch sollte es ein Kaufmann sein, der auch etwas vom großen Herrn hatte; er mußte, wenn er mich ins Schauspiel oder sonst irgend wohin führte, mit Anstand sich benehmen können, und so wohl aussehen wie nur irgend ein Kavalier; er durfte die Spuren seines Geschäftes nicht auf dem Ausgehrock mit sich herumtragen, und den Kreis, den das Arbeitskäppchen ließ, durfte man auf der Staatsperrücke nicht mehr sehen; auch durfte es nicht den Anschein erwecken, als wäre der ganze Mensch an den Degen gehangen, während dieser doch an ihm hängen mußte, und sein Gesicht durfte kein beständiges Firmenschild sein. Das alles wollte ich nicht.

Nun, und ich fand auch endlich ein solches Zwiegeschöpf, wie ich es suchte, einen Kauf- und Edelmann in einer Person. Aber ach, als sollte es eine Strafe für meine Torheit sein, es wurde wieder ein Reinfall mit mir und ihm.

Der Betreffende war ebenfalls ein Leinwandhändler. Und obwohl meine Freundin mich gern für ihren Bruder gewonnen hätte, wies ich diesen letzteren doch ab; denn es stellte sich heraus, daß ich nur seine Geliebte werden sollte, während ich jetzt durchaus der Meinung war, daß eine Frau nie nötig hat, die »Geliebte« eines Mannes zu werden, wenn sie Geld genug besitzt, um sich zu seiner Frau zu machen.

So hielten mich also nur mein Hochmut, nicht meine Grundsätze, mein Geld, nicht meine Tugend ehrbar.

Aber es sollte sich später zeigen, daß es noch viel besser gewesen wäre, meine Freundin hätte mich als »Geliebte« an ihren Bruder gebracht, als daß ich mich jetzt besagtem Kavalierkaufmann ehelich anvertraute, der zwar ein recht feiner Herr war, ein Lebemann sogar, einer, dem immer Geld in seiner Tasche klimpern mußte, – aber zugleich auch wieder nur der allerarmseligste Bettler.

Doch mich hetzte nur einmal mein Wahn, es müsse durchaus etwas weltmännisches an meinem Gatten sein. Und so kam's, daß ich mich in der dümmsten Weise betrügen ließ. Denn kaum war mein neuer Gatte in dem Besitz meines Geldes, so überließ er sich einer derartigen Verschwendungssucht, daß alles, was ich hatte, und das, was er hatte, dazu, nicht viel länger als ein Jahr reichte. So kurz war die Herrlichkeit meiner zweiten Ehe.

Ungefähr ein viertel Jahr lang tat mein neuer Gatte sehr verliebt in mich und war es auch wohl, so daß ich wenigstens das von ihm hatte, daß er einen großen Teil meines Geldes auf mich und mein Vergnügen verwandte.

»Höre mal, Liebste,« sagte er eines Tages zu mir, »wollen wir nicht für acht Tage eine kleine Lustreise machen?«

»Ei, Lieber,« antwortete ich, »wohin möchtest du denn?«

»Wohin, ist gleich,« sagte er, »ich möchte nur, daß wir auch einmal eine Woche lang wie Leute von Stande leben, wir können ja nach Oxford gehen.«

»Wie aber,« fragte ich, »sollen wir dahin kommen, ich bin ja keine Reiterin, und für einen Wagen ist es zu weit.«

»Zu weit?« sagte er, »für einen Sechsspänner ist kein Ort zu weit. Wenn ich dich einmal reisen lasse, sollst du wie eine Herzogin reisen.«

»Hm,« sagte ich, »es ist ja ein leichtsinniger Streich, aber wenn es dir Spaß macht, mir soll's auch recht sein.«

Wir bestimmten also die Zeit, bestellten einen prächtigen Wagen, sehr gute Pferde, einen Kutscher, einen Postillon und zwei Lakaien in schönen Livreen, einen Vorreiter und einen Pagen. Diese ganze Dienerschaft nannte ihn Mylord, und ich war Ihro Gnaden die Frau Gräfin; und so reisten wir nach Oxford, und die Reise war lustig genug, denn um ihm Gerechtigkeit widerfahren zu lassen, kein Herr von Habenichts in ganz England wußte besser wie ein Mann der großen Welt zu leben, als mein Gatte. Wir sahen uns alle die Merkwürdigkeiten Oxfords an, hatten eine köstliche Zusammenkunft mit zwei oder drei Professoren, denen Seine Lordschaft großspurig mitteilte, er habe einen Neffen, den er auf die Universität schicken und unter der Herren Vormundschaft stellen wolle; einmal amüsierten wir uns auch damit, ein paar arme Studenten in der Weise zu uzen, daß wir ihnen die Hoffnung machten, sie würden der Kaplan, Sekretär und dergleichen Seiner Lordschaft werden. Und nachdem wir also auf diese Weise wirklich wie Leute von Stande uns aufgeführt, auch, was unsere Ausgaben anging, fuhren wir nach Northhampton und kamen nach einer Bummeltour von zwölf Tagen wieder nach Hause zurück, wo wir feststellen konnten, daß wir 93 Pfd. ausgegeben hatten.

Eitelkeit ist die Tugend aller windigen Menschen; und mein Gatte besaß diese Tugend in so hohem Maße, daß es ihm bei Ausübung derselben niemals auf die größten Ausgaben ankam. Da seine

Geschichte jedoch viel zu geringfügig und gleichgültig ist, um lang und breit erzählt zu werden, will ich nur erwähnen, daß er also nach ein und einem viertel Jahr glücklich Bankrott machte und in den Schuldturm gesperrt wurde, dieweil er keine genügende Sicherheit leisten konnte.

Damals schickte er nach mir und bat, ich möchte ihn besuchen.

Der Bankrott selbst überraschte mich gar nicht; denn ich hatte längst vorausgesehen, daß es mal zu einem Krach kommen mußte. Von Wichtigkeit war jetzt nur noch, ob es mir gelang, irgendetwas zu retten. Mein gefangener Gatte benahm sich übrigens viel besser, als ich eigentlich erwartet hatte. Er gestand mir zunächst ein, daß er unvorsichtig und zuletzt geradezu töricht gehandelt habe. Der Zusammenbruch hätte nämlich sehr wohl vermieden werden können, wenn er sich nicht von ihm so hätte überraschen lassen. Nun, da er einmal im Schuldturm säße, sei natürlich nichts mehr zu machen. Er rate mir nur, still nach Hause zu gehen und in der Nacht alles, was noch an Wert in der Wohnung sei, fortzuschaffen und in Sicherheit zu bringen; auch sollte ich versuchen, für 100 oder 200 Pfd. Waren aus dem Laden zu nehmen: »nur,« sagte er, »laß mich nichts wissen, weder was du nimmst, noch wohin du es bringst; ich selbst werde sehen, daß ich aus diesem Loche sobald wie nur irgend möglich herauskomme; und wenn du dann vielleicht nie mehr etwas von mir hörst, meine Liebe, nun, so wäre es ja nicht zu deinem Schaden; es tut mir nur leid, daß ich dich in all diese Ungelegenheiten gebracht habe.« Beim Abschied sagte er mir noch einige sehr schöne Worte; ich habe ja erzählt, daß er kein gewöhnlicher Kaufmann war; und diese schönen Worte waren das Einzige, was ich jetzt davon hatte, mit ihm verheiratet gewesen zu sein. Denn mein Vermögen war durchgebracht; und ich mußte mich dazu verstehen, die Gläubiger zu berauben, bloß, damit ich nur etwas zu leben hatte.

Ich tat immerhin was er mir geraten, das können Sie mir glauben; und nachdem wir uns verabschiedet hatten, sah ich ihn auch nie wieder; denn es gelang ihm, in der folgenden Nacht aus dem Schuld-gefängnisse zu entfliehen; was aber später aus ihm wurde? das weiß ich nicht! Denn ich habe nichts weiter erfahren, als daß er um drei Uhr morgens zu uns nach Hause kam und sich dann, nachdem er rasch noch alles, was eben wegzubringen war, zu Gelde gemacht, nach Frankreich einschiffte, von wo ich noch zwei Briefe von ihm erhielt, weiterhin jedoch hörte ich nichts mehr von ihm.

Ich sah ihn selbst in jener Nacht in unserem Hause nicht mehr; denn nachdem er mir die eben erwähnten Anweisungen gegeben, hatte ich schnell getan, wie er mir geraten, und dann keinen Grund mehr, das Haus wieder zu betreten; zumal ich fürchten mußte, von den Gläubigern festgehalten zu werden; es war nämlich schon ein Ausschuß zusammengetreten und hatte einen Konkursverwalter ernannt, auf dessen Anweisung hin man mich hätte verhaften können. Mein Gatte jedoch – der übrigens auf ganz verzweifelte Weise aus dem Schuldturm entwichen war, indem er sich fast von der Spitze desselben auf ein anderes Haus herabgelassen und von diesem, das zwei Stockwerke hoch war, heruntergesprungen war, was reichlich genügt hätte, um ihm den Hals zu brechen – betrat in jener Nacht auf jede Gefahr hin das Haus noch einmal und schleppte Waren weg, ehe die Gläubiger Zeit hatten, es zu bemerken, das heißt, ehe die Konkursverwaltung die Vorräte nachrevidierte.

Übrigens war mein Gatte edel genug – denn ich muß noch einmal wiederholen, daß er wirklich viel von einem Edelmann hatte – mir in seinem ersten Briefe zu schreiben, daß er in einem bestimmten Pfandhaus, das er mir nannte, zwanzig Packen feines holländisches Leinen, die 90 Pfd. wert seien, für 30 Pfd. versetzt habe. Er schickte mir auch den Pfandschein mit, so daß ich die Leinwand einlösen konnte. Binnen kurzem schlug ich sie für 100 Pfd. wieder los, da ich ja Zeit und Muße hatte, sie zu zerschneiden und privatim an Familien zu verkaufen, wie sich gerade die Gelegenheit bot.

Jedoch trotz dieser Summe und allem, was ich so noch fortgebracht, fand ich, als ich mein Vermögen zusammenzählte, daß sich meine Lage sehr verändert hatte; denn einschließlich dieses Leinens, eines Packets feinen Musselins, das ich beiseite geschafft, sowie einigen Silberzeugs und anderer Dinge konnte ich kaum 500 Pfd. zusammenrechnen; dazu lagen meine Verhältnisse auch sonst verzwickt genug, denn trotzdem ich kein Kind hatte – das einzige, das ich von meinem edlen Kaufmann gehabt, war gestorben und begraben – war ich eine Witwe, eine doppelte sogar, und wieder keine, denn ich hatte einen Gatten und hatte keinen, und ich konnte infolgedessen nicht beanspruchen, noch einmal zu heiraten, ob ich mir gleich sagen mußte, daß mein Gatte nie mehr nach England kommen werde, und wenn er auch noch fünfzig Jahre lebte. So war mir also – eigentlich wenigstens – die Ehe verschlossen, welch günstige Anerbieten man mir auch immer noch machen würde. Ich hatte auch keinen Freund oder Freundin, mit denen ich hätte zu Rate gehen, jedenfalls niemanden, dem ich meine wirklichen Verhältnisse hätte anvertrauen können; denn wenn ich zu einem Bekannten gegangen wäre und man mich gesehen und die Konkursverwaltung benachrichtigt hätte, wo ich zu finden sei, so würde man mir alles, was ich beiseite gebracht, wieder abgenommen und mich selbst zweifellos eingesteckt haben.

Sechstes Kapitel.

Das erste, was ich tat, als sich solche Befürchtungen wie die letzteren bei mir einstellten, war denn auch, daß ich zunächst einmal jede Spur von mir zu verwischen suchte und einen anderen Namen annahm. Ich begab mich in ein Viertel, in dem Leute wohnten, denen das Leben nicht wohl getan, verfehlte Existenzen, Bankrotteure und dergleichen, mietete mich dort ganz im Verborgenen ein, kleidete mich wie eine Witwe und nannte mich Flanders, Moll Flanders.

So war ich geborgen; und obgleich meine neuen Bekannten gar nichts von mir wußten, hatte ich bald wieder eine große Gesellschaft um mich gesammelt; sei es nun, daß Frauen unter den Leuten, die dort wohnen, überhaupt seltener, oder daß Tröstungen, wie sie von Frauen wohl kommen können, hier gesuchter und nötiger sind – jedenfalls merkte ich bald heraus, daß eine hübsche Frau sich bei den Söhnen der Not einer ganz außerordentlichen Wertschätzung erfreut; und daß manche Männer, in deren Tasche auf ein Pfund Schulden kein halber Schilling kam und die ihre Mittagessenrechnung nicht zahlen konnten, immer noch das Geld zu einem Abendessen mit der Frau fanden, die ihnen gefiel.

Ich hielt mich von dem ganzen Treiben übrigens ziemlich fern; und trotzdem kam ich in den Ruf einer leichtfertigen Person, ohne etwas von den Freuden einer solchen zu haben. Es gefiel mir infolgedessen schon bald nicht mehr, wo ich war, die Gesellschaft gefiel mir am allerwenigsten, und so dachte ich denn eifrig darüber nach, wie ich wieder fortkommen könne.

Es machte mir einen zu unheimlichen Eindruck, zu sehen, wie Männer in den bedrängtesten Verhältnissen, die geschäftlich vollständig ruiniert waren und deren Familien den Schreck und das Mitleid anderer

Leute erregten, wie die, so lange nur noch ein Pence in ihrer Tasche oder auch wenn keiner mehr darin war, nichts taten, als ihren Kummer in Leichtsinn zu ertrinken ... zu sehen, wie sie ruhig weiter Schulden machten, wo es nur eben anging ... wie sie sich bemühten, ihre früheren besseren Tage, an die sie sich hätten erinnern sollen, zu vergessen, und so nur neuen Stoff zu neuer Reue, die ja doch immer wieder kam, herbeischafften und weiter sündigten, als sei dies ruchlose Leben in den Tag hinein ein Heilmittel gegen die Sünden der Vergangenheit.

Ich bin nicht berufen, Sitten zu predigen, aber diese Männer waren selbst mir zu verdorben. In ihren Lastern lag etwas Abscheu erregendes, denn sie sündigten nicht nur gegen ihr Gewissen, sondern auch gegen die Natur, und es war nichts leichter, als vorauszusehen, daß bald Jammern ihre wüste Scheinfreude übertönen und die Blässe der Todesangst statt des gezwungenen Lächelns auf ihren Angesichtern liegen werde; ja oftmals brach schon jetzt die Verzweiflung bei ihnen hervor, wenn sie wieder einmal ihr Geld verspielt, vertrunken oder für eine sündhafte Umarmung dahingegeben hatten. Ich hörte sie dann wohl stöhnen, seufzen, ja, mitunter laut aufheulen: »was für ein Hund bin ich! Meine arme liebe Anni oder Mary, ich bin deiner nicht mehr wert!« Damit meinten sie dann ihr ehrliches Weib, das vielleicht für sich und ihre drei oder vier Kinder kein Stückchen Geld zum Lebensunterhalt besaß. Bis zum folgenden Morgen hielt die Bußestimmung wohl auch an. Und dann kam vielleicht dieses arme weinende Weib, um dem Gatten Nachricht zu bringen, was für neue Maßnahmen die Gläubiger ergriffen, die sie und ihre Kinder heute vor die Türe gesetzt hätten; oder sie übermittelte irgend eine andere schreckliche Botschaft; und dies bestärkte den Mann dann nur noch in seinen Selbstvorwürfen. Doch wenn er darauf den ganzen Tag in stumpfsinniger Verzweiflung über seine Lage nachgedacht und ganz zwecklos gegrübelt hatte, aber dabei, da er ja keine Grundsätze besaß, an denen er sich aufrichten konnte, weder Trost in sich noch über sich gewonnen und ihn von allen Seiten nur aussichtsleere Nacht umgab, dann stürzte er sich wieder in die gleiche brodelnde Untiefe des Vergessenwollens und suchte seinen Jammer beim Becherklang und in den wüstesten Ausschweifungen zu übertäuben. Der Unselige traf ja nur Menschen, die in derselben Lage waren wie er selbst; und er erneute beständig all seine Vergehen, und ging so jeden Tag einen Schritt weiter auf dem Wege, der schließlich zu irgend einem gräßlichen und meist gewaltsamen Ende hinführen mußte.

Ich war jedoch für solche Menschen nicht schlimm genug; ich begann im Gegenteil ernsthaft darüber nachzudenken, wie die Verhältnisse um mich standen und was ich zu tun habe, um aus ihnen herauszukommen. Ich wußte, ich hatte keine Freunde, nicht einen Bekannten noch Verwandten mehr in der Welt; mein weniges an Eigentum wäre bald in alle Winde verstreut gewesen, und war es erst dahin gekommen, so sah ich nichts als Hunger und Elend vor mir. Solche Betrachtungen erfüllten mich mit Entsetzen vor dem Orte, an dem ich lebte, und ich beschloß, ihn unter allen Umständen zu verlassen.

Ich hatte eine ehrenhafte junge Frau kennen gelernt, die wie ich Witwe war; doch befand sie sich in besseren Verhältnissen, als ich. Ihr Gatte, ein Schiffskapitän, hatte das Unglück gehabt, bei einer Heimkehr aus West-Indien zu scheitern. Zwar rettete er sein Leben, der große Verlust jedoch, den er erlitten, brach ihm das Herz; er starb bald darauf, und seine Witwe wurde nun von den Gläubigern hart bedrängt und sah sich gezwungen, in meinem Viertel ein Unterkommen zu suchen. Mit der Hilfe von Freunden verbesserte sich ihre Lage bald wieder ein wenig, und sie konnte sich freier bewegen; und da sie wohl merkte, daß mich nur mein eigener Wille und nicht irgend welche Verfolgungen in das Viertel gebracht, und auch fand, daß ich mit ihr, oder vielmehr sie mit mir in dem großen Abscheu vor unserem Aufenthalt und der Gesellschaft dort übereinstimmten, lud sie mich ein, mit ihr in ein anderes besseres Viertel zu ziehen, bis sich irgendwo eine Stellung nach meinem Geschmack finden würde; sie meinte auch noch, man könne wohl zehn zu eins wetten, daß irgend ein tüchtiger Schiffskapitän, aus dem Teil der Stadt, in dem sie wohnen werde, eine Neigung zu mir fassen und um meine Hand anhalten werde.

Siebentes Kapitel.

Ich nahm ihr Anerbieten an, lebte ein halbes Jahr mit ihr, und wäre wohl noch länger bei ihr geblieben, wenn das, was sie mir voraus verkündet, nicht für sie selbst eingetroffen wäre; sie ging nämlich bald eine sehr günstige Heirat ein.

In dem Grade, wie sich ihre Verhältnisse verbesserten, verschlechterten sich die Aussichten für mich. Ich fand nichts passendes, zwei Steuerleute, oder so etwas ähnliches, bemühten sich zwar um mich, mit den Schiffskapitänen aber verhielt es sich so: es waren entweder solche, die ein gutes Geschäft, das heißt ein gutes Schiff besaßen und nur vorteilhaft heiraten wollten; oder solche, die gerade keinen Posten hatten und eine Frau suchten, die ihnen zu einem solchen verhelfen konnte, das heißt eine Frau, mit derem Gelde sie sich einen großen Anteil an einem Schiffe zu kaufen und dadurch andere Teilhaber herbeizuziehen vermochten; oder aber eine Frau, die, wenn auch kein Geld, so doch Freunde in Rheder- und anderen Kreisen hatte, und durch diese dem betreffenden Manne zu einem Platze auf einem guten Schiffe verhelfen konnte; bei mir fanden sie nun nichts von alle dem, und es sah aus, als solle ich keinen Mann finden.

Die Erfahrung hatte mir ja schon die Erkenntnis beigebracht, daß sich in Dingen der Ehe manches anders verhielt, als man so denkt, daß Heiraten aus Berechnung geschlossen werden, daß sie den Interessen und den Geschäften dienlich sein müssen und die Liebe keine, oder nur eine sehr geringe Rolle dabei spielt.

Ja, es war wirklich so, wie meine Schwägerin in Colchester einmal gesagt, daß Schönheit, Klugheit, heiterer Sinn und gefälliges Benehmen kein Mädchen mehr empfehlen, daß das Geld allein eine Frau angenehm machen kann, daß die Männer sich ihre Geliebten allerdings nach ihrem Geschmack zu wählen pflegen, und daß eine Hure allerdings ein schönes Gesicht, eine angenehme Gestalt, ein lustiges Gemüt und ein anmutiges Benehmen haben muß; daß jedoch bei der Gattin keinerlei Mißgestaltung, noch sonstige üble Eigenschaften, das Urteil beeinflußt; daß hier eben nur das Geld, das Geld und wieder das Geld in Betracht kommt. Ein Ehebund war nie unsinnig oder ungeheuerlich, wie immer das Weib auch aussehen mochte, wenn er nur Geld, Geld, Geld einbrachte.

Wie nun einerseits die Männer den ganzen Markt in der Hand hatten, so fand ich, daß anderseits die Frauen das Recht verloren zu haben schienen, überhaupt Nein zu sagen; daß es für eine Frau eine große Gunst bedeutete, wenn ihr jemand einen Antrag machte, und daß eine junge Dame, die jemals die Anmaßung besessen, Nein zu erwidern, gewiß nie wieder in die Lage kam, zum zweitemale antworten zu müssen. Die Männer hatten ja eine so große Auswahl, und die Aktien für die Frauen standen so außerordentlich niedrig, daß die Männer eben an jede Türe, die ihnen paßte, klopfen konnten; und geschah es einmal, was aber kaum vorkam, daß sie abgewiesen wurden, so durften sie ganz sicher sein, im nächsten Haus mit um so offeneren Armen aufgenommen zu werden.

Außerdem fiel mir auf, daß die Männer nicht den geringsten Anstand nahmen, als Freier aufzutreten und auf die Mitgiftjagd zu gehen, wenn sie selbst auch ganz besitzlos waren und auch weiter gar keine Verdienste hatten; sie trieben es sogar so weit, daß sie einer Frau kaum gestatteten, sich nach dem Charakter oder den Lebensumständen ihres Bewerbers zu erkundigen.

Ich erlebte selbst einen Fall mit, der einer jungen Dame passierte, die neben mir wohnte und mit der ich bekannt geworden war. Sie besaß ein Vermögen von nahezu 2000 Pfd. Ein junger Kapitän bewarb sich um sie, und sie erkundigte sich bei einigen Bekannten nach seinem Charakter, seiner Lebensführung und überhaupt nach seinen näheren und weiteren Verhältnissen. Und er – was tat er? Er fühlte sich veranlaßt, sie bei seinem folgenden Besuche wissen zu lassen, daß er ihre Erkundigungen, von denen er Kenntnis erhalten, so übel aufgenommen habe, daß er sie in Zukunft mit der Belästigung durch seine Gegenwart verschonen werde. Ich hörte von der Sache und besuchte sie darauf. Sie schüttete mir ihr ganzes Herz aus. Obwohl sie sich für sehr schlecht behandelt hielt, fand sie doch nicht die Kraft, dem Betreffenden zu grollen; es bekümmerte sie im Gegenteil, daß sie ihn verloren, und daß ihn jetzt eine andere mit vielleicht weniger großem Vermögen gewinnen werde.

Ich suchte ihr diese geringe Auffassung ihres Wertes auszureden und sagte ihr, wie bescheiden ich auch in der Welt dastehe, so würde ich doch den Mann verschmähen, der da glaube, ich müsse ihn nur auf seine eigene Empfehlung hin nehmen. Und weiter sagte ich ihr, sie habe doch ein großes Vermögen und durchaus nicht nötig, sich den schlechten Sitten der Zeit zu beugen; es sei schlimm genug, daß die Männer die unter uns, die nur wenig Geld hätten, beleidigen dürften; wenn sie jedoch zulasse, daß man sie so schlimm behandele, sie verletze, kränke, ohne daß sie es irgendwie nachtrage, so setze sie sich ein für allemal im Preise sehr herunter; eine Frau finde doch stets eine Gelegenheit, sich an einem Manne, der ihr übel mitgespielt, zu rächen, es gäbe doch Mittel und Wege genug, um einen solchen Menschen zu demütigen, und das sei ein Glück, denn sonst wäre die Frau das unglückseligste Geschöpf in der Welt.

Diese Reden schienen ihr sehr angenehm zu sein, und sie erwiderte mir, daß sie jetzt in der Tat sehr froh wäre, wenn sie ihm zu verstehen geben könne, wie sehr sie ihm zürne und ihn dadurch vielleicht veranlasse, sich ihr wieder zu nähern. Anderseits würde es ihr eine große Genugtuung gewähren, wenn ihre Rache so bekannt wie nur möglich werde.

Ich sagte ihr darauf, wenn sie meinem Rate folgen wolle, so könne sie ihre beiden Wünsche erfüllt sehen. Und ich verpflichtete mich, den Mann wieder vor ihre Türe zu bringen, wo er um Einlaß förmlich betteln solle.

Sie lächelte bei diesen Worten und gab mir zu verstehen, ihr Rachedurst sei nicht so groß, daß sie ihn dort allzulange betteln lassen würde.

Meinen Ratschlägen hörte sie jedoch mit großer Aufmerksamkeit zu. Ich sagte ihr, das erste, was zu tun wäre, sei ein Akt der Gerechtigkeit gegen sie selbst. Sie müsse bei den Damen, denen er vielleicht erzählt habe, er habe sie verlassen, bei der nächsten Gelegenheit, die sich unschwer bald finden werde, verbreiten, daß sie sich nach seinen Verhältnissen erkundigt und erfahren habe, er sei durchaus nicht der Mann, für den er sich ausgebe. »Verfehlen sie nicht,« sagte ich, »ausdrücklich zu erwähnen, daß er überhaupt nicht die Persönlichkeit ist, auf die Sie Anspruch machen können, und daß sie der Meinung wären, es sei gewagt, sich mit ihm einzulassen. Sie hätten gehört, er sei von übler Gemütsart, und habe sich oft damit gerühmt, wie er die Frauen schlecht behandelte ... im übrigen sei er ein Liederjahn.« In der letzten Behauptung lag dabei ein Körnchen Wahrheit, doch fand ich nicht, daß er ihr um dessentwillen weniger angenehm war.

Sie erklärte sich mit alledem sehr einverstanden und tat gleich, wie ich ihr geraten. Sie erzählte die Geschichte nur ein paar Klatschbasen von Freundinnen, und siehe da, es wurde bald das einzige Teetischgeklatsche in dem Kreise, der in Betracht kam, und ich selbst hörte überall davon, wo ich einen Besuch machte. Da man wußte, daß ich mit der jungen Dame bekannt war, fragte man mich oft nach dem Sachverhalt, und ich bestätigte dann natürlich alles, was meine Freundin gesagt, mit den nötigen Unterstreichungen und malte des Kapitäns Charakter möglichst schwarz aus. Obendrein ließ ich noch durchblicken, was das Geschwätz bis jetzt noch nicht behauptet, daß ich nämlich gehört habe, er befände sich in sehr schlechten Verhältnissen, und er habe eine Mitgift nötig, um die anderen Teilhaber an dem Schiffe, das er kommandierte, zufrieden stellen zu können. Er habe nämlich seinen Anteil noch gar nicht bezahlt, und wenn dies nicht bald geschehe, so solle er vom Schiffe entfernt werden, und der erste Steuermann, der die Summe, die dem Kapitän fehle, aufbringen könne, das Kommando erhalten. Ich fügte noch hinzu, denn ich war herzlich erbost auf den Menschen, ich habe auch so etwas gehört, als hätte er schon eine Frau in Plymouth und eine andere in Westindien, etwas, das, wie alle wußten, bei solcher Art Gentleman ja nicht allzu selten vorkam.

Das wirkte, wie wir beide nur gewünscht hatten; denn die junge Dame, die hinter der nächsten Türe wohnte, an die der Kapitän alsbald klopfte, hatte einen Vater und eine Mutter, die sie und ihr Vermögen bewachten, die Tür vor ihm verschlossen und ihm das Haus verboten; und auch noch an einem zweiten Orte hatte ein Mädchen ganz unerwarteterweise den Mut, Nein zu sagen; so daß er nun anklopfen konnte, wo er wollte, überall antwortete man ihm, man danke für seinen Hochmut, der nicht zulasse, daß seine zukünftige Frau sich nach seinem Charakter erkundige..

Nun begann er einzusehen, welche Unklugheit er begangen, und daß er bei keiner der Frauen dieses Stadtteils mehr auf Erfolg rechnen könne. Er begab sich infolgedessen in einem anderen auf die Suche und erlangte auch Zutritt zu mehreren Damen; doch obgleich man dort ebenfalls, der üblen Sitte der Zeit folgend, unter allen Umständen gewillt war, einen Antrag anzunehmen, hatte er doch das Pech, daß ihm sein Ruf dorthin nachfolgte, so daß er wohl Frauen genug, doch keine mit einer ansehnlichen Mitgift, wie er sie brauchte, finden konnte.

Dies war jedoch noch nicht alles. Meine junge Freundin tat noch einen anderen sehr schlauen Zug. Sie veranlaßte einen jungen Herrn, der ein naher Verwandter von ihr war, sie zwei oder dreimal in der Woche mit einem sehr schönen Wagen und Dienern in guter Livree zu besuchen, und ich und die schon vorhin genannten Klatschbasen erzählten nun in dem ganzen Viertel herum, dieser Herr bewerbe sich um sie: er habe ein jährliches Einkommen von 1000 Pfd. und liebe meine Freundin sehr, und sie werde sich bald zu einer Tante in die City begeben, weil es für den Herrn zu unbequem sei, mit seinem Wagen immer zu ihr in die engen und holperigen Straßen unseres Viertels zu kommen.

Das schlug ein. Und der Kapitän, überall ausgelacht und abgewiesen, versuchte nun alles mögliche, um sich ihr wieder zu nähern, schrieb ihr die leidenschaftlichsten Briefe und erlangte endlich nach langen Bitten die Erlaubnis, um die er bat: sie besuchen zu dürfen, um sich zu rechtfertigen und seinen Ruf ein wenig zu verbessern – wenn ers könne.

Bei dieser Zusammenkunft nun durfte sie nach Herzenslust ihrer Rache fröhnen. Sie fragte ihn, für was er sie wohl halte, daß er ihr zutraue, sie werde mit einem Manne, von dessen Lebensumständen sie nichts wisse, einen solch wichtigen Schritt wie den der Heirat tun, ohne sich zuvor nach ihm zu erkundigen? Wenn er vielleicht glaube, daß sie sich in den Ehestand hineinprahlen lasse, so irre er sich eben sehr. Sein Charakter lasse im übrigen außerordentlich viel zu wünschen übrig und sei ihr von Leuten, die ihn kennten, nur allzu deutlich geschildert worden; und wenn er auch vielleicht ein paar Punkte, über die man sie ungünstig berichtet, aufklären könne, so habe sie ihm doch nichts weiter mehr zu sagen, als dies letzte, daß sie sich nicht fürchte, weder ihm noch irgend einem anderen ähnlichen Mossjöh mit einem sehr kräftigen Nein zu antworten.

Dann ließ sie ihn aber doch noch alles kosten, was sie von ihm gehört, oder vielmehr, was ich und sie uns über ihn ausgedacht hatten: daß er seinen Anteil an dem Schiff überhaupt noch nicht bezahlt habe, daß die übrigen Eigentümer daher beschlossen hätten, ihm das Kommando zu nehmen und dem Steuermann zu übertragen; daß seine ganzen Sitten ein großes Ärgernis erregten, daß man diese und jene Frauen mit ihm in Verbindung bringe, und sehr wohl wisse, daß er in Plymouth wie in Westindien schon eine Ehegattin sitzen habe. Und dann fragte sie ihn, ob er nicht selbst sagen müsse, daß sie nur vernünftig daran tue, ihn so schroff zurückzuweisen – so lange, bis er sich in all diesen Punkten gerechtfertigt?

Er war ganz verwirrt und verstört über diese Rede und konnte kein Wort hervorbringen, so daß sie schon schließen zu müssen meinte, ihre Anklagen beruhten tatsächlich auf Wahrheit, obgleich sie ja wohl wußte, daß sie selbst nur diese Gerüchte aufgebracht habe.

Nach einer kleinen Weile faßte er sich jedoch und war von der Zeit an der bescheidenste und anspruchsloseste Bewerber, den man sich nur vorstellen kann.

Sie fragte ihn weiter, ob er glaube, es gehe ihr vielleicht nicht gut, daß sie sich eine derartige Behandlung gefallenlassen müsse? und ob er nicht sehe, daß noch ganz andere es für wert hielten, sich um ihre Hand zu bemühen? Damit spielte sie auf den jungen Herrn an, den sie veranlaßt hatte, sie mit Pferd und Wagen zu besuchen.

So brachte sie ihn dazu, daß er ihr von selbst all seine Verhältnisse klar auseinandersetzte und ihr auch über seinen Lebenswandel Rechenschaft gab. Er brachte ihr den untrüglichen Beweis, daß er seinen Anteil am Schiffe wohl bezahlt, er besorgte ihr ein Schreiben von den übrigen Eigentümern, welches besagte, das Gerücht, das Kommando des Schiffes solle ihm entzogen werden, sei falsch und grundlos, kurz er war jetzt ganz das Gegenteil dessen, was er vorher gewesen.

So gelang es mir, meine Freundin zu überzeugen, daß die Männer nur deshalb die Frauen in allen Heiratsdingen übervorteilten, weil die Auswahl für sie so groß war und man die Frauen so leicht haben konnte, und weil ferner den Frauen der Mut fehlte, ihre Rechte geltend zu machen. Trotzdem bliebe aber das Wort zu Recht bestehen, das Lord Rochester von ihnen gesagt:

Und sei sie noch so arm und schwach, sie kann
Sich rächen an dem Übeltäter Mann.

Die junge Dame spielte ihre Rolle auch weiterhin so gut, daß sie, obgleich sie fest entschlossen war, den Kapitän zum Gatten zu nehmen, und dieser Wunsch die eigentliche Triebfeder ihres Handelns bildete, es ihm doch so schwer wie nur möglich machte, ihre Hand zu erringen. Und zwar tat sie es nicht, wie man gesehen, durch hochmütiges zurückhaltendes Betragen, sondern durch eine geschickte Behandlungsweise, indem sie ihm mit seiner eigenen Münze heimzahlte. Denn so großtuerisch er sich über jede Nachforschung und jedes Urteil stellen gewollt, so peinlich forschte und urteilte sie, und während er sich gefallen lassen mußte, daß sie sich alle nur mögliche Aufklärung über seine Verhältnisse geben ließ, gestattete sie ihrerseits ihm nicht im mindesten, hinter ihre eigenen zu sehen.

Es mußte ihm genügen, sie zur Frau zu bekommen; und sie sagte ihm einfach und gerade heraus, da er ihre Verhältnisse, so weit er sie zu kennen brauche, ja kenne, sei es so recht und billig wie selbstverständlich, daß sie auch die seinen erfahre; und wenn er auch vielleicht ihre Verhältnisse nur nach dem Hörensagen schätzen könne, so habe er ihr doch so oft von seiner Liebe zu ihr gesprochen, daß sie annehmen müsse, ihm sei vor allem anderen an ihrer Hand gelegen ... und was Verliebte sonst noch so sagen. Kurz, sie nahm ihm jede Möglichkeit, sie des näheren nach ihrem Vermögen auszuforschen, legte einen Teil desselben stillschweigend in Depositen an, ohne ihn irgend etwas davon wissen zu lassen – und zwar so, daß sie für ihn ganz unerreichbar gewesen wären – und stellte ihn dann mit dem Rest noch hoch zufrieden.

Sie überließ ihm allerdings auch noch genug, nämlich 1400 Pfund in Gold, die sie ihm übergab; das übrige brachte sie nach und nach zum Vorschein, in der Weise, daß sie es ihm als eine nur persönlich von ihr zu erhebende Nebeneinkunft hinstellte, was ihm nur eine angenehme Überraschung sein konnte, da diese Gelder zwar nicht sein Eigentum waren, es ihm aber doch noch leichter machten, den Unterhalt seiner Frau zu bestreiten. Ich muß hinzufügen, daß der junge Herr durch dieses kluge Verfahren seiner Angebeteten nicht nur – wie schon erwähnt – zunächst ein lieber bescheidener Bewerber und Bräutigam wurde, sondern später auch der zuvorkommenste und aufmerksamste Gatte.

Ich kann bei dieser Gelegenheit nicht umhin, den Frauen noch einmal in ihr Gedächtnis zu rufen, wie tief sie sich erniedrigen, wie sie sich eine Stellung zuweisen, die weit, weit unter der ist, die eine Ehefrau haben sollte, und wie sie sich selbst nur eine Fülle an Unannehmlichkeiten aufbürden, wenn sie zulassen, daß sie von den Männern in der Weise behandelt werden, die jener Kapitän meiner Freundin zuerst zumutete. Nein, die Frauen können mir glauben, sie brauchten eine so mißliche Rolle den Männern gegenüber durchaus nicht zu spielen; es gibt im Grunde nichts, das sie dazu zwänge.

Meine Erzählung möge deshalb auch dazu dienen, den Frauen zu zeigen, ihnen klar zu machen, daß durchaus nicht alle Vorteile auf der anderen Seite liegen, wie die Männer wohl meinen und immer glauben machen möchten. Denn, wenn es auch richtig ist, daß die Männer eine zu große Auswahl haben, und wenn es auch leider genug Frauen gibt, die sich dadurch freiwillig herabwürdigen, daß sie sich so leichthin weggeben, so ist es darum nicht weniger wahr, daß die Männer, wenn sie eine Frau haben wollen, die vor sich selbst irgend welchen Wert besitzt, diese so schwer zu erlangen vermögen, wie man sich nur denken kann ... und daß die anderen Frauen, die unwürdigen, ein so voll geschütteltes Maß an Mängeln haben, daß es allerdings nicht der Mühe wert ist, sich es erst noch sonderliche Mühe kosten zu lassen, bis man eine solche bekommt.

Nichts ist wahrhaftig wahrer, als daß die Frauen nur dabei gewinnen, wenn sie auf ihren Rechten bestehen und ihren Bewerbern zu verstehen geben, daß sie ebenso leicht verzichten können und sich durchaus nichts daraus machen, auch einmal Nein zu sagen. O, man beleidigt uns bitter, wenn man immer sagt, daß die Frauen in der Überzahl seien, weil der Krieg, das Meer, das Geschäft so viele Männer verschlungen haben und immer verschlingen werden; so daß es kein richtiges Verhältnis mehr in der Zahl der Männer und Frauen gäbe. Ich bin weit davon entfernt, zuzugeben, daß die Anzahl der wirklichen Frauen so groß und die der wirklichen Männer so klein sei. Der Vorteil vielmehr, den die Männer über die Frauen haben, liegt ganz wo anders, liegt darin nämlich, daß die Menschen überhaupt, daß diese ganzen Zeiten so verderbt sind; das hat dann zur Folge, daß es in der Tat so wenig Männer gibt, mit denen sich eine anständige Frau überhaupt einlassen darf, daß man nur hin und wieder, ganz selten einmal einen trifft, mit dem man eine Ehe wagen kann.

Aus all dem muß man den Schluß ziehen, daß die Frauen wählerischer sein sollen! Es ist so wie so schwer genug, den wahren Charakter eines Mannes, der einem einen Antrag macht, zu erforschen. Also – nicht schnell zugreifen! Die Frauen können sicher sein, sie stürzen sich nur schnell in Wagnis und Gefahr! Sie haben ja so viel Grund, vorsichtig und wählerisch zu sein! Fast immer werden sie betrogen! Und wie oft, wären sie nur langsamer in ihren Entscheidungen gewesen, würden sie noch zur rechten Zeit gemerkt haben, was ihnen drohte.

Denn, noch einmal sei es gesagt, an den Männern liegt die Schuld, die Männer von heute sind nichts wert. Und wenn die Frauen vor der Ehe nur ein wenig die Augen auftäten, wenn sie sich hier und da erkundigten, so würden sie es auch beizeiten merken und sich nicht so leichtsinnig weggeben. Den Frauen aber, die ihre eigene Sicherheit nicht des Nachdenkens wert erachten, die, ihres Mädchentums überdrüssig, sich in den Ehestand stürzen, wie ein Pferd in die Schlacht, denen kann ich nur sagen, daß sie zu den Kranken und Unmäßigen gehören, und daß man für sie wie für diese öffentlich beten sollte. Sie gleichen den Leuten, die ihr ganzes Vermögen in einem Lotteriespiel wagen, in dem auf hunderttausend Nieten ein einziger Gewinn fällt.

Kein Mann von gesundem Verstande wird eine Frau deshalb weniger schätzen, weil sie sich nicht im Gefecht der Bewerbungen auf den ersten Streich er gibt, oder den betreffenden Antrag nicht annimmt, ehe sie sich nach der Person des Bewerbers und seinem Charakter erkundigt hat; handelt sie dagegen so voreilig, überhastig, wie es jetzt leider üblich ist, so muß er sie für die schwachsinnigste Kreatur halten, da sie, ob sie gleich nur einmal über ihr Leben bestimmen kann, dies mit einer höchst leichtfertigen Gleichgültigkeit tut und den Sprung in die Ehe wie den Tod einen Sprung ins Dunkle sein läßt.

Ich möchte meinen Geschlechtsgenossinnen in dieser Beziehung gern zu einer ein wenig richtigeren Anschauung verhelfen; damit wäre dann zugleich auch ein anderer Schade, an dem wir leiden, gebessert. Schuld an dem ganzen Übelstande ist ja nämlich nur ein Mangel an Mut, ist die Angst, vielleicht überhaupt keinen Mann zu bekommen und im Zusammenhange damit die Furcht vor dem verschrieenen Stande einer alten Jungfer. Ja, dieses letztere, das ist so recht eigentlich die Falle, in der die Frauen sich fangen; würden sie jedoch diese Furcht einmal überwinden und verstandesmäßiger handeln, so würden sie viel öfter ihr Recht auf Glück erhalten; und wenn sie vielleicht auch nicht so früh heirateten, so würden sie dafür um so glücklicher heiraten. Denn die ist noch immer zu früh verheiratet, die einen schlechten Gatten bekommt – und die kommt noch stets zurecht, die einen guten findet; kurz, es gibt keine Frau, eine verkrüppelte oder schlecht beleumundete ausgenommen, die nicht früher oder später, je nach ihren Verhältnissen, gut heiraten kann, wenn sie die Ehefrage nur vernünftig auffaßt; wenn sie sich jedoch übereilt, kann man tatsächlich hunderttausend zu eins wetten, daß es um sie geschehen ist.

Achtes Kapitel.

Doch komme ich nach dieser Abschweifung nunmehr wieder auf meine eigene Lage zurück, die augenblicklich ziemlich bedenklich war. Meine Verhältnisse ließen den Heiratsantrag irgend eines ordentlichen Bewerbers so notwendig wie nur möglich erscheinen. Doch fand ich bald, daß es mir nichts helfen konnte, wenn ich blos viele Herrenbekanntschaften machte; es kam bald heraus, daß »die Witwe« kein Vermögen hatte, und damit sagte man das Schlimmste von mir, was man überhaupt nur sagen konnte, denn ich war sonst gut erzogen, schön, klug, bescheiden und angenehm; all dies gestand ich mir wenigstens zu, ob mit Recht oder Unrecht mag dahingestellt bleiben – jedenfalls aber taten die Vorzüge keine Wirkung ohne Geld. Man urteilte allenthalben einfach: »Die Witwe« habe kein Geld! Und damit war die Witwe verurteilt.

Ich sah ein, daß es nötig war, meinen Aufentaltsort wieder einmal zu wechseln und irgendwoanders als ganz neue Erscheinung aufzutauchen, ja wenn sich ein Anlaß bot, sogar den Namen noch einmal zu ändern, den ich unter meinen schlimmen Genossen angenommen.

Diese Absicht teilte ich meiner vertrauten Freundin, der Gattin des Kapitäns, mit, der ich so treulich in ihrer Heiratsangelegenheit beigestanden hatte, und die mir gern einen Gegendienst erweisen wollte. Ich nahm keinen Anstand, ihr meine Lage ganz klar auseinanderzulegen: Mein Kapital wäre sehr zusammengeschmolzen, denn ich hätte aus dem letzten Zusammenbruch nur 540 Pfd. gerettet und davon schon einiges verbraucht; immerhin blieben mir noch 460 Pfd., eine Menge sehr reicher Gewänder, eine goldene Uhr, einige wenn auch nicht sehr wertvolle Juwelen und etwa 30 oder 40 Pfd. in noch nicht verkauftem Leinen.

Meine liebe und treue Freundin, die Kapitänsfrau, war mir für den Dienst, den ich ihr erwiesen, so dankbar, daß sie mir nicht nur eine verläßliche Freundschaft bewahrte, sondern, nachdem sie meine Verhältnisse erfahren, mir auch häufig Geldgeschenke machte, und zwar so große, daß ich meinen Unterhalt vollständig von ihnen bestreiten konnte und mein kleines Kapital nicht weiter anzugreifen brauchte. Zum Schluß machte sie mir dann noch folgenden, wie sich allerdings in der Folge zeigen sollte, unglückseligen Vorschlag: Da wir gesehen hätten, daß kein Mann sich ein Gewissen daraus mache, sich, ohne es zu sein, als eine respektable Persönlichkeit hinzustellen, die eine Frau mit Vermögen verlangen könne, so sei es nur gerecht, wenn man umgekehrt ihnen einmal geradeso mitspiele und wenn möglich diese Betrüger betrüge.

Kurz, die Kapitänsgattin setzte mir einen solchen Plan in den Kopf und sagte, wenn ich ihr folge, so wolle sie mir gewiß einen vermögenden Gatten verschaffen, und zwar so, daß er keinen Anlaß haben solle, mir hernach meine Besitzlosigkeit vorzuwerfen. Ich entgegnete ihr, auf diese Aussicht hin überlasse ich mich vollständig ihrer Leitung, und ich wolle von jetzt ab meine Stimme nur so zum sprechen und meine Füße nur so zum gehen gebrauchen, wie es ihr recht sei – das heißt, wenn sie mich aus jeder Schwierigkeit, in die sie mich bringe, auch wieder herausziehen wolle; was sie mir versprach.

Das erste war, daß ich sie Base nennen und mich in das Haus eines angeblichen Verwandten begeben mußte, in dem sie mich bald darauf mit ihrem Gatten besuchte; sie nannte mich ebenfalls Base und drehte die Sache so, daß ihr Gatte von selbst und dann auch sie mich dringend einluden, doch einige Zeit in ihrem Viertel, ja in ihrem Hause zuzubringen, sie wohnten jetzt nämlich in einer ganz anderen Gegend als früher. Hierauf erzählte sie ihrem Gatten, ich habe ein Vermögen von wenigstens 1500 Pfd. und dereinst noch viel mehr zu erwarten. Dies genügte bei ihrem Gatten, und ich selbst brauchte nichts mehr zu sagen. Ich konnte still sitzen bleiben und die Ereignisse abwarten; denn bald wußte die ganze Nachbarschaft, daß die junge Witwe bei dem Kapitän eine »Partie« sei und wenigstens 1500 Pfd. im Vermögen und noch viel mehr zu erwarten habe; der Kapitän habe es selbst gesagt; und wenn man nun den Kapitän nach mir fragte, so bestätigte er dies Gerücht ganz unbedenklich, obwohl er keine anderen Beweise dafür hatte, als die Worte seiner Frau; doch wollte er damit nichts unrechtes tun, denn er glaubte es selbst. Der Ruf meines Vermögens beglückte mich nun bald mit zahlreichen Bewunderern, (so daß ich die Auswahl hatte) wenigstens nannten sie sich selbst so, und das bestätigt nur, was ich vorhin des öfteren sagte. Ich hatte bei dem verzwickten Spiel, das ich spielte, nichts weiter zu tun, als mir ganz einfach den für meinen Zweck geeignetsten Mann herauszusuchen, das heißt denjenigen, der sich am wahrscheinlichsten nur vom Hörensagen von der Existenz meines großen Vermögens überzeugen ließ und keine Einzelheiten wissen wollte. Wenn ich mich freilich in der Person irrte, war alles vergebens, denn meine Verhältnisse erlaubten ja durchaus kein Eingehen auf Einzelheiten.

Ohne viel Schwierigkeit fand ich aber bald einen solchen Mann heraus; wenigstens schien es mir nach der Art und Weise, in der er mir den Hof machte, der richtige zu sein. Ich ließ ihn all die üblichen Beteuerungen herunter deklamieren: daß er mich über alles in der Welt liebe und daß es ihm genüge, wenn ich ihn nur glücklich machen wolle – was er aber natürlich blos in der Annahme sagte, daß ich sehr reich sei, obgleich ich selbst es nie auch nur angedeutet hatte.

Ja, das war der richtige Mann für mich, doch mußte ich mir durch und durch Klarheit über ihn verschaffen, das verlangte meine eigene Sicherheit von mir; denn wenn er später versagte, war ich hereingefallen, so sicher wie er angeleimt war, wenn er mich nahm; und wenn ich mich nicht nach seinem Vermögen erkundigte, so ließ ich ihm zuviel Zeit, sich nach dem meinen umzusehen. Ich tat zuerst, als zweifelte ich an seiner Aufrichtigkeit und sagte, er mache mir wohl nur den Hof um meines Vermögens willen; er aber verschloß mir mit einem Schwall von Beteuerungen den Mund; doch ich blieb noch immer bedenklich.

Eines Morgens zog er seinen Diamantring vom Finger und schrieb auf das Glas meiner Fensterscheibe:

Dich liebe ich, Dich ganz allein.

Ich las es, bat ihn, mir den Ring zu leihen und schrieb darunter:

Das redet der Liebende stets uns ein.

Er nahm den Ring wieder und kritzelte weiter:

Tugend wiegt mehr als Geld und Gut

Ich entlieh den Ring wieder und setzte hinzu

Doch Geld ist Tugend, Gold macht gut.

Er wurde feuerrot, als er sah, wie schnell ich ihm parierte, und fast wütend sagte er, er werde mich doch besiegen und schrieb weiter:

Ich verachte Dein Geld und liebe Dich doch.

Ich wagte nun alles in der letzten Zeile unserer Poeterei und vollendete kühn:

Ich bin arm; laß sehen – hält die Liebe noch?

Da stand nun die ganze traurige Wahrheit, doch konnte ich nicht sagen, ob er mir glaubte oder nicht; ich vermutete natürlich, daß es nicht der Fall war. Jedenfalls aber sprang er auf mich zu, nahm mich in seine Arme, küßte mich in größter Leidenschaftlichkeit und ließ mich eine ganze Weile nicht wieder los, bis er endlich Feder und Tinte verlangte – wobei er sagte, es sei ihm zu langweilig auf Glas zu schreiben – ein Stück Papier hervorzog und wieder schrieb:

Mit aller Armut komm, sei mein.

Ich nahm die Feder und antwortete sogleich:

Du hoffst, es wird nicht wirklich sein.

Er sagte mir darauf, das sei nicht lieb von mir, weil es nicht gerecht und nicht wahr sei; ich zwinge ihn unaufhörlich, mir zu widersprechen, was gegen alle Höflichkeit verstoße und da ich ihn nun einmal zu diesem poetischen Gekritzel veranlaßt habe, möge ich ihm gestatten, auch noch ein wenig fortzufahren. Und so schrieb er wieder:

Laß Lieb allein des Streites Kernpunkt sein.

Und ich setzte darunter:

Die liebt genug, die schweigend willigt ein.

Das nahm er für ein großes Entgegenkommen und legte die Feder hin. Es war in der Tat, von mir aus, wenn er alles gewußt hätte, ein großes Zugeständnis; er nahm es jedoch auf, wie ich es meinte, das heißt, es veranlaßte ihn, zu glauben, daß ich sehr geneigt sei, in nähere Beziehung zu ihm zu treten, was auch der Fall war, und wozu ich allen Grund hatte, denn er war der lustigste und gutmütigste Bursche, den ich je angetroffen, und ich machte mir doch oft Gedanken, wie verbrecherisch es sei, gerade einen solchen Mann zu betrügen; doch die Notwendigkeit, in der ich mich befand, mir eine Daseinsmöglichkeit zu schaffen, mußte mir immer als Berechtigung und Ausrede dienen, und so sehr seine Gutmütigkeit und seine Zuneigung zu mir mich davon hätten abhalten müssen, ihn zu betrügen, ebenso sehr verleiteten sie mich auch wieder dazu, und bestärkten mich in der Annahme, daß er die Enttäuschung, die ich ihm bereiten mußte, besser aufnehmen werde, als irgend ein Heißsporn, den weiter nichts empfehlen konnte, als jene Leidenschaften, die doch nur dazu dienen, eine Frau unglücklich zu machen.

Übrigens – wenn er auch annehmen mußte, ich habe mit ihm nur über meine Armut gescherzt, so hatte er sich doch selbst jeden Einwand abgeschnitten, indem er sowohl im Scherz, als im Ernst erklärte, er wolle mich, ohne jeden Gedanken an meine Mitgift, zur Frau, so wie ich war, und ich hatte darauf hin so oft erklärt, ich sei arm, daß er einfach fest saß ... und wenn er später auch vielleicht sagen mochte, er sei betrogen worden, so konnte er doch nie behaupten, ich habe ihn betrogen.

Er bewarb sich nun immer dringender um mich, und ich sah, daß ich keine Furcht zu haben brauchte, er werde wieder abspringen. Trotzdem spielte ich länger die Spröde, als die Klugheit wohl sonst hätte ratsam erscheinen lassen; aber ich war mir bewußt, wie sehr diese Vorsicht der scheinbaren Gleichgültigkeit mir zu nutze kommen mußte, wenn er später meine wahren Verhältnisse erfuhr und ich ließ mich nur um so zögernder erobern, als ich fand, daß er aus diesem Umstande schloß, ich habe noch mehr Geld, als er zuerst angenommen und wolle nicht so ohne weiteres alles wagen.

Eines Tages sagte ich ihm dann, ich gedächte, nachdem er mir als rechter Liebhaber gesagt, er nehme mich, ohne sich um mein Vermögen zu kümmern, gleiches mit gleichem vergelten und mich auch nicht nach seinen Verhältnissen erkundigen, wenigstens nicht mehr, als der gesunde Menschenverstand unumgänglich nötig erscheinen lasse. Er möge mir nur einige Fragen beantworten, die er aber auch nach Gutdünken übergehen könne; eine dieser Fragen sei, wie und wo er zu leben beabsichtige. Ich habe gehört, er besitze eine große Plantage in Virginia, es entspreche jedoch nicht meinen Wünschen, nach dorthin auszuwandern.

Er nahm diese Worte zum Anlaß, um mir freiwillig einen offenen Blick in seine Verhältnisse zu gestatten, und ich hörte, daß er sehr gut in der Welt dastehe, daß jedoch der größte Teil seines Vermögens in drei Plantagen in Virginia festgelegt sei, die ihm ungefähr 300 Pfd. das Jahr einbrächten, aber unbedingt viermal soviel abwerfen würden, wenn er sie selbst bewirtschaften könnte.

»Sehr schön,« dachte ich bei mir, »da sollst du mich so bald wie möglich hinbringen.«

Doch sagte ich einstweilen noch nichts davon. Ich zog ihn im Gegenteil mit einer Beschreibung seiner Person als Farmer in Virginia auf; und als ich genugsam festgestellt, daß er später doch alles tun werde, was ich wollte, ging ich zu einem andern Gespräch über und sagte, ich hätte nun aber um so weniger Luft, mit ihm auszuwandern, denn mein Vermögen passe durchaus nicht zu einem Herrn, der 1200 Pfd. Jahres-Einkommen habe.

Er erwiderte nochmals, er frage ja gar nicht nach meinem Vermögen, das habe er mir von Anfang an gesagt, und er sei ein Mann von Wort; doch wie immer es sich damit auch verhalte, er versichere mir nochmals, er werde nie den Wunsch ausdrücken, mich nach Virginia zu bringen, oder selbst dahin zu gehen, wenn es nicht auch meine Absicht wäre.

Diese Wendung war natürlich, wie Sie sich denken können, sehr nach meinem Wunsch, und es hätte mir nichts angenehmeres passieren können; doch behandelte ich ihn noch weiter mit einer Gleichgültigkeit, über die er sich oft wunderte. Ich erwähne dies um so lieber, als ich den Frauen dadurch wieder zeigen kann, daß nur der Mangel an Mut zu solch einer Gleichgültigkeit unser Geschlecht so niedrig im Preise stellt und daran schuld ist, daß wir so oft übel behandelt werden. Wagten sie einmal irgend einen Gecken von Liebhaber, der das beste Weib für sich gerade für gut genug hält, einfach fallen zu lassen, dann würde man gewiß nicht immer so leicht mit ihnen umspringen und sich mehr um sie bemühen. Hätte ich meinem Liebhaber jetzt wirklich entdeckt, daß mein ganzes Vermögen nicht einmal volle 500 Pfd. betrug, da er doch 1500 erwartete, so hätte er doch nicht mehr zurückhaken können, sondern mich auch unter noch schlimmeren Umständen nehmen müssen, so fest hatte ich ihn schon am Bändel. Als er später die Wahrheit erfuhr, war er denn auch in der Tat weniger überrascht, als er es sonst vielleicht gewesen. Mir konnte er auch nicht den geringsten Vorwurf machen, denn ich hatte ihn bis zum Schluß in keiner Weise gelockt, sondern stets gleichgültig behandelt. So konnte er denn kein Wort sagen, als höchstens: er habe doch erwartet, es sei mehr; doch, wenn es auch noch weniger gewesen, er würde seinen Antrag nicht bereuen; nur sei er jetzt nicht imstande mich ganz so vornehm, wie er gewollt, zu unterhalten.

Kurz, wir verheirateten uns, und zwar sehr glücklich, denn er war der beste Mann, den sich eine Frau nur wünschen konnte. Immerhin waren seine Verhältnisse nicht ganz so günstig, wie ich erwartet. Gleich nach der Hochzeit mußte ich ihm nun also, wie ich schon andeutete, meine Vermögensverhältnisse klarlegen; das ließ sich nun nicht länger mehr aufschieben, und ich nahm denn auch die erste günstige Gelegenheit wahr, als wir uns eines Tages in bester Stimmung allein befanden, um ein kurzes Gespräch mit ihm zu beginnen.

»Mein Lieber,« sagte ich zu ihm, »wir sind nun vierzehn Tage verheiratet und es ist an der Zeit, dir zu sagen, ob du eine Frau ohne Eigentum genommen oder nicht.«

»Da hat ja noch immer gute Weile,« entgegnete er, »ich bin zufrieden, daß ich die Frau gefunden habe, die ich liebe; ich habe dich noch nie,« fuhr er fort, »mit irgend welchen Fragen danach belästigt.«

»Das ist wahr,« entgegnete ich, »doch wird es mir recht schwer, mit dir darüber zu sprechen, ich weiß kaum, wie ich es anfangen soll.«

»Wieso, meine Liebe?« fragte er.

»Nun,« sagte ich, »es wird mir hart ankommen und dir vielleicht noch härter. Man hat mir nämlich gesagt, daß der Kapitän (ich nannte den Gatten meiner Freundin) dir eine viel größere Summe genannt, als ich je besessen, trotzdem ich nie mit ihm über meine Verhältnisse gesprochen.«

»Und wenn mir der Kapitän auch so etwas gesagt haben sollte, was tut das?« meinte er. »Wenn du nicht so viel hast, so hat er eben Unrichtiges behauptet. Und da du mir nie gesagt, was du hast, könnte ich dich nicht tadeln, wenn du überhaupt nichts hättest.«

»Du bist so gerecht und großmütig,« entgegnete ich, »daß ich nur doppelt betrübt sein kann, so wenig einzubringen.«

»Je weniger du hast, meine Liebe, desto schlimmer für uns beide,« antwortete er, »aber ich hoffe, du bist nicht deshalb betrübt, weil du fürchtest, ich werde ungehalten sein, daß du keine Mitgift mitbringst; nein, nein, wenn du nichts hast, so sage es nur gerade heraus. Ich kann vielleicht dem Kapitän sagen, er habe mich belogen, doch konnte ich nie behaupten, du habest es getan, denn da du mir oft zu verstehen gegeben, du seist arm, konnte ich ja nichts anderes erwarten.«

»Nun, mein Lieber,« entgegnete ich, »ich bin nur froh, daß du selbst einsiehst, daß ich dir nicht mit falschen Vorspiegelungen gekommen bin; wenn ich jetzt deine Annahme wieder nicht rechtfertige, so ist es diesmal nicht zum schlimmen; daß ich arm bin, ist wahr, doch bin ich nicht so arm, daß ich überhaupt nichts besitze.« Mit diesen Worten zog ich ein paar Banknoten heraus und übergab ihm etwa 160 Pfd. »Und das ist noch nicht alles,« fügte ich hinzu.

Ich hatte ihm, durch alles, was ich vorher gesagt, so nahe gelegt, garnichts zu erwarten, daß diese Summe, so klein sie war, doppelt willkommen kam. Er sagte mir denn auch, das sei ja mehr, als er gehofft, er habe nach meiner Rede schon geglaubt, meine reichen Kleider, die goldene Uhr und einige Diamantringe sei all mein Eigentum.

Nun ließ ich ihn sich zwei oder drei Tage mit den 160 Pfd. begnügen. Dann, als ich einmal gerade von einem Ausgange zurückkehrte, auf dem ich sie geholt haben konnte, brachte ich ihm weitere 100 Pfd. in Gold und sagte dabei: da ist noch ein kleines Kapitälchen für dich. Eine Woche später gab ich ihm noch einmal 180 Pfd. und das Leinen im Werte von 60 Pfd. und machte ihn glauben, daß ich es mit den 100 Pfd. in Gold für eine Schuld von 600 Pfd. hätte annehmen müssen: mein Gläubiger habe Bankrott gemacht und mir nur fünf Schilling auf das Pfund herausbezahlen können.

»Und nun, mein Lieber,« sagte ich, »muß ich dir leider mitteilen, daß ich dir mein ganzes Vermögen übergeben habe,« ich ließ ihn jedoch durchblicken, wenn die Person, der ich die 600 Pfd. geliehen, mich nicht so übel behandelt habe, so hätte ich ihm 1000 Pfd. eingebracht. So aber habe ich nichts anderes tun können, als ihm ehrlich, alles was ich noch besaß, zu übergeben. Wäre es mehr gewesen, so sollte er es auch bekommen haben.

Er war so erfreut über mein Benehmen und die Summe, daß er sie sehr dankbar annahm, denn er hatte doch schon Furcht gehabt, ich bringe ihm überhaupt nichts ein. So wandte ich also meinen Betrug, mich für eine gute Partie ausgegeben und mir dadurch einen Mann verschafft zu haben, zum besten; immerhin halte ich dies Vorgehen für den gefährlichsten Schritt, den eine Frau tun kann, weil sie die größte Gefahr läuft, in der Ehe dafür schlecht behandelt zu werden.

Mein Gatte freilich war unendlich gutmütig, doch, um ihm Gerechtigkeit widerfahren zu lassen, er war auch Geschäftsmann. Und als er sich nun sagen mußte, daß sein Einkommen zu der Lebensweise, die er, wenn er die gewünschte Mitgift erhalten, beabsichtigt hatte, nicht paßte, und auch aus den Plantagen in Virginia nicht die gewünschten Einkünfte erhielt, drückte er sehr oft den Wunsch aus, selbst hinüber zu gehen, um auf seinen eigenen Besitzungen zu leben, und sehr oft pries er die billige, üppige und fröhliche Lebensweise dort.

Ich begann zu verstehen, worauf er hinauswollte und redete ihn eines Morgens gerade heraus darauf hin an: auch ich fände, daß seine Güter lange nicht das einbrächten, was sie abwerfen könnten, wenn er sie selbst bewirtschafte und daß ich wohl verstehe, daß er wünsche, dort hinüberzugehen und da zu leben; daß ich mir auch sage, nachdem er mit seiner Frau in etwas eine Enttäuschung erlitten, sei es nur gerecht, wenn sie ihm dafür einen Ersatz biete, kurz, ich sei willens, mit ihm nach Virginia zu gehen und dort zu leben.

Er sagte mir tausend liebe Worte auf diesen Vorschlag hin und entgegnete: wenn er sich bezuglich meines Vermögens enttäuscht sähe, so habe ihn doch seine Frau selbst durchaus nicht enttäuscht – sagte, daß ich ihm alles sei, was eine Frau einem Manne nur sein könne, und daß mein Anerbieten liebenswürdiger von mir wäre, als er Worte habe, seinen Dank auszusprechen.

Um kurz zu sein: wir beschlossen also, überzufahren. Er schilderte mir noch, daß er ein sehr gut möbliertes Haus dort unten habe, in dem seine Mutter wohne und seine Schwester, die einzigen Verwandten, die er besitze. Sie würden jedoch, sobald er mit seiner jungen Frau ankomme, in ein anderes Haus ziehen, das ihnen gehöre und nach ihrem Tode ihm zufalle, so daß ich Herrin in meinem eigenen Hause sein würde.

Ich fand später auch alles so, wie er gesagt.

Wir ließen nun viele gute Möbelstücke aus unserer Wohnung an Bord des Schiffes schaffen, mit dem wir überfahren wollten, sowie gute Vorräte an Leinen und anderen notwendigen Dingen, die wir dort unten trefflich verkaufen konnten. Und fort ging es.

Neuntes Kapitel.

Eine Erzählung der langen und gefährlichen Reise zu geben, liegt nicht in meiner Absicht. Ich führte kein Tagebuch; auch mein Gatte tat es nicht. – Ich will nur erwähnen, daß es eine schreckliche Fahrt war, auf der wir zwei große Stürme und, was noch entsetzlicher war, einen Kampf mit Piraten zu bestehen hatten, die sich unseres Schiffes bemächtigten, all unsere Vorräte wegnahmen und, was mir bitterer war, auch meinen Gatten wegschleppen wollten und erst nach vielen Bitten frei ließen. Schließlich landeten wir aber doch glücklich in

Virginia und wurden auf unserer Plantage mit aller nur denkbaren Zärtlichkeit und Liebe von der Mutter meines Gatten empfangen.

Wir lebten nun hier alle zusammen, denn meine Schwiegermutter blieb auf meine Bitten in unserem Hause wohnen. Sie war so gut wie eine rechte Mutter zu mir, so daß ich mich nicht von ihr trennen wollte; mein Gatte blieb mir zugetan wie am ersten Tage, und ich durfte mich für das glücklichste Geschöpf auf Gottes Erdboden halten, als ein sonderbares und überraschendes Ereignis all dem Frieden ein Ende machte und mich in die bedrängteste Lage der Welt brachte.

Meine Schwiegermutter war eine sehr muntere herzensgute alte Frau; ich darf sie wohl alt nennen, denn mein Gatte, ihr Sohn, zählte ja schon über dreißig; sie war stets eine heitere angenehme Gesellschafterin und wußte tausend Geschichten von dem neuen Land, in dem ich lebte und den Leuten darin; dadurch ergötzte sie uns oft nicht wenig.

So sagte sie mir einmal unter anderem, daß der größte Teil der Einwohner jener Kolonie unter recht unglückseligen Umständen von England herüberkäme, daß es entweder Leute seien, die von Schiffseigentümern herübergebracht würden, um als Dienstboten verschachert zu werden, oder zum Tode verurteilte Verbrecher, die man zur Verbannung begnadigt hätte.

»Wenn sie aber einmal hier sind,« fuhr meine Schwiegermutter fort, »machen wir keinen Unterschied. Die Pflanzer kaufen sie, und sie arbeiten in den Feldern, bis ihre Zeit um ist; und wenn sie nun vorbei ist,« sagte sie, »so haben sie Mut bekommen, für sich selbst zu pflanzen. Sie bekommen dann ein Stück Land von der Verwaltung zugesprochen, sie machen es urbar und bebauen es mit Tabak und Korn zu eigenem Gebrauch; und da die Kaufleute ihnen oft Werkzeuge und anderes Notwendige kreditieren, ehe die Ernte reif ist, können sie jedes Jahr ein wenig mehr anbauen und alles, was sie nötig haben, mit der Ernte, die noch auf dem Felde steht, kaufen. So wird mancher Newgater Galgenvogel hier noch ein großer Herr, und wir haben mehrere Friedensrichter, Offiziere der Bürgermiliz und Magistratspersonen in den verschiedenen Städten, die in der Hand ihr Brandmal haben.«

Während sie mir nun immer mehr und mehr erzählte, kam sie auch auf ihre eigene Vergangenheit zu sprechen und erzählte mir mit viel Laune und Vertrauensseligkeit, daß sie selbst zu der zweiten Klasse von Einwohnern gehörte, weil sie einmal in widrigen Verhältnissen einen

Diebstahl begangen habe. »Da ist das Zeichen meiner Strafe, Kind,« sagte sie und zeigte mir einen sehr zarten weißen Arm und eine feine Hand, in die aber auf der Innenfläche ein Zeichen eingebrannt war, wie es eben zur Strafe an manchen Verbrechern geschieht.

Ihre Geschichte rührte mich sehr, doch meine Schwiegermutter fuhr lächelnd fort: »Du darfst es nicht sonderbar finden, liebes Kind, denn einige der besten Männer in unserem Lande sind, wie gesagt, in die Hand gebrannt und schämen sich jetzt dessen nicht mehr. Da könnte ich dir nennen den Bürgermeister A–, der war einst ein hervorragender Taschendieb, den Richter B–, einen früheren Ladendieb, und beide sind in die Hand gebrannt. O, eine ganze Reihe könnte ich noch aufzählen.«

Darauf fuhr sie in ihrer eigenen Geschichte fort und ich hörte, daß sie wegen jenes Diebstahls sogar zum Tode verurteilt gewesen, daß man aber, da sie damals gerade guter Hoffnung war, die Vollstreckung des Urteils auf ihren Antrag hin sieben Monate lang aufgeschoben hatte, während der sie in Newgate verbleiben mußte; dann wurde sie jedoch wieder »vorgenommen« und alsbald zur Verbannung in die Kolonieen begnadigt; das Kind ließ sie in London zurück.

Ich war schon gleich im Anfang ihrer Erzählung unruhig geworden. Seltsame Ahnungen schreckten mich. Als sie aber schließlich zu einem Punkte kam, bei dem sie mir ihren Mädchennamen nennen mußte, glaubte ich vor Schrecken umzusinken. Sie merkte meine Bestürzung und fragte mich, ob ich krank sei. Ich antwortete schnell gefaßt, der Schmerz über ihre traurige Geschichte habe mich einen Augenblick überwältigt, und bat sie nur, nicht weiter zu reden.

»Aber, liebes Kind,« sagte sie sehr gütig, »diese Dinge sollen dich doch nicht betrüben. Ich habe sie ja erlebt, lange bevor du geboren wurdest und die Erinnerung an sie bereitet mir keinen Schmerz mehr. Ich blicke im Gegenteil mit einer gewissen Genugtuung auf sie zurück, da sie die Ursache gewesen sind, daß ich hierher gekommen bin.«

Und nun erzählte sie mir weiter, wie sie in eine gute Familie geraten sei, sich dort sehr gut betragen und nach dem Tode der Hausfrau den Hausherrn geheiratet habe, den Vater meines Gatten ... daß sie durch ihren Fleiß und ihre Geschicklichkeit nach dem Tode ihres Mannes die Plantagen zu ihrer jetzigen Blüte gebracht, so daß sie ihr ganzes Vermögen eigentlich selbst erworben habe, da ihr Gatte bald nach der Verheiratung gestorben und sie schon seit sechzehn Jahren Witwe sei.

Ich hörte diesen Teil ihrer Erzählung mit sehr wenig Aufmerksamkeit an, da ich nur den einen Wunsch hatte, allein zu sein und mich meinen Gefühlen überlassen zu dürfen, denn es kann sich wohl niemand mein Entsetzen vorstellen, als mir die Erkenntnis dämmerte, daß niemand anders, als – meine eigene Mutter, zu mir sprach, und daß ich von meinem eigenen Bruder zwei Kinder hatte, und mit einem dritten vielleicht schwanger ging, und er noch jede Nacht bei mir schlief.

Ich war das unglückseligste Geschöpf auf der Welt, ach, hätte sie mir die Geschichte doch nie erzählt; es wäre besser gewesen, und ich hätte mit ruhigem Gewissen die Frau des einzigen Mannes sein können, der es ehrlich mit mir meinte!

Nun ging ich aber mit einem solchen Druck auf dem Kopfe herum, daß ich nicht mehr schlafen konnte. Ich mußte mir sagen, es sei ganz zwecklos, das Geheimnis zu verraten. Und doch war es wieder unmöglich, dies fürchterliche Wissen für mich zu behalten. Ich zweifelte nicht, daß ich es im Schlafe offenbaren und meinem Gatten die Wahrheit gestehen würde, ob ich nun wollte oder nicht. Ich mußte ihn dann gewiß verlieren, denn seiner Ehrlichkeit wäre jede Verheimlichung unseres Schicksals zuwider gewesen, und doch brachte ichs nicht übers Herz, mit einfachen Worten die Wahrheit zu gestehen, und geriet in immer größere Unruhe und Verwirrung.

Ich überlasse es jedem urteilsfähigen Menschen, sich meine bedrängte Lage auszumalen. Von meinem Vaterlande trennte mich das unendliche Meer, und die Rückkehr dahin schien fast ausgeschlossen. Hier in Virginia hätte ich so gut leben können, wenn mich nun die unleidlichen Umstände nicht fortgetrieben hätten. Denn, wie leicht konnte nicht irgend eine kleine Einzelheit eine Ahnung unseres wahren Verwandtschaftsverhältnisses in meiner Mutter wachrufen, so daß ich stets voll Angst zwischen einem Erkanntwerden und der Furcht, mich früher oder später selbst zu verraten, hin- und herschwankte.

Mittlerweile wurde mir auch immer klarer, wie ich unter dem Anschein, eine ehrenhafte Frau zu sein, in offenbarer Blutschande und Unzucht lebte und obgleich mich der Gedanke, ein solches Verbrechen zu begehen, an sich wenig rührte, hatte doch die Handlung etwas so naturwidriges an sich, daß sie mir die Annäherung meines Gatten unerträglich machte. Trotz alledem kam ich nach reiflichem, ruhigem Nachdenken zu der Überzeugung, es sei das Beste, weder mei ner Mutter noch meinem Gatten etwas von der seltsamen Wirklichkeit mitzuteilen; und so lebte ich noch drei Jahre lang unter dem fürchterlichen, unbeschreiblichen Druck.

Während dieser Zeit erzählte mir meine Mutter noch des öfteren von ihren früheren Abenteuern, die mich jetzt jedoch nicht mehr interessierten. Obgleich sie es mir nie mit klaren Worten eingestand, entnahm ich doch aus allem, was sie mir gesagt und was ich in meiner ersten Kindheit über sie erfahren hatte, daß sie in ihren jungen Tagen eine Dirne und Diebin gewesen sei. Doch glaube ich, sie hat beides aufrichtig bereut, jedenfalls war sie, als ich sie kennen lernte, eine sehr fromme, vernünftige und anständige Frau.

Nun, mag ihr Leben gewesen sein, wie es will, das meinige wurde immer unerträglicher, denn ich lebte, wie ich schon gesagt, in schlimmster Schmach. Und wie ich davon nichts gutes erwarten konnte, so führte es auch nur zu schlimmem: all mein scheinbares Glück schmolz dahin und endigte in Elend, Verzweiflung und Untergang. Es dauerte jedoch noch einige Zeit, ehe es soweit kam, obschon von jetzt an alles bei uns fehlschlug, und, was das Schlimmste war, meines Gatten Benehmen sich sonderbar veränderte, er wurde mürrisch, eifersüchtig und sogar grob zu mir, und ich nahm sein Betragen natürlich ebenso blitzig auf, als es unvernünftig und ungerecht war. Die Dinge spitzten sich so zu, daß ich ihn zum Schluß an die Erfüllung seines Versprechens mahnte, das er mir ganz freiwillig gegeben, als ich mich in England bereit erklärte, ihm nach Virginia zu folgen: er hatte mir damals nämlich zugesagt, wenn mir das Leben da unten nicht gefiele, wolle er mit mir nach Europa zurückkehren, wenn ich ihm ein Jahr Zeit lasse, seine Angelegenheiten zu ordnen.

Ich verlangte also jetzt die Einlösung dieses Versprechens von ihm; und zwar tat ich es nicht in den liebenswürdigsten Ausdrücken; ich behauptete vielmehr gerade heraus, er behandele mich schlecht, ich sei hier von all meinen Freunden abgeschnitten und könne mir keine Gerechtigkeit verschaffen, er sei eifersüchtig ohne Grund, ich hätte mich stets tadellos betragen und ihm nie Anlaß zu irgend einem Argwohn gegeben, er möge mich wieder nach England ziehen lassen, das benehme ihm jede Gelegenheit, sich weiter über mich zu ärgern und zu erbosen.

Ich bestand so hartnäckig darauf, daß er sich wohl oder übel erklären mußte, ob er sein Wort halten wolle oder nicht, trotzdem er seine ganze Geschicklichkeit aufwandte und seine Mutter und noch andere

Mittelspersonen anrief, um mich mit ihrem Beistande in meinem Entschluß wankend zu machen; doch lag er mir zu sehr am Herzen, und das machte alle Bemühungen zu nichte; denn mein ganzes Innere hatte sich ja von ihm entfernt. Es ekelte mich bei den Gedanken, mit ihm zu Bette zu gehen, und ich gebrauchte tausend Vorwände, um jeder intimeren Berührung auszuweichen, denn ich fürchtete nichts mehr, als noch einmal schwanger zu werden, was meine Rückkehr nach England vereitelt oder wenigstens sehr lange aufgeschoben haben würde.

Zuletzt jedoch brachte ich ihn so außer sich, daß er mir in kurzen bestimmten Worten seinen Entschluß mitteilte, er werde mich nicht nach England gehen lassen, trotzdem er es mir versprochen habe, denn er müsse dann doch mitgehen, und es sei überhaupt ein ganz unvernünftiger Plan, der seine Geschäfte ruiniere, seine ganze Familie auseinanderbringe und nur dazu führen könne, daß seine ganze Existenz in Frage gestellt werde; ich dürfe deshalb die Erfüllung seines Versprechens nicht von ihm fordern und keine Ehefrau in der Welt, der das mindeste an dem Wohlergehen ihrer Familie und ihres Mannes gelegen sei, könne auf solch einer Bitte bestehen.

Diese Worte brachten mich von neuem in große Verwirrung, denn wenn ich die Dinge ruhig ansah und meinen Gatten als das nahm, was er wirklich war, als einen fleißigen und sorgsammen Hausvater, der keine Ahnung von den fürchterlichen Umständen hatte, in denen er und ich lebten, mußte ich mir selbst sagen, daß mein Verlangen ein unbilliges war, und daß keine Frau, der das Wohl ihrer Familie wirklich am Herzen lag, auf einem solchen Wunsch bestanden haben würde.

Aber meine Unzufriedenheit hatte ja so besondere Gründe! Ich sah ihn doch nicht mehr als meinen Gatten, sondern als meinen Bruder an, als den Sohn meiner Mutter, und ich mußte mich jetzt entschließen, ihn über unsere wahren Beziehungen auf die eine oder die andere Art aufzuklären.

Die böse Welt sagt von unserem Geschlecht, wenn wir uns erst einmal etwas in den Kopf gesetzt hätten, ließen wir es uns nicht wieder herausreden. Diesmal hatte sie recht, denn ich grübelte unaufhörlich über die Mittel und Wege nach, die mich wieder nach Europa bringen könnten, und trieb es zum Schluß soweit, meinem Gatten vorzuschlagen, mich allein gehen zu lassen. Dies erzürnte ihn jedoch in höchstem Maße, und er nannte mich nicht nur eine herzlose Gattin, sondern auch eine unnatürliche Mutter und fragte mich, wie ich nur, ohne mich selbst verabscheuen zu müssen, den Gedanken hegen könne, meine Kinder auf Nimmerwiedersehen zu verlassen. Ich würde es ja auch nie getan haben, wären die Verhältnisse andere gewesen, so jedoch wünschte ich von Herzen, weder ihn noch sie wiederzusehen. Und was seine Beschuldigung anging, ich handele unnatürlich, so konnte ich mich leicht vor meinem Gewissen verantworten, da ich ja wußte, daß nur meine Beziehungen zu ihm und ihnen im höchsten Grade unnatürlich waren.

Ich vermochte meinen Gatten jedoch zu keiner Einwilligung zu bestimmen. Er wollte weder mit mir zurückkehren, noch mich allein ziehen lassen. Und jeder, der die Polizeiverwaltung jenes Landes kennt, weiß, daß es mir ganz unmöglich gewesen wäre, mich ohne seine Zustimmung davon zu machen.

Wir hatten nun stets Familienzwistigkeiten, die sich nach und nach zu ganz gefährlicher Heftigkeit steigerten; denn da ich ihm vollständig entfremdet war, hütete ich meine Worte nicht mehr, sondern sagte ihm oft Dinge, die ihn reizen mußten. Kurz, ich wandte alle Mittel an, um ihn zu zwingen, mich frei zu geben, und so den heißesten Wunsch, den ich je im Leben empfunden, zu erfüllen.

Er aber nahm mein Betragen sehr übel auf, wie es ja auch nicht anders denkbar war, denn zum Schluß weigerte ich mich aufs entschiedenste, mit ihm zu Bett zu gehen, und nahm jeden kleinen Anlaß wahr, um ihn auf übertriebenste aufzubauschen und einen endgültigen Bruch herbeizuführen, so daß er mir eines Tages sagte, er halte mich für unzurechnungsfähig, und wenn ich mein Betragen ihm gegenüber nicht ändere, so wolle er mich in einem Irrenhause unterbringen lassen. Ich antwortete ihm, ich werde ihm schon zeigen, daß ich so wenig irrsinnig sei, wie nur irgend jemand in der Welt, und daß es weder in seiner, noch in irgend eines anderen Schurken Macht liege, mich zu vernichten. Doch muß ich gestehen, daß ich über seine Worte trotzdem bis ins tiefste Herz erschrocken war, denn mich in ein Irrenhaus stecken, hie mir jede Möglichkeit nehmen, die Wahrheit ans Licht zu bringen – man würde unter solchen Umständen ja keinem meiner Worte mehr Glauben geschenkt haben.

Diese Drohung bestimmte mich aber, nun endgültig meinen Fall klarzulegen, doch wußte ich noch nicht, wie und bei wem das geschehen solle; als ein neuer Streit mit meinem Gatten meine

Gereiztheit zu einer Heftigkeit steigerte, die mich dahin brachte, ihm die ganze Sache ins Gesicht zu sagen; und obwohl ich nicht auf Einzelheiten einging, verriet ich doch genug, um ihn in äußerste Verwirrung zu versetzen, worauf ich dann schließlich mit der ganzen Wahrheit herauskam.

Es begann damit, daß er mir meine Absicht, allein nach England zurückzukehren, wieder einmal ruhig verwies. Ich verteidigte mich, und ein böses Wort gab das andere, wie es bei Familienzwisten nun einmal unausbleiblich ist. Er sagte, ich behandele ihn nicht, als sei er mein Gatte, noch rede ich von meinen Kindern, als sei ich ihre Mutter, kurz, ich verdiene nicht, wie seine Gattin behandelt zu werden. Er habe alle nur möglichen Mittel angewandt, um in Güte mit mir fertig zu werden; sagte, daß er mir stets mit all der Ruhe und Geduld entgegengekommen sei, die man von einem Gatten nur immer verlangen könne, daß ich ihm seine Liebe jedoch schlecht gelohnt, und ihn eher wie einen Hund, als wie einen Gatten behandelt habe, daß es ihm widerwärtig sei, mir Gewalt anzutun, daß ihn aber die Notwendigkeit nun dazu zwinge und daß er in Zukunft Maßregeln ergreifen müsse, um mich zu meiner Pflicht zurückzuführen.

Diese Rede brachte meinen ganzen Zorn auf und reizte mich aufs schlimmste. Ich antwortete ihm, daß mir seine Güte wie seine Wut in gleicher Weise verächtlich seien; daß ich nach England gehen werde, koste es, was es wolle; und – wenn ich ihn nicht wie einen Gatten behandele, und wenn ich mich nicht wie eine Mutter den Kindern gegenüber benehme, so könne das wohl seine Gründe haben, die er noch nicht verstehe, ich halte es jedoch für angebracht, ihm nur zu sagen, daß er weder mein rechtmäßiger Gatte, noch sie meine rechtmäßigen Kinder seien und daß es, wie gesagt, schon seine Ursache habe, wenn ich mich nicht mehr um sie kümmere.

Als ich sah, welche Wirkung diese Worte auf ihn ausübten, wurde ich doch von Mitleid ergriffen: denn er wurde bleich wie der Tod, stand stumm da, als habe ihn ein Blitz getroffen, und einen Augenblick glaubte ich, er werde ohnmächtig hinstürzen. Dann schien es, als drohe ein Schlaganfall; er zitterte, und Schweiß rann von seinem Angesicht und dabei war er so kalt wie ein Stein, so daß ich eiligst Rum herbeischaffen mußte, um wieder Leben in ihn zu bringen; als er sich von dem Anfall ein wenig erholt hatte, mußte er zu Bett gebracht werden und lag bis zum andern Morgen in einem heftigen Fieber.

Es ging jedoch wieder vorüber, und er genas, wenn auch nur sehr langsam. Als er ein wenig besser war, sagte er mir, daß ich ihn mit meinen Worten furchtbar getroffen habe, daß er mich jedoch nur eines erst fragen müsse, ehe er eine weitere Erklärung anhören wolle.

Ich unterbrach ihn, sagte, es tue mir sehr leid, so weit gegangen zu sein, da ich gesehen, wie es ihn angegriffen habe, er möge jedoch nicht mehr von weiteren Erklärungen sprechen, die die Dinge nur noch schlimmer machen könnten.

Das erhöhte seine Ungeduld noch und steigerte seine Erregung über alle Maßen; denn er begann zu argwöhnen, daß wirklich ein Geheimnis obwalte, von dem er keine Kenntnis habe, und hinter das er von selbst auch nicht kommen werde. Er konnte es sich nicht anders erklären, als daß ich noch einen andern lebenden Gatten habe; doch versicherte ich ihm, das sei nicht der Fall, denn mein früherer Mann, der Leinwandhändler, war ja so gut wie tot für mich und hatte mir doch selbst gesagt, ich dürfe mich als Witwe betrachten, so daß ich um seinetwillen keine Bedenken mehr zu haben brauchte.

Doch waren die Dinge nun schon zu weit vorgeschritten, als daß ich hätte auf halbem Wege stehen bleiben und schweigen können, und mein Gatte gab mir selbst eine Gelegenheit, um mich des Geheimnisses zu meiner Befriedigung zu entledigen; er hatte mich nun schon drei oder vier Wochen bedrängt, ihm doch zu sagen, ob ich diese Worte nur gesagt, um ihn in Zorn zu bringen, oder ob sie wirklich eine Wahrheit enthielten. Ich blieb jedoch unzugänglich, und sagte ihm, ich werde nichts erklären, ehe er mir die Erlaubnis gäbe, nach England zurückzukehren, worauf er antwortete, das werde er nie tun, solange er lebe. Da sagte ich ihm, es stehe in meiner Macht, ihn meinem Willen gefügig zu machen, ja sogar ihn zu veranlassen, mich zu bitten, doch nur zu gehen; dies steigerte dann seine angstvolle Neugierde und seine bange Ungeduld natürlich aufs höchste.

Zum Schluß erzählte er die ganze Geschichte seiner Mutter und lag ihr unablässig in den Ohren, mich doch zum Sprechen zu bringen, was sie denn auch mit viel Geschicklichkeit versuchte; doch brachte ich sie bald zum schweigen, als ich ihr sagte, daß das Geheimnis auf ihr selbst beruhe; daß mich nur meine Hochachtung vor ihr abgehalten habe, es zu offenbaren, daß ich jetzt aber keine Silbe mehr davon reden wolle, und sie bitte, nicht länger in mich zu dringen.

Sie wurde, als sie dies hörte, dermaßen verblüfft, daß sie gar nicht wußte, was sie davon denken sollte. Dann jedoch vermutete sie einen Schachzug hinter meinen Worten, und drang immer weiter in mich und tat alles, um einen endgültigen Bruch zwischen ihrem Sohne und mir zu verhindern. Ich sagte ihr, ich wisse ihre gute Absicht wohl zu schätzen, doch könnten all ihre Bemühungen nichts nützen; wenn ich ihr die Wahrheit offenbare, werde sie selbst mir recht geben und nicht mehr auf einem Zusammenleben mit meinem Gatten bestehen. Zum Schluß jedoch tat ich, als gäbe ich ihrem Drängen nach und sagte, ich wolle ihr ein Geheimnis von größter Wichtigkeit offenbaren, aber nur, wenn sie mir feierlich versprechen wolle, es ihrem Sohne nur mit meiner Einwilligung mitzuteilen.

Es dauerte sehr lange, ehe sie sich entschloß, es mir zuzusagen, doch verstand sie sich zum Schluß lieber dazu, als auf die Kenntnis meines Geheimnisses überhaupt zu verzichten, und nach vielen Vorreden und Umschweifen erzählte ich ihr die ganze Geschichte.

Zuerst bemerkte ich ihr, daß sie selbst die Ursache der unseligen Zwistigkeiten zwischen mir und meinem Gatten geworden sei, da sie mir ihre Geschichte erzählt und ihren Londoner Mädchennamen genannt habe, der mich, wie sie sich vielleicht noch erinnere, mit soviel Bestürzung erfüllt; dann erzählte ich ihr meine eigene Geschichte, teilte ihr alles mit, was ich über mich wußte, und überzeugte sie durch untrügliche Beweise, daß ich nicht mehr und nicht weniger sei, als ihre leibliche Tochter, der sie in Newgate das Leben gegeben; dieselbe, um derentwillen man sie mit dem Tode am Galgen verschont habe, da ihre Schwangerschaft mit mir die Vollstreckung des Urteils aufgeschoben und später aufgehoben habe; dieselbe, die sie da und dort zurückgelassen, als sie nach Virginia in die Verbannung ging.

Es ist unmöglich, das Erstaunen zu beschreiben, in das sie nun geriet; doch tat sie, als könne sie mir die ganze Geschichte nicht glauben, und entsinne sich nicht auf Einzelheiten, denn sie sah natürlich sofort, welche Verwirrung die Erkenntnis der Wahrheit in der Familie anrichten mußte; doch paßte alles so genau zu den Geschichten, die sie mir selbst erzählt hatte, und die sie jetzt gewiß gern verschwiegen haben würde, daß ihr jede Einrede genommen war und sie nichts weiter tun konnte, als mich zu umarmen und an meinem Halse heftig zu weinen. Lange Zeit vermochte sie keinen Laut hervorzubringen, dann brach sie in die Worte aus: »Unglückseliges Kind!« rief sie, »welch fürchterlicher Zufall führt dich hierher? Und noch obendrein in den Armen meines Sohnes! Fürchterliches Mädchen! wir sind alle verloren! An den eigenen Bruder verheiratet! Und zwei Kinder aus demselben Fleisch und Blut! Mein Sohn und meine Tochter liegen zusammen als Mann und Weib! Unselige Familie! Was soll aus uns werden? Was soll man davon sagen? Was ist zu tun?«

In solchen Rufen erging sie sich eine ganze Weile, und ich hatte keine Kraft, ein Wort zu reden, auch wußte ich nicht, was zu sagen sei, denn jeder Ausruf der Mutter traf mich in tiefster Seele.

So trennten wir uns denn in größter Erregung, nur war meine Mutter noch viel verwirrter als ich, weil ihr die schreckliche Erkenntnis so überraschend gekommen. Doch versprach sie mir noch einmal, ihrem Sohne nichts zu verraten, bis wir weiter über die Sache gesprochen.

Sie können sich denken, daß wir nicht viel Zeit verstreichen ließen, ehe wir wieder über die unglückliche Angelegenheit redeten; meine Mutter tat jedoch, als habe sie die Geschichte, die sie mir von sich erzählt, vergessen, oder ob sie nun vermutete, daß mir die Einzelheiten aus dem Gedächtnis geschwunden – jedenfalls wiederholte sie dieselbe jetzt mit allerlei Änderungen und Einschränkungen; ich frischte jedoch ihr Gedächtnis wieder auf und erzählte nun die Geschichte selbst, mit ihren eigenen ersten Worten. Hierauf verfiel sie von neuem in ihre Klagen und lauten Jammertöne über ihr unglückseliges Schicksal. Als sie sich dann wieder ein wenig beruhigt hatte, berieten wir eingehend, was zu tun sei, ehe wir mit meinem Gatten von dem allem sprachen. Doch welches Ergebnis konnten unsere Beratungen haben? Wir wußten nicht, wie wir uns aus der Wirrnis ziehen sollten und wozu es helfen konnte, meinem Gatten die schreckliche Eröffnung zu machen. Es war unmöglich, vorherzusehen oder auch nur zu ahnen, wie er die Nachricht aufnehmen, oder was er tun werde. Wenn er wenig Selbstbeherrschung besaß, mußten wir fürchten, daß er unsere schauderhaften Verhältnisse an die Öffentlichkeit bringen und uns alle ins Verderben stürzen werde. Wenn er jedoch den Schutz wahrnahm, den das Gesetz ihm gewährte, so konnte er mich mit Verachtung von sich stoßen und meine kleine Mitgift zurückbehalten, bis das Gericht sie mir auf meine Klage vielleicht wieder zusprach. Mittlerweile aber konnte sie längst in alle Winde zerstreut und ich eine Bettlerin sein. Ebenso war es möglich, daß ich ihn in wenigen Monaten in den Armen einer andern sah und ich selbst als die elendeste lebende Kreatur allein in der Welt dastand.

Meine Mutter empfand dies alles so lebhaft wie ich selbst, wir wußten eben beide nicht, was zu tun sei. Nach einiger Zeit kamen wir zu ruhigeren Entschließungen, doch wollte es das Unglück, daß unsere Ansichten vollständig auseinander gingen. Meine Mutter meinte nämlich, ich solle die ganze Sache begraben und weiter als Gattin ihres Sohnes leben, bis irgend ein anderes Ereignis die Entdeckung der Sachlage gelegener erscheinen lasse; sie wolle mittlerweile alles versuchen, unsere Beziehungen zu bessern und unser Einverständnis und den häuslichen Frieden zu festigen; ich möge wieder nach wie vor mit ihm zu Bette gehen und die ganze Sache wie ein Schicksal, das unerforschlich sei, betrachten. »Denn, Kind,« sagte sie, »wenn es offenbar wird, sind wir alle verloren.«

Um mich zu dieser Versöhnung zu ermutigen, versprach sie mir weiter, auch meine äußeren Umstände, soviel sie nur könne, günstiger zu gestalten und mir nach ihrem Tode einen großen Teil ihres Besitzes, getrennt von dem Erbe, daß ihrem Sohne zufallen solle, zu hinterlassen, sodaß ich, wenn die Sache später doch einmal ans Tageslicht kam, auf eigenen Füßen stehen und mir mein Recht verschaffen könne.

Dieser Vorschlag stimmte jedoch nicht im geringsten mit dem überein, was mein eigenes Urteil mir riet, obgleich er sehr gütig gemeint war; doch liefen meine Gedanken ganz anders.

Ich sagte ihr, es sei mir ganz unmöglich, die Wahrheit zu unterdrücken und alles beim alten bleiben zu lassen; ich fragte sie, wir sie nur so denken könne: auch nur die bloße Vorstellung, mit meinem eigenen Bruder zu schlafen, sei mir unerträglich. Weiter sagte ich ihr, nur solange sie lebe, könne ich den wahren Sachverhalt beweisen, indem sie mich selbst als ihr Kind anerkenne, worauf dann niemand mehr einen Grund zum zweifeln habe. Wenn sie jedoch vor der Offenbarung des Geheimnisses stürbe, werde man mich leicht für eine schamlose Kreatur halten, die ein so Ungeheuerliches erfunden, um von ihrem Gatten loszukommen – vielleicht auch werde man mich für überspannt oder gar völlig verrückt erklären. Dann verschwieg ich ihr auch nicht, daß er mir bereits gedroht habe, mich in ein Irrenhaus zu sperren, und daß gerade die Angst vor dieser Möglichkeit mich in die Notwendigkeit treibe, alles aufzudecken.

Nach reiflichster, ernsthaftester und eingehendster Überlegung sei ich zu folgendem Resultat gelangt, das sie als besten Mittelweg wohl auch für die vernünftigste Lösung halten werde: Sie solle allen Einfluß auf ihren Sohn geltend machen, um ihn zu bewegen, mich nach England zu lassen, und zwar ausgestattet mit einem genügend großen Vermögen in Waren oder Papieren. Dabei könne man ja durchblicken lassen, es stehe ihm frei, mich jederzeit in Europa wieder aufzusuchen. Wenn ich dann glücklich fort sei, könne sie ihm nach und nach ruhig die ganze Wahrheit entdecken, so daß sie ihm nicht zu plötzlich komme und neue oder gar schlimmere Anfälle verursache; auch möge sie dafür Sorge tragen, daß er die Kinder das Unglück nicht entgelten lasse und nicht eher wieder heirate, bis er die gewisse Nachricht von meinem Tode habe.

Dies war mein Plan, den gute Gründe unterstützten. Ich war meinem Gatten vollständig entfremdet, ja als Ehemann war er mir geradezu verhaßt, und es war mir unmöglich, die Abneigung, die ich gegen ihn empfand, zu bekämpfen. Der Gedanke, daß wir ungesetzmäßig und blutschänderisch zusammenlebten, machte mir seine bloße Gegenwart zum Ekel. Es war so weit gekommen, daß ich glaubte, ich hätte ebenso gern ein Tier umarmt, als von ihm irgend eine Zärtlichkeit angenommen, und deshalb war mir auch die bloße Vorstellung, mit ihm in einem Bette liegen zu müssen, eine unaussprechliche Qual. Ich will nicht behaupten, daß ich recht daran tat, die Dinge überhaupt so weit kommen zu lassen, und nicht vorher auf jede Gefahr hin die Wahrheit offenbar machte; doch ich erzähle ja hier, wie mein Leben gewesen ist, nicht, wie es hätte sein sollen.

Meine Mutter und ich blieben aber leider noch eine ganze Zeit lang entgegengesetzter Meinung und es schien uns ganz unmöglich, zu einer Einigung zu kommen. Wir redeten und redeten, doch wollte keine nachgeben oder sich von der anderen überzeugen lassen.

Ich betonte immer wieder, wie fürchterlich es mir sei, bei meinem eigenen Bruder schlafen zu müssen, und sie behauptete dagegen, es sei ganz unmöglich, ihm die Erlaubnis zu meiner Reise nach England abzugewinnen. In dieser Ungewißheit verharrten wir sehr lange, bis ich endlich, von Verzweiflung getrieben, meiner Mutter mitteilte, ich werde kurzer Hand selbst meinem Gatten alles sagen. Sie geriet jedoch bei dem bloßen Gedanken daran in höchste Angst.

Ich tröstete sie, sie möge sich nur vorher keine Sorgen bereiten, ich werde die Mitteilung mit all der Geschicklichkeit, Sanftmut und guten Laune, die mir nur zu Gebote ständen, machen, und mir auch die richtige Zeit dazu aussuchen. Und wenn ich mich genug überwinden und ihm mehr Zuneigung heucheln könne, als ich wirklich für ihn empfinde, so werde mir mein Unternehmen auch gelingen, und es sei sehr wohl möglich, daß wir nach gütlichem Vergleich in Frieden voneinander gingen; denn als Bruder könne ich ihn ja genug lieben, wenn auch nicht mehr als Gatten.

Mittlerweile jedoch bestürmte er die Mutter fortwährend, ihm den Sinn meiner schrecklichen Andeutungen zu sagen: was es heißen solle, ich sei nicht seine rechtmäßige Gattin, noch meine Kinder seine rechtmäßigen Kinder? Meine Mutter wies ihn ab, indem sie ihm sagte, es sei ihr ganz unmöglich, mich zu Erklärungen zu bringen. Sie wisse nur, daß mich irgend etwas aufs tiefste bekümmere, und hoffe, doch im Lauf der Zeit zu erfahren, was es sei. Inzwischen empfehle sie ihm jedoch ernstlich, mir gütiger entgegenzukommen und mich durch Liebe wiederzugewinnen. Das Unsinnigste, was er tun könne, sei, mich mit solch fürchterlichen Drohungen zu erschrecken, wie: er werde mich ins Irrenhaus stecken lassen. Er möge mich doch nicht zur Verzweiflung bringen, welchen Grund ich ihm auch immer zum Zorne gegeben.

Er versprach ihr darauf, sein Betragen gegen mich zu mäßigen, und bat sie, mir mitzuteilen, daß er mich noch so wie früher liebe, es auch gar nicht seine ernste Absicht gewesen sei, mich in ein Irrenhaus zu sperren, wenn er es auch einmal in der Leidenschaftlichkeit gesagt habe. Auch trug er der Mutter auf, mir ebenfalls gut zuzureden, auf daß wir wieder wie früher in Frieden zusammen leben könnten.

Die Wirkung dieser Unterredung machte sich gleich bemerklich: Das Benehmen meines Gatten änderte sich sofort, es war, als sei er ein ganz anderer Mann geworden; bei jeder Gelegenheit bewies er mir das größte Entgegenkommen, die herzlichste Aufmerksamkeit; und ich konnte nicht anders, ich mußte wohl oder übel seine Liebenswürdigkeit zu erwidern suchen, doch geschah es immer nur gezwungen, denn nichts war mir unausstehlicher als seine Zärtlichkeiten; und die Angst, wieder schwanger zu werden, konnte mich in wahre Anfälle der Verzweiflung werfen.

Und gerade seine erneute Annäherung ließ mich klar erkennen, daß es nun absolut notwendig sei, ihm ohne weitere Verzögerung den ganzen Sachverhalt mitzuteilen, und ich tat es denn auch, wenn freilich mit aller nur möglichen Vorsicht und Zurückhaltung.

Zehntes Kapitel.

Einen Monat lang hielt seine erneute Liebe nun schon an, und wir hatten während dieser Zeit ein ganz neues Leben zusammen geführt, das bis zu unserem Tode hätte andauern können, wenn es mir nur möglich gewesen wäre, mich zu demselben zu verstehen.

Eines Abends saßen wir unter einer kleinen Laube, die am Eingange unseres Gartens stand. Er war in angenehmster, munterster Stimmung und sagte mir tausend liebenswürdige Dinge, die sich auf unser früheres Mißverständnis und unsere jetzige neue Eintracht bezogen, und wiederholte immer wieder, wie glücklich er sei, daß wir nun hoffen dürften, alle Mißhelligkeiten auf immer begraben zu haben.

Ich seufzte tief auf und sagte ihm, kein Mensch in der Welt würde froher sein als ich, wenn unsere Einmütigkeit unverletzt von jetzt ab weiter bestehen könne, kein Mensch habe unter unseren Zwistigkeiten mehr gelitten als ich, doch müsse ich ihm nun endlich mitteilen, daß sich ein unglückseliger Zufall in unser Leben geschlichen, der mir das Herz abdrücke und mich so elend mache, daß meine Ruhe und mein Frieden auf immer dahin seien.

Er bedrängte mich, ihm doch endlich zu sagen, worin dieser Zufall bestehe. Ich antwortete, es sei mir unmöglich, ihn zu enthüllen. Solange ich schweige, sei ich allein unglücklich, sobald er ihn kenne, sei auch sein Glück verloren. Die unglückseligen Verhältnisse vor ihm geheim zu halten, sei ein Gebot meiner Zuneigung zu ihm, obwohl ich selbst darunter früher oder später zu Grunde gehen müsse.

Es ist ganz unmöglich, seine Überraschung zu schildern und die Heftigkeit, mit der er nun weiter in mich drang. Er sagte, kein Mensch könne es Liebe nennen, wenn eine Frau ihrem Gatten ein so wichtiges Geheimnis vorenthalte und in einem solch schlimmen Falle, um den es sich doch zu handeln scheine, nicht aufrichtig sei. Ich antwortete, ich wisse dies sehr wohl, und doch könne ich nicht reden. Er kam nun auf das zurück, was ich ihm früher schon einmal gesagt hatte, und meinte, diese Angelegenheit habe doch hoffentlich keine Beziehung zu den Worten, die ich ihm damals in der Aufregung zugerufen, und die er sich, als unüberlegt und im blinden Zorn gesprochen, zu vergessen bemüht habe. Ich antwortete ihm, ich wünsche, auch ich könne alles vergessen, doch das Unmögliche, die Erkenntnis der Wahrheit habe mich zu sehr angegriffen.

Darauf entgegnete er mir, er wolle nun nicht weiter mehr in mich dringen, sondern sich in Alles finden, was ich sage oder tue, nur bitte er mich, nicht zuzulassen, daß dies Geheimnis je wieder unsere gegenseitige Liebe und Zärtlichkeit ungünstig beeinflusse.

Diese Worte kamen mir so ungelegen wie nur möglich, denn ich hatte auf sein weiteres Drängen gehofft, das mir endlich Gelegenheit geben sollte, mich meines Geheimnisses, das ich unlieber als den Tod selbst bei mir beherbergte, zu entledigen. So antwortete ich ihm denn klar und deutlich, ich könne nicht behaupten, daß mich die Aussicht, über die Wendung unser beider Leben schweigen zu müssen, erfreue, obgleich ich auch nicht wisse, wie ich von ihr reden solle.

»Doch höre, mein Lieber,« sagte ich endlich, »welche Bedingungen darf ich stellen, wenn ich dir die ganze Sache mitteile?«

»Jede, die vernünftig ist,« entgegnete er.

»Nun,« sagte ich, »so versprich mir in die Hand, daß du mich nach der Entdeckung des Unheils, in dem wir leben, nicht übel behandeln, nicht kränken, noch mich sonstwie unter den Umständen leiden läßt, wofern du findest, daß ich wenigstens keine Schuld an der fürchterlichen Verwirrung trage.«

»Das ist die vernünftigste Bedingung der Welt,« antwortete er, »dich nicht für das zu tadeln, was du nicht verschuldet hast. Geh, hole mir Feder und Tinte.«

Ich tat es und schrieb die Bedingung mit denselben Worten auf, mit denen ich sie ausgesprochen, und er unterzeichnete sie mit seinem Namen.

»Und nun, meine Liebe,« sagte er, »was kommt nun?«

»Nun kommt dein Versprechen, mich nicht zu tadeln, daß ich dir die Wahrheit nicht gestanden habe, ehe ich selbst sie wußte.«

»Sehr gut,« entgegnete er, schrieb auch diese Bedingung nieder und unterzeichnete sie.

»Jetzt habe ich nur noch eine Bedingung zu stellen, und die ist, niemandem auf der Welt, der Mutter ausgenommen, von dem, was ich dir sagen werde, und was nur uns beide angeht, Kenntnis zu geben und daß du dich bei den Maßnahmen, die du nach der Entdeckung treffen wirst, nicht von der Leidenschaft hinreißen läßt, irgend etwas zu meinem oder der Mutter Nachteil und überhaupt keine einschneidenden Veränderungen ohne mein Vorwissen zu unternehmen!«

Diese Worte setzten ihn ein wenig in Erstaunen, er schrieb sie besonders deutlich auf, las sie ein paar mal durch und unterzeichnete sie dann nach mehrmaligem Zögern. Dabei wiederholte er sich: »Zum Nachteil der Mutter? Zu deinem Nachteil? Was mag Seltsames dahinterstecken?« Jedoch, wie gesagt, er unterzeichnete.

»Gut, mein Lieber,« sprach ich weiter, »sonst habe ich nichts von dir zu verlangen, doch da du das Unerwartetste und Überraschendste hören wirst, das sich je in einer Familie ereignet hat, bitte ich dich, mir zu versprechen, die Nachricht mit all der Ruhe und Geistesgegenwart aufzunehmen, die einem besonnenen Manne zukommt.«

»Ich will es versuchen, gewiß!« sagte er, »nur bitte ich dich, mich nicht länger zu foltern, denn alle diese Vorreden erschrecken mich aufs äußerste.«

»Also,« sagte ich, »die Sache ist die: was ich dir damals in der Hitze mitteilte, daß ich nicht deine rechtmäßige Gattin und unsere Kinder keine ordentlichen Kinder seien, kann ich heute nur wiederholen – und mit viel Ruhe, Güte und Betrübnis hinzufügen, daß ich deine eigene Schwester bin, und du mein eigener Bruder, daß wir die Kinder unserer noch lebenden Mutter sind, die durch untrügliche Beweise von der Wahrheit meiner Behauptung überzeugt ist.«

Ich sah, wie er bleich wurde und erst wild um sich schaute, und sagte deshalb schnell, er möge sich an sein Versprechen erinnern und alle Geistesgegenwart zusammen nehmen. Ich hatte alles getan, um ihn langsam vorzubereiten, trotzdem rief ich eine Dienstmagd und ließ ihm ein Glas Rum bringen, denn er lag jetzt halb ohnmächtig in seinem Stuhl.

Als er sich ein wenig erholt hatte, fuhr ich fort: »Die Geschichte verlangt natürlich viel Erklärungen; fasse dich deshalb in Geduld, wenn du sie zu Ende hören willst, ich werde mein Möglichstes tun, um mich kurz zu fassen.« Und nun teilte ich ihm alles Nötige mit, ganz besonders, wie meine Mutter dazu gekommen, mir unwillkürlich die Wahrheit zu entdecken. »Und nun, mein Lieber,« schloß ich, »wirst du den Grund wohl einsehen, weshalb ich dich das da unterschreiben ließ, und daß ich weder die Ursache des Unglücks bin, noch etwas von ihm wissen konnte, ehe ich hierher kam.«

»Das ist wohl wahr ...,« antwortete er, »doch das ist ja unerhört! Das ist ja schrecklich, was ich da gehört habe! Immerhin, ich glaube, ich weiß einen Ausweg, der allen Schwierigkeiten ein Ende macht, ohne daß du nach England zurückkehren mußt.«

»Das müßte sonderbar sein, wie die ganze Geschichte,« sagte ich.

»Nein,« antwortete er mit einem unheimlichen Ausdruck, »es ist ganz einfach und betrifft niemanden, als mich allein.«

Ich verstand sofort, was er meinte. Und er sah auch so verstört aus, als er dies sagte, doch fürchtete ich eigentlich nichts für ihn, da man ja gewöhnlich sagt, daß jemand, der von Selbstmord spricht, es nie tut, und andererseits jemand, der es tut, nie davon spricht.

Immerhin schien er der Sachlage nicht gewachsen zu sein, denn ich bemerkte gleich schon vom nächsten Tage ab, daß er in Melancholie verfiel, ja ich glaubte zuweilen, sein Verstand habe gelitten. Ich bemühte mich, ihn zu einer Einsicht zu bringen und zu einer ruhigen Betrachtung unserer Verhältnisse zu bewegen. Zuweilen schien es auch, als fasse er Mut und versuche die Dinge mit Ruhe anzusehen, doch war der Schlag zu heftig für ihn gewesen, und er machte wirklich zwei Selbstmordversuche. Einmal hätte er sich ganz gewiß erhängt, wenn die Mutter nicht im letzten Augenblicke in sein Zimmer getreten wäre; unter dem Beistand eines Negersklaven schnitt sie ihn jedoch ab und brachte ihn wieder zu sich.

Die Verhältnisse wurden nun immer beklagenswerter. Mein Mitleid erwärmte die Zuneigung wieder, die ich ganz im Anfang zu ihm empfunden, und ich bemühte mich, durch ein liebevolles Wesen ihm unsere Trennung, die ja doch bevor stand, weniger fühlbar zu machen. Doch hatte es ihn zu tief getroffen und wirkte so in ihm nach, daß er in Schwindsucht verfiel. Ich wußte in meiner Not nicht, was zu tun sei; da es offenbar mit ihm zu Ende ging, wäre es klug von mir gewesen, im Lande zu bleiben, wo ich mich sehr leicht wieder günstig verheiraten konnte. Doch hatte auch ich keine Ruhe und keine Rast mehr und trachtete nur darnach, wieder nach England zurückzukommen, sonst wünschte ich nichts mehr auf der Welt.

Durch unablässiges Bitten ließ sich mein Gatte, der dahinsiechende, endlich bestimmen, mich ziehen zu lassen; der Weg ebnete sich ein wenig vor mir, und mit Hilfe meiner Mutter erlangte ich auch eine gute Ladung, als Vermögen, das ich mit nach England nehmen durfte.

Als ich von meinem Bruder – so muß ich ihn ja jetzt nennen – Abschied nahm, kamen wir überein, er solle nach meiner Ankunft in England behaupten, er habe Nachricht erhalten, ich sei gestorben, worauf er sich wieder verheiraten könne, wenn er wolle; er versprach es und gab mir dafür sein Wort, als Bruder mit mir zu korrespondieren, und so lange ich lebe, mir beizustehen und mich zu unterstützen; wenn er vor mir sterbe, werde er der Mutter genug hinterlassen, daß diese noch in seinem Namen für mich sorgen könne. Leider waren seine näheren Bestimmungen so sonderbar gefaßt, daß ich, wie Sie später hören werden, die Nachteile davon spüren mußte.

Ich verließ das Land nach achtjährigem Aufenthalt im Monat August. Und damit begann für mich eine solche Kette von Unglück und Widerwärtigkeit, wie sie wohl nur wenig Frauen in ihrem Leben kennen gelernt haben.

Elftes Kapitel.

Wir hatten eine ziemlich gute Überfahrt und bekamen nach zweiunddreißig Tagen die Küste von England in Sicht, hatten dann jedoch ein paar Stürme auszuhalten, deren einer uns an die irländische Küste verschlug. Wir liefen in den Hafen von Kinsale ein, blieben dort ungefähr vierzehn Tage, versorgten uns mit Lebensmitteln und stachen wieder in See, wonach uns von neuem schlechtes Wetter überraschte und das Schiff seinen Hauptmast verlor. Zum Schluß gelangten wir nach Milford Haven in Wales, wo wir wenigstens mit Sicherheit den Fuß an Land setzen konnten. Trotzdem wir uns noch ziemlich weit von unserem Hafen befanden, beschloß ich doch, mich nicht mehr dem schrecklichen Wasser anzuvertrauen, sondern schaffte mein Gepäck und meine Kleider ans Ufer, steckte mein Geld und die Bescheinigung meiner Schiffsladung zu mir und beschloß, mich sofort nach London zu begeben, und das Schiff mit meinen Waren ruhig nach Bristol, wo es ausladen sollte und die Geschäftsfreunde meines Bruders wohnten, weiter fahren zu lassen.

Nach ungefähr drei Wochen kam ich in London an und hörte kurze Zeit später, daß das Schiff zwar in Bristol eingelaufen sei, daß es jedoch bei dem heftigen Unwetter und seiner Seeuntüchtigkeit Wasser geschöpft habe, wodurch ein großer Teil seiner Ladung verdorben sei.

Ich stand nun am Anfange eines neuen Lebens, und dieses lag schrecklich genug vor mir. Ich hatte von all den meinen endgültigen Abschied genommen; was ich an Eigentum mitgeführt, würde nicht unbedeutend gewesen sein, wenn es sicher und gut angekommen wäre, und es hätte mir gewiß ermöglicht, mich wieder erträglich zu verheiraten; so jedoch waren mir höchstens zwei- bis dreihundert Pfund geblieben, und ich konnte nicht hoffen, daß sich dies Kapital je wieder vermehren würde. Ich besaß auch keine Freunde, ja eigentlich nicht einmal Bekannte, denn ich mußte mir sagen, es sei besser, frühere Londoner Bekanntschaften nicht zu erneuern. Meine schlaue Freundin, die mir vor Jahren den Ruf verschafft, eine gute Partie zu sein, war gestorben, und ihr Gatte ebenfalls.

Es stellte sich bald heraus, daß ich mich selbst nach Bristol begeben mußte, um nach meiner Schiffsladung zu sehen. Während ich nun dort auf die Erledigung meiner Angelegenheit wartete, fiel mir ein, ich könne mir wohl das Vergnügen gestatten und nach Bath gehen, denn ich war damals ja noch jung, und mein Gemüt, das stets heiter gewesen, blieb es auch unter meinen damaligen traurigen Verhältnissen; und da ich eine Frau war, die ihr Glück versuchen mußte, konnte sich dort vielleicht noch am ehesten etwas ereignen, das meine Lage so zu bessern imstande war, wie es schon einmal geschehen.

Bath ist ein üppiger Badeort, in dem viel geliebelt wird und gar mancherlei Verführungen sind. Ich ging mit der Absicht hin, zu nehmen, was sich mir bieten werde. Doch muß ich zu meiner Ehre hinzufügen, daß ich nur Ehrliches und Anständiges im Auge hatte und mir damals noch keine Gedanken kamen, wie die, von denen ich mich später leiten ließ.

Ich blieb die ganze Saison in Bath und machte eine – ich muß sagen – unglückliche Bekanntschaft, die all die Torheiten, die ich später beging, eher einleitete, als mich gegen sie befestigte.

Mein Leben war ziemlich lustig da, und ich hatte gute, das heißt muntere und feine Gesellschaft. Doch sah ich bald ein, daß mich diese Lebensweise in meinen Verhältnissen außerordentlich zurückbrachte, da ich ja kein Einkommen hatte; und stets vom Kapital leben, hieß so viel, wie mich selbst und unaufhaltsam verderben. Ich verfiel deshalb sehr oft in traurige Stimmungen, doch schüttelte ich sie immer bald wieder ab, indem ich mir vorredete, es müsse sich ja doch früher oder später irgend etwas zu meinem Vorteil ereignen.

Aber ich befand mich nicht am rechten Orte, um zu solch einer Hoffnung berechtigt zu sein. Ich war hier nicht in Redriff, wo mich, wenn ich erträglich auftrat, irgend ein ehrlicher Seekapitän oder anderer Mann in biederer Weise um meine Hand bitten konnte; ich war in Bath, wo sich die Männer wohl zuweilen ihre Geliebten holen, doch sehr selten sich nach einer Frau umsehen. Alle Bekanntschaften, die eine Frau dort machen kann, haben denn auch stets einen gewissen Stich nach jener gewissen Richtung hin.

Ich hatte die erste Saison ziemlich gut verbracht, denn obgleich ich mit einem Herrn, der auch zu seinem Vergnügen nach Bath gekommen war, Bekanntschaft geschlossen, hatte ich mich doch keinem verderbten Lebenswandel hingegeben. Einigen kleinen und gelegentlichen galanten Anerbieten war ich geschickt ausgewichen und hatte klug daran getan. Ich war nicht schlecht genug, als daß mich bloßes Laster zum Verbrechen hätte führen können, und die Anerbieten waren nicht derart, als daß sie nur irgend etwas eingetragen hätten, worauf es mir allein ankam.

Jedenfalls aber geriet ich schon in dieser ersten Saison auf meinen späteren Lebensweg, denn ich schloß mich da an die Frau an, bei der ich wohnte, und die, obwohl sie nicht gerade ein schlechtes Haus hielt, doch nicht die besten Grundsätze hegte. Ich hatte mich immer so gut geführt, daß auch nicht der geringste Makel an meinem Rufe haftete; und auch die Herren, mit denen man mich sah, standen in einem solchen Ansehen, daß mir ihr Umgang nicht schaden konnte; es schien auch keiner von ihnen zu denken, daß ich je auf einen unsauberen Antrag eingegangen wäre; einer der Herren jedoch suchte meine Gesellschaft, die ihm, wie er sagte, vielen Genuß bereite, ganz besonders auf, doch ging auch er damals noch nicht weiter.

Ich hatte, als die Gesellschaft sich endlich zerstreut, manche traurige Stunde in Bath; denn obwohl ich zuweilen nach Bristol fuhr, um nach meinen Angelegenheiten zu sehen und Geld zu holen, blieb ich doch in Bath wohnen, da ich mich mit der Frau, in deren Hause ich den Sommer über gelebt, sehr gut verstand und gefunden hatte, daß ich im Winter dort eher billiger lebe, als anderswo. Hier verbrachte ich also den Winter; und er war, wie ich schon gesagt, ebenso trübselig, wie der Herbst angenehm gewesen. Da ich nach und nach mit der erwähnten

Frau recht vertraut wurde, war es unausbleiblich, daß ich ihr allerlei von dem, was mich am meisten bedrückte, mitteilte und ihr besonders Einblick in meine bedrängten Vermögensverhältnisse gewährte. Ich erzählte ihr auch, daß meine Mutter und mein Bruder in Virginia in guten Verhältnissen lebten; und daß ich meiner Mutter geschrieben hatte und ihr meine Lage und den großen Verlust, den ich erlitten, mitgeteilt, verfehlte ich nicht meine neue Freundin wissen zu lassen; ferner, daß Unterstützung von dort nicht ausbleiben könne. Da aber die Schiffe von Bristol nach Virginia und von dort wieder zurück in viel kürzerer Zeit fuhren, als von London aus und die Geschäftsbeziehungen meines Bruder sich hauptsächlich auf Bristol beschränkten, war es wirklich viel angebrachter für mich, in Bath zu bleiben und hier auf Benachrichtigung zu warten, als wieder nach London zu gehen.

Meiner neuen Freundin schien meine Lage sehr nahe zu gehen, und sie war liebenswürdig und entgegenkommend genug, den Preis für meinen Unterhalt bei ihr während des Winters so niedrig zu berechnen, daß ich überzeugt war, sie verdiente kaum an mir, zumal ich für meine Wohnung während des Winters überhaupt nichts bezahlte.

Auch als der Frühling kam, blieb sie gleich entgegenkommend, und ich wohnte noch eine Zeitlang bei ihr, bis sich die Notwendigkeit herausstellte, auszuziehen, denn sie bekam jetzt wieder viele angesehene Sommermieter in ihr Haus; unter anderem auch den Herrn, der mich in der vorigen Saison bevorzugt hatte. Er brachte noch einen anderen Herrn und zwei Bediente mit, die alle in demselben Hause wohnten; ich argwöhnte übrigens, daß meine Wirtin ihn eingeladen und zugleich wissen gelassen habe, ich sei noch bei ihr. Allerdings stritt sie es ab.

Um kurz zu sein: dieser Herr besuchte mich nach wie vor und zeichnete mich durch sein ganz besonderes Vertrauen aus. Er war ein wahrer Gentleman, das mußte man ihm lassen, und seine Gesellschaft war mir ebenso angenehm, als, wie ich glauben darf, die meinige ihm. Er machte mir nie andere Beteuerungen, als die der größten Hochachtung, und hatte eine solch hohe Meinung von meiner Tugend, daß er einmal durchblicken ließ, er wisse wohl, ich werde ihn mit Verachtung zurückweisen, wenn er sich mir je »anders« nähern würde. Er wußte sehr bald, daß ich mit dem letzten Schiff im Sommer als Witwe von Virginia zurückgekommen sei und daß ich in Bath wartete, bis die nächste Ladung von Virginia, die mir bedeutende Güter bringen solle, ankomme. Ich erfuhr dagegen, daß er verheiratet sei, daß seine Gattin aber geisteskrank geworden und der Obhut ihrer Verwandten anvertraut sei. Er habe darein gewilligt, um jeden Vorwurf, er lasse sie nicht richtig behandeln, unmöglich zu machen. Er komme nach Bath, um sich dort von Anfällen der Schwermut, denen er unter solchen Umständen ausgesetzt sei, zu erholen und sich überhaupt zu zerstreuen. Meine Wirtin, die unsere Beziehungen bei jeder Gelegenheit zu festigen suchte, beschrieb mir ihn als einen Mann von Ehre und Tugend sowohl, als von großem Vermögen; und ich hatte Grund, dies alles zu glauben, denn obwohl wir auf derselben Etage wohnten, und er sehr oft in mein Zimmer gekommen, mehrere Mal sogar, während ich noch zu Bett lag, und trotzdem auch ich ihn des öfteren auf seinem Zimmer besucht, bot er mir doch nie etwas anderes als höchstens einen Kuß, und erst sehr viel später forderte er einmal mehr – wie Sie sehen werden.

Ich erwähnte meiner Wirtin gegenüber sehr oft seine außerordentliche Diskretion, und sie entgegnete mir zuweilen darauf, sie glaube, ich könne mich auf einige Beweise seiner Dankbarkeit für meine Gesellschaft gefaßt machen, denn er nähme mich ja ganz in Anspruch. Ich entgegnete ihr, ich habe ihn nie, auch nur entfernt, auf den Gedanken gebracht, daß ich Unterstützung nötig habe, oder daß ich sie von ihm annehmen werde. Sie meinte darauf, sie übernehme es schon, ihn darauf hinzuweisen, und machte ihre Sache wirklich so geschickt, daß er gleich bei unserer nächsten Zusammenkunft sich ein wenig nach meinen Verhältnissen zu erkundigen begann und mich fragte, wovon ich denn gelebt habe, seit ich in England gelandet und ob ich nicht Geldverlegenheit gekommen sei.

Ich leugnete meine Armut kühnlich ab und sagte, trotzdem meine Schiffsladung Tabak Schaden gelitten habe, sei sie doch lange nicht ganz verloren. Der Kaufmann, an den ich sie weiter gegeben, habe mich so ehrlich behandelt, daß ich nicht in Verlegenheit geraten sei und bei einiger Sparsamkeit wohl hoffen dürfe, mein Kapital werde reichen, bis neues Geld oder Gut komme, was mit dem nächsten Schiff aus Virginia zu erwarten sei. Mittlerweile habe ich allerdings meine Ausgaben möglichst beschränken müssen. So habe ich zum Beispiel das Kammermädchen, das ich im vorigen Jahre gehalten, entlassen. Früher habe ich auch ein Schlafzimmer und ein Eßzimmer auf der ersten Etage gehabt. Nun begnüge ich mich, wie er wisse, mit einem Zimmer auf der zweiten Etage. »Doch bin ich deshalb,« fuhr ich fort, »nicht weniger zufriedenen Gemütes als früher; seine Gesellschaft sei ja auch eine Ursache, daß ich nun heiterer sei als sonst, und ich danke ihm sehr für dieselbe.«

So wies ich jedes Anerbieten für den Augenblick zurück. Es dauerte jedoch nicht lange, so begann er wieder von meinen Angelegenheiten zu reden und fragte mich, weshalb ich so verschwiegen sei und ihm keinen Einblick in meine Verhältnisse gewähren wolle. Er frage mich nicht aus bloßer Neugierde, sondern weil er mir beistehen wolle, wenn es irgendwie nötig sei. Da ich jedoch so hartnäckig leugne, irgend welcher Hilfe zu bedürfen, bitte er mich nur um das eine, ich möge ihm versprechen, ihm offen zu gestehen, wenn ich in irgend welche Verlegenheit geriete, und zwar mit derselben Aufrichtigkeit, mit der er mir sein Anerbieten mache. Ich werde stets einen treuen Freund an ihm finden, wenn ich auch jetzt vielleicht noch zögere, mich ihm anzuvertrauen.

Ich erwiderte ihm alles, was jemand sagen kann, der sich unendlich verbunden fühlt, und ließ ihn sehen, daß ich seine Güte wohl zu schätzen wisse.

Von jener Zeit an war ich nicht mehr ganz so zurückhaltend gegen ihn wie früher, obgleich wir uns beide in den Grenzen strengster Tugend hielten. Doch wie frei wir nun auch mit einander redeten, konnte er mich doch nicht bewegen, mich zu jener Freiheit zu veranlassen, die er wünschte, das heißt, Geld von ihm zu verlangen, obgleich ich im Geheimen sehr froh über sein Anerbieten war.

Einige Wochen waren vergangen, und ich hatte ihn immer noch um nichts gebeten, als meine Wirtin, ein listiges Geschöpf, die mich schon oft gedrängt hatte, von seinem Anerbieten Gebrauch zu machen, eine Geschichte erfand und einstmals, als wir wieder allein waren, ganz plump zu uns hereinkam und rief: »Ach, liebe Witwe, ich habe Ihnen schlechte Nachrichten zu bringen.«

»Was gibts? Sind die Schiffe aus Virginia von den Franzosen gekapert worden?« fragte ich. Denn das war meine größte Angst.

»Nein, nein,« erwiderte sie, »aber den Mann, den Sie gestern nach Bristol schickten, das Geld abzuholen, ist eben zurückgekommen und sagt, daß er keins gebracht hat.«

Ihre Art mißfiel mir im höchsten Grade. Es sah so aus, als wolle ich ihn herausfordern, und das war ja gar nicht nötig. Auch mußte ich mir sagen, ich verliere ja nichts dabei, wenn ich mich zurückhaltend zeige, und fiel ihr deshalb schnell in die Rede:

»Ich begreife nicht,« rief ich, »wie der Mann so etwas sagen kann, denn er hat mir doch alles Geld, um das ich ihn schickte, vorhin überbracht. Und hier ist es.« Damit zog ich meine Börse mit zwölf Guineen hervor und fügte hinzu: »Das meiste davon werden wohl sie nach und nach erhalten.«

Auch der junge Herr schien von ihrer Rede so unangenehm berührt zu sein, wie ich, denn er fand sie, wie ich mir wohl denken konnte, sehr herausfordernd. Als er jedoch meine Antwort hörte, sparte er sich jede weitere Bemerkung.

Am nächsten Morgen kam die Rede jedoch wieder auf die Angelegenheit und er sagte lächelnd, er hoffe nicht, ich sei in Geldverlegenheit, ohne es ihm zu sagen. Ich habe ihm doch versprochen, mich in jeder Bedrängnis an ihn zu wenden.

Ich antwortete ihm, die Rederei meiner Wirtin am Tage zuvor habe mich sehr geärgert. Ich könne nur annehmen, sie habe einen Betrag, den ich ihr schuldete und der sich auf etwa acht Guineen belief, sehr nötig gehabt. Ich habe ihr meine Rechnung deshalb auch gestern Abend sofort noch beglichen.

Er schien sich darüber zu freuen, daß ich die Frau schon bezahlt hatte, und begann ein anderes Gespräch. Am nächsten Morgen jedoch rief er meinen Namen in mein Zimmer hinüber, und ich antwortete. Darauf bat er mich, einen Augenblick zu ihm herüberzukommen. Ich tat es, und er forderte mich auf, Platz zu nehmen, da er mir etwas zu sagen habe. Nach einigen gütigen Worten fragte er mich, ob ich ihm versprechen wolle, ihm auf eine Frage eine aufrichtige Antwort zu geben. Nach einem kleinen Wortgefecht über den Sinn des Wortes »aufrichtig«, und nachdem ich ihn gefragt, ob ich ihm je andere als aufrichtige Antworten gegeben, versprach ich es ihm endlich. Darauf bat er mich, ich möge ihn meine Börse sehen lassen. Ich zog sie sofort lachend heraus und zeigte sie ihm. Sie enthielt noch drei Guineen. Darauf fragte er mich, ob dies mein ganzes Vermögen sei. Ich lachte wieder und sagte: »bei weitem nicht!«

Nun denn, sagte er, so möge ich gehen und das übrige Geld holen, aber auf Heller und Pfennig. Ich erklärte mich bereit dazu und holte aus einer kleinen Schublade noch sechs Guineen und etwas Silbergeld, warf es auf die Bettdecke und sagte ihm, dies sei allerdings mein ganzes Vermögen. Er warf einen Blick auf das Häufchen, zählte es jedoch nicht, sondern zog einen Schlüssel aus seiner Tasche und hieß mich, eine kleine Wallnußholzkiste, die auf dem Tische stand, öffnen und ihm ein kleines Fach aus derselben reichen, das eine Menge Goldgeld, ich glaube wohl 200 Guineen, enthielt. Er nahm mit der einen Hand die Kiste, mit der andern meine Hand, drückte sie hinein und hieß mich, sie geschlossen wieder herauszuheben. Ich wollte es zuerst nicht tun, doch drückte er meine Hand fest in die Schublade, so daß ich sie wohl oder übel mit so viel Guineen, als ich fassen konnte, wieder herausziehen mußte.

Dann schüttelte er meine Hand, daß alles Gold aus derselben in meinen Schoß fiel, nahm nun mein eigenes, weniges Geld von der Bettdecke, warf es dazu und sagte, nun könne ich gehen und Alles auf mein Zimmer bringen.

Ich erzähle diese Geschichte so eingehend, um eine Vorstellung von seiner Laune und der Art und Weise unserer Beziehungen zu geben.

Es dauerte nun nicht lange, so fand er jeden Tag an meinen Kleidern, meinen Spitzen und meinen Hüten etwas auszusetzen und drängte mich oft, mir doch bessere Sachen zu kaufen, was mir gar nicht unangenehm war, denn ich liebte damals nichts auf der Welt mehr, als schöne Kleider. Doch antwortete ich ihm, ich müsse mit dem Gelde, das er mir geliehen, sehr sparsam umgehen, sonst wisse ich vielleicht eines schönen Tages nicht, wie ich ihm das Geld zurückgeben solle.

Hierauf erklärte er mir, daß er meine Verhältnisse kenne und mir das Geld doch nicht geliehen habe. Ich habe es übrigens reichlich um ihn verdient, da ich ihm alle meine Zeit geopfert. Dann bestimmte er mich, wieder eine Magd zu nehmen und selbst Haushalt zu führen; nachdem sein Freund abgereist war, forderte er mich auf, ihn in Pension zu nehmen, was ich sehr gerne tat, da ich allem Anschein nach dabei nicht verlieren sollte.

Als wir so drei Monate zusammen gewirtschaftet hatten, begann die Gesellschaft Bath zu verlassen, und auch er sprach von Abreisen und erklärte, er würde sehr gerne sehen, wenn ich mit ihm nach London ginge. Ich wußte nicht recht, was ich zu diesem Vorschlage sagen sollte, denn es war mir nicht klar, welche Stellung ich dort bei ihm einnehmen, oder wie und als was er mich dort behandeln werde.

Während ich noch mit mir zu Rate ging, wurde er sehr krank. Und zwar war er nach Shepton in Somersetshire gefahren, und dort hatte er sich die Krankheit wohl geholt, so daß er es nicht wagen wollte, allein weiter zu reisen. Deshalb schickte er seinen Diener nach Bath zurück mit dem Auftrage, mich zu bitten, einen Wagen zu mieten und zu ihm nach Shepton zu kommen. Vor seiner Abreise hatte er mir sein Geld und andere Wertgegenstände übergeben, ich wußte nicht, was ich mit ihnen beginnen sollte, ich verschloß alles, so gut ich konnte, verriegelte auch die Wohnung sorgfältig und begab mich zu ihm. Ich fand ihn sehr leidend vor und redete ihm zu, sich in einer Sänfte nach Bath zurücktransportieren zu lassen, wo doch besser Rat und Hilfe zu schaffen war.

Er willigte ein, und ich brachte ihn also nach Bath, das, wenn ich mich recht erinnere, immerhin fünfzehn Meilen von Shepton entfernt war.

Sein Fieber verschlimmerte sich hier und hielt ihn fünf Wochen im Bett. Die ganze Zeit über pflegte ich ihn und wartete ihn so sorgfältig, wie es nur eine Gattin hätte tun können; ja, wäre ich seine Gattin gewesen, ich hätte nicht mehr für ihn gesorgt, denn ich wachte so lange, treu und oft bei ihm, daß er es schließlich nicht mehr zulassen wollte. Darauf ließ ich ein Feldbett in sein Zimmer bringen und schlief nun am Fußende seines Bettes.

Sein trauriger Zustand ging mir sehr nahe; und die Befürchtung, solch einen Freund vielleicht verlieren zu müssen, quälte mich oft zu Tränen, so daß ich manche Stunde weinend an seinem Lager saß.

Endlich trat eine Wendung zum Besseren ein und ließ auf eine Genesung hoffen, die dann auch, allerdings langsam, kam.

Auch wenn unser Verhältnis anders gewesen wäre, würde ich keinen Anstand nehmen, von ihm zu erzählen; doch betone ich noch einmal, daß ich, trotzdem ich stets in seinem Zimmer war und ihm Tag und Nacht die notwendigsten Dienstleistungen verrichten mußte, auch nicht das geringste Unpassende zwischen uns ereignete. Ach, wäre es immer so geblieben!

Doch nach Verlauf einiger Zeit kam er wieder zu Kräften und litt es nicht, daß mein Feldbett entfernt würde, bis er fähig sei, ohne fremde Hilfe aufzustehen und es wagen könne, auch des Nachts allein zu bleiben; dann erst wolle er gestatten, daß es wieder in mein Zimmer geschafft werde.

In der Folge nahm er jede Gelegenheit wahr, um seine Dankbarkeit für meine Pflege auszudrücken; und als er wieder ganz hergestellt war, machte er mir ein Geschenk von 50 Guineen als Anerkennung dafür, daß ich, wie er es geradezu nannte, mein Leben gewagt habe, um das seine zu retten.

Und nun erging er sich in den lebhaftesten Beteuerungen seiner unveränderlichen Zuneigung zu mir; doch ließen all seine Ausdrücke nur auf die höchste Achtung vor meiner und seiner Ehre schließen. Und ich zeigte mich sehr zufrieden damit. Er ging sogar soweit, zu behaupten, wenn er auch nackt mit mir zu Bette läge, so werde er doch meine Tugend so heilig halten, als gälte es, sie gegen einen Wüstling zu verteidigen. Ich glaubte ihm, und sagte ihm dies auch. Doch schien ihm selbst dies noch nicht zu genügen und er sagte, er warte nur auf eine Gelegenheit, um mir die Wahrheit seiner Worte zu beweisen.

Längere Zeit nachher mußte ich mich in Geschäften nach Bristol begeben. Er mietete mir einen Wagen und wollte mich begleiten, und auf dieser Reise begannen unsere Beziehungen vertrauter zu werden.

Von Bristol führte er mich nach Gloucester. Diese Fahrt war eine Vergnügungstour, die wir unternahmen, um die frische Luft zu genießen. Hier in Gloucester nun wollte es unser Geschick, daß wir keine andere Unterkunft im Gasthause fanden, als ein großes Zimmer mit zwei Betten. Der Wirt, der uns das Zimmer zeigte, sagte sehr freimütig zu meinem Freunde: »Herr,« sagte er, »es ist nicht meine Sache, mich zu erkundigen, ob die Dame ihre Gattin ist, oder nicht, aber wenn sie es auch nicht ist, so können Sie doch in diesen beiden Betten so ehrbar schlafen, als ständen sie in zwei verschiedenen Zimmern.«

Mit diesen Worten zog er eine große Gardine herunter, die in der Tat das ganze Zimmer in zwei Teile teilte und die beiden Betten trennte.

»Gewiß,« antwortete ihm mein Freund sehr schnell, »das Zimmer genügt uns vollständig, außedem sind wir viel zu nahe mit einander verwandt, um bei einander zu schlafen, selbst wenn wir auch im selben Zimmer wohnen.« Diese Behauptung ließ die zwei Betten noch in ganz besonders gutem Lichte erscheinen. Und wie wir uns zur Ruhe begeben wollten, verließ mein Freund das Zimmer solange, bis ich im Bette war und legte sich dann in das andere. Doch plauderte er noch eine ganze Weile mit mir.

Zum Schluß wiederholte er seine gewöhnliche Rede, er könne nackt bei mir im Bette liegen, ohne mir im geringsten zu nahe zu treten, und damit sprang er auch schon von seinem Lager auf. »Und nun meine Liebe,« sagte er dabei, »sollst du auch sehen, daß ich mein Wort halten kann,« und damit kam er auch schon in mein Bett.

Ich wehrte mich ein wenig, doch muß ich gestehen, ich hätte mich auch nicht sehr gesträubt, wenn er die Versprechungen nicht gemacht. So jedoch lag ich nach kurzem Kampfe still und gestattete, daß er sich neben mir ausstreckte; er nahm mich in seine Arme und so lag ich die ganze Nacht mit ihm, doch ging er nicht weiter, in der ganzen Nacht nicht, nur küßte er mich hin und wieder, und ich erhob mich am andern Morgen so unschuldig, wie ich am Tage meiner Geburt gewesen.

Doch war's mir sehr überraschend und muß auch wohl allen anderen so erscheinen, die wissen, wie die Gesetze der Natur nun einmal wirken; denn er war ein kräftiger und lebensvoller Mann. Auch handelte er nicht aus irgend welchen religiösen Bedenken so, sondern aus reiner Zuneigung zu mir; und betonte noch einmal, daß er, trotzdem ich ihm die liebste Frau auf der Welt sei, mich doch nicht berühren wolle, um mir kein Leid zu bereiten.

Ich gestehe, daß dies sehr edel von ihm war, doch da ich vorher nie dergleichen für möglich gehalten, setzte es mich in größtes Erstaunen. Wir verlebten die weitere Reise, wie wir vorher zusammengelebt, und kehrten dann nach Bath zurück, wo er ja Gelegenheit hatte, mich zu besuchen, zu welcher Zeit er nur wollte, und wo er sich dieselbe Mäßigung auferlegte; und wir schliefen oft zusammen, aber obgleich die ganze Vertraulichkeit von Ehegatten zwischen uns herrschte, machte er dennoch nie soweit Gebrauch von ihr, wie es eben nur die Rechte eines Gatten gestatten, und war nicht wenig stolz auf seine Selbstbeherrschung.

Ich kann nicht sagen, daß mich sein Betragen mit allzu großer Freude erfüllte, denn ich war viel verderbter als er.

So lebten wir fast zwei Jahre zusammen, während welcher er dreimal nach London ging und einmal vier Monate dort blieb. Doch versorgte er mich bei seinem Abschiede jedesmal reichlich mit Geld, so daß ich gut leben konnte und auch lebte.

Wären unsere Beziehungen immer so geblieben, wir hätten uns wirklich ihrer rühmen können; doch wer die Gefahr liebt, kommt zum Schluß bekanntlich in ihr um. So ging es auch uns; nur muß ich ihm die Gerechtigkeit widerfahren lassen und erwähnen, daß nicht er es gewesen ist, der die Änderung herbeiführte.

Als wir eines Abends wieder bei einander waren und lustig zusammen im Bette lagen und ein wenig mehr als sonst getrunken hatten, allerdings durchaus nicht soviel, um nicht mehr vollständig unserer Herr zu sein, nahm er mich nach ein paar anderen Torheiten, die ich nicht beschreiben kann, in den Arm und ich sagte darauf – ich wiederhole es nur mit Scham und tiefstem Entsetzen meiner Seele – ich wolle ihn, allerdings nur für eine Nacht, und nicht für öfter, seines Versprechens entbinden.

Er nahm mich sofort beim Worte, und nun gab es kein Widerstreben mehr. Und es kam mir auch gar nicht die Neigung, ihm den geringsten Widerstand zu leisten.

So war unsere Tugend gebrochen, und ich tauschte den Namen einer Freundin gegen den unschön und unverbindlich klingenden Titel eine Dirne. Am Morgen jedoch schon faßte uns die Reue, ich weinte bitterlich, und auch er war sehr niedergeschlagen; doch das war auch das einzige, was wir zu unserer Besserung versuchten, denn nachdem wir uns so einmal auf den Weg verholfen und die Schranken der Tugend und des Gewissens übersprungen hatten, hielten sie uns immer weniger ab.

Immerhin führten wir den Rest der Woche hindurch nur trübselige Gespräche mit einander, ich konnte ihn nur mit Erröten ansehen und wagte hin und wieder die traurige Frage: »Wenn ich nun schwanger werde? Was wird aus mir?«

Er sprach mir dann Mut zu und sagte, solange ich ihm treu sei, werde er es mir gewiß auch sein; und da wir nun einmal so weit gegangen seien, – was er in der Tat nie beabsichtigt hätte – werde er, wenn ich einem Kinde das Leben schenke, für dasselbe sorgen, und ebenfalls für mich.

Das brachte uns beide dann noch näher; ich versicherte ihm, ich würde lieber in Mangel und ohne Hebamme sterben, als ihn als Vater des Kindes angeben; worauf er mir beteuerte, ich werde nie Mangel leiden, wenn ich schwanger werden würde. Diese gegenseitigen Beteuerungen ermutigten uns nur, und wir wiederholten unsere Schmach noch so oft es uns gefiel, bis endlich das eintrat, was ich gefürchtet hatte, und ich mich schwanger fühlte.

Als ich dessen ganz sicher war und auch ihn davon überzeugt hatte, begannen wir darüber nachzudenken, welche Maßnahmen wohl zu ergreifen seien, und ich schlug ihm vor, das Geheimnis unserer Wirtin anzuvertrauen und sie um ihren Rat zu fragen, worein er einwilligte.

Unsere Wirtin schien an diese Dinge gewöhnt zu sein und nahm meine Mitteilung sehr leicht auf; sie sagte, sie habe sich schon immer gedacht, daß es dazu kommen werde, und hieß uns, die Wendung sehr leicht und lustig aufzufassen. Wir fanden, daß sie eine sehr erfahrene alte Dame war, die in dergleichen Dingen wirklich gut Bescheid wußte. Sie übernahm es, die Sache zu leiten, eine Hebamme und eine Wärterin zu besorgen und und allen Nachfragen so zu begegnen, daß unser Ruf keinen Schaden leide; und sie vollführte denn auch alles sehr geschickt. Als meine Zeit herankam, drückte sie den Wunsch aus, der Herr möge nach London gehen, oder wenigstens so tun, als ginge er; und als er dann weg war, begab sie sich zu den Magistratspersonen und sagte aus, eine Dame, die in ihrem Hause weile, sehe ihrer Niederkunft entgegen. Sie kenne den Gatten der Dame sehr genau, es sei ein Sir Walter Cleave, ein ehrenwerter Mann, und sie bürge für alle ihre Aussagen und nehme die Verantwortung für die Wahrheit auf sich. Dies genügte den Magistratspersonen vollständig, und ich kam nach außen hin so in allen Ehren nieder, als sei ich wirklich Mylady Cleave. Bei den Wehen standen mir sogar drei oder vier der angesehensten Bürgerfrauen bei. Dies verteuerte ja die Sache ein wenig, und ich drückte meinem Freunde mein Bedauern darüber aus, doch sagte er, ich solle mir nur wegen so was keine Gedanken machen.

Da er mir für die außergewöhnlichen Auslagen, die meine Niederkunft nötig machte, genügend Geld zurückgelassen, hatte ich alles sehr schön; dennnoch tat ich nicht sehr munter, noch machte ich irgend welchen Aufwand; überdies hatte mich meine Erfahrung gelehrt, daß solcher Wohlstand oft nicht lange anhält, und ich legte deshalb von diesem Gelde, soviel ich nur konnte, zurück, und ließ ihn glauben, es sei alles bei der Niederkunft ausgegeben worden.

Auf diese Weise besaß ich einschließlich dessen, was er mir früher gegeben und was ich von meinem Eigentum gerettet, als ich mich vom Wochenbett erhob, zweihundert Guineen.

Ich genas eines schönen Knaben, der wirklich ein ganz reizendes Kind war. Als er es hörte, schrieb er mir einen sehr gütigen lieben Brief und teilte mir in demselben mit, es würde doch wohl besser aussehen, wenn ich, sobald ich wohlauf sei, nach London komme. Er habe schon eine Wohnung in Hammersmith besorgt. Nach einiger Zeit könnte ich ja wieder nach Bath zurückkehren, und er wolle dann wieder mit mir zusammenziehen.

Sein Anerbieten war mir sehr angenehm, ich mietete einen Wagen, nahm das Kind, eine Amme, die es warten und säugen mußte, und eine Magd für mich mit – und fort ging es nach London.

Er kam mir bis Reading mit seinem eigenen Wagen entgegen. Ich stieg zu ihm, und ließ die Mädchen mit dem Kinde in dem gemieteten Wagen. Er brachte mich in meine neue Wohnung nach Hammersmith, mit der ich recht zufrieden sein konnte, denn es waren außerordentlich schön eingerichtete Zimmer.

Zwölftes Kapitel.

Jetzt befand ich mich auf der Höhe dessen, was man Glück nennt, und mir fehlte nichts, als das sichere Gefühl, eine rechtmäßige Gattin zu sein. Da dies aber nicht sein konnte, rettete ich bei jeder Gelegenheit, was sich nur beiseite bringen ließ, für spätere, knappere Zeiten. Ich wußte ja nur zu gut, daß solcher Wohlstand nicht lange andauert, und daß Männer, die sich Geliebte halten, diese oft wechseln, sei es, daß sie ihrer überdrüssig werden, oder daß sie ihre Eifersucht erregt haben. Denn zuweilen sind ja auch die, welche sonst gut behandelt werden, nicht genug darauf bedacht, durch kluges Benehmen die Achtung vor ihrer Person stets aufrecht zu erhalten, oder den hübschen Artikel, den man Treue nennt, stets unverletzt bei sich zu verwahren – und werden dann ganz gerechterweise mit Verachtung hinweggeworfen.

Freilich von mir galt das letztere nicht. Denn wie ich keine Neigung zum wechseln hatte, so fehlte mir auch jede Bekanntschaft, und damit jede Versuchung, mich nach anderen Männern umzusehen; ich hatte keinen Verkehr, als den der Familie, bei der ich wohnte, und der Frau eines Pfarrers; so daß ich, wenn mein Geliebter nicht da war, niemanden besuchte, auch fand er mich nie irgendwo anders als in meinem Wohnzimmer, wann er auch zu mir kommen mochte. Und aus ging ich nicht anders, als mit ihm.

Das Leben, das ich so mit ihm und er mit mir führte, war ganz gewiß das harmloseste von der Welt. Er beteuerte mir oft, daß er vom ersten

Tage an, da er mit mir bekannt geworden, bis zu der Nacht, da wir zuerst unser Verhältnis zu einander geändert, nie im geringsten daran gedacht habe, mit mir zu schlafen; daß er stets eine aufrichtige Zuneigung zu mir, doch nie die mindeste Begierde empfunden, das zu tun, was er dann getan ...

Ich sagte ihm wohl auch, daß ich nie von ihm dergleichen gedacht; denn wenn dies der Fall gewesen, würde ich ihm keineswegs die Freiheiten gestattet haben, die jenes Ereignis vorbereiteten. Es sei nur eine Überraschung gewesen, ein Streich, den uns eben die Harmlosigkeit, mit der wir uns unserer Zuneigung überlassen, gespielt. Und ich habe in der Tat sehr oft bemerkt und teile es als Vorsichtsmaßregel für die Leser dieses Buches mit, daß es sehr gefährlich ist, seine harmlose Zuneigung zu jemandem in leichtfertigen Freiheiten zu äußern, denn am Ende fehlt es dann oft der Tugend an Kraft und Willen, wenn ihr Eingreifen gerade am nötigsten wäre.

Die Wahrheit ist allerdings die, daß ich von der ersten Stunde an, da ich mit ihm verkehrte, beschlossen hatte, ihn bei mir schlafen zu lassen, wenn er es wollte; doch nur, weil ich seine Hilfe brauchte, und nicht wußte, wie ich ihn mir sonst sichern sollte. Als wir jedoch in jener Nacht zusammen waren, bemerkte ich selbst mit Verwunderung meine Schwäche, und daß ich nicht mehr hätte widerstehen können, selbst wenn ich es noch gewollt hätte, nein, ich bot mich ihm sogar an, noch ehe er mich gefragt.

Er war jedoch so gütig, daß er diesen Umstand nie erwähnte, und niemals gab er dem geringsten Mißvergnügen über mein Benehmen bei irgend einer Gelegenheit Ausdruck, sondern beteuerte nur immer, meine Nähe erfreue ihn so, wie am ersten Tage unserer Bekanntschaft. Er hatte ja nun keine Frau, das heißt, keine, die ihm wirklich eine Gattin war; doch reißen die Mahnungen des Gewissens einen Mann von Gefühl auch aus anderen Anlässen aus den Armen seiner Geliebten, wie es denn zum Schluß auch bei uns der Fall war.

Anderseits blieb auch ich nicht von geheimen Gewissensbedenken verschont, und selbst auf der Höhe meines Wohlergehens schreckte mich sehr oft die furchtbare Aussicht auf künftige Armut und Hunger, die wie ein Gespenst hinter mir standen. Doch wie mich die Armut in dies Leben gebracht, hielt sie mich auch darin fest; häufig nahm ich mir vor, so bald ich Geld genug auf die Seite gebracht hätte, diese Lebensweise daran zu geben.

Doch verflogen diese Gedanken sofort, wenn er bei mir war; denn seine Gegenwart war mir immer so erfreulich, daß kein Ernst mehr aufkommen konnte. Die trüben Betrachtungen entstammten nur den Stunden, in denen ich allein war.

Ich lebte sechs Jahre in dieser glücklichen und doch unglückseligen Lage und brachte ihm in dieser Zeit drei Kinder zur Welt, doch nur das erste blieb am Leben; und obwohl ich in den sechs Jahren zweimal umzog, kam ich im sechsten Jahre wieder in meine alte Wohnung nach Hammersmith zurück; und hier war es, wo ich eines morgens durch einen liebenswürdigen doch traurigen Brief meines Freundes überrascht wurde, in dem er mir mitteilte, daß er sehr krank sei und neue Anfälle fürchten müsse. Die Verwandten seiner Frau seien in seinem Hause und es sei nicht angängig, daß ich komme, um ihn zu pflegen. Er sei sehr traurig darüber und hoffe, es werde sich dennoch eine Gelegenheit finden lassen, daß ich ihn aufsuche und ihn pflege.

Diese Nachricht bekümmerte mich sehr, und ich wartete mit Ungeduld und Sorge auf weitere Botschaft. Vierzehn Tage lang hörte ich jedoch nichts, was mich sehr überraschte und meine Ungeduld steigerte; ja, die folgenden vierzehn Tage glaubte ich oft vor Kummer den Verstand zu verlieren. Mir war jede Nachforschung sehr erschwert, denn ich wußte nicht einmal genau, wo er lag; zuerst hatte ich angenommen, er sei in der Wohnung der Mutter seiner Frau. Ich begab mich selbst in die Stadt und fand dort heraus, daß er in einem Hause zu Bloomsbury krank liege, wohin er mit seiner ganzen Familie verzogen war. Seine Gattin und deren Mutter wohnten im selben Hause, obwohl die erstere nicht wissen durfte, daß sie mit ihm unter einem Dache lebte.

Ich hörte hier auch, daß er wohl sterben werde, und diese Nachricht genügte, um zu einem Entschluß zu kommen. Die Angst trieb mich. Und an einem der nächsten Abende wagte ich es, mich als Dienstmädchen zu verkleiden ... ich zog einen runden Kragen und einen Strohhut an, tat, als sei ich von einer Dame aus der Nachbarschaft, bei der ich einmal gewohnt, geschickt worden, um nachzufragen, wie es dem Herrn gehe, und wie er die Nacht verbracht habe. Auf diese Weise hatte ich Gelegenheit, mit einer der Mägde des Hauses zu sprechen, hielt einen langen Schwatz mit ihr und erkundigte mich nach allen Einzelheiten seiner Krankheit, die wohl eine Lungenentzündung sein mußte.

Sie erzählte mir auch, wie es seiner Frau gehe, und daß die Familie glaube, sie komme vielleicht wieder zu Verstande; daß für den Herrn jedoch, wie die Ärztesagten, wenig Hoffnung sei – daß man schon am Morgen gedacht, er könne jeden Augenblick sterben, daß jedoch jetzt niemand erwarte, er werde die Nacht überleben.

Dies waren allerdings böse Neuigkeiten für mich; ich sah das Ende meiner Wohlfahrt kommen und konnte nur froh sein, daß ich die vernünftige Hausfrau gespielt und mir, während er lebte, etwas zurückgelegt hatte; denn ich wußte sonst nicht, wie ich auch nur meinen nächsten Lebensunterhalt selbst bestreiten sollte.

Es bedrückte mich auch sehr, daß ich für das Kind zu sorgen hatte, für meinen hübschen fünfjährigen Sohn, der nun nach dem Tode seines Vaters unversorgt zurückblieb. Mit solchen Gedanken und einem traurigen Herzen begab ich mich an jenem Abend nach Hause und begann zu überlegen, wie ich nun mein Leben einrichten und meinen Unterhalt gewinnen sollte.

Sie können sich denken, daß ich sehr bald wieder neue Erkundigungen nach seinem Befinden einzog. Da ich jedoch nicht mehr wagte, selbst zu gehen, schickte ich mehrere Boten, bis ich endlich nach ungefähr vierzehn Tagen erfuhr, daß man doch Hoffnung haben könne, er werde am Leben erhalten bleiben, obwohl er jetzt noch sehr krank sei; darauf stellte ich meine Nachforschungen ein und erfuhr einige Zeit später in der Nachbarschaft, daß er das Haus schon einmal verlassen habe, und dann, daß er wieder ziemlich wohlauf sei.

Ich zweifelte nun nicht, daß ich bald wieder von ihm hören werde, und tröstete mich, weil ich glaubte, ich könne meine Verhältnisse wieder als gesichert ansehen. Ich wartete eine Woche, zwei Wochen, und mit immer steigender Verwunderung fast zwei Monate lang und hörte nichts von ihm, als daß er nach seiner Genesung aufs Land gegangen sei, um eine Luftveränderung zu haben. Dann vergingen wieder zwei Monate, bis ich erfuhr, daß er wieder in sein Haus in der Stadt zurückgekehrt sei, von ihm selbst aber hörte ich noch immer kein Wort. Ich hatte ihm auf unserem gewöhnlichen Wege mehrere Briefe geschrieben, fand jedoch, daß nur zwei oder drei abgeholt worden waren, die übrigen lagen noch da. Ich schrieb ihm noch einmal und zwar dringender, als ich je getan, und ließ ihn wissen, daß ich mit größter Besorgnis auf ihn zu warten gezwungen sei, stellte ihm meine Verhältnisse vor, daß die Miete fällig, daß das Kind gänzlich unversorgt sei, und daß ich mich selbst in der schlimmsten Lage befinde, aller Mittel beraubt, trotz seiner feierlichen Versprechungen, für mich zu sorgen. Von diesem Briefe machte ich eine Abschrift, und als ich sah, daß er schon einen Monat an seinem bestimmten Orte lag, ohne abgeholt worden zu sein, machte ich es möglich, ihm die Kopie in einem Kaffeehause, das er jetzt öfter aufsuchte, zustecken zu lassen. Auf diesen Brief war eine Antwort unausbleiblich, und obwohl die Antwort, als sie kam, mir zu Bewußtsein brachte, daß ich von ihm verlassen worden war, erfuhr ich doch aus ihr, daß er mir schon vor einiger Zeit einen Brief geschrieben, in dem er den Wunsch ausdrückte, ich möge mich wieder nach Bath begeben. Auf den weiteren Inhalt des Briefes komme ich noch zurück.

Nun ist das Krankenbett der richtige Ort, von dem aus man Beziehungen wie die unsrigen mit anderen Augen ansieht als vorher. Mein Liebhaber hatte dicht vor den Toren des Todes und am Rande der Ewigkeit gestanden und war offenbar von gerechten Gewissensbissen und trüben Betrachtungen über sein vergangenes, leichtfertiges und oberflächliches Leben ergriffen worden; und seine sündhaften Beziehungen zu mir, die im Grunde nichts anderes bedeuteten, als ein Leben fortgesetzten Ehebruches, hatten sich seinem Auge dargestellt als das, was sie wirklich waren, und nicht mehr so, wie er sie sich und mir selbst früher geschildert, und er sah jetzt mit gerechtem Abscheu darauf zurück.

Ich kann nicht umhin, die Bemerkung zu machen und meine Geschlechtsgenossinnen ganz besonders auf dieselbe hinzuweisen, daß, wenn in solchen Dingen des Genusses jemals wahre Reue auf die Tat folgt, diese stets von einer Abneigung gegen den Schuldgenossen begleitet ist; und zwar steht dieser Haß immer im gleichen Verhältnis zu der Größe der Zuneigung vorher. Das wird stets der Fall sein, und ist auch gar nicht anders möglich. Denn eine wahre und aufrichtige Abneigung vor der Sünde ist nicht denkbar, wenn die Liebe Gegenstand derselben bleibt. Mit dem Abscheu vor der Sünde geht der Abscheu vor dem Schuldgenossen Hand in Hand; anders ist es auch gar nicht zu erwarten.

So war es auch hier, wenngleich gute Manieren und Gerechtigkeit meinen früheren Liebhaber davon abhielten, bis zum äußersten zu gehen; und die kurze Geschichte seines Verhaltens in dieser Sache war die folgende: Er ersah aus meinem letzten Briefe und den andern, die er sich dann holen ließ, daß ich nicht nach Bath verzogen, und daß sein erster Brief nicht in meine Hände gelangt war. Darauf schrieb er mir nun folgendes:

Madam,

es setzt mich in Verwunderung, daß mein Brief vom 8. vorigen Monats nicht in Ihre Hände gelangt ist. Ich gebe Ihnen mein Wort, daß er in Ihrem Hause Ihrer Magd übergeben worden ist.

Es ist überflüssig, Sie von den Umständen, unter denen ich vor einiger Zeit gelebt, in Kenntnis zu setzen und Ihnen zu erzählen, wie ich, schon am Rand des Grabes stehend, durch die unerwartete und unverdiente Güte des Himmels dem Leben wiedergegeben wurde. Es wird Ihnen auch nicht seltsam erscheinen, wenn ich Ihnen sage, daß in dieser verzweifelten Lage die unglückseligen Beziehungen zu Ihnen die schwerste Bürde gewesen sind, die mein Gewissen bedrückte. Ich brauche wohl nicht mehr zu sagen: die Dinge, die man bereuen muß, muß man auch wieder gut machen.

Ich wünschte, Sie dächten daran, wieder nach Bath zurückzukehren. Ich lege eine Banknote von 50 Pfund ein, damit Sie Ihren Mietzins entrichten und umziehen können, und hoffe, es wird Sie nicht zu sehr überraschen, wenn ich hinzufüge, daß ich Sie, nur um meines Gewissens und nicht irgend eines Verschuldens Ihrerseits willen, nicht mehr sehen kann. Für das Kind werde ich sorgen. Lassen Sie den Knaben, wo er ist, oder nehmen Sie ihn mit sich, wenn es Ihnen lieber ist. Ich wünsche Ihnen, daß Sie die Dinge mit denselben Augen ansehen und daß Ihnen diese Betrachtungen nutzbringend sein möchten. Ich bin usw. usw.

Sie können sich denken, wie der Brief mich traf. Mein Gewissen machte auch mir Vorwürfe – schlimmere, als ich sagen kann, denn ich stand meinen Verfehlungen nicht blind gegenüber und ich sagte mir, daß ich einst mit weniger Schuld das Zusammenleben mit meinem Bruder hätte fortsetzen können, weil unsere Heirat ja doch kein Verbrechen war, da keiner von uns die Wahrheit gewußt.

Nicht ein einziges Mal kam mir allerdings der Gedanke, daß ich doch in beiden Fällen eine schon verheiratete Frau war, die Gattin des Leinwandhändlers, der, wenn er mich auch verlassen, doch nicht die Gewalt hatte, mich von dem Ehekontrakt zu entbinden oder mir nach Gesetz und Recht die Freiheit zu geben, mich wieder zu verheiraten;

so daß ich während der ganzen Zeit nichts weiter als eine Dirne und Ehebrecherin abgegeben hatte. Dann fiel es mir auch schwer auf die Seele, daß ich es gewesen, die meinen Herrn verführt und daß ich daher die größere Übeltäterin sei; während er noch glücklich dem Pfuhl entrann, in dem ich, als habe mich der Himmel ganz verlassen, in all meiner Verderbtheit nun bleiben zu müssen schien.

Unter solchen Gedanken verbrachte ich einen traurigen nachdenklichen Monat. Nach Bath ging ich nicht, da ich keine Lust hatte, mit der Frau, bei der ich früher gewohnt, wieder zusammen zu kommen, und auch vermeiden wollte, daß sie mich wieder zu dem verworfenen Leben verleite, wie sie es schon einmal getan hatte; überdies war es mir sehr unangenehm, sie wissen zu lassen, daß mein Freund mich verlassen habe. Die größte Sorge verursachte mir mein kleiner Sohn, der Gedanke, mich von ihm zu trennen, war mir schlimmer als der Tod. Als ich mir aber sagte, daß vielleicht bald die Zeit kommen könne, in der es mir unmöglich war, ihn zu ernähren, beschloß ich, in die Trennung einzuwilligen. Doch wollte ich unter allen Umständen in seiner Nähe bleiben, um ihn sehen zu können auch ohne für ihn sorgen zu müssen. Meinem Herrn schickte ich einen kurzen Brief, in dem ich ihm mitteilte, daß ich allen seinen Befehlen gehorcht habe, daß ich aber nicht nach Bath zurückgehen könne, daß die Trennung von ihm für mich einen Schmerz bedeute, den ich nie verwinden werde, daß ich aber einsehe, wie richtig und gerecht all seine Gründe seien und mich der Besserung seines Gemütes nicht einen Augenblick widersetzen wolle.

Dann stellte ich ihm meine Verhältnisse mit den ergreifendsten Ausdrücken dar und sagte ihm, daß die unglückseligen Verhältnisse, die ihn zuerst zu seiner freigebigen Freundschaft zu mir bestimmt, ihn hoffentlich auch jetzt zu einiger Rücksicht auf mich bestimmen würden, wenn auch der schlimmere Teil unserer Beziehungen ein für allemal abgebrochen sein müßte; daß mich eine Reue erfülle, die gewiß ebenso aufrichtig sei wie die seine, daß ich ihn aber von Herzen bitte, mich doch in eine Lage zu versetzen, in der ich nicht den schrecklichen Versuchungen der Armut und des Elendes preisgegeben wäre. Wenn er jedoch im geringsten fürchte, ich werde ihm lästig, so bitte ich ihn, mir die Rückreise zu meiner Mutter nach Virginia zu ermöglichen. Damit sei doch all seinen Befürchtungen ein Ende gesetzt. Ich schloß damit, wenn er mir noch einmal 50 Pfund schicken wolle, werde ich ihm eine Quittung darüber einsenden und ihm in ihr versprechen, ihn nie wieder zu belästigen, als höchstens mit Nachfragen nach dem Befinden des Kindes, das ich, wenn ich meine Mutter noch am Leben und meine Verhältnisse erträglich vorfände, sobald wie möglich herüberkommen lassen würde, um ihm auch diese Last noch abzunehmen.

Dies war nun in der Tat nichts, als eine große Unwahrheit, denn ich hatte nicht im geringsten vor, nach Virginia zu gehen, wie sich ein jeder, der die Erzählung meiner dortigen Erlebnisse gelesen hat, wohl denken kann. Es handelte sich für mich jetzt blos darum, von ihm noch einmal 50 Pfd., wenn eben möglich, zu bekommen, da ich mir sagte, es sei gewiß das letzte Geld, das ich zu erwarten habe.

Das Versprechen, ihm eine allgemeine Quittung zu geben und ihn nie wieder zu belästigen, mußte wohl Eindruck auf ihn gemacht haben, denn er schickte mir eine Anweisung auf das Geld, und zwar durch eine Person, die die Quittung, die ich zu unterzeichnen hatte, gleich mitbrachte. Ich tat es, und so endigte unser Verhältnis, gänzlich wider meinen Willen.

Dreizehntes Kapitel.

Ich war nun wieder eine alleinstehende Person, aller Ehe- und Freundschaftsbande ledig, denn auch von meinem früheren Gatten, dem Leinwandhändler, hatte ich seit 15 Jahren nichts mehr gehört, und niemand konnte mir es übel nehmen, wenn ich mich jetzt jeder Verpflichtung gegen ihn überhoben glaubte. Außerdem hatte er mir doch selbst gesagt, ich könne annehmen, wenn ich längere Zeit nichts mehr von ihm gehört, er sei nicht mehr unter den Lebenden, und mich wieder verheiraten, wenn sich mir eine Gelegenheit böte.

Nun begann ich, alles, was mir an Vermögen geblieben, zusammen zu zählen. Nach vielen Briefen und manchen Bitten schickte mir mein Bruder, nachdem auch meine Mutter sich für mich verwandt, eine zweite Ladung Güter aus Virginia als Entschädigung für die durchnäßte Ladung, die ich selbst mitgebracht; und zwar verlangte auch er eine allgemeine Quittung, die ich, wenn auch nur ungern, zu geben versprach. Ich ging jedoch so schlau zu Werke, daß ich in Besitz der Güter gelangte, ehe ich das Papier unterzeichnet hatte, und fand dann stets eine Ausrede, um dies auch noch weiter hinauszuschieben, bis ich zum Schluß behauptete, ich müsse meinem Bruder noch einmal schreiben, ehe ich es überhaupt tun könne.

Der Wert der Ladung und das, was mir von früheren Einkünften geblieben, betrug ungefähr 400 Pfd. Dazu kamen die 50 Pfd., die ich zuletzt erhalten, so daß ich im ganzen 450 Pfd. besaß. Außerdem hatte ich einen Goldschmied 100 Pfd. ins Geschäft gegeben. Aber er machte bankrott, und ich verlor 70 Pfd., da die Konkursmasse nicht mehr als 30% ergab. Außerdem besaß ich ein wenig Silberzeug, doch nicht sehr viel. Mit Kleidern und Leinen dagegen war ich gut versehen.

Mit diesem Vermögen also mußte ich in der Welt noch einmal von vorn anfangen. Dazu muß man in Betracht ziehen, daß ich nicht mehr dieselbe Frau war, die ich einst gewesen. Vor allem war ich zwanzig Jahre älter geworden und sah infolgedessen, wie auch infolge der Anstrengungen der Reise nach Virginia und zurück und des Aufenthaltes daselbst, nicht gerade schöner aus. Und obwohl ich kein Mittel unversucht ließ, um mein Aussehen so vorteilhaft wie möglich zu gestalten, – Schminken ausgenommen, zu denen ich mich nie verstehen konnte – war es doch klar, daß zwischen einer Zweiundzwanzig. und einer Zweiundvierzigjährigen ein Unterschied sein mußte.

Ich sann nun auf tausend Wege, mein künftiges Leben zu gestalten, konnte jedoch lange zu keinem Entschluß kommen. Ich ließ es geschehen, daß mich die Welt für etwas mehr hielt, als ich wirklich war, und hatte verbreitet, daß ich Vermögen besitze und sich Güter in meiner eigenen Verwaltung befänden. Diese letzte Behauptung beruhte ja auch auf Wahrheit.

Ich hatte keine Bekannten, und dies war mein schlimmstes Unglück, da ich infolgedessen auch keinen Berater hatte und niemandem, dem ich mich und meine Verhältnisse anvertrauen konnte. Die Erfahrung hatte mich schon gelehrt, daß für eine Frau nächst der Armut der Umstand, keine Freunde zu haben, das größte Übel ist. Ich sage für eine Frau, weil ein Mann sein eigener Ratgeber und Leiter sein kann und weiß, wie er sich in Schwierigkeiten und Geschäften zu benehmen hat. Wenn jedoch eine Frau keine Freunde hat, auf die sie sich verlassen kann, die ihr raten und ihr beistehen, so kann man zehn gegen eins wetten, daß sie verloren ist. Ja, je mehr Geld sie hat, um so größer ist die Gefahr, daß sie übervorteilt und betrogen wird; so wie es mir mit den 100 Pfd. gegangen war, die ich dem Goldschmied anvertraut hatte, dessen Verhältnisse sich schon in Unordnung befanden, ehe er mir mit Versprechungen das Geld ablockte, das ich ihm, da mir niemand widerraten, bereitwilligst gegeben.

Wenn eine Frau so allein und ohne Berater dasteht, kommt sie mir immer vor, wie ein Geldbeutel oder ein Juwel, das auf der Landstraße verloren worden und nun von dem ersten besten, der vorüberkommt, mitgenommen wird. Wenn ein ehrlicher und tugendhafter Mann zufällig der Finder ist, so mag die Sache noch ohne größeres Unglück hingehen, doch wie viel öfter gerät ein solcher Fund in Hände, die sich keinen Skrupel daraus machen, ihn sich anzueignen.

Und dies war nun mein Fall, denn ich war ein verlorenes, führerloses Wesen und hatte niemanden, der mir helfen, raten oder beistehen konnte. Ich wußte ja, worauf ich zielte und was ich erreichen wollte, wußte jedoch nicht, wie ich dieses Ziel mit den direktesten Mitteln erreichen konnte; mich verlangte ja nur danach, in geordnete, sichere Verhältnisse zu kommen, und hätte ich einen guten und ehrenhaften Gatten gefunden, so wäre ich ihm gewiß eine so treue Frau gewesen, wie nur die Tugend selbst ihn sich hätte wünschen können; wenn ich in meinem Leben je anders gehandelt habe, so kam das Laster stets durch die Türe der Notwendigkeit, nie durch die der Neigung zu mir herein. Und ich wußte den Wert eines geordneten Lebens, gerade weil ich es so oft hatte entbehren müssen, zu wohl zu schätzen, um es durch irgend eine törichte Handlungsweise aufs Spiel zu setzen. Im Gegenteil, die Schwierigkeiten und Unregelmäßigkeiten meines vergangenen Lebens hätten mich gewiß eher zu einer besonders guten Hausfrau gemacht. Ich habe ja auch niemals, so oft und so lange ich verheiratet gewesen, meinem Gatten den geringsten Grund zu einem Argwohn oder der kleinsten Unzufriedenheit gegeben.

Doch half mir das jetzt alles nichts. Nirgends fand ich die geringste Ermutigung. Ich wartete, ich lebte so einfach und regelmäßig, wie meine Verhältnisse es verlangten. Und dennoch schmolz mein Kapital dahin. Ich wußte nicht, was ich tun sollte, und das Entsetzen vor dem nahenden Elend faßte mich immer stärker. Ich wußte nicht, wie ich das Wenige, was mir an Geld geblieben, anlegen sollte. Auch hätten mich die Zinsen davon doch nicht unterhalten können, wenigstens nicht in London.

Endlich schien sich etwas zu bieten. In dem Hause, in dem ich wohnte, traf ich eine Dame aus dem Nordland. In ihren Gesprächen mit mir rühmte sie mir stets die billige und einfache Lebensweise ihrer Landsleute; wie wohlfeil und reichlich in ihrer Heimat alle Lebensmittel zu haben seien, welch angenehme Sitten dort herrschten, und ähnliches mehr, so daß ich ihr zum Schluß sagte, sie mache mir beinahe Luft, mich dort niederzulassen. Dann erzählte ich ihr, daß ich Witwe sei und obgleich ich genügend zu leben habe, in dem teuren London dennoch hin und wieder gezwungen sei, mein Kapital anzugreifen, oder jedenfalls nichts zurücklegen könne. Man könne in London ja nicht unter 100 Pfd. leben, wenn man sich nicht jeder Geselligkeit enthalte, sich keine Magd und nicht den geringsten Luxus gestatte und sich ganz in Zurückhaltung begrabe, wie ich es ja, von der Notwendigkeit gezwungen, auch tue.

Ich muß hinzufügen, daß diese Dame ebenfalls, wie jedermann sonst, glaubte, ich besitze ein ansehnliches Vermögen, d.h. wenigstens 3 oder 4000 Pfd., wenn nicht mehr, und habe alles zu meiner Verfügung. Als sie mich nun geneigt sah, in ihre Heimat zu ziehen, wurde sie plötzlich doppelt liebenswürdig zu mir, und ich erfuhr bald, daß in der Nähe von Liverpool ihre Schwester und ihr Bruder lebten, der ein sehr begüterter Herr sei und auch in Irland ein großes Gut besitze. Dann sagte sie, sie wolle in zwei Monaten in ihre Heimat zurückkehren, und wenn ich sie dahin begleite, so solle ich für einen Monat, oder so lange es mir gefiele, ihr willkommener Gast sein. Wenn mir der Aufenthalt zusage und ich die Lebensweise günstig fände, so wolle sie es gern unternehmen, mich einer angenehmen Familie zu empfehlen, bei der ich Wohnung und Aufenthalt zu meiner Zufriedenheit finden werde.

Wenn die Frau meine wirklichen Verhältnisse gekannt hätte, würde sie es sich gewiß nicht so sauer haben werden lassen, mich armes Geschöpf zu bereden, mit ihr zu kommen. Denn meine Lage war da mals wirklich verzweifelt; und da ich mir sagte, sie könne überhaupt nicht viel schlechter werden, machte ich mir auch nicht lange Kummer darüber, was werden würde, wenn ich auf den Plan einging, und ließ mich nur noch ein bißchen drängen und die vielen Beteuerungen wahrer Freundschaft seitens der Dame erst einmal ruhig über mich ergehen, um dann meine endgültige Einwilligung zu geben. Ich verschaffte mir alles, was für die Reise nötig war, obgleich ich noch nicht einmal recht wußte, wohin es gehen sollte.

Nun geriet ich aber wieder in eine neue Verlegenheit. Das Wenige, das ich in der Welt besaß, bestand in Geld, ausgenommen, wie ich schon vorher erwähnte, das bischen Silberzeug, mein Leinenzeug und meine Kleider. Haushaltungsgeschirr und derlei Gegenstände besaß ich fast gar nicht, da ich stets eingemietet gewohnt hatte. Und nun war niemand da, dem ich mein besagtes kleines Baarvermögen hätte anvertrauen, oder an den ich mich deswegen auch nur um Rat hätte wenden können. Ich dachte wohl an die Bank und andere Geldgeschäfte in London, wußte jedoch keine bekannte Seele, die mich an den richtigen und sichern Ort geführt hätte. Und die Mäntel, Zinsscheine und Banknoten bei mir zu behalten, schien mir äußerst unsicher zu sein. Wenn ich diese Papiere verlor, war auch mein Geld und damit ich selbst verloren. Wie leicht konnte es nicht geschehen, wenn man mich in ihrem Besitze wußte, daß man mich auf der Reise überfiel, beraubte und ermordete! Kurz und gut, ich wußte nicht, was zu tun sei.

Da kam ich eines Tages auf den Gedanken, mich nach einer Bank zu begeben, auf der ich mir schon früher des öfteren die Zinsbeträge einiger meiner Papiere abgeholt, wobei ich bemerkt zu haben glaubte, daß der Angestellte, mit dem ich zu tun gehabt, ein außerordentlich ehrlicher Mann sei. War er doch einmal sogar so gewissenhaft gewesen, mir eine Summe Geldes, die ich irrtümlicherweise nicht eingestrichen, und die er sich gefahrlos hätte aneignen können, nachzuschicken.

Zu ihm also begab ich mich und fragte ihn, ob er sich der Mühe unterziehen wolle, mein Ratgeber zu sein. Ich sei eine arme ganz alleinstehende Witwe und wisse mir in einer Angelegenheit garnicht zu helfen. Er antwortete mir, wenn ich seine Meinung in irgend welchen geschäftlichen Angelegenheiten wünsche, so wolle er sie mir nach bestem Wissen und Gewissen geben und tun, was in seinen Kräften stünde, damit mir kein Unrecht widerfahre, noch Schaden erwüchse. Er könne mir jedoch auch die Bekanntschaft eines ehrenhaften tüchtigen Mannes verschaffen, der ebenfalls Angestellter in einem Bankgeschäfte sei, ein gutes Urteil besitze und auf dessen Ehrlichkeit ich mich unbedingt verlassen dürfe. Er fügte noch hinzu, er übernehme die volle Verantwortung für ihn, und für jeden Schritt, den dieser Mann tue; »wenn er sie auch nur um einen Pence übervorteilt, Madam,« sagte er, »so soll es auf meine Kappe kommen. Überdies macht sich dieser Mann ein Vergnügen daraus, Leuten in solchen Fällen beizustehen; er tut es aus Nächstenliebe.«

Ich antwortete ihm nicht gleich auf diesen Vorschlag, sondern meinte erst nach einer nachdenklichen Pause, ich vertraue mich doch lieber ihm an, denn von seiner Ehrlichkeit hätte ich den besten Beweis. Wenn er mir aber nicht zu Diensten sein könne, würde ich mich gewiß gern an jemand wenden, den er mir empfehle, viel lieber als an jeden anderen.

»Ich glaube gewiß, Madam, daß Sie mit meinem Freunde ebenso zufrieden sein werden, wie Sie es mit mir gewesen wären; und er ist auch imstande, Ihnen jederzeit gründlich beizustehen, was ich leider von mir nicht sagen kann.«

Ich glaube, er hatte damals alle Hände voll in seinem eigenen Geschäfte zu tun, und das Versprechen abgeben müssen, sich nicht mit anderen Geschäftsangelegenheiten, als denen, die seine Bank betrafen, abzugeben. Er fügte noch hinzu, sein Freund werde selbstverständlich für seinen Rat und seine Hilfe nichts verlangen, und dieser Umstand bestimmte und ermutigte mich nicht zuletzt, mich an diesen Mann zu wenden.

Er bezeichnete mir noch eine Stunde nach Bankschluß für denselben Abend, in der ich ihn und seinen Freund treffen könne. Dieser begann dann gleich von meinen geschäftlichen Angelegenheiten zu sprechen, und ich sah mit Befriedigung, daß ich es mit einem ehrlichen Manne zu tun hatte, es stand ihm auf dem Gesichte geschrieben, und auch sein Ruf war, wie ich später hörte, überall so gut, daß jedes Bedenken ausgeschlossen war.

Bei diesem Zusammentreffen, bei dem ich nochmals meine Angelegenheiten auseinanderlegte, bat er mich, am folgenden Tage zu einer Besprechung wiederzukommen, mittlerweile könne ich mich ja auch nach ihm erkundigen; ich wußte allerdings nicht, wie ich dies anstellen sollte, da ich ja gar keine Bekannten hatte.

Unserer Absprache gemäß, begab ich mich dann am folgenden Tage zu ihm und redete nun eingehender über meine Angelegenheiten. Ich legte ihm meine Verhältnisse des Längeren auseinander, erzählte ihm, daß ich eine aus Amerika herübergekommene, vollständig allein dastehende Witwe sei, daß ich etwas Geld, doch nur sehr wenig besitze, und so sehr fürchte, dies wenige auch noch zu verlieren, da ich tatsächlich niemanden habe, den ich vertrauensvoll bitten könne, mein kleines Vermögen für mich sicher anzulegen. Jetzt beabsichtige ich, mich nach Nord-England zu begeben, da ich dort billiger leben könne, und mein Kapital nicht weiter anzugreifen brauche. Ich wolle mein Geld gern in einer Bank deponieren, fürchte mich jedoch, die Papiere mit mir herumzuführen, und wisse auch nicht, wie ich es anfangen solle, meine Zinsen, ohne die Papiere stets persönlich vorweisen zu müssen, von Nord-England aus abzuheben.

Darauf sagte er mir, ich solle das Geld als Depot in eine Bank niederlegen, und zwar mit der Vereinbarung, daß ich jederzeit berechtigt sei, es wieder ganz oder teilweise abzuheben; ich brauche dann vom Norden her an den Kassierer bloß die Nummer und Chiffren, unter denen mein Depot eingetragen sei, zu schreiben, und habe mein Geld jederzeit zu meiner Verfügung. Für eine derartige Einlage zahle die Bank allerdings keine Zinsen; doch könne ich ja eine für eine gewisse Zeit gesperrte Einlage machen, allerdings würde es dann immerhin schwieriger sein, die halbjährliche Dividende zu erhalten, wenn ich sie nicht persönlich abhole, oder einen Freund vorschiebe, auf dessen Namen das Kapital eingetragen werden könne, und der folglich auch die Zinsen für mich abzuheben berechtigt sei; fände sich ein solcher Freund nicht, so biete die Angelegenheit nach wie vor ihre Schwierigkeiten; und damit sah er mir gerade ins Gesicht und lächelte ein wenig. Zum Schluß sagte er:

»Weshalb suchen Sie sich nicht einfach einen tüchtigen Steuermann, Madam, der Sie samt ihrem Geld nimmt und damit aller Unruhe für Sie ein Ende macht?«

»Und meinem Kapitälchen auch,« erwiderte ich. »Ich finde, ich habe auf der einen Seite soviel zu riskieren, wie auf der anderen.«

Im geheimen aber sagte ich noch zu mir selbst, wenn Sie mir einen ehrlichen Antrag machten, mein Lieber, so würde ich sehr ernstlich darüber nachdenken, ehe ich Nein sagte.

Er deutete dann auch noch einiges derart an, und ich dachte schon ein oder zweimal, er werde Ernst machen, als ich zu meiner Betrübnis vernahm, daß er schon eine Frau habe. Als er mir dies sagte, schüttelte er den Kopf dazu und fuhr bedauernd fort, er habe, wie gesagt, eine Frau und doch eigentlich wieder keine. Ich dachte schon, er befinde sich in derselben Lage, in der mein verflossener Liebhaber gewesen, und seine Frau sei wahnsinnig, oder dergleichen.

Wir sprachen jedoch auch bei dieser zweiten Zusammenkunft nichts Endgültiges, er sagte mir, seine Zeit sei augenblicklich sehr beschränkt, und er bitte mich, ich möge nach der Geschäftszeit zu ihm in sein Haus kommen, dann wolle er bestimmen, auf welche Weise mein Kapital sicher anzulegen sei. Ich versprach ihm, zu kommen. Er schrieb mir den Weg dorthin auf, und ehe er mir den Zettel übergab, las er ihn mir vor und sagte: »Da also wohne ich, wenn Sie mir die Ehre antun und sich mir anvertrauen wollen.«

Ich antwortete ihm, ich wolle kommen, denn ich glaubte, ihm könne ich mich ganz gewiß anvertrauen, er habe ja übrigens eine Frau, und ich kein Verlangen nach einem Gatten. Mein Geld vertraue ich ihm ja so wie so an, und wenn dies verloren ginge, wäre es mir ganz gleich, wo ich selbst bliebe.

Er sagte darauf im Scherz noch einige Dinge, die sehr angenehm und liebenswürdig klangen, und die ich sehr gerne gehört hätte, wenn sie im Ernst und von einem unverheirateten Manne gesprochen worden wären. So aber nahm ich nur den Zettel mit der Weisung des Weges an mich und versprach noch einmal, am selben Abend um sieben Uhr in seiner Wohnung zu sein.

Als ich dann bei ihm war, machte er mich zunächst mit mehreren Arten von Geldplazierungen bekannt, erklärte mir, wie ich mein Geld anlegen könne, so daß es mir auch Zinsen einbringe; doch bot sich noch immer die eine oder andere Schwierigkeit, so daß keine Art und Weise eine ganz untrügliche Sicherheit darzubieten schien. Ich sah, daß der Mann so uneigennützig und ehrlich war, wie ich es mir nur wünschen und daß ich mein Geld keinen besseren Händen anvertrauen konnte. Ich sagte ihm denn auch mit großer Freimütigkeit, daß ich noch nie einen Mann oder eine Frau getroffen, die mir Vertrauen erweckt, daß ich jedoch empfinde, mit welch uneigennütziger Sorgfalt er meine Angelegenheit führe, daß ich ihm also das Wenige, was ich hätte, mit ruhigem Herzen anvertraue, wenn er sich dazu verstehen wolle, der Steuermann einer armen Witwe zu sein, die ihm kein Gehalt geben könne.

Er lächelte, erhob sich, machte eine respektvolle Verbeugung vor mir und sagte, es freue ihn sehr, daß ich eine solche Meinung von ihm habe; er werde mich nicht täuschen, sondern alles, was in seinen Kräften stehe, tun, um mir behilflich zu sein, und nicht die geringste äußere Erkenntlichkeit erwarten. Immerhin dürfe er mein Vertrauen nicht so einfach hinnehmen, denn angenommen den nicht unwahrscheinlichen und nicht wünschenswerten Fall, ich käme vor ihm zum Sterben, so hätte er die Scherereien mit meinen Erben, die ihn der Eigennützigkeit anklagen könnten; und er hasse nichts mehr, als derartige Auseinandersetzungen.

Ich antwortete ihm, daß ich diese Einwürfe bald und ohne Schwierigkeit zunichte machen könne. Wenn ich den mindesten Argwohn gegen ihn hätte, brauchte ich ihm ja jetzt meine Angelegenheit gar nicht anzuvertrauen; und merke er später jemals, daß ich ihn verdächtige, so könne er mir seine weitere Hilfe eben verweigern. Und was die Erben angehe – nun, so hätte ich in England weder Bekannte noch Verwandte, weder Erben noch also auch einen Testamentsvollstrecker; er sei mein einziger, ich lächelte ihn an und fuhr dann fort: ändern aber, davon könne er überzeugt sein, würde ich meinen Willen nicht; nach meinem Tode solle vielmehr alles ganz bestimmt sein Eigentum werden, denn er verdiene es um mich durch seine Ehrlichkeit und Treue, von der ich ganz und gar überzeugt sei.

Darauf änderte sich seine Miene, und er fragte mich, wie ich eigentlich dazu komme, ihm so viel Vertrauen und Wohlwollen entgegen zu bringen? Und mit einem Ausdruck, der halb fröhlich, halb betrübt schien, fügte er seufzend hinzu, er wünsche von ganzem Herzen, noch ein Junggeselle zu sein!

Ich lachte auf und antwortete, da ich ja wisse, daß er keiner mehr sei, solle er sich nur keinen falschen Hoffnungen hingeben, oder gar glauben, ich beabsichtige mit meinem Anerbieten irgend etwas ... O nein, ich wolle ihn wahrhaftig nicht zu Wünschen bewegen, die ihm, dem Verheirateten, nicht wohl anstünden.

Darauf antwortete er: »Ach, verheiratet – Gewiß, ich habe eine Frau und ich habe auch wieder keine; nein, es wäre wirklich keine Sünde, wenn ich mir wünschte, sie am liebsten am Galgen zu sehen!«

»Ich kenne Ihre Familienverhältnisse ja nicht, mein Herr,« entgegnete ich darauf, »nur glaube ich auf keinen Fall, daß man seiner Frau den Tod an den Hals wünschen darf.«

»Aber ich sage Ihnen doch,« rief er, »es ist meine Frau und ist es auch wieder nicht! Sie wissen ja gar nicht, wer und was ich in dieser Ehe bin und was sie ist –«

»Sicherlich nicht,« entgegnete ich, »ich weiß weiter nichts von Ihnen, als daß Sie ein ehrlicher Mann sind, dem ich deshalb mein ganzes Vertrauen schenke.«

»Schön, ein ehrlicher Mann,« gab er bitter zurück, »das bin ich wohl auch, aber sonst bin ich noch etwas mehr. Ein Hahnrei bin ich, um es Ihnen gerade heraus zu sagen, und sie, die sich meine Gattin nennen darf, ist ein gewöhnliches Hurenmensch.«

Er hatte die letzten Worte, wohl um ihnen das Harte zu nehmen, schließlich doch noch in einem halb scherzhaften Tone herausgebracht, von einem Lächeln begleitet, dem man anmerkte, wie peinlich und betrübend es ihm war, in solchen Ausdrücken von seinem Familienleben reden zu müssen.

»Das würde Ihre Lage allerdings ändern, was Sie da andeuten,« entgegnete ich, »und ich gebe Ihnen zu, wenn Ihre Frau wirklich unehrlich gegen Sie ist, so haben Sie das Recht, sie nicht länger als Ihre Frau, Ihre Gattin anzuerkennen.«

»O, ich gehe auch schon lange mit der Absicht um, mich von ihr loszumachen, denn ich sage mir, bessern wird sie sich doch nicht, und wer einmal liederlich ist, wird immer liederlich bleiben.«

Ich lenkte das Gespräch auf etwas anderes und fing wieder vom Geschäftlichen zu reden an. Doch sah ich bald, daß er mir jetzt keine Aufmerksamkeit mehr schenkte. So ließ ich ihn denn gewähren und mir von seinem Leben daheim weiter erzählen; doch würde es zu weit führen, wenn ich hier alle Einzelheiten wiederholen wollte. Das Wesentliche war, daß die Frau einmal während einer längeren Abwesenheit ihres Mannes zwei Kinder von einem Offizier bekommen hatte. Als der Mann darauf nach England zurückkehrte und den Betrug erfuhr, verzieh er ihr jedoch, machte ihr auch keine langen Vorwürfe, sondern nahm sie auf ihre Bitten hin wieder zu sich in sein Haus und behandelte sie so gut wie vordem. Sie aber lohnte ihm damit, daß sie sehr bald darauf mit dem Lehrling eines Leinwarenhändlers durchging, nachdem sie den abermals Betrogenen erst noch tüchtig und, wo sie nur konnte, bestohlen hatte.

»Denn sehen Sie, Madam,« fuhr der bedauernswerte Gatte in seiner Erzählung fort, »nicht die Not in ihrem Hause, wie das ja sonst wohl der Fall ist, machte sie zur Ehebrecherin, zur Dirne, zur Hure, nein, ihre angeborene Neigung zum Laster tat das.«

Ich hatte Mitleid mit ihm und wünschte jetzt selber, daß er sie los werden möchte. Doch sagte ich nichts, vielmehr versuchte ich wieder, von Geschäftlichem zu reden. Er aber ging nun erst recht nicht mehr auf meine Verhältnisse ein und blieb bei den seinen, sah mich eine Weile still und ernsthaft an und sagte dann: »Sehen Sie, Madam, Sie kamen zu mir, um sich Rat bei mir zu holen, und Sie können überzeugt sein, daß ich Ihnen so treulich wie einer Schwester beistehen werde. Doch nun hat es sich gefügt, daß ich Ihnen von meinen Bedrängnissen sprechen konnte – und ich komme zu Ihnen, um Sie um Ihren Rat für mich zu bitten: Sagen Sie mir, was soll ich mit dem Weibsstück anfangen? Was soll ich tun, um mir Gerechtigkeit zu verschaffen? und die Möglichkeit, eine andere Frau und damit noch einmal Glück in mein Haus zu bekommen?«

»Ja, Herr,« entgegnete ich, »Ihr Fall ist doch wohl zu vertraulicher Art, als daß Ihnen ein dritter, als daß ich Ihnen raten könnte. Übrigens, da Ihre Frau Ihnen durchgegangen ist, sind Sie sie doch damit schon einfach los? Denn noch einmal zurückgekehrt ist sie Ihnen doch wohlso wenig, wie Sie sie noch einmal wieder bei sich aufnehmen würden?! Nun also – was wollen Sie mehr?«

»O, wenn sie auch weg ist,« erwiderte er, »so ist sie deshalb doch noch meine Frau, führt meinen Namen –«

»Sie meinen, daß sie auf diesen Namen noch Schulden machen könnte?« entgegnete ich und fuhr fort: »Gewiß, das könnte sie; aber das Gesetz gibt Ihnen doch genug Möglichkeiten an die Hand, derlei zu verhindern. Sie brauchten nur einfach eine öffentliche Bekanntmachung zu veranlassen, und es wird sich jeder Kaufmann hüten, Ihrer Frau auf Ihren Namen Kredit zu gewähren.«

»Von dieser Seite der Angelegenheit rede ich eigentlich nicht. Ich möchte sie nur gern los sein, um wieder heiraten zu können.«

»Nun denn, mein Herr,« sagte ich, »so müssen Sie sich eben von ihr scheiden lassen. Wenn Sie das, was Sie sagen, beweisen können, so wird es Ihnen nicht schwer werden, Ihre Freiheit wieder zu erlangen.«

»Es ist aber sehr langwierig und teuer obendrein,« sagte er.

»Nun,« entgegnete ich darauf, »wenn Sie eine Frau bekommen können, die Sie gern haben, so dürfte das doch nicht so schlimm sein; und im übrigen glaube ich, Ihre Gattin wird Ihnen die Freiheit gar nicht streitig machen, die sie selbst für sich in Anspruch nimmt.«

»Ach,« sagte er, »es wird nur sehr schwer sein, eine anständige Frau zu bewegen, mich zu nehmen; und was die andere Sorte anbetrifft, so habe ich von denen längst genug und keine Luft, mich weiter mit solchen Weibsen abzugeben.«

Es kam mir in den Sinn, daß ich sofort auf seine Wünsche eingegangen wäre, wenn er mir nur einen ordentlichen Antrag gemacht hätte. Doch sagte ich dies natürlich nur zu mir selbst und erwiderte ihm: »Sie verschließen ja aber auch jeder anständigen Frau die Tür, da Sie ja alle, die auf Ihre Wünsche eingehen, für nicht ehrenhaft halten.«

»Wenn Sie mich davon überzeugen könnten, daß mich eine ehrenhafte Frau nimmt, würde ich natürlich zugreifen.« Und ganz plötzlich fragte er mich: »Wollen Sie mich, Madam?«

»Nach allem, was Sie gesagt haben, ist die Frage nicht sehr höflich. Damit Sie jedoch noch nicht meinen, ich wolle mich drängen lassen, antworte ich Ihnen hiermit klar und deutlich: Nein – ich nicht! Meine Angelegenheiten beziehen sich auf etwas anderes, mein Herr, und ich hätte nicht geglaubt, daß Sie meine ernstliche Bitte und meine traurige Lage zu einer Komödie benutzen würden.«

»Aber Madam,« antwortete er mir, »meine Lage ist ebenso bedrängt wie Ihre; und ich habe Rat ebenso nötig, wie Sie; und ich glaube, wenn ich nicht bald Trost finde, werde ich noch trübsinnig werden. Jedenfalls weiß ich nicht, was ich tun soll.«

»In Ihrem Falle ist es doch leichter, Rat und Hilfe zu finden, als in meinem.«

»So sprechen Sie doch, ich bitte Sie darum, Sie machen mir ja wieder Mut.«

»Ihr Fall liegt sehr einfach, Sie können rechtmäßig geschieden werden und ehrenhafte Frauen genug finden, denen Sie Ihren Antrag machen können. Wir sind unserer ja nicht so wenig, als daß es einem Mann an einer Frau fehlen könnte! Nicht wahr?«

»Also,« begann er wieder, »ich will Ihrem Rat folgen. Darf ich Ihnen vorher eine ernsthafte Frage stellen?«

»Jede, die Sie wollen,« antwortete ich, »ausgenommen die eine, die Sie vorhin getan.«

»Diese Antwort genügt mir nicht,« entgegnete er, »denn gerade diese Frage wollte ich wiederholen.«

»Und gerade auf diese habe ich Ihnen schon geantwortet. Halten Sie mich übrigens für so töricht, daß ich Ihnen eine solche Frage im Voraus beantworten würde? Könnte irgend eine Frau dann noch glauben, Sie meinten es ernsthaft, oder annehmen, sie beabsichtigten etwas anderes, als sich über sie lustig zu machen?«

»Nun, nun,« sagte er, »ich will mich durchaus nicht über sie lustig machen. Ich rede vollständig im Ernst und bitte Sie, das zu bedenken.«

»Aber mein Herr,« entgegnete ich sehr ruhig, »ich kam doch in meinen eigenen Geschäften zu Ihnen und bitte Sie noch einmal, mich wissen zu lassen, ob Sie mir einen Rat zu erteilen vermögen?«

»Ich werde Ihnen darauf besser antworten können, wenn Sie das nächste Mal wiederkommen.«

»Sie haben es mir unmöglich gemacht, noch einmal wieder zu kommen,« entgegnete ich.

»Wieso?« fragte er und sah sehr überrascht aus.

»Weil Sie vielleicht denken könnten, ich besuchte Sie um ihrer vorigen Frage willen.«

»Sie müssen mir dennoch versprechen, mich wieder aufzusuchen,« rief er. »Ich will mich dafür verpflichten, nichts mehr von der Angelegenheit zu reden, bis ich die Scheidung erlangt habe. Dafür bitte ich Sie, dann aber auch eine Antwort für mich in Bereitschaft zu haben, denn Sie sind die Frau, die ich will, oder ich will mich überhaupt nicht scheiden lassen. Das schulde ich Ihnen schon allein Ihrer unerwarteten Güte halber ... doch habe ich auch noch andre Gründe.«

Es gab nichts auf der Welt, das ich lieber gehört hätte, als diese Worte. Doch wußte ich, der sicherste Weg, ihn festzuhalten, war, mich – so lange die Erfüllung meiner Wünsche noch in so weiter Ferne lag – seinen Bitten abgeneigt zu zeigen ... und ferner wußte ich, daß es noch immer Zeit war, auf seine Vorschläge einzugehen, wenn die Umstände es auch wirklich gestatteten, unsere Pläne in die Tat umzusetzen.

So antwortete ich ihm denn sehr respektvoll, es sei ja noch immer Zeit, die Dinge ernsthaft in Erwägung zu ziehen, wenn er in der Lage sei, nach eigenem Willen zu handeln. Mittlerweile wolle ich mich jedoch in möglichster Entfernung von ihm halten. Er werde schon Objekte finden, die ihm vielleicht noch besser gefielen als ich.

Damit brachen wir unser Gespräch einen Augenblick ab, und er verlangte nur noch die Zusage von mir, am anderen Tage in meiner eigenen Angelegenheit wieder zu ihm zu kommen. Nach vielem Drängen ließ ich mich denn auch dazu bereitfinden, obwohl es, wenn er es hätte sehen können, dieser Hartnäckigkeit seinerseits gar nicht bedurft hätte.

Ich besuchte ihn also am nächsten Abend wieder und ließ mich dabei von der Magd meiner Wirtsleute begleiten, damit er glauben solle, daß ich mir den Luxus einer Bedienten erlauben könne. Er wollte zuerst, die Magd sollte den ganzen Abend über auf mich warten, doch zeigte ich mich damit nicht einverstanden und trug ihr auf, wegzugehen und mich gegen neun wieder abzuholen. Er verbat sich dieses jedoch, indem er sagte, er werde mich selbst sicher nach Hause begleiten, was mir garnicht angenehm war, da ich annehmen mußte, er wolle auf diese Weise nur erfahren, wo ich wohnte, um sich nach meinem Charakter und meinen Verhältnissen erkundigen zu können. Immerhin ging ich auf das Wagnis ein, denn was die Leute dort von mir wußten, konnte mir schließlich nur zum Vorteil gereichen, da mein Leumund dahin ging, ich sei eine Frau mit etwas Vermögen und eine ehrenhafte, vernünftige Person. Ob dies in der Hauptsache nun auf Wahrheit beruhte oder nicht – Sie werden jedenfalls bald sehen, wie notwendig es für jede Frau ist, die in der Welt etwas erreichen will, im Ruf der Tugendhaftigkeit zu stehen, selbst wenn sie nicht mehr die geringste besitzt.

Ich sah mit vieler Freude, daß er ein Abendessen hatte bereiten lassen. Und an gewissen Einzelheiten merkte ich bald heraus, daß er überhaupt gut leben mußte, wie denn auch sein Heim sehr hübsch eingerichtet war. Ich freute mich doppelt darüber, weil ich schon alles als mein Eigentum betrachtete, in dem ich schalten und walten würde.

Wir waren natürlich sofort bei unserem alten Thema, und er rückte alsbald klar mit seinen Absichten heraus. Zunächst beteuerte er mir seine Zuneigung – nun, und an der zu zweifeln hatte ich wirklich keinen Grund. Dann erzählte er mir des Langen und Breiten, wie diese Zuneigung ihn gleich von dem ersten Augenblick an erfaßt habe, da er mit mir gesprochen, und lange bevor ich ihm noch meine Angelegenheiten anvertraut – worauf ich mir dachte, daß es ziemlich gleichgültig sei, wann sie begonnen habe, wenn sie nur haltbar wäre. Weiter erzählte er, wie sehr das Anerbieten, das er mir gemacht, mich ihm noch näher gebracht habe – und ich dachte in meinem Sinn, wie sehr es das auch gesollt habe, zumal ich ja anfänglich glaubte, er sei ein alleinstehender Mann.

Nachdem wir gespeist hatten, bot er mir Wein an und drängte mich, zwei oder drei Glas zu trinken. Ich lehnte es zuerst vorsichtig ab, trank dann aber doch im Laufe des abends eins oder zwei.

Beim Weine nun sagte er mir, er habe mir einen Vorschlag zu machen, und bitte mich, denselben nicht übel zu nehmen, auch wenn ich nicht auf ihn eingehen wolle.

Ich entgegnete ihm, ich hoffe, er werde mir keinen unehrenhaften Vorschlag machen, besonders nicht hier in seinem Hause. Wenn er dies etwa vorhabe, so möge er lieber schweigen, damit ich ihm keine Antwort geben müßte, die zu der Achtung, die ich ihm bis jetzt und besonders dadurch bewiesen, daß ich in sein Haus gekommen, schlecht passen würde. Es sei wohl überhaupt besser, ich bräche jetzt auf, und damit zog ich auch schon meine Handschuhe an und machte mich zum Gehen fertig ... ich hatte dabei natürlich durchaus nicht die Absicht, wirklich zu gehen, so wenig wie er den Willen hatte, mich gehen zu lassen.

Er bestürmte mich denn auch sofort, doch nur nicht schon vom Gehen zu sprechen, und beteuerte, er sei weit davon entfernt, mir etwas Unehrenhaftes vorzuschlagen; wenn ich dies jedoch fürchte, wolle er kein Wort mehr davon sagen.

Das wollte ich natürlich ebensowenig, und so lenkte ich denn ein und sagte: ich sei bereit, alles zu hören, was er zu sagen habe, denn ich verließe mich darauf, daß er nichts seiner unwürdiges vorbringen werde.

Worauf er mit folgendem Vorschlag herausrückte: Ich solle ihn heiraten, wenn er die Scheidung von seiner Frau, dem Hurenmensch, auch noch nicht erlangt habe. Und um mir zu beweisen, wie ehrenhaft er alles meine, verspreche er mir, er wolle nie verlangen, ich solle mit ihm leben oder gar bei ihm schlafen, bis er das Urteil gegen seine Frau tatsächlich in der Hand habe.

Ich war mit diesem Vorschlag an sich natürlich durchaus einverstanden, doch hielt ich es für richtiger, erst noch ein wenig die Spröde, ja, Verstimmte zu spielen. Mit ziemlicher Lebhaftigkeit wies ich ihn deshalb als doch nicht so ganz ehrenhaft zurück und hielt entgegen, ein derartiges Versprechen könne schließlich nur die Wirkung haben, daß wir beide in große Schwierigkeiten gerieten ... denn, wenn er die Scheidung nun nicht durchsetzte, was dann? Wir könnten dann die Ehe, die wir formell eingegangen, weder auflösen noch andrerseits offiziell werden lassen! Er möge sich nur einmal vorstellen, in welch eigentümliche Lage wir beide geraten würden, wenn es ihm tatsächlich nicht gelänge, ein Scheidungsurteil zu erstreiten!

Ich überzeugte ihn denn wohl auch schließlich, daß ein solches Übereinkommen, wie er es mir da angeboten, einstweilen keinen Sinn habe.

Er kam jedoch gleich wieder mit einem anderen Vorschlage und suchte mich zu überreden, dann doch wenigstens einen Kontrakt zu unterzeichnen, in welchem ich versprach, in dem Augenblick seine Ehefrau zu werden, in dem er das Scheidungsurteil in den Händen haben werde; sei dies nach einer bestimmten Zeit nicht der Fall, so solle ich meines Versprechens los und ledig sein.

Ich antwortete ihm, dieser Vorschlag sei zweifellos schon weit vernünftiger als der vorige; da ich mir aber jetzt sagen müsse, er nehme unser beider Zukunft so ernst, wie ein Mann sie nur nehmen könne, so wolle ich mich auch nicht sofort entscheiden, sondern den Plan erst reiflich bedenken. Ich spielte also mit meinem Bewerber ungefähr so wie ein Angler mit der Forelle. Jetzt fand ich, daß er fest genug angebissen hatte, und brachte es sogar fertig, über diesen neuen Vorschlag mit ihm in einer nicht ganz ungefährlichen Weise zu scherzen; er wisse ja so wenig von mir, sagte ich nämlich, er müsse sich doch auch erst nach mir erkundigen – und derlei mehr.

Schließlich gestattete ich ihm, mich zu meiner Wohnung zurückzubegleiten, forderte ihn jedoch nicht auf, einzutreten, weil ich, wie ich nicht verfehlte zu bemerken, dies nicht für »passend« hielte.

So schob ich also die Unterzeichnung des Kontraktes hinaus; und zwar aus dem sehr einfachen Grunde, weil die Dame, die mich eingeladen, mit ihr nach Lancashire zu gehen, immer fester auf meiner Zusage bestand. Sie versprach mir dort ein so schönes, billiges Leben und so viel andere gute Dinge, daß ich der Luft nicht widerstehen konnte, zum mindesten einmal zu erkunden, wie es dort oben war und was sich mir bieten würde; vielleicht konnte ich mich da noch ganz anders verbessern? und ich würde mir dann wirklich kein Gewissen daraus machen, meinen braven Spießbürger aufzugeben; ich liebte ihn ja wohl nicht so sehr, um ihn nicht mit Freuden für den ersten besten Reicheren sitzen zu lassen, wo er saß.

Also wie gesagt, ich drückte mich zunächst wohlweislich um den Kontrakt herum, sagte ihm, ich müsse ins Nordland verreisen, er werde jedoch bald erfahren, wohin er mir schreiben solle; als genügenden Beweis meiner unwandelbaren Gesinnung, all meiner Hochachtung und meines Vertrauens, hinterlasse ich ihm und seiner Sorge ja fast mein ganzes Besitztum. Auch gab ich ihm mein Wort, sobald ich von ihm gehört, er habe die Scheidung erlangt, würde ich unverzüglich nach London zurückkehren, und dann wollten wir weiter über unsere Heirat reden und sie ernsthaft betreiben.

Ich ging mithin, wie ich gestehen muß, mit einer niederträchtigen Absicht auf die Reise, war jedoch, wie die Folge zeigen sollte, aus noch viel schlimmeren Beweggründen zu ihr veranlaßt worden.

Vierzehntes Kapitel.

Während der ganzen Reise kam mir meine Freundin mit einer ungemeinen Aufmerksamkeit entgegen. Nicht nur, daß sie meinen Platz in der Postkutsche bezahlte – nein, ich war in Allem und Jedem durchaus ihr Gast. Das Reiseziel war, wie gesagt, Lancashire. Doch in Warrington erwartete uns der herrschaftliche Wagen ihres Bruders, und wir verließen die Postkutsche, um nun mit all den Bequemlichkeiten der ganz vornehmen Leute weiter zu reisen; zunächst auf Liverpool zu, wo wir Station machten und in dem Hause eines reichen Kaufherrn drei oder vier Tage sehr wohl aufgenommen wurden. Dann wurde wieder angespannt, um einen Besuch im Hause eines Onkels meiner Freundin zu machen, wo unserer eine gleich vorzügliche Aufnahme warten sollte und wir auch sehr wohl eine längere Zeit bleiben könnten; wir fuhren zunächst etwa vierzig Meilen weit ins Land, ohne daß ich genauer wußte, wo es eigentlich hinging. Schließlich kamen wir auf einem Edelsitz an, wo wir eine zahlreiche Familie und einen großen Bekanntenkreis derselben beisammen fanden; dazu einen Schwarm von Bediensteten jeder Art. Die Gesellschaft war sehr fein, und ich sagte denn auch meiner Freundin – die wirklich hier als Base begrüßt und all gemein die »liebe Base« genannt wurde – wenn ich gewußt hätte, daß sie mich in eine solch ausgesuchte Gesellschaft bringen wollte, so würde ich mich doch mit besseren Kleidern haben versehen können.

Als die Damen, die auf den Edelsitz waren, hörten, daß ich solche Bedenken hätte, gaben sie mir liebenswürdigst zu verstehen, hier zu Lande schätze man nicht, wie in London, die Leute nach ihren Kleidern ein, die »liebe Base« habe ihnen schon so viel Vorteilhaftes von mir erzählt, daß ich nicht erst kostbare Gewänder brauche, um im günstigsten Lichte zu erscheinen. Kurz, sie behandelten mich ganz und gar nicht als das, was ich in Wirklichkeit war, sondern durchaus als das, wofür sie mich hielten – nämlich für eine verwitwete und nun in der Welt allein dastehende Dame aus gutem Hause und von großem Vermögen.

Ich erfuhr gleich in den ersten Tagen, daß die ganze Familie und auch meine Freundin, die »liebe Base«, so wie alle, die in der Familie verkehrten, römische Katholiken waren. Trotzdem ich im andern Glauben groß geworden war und dies natürlich auch nicht verheimlichen konnte, wurde ich aber nach wie vor ausgezeichnet behandelt; und ihre Liebenswürdigkeit hätte auch nicht größer sein können, wenn ich ihres Glaubens gewesen wäre. Ich persönlich hatte ja keine Grundsätze in Dingen der Religion, vor allem keine, die mich irgendwie unduldsam gemacht hätten. Und jedenfalls lernte ich hier ganz günstig von der römischen Kirche denken und erklärte meinem Gastgeber denn auch, daß ich wenig mehr als ein törichtes Vorurteil in all den Streitigkeiten finden könne, die zwischen den christlichen Religionen und ihren Anhängern üblich wären; hätte ich zufällig einen römischen Katholiken zum Vater gehabt, so würde mir Ihre Religion, wie ich sie bei Ihnen kennen gelernt, ohne Zweifel gerade so zusagen, wie jetzt die, in der ich unterwiesen worden, blos weil mein Vater zufällig kein römischer Katholik war. Dies und ähnliches hörten natürlich alle sehr gern. Und so wetteiferte man denn geradezu, um mir eine angenehme Gesellschaft zu leisten.

Zwei oder drei alte Damen stellten sogar das Ansinnen an mich – und das war wohl das höchste Zeichen der Achtung, die man mir entgegenbrachte –, ich möchte doch einmal mit ihnen in die Messe gehen. Ich bedachte mich darauf nicht lange, ihrem Wunsche zu willfahren, und ging mit; und in der Kirche achtete ich genau auf ihre Gesten, die sie vollführten, ja ich machte sie sogar aus Höflichkeit mit, oder suchte wenigstens, sie ihnen nachzuahmen.

Freilich, als man mir dann später nahe legte, doch überzutreten, da wich ich aus und ließ es bei einer allgemeinen und unbestimmten

Hoffnung bewenden, ich werde mich, wenn ich erst genauer in ihren Lehren unterrichtet worden sei, vielleicht später einmal römisch taufen lassen.

Ich blieb ungefähr sechs Wochen lang auf diesem Edelsitz, dann reisten wir ab, meine Freundin und ich.

In einem Dorf, sechs Meilen über Liverpool hinaus, sollten wir nun endlich mit ihrem Bruder zusammentreffen, wie sie ihn nannte. Er kam in einem Wagen an, der ebenfalls ihm gehörte, wie der, den wir benutzten, seitdem wir in Warrington die Postkutsche verlassen; drei Diener in überaus reicher Livree waren bei ihm, und er trug sich selbst so reich und trat überhaupt so glänzend auf, wie eben nur einer kann, der sich Wagen und solche Diener zu leisten vermag.

Das erste, was dieser Elegant von Brudertat, war, daß er mir tüchtig den Hof machte. Und ich? nun, wie meine Verhältnisse damals lagen, hatte ich ja nicht viel zu wagen – zumal ich ja in London noch immer mein sicheres Spiel hatte, das nicht zu verlieren war; mein braver Spießbürger blieb mir treu, und ich war ja auch durchaus gewillt, mich von ihm heiraten zu lassen, wenn ich mich nicht gerade, wie schon erwähnt, mit einem anderen Gatten noch ganz anders verbessern könnte. Dieser Bruder schien nun aber eine Partie zu sein, die des Überlegens wohl wert war.

Man hatte mir schon auf dem Edelsitz, als gelegentlich die Rede auf den Bruder der »lieben Base« kam, erzählt, seine Güter brächten ihm wenigstens 1000 Pfd. jährlich; seine Schwester selbst behauptete, es seien sogar 1500 Pfd., und als Einzelheit erzählte sie einmal beiläufig, der größte Teil der Besitztümer läge in Irland.

Ich galt ebenfalls für eine Partie, wenn auch nicht für eine solche, wie dieser Bruder war. Immerhin spielte man des öfteren auf mein Vermögen an. Meine Freundin hatte es schon früher nach dem bloßen Hörensagen von 500 Pfd. auf 5000 Pfd. erhöht, und jetzt sprach sie plötzlich von 15100 Pfd., Kapital natürlich. Das tat seine Wirkung, und der irländische Bruder, für den ja Geld eigentlich ein Gleichgültiges hätte sein sollen, machte mir nichts destoweniger noch eifriger den Hof und stürzte sich wie ein Toller in Auslagen für mich – Schulden, wie ich später erfahren sollte –, überhäufte mich mit Geschenken und sorgte überhaupt dafür, daß seine Werbung um mich den nötigen Glanz hatte.

Übrigens muß ich, um vorzubeugen, daß man sich etwa ein falsches Bild von diesem Bruder macht, ausdrücklich erwähnen, daß er durchaus Aussehen und Auftreten eines richtigen Edelmanns besaß; er war groß, wohlgestaltet und von bewundernswerter Gewandtheit in Sprache und Manieren ... und er konnte so schön und natürlich von seinem Schloß und Park, seinen Ställen, seinen Pferden erzählen, seine Waldungen und weiten Wiesen, seinen Pächtern und Bedienten, daß ich oft glaubte, ich befände mich schon selbst leibhaftig auf seinem Edelsitz und könne alles, was er beschrieb, mit eigenen Augen sehen.

Er selbst stellte übrigens niemals eine Frage, auch keine versteckte, nach meinem Vermögen, oder meinem Besitztum, versprach im Gegenteil und ganz aus freien Stücken, mir, wenn wir nach Dublin kämen, ein Leibgeding von 600 Pfd. Rente in gutem Boden auszusetzen und den Kontrakt gleich dort aufzunehmen.

An eine solche Zuvorkommenheit war ich nun allerdings nicht gewöhnt, und das mochte es wohl auch gewesen sein, was mich bald jede Überlegung verlieren ließ. Vor allem, das nicht zu vergessen, war es freilich auch die Schwester, die mich bestach, wenn sie mir ausmalte, auf welch großem Fuße ihr Bruder lebe ... so kam sie einmal und fragte, wie ich meine Kutsche bemalt und ausgeschlagen haben wollte, ein andermal, was für Livree meine Page tragen solle; kurz, ich wurde geblendet, hatte die Kraft verloren, Nein zu sagen und willigte ein, ihn zu heiraten.

Um bei der Hochzeit mehr unter uns und ungestörter zu sein, wenigstens gab der Bruder das als Grund an, fuhren wir noch tiefer ins Land hinein, und wurden dort irgendwo von irgend einem Priester getraut, der, wie man mir versicherte, uns ebenso rechtskräftig zusammengab, wie nur irgend ein Prediger der englischen Kirche.

Ich müßte lügen, wollte ich sagen, daß mir nicht doch Gedanken kamen, wie unehrenhaft es von mir war, meinen braven Spießbürger so einfach zu verlassen, ihn, der mich aufrichtig liebte und alle Anstrengungen machte, um von seinem ganz gewöhnlichen Hurenmensch loszukommen, das ihm so schlimm mitgespielt hatte ... und der sich sicher schon ein unendliches Glück von seiner neuen Wahl versprach, indes die Frau dieser Wahl in derselben Zeit sich einfach einem andern vermählte, so daß denn ihr Betragen dem der ersten an Abscheulichkeit kaum etwas nachgab.

Doch die lockende Aussicht auf große Güter und schöne Dinge, die dieses Geschöpf von Schwester, das ich betrogen und das, wie sich noch zeigen sollte, mich wieder betrog, meiner Phantasie fortwährend vorgaukelte, hetzte mich weiter und ließ mir keine Zeit, an London zu denken, und noch viel weniger an die Verpflichtung, die ich der Person gegenüber hatte, die sicher unendlich mehr Verdienst besaß, als die, mit der ich mich nun im Hui verheiratet hatte.

Aber wie dem auch sein mochte, die Heirat war nun geschehen und ich lag wieder einmal in den Armen eines neuen Gatten. Unser Leben blieb übrigens dasselbe wie vordem; es war reich bis zur Prunkhaftigkeit, und ich berechnete, daß wenigstens tausend Pfund pro Jahr erforderlich sein mußten, um ein Auftreten wie das unsere zu ermöglichen.

Als wir ungefähr einen Monat verheiratet waren, meinte mein Gatte gelegentlich zu mir, ich müsse nun bald ans Einpacken denken, wir wollten nach West-Chester gehen, um uns dort nach Irland, seinem Vaterlande, einzuschiffen. Doch drängte er durchaus nicht, und wir blieben noch weitere drei Wochen, ehe wir schließlich nach West-Chester aufbrachen; die Überfahrt nach dem sogenannten Black Rock, der Liverpool gegenüber liegt, machten wir in einer der schönen sechsruderigen Pinassen, während die Dienerschaft, Pferde, Wagen und Gepäck in einem großen Boote nachfolgten.

Mein Gatte entschuldigte sich, daß er keine Bekannten in West-Chester habe, er wolle deshalb vorausfahren und ein paar hübsche Zimmer in einem Privathause mieten. Ich fragte ihn, wie lange wir in West-Chester bleiben würden. Er antwortete, wohl auf keinen Fall länger, als eine Nacht oder zwei. Darauf stellte ich ihm vor, daß es doch eine unnütze Mühe sei, für die ein oder zwei Nächte erst noch lange ein Privatlogis zu suchen; West-Chester sei doch ein großer Ort, und wir würden gewiß ein gutes Wirtshaus mit genügender Bequemlichkeit finden. Er gab mir recht, und wir kehrten denn auch in einem Wirtshause ein, das nicht weit von der Kathedrale lag; ich habe jedoch vergessen, was für ein Name und Zeichen auf seinem Schilde stand.

In diesem Wirtshaus war's, wo mich mein Gatte fragte, als wir über unsere Reise nach Irland sprachen, ob ich nicht, ehe wir uns einschifften, in London noch Angelegenheiten zu ordnen habe. Ich sagte, nein; wenigstens keine von irgend welcher Bedeutung, und keine, die sich nicht ebenso gut brieflich von Dublin aus erledigen ließen.

»Madam,« meinte er darauf sehr respektvoll, »ich glaube, der größte Teil Ihres Vermögens, der, wie meine Schwester mir erzählt hat, auf der Bank von England liegt, ist da gut aufgehoben, aber im Fall Sie es vielleicht anderswo anlegen oder sonst eine Änderung vornehmen wollten, wäre es doch am besten, selbst nach London zu gehen und diese Dinge zu ordnen, ehe wir nach Irland hinüber fahren.«

Ich tat nun sehr verwundert und sagte, ich verstünde gar nicht, was er meine; meines Wissens habe ich keine Effekten auf der Bank von England und hoffe, er könne nicht behaupten, daß ich ihm jemals dergleichen erzählt.

Nein, antwortete er, ich hätte ihm allerdings nie so etwas gesagt, seine Schwester habe jedoch erzählt, daß der größte Teil meines Vermögens dort fest liege. »Ich erwähnte es auch nur, meine Liebe,« fuhr er fort, »damit wir, wenn tatsächlich irgend etwas zu ordnen wäre, nicht genötigt sein mögen, uns unnütz den Mühen einer Rückreise zu unterziehen.« Denn, meinte er noch, er habe keine Neigung, sich und vor allem mich den Unannehmlichkeiten, ja Gefahren einer Seereise öfters auszusetzen.

Ich dachte nach, was all das wohl zu bedeuten haben könne. Und da mir jetzt erst – ich versichere es Ihnen, jetzt erst – voll zum Bewußtsein kam, daß meine Freundin, die meinen Gatten Bruder nannte, mich ja als etwas geschildert hatte, was ich gar nicht war, so beschloß ich bei mir, mit meinem Gatten auf jeden Fall und zur Vorsicht erst einmal ins Reine zu kommen, ehe ich England verließ und mich in einem fremden Lande in wer weiß wessen Hände gab.

Zunächst rief ich mir deshalb gleich am Morgen des folgenden Tages diese Schwester ins Zimmer und forderte sie allerdringendst auf, mir zu sagen, was sie ihrem Bruder eigentlich von mir erzählt und ob sie etwa auf Grund irgend welcher Unwahrheiten unsere Heirat zustande gebracht?

Sie gestand, was ich wußte: daß sie ihrem Bruder erzählt habe, ich sei eine außerordentliche Partie – man habe es ihr in London gesagt.

»Gesagt?« rief ich aufgebracht, »habe ich jemals so etwas gesagt?«

»Nein,« antwortete sie; ich hätte allerdings nie so etwas gesagt, nur habe ich verschiedentlich geäußert, alles, was ich besäße, befände sich in meinen Händen und stünde mir durchaus zur Verfügung.

»Zur Verfügung,« erwiderte ich schnell, »gewiß, das tut es auch, nur besitze ich nichts, so gut wie nichts, deshalb konnte ich auch schon gar niemals behaupten, vermögend zu sein ... knapp hundert Pfund, das ist mein ganzer Reichtum in dieser Welt!« Und ich fügte hinzu: »Wie würde es sich denn überhaupt mir einem großen Vermögen zusammenreimen, daß ich mit Ihnen von London fortgegangen und hier nach dem Norden gezogen bin, bloß um billiger als in der großen Stadt zu leben! Wollen Sie mir das sagen, gefälligst?«

Gerade bei den letzten Worten, die ich mit Heftigkeit und sehr laut gesprochen hatte, trat mein Gatte in das Zimmer.

Ich forderte ihn auf, Platz zu nehmen, denn ich dürfte vor ihnen beiden gar mancherlei zu eröffnen haben, was er hören müsse.

Er sah nicht wenig beunruhigt aus, trat näher und ließ sich, nachdem er die Türe geschlossen, auf einen Stuhl mir gegenüber nieder.

Ich stand am Fenster und begann gleich, denn ich war wirklich erregt; doch legte ich einen Ton von herzlicher Güte in meine Stimme, sobald ich mich an meinen Gatten wandte.

»Ich fürchte, ich fürchte, mein Lieber,« sagte ich zu ihm, »man hat Sie arg betrogen und Ihnen einen Schaden angetan, der kaum wieder gut zu machen sein wird. Da ich jedoch meine Hand dabei nicht mit im Spiele gehabt habe, wünsche ich, das auch klar und deutlich von Ihnen bestätigt zu hören, damit die Schuld da liegen bleiben kann, wo sie hingehört und nirgends sonst wo.«

»Wieso kann man mir durch eine Heirat mit Ihnen einen Schaden angetan haben, meine Liebe?« fragte er. »Ich hoffe im Gegenteil, sie wird mir in jeder Weise nur zur Ehre und zum Vorteil gereichen.«

»Zum Vorteil?« antwortete ich, »o ich fürchte, Sie werden keinen Grund haben, in unserer Ehe etwas vorteilhaftes für Sie zu sehen und überhaupt allzu froh über dieselbe zu sein ... Aber noch einmal, mein Lieber, Sie sollen wenigstens wissen, daß ich unschuldig bin, ganz unschuldig.«

Er machte ein ziemlich verblüfftes Gesicht, denn er mochte wohl schon ahnen, was kommen mußte. Dann sah er einen Augenblick nachdenklich vor sich hin, warf schließlich nur einen kurzen schnellen Blick zu mir herüber und sagte bloß: »Fahren Sie bitte fort!«

Ich ging ein paar Schritte ins Zimmer und blieb dann vor ihm stehen: »Schon gestern Abend fragte ich Sie, ob ich mich jemals Ihnen gegenüber meines Vermögens gerühmt oder auch nur gesagt habe, ich besitze eines – ob ich im besondern jemals erzählt, ich habe Effekten auf der Bank von England liegen, oder sonst wo. Sie gaben sofort zu, wie das auch der Wahrheit entsprach, daß ich niemals dergleichen getan. Und ich möchte nun zunächst, daß Sie mir hier vor Ihrer Schwester erklären, noch einmal ausdrücklich wiederholen, daß ich Ihnen, wie gesagt, auch niemals den kleinsten Grund gegeben habe, sich über meine Vermögenslage irgend ein besonderes Urteil zu bilden, ja, daß wir auch niemals nur das kleinste Geldgespräch mit einander gehabt haben.«

Er erklärte darauf, das sei allerdings nicht der Fall gewesen, fügte jedoch gleich hinzu, ich sei immer wie eine Frau von Vermögen aufgetreten, er habe mich auch stets für eine solche gehalten und hoffe, daß er sich darin nicht getäuscht habe.

»Ich frage nicht, ob Sie sich getäuscht haben,« entgegnete ich, »ich fürchte nur, Sie sind getäuscht worden! Doch auch ich bin getäuscht worden und habe nicht geahnt, daß für unsere Ehe Geld irgend eine Bedeutung haben kann – weshalb es denn auch nur zu begreiflich sein dürfte, wenn ich zunächst nichts will als das eine: gereinigt von jedem Verdachte zu sein, ich selbst sei die Täuschende gewesen.«

Es entstand eine Pause und da sie viel länger währte, als mir für mich vorteilhaft schien, fuhr ich fort: »Ich habe übrigens selber schon Ihre Schwester gefragt, ob ich denn etwa ihr gegenüber von Vermögen oder Gütern gesprochen; und auch sie gesteht, daß ich es nie getan. Und ich bitte sehr, Madam,« wandte ich mich an diese: »tun Sie mir die Gerechtigkeit an, wenn Sie können, und wiederholen Sie mir hier vor Ihrem Bruder, ob ich Ihnen gegenüber jemals etwas von Vermögen oder Gütern habe verlauten lassen. Erzählen Sie ihm auch, weshalb ich hierhin, nach dem Norden, gekommen bin, wenn nicht, wie Sie von Anfang gewußt, zu dem einzigen Zwecke, um hier billiger leben zu können und mein kleines Eigentum besser zusammen zu halten?«

Sie wußte auf meine Frage natürlich nichts zu antworten und wiederholte nur stockend und stotternd, man habe ihr in London allgemein erzählt, ich besitze ein großes Vermögen, und daß es auf der Bank von England liege.

»Und nun, mein Lieber,« wandte ich mich wieder an meinen Gatten: »Haben Sie Ihrerseits die Güte und sagen Sie mir, nachdem Sie das gehört, wer mit uns beiden dieses Unerhörte getrieben hat und Sie glauben gemacht, ich sei eine gute Partie? Sagen Sie es. Ich bitte Sie und kann es von Ihnen verlangen. Wer war es? Ihre Schwester? Oder ich?«

Er hatte die ganze Zeit über still, nur mit den Knieen auf und ab zitternd und die Lippe nagend dagesessen und konnte jetzt kein Wort reden, sondern deutete nur stumm auf seine Schwester. Dann aber brach er in einem solchen Wutanfall aus, wie ich ihn nie wieder bei einen Menschen gesehen habe. Er sprang auf und schrie sie »Du gemeine Kupplerin« an und gab ihr überhaupt die schlimmsten Namen, die man sich nur erdenken kann, fluchte, sie habe ihn belogen und betrogen, habe ihm fest versichert, ich besäße mindestens fünfzehntausend Pfund und habe sich selbst fünfhundert dafür ausbedungen, daß sie ihm diese Partie verschafft. Dann fügte er, zu mir gewandt, hinzu, sie sei überhaupt gar nicht seine Schwester, sondern vor zwei Jahren seine Geliebte gewesen; in die Familien habe sie sich auch auf unglaubliche Weise hineingeschwindelt; und dabei habe er jetzt noch die Dummheit begangen, ihr tatsächlich schon hundert Pfund für den Handel zu geben, er selbst aber stünde nun vor dem Nichts, wenn sich die Dinge wirklich so verhielten, wie ich gesagt; in seiner Wut schwor er schließlich, er würde sie auf der Stelle umbringen, und schäumte, er müsse ihr Blut sehen – worüber ich und sie sehr erschraken.

Sie weinte und sagte, in dem Hause, in dem ich gewohnt, habe man ihr alles, was sie über mich berichtet, so und für wahr erzählt.

Es erbitterte ihn jedoch nur noch mehr, immer wieder zu hören, daß sie die Dinge auf ein bloßes Gerücht hin so weit habe kommen lassen.

Dann wandte er sich wieder zu mir und sagte sehr ehrlich. »Ich fürchte, wir alle beide sind die Betrogenen, meine Liebe, den Teufel ja, das glaub' ich ... Denn, um kurz und deutlich zu sein: auch ich bin in der angenehmen Lage, haha, weder Güter noch Vermögen zu besitzen. Was ich einst durch Erbschaft bekam, ist weg, verjubelt, man muß doch leben! Und wenn man so auftreten will, wie ich's getan, dann kostets schon ein Stück.« Und er erzählte noch mehreres von sich.

Die falsche Schwester aber benutzte indes die Zeit, die er so zu mir sprach, und machte sich aus dem Zimmer; ich habe sie nie wieder gesehen.

Durch das, was ich vernommen, wurde ich ebenso aufgebracht, wie er war ... ich wußte zunächst gar nicht, was ich sagen sollte; das hätte ich ja nie für möglich gehalten, daran hatte ich ja nie auch nur gedacht! Und man kann sich denken, wie es mich nun in Wut warf, als mir klar ward, daß ich die am schlimmsten Betrogene war.

»Je nun,« sagte ich schließlich, »die Enttäuschung ist für Sie eben nur eine Enttäuschung. Aber ich? wenn ich nun ein Vermögen besessen hätte, wie schmählich wäre ich dann betrogen gewesen, wenn ich erfahren, daß Sie, wie Sie sagen, ebenfalls nichts haben?!«

»Gewiß, betrogen wären Sie auch gewesen, doch ohne daß es für Sie verhängnisvoll geworden wäre. Mit fünfzehntausend Pfund hätten wir beide in Irland sehr schön und gut leben können, und ich war fest entschlossen, jeden Schilling von Ihrem Vermögen, das Sie mit in die Ehe brachten, auch zu Ihrem Besten zu verwenden. Ich würde Sie um keinen Pence übervorteilt und alles, was ich etwa für mich brauchte, durch Liebe und Zärtlicherersetzt haben; mein ganzes Leben hätte Ihnen gehört, und alle Genüsse wollte ich mit Ihnen teilen.«

Das sagte er so ehrlich heraus, daß ich nicht daran zweifelte, er spräche wirklich, wie es ihm ums Herz war. Auch wußte ich, daß er mit seiner ganzen freudigen Lebensart, wie kein Mann sonst, mich würde glücklich gemacht haben können. Aber da er nun kein Vermögen besaß; was half's?

Doch machte ich ihm keine Vorwürfe weiter, sondern antwortete ihm nur, wie es ein großes, großes Unglück sei, daß all die Liebe zu mir, die ich bei ihm fände, uns nicht vor dem Elend retten könne: »Ja, was sollen wir anfangen? Das Bischen, das ich besitze, kann uns nicht ernähren.« Und damit zog ich eine Banknote und elf Guineenstücke hervor. »Das ist alles, was ich habe,« sagte ich, »es ist von meinem kleinen Einkommen zusammengespart. Nach dem, was mir Ihre Schwesterkreatur von der Lebensweise hier zu Lande erzählte, mußte ich annehmen, daß ich eine lange Zeit damit auskommen konnte.« Und ich fügte noch hinzu, wenn man es mir nehme, sei ich ganz mittellos, und er würde ja wissen, was es für eine Frau besagen wolle, ohne Geld zu sein, noch dazu auf der Reise; trotzdem aber, wenn ihm damit geholfen sei, so wolle ich es ihm gern geben. »Da ...« sagte ich, »nehmen Sie es!«

Er antwortete mir darauf mit Tränen in den Augen und Zittern in der Stimme: nicht anrühren werde er das Geld; allein der Gedanke, mir auch noch mein weniges abzunehmen und mich dadurch dem Elende preis zu geben, sei empörend für ihn – außerdem besitze er selbst noch fünfzig Guineen, freilich sei das alles, was er überhaupt auf der Welt sei eigen nenne. Und damit zog er das Geld hervor, warf es klirrend auf den Tisch und hieß mich, es nehmen – und wenn er auch Hungers sterben sollte!

Ich antwortete ihm, indem ich ihm seine Großmut zurückgab, und sagte: schon ihn so reden zu hören, könne ich nicht ertragen ... ich liebe ihn doch und ob er denn nicht irgend eine Möglichkeit wisse, wie wir zusammen leben könnten? Ich würde gern alles, was sich nur eben für mich schicke, tun und mich auch so einschränken, wie er nur wünschen könne.

Worauf er mich bat, doch nur nicht von so etwas, von einschränken und derlei zu reden. O, es könne ihn rasend machen! Er sei als Edelmann geboren worden! Dabei lief er im Zimmer auf und ab. Schließlich aber blieb er vor mir stehen und meinte: es gäbe ja viel leicht einen Ausweg, aber über den könne er nur dann reden, wenn ich ihm vorher eine Frage aufrichtig beantworten wolle?

Ich sagte, aufrichtig würde ich ihm auf jeden Fall antworten, ob er aber zufrieden mit meiner Antwort sein werde, könne ich natürlich nicht wissen.

»Nun, meine Liebe,« sagte er darauf, »wieviel besitzen Sie denn wenigstens im ganzen? wie groß ist Ihr Einkommen? wo ist es? können wir zur Not davon leben?«

Ich hatte niemand etwas von meinen Verhältnissen erzählt. Die Leute, mit denen ich auf der Reise zusammengetroffen, kannten gerade meinen Namen. Alles übrige blieb im Dunkel. Und ich konnte jetzt erzählen, was ich wollte, ohne Gefahr zu laufen, je bei einem Widerspruch gefaßt zu werden.

Da ich nun sah, daß von meinem Gatten, wie gut er es auch mit mir meinen mochte, für die Zukunft nichts zu erwarten war, und da das wenige, was er noch besaß, gar bald verlebt sein würde, so beschloß ich, alles, außer der Banknote und den elf Guineen, geheim zu halten; die hätte ich mit Vergnügen auch noch verloren, wenn er mich nur da wieder hingebracht hätte, wo man mich hergelockt. Außerdem hatte ich wirklich nicht gerade viel Geld mit, nur eine einzige Banknote noch, von allerdings dreißig Pfund, die ich vor der Reise zu mir gesteckt, teils um von ihr zu leben, teils weil ich ja nicht wissen konnte, was mir unterwegs begegnen mochte; die falsche Schwester hatte mir zudem so viel von reichen Heiraten vorgefabelt, die es in ihrer Heimat gäbe, daß ich nicht ohne einiges Geld sein wollte. Diese Dreißigpfundnote verschwieg ich also und machte dadurch zugleich mein Anerbieten, meinem Gatten alles zu geben, was ich überhaupt besaß, noch ungleich rührender.

Um jedoch zu seiner Frage zurückzukehren – ich wiederholte ihm zunächst noch einmal, daß ich ihn nicht mit Absicht über meine Vermögenslage getäuscht habe und daß ich das auch nie, nie tun werde. Er möge mir also glauben, wenn ich ihm sage, daß mein kleines Vermögen nicht für uns beide ausreiche; es sei noch nicht einmal groß genug gewesen, um mir allein da unten im Süden einigermaßen ein Auskommen zu gewähren, was mich, wie er sich erinnern möge, ja bewogen habe, London zu verlassen; beispielsweise habe ihr das Geschöpf, das er für seine Schwester ausgegeben, immer erzählt, hier oben brauche man auf Nahrungsmittel im Jahr nicht mehr als sechs Pfund zu rechnen, und da ich nun jährlich nicht mehr als fünfzehn Pfund zum Leben habe und mit dieser kleinen Summe alles, aber auch alles bestreiten müsse, so habe ich mir gesagt, daß so billige Verhältnisse mir meine Lage ja ganz wesentlich erleichtern würden. Mit solchen Einzelheiten ging ich über das Wesentliche seiner Frage hinweg.

Er schüttelte den Kopf zu meinen Worten, ging wieder im Zimmer auf und ab, saß dann eine Weile nachdenklich da und sagte nichts.

Wir verlebten einen recht traurigen Tag und Abend; wenigstens ließ der letztere sich traurig an, und war's auch noch, als wir uns zusammen zu Tische setzten. Erst später, als wir das Mahl, das wie immer vorzüglich zusammengestellt war, hinter uns hatten, und als mein Gatte noch einige Flaschen Wein bestellte, wurde er etwas fröhlicher – wie er denn auch hernach, ganz wie immer, mit mir schlief.

»Komm, meine Liebe,« sagte er beim Nachtisch zu mir, »wenn wir auch schlimm daran sind, so hat's keinen Zweck, schier verzweifelt zu sein ... komm, sei so vergnügt, wie es dir nur eben möglich ist! Es wird sich schon was finden lassen. Schließlich hast du für dich doch soviel, daß du leben kannst, das ist schon mal verdammt viel wert. Und ich – ? na, ich muß eben mein Glück von neuem versuchen, dafür bin ich ein Mann und es wäre weibisch, zu verzagen. Außerdem, ich habe immer gefunden: den Mut sinken lassen, das heißt nur, selber dem Unglück helfen. Und das wenigstens, das wollen wir nicht, was?«

Dazu füllte er mein Glas und seines, trank mir zu, faßte mit der andern Hand die meine, drückte mir sie über den Tisch weg und sprach ein paar süße Worte von seiner Liebe.

Aber gerade daß er ein so lebensfroher Mensch war, der sich auf die Dauer seine gute Laune nicht nehmen ließ, ein so artiger und ritterlicher Mensch, das machte mich traurig.

Immerhin war ich mit ihm lustig und tröstete mich mit den Gedanken, daß es wenigstens noch besser sei, von einem Kavalier betrogen zu sein, als von irgend einem Spießbürger ... Zornig war ich denn auch schon gar nicht mehr auf ihn, ich sagte mir vielmehr, daß im Grunde er es doch sei, der von uns die größere Enttäuschung erfahren; zumal er in der ganzen Zeit für mich so viel Geld ausgegeben hatte ... Wirklich zornig war ich nur auf dieses Geschöpf von Schwester, diese Elende, die, um ihre hundert Pfund einzuheimsen, ruhig zulassen konnte, daß er drei oder viermal so viel ausgab, obgleich dies vielleicht Alles war, was er besaß, oder vielmehr was er sich leihen konnte, denn wo er das Geld herbekam, war ja gleichgültig ... Zwar sagte ich mir, daß sein Lebensziel zu sein schien, sich eine reiche Frau aufzutun, und das war ja nicht gerade besonders ehrenwert, und daß er zu dem Zweck selbst den Reichen spielte, obwohl er ein Armer war, erst recht nicht; aber deshalb blieb er doch ein Ehrenmann und war noch lange kein Schurke; denn daß er, wie es ja wohl vorkommt, geradezu ein Geschäft daraus machen wollte, reiche Frauen zu täuschen, sich sechs, sieben gute Partieen nach einander zu verschaffen, das Geld zu nehmen und die also Betrogenen dann einfach sitzen zu lassen, das konnte ich nicht von ihm glauben. Nein, er war schon ein richtiger Kavalier, nur ohne Geld; doch hatte er wenigstens immer welches auszugeben gehabt. Und ich sagte mir auch, daß ich, wenn ich nun tatsächlich, wie er vermutet, ein größeres Vermögen besessen hätte, wohl zuerst recht böse über seinen Betrug gewesen wäre, mich dann aber wohl mit ihm ausgesöhnt haben würde: denn er war ein zu lieber Mensch und so flott in seinem Auftreten und wirklich vornehm als Erscheinung, wie auch seiner Gesinnung nach.

Wir redeten, als wir endlich die Gaststube verlassen und uns zu Bett begeben hatten, noch sehr viel zusammen; fast die halbe Nacht, bis es schon dämmerte, blieben wir wach.

Und immer wieder kam er darauf zurück, ich möchte doch nur alles für meine Liebe nehmen, was er habe. Er würde schon durchkommen, er würde sich einfach in dem Heere anwerben lassen, und dann würde ein neues Leben für ihn beginnen, er sei voll Vertrauen, und das einzige, was er bedaure, sei, daß er sich zu all diesen Betrügereien erniedrigt habe.

Ich fragte ihn unter anderem, während wir so dalagen, weshalb er mich eigentlich gerade nach Irland bringen wollte, da er doch dort jedenfalls eben so wenig für unser Auskommen Rat gewußt und Sicherheit gehabt hätte.

Er nahm mich zur Antwort in seine Arme und meinte: »Ach, meine Liebe, ich hatte ja niemals vor, dich wirklich nach Irland zu bringen. Und hierhin kam ich mit dir überhaupt nur, um mich der Beobachtung von so gewissen Leuten für eine Weile zu entziehen, die schon ausgekundet haben mochten, mit welchen Plänen ich mich trug, und damit niemand die Rückzahlung von allen möglichen Geldern verlangen könne, ehe ich sie hatte.«

»Aber wohin wolltest du denn mit mir gehen?« fragte ich.

»Nun, meine Liebe,« entgegnete er, »ich will dir meinen ganzen Plan erzählen, so wie ich ihn mir ausgedacht: Ich hatte vor, dich hier nach deinem Vermögen zu fragen, wie ich es ja auch getan, und wenn du, wie ich erwartete, mir genauere Angaben über dasselbe gemacht haben würdest, dann wollte ich irgend eine Ausrede erfinden, um unsere Reise nach Irland aufzuschieben, und statt dessen mit dir nach London gehen. Dort wollte ich dich mit meiner wahren Vermögenslage bekannt machen, wollte dir alles eingestehen, wie ich mittelst eines schmählichen Kunstgriffs dich dazu gebraucht, mir deine Zustimmung zu der Heirat zu geben – und ich wollte dich um Verzeihung bitten und dir sagen, wie ich mich bemühen werde, das Vergangene durch das Glück zukünftiger Tage wieder gut zu machen.«

»Wahrhaftig,« entgegnete ich ihm, »ich glaube, du hättest die Verzeihung auch bekommen; ich werde nur immer trauriger, daß ich sie dir nicht geben kann ... o, wär ich doch reich, wär ich doch nur reich! wie würden wir es schön haben!!« »Aber das hilft nun nichts,« fuhr ich fort, »wir müssen überlegen, was zu tun ist? Wir stehen beide vor einer schwarzen und schweren Zukunft, was hilft es uns da, daß wir einig sind, wo wir nichts zu leben haben?«

Er nickte dazu und wir machten nun eine große Menge Pläne, doch keiner erwies sich als ausführbar, mit keinem war etwas Rechtes anzufangen.

Und so bat er mich zuletzt, doch lieber gar nicht mehr von diesen Dingen zu reden, es mache ihn nur unmutig und unlustig. Und so sprachen wir denn von allem möglichen anderen und trieben allerhand Torheiten, bis er zum Schluß seinen Ehemannsabschied von mir nahm und darauf einschlief.

Fünfzehntes Kapitel.

Am anderen Morgen erhob er sich früher als ich; denn da ich noch lange wach gelegen, war ich sehr müde und stand erst gegen elf Uhr auf.

Als ich dann herunterkam, erfuhr ich zu meinem Schreck und meiner großen Überraschung, daß er die beiden Wagen, Pferde und Diener, sowie all seine Garderobe, Leinenzeug und sonstiges Gepäck genommen und weggezogen war; für mich hatte er einen Brief zurückgelassen; und der lautete kurz und rührend:

Meine Liebe,
ich bin ein Hund. Ich habe schlecht an dir gehandelt. Aber ich bin unschuldig. Das Geschöpf ist schuldig, das elende. Vergib mir, meine Liebe! Ich bin unschuldig. Ich bitte dich um Verzeihung. Ich bin der nichtswürdigste aller Menschen. Ich habe dich getäuscht. Ich bin so glücklich gewesen, dich zu besitzen. Ich bin nun so unglücklich, daß ich dich lassen muß. Vergib mir, meine Liebe! Noch einmal, vergib mir! Ich ertrage es nicht, daß ich nicht der bin, als der ich mich gab. Ich ertrage es auch nicht, daß ich nicht fähig bin, für dich zu sorgen. Unsere Heirat gilt nicht. Ich werde dich nie wiedersehen. Unsere Heirat gilt nicht. Ich gebe dich frei. Ich werde dich nie wiedersehen. Verheirate dich mit einem anderen. Wenn du einen anderen findest, der dir bietet, was ich dir nicht bieten kann, so sage nicht meinetwegen: Nein. Ich werde dich ja nie wiedersehen. Und wenn ich dich doch noch einmal wiedersehen sollte und dich gut verheiratet finde, so schwöre ich dir, ich werde nichts von dir wollen. Wenn du dich aber nicht verheiratest und ich komme zu Geld, so soll es dir gehören.
Adieu, meine Liebe, auf immer!!!
Ich bin dein dich sehr liebender

James von E ...

P.S.: Ich habe etwas von dem, was mir geblieben, in die Tasche deines grünen Kleides gesteckt. Dafür nimm für dich und die Magd Plätze auf der Post und reise nach London. Ich hoffe, es wird reichen, so daß du nichts von deinen Ersparnissen dazuzutun brauchst. Noch einmal: vergib mir! Ich werde darum bitten, so oft ich an dich denke: *Adieu!!!*

Nichts in meinem ganzen Leben fiel mir so schwer aufs Herz, wie dieser Brief und dieser Abschied. Ich machte meinem Gatten in Gedanken tausend Vorwürfe, daß er mich verlassen hatte, denn ich wäre durch die ganze Welt mit ihm gezogen, und hätte ich mein Brot erbetteln müssen, und seines dazu. Ich ging dann aber doch an mein Kleid, griff in die Tasche und fand dort zehn Guineen, seine goldene Uhr und zwei kleine Ringe, einen mit einem Diamanten, der allerdings höchstens sechs Pfund Wert hatte und einen einfachen goldenen Reif.

Ich setzte mich hin und sah mir diese Dinge wohl zwei Stunden lang an, ohne ein Wort zu reden, bis meine Magd mich aus meinen Gedanken aufstörte und mich zum Essen rief. Ich konnte jedoch nur sehr wenig genießen und bekam auch nach dem Essen einen heftigen Weinkrampf, wobei ich ihn immer bei seinem Namen rief:

»O Jemmy!« schrie ich »O Jemmy, komm wieder, ich will dir alles geben, was ich habe; ich will mit dir betteln, ich will mit dir hungern. O, komm nur wieder!«

So tobend lief ich im Zimmer auf und ab, setzte mich nieder, sprang wieder auf, rief wieder seinen Namen, flehte ihn in die leere Luft hinein an, doch nur zurückzukehren ... und weinte von neuem und unaufhörlich. In dieser Weise verbrachte ich den ganzen Nachmittag, bis gegen sieben Uhr etwa, als plötzlich – es war fast schon dunkel, denn wir schrieben August – jemand ins Wirtshaus zurück kam, die Treppen hinauf und geradenwegs in mein Zimmer: wer aber war's? mein Gatte!

Ich ward furchtbar erregt; und er auch: denn ich wußte ja nicht, was das nun bedeuten, was daraus werden, was kommen sollte; und ich war mir wohl auch selbst nicht klar darüber, ob ich nun eigentlich froh oder ob ich traurig sein sollte. Meine Liebe jedoch überwog alles andere, und so war es mir denn unmöglich, meine Freude zu verbergen, die aber zum willkommenen Zulächeln zu gewaltig war und deshalb wieder nur in Tränen ausbrach.

Er stürzte auf mich zu und nahm mich in seine Arme, drückte mich fest an sich und benahm mir fast den Atem mit seinen Küssen, doch sprach er kein Wort.

Endlich begann ich; »Mein Lieber« sagte ich, »wie konntest du mich so verlassen?«

Er antwortete jedoch nicht, denn auch er konnte vor Bewegung nicht reden.

Als wir uns dann aber doch ein wenig zurecht gefunden hatten, erzählte er mir, daß er schon ungefähr fünfzehn Meilen weit weggeritten gewesen, als er plötzlich gefühlt, daß es ihm ganz unmöglich sei, weiter in die Fremde zu ziehen, ohne noch einmal zurückgekehrt, mich noch einmal gesehen, mich noch einmal geküßt und einen wirklichen Abschied von mir genommen zu haben.

Ich erzählte nun, wie ich die Zeit zugebracht, und daß ich so laut und furchtbar geweint und immer gerufen habe, er möge zurückkommen.

Er sagte darauf, er habe das am Delamere Wald, der ungefähr zwölf Meilen von dem Gasthaus entfernt lag, auch ganz deutlich gehört.

Ich lächelte bloß.

»Nein« sagte er, »glaube nicht, daß ich scherze; denn wenn ich je in meinem Leben deine Stimme gehört habe, dann hörte ich dich da laut rufen; manchmal dachte ich auch, ich sehe dich dicht hinter mir, wie du mir nacheiltest, um mich zurückzuholen ...«

»Nun,« sagte ich, um ihn zu erproben, »was rief ich denn?« denn ich hatte ihm die Worte noch nicht gesagt..

»Du riefst laut,« sagte er, »O Jemmy, o Jemmy komm wieder, komm wieder!«

Da mußte ich denn aber wirklich über ihn lachen.

»Liebste«, sagte er, »lache nicht, sondern glaube mir, ich hörte deine Stimme so deutlich, wie du die meine ietzt hörst; wenn du willst, gehe ich vor's Gericht und lege dir einen Eid darauf ab.«

Nun war ich doch erstaunt und überrascht, ja sogar beinahe erschrocken und erzählte ihm, wie ich geweint und wie ich ihn wirklich so zurückgerufen hatte, wie er's gehört. Und wir wunderten uns eine Weile nicht wenig darüber. Dann aber sagte ich zu ihm: »Nun wirst du nie wieder von mir gehen, nicht wahr, lieber zieh ich mit dir durch die ganze Welt?«

Er antwortete, es sei ihm unendlich schwer, mich zu verlassen, jedoch – es müsse sein, er hoffe, ich werde den Abschied so leicht nehmen, wie es nur eben möglich sei; für ihn würde es jedoch das Ende sein, ja, das sehe er voraus..

Doch fügte er gleich hinzu, es sei ihm eingejätten, jetzt erst, daß ich die Reise nach London ja ganz allein machen müsse – und das sei weit und gefahrvoll. Er aber könne diese Straße ja gerade so gut ziehen, wie jede andere, es sei ja ganz gleich, wohin er sich wende; und so habe er denn die Absicht, mich bis nach London, oder doch wenigstens bis kurz vor London zu begleiten; wenn er mich dann irgendwo ohne weiteren Abschied verlasse und eines Morgens fort sei, so solle mich das nicht weiter wundern.

Dann erzählte er noch, er habe die Wagen und die Pferde bis auf seines verkauft, seine Diener entlassen, sie ausgelohnt und weggeschickt, sich anderswo ihr Heil zu suchen – und all dies in der kurzen Zeit, die er heute unterwegs in einem kleinen Landstädtchen zugebracht. »Ich möchte fast losheulen bei dem Gedanken«, setzte er hinzu, »wie viel glücklicher die Burschen nun daran sind, als ihr Herr, denn sie können einfach an des nächsten Edelmanns Tür klopfen und dort nach einem Dienst fragen, während ich nicht weiß, wohin ich gehen, noch, was ich anfangen soll.« So schien er wieder ganz mutlos.

Ich suchte ihn zu trösten und aufzumuntern, sagte ihm wieder und wieder, wie lieb ich ihn habe und daß ich ihn nie verlassen werde, wenn er mich bei sich behalten wolle, er könne mich mit sich nehmen, wohin ihn auch sein Leben verschlagen werde, denn ich ertrüge mein Leben nicht mehr ohne ihn.

Davon wollte er nun freilich nichts wissen, aber wir kamen überein, zusammen gen London zu gehen; daß er mich dann kurz vor dem Ziel der Reise verlassen werde, sagte er, sei unabänderlich; und mir blieb nichts weiter übrig, als ihn zu bitten, dann wenigstens nicht heimlich zu gehen; wenn er es doch tue, meinte ich lächelnd, so würde ich ihn eben einfach wieder laut zurückrufen.

Er mußte auch lächeln, und ich zog dann die Uhr hervor und gab sie ihm hin, ebenso die beiden Ringe und das Geld. Er aber nahm sie nicht an, und ich schloß daraus, daß es wirklich seine Absicht war, mich unterwegs heimlich zu verlassen.

Das stimmte mich ganz wehmütig, denn ich muß gestehen, daß ich ihn immer lieber gewonnen hatte: seine schlimme Lage, die Art, wie er mit mir teilen gewollt, die Ausdrücke, die er in seinem Brief gebraucht, die Gewißheit, daß ihm die Trennung von mir schwer geworden, so schwer, daß er noch einmal zu mir zurückkehren mußte: all das kam zusammen und machte, daß meine Zuneigung zu ihm stark und innig wurde.

Zwei Tage später verließen wir dann West-Chester: ich in der Postkutsche, er nebenher auf dem Rücken seines Pferdes.

Meine Magd hatte ich zurückgelassen; zwar war's ihm zuerst nicht recht gewesen, daß ich so ohne eine Bedienung reisen wollte; ich hatte die Magd aber erst im Norden gemietet und in London kein Dienstmädchen gehabt, wie ich mir auch nach meiner Rückkehr keines nehmen würde: und so sagte ich ihm denn, daß es unverantwortlich sei, das arme Weibsen mit herunter nach dem Süden zu nehmen, nur um sie da, sobald ich angekommen, zu entlassen, und daß sie mir unterwegs doch keine Hilfe, im Gegenteil bloß eine Last sein würde; damit gab er sich dann zufrieden.

So reisten wir zusammen bis Dunstable, das dreißig Meilen vor London liegt. Dort sagte er mir, nun wolle es das Schicksal und die Ungunst, mit der es sein Leben bis dahin bedacht, daß er mich verlassen müsse. Mit hinein nach London könne er nicht gehen, und zwar aus Gründen, die in ihren Einzelheiten zu erfahren für mich ohne Belang seien, aber durchaus zwingend wären, das müsse ich ihm schon glauben.

Die Post, die ich benutzte, hielt für gewöhnlich nicht in Dunstable. Ich bat die Postleute jedoch, sie möchten einen Aufenthalt von einer kurzen Viertelstunde machen, sie waren damit einverstanden, und die Kutsche fuhr vor einem Wirtshause vor, in das wir uns begaben.

Hier sagte ich ihm, ich habe ihn nur noch um ein kleines Zeichen seiner Liebe zu bitten ...

»Nun, und das wäre?« fragte er.

»Bleibe noch eine Woche oder zwei mit mir hier in dieser Stadt zusammen ... und wäre es nur, um uns an den Gedanken der Trennung zu gewöhnen, die uns bevorsteht und die vielleicht für immer ist. Ich habe dir noch mancherlei zu sagen; und auch ein Plan ist darunter, den wir überlegen müssen, und der, wenn er sich ausführen läßt, möglicherweise zu unser beider Glück ist.«

»Gewiß«, sagte er »gern ... warum sollen wir nicht hier bleiben?« und er erhob sich sogleich, ging hinaus, rief nach der Wirtin des Hauses und sagte ihr, seiner Frau sei plötzlich gar nicht wohl geworden, ja, es scheine, daß sie sich sogar recht unwohl, wenn nicht krank befände; auf keinen Fall sei vorläufig an die Fortsetzung der Reise zu denken, die mich sowieso schon recht angestrengt habe; dann fragte er sie, ob sie uns nicht irgendwo in einem guten Privathause ein Unterkommen verschaffen könne, wo ich mich ein paar Tage über erholen solle? Diese kleine Lüge hielt er für notwendig – wie er mich vorher verständigt hatte –, da es sonst auffallen mußte, daß wir so kurz vor London die Reise in einer Stadt unterbrachen, wo wir sonst kein Geschäft hatten – er mußte wirklich ein schlechtes Gewissen haben, mein Mann.

Die Wirtin war eine gutmütige und gefällige Person. Sie kam sofort, um nach mir zu sehen, und meinte, sie habe ja selbst zwei freundliche Zimmer in einem ruhigen Teil ihres Hauses; sie würden mir gewiß gefallen, und ich könnte auch gern eine ihrer Mägde ganz für mich allein zur Bedienung haben.

Wir gingen natürlich sofort auf das Anerbieten ein, ich begab mich nach oben, um mir die Zimmer anzusehen und um mich sogleich ein wenig »auszuruhen«, wie ich nicht verfehlte, der Wirtin zu bemerken. Indes bezahlte mein Mann meinen Platz in der Postkutsche und ließ unser Gepäck herausnehmen und ins Haus bringen.

So blieben wir also in Dunstable, und ich sagte meinem Gatten, wir wollten hier bleiben, bis ich all mein Geld ausgegeben habe; auf keinen Fall dürfe er etwas von dem seinen angreifen – worüber wir natürlich wieder einen kleinen Streit hatten, bis er's schließlich zufrieden war und »meinetwegen« sagte.

Darauf bestellte ich und wir waren recht vergnügt mit einander, diesen Tag und die folgenden.

Als wir dann eines Abends in den Feldern um Dunstable spazieren gingen, rückte ich mit meinem Vorschlag heraus, von dem ich ihm gesprochen und den ich mir mittlerweile im stillen noch gut durchüberlegt hatte.

Ich erzählte ihm zuerst, daß ich in Virginia gewesen und dort lange gewohnt habe; meine Mutter lebe jedenfalls noch da, während mein früherer Gatte schon seit mehreren Jahren tot sei. Und hätte meine Schiffsladung, die ich aus Virginia mitgebracht – ich übertrieb ihren Wert um ein Bedeutendes –, nicht Schaden genommen, so besäße ich heute ein Vermögen, das groß genug sei, um uns beiden in einer Stadt wie London das herrlichste Leben zu gewähren. Dann schilderte ich ihm genau die Art der Niederlassungen in jenen Ländern, und erzählte ihm, daß jedem neuen Ansiedler ein Stück Land von der Verwaltung geschenkt werde; aber auch abgesehen davon sei dort der Grund und Boden so spottbillig, daß man sich für eine Summe, die nicht der Rede wert wäre, ein ausgedehntes Besitztum kaufen könne. Darauf erzählte ich ihm ausführlich von der Art der Anpflanzungen, die dort üblich seien, und suchte ihm klar zu machen, daß ein fleißiger und gescheuter Mann, wenn er für zwei- bis dreihundert Pfund Waren, Sämereien und sonstiges, was erforderlich sei, Werkzeug und was so alles nötig wäre, aus England mit herüber nähme, dazu ein paar tüchtige Dienstboten und Knechte, in Virginia ohne weiteres nicht nur eine Familie zu unterhalten, sondern auch sehr wohl, binnen weniger Jahre, ein Kapital zurückzulegen vermöge. Ferner beschrieb ich ihm auch die Art der Bodenerzeugnisse und wie man den Boden urbar zu machen habe und was er durchschnittlich einbringe; kurz, ich rechnete ihm vor, daß wir, wenn wir nach Virginia gingen, so gewiß reich werden müßten, wie wir jetzt arm wären.

Mein Plan überraschte ihn sehr und beschäftigte ihn sichtlich; sprachen wir doch eine ganze Woche lang von nichts anderem als von Virginia, indes ich nicht nachließ, ihm einzureden, wie es ausgeschlossen sei, daß jemand – wenn er nicht gerade offenbare Dummheiten beginge – in diesem Lande nicht hochkommen und prächtig leben könne.

Ich deutete auch an, daß es mir schon möglich sei, die nötigen dreihundert Pfund aufzubringen: er solle sehen, wir würden damit unser Glück machen und uns in die Verhältnisse bringen können, die wir gegenseitig von unserem Zusammenleben erwartet hatten. »Paß auf«, sagte ich, »in ein paar Jahren werden wir eines schönen Tages unsere Plantage den Händen eines Pächters überlassen, uns selbst wieder nach London einschiffen und dort von den Zinsen unseres Gutes in Herrlichkeit leben; denn ich kenne viele, die es auch so gemacht haben und es sich jetzt hierzulande nun gut und wohl sein lassen!«

Er war fast schon einverstanden mit meinem Plan und wollte zusagen. Aber da mochten ihm im letzten Augenblick doch noch Bedenken kommen, er mochte sich scheuen, so weit fort von allen großen Städten und ihrem Leben zu gehen und einsam in der Wildnis mit seiner Hände Arbeit seine Tage zuzubringen; kurz, er wendete nach und nach das Blättchen und sprach so, wie ich von Virginia, von – Irland.

Das Landleben an sich würde ihm schon zusagen, meinte er, und wenn einer auch nur ein kleines Kapital habe, dann genüge das für Irland vollkommen: dort könne man für fünfzig Pfund jährlich Landgüter pachten, die in England für wenigstens zweihundert Pfund abgegeben würden. Dabei sei das Land so reich und der Ertrag so gut und groß, daß man auf einem solchen Landgute genau so vorzüglich leben könne wie ein Edelmann in England auf einem von zweitausend Pfund jährlich. Deshalb habe er sich auch schon einen Plan ausgedacht, wie er, wenn er mich hier in Dunstable verlassen, hinübergehen und zum mindesten den Versuch machen wolle ... wenn es sich dann herausstellen würde, daß wir tatsächlich in Irland ein Auskommen finden könnten, das der Stellung entspräche, die er seiner Gattin schuldig zu sein glaube, so wolle er nach London herüber kommen und mich holen.

Ich erschrak nicht schlecht, als er mir diesen Plan vorlegte, denn ich fürchtete schon, er werde von mir verlangen, ich solle mein kleines Vermögen flüssig machen, und er wolle mit ihm nach Irland gehen, um dort sozusagen zu experimentieren.

Aber es zeigte sich, daß er mit meinem Gelde gar nicht gerechnet, ja, er würde es noch nicht einmal angenommen haben, wenn ich es ihm selbst angeboten hätte.

Nein, mit seinem eigenen Gelde, mit seinen fünfzig Pfund wollte er nach Irland gehen und dort das Glück versuchen. Gelänge es ihm, festen Fuß dort zu fassen, so solle ich nachkommen; wenn aber nicht, so wolle er nach England zurückkehren, dort wieder mit mir zusammentreffen und meinen Vorschlag, mit mir nach Virginia zu gehen, gewißlich ausführen.

Ich konnte ihn von diesem Plan, nachdem er ihn einmal ernstlich gefaßt, nicht wieder abbringen. Er versprach mir nur, er werde mir, sobald er einen Überblick über die Verhältnisse in Irland gewonnen, Nachricht zukommen lassen und, wenn ein Erfolg nicht wahrscheinlich sei, selbst sofort an die Vorbereitungen zu unserer gemeinsamen Überfahrt nach Virginia denken.

Zu etwas anderem war er nicht mehr zu bewegen, obwohl wir fast einen ganzen Monat in Dunstable blieben und Tag für Tag lange Stunden mit dem Gespräch über unsere Absichten und Aussichten zubrachten.

Es war einer der schönsten Monate, die ich in meinem Leben gehabt, denn diesen Mann liebte ich wirklich, und seine Gesellschaft war die köstlichste, die man sich denken kann.

Ich tat in der Zeit natürlich auch gar manchen Einblick in seine Vergangenheit, und eine Lebensgeschichte erfuhr ich da, so wild bewegt und voll Abwechslungen und Überraschungen, daß sie, geschrieben, die schönste gewesen wäre, die je ein Mensch sich ausgedacht.

Nun, ich werde Gelegenheit haben, später von diesem ungewöhnlichen Mann noch einiges mitzuteilen.

Schließlich schieden wir doch von einander, so furchtbar nahe es mir ging, und ihm auch – aber es mußte endlich einmal sein. Ich gab ihm noch an, wohin er mir schreiben solle, freilich ohne das Geheimnis um meine Person zu lüften, aber doch so, daß die Briefe in meinen Besitz kommen mußten: denn er sollte weder meinen Namen, den ich in London führte, erfahren, noch wer ich überhaupt sei oder wo ich zu finden wäre, wofern ich das letztere nicht selbst wollte. Er sagte mir ebenfalls, wohin ich Briefe an ihn zu richten habe. Dann fuhr die Postkutsche vor, er half mir hinein, wir küßten uns noch ein letztes Mal, und darauf fuhr ich ab, ohne daß ich ihn bitten durfte, mich nach London zu begleiten – denn ich hatte inzwischen von ihm erfahren, daß er den allertriftigsten Grund hatte, sich dort nicht sehen zu lassen.

Sechzehntes Kapitel.

Den Tag nach meiner Abreise von Dunstable kam ich wieder in London an, begab mich aber nicht in meine alte Wohnung, sondern nahm eine Privatwohnung in der St. John's-street oder, wie die gewöhnlichen Leute sie nennen, in der St. Jones's; und da ich hier nun so ganz allein war, hatte ich Muße genug, mich hinzusetzen und des Längeren und Ernsthafteren über die siebenmonatliche Fahrt, die ich nun hinter mir hatte, nachzudenken; an die fröhlichen Stunden mir meinem letzten Gatten erinnerte ich mich dabei mit außerordentlichem Vergnügen, das sich jedoch bedeutend verminderte, als ich nach einiger Zeit bemerkte, daß ich guter Hoffnung sei.

Ich war zunächst ziemlich ratlos, denn ich sah sofort voraus, was sich für viele Schwierigkeiten bieten würden, ehe ich jemand fand, der mir gestattete, in seinem Hause niederzukommen: es gehörte nämlich damals durchaus nicht zu den angenehmsten Dingen für eine

»unverheiratete« Frau, die fremd war und keine Freunde hatte, wie ich, auch noch ein Kind zu bekommen.

Mit meinem Freunde von der Bank hatte ich die ganze Zeit über meine Korrespondenz aufrecht erhalten, oder vielmehr er mit mir, denn er schrieb mir pünktlich einmal jede Woche, und obgleich ich mein Geld nicht so schnell ausgegeben hatte, um wieder welches von ihm zu bedürfen, schrieb auch ich ihm oft, um ihn wissen zu lassen, daß ich überhaupt noch lebe. In Lancashire hatte ich hinterlassen, wohin man mir die Briefe von ihm nachsenden sollte, so daß ich auf diesem Wege auch jetzt in meinem Schlupfwinkel in der St. Jones's einen sehr liebenswürdigen Brief von ihm erhalten konnte, indem er mir mitteilte, daß sein Scheidungsprozeß im allgemeinen nach Wunsch fortschreite, obgleich er auf einige unerwartete Schwierigkeiten gestoßen sei.

Die Nachricht, daß sein Prozeß langsamer fortschreite, als er gedacht, war mir im Grunde nicht unangenehm; ich hätte ja jetzt doch noch nicht seine Frau werden können, denn so töricht war ich nicht, ihn zu heiraten, während ich mich von einem anderen Manne schwanger wußte –, wie das wohl andere Frauen gewagt haben würden und auch gewagt haben. Anderseits wollte ich ihn aber auch nicht verlieren und war entschlossen, mich ihm von neuem zu nähern, sobald ich wieder dazu imstande sein würde: daß ich von meinem anderen Gatten nichts zu erwarten hatte, vielleicht sogar nie wieder etwas von ihm hören würde, war klar; außerdem hatte er mich ja selbst immer gedrängt, mich wieder zu verheiraten, und mir versichert, daß er darüber durchaus nicht zornig werden würde, oder gar jemals wieder Anspruch auf mich erheben wolle. Deshalb machte ich mir keinerlei Bedenken, sobald ich nur könne und wenn mein braver Spießbürger bei seiner Absicht beharre, diesen zu meinem Gatten zu nehmen. Und die Briefe, die er mir schrieb, waren so liebenswürdig und verbindlich, daß ich allen Grund hatte, anzunehmen, er beharre noch auf seinem Wunsch; außerdem sprach er in ihnen selbst von unserer Heirat als etwas ganz Selbstverständlichem.

Ich wurde inzwischen immer stärker, so daß die Leute, bei denen ich wohnte, es schließlich bemerkten, und mir, soweit die Höflichkeit es zuließ, denn auch richtig andeuteten, ich möge daran denken, die Wohnung zu wechseln. Ich wußte nun nicht, was ich beginnen solle, wurde außerordentlich traurig und sann ratlos vor mich hin.

Ich hatte ja etwas Geld, doch keine Freunde – und dann würde ich nun bald auch noch ein Kind selbst zu unterhalten haben, eine Schwierigkeit, in der ich, wie meine Geschichte bisher gezeigt, mich noch nie befunden hatte.

Schließlich wurde ich obendrein noch sehr krank und meine Traurigkeit vermehrte natürlich mein Übelbefinden. Es stellte sich allerdings bald heraus, daß meine Krankheit bloß ein vorübergehendes Fieber war, doch mußte eine Frühgeburt befürchtet werden; ich sollte zwar nicht sagen »befürchtet«, denn ich wäre eigentlich herzlich froh gewesen, wenn ich auf diese Weise von dem Kinde befreit worden wäre; doch war mir selbst nie auch nur der Schatten eines Gedankens gekommen, etwas künstlich dazu zu tun; ja, den bloßen Gedanken würde ich als abscheulich zurückgewiesen haben.

Als wir über meinen Zustand sprachen, schlug mir die Dame, bei der ich wohnte, vor, zur Hebamme zu schicken; ich hatte anfangs meine Bedenken, willigte dann jedoch ein, sagte ihr aber, ich kenne keine Hebamme und überlasse die Wahl ihr.

Es kam mir allmählich vor, als seien der Hausherrin Fälle, wie der meinige, doch nicht so unvertraut, wie ich zuerst gedacht; wenigstens schickte sie nach einer »richtigen« Hebamme, das heißt nach einer, die für mich die richtige war, wie sich zeigen sollte.

Die Frau, die kam, schien viel Erfahrung zu besitzen, ich meine, als Hebamme, doch hatte sie auch noch ein anderes Gewerbe, in dem sie ebenfalls sehr gewitzt war.

Meine Hauswirtin hatte ihr gesagt, daß ich sehr melancholisch sei und meine ganze Traurigkeit vielleicht mein ganzes Übel verschuldet habe. Und in meiner Gegenwart wiederholte sie noch einmal: »Ich glaube, das ganze Leid dieser Dame schlägt ziemlich ausschließlich in Ihr Fach, beste Frau, und wenn Sie etwas für sie tun können, so tun Sie es bitte, denn sie ist wirklich eine liebenswürdige Dame.«

Ich verstand nicht, was sie damit sagen wollte, die Hebamme aber erklärte mir es, sobald die andere gegangen, sehr ausführlich: »Madam«, sagte sie, »Sie scheinen nicht zu verstehen, was Ihre Hauswirtin meinte, wenn es aber doch der Fall ist, so zeigen Sie es ihr nur ja nicht. Sie meint nämlich, daß Sie sich in Verhältnissen befinden, die Ihnen Ihre Niederkunft sehr erschweren und denen Sie sich vielleicht entziehen möchten.

Ich brauche Ihnen wohl nicht mehr zu sagen, als daß ich, falls Sie mir etwas von Ihren Verhältnissen mitzuteilen für gut halten sollten, vielleicht in der Lage bin, Ihnen Ihre Sorgen abzunehmen, und all Ihre trüben Gedanken zu zerstreuen.«

Jedes Wort dieser Frau klang so ermunternd, daß es mir bis ins innerste Herz drang und mich mit neuem Leben erfüllte; mein Blut begann sofort wieder leichter zu kreisen und ich wurde mit einem Male wieder ein ganz anderer Mensch; ich nahm etwas Nahrung zu mir und fühlte mich darauf auch körperlich gestärkt. Sie redete in der gleichen Richtung noch eine Zeitlang auf mich ein, drängte mich, offenherzig mit ihr zu reden, und versprach mir feierlich, verschwiegen zu sein. Dann hielt sie inne, als wollte sie sehen, welchen Eindruck ihre Worte auf mich gemacht hätten, und abwarten, was ich ihr antworten würde.

Ich fühlte zu lebhaft, wie sehr ich eine solche Frau nötig hatte, als daß ich gewagt, ihr Anerbieten zurückzuweisen. Ich sagte ihr also, meine Lage sei in der Tat derartig, wie sie annehme, – das heißt, nur zum Teil. Denn ich sei wirklich verheiratet und hätte einen Gatten, obgleich er jetzt so weit von mir entfernt sei, daß er nicht zugegen sein könne.

Sie fiel mir jedoch ins Wort und sagte, das gehe sie nichts an. Alle Damen, die sich ihrer Fürsorge anvertrauten, seien verheiratete Frauen für sie. »Jede Frau«, sagte sie, »die schwanger ist, hat auch einen Vater für ihr Kind, und ob dieser nun ihr Gatte ist oder nicht, das geht mich, wie gesagt, nichts an.« Sie habe, sagte sie weiter, mir nur in meinen Umständen beizustehen, ob ich nun einen Gatten habe oder nicht; »denn, Madam«, meinte sie zum Schluß, »ein Gatte, der nicht da ist, ist so gut wie kein Gatte, und es ist also ganz gleich, ob Sie die Gattin oder die Geliebte eines Mannes sind.«

Ich sah jetzt ein, daß ich, ob ich nun eine Dirne oder eine Ehefrau war, hier doch für eine Dirne gelten werde, und ließ es dabei bewenden. Ich antwortete denn auch blos, es sei ja alles wahr, was sie sage, da ich ihr meine Verhältnisse aber erzählen solle, wolle ich sie auch der Wahrheit gemäß darstellen. Ich legte sie darauf so kurz wie möglich auseinander und schloß: »Ich bemühe Sie mit diesem allem, Madam, nicht weil ich glaube, daß es für Sie von irgend welcher Bedeutung sein kann, sondern nur meinethalben, um Ihnen zu zeigen, daß ich nicht fürchte, gesehen zu werden und daß mir nichts daran liegt, mich zu verbergen. Die Schwierigkeit ist nur die, daß ich keine Verwandte in dieser Gegend habe.«

»Ich verstehe Sie sehr wohl, Madam,« antwortete sie. »Sie vermögen keine Papiere beizubringen, um den in solchen Fällen üblichen lästigen Nachfragen seitens der Kirchspielverwaltung begegnen zu können. Und vielleicht,« fuhr sie fort, »wissen Sie auch nicht, was Sie mit dem Kinde beginnen sollen, wenn es da ist.«

»Dieses macht mir nicht soviel Sorge als das andere, antwortete ich.«

»Also, Madam«, begann sie wieder, »wollen Sie sich meinen Händen anvertrauen? Ich wohne in der Melk street, im Haus mit dem Zeichen der Wiege, und heiße B–. Und wenn ich mich auch nicht nach Ihnen erkundige, so können Sie doch über mich Nachforschungen anstellen. Ich bin Hebamme von Beruf, und viele Damen kommen in meinem Hause nieder. Ich habe der Verwaltung des Kirchspiels im allgemeinen die Sicherheit gegeben, daß ihr die Kleinen, die unter meinem Dache zur Welt kommen, nicht zur Last fallen. Und Ihnen habe ich in der ganzen Sache nur eine Frage zu stellen, wenn Sie die beantwortet haben, brauchen Sie sich um alles übrige keine Sorge zu machen.«

Ich verstand sogleich, worauf sie hinauswollte, und sagte ihr: »Madam, ich glaube, ich verstehe Sie und ich danke Gott, daß ich, wenn auch keine Freunde in dieser Welt, so doch Geld besitze, das heißt, soviel wie nötig sein wird; denn an Überfluß leide ich gerade auch nicht.« Dies letzte sagte ich, damit sie nicht allzu große Erwartungen hegen solle.

»Nun also, Madam,« entgegnete sie, »dann haben Sie ja das Ding, ohne welches in solchen Fällen nichts zu machen ist. Aber Sie werden sehen, daß ich Sie nicht auf Kosten treiben noch sonst unbillig mit Ihnen verfahren will. Sie sollen jede Kleinigkeit vorher wissen, damit Sie sich so bequem oder so sparsam einrichten können, wie es Sie gut dünkt.«

Ich entgegnete ihr, sie scheine meine Lage ja so wohl zu übersehen, daß ich sie nur noch um eines zu bitten brauche; da ich genügend Geld, jedoch nicht allzuviel habe, möge sie nämlich alles so einrichten, daß mir so wenig wie möglich überflüssige Kosten entständen.

Sie erwiderte, sie wolle mir eine Aufstellung der Ausgaben in verschiedenen Höhen bringen. Ich möge dann meine Wahl treffen.

Ich bat sie, es recht bald zu tun, und schon am nächsten Tage brachte sie mir eine Abschrift dreier Rechnungen

£s.d.

Drei Monate Wohnung und Pension im
Hause zu zehn *s.* die Woche, macht   6 0 0
Für die Kinderfrau für den Monat und
die Benutzung der Kindbettwäsche 1 1 0 0
Für den Geistlichen bei der Taufe, die
Paten und den Schreiber   1 1 0 0

Summa   £8 2 0 0

Übertrag£8 2 0 0

Für das Abendessen bei der Taufe, wenn
fünf Freunde eingeladen werden   1 0 0
Die Gebühren als Hebamme und die
Besorgungen bei der Kirchspielverwaltung3 3 0
Für das Dienstmädchen0 1 0 0

£13 1 3 0

Dies war die erste Rechnung. Die zweite war geradeso abgefaßt.

£s.d.

Drei Monate Wohnung und Pension im
Hause zu zwanzig *s.* die Woche, macht1 2 0 0
Für die Kinderfrau für den Monat und
die Benutzung der Kindbettwäsche mit
Spitzenzeug usw.   2 1 0 0
Für den Geistlichen bei der Taufe usw.2 0 0
Für das Abendessen, Wein, Konfekt3 3 0
Für die Gebühren usw.   5 5 0
Für das Dienstmädchen   1 0 0

£26 1 8 0

Die dritte Rechnung war noch einen Grad höher, für den Fall, daß der
Vater oder Freunde erschienen.

£ _s._ _d._

Drei Monate Wohnung und Pension im
Hause für zwei Zimmer und ein
Dienstbotengelaß, macht   30 00
Für die Kinderfrau für den Monat und die
allerbeste Garnitur Kindbettwäsche usw.   4 40
Für den Geistlichen usw.   2100
Für das Abendessen   6 00
Für die Gebühren usw.   10100
Für das Dienstmädchen nur   0100
_____

                            £53140

Ich las die drei Rechnungen durch, lächelte und sagte, sie sei in ihren
Anforderungen ja sehr vernünftig, und ich zweifelte nicht, daß alle ihre
Einrichtungen sehr gut seien.

Sie sagte mir, ich würde das ja sehr bald nach dem Augenschein
beurteilen können, worauf ich erwiderte, ich müsse ihr leider gestehen,
daß ich nur für die niedrigste Taxe bei ihr wohnen könne und fürchtete,
deshalb weniger willkommen zu sein.

»Oh nein, durchaus nicht,« erwiderte sie, »denn wo ich eine für die
erste Klasse habe, habe ich zwei für die zweite und vier für die dritte,
und ich verdiene im Verhältnis an diesen ebensoviel, wie an den
anderen. Wenn Sie jedoch irgendwie zweifeln, bei mir gut aufgehoben
zu sein, können Sie ja in der Zeit Bekannte einladen, damit sie
nachsehen, ob Sie auch in allem gut gewartet werden, oder nicht.«

Darauf erklärte sie mir die Einzelheiten der Rechnung. »In der dritten
Klasse, Madam«, sagte sie, »zahlt man also zehn _s._ die Woche für
Wohnung und Pension, und ich darf wohl im voraus behaupten, daß
Sie mit meinem Tisch zufrieden sein werden. Sie leben jetzt gewiß
auch nicht billiger.«

»Nein,« entgegnete ich, »denn ich zahle sechs Schilling die Woche für
mein Zimmer und beköstige mich selbst, was mich natürlich mehr als
vier Schilling kostet.«

»Und dann, Madam,« fuhr sie fort, »wenn das Kind nicht leben sollte,
was ja oft vorkommt, sparen Sie das Geld für den Geistlichen, und
wenn Sie keine Freunde haben, können Sie auch das Taufessen noch
sparen. Wenn Sie also diese beiden Posten noch abziehen, Madam,

kostet Sie Ihre Niederkunft nur 5 £ und 3 Schilling mehr, als Ihr gewöhnlicher Lebensunterhalt.«

Vernünftiger konnte man mir in meiner Lage nicht zusprechen, deshalb lächelte ich wieder und sagte, ich wolle gewiß gern in ihr Haus kommen. Da ich aber noch zwei Monate oder noch länger zu warten habe, wäre es vielleicht nötig, daß ich länger als die drei Monate bei ihr bliebe, und deshalb wolle ich vorher wissen, ob sie mich auch so lange, als es nötig sei, bei sich behalten könne.

Ja, sagte sie, ihr Haus sei groß, und sie veranlasse auch nie jemanden, der bei ihr niedergekommen sei, eher wegzugehen, als es selbst gewünscht werde und wenn sich auch vielleicht einmal ganz besonders viele Damen bei ihr anmelden würden, so sei sie nicht so unbeliebt bei ihren Nachbaren, als daß sie nicht jederzeit den Damen bei diesen Aufnahme verschaffen könne.

Ich fand, daß sie tatsächlich eine außerordentlich brauchbare Frau in ihrem Berufe war und kam also, wie gesagt, mit ihr überein, ihre Pensionärin zu werden. Darauf sprach sie von anderen Dingen, betrachtete meine Wohnung, fand, daß ich nicht genügend bedient und gepflegt würde, und daß ich es in ihrem Hause gewiß besser haben solle.

Ich antwortete, ich sei zu schüchtern, irgend etwas zu verlangen, denn die Wirtin behandele mich so kühl, es komme mir wenigstens so vor, seit ich krank sei und sie mich schwanger wisse, und ich fürchte, sie werde mich noch beleidigen, da ich ihr nur geringe Auskunft über mich habe verschaffen können.

»Ach du lieber Gott«, entgegnete sie, »die Frau Hauswirtin steht solchen Dingen durchaus nicht jo fremd gegenüber. Sie hat selbst schon einmal den Versuch gemacht, Damen in Ihren Umständen bei sich aufzunehmen, doch konnte sie der Kirchspielverwaltung nicht die genügende Sicherheit bieten. Da Sie ja aber nicht mehr lange hier bleiben, so lassen Sie sich erst nicht weiter mit ihr ein, ich werde schon dafür sorgen, daß Ihnen, so lange Sie noch hier sind, ein wenig besser aufgewartet wird – und es soll Sie darum nicht mehr kosten.«

Ich verstand nicht, was sie damit sagen wollte, doch dankte ich ihr einfach und wir trennten uns. Am folgenden Morgen schickte sie mir ein gebackenes warmes Hühnchen und eine Flasche Sherry und hatte dem Mädchen aufgetragen, mir zu sagen, Sie werde nun jeden Tag, solange ich noch da sei, bei mir aufwarten.

Das klang allerdings liebenswürdig, und ich nahm dies Anerbieten gerne an. Am Abend schickte sie noch einmal und ließ fragen, ob ich irgend etwas bedürfe, und sagen, sie werde mir am folgenden Tage das Mittagessen schicken; des Morgens jedoch mußte mir ihr Mädchen erst noch Schokolade kochen. Zu Mittag brachte sie mir dann Kalbsbröschen und eine Schüssel Suppe, und in dieser Weise sorgte sie eine ganze Zeitlang für mich, so daß ich heiter wurde und mich bald ganz erholte, denn meine Krankheit hatte wirklich großenteils ihren Grund nur in meiner Niedergeschlagenheit gehabt.

Ich erwartete, daß das Mädchen, wie es bei solchen Leuten gewöhnlich der Fall ist, sich als irgend ein freches Weibsbild herausstellen werde; ich wollte sie auch zuerst nicht bei mir übernachten lassen und hielt, solange sie da war, die Augen offen, als sei es schon ausgemacht, daß sie stehle. Meine Pflegerin fühlte aber gleich am ersten Tage heraus, was ich befürchtete, und schickte das Mädchen mit einem kleinen Zettelchen zurück, auf dem sie geschrieben, ich könne mich auf die Ehrlichkeit des Mädchens durchaus verlassen, sie übernehme in jeder Weise die Verantwortung für dasselbe; und sie setzte noch in einer Fußnote hinzu, sie verpflichte übrigens nie einen Dienstboten, der ihr nicht eine genügende Sicherheit böte. Ich war nun vollständig beruhigt und bemerkte auch bald, daß das Betragen des Mädchens für sich selbst sprach; wie es sich denn auch später noch als ein solch bescheidenes, ruhiges und nüchternes Mädchen zeigte, wie nur je eins sich in eine Familie vermietet hat.

Sobald ich nun wohl genug war, um ausgehen zu können, ging ich mit dem Mädchen in das Haus, um das Zimmer in Augenschein zu nehmen, in dem ich wohnen sollte. Ich fand dort alles so hübsch und so sauber, daß ich nicht das geringste auszusetzen hatte, und war über Alles zusammen außerordentlich glücklich, denn in Anbetracht der traurigen Umstände, in denen ich mich befand, hätte ich eine solche Fügung ja gar nicht erhoffen dürfen.

Man könnte nun erwarten, daß ich einen Bericht über die verworfenen Handlungen der Frau, in deren Hände ich jetzt gefallen war, geben würde. Es würde jedoch das Laster zu sehr ermutigen, wenn man die Welt sehen ließe, wie leicht man es sich hier machte, um eine Frau von einem heimlich empfangenen Kinde zu befreien. Diese biedere Matrone wußte mehrere Auswege. Einer davon war der, daß sie, wenn ein Kind außer ihrem Hause geboren wurde – sie wurde nämlich auch oft privatim gerufen, – stets Leute in Bereitschaft hatte, die für ein Stück Geld das Kind ihr und der Sorge der Verwaltung abnahmen. Für diese Kinder wurde, wie sie sagte, ehrlich gesorgt. Allerdings konnte ich mir das, in Anbetracht der großen Zahl derer, die meine Pflegerin zu befördern hatte, kaum denken.

Ich sprach sehr oft mit ihr über diese Dinge. Sie verteidigte sich jedoch immer damit, daß sie das Leben manch eines unschuldigen Wurmes rette, das sonst wohl elend umkommen müßte, und vielleicht das Leben mancher Frau dazu, die vom Unglück niedergebrochen sich und ihrem Kinde ein Leid antun würde. Ich mußte zugeben, daß dies wahr sei und ihre Handlungsweise sogar rühmenswert wäre, wenn die Kinder wirklich in gute Hände kämen und nicht von ihren Pflegerinnen gemißbraucht und vernachlässigt würden. Sie antwortete, sie sorge immer dafür und stehe nur mit Kinderfrauen in Verbindung, die ein Herz, so gut wie das einer Mutter, hätten und als verläßlich erprobt seien. Ich konnte ihr darauf nichts erwidern und sagte deshalb nur: »Madam, ich zweifle ja nicht, daß Sie ihre Pflicht tun, es kommt nur darauf an, ob auch diese Leute die ihrige erfüllen ...« Sie schnitt mir jedoch das Wort ab und wiederholte nur noch einmal, daß sie, wie in allem und jedem, so auch in der Auswahl der Kinderfrauen mit äußerster Gewissenhaftigkeit vorgehe.

Das einzige, das mich in all unseren Unterhaltungen über diese und ähnliche Dinge unangenehm berührte, war, daß sie mir einmal, als wir über meinen vorgeschrittenen Zustand sprachen, irgend etwas sagte, das so zu verstehen war, als wolle sie mir auch gerne früher von meiner Bürde loshelfen, wenn ich einverstanden wäre, oder klar heraus: als könne und wolle sie mir etwas eingeben, das eine Frühgeburt herbeiführen würde, so daß dann allen meinen Beschwerden ein schnelles Ende gemacht sei. Ich gab der Frau jedoch gleich zu verstehen, daß bei mir der bloße Gedanke an einen solchen Ausweg schon Abscheu errege. Daraufhin wandte sie die Unterhaltung so geschickt, daß ich hernach nicht einmal sagen konnte, ob sie mir wirklich einen derartigen Vorschlag gemacht, oder ob sie selbst gleich von vornherein eine derartige Handlungsweise als etwas Widerwärtiges hingestellt habe; denn auf jeden Fall erfaßte sie meine Ansicht so schnell und deutete ihre Worte so gut um, daß sie, noch ehe ich mich näher erklären konnte, schon ihrer eigenen Abneigung gegen das, wozu sich andere Hebammen wohl bereit finden lassen mochten, einen schnellen Ausdruck gegeben hatte.

Um kurz zu sein – ich verließ also meine Wohnung in der St. Jones's und zog zu meiner neuen Pflegerin; und ich wurde dort in der Tat mit soviel Höflichkeit und Aufmerksamkeit behandelt und hatte es in allen Dingen so gut, daß ich ganz überrascht war und nicht verstehen konnte, wie die Frau auf ihre Kosten kam. Später erklärte sie mir dann, daß sie an der Beköstigung ihrer Pensionäre allerdings auch nichts verdiene, sondern nur an deren Behandlung, an der Miete und an der Lieferung all der Sachen, die nötig waren, der Wäsche und so fort. Doch kann ich Ihnen versichern, daß das noch immer genug war, denn es ist kaum glaublich, welch große Praxis sie hatte; und zwar nur Privatpraxis, oder gerade heraus gesagt, Praxis bei Huren.

Während meines Aufenthaltes in ihrem Hause, der ungefähr vier Wochen währte, nahm sie nicht weniger als zwölf solcher galanter Damen zur Entbindung bei sich auf und stand wohl ungefähr zweiunddreißig anderen außerhalb des Hauses bei.

Diese Zahlen können zugleich Zeugnis geben von der wachsenden Lasterhaftigkeit der Zeit; und so schlecht ich auch selbst gewesen, so widerten mich die Verhältnisse, in die ich da Blicke tat, doch in tiefster Seele an; der Ort, an dem ich mich befand, und die ganze Art der »Praxis« dort, wurden mir immer unerträglicher, obwohl ich gestehen muß, daß ich in dem Hause selbst nie die geringste Unanständigkeit gesehen habe und auch nicht glaube, daß dort jemals etwas vorkam, was Ärgernis geben konnte: nie kam ein Mann die Treppe herauf, ausgenommen, wenn ein Herr eine der Wöchnerinnen besuchen wollte, und dann kam stets meine Frau mit ihm ins Zimmer, denn sie machte es sich geradezu zur Ehrensache, wie sie sich ausdrückte, daß kein Mann in ihrem Hause eine Frau, die in den Wochen lag, auch nur anrühre, und wenn es seine eigene wäre; als Grund gab sie an, es sei ihr gleich, wie viel Kinder in ihrem Hause geboren würden, doch wolle sie nicht, daß eins dort erzeugt werde.

Sie ging vielleicht sogar ein wenig zu weit, doch war diese Übertreibung von sehr großem Nutzen für sie, denn sie bewahrte sich dadurch ihren Ruf, und man konnte nur von ihr sagen, daß sie, wenn sie sich auch der lasterhaftesten Frauen annahm, doch durchaus nicht deren Werkzeug bei Ausübung des Lasters war oder ihm irgendwie

Vorschub leistete. Dabei war es aber doch ein übles Geschäft, das sie betrieb.

Während ich in ihrem Hause lebte, kurz vor meiner Niederkunft, erhielt ich einen Brief von meinem braven Spießbürger, der voller Verbindlichkeiten war und in dem er mich dringend bat, doch bald nach London zurückzukehren; der Brief war fast vierzehn Tage alt, als er mich erreichte, denn er war nach Lancashire adressiert und mir von dort zugesandt worden; er enthielt zum Schluß die Nachricht, das er ein obsiegendes Urteil gegen seine Frau erstritten habe, und daß er bereit sei, die Versprechungen, die er mir gemacht, nunmehr einzulösen, wenn sich nicht inzwischen meine Gefühle gegen ihn geändert hätten – was er aber nicht hoffe. Dann folgten sehr viele Beteuerungen seiner eigenen Zuneigung, die er gewiß nicht gemacht hätte, wenn er gewußt, in welchen Umständen ich mich befand, und wie ich seine Liebe und Treue so gar nicht verdiente.

Ich beantwortete diesen Brief sofort, datirte mein Schreiben Liverpool und schickte es durch einen verläßlichen Boten in sein Haus, dem Boten war eingeschärft, zu sagen, das Schreiben sei mit anderen an einen meiner Bekannten nach London gekommen. Ich gab in diesem Schreiben meiner Freude über die glückliche Wendung Ausdruck, die sein Scheidungsprozeß genommen, tat aber, als habe ich Zweifel an der Rechtmäßigkeit einer neuen Heirat und schloß damit, ich setzte voraus, er werde sich einen solchen Plan reiflich überlegen; derselbe sei zu wichtig und bleibe zu folgenschwer, als daß ein vernünftiger Mann an seine Ausführung gehen könne, ohne vorher alle Gründe für und wider gründlichst abgewogen zu haben. Dann meinte ich noch, daß ich ihm, was er auch immer beginnen werde, das Beste wünsche, davon könne er überzeugt sein. So ließ ich ihn in meine wahren Gedanken nicht hineinsehen und antwortete auch gar nicht auf seinen Vorschlag, nach London zurückzukehren, sondern drückte bloß oberflächlich die Absicht aus, gegen Ende des Jahres wiederzukommen. Wir befanden uns damals im April, und Mitte Mai kam ich dann nieder: ich wurde wieder von einem kräftigen Knaben entbunden und befand mich den Umständen nach sehr wohl; meine Pflegerin erfüllte ihre Aufgabe als Hebamme mit der größten Kunst und Geschicklichkeit und unvergleichlich viel besser, als ich je vorher es für möglich gehalten und selbst erfahren hatte.

Ihre Fürsorge während der Wehen und später während des Wochenbettes für mich war derartig, daß ich bei meiner eigenen Mutter nicht besser aufgehoben gewesen wäre. Es möge sich jedoch niemand durch die Geschicklichkeit dieser Frau in seinem losen Lebenswandel ermutigen lassen, denn sie ist längst dahingegangen, und ich glaube, sie hat nichts hinterlassen, was ihr in's Jenseits nachkommen kann.

Etwa zwanzig Tage nach meiner Niederkunft empfing ich wieder einen Brief von meinem braven Spießbürger mit dem Bescheid, daß er tatsächlich ein endgültiges Scheidungsurteil gegen seine Frau erstritten habe, und all meinen Bedenken betreffs seiner Wiederverheiratung könne er nun mit einer Antwort begegnen, die ich gewiß nicht erwarte, und die er mir auch nicht gerade mit Freuden geben könne: seine Gattin habe sich nämlich, als sie die Nachricht von dem Gerichtsbeschluß erhalten, wohl von Gewissensbissen ergriffen, noch am selben Abend eigenhändig umgebracht.

Er sprach nun in Ausdrücken, die ihn sehr ehrten, von seinem Anteil an ihrem Unglücke, reinigte sich jedoch von jedem etwaigen Vorwurf, dasselbe mit verschuldet zu haben. Er betonte, daß er sich nur sein Recht und Gerechtigkeit verschafft habe, weil er vorher schwer gekränkt und in seiner Güte mißbraucht worden sei. Nichtsdestoweniger bedaure, ja betraure er das jetzt Vorgefallene ... und er habe keine Hoffnung, je auf dieser Erde noch einmal glücklich zu werden, wenn nicht ich ihm das Glück gebe, wenn nicht ich zu ihm komme und ihm in seiner Einsamkeit Trost und Stütze werde. Dann bat er auf das Inständigste, ihm doch wenigstens einige Hoffnung zu geben, zum mindesten nach London zurückzukehren, damit er mich sehen und mit mir über unsere Verheiratung sprechen könne.

Diese Nachricht überraschte mich allerdings. Und ich begann sofort über die Verhältnisse, wie sie nun lagen, ernsthaft nachzudenken, vor allem mir klar zu machen, daß ich jetzt auch noch für ein Kind zu sorgen hatte. Ich wußte nicht – wohin mir ihm? Schließlich entschloß ich mich, meine Sorgen meiner Pflegerin anzuvertrauen, wenn auch mit Vorsicht. Ich wurde ein paar Tage lang sehr traurig, sie bemerkte es sofort und drang nun in mich, ihr doch meinen Kummer mitzuteilen. Nachdem ich ihr so oft erzählt, daß ich schon einen Gatten hatte, konnte ich ihr nicht gut sagen, daß man mir einen Heiratsantrag gemacht und daß dieser mich in meine Not und Ratlosigkeit gebracht. So gestand ich ihr dann zunächst einmal, daß ich allerdings an einem

Kummer litte, daß er aber von einer solchen Art sei, daß ich mit keinem lebenden Wesen über ihn reden könne. Sie aber ließ sich nicht zurückweisen, sondern drang immer mehr in mich, während ich umgekehrt regelmäßig antwortete und dabei blieb, ich könne mein Geheimnis niemandem verraten. Das ging so mehrere Tage hindurch. Und immer wieder kam sie – ganz wie ich wollte – und versicherte mir, daß man ihr schon die größten und schwersten Geheimnisse anvertraut habe, daß ihr Geschäft das mit sich bringe, ebenso wie ihr Geschäft es verlange, daß sie zu niemandem von diesen Geheimnissen sprach: ja, es würde sie ihre ganze Existenz kosten, wenn sie je etwas verriet. Und sie fragte mich auch, ob ich sie je von den Angelegenheiten anderer Leute hätte schwatzen hören? Ja, sie beklagte sich geradezu, wie ich nur überhaupt dergleichen von ihr annehmen könne! Wenn ich mich ihr anvertraute, sei es so gut, als hätte ich mich niemandem anvertraut; und vor allem, davon dürfe ich überzeugt sein: es müsse schon eine sonderbare Angelegenheit sein, wenn sie mir in derselben nicht helfen könne! Wenn ich jedoch weiter schweige, so beraubte ich mich selbst der Möglichkeit, daß mir geholfen werde und nähme ihr die Gelegenheit, mir zu helfen. Kurz, sie wandte eine solch überzeugende Beredsamkeit und eine derartige Kraft der Überzeugung auf, daß es ganz unmöglich und auch töricht gewesen wäre, ihr auf die Dauer meine Sorgen zu verbergen.

So beschloß ich denn also, ihr mein Herz auszuschütten und erzählte ihr von meiner Heirat in Lancashire, und wie wir beide dabei betrogen worden seien, wie wir wieder zusammengekommen, und wie wir uns zum Schluß doch getrennt hätten; wie mein Gatte mich frei gegeben und mir gestattet habe, mich wieder zu verheiraten, indem er mir beteuerte, er werde nie wieder Anspruch auf mich machen, noch mich je in einer neuen Verbindung stören ... Ich halte mich denn auch selbst für frei, habe aber trotzdem eine schreckliche Angst, eine neue Verbindung einzugehen – aus Furcht vor einer Entdeckung.

Dann erzählte ich ihr, welch gutes Anerbieten mir gemacht worden, zeigte ihr, nachdem ich die Unterschrift ausradiert, den Brief meines Freundes, indem er seiner Zuneigung so lebhaften Ausdruck verliehen und mich nach London eingeladen hatte. Von seiner Frau sagte ich ihr bloß, daß sie tot sei.

Sie lachte über meine Bedenken und meinte: ich sei in Lancashire ja gar keine Heirat eingegangen, das sei ja nichts als ein gegenseitiger

Betrug gewesen; und da wir mit gemeinsamem Einverständnis wieder auseinander gegangen wären, habe das den Heiratskontrakt durchaus aufgehoben und uns jeder weiteren Verpflichtung zu einander entbunden. O, der Mund ging ihr über von einer ganzen Menge von Gründen und Beweisen, die sie vorbrachte, und sie schwätzte mich ordentlich um mein ganzes eigenes Urteil – wobei ihr meine Wünsche allerdings nur zu gerne behülflich waren.

»Die einzige wirkliche Schwierigkeit«, sagte sie, »bildet das Kind. Das muß unbedingt entfernt werden, und zwar so, daß es niemandem möglich ist, je auf die Vermutung zu kommen, daß es überhaupt da ist!«

Ich wußte selbst zu gut: die Heirat hing davon ab, daß mein braver Spießbürger mich arg- und ahnungslos nahm. Brachte ich ihm das Kind, so mußte dessen Alter sofort verraten, daß es geboren worden sei in der Zeit, in der ich ihn schon kannte – und damit wäre jede weitere Beziehung zwischen mir und ihm unmöglich geworden.

Anderseits schnitt der Gedanke, mich auf immer von dem eben Geborenen trennen zu müssen, mir so ins Herz, daß ich glaube, der Gedanke, es umzubringen, es etwa künstlich verhungern zu lassen, wäre mir nicht schrecklicher gewesen. Und im Grunde bedeutete beides ja wohl auch dasselbe. Ich wünschte deshalb, alle Frauen, die sich ihrer Kinder freiwillig entledigen, sie möchten sich klar darüber werden, daß dies fast immer nur eine langsamere und sichere Art von Mord bedeutet, eine bequemere und ungefährlichere.

Jeder Mensch, der nur etwas von kleinen Kindern versteht, weiß, daß sie vollkommen hilflos in diese Welt geboren werden, daß sie nicht fähig sind, ihre Bedürfnisse zu stillen, ja noch nicht einmal, sie deutlich zu machen. Ohne die Hilfe von Erwachsenen müssen sie elend umkommen. Diese Hilfe nun erfordert nicht nur eine gütige, zärtliche Hand, sondern mit der Liebe müssen sich noch Sorgfalt und Geschicklichkeit vereinen – sonst würde wohl die Hälfte aller Kleinen sterben, auch dann, wenn man es nicht gerade an Nahrung fehlen ließe, und von der Hälfte derer, die am Leben erhalten blieben, dürfte wieder die Hälfte zu verkrüppelten oder schwachsinnigen Menschen werden. Deshalb legte auch ohne Zweifel die umsichtige Natur die Liebe in das Herz der Mütter: nicht anders wäre es möglich, daß sie sich ganz selbst vergessen und all die Mühen der stündlichen Verrichtungen und der Nachtwachen auf sich nehmen könnten, die ein Kleines erfordert.

Ja, Liebe, Sorgfalt und Geschicklichkeit sind nun einmal nötig, um ein Kind, nachdem es geboren ist, bei lebendigem Leibe und gesund zu erhalten. Und deshalb heißt es einfach, das Kind morden, wenn man die Liebe verleugnet und Sorgfalt und Geschicklichkeit außer Acht läßt, indem man das Kind fremden Leuten zur Aufziehung gibt, die die Liebe nicht wohl haben können und deshalb auch die Wartung nicht so zu besorgen vermögen, wie es notwendig ist. Werden doch nicht selten sogar Kinder geradezu in der Absicht fortgegeben, ihr Leben durch schlechte Pflege zu gefährden! Und ob es nun stirbt oder nicht, es ist und bleibt ein beabsichtigter Mord.

Alles dies bewegte mich, und ich muß gestehen, es erregte mich sehr. Da ich aber mit meiner Pflegerin – die ich »Mutter« zu nennen mich gewohnt hatte – offen reden konnte, sagte ich ihr, was für dunkle Gedanken mich quälten, und gab ihr zu verstehen, welchen Kummer mir meine Lage bereite.

Sie schien dieselbe denn auch ernst zu nehmen, viel ernster als meine Bedenken wegen der Heirat. Da sie jedoch in solchen Verhältnissen schon sehr erfahren war und ihre Erfahrungen sie im Laufe der Zeit hart gemacht haben mochten, war sie weicheren Regungen nicht zugänglich und mochte die mütterliche Zuneigung zu den Kindern nicht als die einzige gelten lassen. Sie fragte mich, ob sie denn während meines Wochenbettes nicht genau so liebevoll und zärtlich zu mir gewesen sei, wie eine wirkliche Mutter, und ob ich es nicht gehabt habe, wie ihre richtige Tochter?

Ich konnte ihr die Frage nur bejahen.

»Nun denn, meine Liebe« fragte sie weiter, »was sind Sie mir, wenn Sie wieder von mir fortgehen? Was könnte es mich kümmern, wenn es Ihnen dann im Leben so schlecht erginge, wie es einem Menschen nur ergehen kann? Wenn Sie meinetwegen am Galgen endeten? Glauben Sie denn nicht, daß es Frauen gibt, die, bloß weil es ihr Geschäft ist und weil sie ihr Brod damit verdienen, sich eine Ehre daraus machen, alle, welche zu ihnen in Pflege kommen, so liebevoll und aufmerksam zu behandeln, wie es die eigene Mutter nur immer konnte? Ja ja, mein Kind,« fuhr sie fort »hab' mir nur keine Angst, wir werden schon sehen! Übrigens – wie wurden wir denn aufgezogen? Bist du denn sicher, ob du von deiner eigenen Mutter gepflegt worden? Und dennoch siehst du schön und blühend aus!« Bei diesen Worten streichelte sie mir über das Gesicht. »Mach dir also gar keine Sorgen.

Ich stehe mit keinen Gesindel, nicht mit Dieben und Mördern in Verbindung; nein, die allerbesten Kinderfrauen weiß ich, die es nur gibt, und nicht mehr Kleine sterben unter ihren Händen, wie unter den Händen der Mütter auch; zudem hat ihnen die jahrelange Übung einen Blick und eine Geschicklichkeit gegeben, die den Müttern notwendig abgehen.« Die Frau hatte mich, wie Sie sich denken können, ins Innerste getroffen, als sie mich fragte, ob ich denn auch sicher sei, als Kind einst von meiner eigenen Mutter gepflegt worden zu sein. Ich wußte ja nur zu genau, wie das ganz und gar nicht der Fall gewesen; und so wurde ich denn blaß und zitterte ... Diese Frau kann doch keine Hexe sein, fragte ich mich, sie kann doch nicht mit Geistern in Verbindung stehen, die ihr verraten, wer ich bin, wo ich damals gewesen, als ich selbst noch zu jung war, um es heute recht zu wissen? Und ich blickte sie ganz erschrocken an. Dann aber sagte ich mir, daß es ja ganz unmöglich sei und töricht, anzunehmen, sie wüßte mehr von mir, als ich selbst ihr erzählt. Das beruhigte mich dann, und meine Aufregung legte sich.

Doch hatte die Frau sie wohl bemerkt, nur verstand sie den Grund natürlich nicht oder nahm einen andern an.

Und so fuhr sie denn fort, mir klar zu machen, wie durchaus unberechtigt meine Annahme sei, daß Kinder, die nicht von der eigenen Mutter aufgezogen würden, nun unter allen Umständen schlecht aufgezogen werden müßten oder gar gleich Mördern ins Gewerbe gerieten. Und immer wieder und wieder betonte sie, es sei die Möglichkeit vorhanden, daß überhaupt gar kein Unterschied wäre zwischen der Pflege durch eine wirkliche Mutter und der durch eine Kinderfrau.

»Es mag wahr sein, liebe Mutter«, sagte ich dann, »aber trotzdem glaube ich, daß auch an meinen Bedenken Wahres ist.«

»Nun, so laß hören!«

»Sieh,« sagte ich, »man zahlt doch Leuten Geld dafür, daß sie Eltern ein Kind abnehmen und, so lange es lebt, für das Kind sorgen. Nun sind's aber doch immer arme Leute, denn andere geben sich wohl mit so was nicht ab; sie verdienen also an dem Geld noch mehr, wenn sie es nicht auf das Kind zu verwenden brauchen; und stirbt es, so haben sie den größten Vorteil davon; kann man da überhaupt noch zweifeln, daß sie nicht allzu besorgt sein werden, das Kind bei Leben und Wohlsein zu erhalten?«

»Ach was! das denkst du dir so!« versetzte sie darauf. »Vergiß doch nicht, daß erstens ihr Ansehen und zweitens ihr Geschäft davon abhängt, daß sie in den Ruf kommen und in ihm bleiben, die Kinder hätten es bei ihnen gut. Schon deshalb allein werden sie die Kinder so pflegen, wie eine Mutter auch!«

»Ach«, entgegnete ich, »wenn ich nur die Gewißheit hätte, daß mein Kleines es nicht schlecht bekäme ... Wie wäre ich glücklich! Aber ich weiß, ich würde keine Ruhe haben und mich jeden Augenblick überzeugen müssen, daß das süße Ding es auch gut hat, und das kann ich nun wieder nicht, denn dann würde ja alles herauskommen!«

»Das ist mir eine schöne Geschichte: du möchtest das Kind immer sehen und möchtest es wieder nicht sehen, du möchtest es verbergen und es doch zugleich immer wieder aufsuchen! Aber beides zusammen geht nun einmal nicht, meine Liebe, und so bleibt also wohl nichts anderes übrig, als daß du tust, wie ja wohl allzu gewissenhafte Mütter vor dir auch getan haben, daß du dich zufrieden mit den Dingen gibst, wie sie nun einmal liegen, da sie nicht sein können, wie du wünschest, daß sie wären.«

Ich verstand wohl, daß sie mit den allzu gewissenhaften Müttern allzu gewissenhafte Dirnen meinte. Doch wollte sie mir damit nichts zur Kränkung sagen. Auch war ich ja jetzt gar keine Dirne, sondern mit meinem letzten Geliebten rechtmäßig verheiratet, wenigstens wenn man von meinen früheren und immer noch gültigen Ehen absah. Doch wie dem nun auch sein mochte – auf jeden Fall waren meine Gefühle nicht roh und verrottet, wie die einer Dirne, ich war nicht unnatürlich genug und hatte zu viel Herz, um nicht über das Wohl und Wehe meines Kleinen wachen zu wollen; ja, meine Liebe zu ihm war so groß, daß ich beinahe schon meinem braven Spieszbürger eine ablehnende Antwort geschickt hätte ... trotzdem er so inständig drängte, ich solle nach London zurückkehren und ihn heiraten, daß ich gar nicht gewußt hätte, wie ich meine Abweisung begründen sollte.

Aber meine Pflegerin wußte mich richtig zu behandeln und aufernünftigere Gedanken zu bringen. »Komm!« rief sie aus, »komm, meine Liebe, ich habe einen Ausweg gefunden! Du wirst dir Sicherheit schaffen können, daß man das Kind gut behandelt und die Leute, die es für dich pflegen sollen, werden noch nicht einmal wissen, daß du seine Mutter bist!«

»Ach!« rief ich darauf aus, »wenn du das tun könntest, würde ich dir zu ewigem Dank verpflichtet sein!«

»Würdest du dich denn zu einem kleinen jährlichen Betrag verstehen, zu etwas mehr, als man den Leuten gewöhnlich gibt?«

»Aber natürlich! Wenn nur niemand weiß, daß ich die Mutter bin —«

»Darüber kannst du ganz vollständig beruhigt sein. Die Pflegefrau wird nicht wagen, das sag ich dir, je nachzuforschen, wer du bist. Und du kannst ein-, zweimal das Jahr mit mir das Kind heimlich besuchen und dich überzeugen, daß es ihm gut geht, ohne daß, wie gesagt, jemand erfährt, wer du bist.«

»Aber glaubst du denn, ich könnte, wenn ich mein Kleines nun wieder sehe, verbergen, daß ich die Mutter bin? Hältst du das überhaupt für möglich? Und daß die Kinderfrau nichts merken sollte?«

»Nun, wenn du es nicht kannst, so wird die Kinderfrau darum noch nicht klüger sein. Ich werde ihr zu verstehen geben, daß sie überhaupt nichts zu merken hat, geschweige denn, zu reden, wofern sie nicht das Geld, das du ihr jährlich zahlst, verlieren will ... Wir würden dann eben einfach das Kind einer anderen Kinderfrau übergeben.«

Dieser Vorschlag gefiel mir nun sehr gut; und es kam auch schon gleich in der nächsten Woche eine Bauersfrau aus der Gegend von Hertford an, die das Kind für den Preis von zehn Pfund nehmen wollte. Für fünf weitere Pfund jährlich verpflichtete sie sich, das Kind, so oft wir wünschten, in das Haus meiner Pflegerin zu bringen. Auch sagten wir, daß wir sie selbst bisweilen aufsuchen würden, um uns an Ort und Stelle zu überzeugen, ob sie mein Kleines auch wirklich gut behandele. Die Frau war ein großes, starkknochiges und gesund aussehendes Geschöpf. Sie trug saubere Kleider und gutes Leinenzeug, so daß sie keinen schlechten Eindruck auf mich machte.

Mit schwerem Herzen und heftig weinend übergab ich ihr also mein Kind.

Vorher war ich selbst noch in Hertford bei ihr gewesen und hatte mir ihre Wohnung genau angesehen, die den guten Eindruck, den das Äußere der Frau gemacht, nur bestätigen konnte.

Ich gab ihr also das Kind und versprach ihr gar mancherlei, wenn es sich zeigen würde, daß sie wirklich gut zu ihm sei.

Die Frau merkte natürlich sofort heraus, daß ich die Mutter war; doch sagte ich mir, daß das ja schließlich nichts schaden könne, im Gegenteil. Außerdem wohnte sie so weit ab und hatte so gar keine

Gelegenheit, sich nach mir zu erkundigen, daß ich mich noch immer für sicher genug halten konnte.

So zahlte ich ihr denn die zehn Pfund, oder vielmehr, ich ließ sie ihr durch meine Pflegerin und vor meinen Augen geben. Die Frau verpflichtete sich dagegen, mir das Kind nie wiederzubringen ... Ja, sie sagte sogar, sie wollte gerne auf die jährliche Zahlung der fünf Pfund verzichten – so lieb habe sie das Kind jetzt schon gewonnen.

Ich aber sagte, ich würde ihr, wenn es sich herausgestellt hätte, daß das Kind gut bei ihr aufgehoben sei, jedesmal, wenn ich zu Besuch vorspräche, eine Summe als Vergütung geben. Verpflichtet war ich also dazu nicht mehr, immerhin versprach ich's.

Damit war ich meine große Sorge los. Und wenn mein Herz auch nicht zufrieden war, als die Frau mit meinem Kinde davon ging, so hatte ich doch den einzigen möglichen Ausweg gefunden.

Siebzehntes Kapitel.

Meinem braven Spießbürger schrieb ich jetzt liebenswürdigere Briefe. Und in den ersten Tagen des Juli teilte ich ihm mit, daß ich in den ersten Tagen des August wieder in London sein werde.

Er antwortete mir mit den erfreutesten Worten und ergebensten Beteuerungen und bat mich, ihm nur ja genau und zeitig den Tag anzugeben, damit er mir ein paar Tagereisen entgegen fahren könne.

Dies Anerbieten kam mir natürlich gar nicht recht, und ich war in einiger Verlegenheit, was ich antworten sollte. Einmal wollte ich wahrhaftig schon nach West-Chester reisen, nur um meinem braven Spießbürger Gelegenheit zu geben, mich in der Postkutsche ankommen zu sehen; denn der Gedanke setzte sich allmählich in mir fest, obwohl auch nicht ein einziger Grund dazu vorlag, mein zukünftiger Gatte habe Verdacht geschöpft und glaube selbst nicht mehr, daß ich fern von London sei. Es war vergeblich, gegen diesen Wahn anzuwollen, ich konnte und konnte, so sehr ich mir auch Mühe gab und mich zu vernünftiger Überlegung zu zwingen suchte, die Befürchtung nicht los werden; und schließlich entschloß ich mich denn, wenn auch nicht gerade bis nach West-Chester, so doch auf jeden Fall nach irgend einem Ort, der vor London lag, zu reisen. Hinzu kam die schon etwas vernünftigere Erwägung, daß ich mich ja auf diese

Weise auch der Beobachtung entziehen konnte, der ich unter Umständen durch meine Pflegerin ausgesetzt war, und überhaupt jede Spur verwischte, die zu dem Hause zurückführte, in dem ich die letzten Monate gewesen, und zu dem, was dort mit mir und um mich her geschehen war; ich hatte zudem meine Pflegerin darüber im Unklaren gelassen, ob mein neuer Liebhaber und zukünftiger Gatte in London oder in Lancashire wohnte; und als ich ihr jetzt meinen Entschluß mitteilte, zeigte es sich, daß sie stillschweigend der Ansicht war, er sei in Lancashire.

Als ich meine Reisevorkehrungen beendet, gab ich dem Mädchen, das mich von Anfang an bedient hatte, den Auftrag, mir einen Platz in der Post zu sichern. Und als ich dann Abschied nahm, meinte meine Pflegerin von selbst – was mich nicht wenig beruhigte –, daß es wohl unnötig sei, Maßnahmen für die Korrespondenz zu treffen oder ihr meine Adresse zu hinterlassen, schon allein meine Zuneigung zu dem Kinde würde mich veranlassen, ihr bald zu schreiben und sie auch zu besuchen, wenn ich wieder nach London zurückkehren sollte. Ich versicherte ihr, daß ich beides selbstverständlich tun werde, reichte ihr nochmals die Hand und war sehr froh, endlich das Haus verlassen zu können – wie gut und bequem ich's da auch gehabt hatte.

Ich nahm den Platz in der Post nicht bis zur Endstation, sondern nur bis zu den Ortschaften Stone und Cheshire, dort kannte ich niemanden, und niemand würde mich dort kennen. Daß ich ein paar Tage in Einsamkeit würde zubringen müssen, machte mir nichts aus; ich wußte, daß man's sich überall heimisch machen kann, wenn man nur Geld in der Tasche hat; weshalb ich mir denn auch die Ortschaften Stone und Cheshire nicht langweilig werden ließ.

Übrigens bot sich schon am dritten Tage eine Gelegenheit, mit einer anderen Postkutsche nach London zurückzufahren; und so benutzte ich sie denn und ließ vorher an meinen braven Spießbürger einen Brief abgehen, in dem ich ihm mitteilte, daß ich an einem bestimmten Tage in Stratfort sein würde, einem Ort, noch näher bei London, von dem mir der Postillon gesprochen hatte, der dort wohnte. Dieser Brief ging selbstverständlich nicht mit derselben Post, die ich benutzte, ich gab ihn vielmehr einigen Herren mit, die sich mit eigens für sich gemietetem Gefährt auf der Rückreise von Irland nach London befanden, und mit denen ich in dem Gasthause, in dem ich Wohnung genommen, einige sehr vergnügte Stunden verbracht hatte. Da sie sich nicht an bestimmte Zeiten und Haltestellen zu binden brauchten, waren sie sehr schnell in London, so früh, daß mein braver Spießbürger mir über einen Tag entgegen kommen konnte, was sonst natürlich nicht möglich gewesen. Trotzdem kam mein Brief wohl zu spät in seine Hände, so daß er Stratfort nicht mehr zeitig genug erreichen konnte, sondern meine Post erst am nächsten Morgen in Brickhill traf.

Ich gestehe, daß ich sehr froh war, als ich ihn dort erblickte; zumal mich die ganze Nacht, wie auch die Tage vorher, das Gefühl gequält hatte, unser Wiedersehen werde eine arge Enttäuschung für mich sein, da mein Spießbürger doch ein so richtiger Spießbürger war und so gar nichts von all dem hatte, was ich an meinem letzten Mann so geliebt. Aber siehe da, mein nächster kam gar prächtig an, in einer schönen Privatkutsche, die mit vier Pferden bespannt war, und einen Diener führte er auch mit sich.

Er half mir aus der Postkutsche, die vor dem Wirtshaus in Brickhill hielt, wo wir einen kurzen Aufenthalt haben sollten. Dann führte er mich in das Gastzimmer dieses Wirtshauses, ließ Wagen und Pferde einstellen und gab für uns ein reiches Mahl in Auftrag.

Ich fragte ihn, was er denn vorhabe; denn ich gedachte gleich wieder weiter zu reisen.

Er aber meinte, ein wenig Ruhe würde mir gut tun, das Wirtshaus wäre als trefflich bekannt; und wenn die Stadt auch nur klein sei, so könnten wir doch sehr wohl einen Tag in ihr verweilen.

Ich drängte ihn nicht, mir den Willen zu tun und möglichst bald nach London zu kommen. Denn da er sich den weiten Weg gemacht, um mich zu treffen und es sich auch ein hübsches Stück Geld hatte kosten lassen, glaubte ich, ihm zu Gefallen sein zu müssen.

Nachdem wir gespeist, machten wir einen Spaziergang durch die Stadt, nahmen die Kirche in Augenschein und warfen von einem erhöhten Platz aus auch einen Blick in die Umgegend, über die Felder und Wälder. Unser Wirt begleitete uns dabei, und ich hörte, wie mein Begleiter ihn einmal nach dem Pfarrer des Ortes fragte.

»Aha«, dachte ich mir, »er wird mir also wohl einen endgültigen Antrag machen. Nun, so werde ich ihn nicht abweisen, denn meine Verhältnisse sind wahrhaftig nicht so, daß ich ohne Leichtsinn Nein sagen könnte, und zu weiteren Abenteuern habe ich vorläufig keine Lust.«

Gerade in dem Augenblick, als mir der letztere Gedanke durch den Kopf ging, hörte ich, wie der Wirt sagte: »Wenn Sie ihn nötig haben sollten –« Was dann kam, verstand ich nicht, doch der Sinn mochte wohl sein: »so werde ich alles übrige veranlassen können.« Mein Spießbürger antwortete denn auch, und zwar so laut, daß ich es hören konnte: »Danke, es wäre schon möglich, daß ich Ihre Freundlichkeit in Anspruch nehme.«

Bald darauf war unser Rundgang beendet: wir kehrten in das Wirtshaus zurück; und in einem der beiden Zimmer, die er für uns genommen – als wir nun allein miteinander waren – begann er mit einem Ton in der Stimme, der fast leidenschaftlich heftig war, auf mich einzureden: Er habe endlich das Glück gehabt, mit mir wieder zusammen zu treffen. Alles sei inzwischen zu unser beider Zukunft günstig gewendet. Für ihn, und er hoffe, auch für mich, werde es eine glückliche Zukunft sein, wenn ich ihm jetzt gestatte, zu einem Ende zu kommen ...

»Wie meinen Sie das?« fragte ich und errötete ein wenig. »Wie können Sie hier auf der Reise, in einem fremden Wirtshaus so sprechen?«

»Ich bin bloß zu dem Zweck hierhin gekommen, um so zu sprechen,« antwortete er, »und ich will Ihnen zeigen, daß es mir ernst ist.«

Mit diesen Worten zog er einen dicken Packen Papier aus der Rocktasche.

»Sie – erschrecken mich,« rief ich aus, »was hat das zu bedeuten?«

»Erschrick nicht – Liebste!« antwortete er und küßte mich.

Es war das erstemal, daß er mich »Liebste« nannte und daß er mich zu küssen wagte.

Dann wiederholte er: »Nein, erschrick nicht, du sollst die Papiere alle sehen.«

Und er zeigte sie mir.

Zuerst war es das Scheidungsurteil von seiner Frau und die Beweisstücke für ihren liederlichen Lebenswandel. Dann folgten die Urkunden der Geistlichen und der Kirchenväter des Kirchspiels, in dem sie zuletzt gelebt, welche bezeugten, daß die Frau begraben sei und über die Art und Weise ihres Todes Angaben machten; dann folgte die Abschrift des Leichenbeschauerberichtes. Kurz, mein braver Spießbürger hatte alle die Papiere beigebracht, die nötig waren, um mir nur ja jeden Zweifel zu benehmen, obschon ich gar nicht so bedenklich war und ihn auch ohne all diese ausdrücklichen Bescheinigungen genommen haben würde. Ich las sie jedoch anscheinend mit größter

Aufmerksamkeit durch, sagte ihm, das sei ja nun alles recht klar, doch sei es wohl nicht nötig gewesen, all diese Urkunden schon jetzt mitzubringen. Es sei noch immer Zeit dazu.

Er antwortete mir darauf nur, für mich möge es wohl noch immer Zeit genug sein; für ihn sei aber der heutige Tag schon spät genug. Und er rollte noch einige andere Papiere auf.

Ich fragte ihn, was diese zu bedeuten hätten?

»Sie beziehen sich« sagte er, »auf die Frage, die ich dir stellen wollte.« Bei diesen Worten zog er ein kleines Lederetui hervor und reichte mir einen schönen Diamantring aus demselben. Ich konnte ihn nicht zurückweisen, selbst wenn ich es gewollt hätte, was aber natürlich durchaus nicht der Fall war, und so steckte ich ihn denn an meinen Finger, sagte aber nichts, sondern verneigte mich nur dankend.

Dann nahm er einen anderen Ring und sagte: »Dieser hier ist für eine andere Gelegenheit, und steckte ihn wieder in die Tasche. Lassen Sie ihn mich doch aber wenigstens betrachten,« sagte ich und lächelte. »Ich errate wohl, was für ein Ring es ist, aber ich glaube, Sie sind ein bißchen töricht.«

»Ich wäre töricht gewesen, hätte ich nicht an ihn gedacht« entgegnete er, zeigte mir ihn aber nicht.

Da ich ihn jedoch zu gerne gesehen hätte, sagte ich noch einmal: »Sie müssen mich ihn sehen lassen!«

»So lesen Sie dies hier durch,« sagte er und nahm eine der Papierrollen auf, wollte sie mir erst reichen, las sie dann aber selbst vor: es war die Heiratslizenz für uns.

»Oho« rief ich lachend, »sind Sie so sicher, daß ich jetzt Ihrer Werbung sofort nachgeben werde?«

»Gewiß werden Sie,« entgegnete er.

»Sie könnten sich aber gewaltig irren,« meinte ich.

»O nein«, rief er, »Sie dürfen ... nein, Sie dürfen mich nicht abweisen« und damit fiel er mir auch schon wieder um den Hals und küßte mich so heftig, daß ich mich seiner nicht erwehren konnte.

Es stand aber ein Bett in dem Zimmer und wir gingen alsbald in eifrigem Gespräche in dem Raume auf und ab. Dabei faßte er mich einmal unversehens in seine Arme, warf sich mit mir auf das Bett und hielt mich dort fest in seinen Armen gepreßt, ohne jedoch auch nur die geringste Unanständigkeit zu versuchen. Dann bat er mich – immer auf dem Bett – weiter inständigst, ihm doch endlich mein Jawort zu geben, beteuerte wieder und wieder seine Zuneigung und schwor, er wolle mich nicht eher aufstehen lassen, bis ich mich ihm versprochen hätte, so daß mir endlich nichts anderes übrig blieb, als zu sagen: »Ich glaube, Sie sind wirklich fest entschlossen, sich nicht abweisen zu lassen.«

»Nein,« sagte er, »Sie dürfen mich aber auch nicht abweisen, Sie werden es nicht, Sie können es nicht.«

»Nun ja denn,« sagte ich und gab ihm einen leichten Kuß, »so werde ich Sie auch nicht abweisen. Aber nun lassen Sie mich aufstehen!«

Er war so entzückt über meine Zustimmung und die Art und Weise, in der ich sie ihm gegeben, daß ich zuerst glaubte, er halte uns schon jetzt für verheiratet und wolle nicht lange auf Erfüllung der Form warten; doch tat ich ihm Unrecht, denn er nahm mich wirklich bei der Hand, half mir aufstehen, gab mir noch zwei oder drei Küsse, dankte mir, daß ich ihm so liebenswürdig nachgegeben, und war dabei so freudig bewegt, daß ich Tränen in seinen Augen sah.

Ich mußte mich wegwenden, denn auch meine Augen füllten sich bei diesem Anblick mit richtigen Tränen, und ich bat ihn, er möge gestatten, daß ich mich einen Augenblick in das andere Zimmer, das meines war, zurückziehe. Und wenn ich jemals eine Reue über ein vierundzwanzigjähriges Leben voll Schande verspürt, dann war es damals und dort: Ach, – so empfand ich – welch ein Glück für die Menschen, daß wir einander nicht bis ins Herz sehen können! Und wie glücklich wäre ich gewesen, hätte ich von Anfang an die Gattin eines solch' schlichten, ehrlichen, liebevollen Mannes sein dürfen!

Darauf kam mir recht zum Bewußtsein, welch abscheuliches Geschöpf ich immer gewesen und wie schlecht, daß ich diesen Mann da betrügen gekonnt! wie denkt er so gar nicht, empfand ich voll Mitleid für ihn, daß er, nachdem er sich von der einen Dirne geschieden, sich nur einer anderen in die Arme wirft ... Daß er ein Unwesen heiratet, eine, die damit anfing, daß sie bei zwei Brüdern nacheinander schlief, und die von ihrem eigenen leibhaftigen Bruder zwei Kinder bekam! Daß er eine Verworfene in sein Haus führt, die schon in Newgate geboren ward, die eine Hure, eine Diebin zur Mutter hat, eine, die die Menschheit als Sträfling von sich abgestoßen! Daß er eine Verkommene zu seiner Gattin macht, die in ihrem Leben bei einem Dutzend und mehr Männern gelegen, und die, seitdem sie den, der jetzt ihr Gatte wird, zum letztenmale gesehen, bereits wieder ein Kind von einem anderen Manne bekommen ... armer, armer Mann!

Nachdem ich mich so mit Selbstvorwürfen überhäuft, dachte ich weiter: Aber ich muß wohl seine Gattin werden ... doch möge es deshalb Gott gefallen, daß ich ihm eine treue Gattin werde und ihn so liebe, wie er es um seiner rührenden Liebe willen verdient.

Und ich nahm mir fest vor, in allem, was die Zukunft in dieser Ehe bringen werde, mich so gut zu benehmen, daß an meinem Gatten durch das, was er von mir zu sehen bekäme, all das, was er früher nicht gesehen, wieder gut gemacht werde.

Mein Zukünftiger erwartete indes mit Ungeduld, daß ich aus meinem Zimmer wieder herauskäme. Als es ihm zu lange dauerte, ging er zum Wirt, um mit ihm inzwischen schon über den Pfarrer und die Trauung zu reden.

Dieser Wirt war wie alle Wirte ein ebenso neugieriger wie gefälliger Mann. Und so hatte er denn schon unaufgefordert zu dem Pfarrer des Ortes geschickt, er möge doch einmal herüberkommen.

In der Gaststube traf mein Zukünftiger mit ihm zusammen und fragte ihn, ob er es wagen wolle, zwei Fremde zu trauen, die beide beabsichtigten, die Ehe mit einander einzugehen.

Der Pfarrer meinte darauf, er nehme an, daß es sich nicht etwa um eine Heimlichkeit handele, der Herr Bräutigam scheine ja ein ernsthafter Mann zu sein und die Braut sei hoffentlich kein kleines Mädchen mehr, so daß die Einwilligung der Eltern oder Vormünder nicht beigebracht zu werden brauche.

»Lesen Sie dies hier,« sagte mein Zukünftiger und zog unsere Heiratslizenz aus der Rocktasche, »das wird Ihnen jedes Bedenken nehmen.«

»Schön«, sagte der Pfarrer, »dies Papier genügt vollständig, aber – wo ist die Dame?«

»Sie werden sie sogleich sehen!« und damit eilte mein Zukünftiger auch schon die Treppe hinauf und zu unseren Zimmern.

Er traf mich gerade, als ich aus meinem herauskam, und erzählte mir nun gleich alles: daß der Geistliche des Ortes schon da sei, daß er die Heiratslizenz gelesen und einwillige, uns zu trauen, daß er mich aber erst sehen und sprechen wolle und daß er selbst – mein braver Spießbürger nämlich – jetzt herausgekommen sei, um mich zu bitten, den Pfarrer doch zu empfangen.

»Ach,« meinte ich, »es hat doch wohl auch noch bis morgen Zeit, nicht?«

»Meine Liebe,« entgegnete er, »der Pfarrer hatte Bedenken, ob du nicht vielleicht ein junges Ding seist, das ich seinen Eltern entführt und das noch nicht über seine Hand verfügen darf ... und da erfordert es des Pfarrers Amtspflicht, daß er dich zur Sicherheit erst kennen lernt.«

»Na, meinetwegen,« sagte ich, »so hole ihn.«

Er ging also und brachte den Pfarrer herauf; es war ein recht lustiger Herr, und man mußte ihm wohl schon erzählt haben, daß wir beide uns halb durch Zufall gerade in diesem Ort getroffen, daß ich mit der Post von West-Chester gekommen sei und er in eigener Kutsche von London, daß wir uns eigentlich in Stratford treffen gewollt, daß aber mein braver Spießbürger diese Stadt nicht mehr erreicht habe.

Denn er meinte in seiner vergnügten Weise und nachdem er mir die Hand geschüttelt: »Sehen Sie, Madam, so hat doch jede Unannehmlichkeit wieder ihr Gutes. Sie hatten die Unannehmlichkeit, sich nicht verabredetermaßen zu treffen. Und ich bekam das Gute, Sie trauen zu dürfen. Wenn Sie sich schon in Stratfort getroffen, so hätte mein dortiger Amtsbruder jetzt das Vergnügen. Also – Herr Wirt, haben Sie eine Bibel zur Hand?«

»Was? Herr?« fuhr ich da aber auf. »Sie wollen uns doch wohl nicht in einem Wirtshause trauen und obendrein in halber Nacht?«

»Madam«, meinte der Pfarrer, »wenn Sie in die Kirche kommen wollen, kann ich Sie auch in der Kirche trauen. Aber ich finde es hier gemütlicher. Und ich versichere Ihnen, Ihre Trauung wird so gültig sein, als wäre sie in der Kirche geschehen. Die lieben kanonischen Vorschriften verlangen durchaus nicht von uns Geistlichen, daß wir nur in der Kirche trauen sollen, und die Tageszeit ist erst recht gleichgültig. Unsere Fürsten beispielsweise werden sehr oft in ihren Gemächern getraut und manchmal um acht, neun, zehn Uhr des abends.«

Ich ließ mich jedoch nicht sofort überreden, sondern tat, als wolle ich durchaus nur in der Kirche getraut werden; selbstverständlich war das nur eine Komödie von mir.

Schließlich gab ich denn auch nach, der Wirt rief seine Frau und Tochter herauf und war selbst Schreiber, Küster und Zeuge in einer Person.

Die Trauung dauerte nur einige kurze Minuten, in denen mir jedoch meine Selbstvorwürfe wieder hart zusetzten und mir gar manchen tiefen Seufzer, wie aus schwerstem Herzen, entpreßten.

Mein Gatte bemerkte es und flüsterte mir laut Mut zu: er mochte wohl glauben, ich sei bekümmert, daß ich den wichtigen Schritt getan, ohne ihn mir vorher wohl überlegen zu können und mich zu ihm zu sammeln.

Wir verbrachten darauf den Abend alle zusammen in größter Lustigkeit. Doch wurde der Grund, warum wir Pfarrer, Wirt, Wirtin und Wirtstochter zu einem so fröhlichen Mahle eingeladen, durchaus geheimgehalten. Mutter und Tochter bedienten uns selbst und ließen keinen der Dienstboten herauskommen; dafür schenkte ich dann dem jungen Mädchen – das ich meine Brautjungfer genannt – am anderen Morgen eine schöne Garnitur Seidenschleifen, die schönste, die in dem Orte aufzutreiben war; und als ich hörte, daß man dort Spitzen arbeite, ließ ich der Mutter ein wertvolles Stück Spitze kommen, aus dem sie sich eine Haube machen sollte.

Unser Wirt hielt wohl deshalb unsere Trauung so geheim, weil er nicht wollte, daß der Vorsteher des Kirchspiels etwas von ihr erfahre.

Trotzdem mußte das Gerücht von der Hochzeit sich herumgesprochen haben, denn am frühen Morgen des folgenden Tages wurden wir davon wach, daß alle Glocken im Orte feierlich läuteten und die Stadtmusikanten eine furchtbare Musik vor unserem Fenster vollführten.

Der Wirt brachte jedoch unter die Leute, wir seien schon verheiratet gewesen, als wir bei ihm einkehrten, unsere Trauung hätte bereits vor ein paar Tagen in West-Chester stattgefunden, und jetzt befänden wir uns auf der Hochzeitsreise nach London; nur hätten wir, da wir alte Gäste von ihm wären, auch bei ihm noch einmal ein Hochzeitsmahl abhalten wollen.

Wir konnten uns nicht entschließen, schon an diesem Tage abzureisen. Erstens hatten wir in der Nacht wohl nicht gerade allzu viel geschlafen. Dann hatten uns Glockenspiel und Stadtmusik so frühzeitig aufgeweckt, und ich war aufgestanden, um die Wirtin zu bitten, sie möge doch dem Spektakel ein Ende machen; was sie auch tat. Und so blieben wir denn, nachdem ich mich wieder hingelegt, bis um die Mittagstunde im Bett.

Dann aber erhob ich mich, frühstückte schon, indes mein Gatte noch weiter schlief, plauderte mit der Wirtin und ihrer Tochter und legte mich schließlich, da es ein schönes und warmes Wetter war, in das

Fenster eines Zimmers, das auf die Straße, die die Hauptstraße des Ortes war, hinausging.

Ich war in fröhlichster Stimmung und sehr mit mir zufrieden, als plötzlich ein Zwischenfall mir einen Schreck in die Glieder schlagen sollte, den ich noch heute spüre, wenn ich an ihn denke.

Wie ich so im Fenster lag und mich sonnte, kamen drei Reiter die Straße hinaufgeritten und machten vor der Tür eines Wirtshauses, das dem unseren schräg gegenüber lag, halt.

Und wen mußte ich in dem einen von ihnen erkennen? Meinen Gatten aus Lancashire!

Ich fuhr totenblaß und an allen Gliedern zitternd zurück. Niemals hatte ich, niemals habe ich wieder ein Gefühl gehabt wie damals; ich meinte, mein Blut gefröre mir in meinen Adern, mein Haar starre mir vom Kopf in die Höhe ... Schreck, Angst, Bestürzung, alles wühlte durcheinander in mir und schüttelte mich mit eisigem Fieber. Jetzt würde alles herauskommen, mein Gatte und er, der andere Gatte, würden zusammentreffen, er würde ihm alles sagen und der würde mich vor die Türe werfen, meine Zukunft, mein Leben, wie ich es mir so schön ausgedacht und so klug angelegt, wie es endlich ruhig und behaglich werden sollte – es war dahin!

Denn es war doch James? Natürlich war er's ... Ich kannte doch Jemmy, kannte seine Kleider, sein Pferd, hatte vor allem sein Gesicht ganz deutlich gesehen! Was mochte er wollen? Suchte er mich? Oder war es ein Zufall, der spielte?

Allmählich kam mir die Besinnung wieder zurück; mein Gatte war nicht im Zimmer und hatte daher auch meine Aufregung nicht gesehen – das war ein Glück und das wichtigste.

Ich schloß vorsichtig das Fenster und beobachtete das Haus hinter der Gardine her. Nicht lange dauerte es, so erschienen die drei Herren an einem Fenster desselben, das sie nun ihrerseits öffneten. Natürlich! es war James ... Jemmy ... Ich sah ihn, wie er einmal die Straße hinauf und hinunterblickte, hörte seine Stimme, wie er einem Burschen, der zum Hause gehören mochte, etwas bestellte.

Und wieder fragte ich mich, was er wollen mochte, und ob er mich suchte oder ob ihn blosz ein Zufall wieder in meinen Weg gebracht? Ich wußte mir keine Antwort, auch jetzt nicht, da ich ruhiger geworden und die Situation mit klarerem Verstande überschaute. Es war ja möglich, daß er mich suchte! Aber warum? Wollte er mich nach Irland bringen? Oder wollte er mit mir nach Virginia gehen? Vielleicht hatte er mich die ganze Zeit über beobachtet, beobachten lassen? wußte, daß ich einen braven Spießbürger, der Bankmensch war, heiraten wollte? gedachte nun Geld aus meiner Lage zwischen diesem und ihm zu pressen? Nein, nein, das letztere konnte nicht sein, und vielleicht – ja vielleicht war es wirklich nur ein Zufall, der ihn mir noch einmal so nahe gebracht!

Wohl zwei Stunden blieb ich hinter der Gardine des Fensters verborgen und beobachtete, bis ich endlich Pferdegestampf auf dem Hof jenes Wirtshauses hörte und kurz darauf die drei Reiter aus der Tür treten sah ... O, und wie atmete ich auf, als sie sich auf die Rücken ihrer Tiere schwangen und wieder forttrabten. Ich riß mein Fenster auf und schaute ihnen nach: sie schlugen die Straße nach Nordwesten ein, wandten sich also nicht nach London, so daß ich auch die Furcht los war, ihnen unter Umständen noch einmal zu begegnen, wenn wir unsere Reise heimwärts fortsetzten.

Inzwischen hatte sich mein Gatte ebenfalls erhoben, und wir beschlossen, erst am folgenden Tage zu fahren.

Fröhlich speisten wir darauf – doppelt fröhlich ich – und brachten bei bester Laune den Nachmittag zu; aus gingen wir jedoch auf meine Bitte nicht, denn ein unbestimmtes Furchtgefühl war mir noch immer geblieben.

Gegen Abend nun – o stellen Sie sich vor! – gab's einen Auflauf auf der Straße: Bewaffnete jagten in den Ort. Die Polizei war sofort auf den Beinen. Und wir hörten durch unseren Wirt, daß es sich um die Verfolgung von – drei Wegelagerern handele, die in der Umgegend eine Postkutsche überfallen und die Reisenden ausgeraubt hatten.

Ach, ich glaube, ich glaube, Sie können sich denken, welch ein Schreck mich abermals faßte, wenn auch jetzt aus einem anderen Grunde als vordem; denn ich liebte ihn ja noch immer, meinen Jemmy, und wenn er ein Räuber und Mörder geworden war. Wenn sie ihn ergriffen, was erwartete ihn? Der Kerker, der Galgen womöglich! Und ich war sofort entschlossen, alles zu seiner Rettung, zur Deckung seiner Flucht zu tun, was ich konnte, wenn es auch noch so gefährlich für mich selbst war.

Daß drei Reiter am Tage in dem Wirtshaus schräg gegenüber eingekehrt waren, hatte man bald heraus; und man umstellte nun das Gebäude, durchsuchte es, fand aber natürlich niemanden – wie denn auch gleich anfangs der Wirt dieses Gasthauses und alle, die sich der

Reiter erinnerten, auf das Bestimmteste versichert hatten, daß die betreffenden Männer schon längst und vor ihrer aller Augen wieder abgezogen seien.

Als unser Wirt nun von diesen drei Reitern sprach, glaubte ich, daß eine Gelegenheit gekommen sei, die ich zu meines Liebsten Heil benutzen konnte.

»Die drei Reiter?« rief ich aus, »die heute Mittag da drüben einkehrten, die sollen's gewesen sein? Aber nein, das ist ja gar nicht möglich, davon kannte ich ja den einen, das war der Besitzer eines grof;en Gutes in Lancashire und einer der geachtetsten und reichsten Männer seiner Gegend!«

»Sie kannten einen von den dreien?« fragte der Wirt. »Aber das müßte man ja eigentlich der Polizei melden.«

»Ja natürlich müßte man das,« erwiderte ich eifrig, »sie kommt ja auf eine ganz falsche Fährte und es gibt die unglaublichsten Verwechselungen.«

Mein braver Spießbürger von Gatte stimmte dem bei, und der Wirt ging und holte einen der Konstabler, die die Verfolgung leiteten, und ich widerholte ihm meine Aussage mit allen Einzelheiten.

Die Sicherheit, mit der ich, die scheinbar ganz Unbeteiligte, mein wichtiges Zeugnis abgab, überzeugte den Konstabler so, daß er den anderen Verfolgern sagen ließ, die drei Reiter, die man bis jetzt für die Wegelagerer gehalten, könnten unmöglich die Täter sein, es müsse in einer anderen Richtung gesucht werden; worauf der Trupp den Ort verließ und zwar in der Richtung nach London, weil man vermutete, daß die wirklichen Täter sich dorthin gewandt hätten.

Dieser Ausgang freute mich herzlich; und nicht minder freute mich, als ich hörte, daß den Wegelagerern nicht weniger als fünfhundertundsechzig Pfund in die Hände gefallen seien, dazu noch allerlei beträchtliche Wertstücke.

Der Zwischenfall hielt uns noch einen Tag länger in dem Orte auf. Zwar meinte mein Gatte, es sei niemals sicherer reisen, als gleich nach so einer Raubtat; denn wenn Wegelagerer erst einmal Unruhe und die Aufmerksamkeit der Polizei erregt hätten, so könne man gewiß sein, daß sie die Gegend gleich darauf verließen. Ich war jedoch zu ängstlich, wenn auch hauptsächlich deshalb, weil ich fürchtete, mir meinem früheren Gatten noch irgendwo auf der Landstraße zusammenzutreffen.

Immerhin, trotz meiner Befürchtungen, verlebte ich drei der angenehmsten Tage meines Lebens. Ich war wirklich in einiger Hochzeitsstimmung, und mein Gatte tat alles, um mich so froh zu machen, wie es nur möglich war.

Ach, hätte dies Leben doch länger gewährt! Da hätte ich allen vergangenen Kummer vergessen und zukünftige Leiden verhüten können! Doch ein Dasein voll Schmach und Schuld war zu verantworten, und das sollte ich noch schwer, furchtbar schwer büßen müssen.

Am vierten Tage reisten wir endlich ab. Unser Wirt, der wohl meine Ängstlichkeit bemerkt haben mochte, stieg mit seinem Sohne und drei kräftigen jungen Bursthen zu Pferde, geleitete unseren Wagen durch die unsichere Gegend und brachte uns wohlbehalten bis nach Dunstable. Hier konnten wir natürlich nicht umhin, sie zum Abschied noch einmal kräftig zu bewirten, was meinem Gatten die Summe von zwölf Schillingen kostete; außerdem gab er den Begleitern auch noch etwas Bargeld als Entschädigung für die verlorene Zeit, während der Wirt nichts annehmen wollte.

Daß ich meinen Gatten nicht erst in London, sondern schon vorher geheiratet hatte, war das Richtigste gewesen, was ich tun konnte – wie mir übrigens jetzt erst zum Bewußtsein kam; denn wäre ich unverheiratet mit ihm nach London gekommen, dann hätte ich ihm ja gestehen müssen, nicht einen einzigen Bekaumen zu haben – wenigstens hätte ich ihm keinen nennen dürfen – bei dem ich arme Braut übernachten und die ersten Tage wohnen konnte. So jedoch ging ich natürlich gleich mit ihm in sein Haus und nahm dies wohl eingerichtete Heim samt dem Hausherrn in meinen Hausfrauenbesitz.

Aller menschlichen Berechnung nach hatte ich ein sehr glückliches Leben vor mir, wenn ich meinen Gatten nur richtig zu behandeln wußte. Und ich hatte volle Muße, mir auszumalen, wie viel besser das trauliche Dasein, das ich nun führen konnte, doch war, als das lockere Leben, das ich bis dahin immer geführt ... und wieviel glücklicher der ist, der in Tugend und Ehrbarkeit seine Tage zubringt, als der, welcher sie in wildem Genuß und unstät vergeudet.

Ach! noch einmal rufe ich's aus: Hätte dies Leben doch länger gedauert! Und wäre ich dann nicht wieder in jene Armut geraten, die die Schwells ist, hinter der es Tugend und Ehrbarkeit nun einmal nicht mehr gibt, wie glücklich wäre ich gewesen, bis ans Ende meines

Lebens! Denn während der ganzen Zeit, die ich bei meinem Gatten und Wohlleben war, sah ich mit aufrichtiger Reue auf die vergangene, schmachvolle zurück: nur mit Abscheu blickte ich auf meine Vergangenheit und kann wohl sagen, daß ich mich um ihrer willen selbst haßte.

Oft dachte ich wohl daran, wie mein Liebhaber in Bath, von der Hand Gottes berührt, in sich gegangen war und mich verlassen hatte, so daß er sich sogar weigerte, mich noch einmal auch nur wieder zu sehen, obgleich er mich doch vordem so sehr geliebt. Ich aber, in Armut wie ich war, ergab mich damals wieder dem schmählichen Gewerbe und machte Geld aus dem, was man ein hübsches Gesicht nennt, ließ die Schönheit Kupplerin des Lasters sein.

Nun schien es endlich, als sei die stürmische Fahrt meines Lebens beendet, als sei ich glücklich eingelaufen in einen sicheren Hafen: und voll von Dankbarkeit war ich über die Gunst des Schicksals, die mir dies Los schließlich doch noch zugeteilt; stundenlang konnte ich sitzen und weinen über alles, was hinter mir lag, und mein einziger Trost war dann, daß ich dies alles jetzt bereuen durfte.

Aber, aber – es gibt Versuchungen, denen der Mensch nicht gewachsen ist und wenige können nur mit Bestimmtheit sagen, wie sie sich bewähren würden, wenn sie gewissen Gefahren ausgesetzt werden würden. Und wie Begehrlichkeit die Wurzel alles Übels ist, so ist Armut die schlimmste Falle, in der das Leben den Menschen fängt.

Zunächst also lebte ich mit meinem Gatten in Ruhe, Frieden und Behagen. Er war ein stiller, gefühlvoller und ehrenwerter Mann, dabei bescheiden und aufrichtig und in seinem Geschäfte ungemein fleißig. Sein Einkommen genügte durchaus, um uns ein sorgenfreies Leben zu gestatten. Und wenn wir uns auch nicht Wagen und Pferde halten konnten und wir auch nicht, wie die Welt es nennt, eine Rolle spielten, so waren wir doch durchaus zufrieden. Auch hatte ich dies weder erwartet, noch wünschte ich es. Denn ich verabscheute ja selbst jetzt die Oberflächlichkeit des Irdischen und lebte mit Freuden in Zurückgezogenheit von dem rauschenden Treiben Londons – mäßig, doch gut und nur auf den Kreis meiner Familie beschränkt, ohne jeden weiteren Verkehr.

Das dauerte fünf volle Jahre, als ein Schicksalsschlag all meinem Glück ein Ende machen sollte und mich wieder hinaus stieß in Not und Unrast.

Es kam so: Mein Gatte hatte für einen seiner Mitangestellten an der Bank gebürgt, und zwar in der Höhe einer Summe, die unser Vermögen beinahe überstieg. Dieser Mitangestellte erlitt nun in der Folge große Verluste, es ging bergab mit ihm, man nahm ihm seine Stellung, und mein Gatte mußte für die Deckung aufkommen.

Immerhin hätte er sich im Laufe der Jahre von diesem Verluste durch Arbeit wieder erholen können; aber vielleicht war er nicht mehr jung und frisch genug, um sozujagen wieder von vorne anzufangen, mit Kredit zu arbeiten, und was er an Unannehmlichkeiten so hätte auf sich nehmen müssen; kurz – er verzagte.

Einem Kummer aber nachgeben, heißt, ihn verdoppeln, und wer im Unglück umkommen will, kommt auch in ihm um.

Es war vergebens, daß ich ihm Trost und Mut zusprach: er raffte sich nicht wieder auf, wurde erst trübsinnig, dann ganz teilnahmslos und starb.

Achtzehntes Kapitel.

Ich war nun wieder in einer schlimmen Lage, in einer viel, viel schlimmeren als je zuvor. Denn jetzt war ja die Zeit für mich vorbei, da ich immer noch hoffen gedurft, sobald es mir übel erging, daß meine Schönheit mir wieder einen neuen Geliebten oder Gatten zuführen werde ... meine Schönheit war dahin, und nur noch Spuren zeugten von dem, was ich einstmals gewesen.

Dazu kam eine Stimmung dumpfer Niedergeschlagenheit und stumpfer Entmutigung – wohl im Zusammenhange damit, daß ich fühlte, wußte, sah, wie ich jetzt nichts mehr hatte, worauf sich eine Zukunft bauen ließe. Und diese Stimmung war etwas ganz neues für mich, die ich immer mit Mut obenauf gewesen und ja noch zuletzt meinem Gatten, als ihn der Kummer um das Verlorene überwältigen wollte, Festigkeit und Hoffnung zugesprochen hatte; jetzt war ich meinem eigenen Kummer nicht mehr gewachsen, und es fehlte mir so ganz die Schwungkraft, von der ich ihm immer gesagt, daß sie das nötigste sei, was ein Mensch haben müsse, wenn er aus seinem Unglück herauskommen wolle.

Ich war allerdings auch wirklich übel daran, so freund- und hilflos, wie ich wieder dastand. Allein konnte ich den Verlust, den mein Gatte erlitten, nicht verwinden; und er war so groß gewesen, daß ich, wenn ich auch keine Schulden hatte, nur sagen mußte, der Rest werde nicht für eine allzulange Zeit reichen. Er schmolz denn auch von Tag zu Tag ersichtlich dahin – und wenn ich ihn ausgegeben hatte? was dann? Dann kam die Armut, kamen Hunger und Not! Und so lebhaft dachte ich an mein zukünftiges Leben im Elend, daß ich schließlich glaubte, es sei schon da. Furcht faßte mich und verdoppelte mein Unglück noch, ich ward verzagter und immer verzagter und konnte bei jedem Pence, den ich für ein Stück Brot ausgab, den Gedanken nicht los werden, der sich festgebohrt hatte, es sei der letzte Pence, und nun müsse ich Hungers sterben.

Wenn ich wenigstens einen Freund, einen Bekannten gehabt hätte, der mir mit Trost und Rat beigestanden wäre! So aber saß ich Tag und Nacht allein, starrte vor mich hin oder quälte mich weinend ab, rang die Hände, und oft kam es vor, daß ich wie eine Wahnsinnige austobte und schreiend durch das Zimmer lief.

Daß mein Verstand damals nicht wirklich gelitten, hat mich später selbst gewundert, denn oft wußte ich nicht aus noch ein vor schwarzen Einbildungen; und mein Bewußtsein, das mir sonst in schwierigen Lebenslagen die nötige Ruhe und Besonnenheit gegeben, war wie verschwunden.

In dieser trübseligen Verfaßung verbrachte ich zwei volle Jahre, indessen das wenige, was ich besaß, langsam seinem Ende zuging und mein Dasein ein einziges Abgrämen war über das Aussichtslose meiner Lage: woher wohl, fragte ich mich immer und immer wieder, woher wohl sollte mir auch Hilfe kommen!?

Schließlich konnte ich noch nicht einmal mehr weinen und es war mir, als ginge es nun zu Ende mit mir, so hatte die Verzweiflung mich gepackt.

Als ich endlich tatsächlich keinen Pence mehr hatte, gab ich unsere Wohnung auf und mietete mir irgendwo ein Zimmer. Auch verkaufte ich den größten Teil meiner Möbel und gelangte dadurch zu so viel Geld, daß ich fast ein weiteres Jahr davon leben konnte – zumal ich sehr sparsam war und alles und jedes bis zum äußersten nutzte.

Aber die Frage blieb: Wenn nun das auch ausgegeben war, was dann? Und ich sagte mir, daß Elend und Not am Ende doch unausbleiblich schien!

O mögen alle, die diese Geschichte lesen, es nicht tun, ohne sich so recht und ernsthaft auszumalen, was sie wohl im Leben ohne Geld und Freunde beginnen würden ... Sie werden dann nicht nur das, was sie haben, sparen, sondern auch mit dem weisen Manne beten: »Verschone uns vor Armut, damit wie nicht stehlen!« O mögen alle, die diese Geschichte lesen, es nicht tun, ohne daran erinnert zu werden, daß die Zeit der Not auch die Zeit der schwersten Versuchung ist, in der wir nicht die Kraft haben, dem Bösen in uns zu widerstehen; denn Armut lastet und drückt, und wir verzweifeln an ihr ... Was aber kann aus Verzweiflung werden?

Meine Geschichte wird es zeigen.

Eines Abends, als ich wieder stundenlang trübselig vor mich hingebrütet hatte – ich weiß nicht, welcher Geist es da war, der mich hieß, ich solle aufstehen und mich ankleiden. Ich weiß auch nicht, weshalb ich eines meiner besten Gewänder anlegte, die ich noch von früher her besaß, aber sonst sehr schonte. Ich weiß nur, ich hatte keinerlei bestimmte Absicht als ich dann das Haus verließ, ja, ich wußte sogar noch nicht einmal, wohin ich meine Schritte lenken wollte.

Ich glaube, es war der Teufel, der mich herausgelockt und nun, während ich durch die Straßen Londons wanderte, Schlingen für mich auslegte und mich ganz nach seinem Willen lenkte; denn ich selbst wußte wirklich nicht, wohin ich ging, noch was ich tat.

Wie ich nun so planlos und ziellos umherstrich, kam ich auch in die Scadenhall-street und dort an den Laden eines Apothekers. Ich blieb stehen und sah, wie auf einem Stuhle, ganz vorn, und gerade vor dem Zahltische, ein kleines, in ein Tuch eingeschlagenes Bündel lag. Daneben stand ein Dienstmädchen, jedoch mit dem Rücken dem Stuhle zugewandt, und blickte in die Tiefe des Ladens hinein, wo der Apothekerlehrling, wenn ich mich recht entsinne, auf der Ladentheke stand oder auf einer Leiter und, mit einer Kerze in der Hand, irgendwo oben auf einem Bord etwas suchte. Auch er wandte der Türe und mir den Rücken zu. Beider Gedanken aber waren, wie es schien, ganz beschäftigt mit dem, was der Apothekerlehrling nicht gleich finden konnte. Sonst war niemand in dem Laden.

Das Bündel war der Köder, den der Teufel für mich hingelegt, und die ganze günstige Gelegenheit die Schlinge. Und nun trieb er mich in sie hinein; denn ich erinnere mich und werde es nie vergessen: eine

Stimme sprach ganz deutlich über meiner Schulter: »Nimm das Bündel, schnell, schnell, jetzt jetzt«! Und sofort trat ich auch schon in den Laden, und zwar mit dem Rücken dem Dienstmädchen und dem Apothekerlehrling zugewandt, wie wenn ich einem Wagen ausweichen wollte, der eben vorbeikam, griff sachte mir der Hand nach hinten, in der Richtung des Bündels, faßte es und war auch schon wieder aus dem Laden, ehe jemand etwas von dem Diebstahl merkte.

Ich könnte nicht den Schauder beschreiben, den ich empfand, während ich dies alles tat. Und nun, da es getan war, hatte ich nicht den Mut und die Kraft, zu laufen, und beschleunigte kaum meine Schritte. Ich schwankte über die Straße und bog an der nächsten Ecke in eine andere ein und kam dann noch in so viele Straßen, Gassen und Gäßchen, daß ich mir nie habe sagen können, wo ich eigentlich an jenem Abend überall gewesen bin. Ich ging schließlich schneller, und je mehr ich mich aus der Gegend entfernte, in der die Apotheke lag, um so schneller. Ich lief beinahe, und es bebte und brannte mir der Boden unter den Füßen, bis ich dann endlich, zu Tode ermüdet, abgehetzt und atemlos, auf einer kleinen Bank vor irgend einer Türe niedersank und, wie ich um mich schaute, bemerkte, daß ich in die Thames-street gekommen war. Ich ruhte mich ein wenig aus und ging dann wieder weiter. Mein Blut kochte noch immer und mein Herz schlug, so voll Aufregung vor mir selbst war ich, und dem, was ich getan.

Schließlich faßte ich mich aber doch, riß mich gewaltsam zusammen, suchte mir den Heimweg und kam gegen zehn Uhr in meiner Wohnung wieder an.

Ich wußte noch nicht, was das Bündel enthielt und öffnete es nun gleich. Ich fand eine vollständige Kindbettwäscheausstattung, und zwar eine ganz neue und sehr gute, mit feiner Spitze; ferner einen silbernen Suppennapf, einen kleinen silbernen Becher, ein halbes Dutzend silberner Löffel, ein sehr schönes Frauenhemd, drei seidene Tücher; und in dem Becher, in ein Stückchen Papier eingewickelt, acht Schilling und sechs Pencestücke.

Während ich all diese Sachen vor mir ausbreitete, faßte mich wieder eine schreckliche Angst, trotzdem ich mir ja sagen mußte, daß ich vollständig sicher war und niemand auf meine Spur kommen konnte.

Ich sank auf meinem Stuhl zusammen und schrie einmal laut auf.

»Mein Gott, mein Gott«, flüsterte ich dann vor mich hin, »was bin ich jetzt? Eine Diebin bin ich ja! Und nun wird man mich auch noch ergreifen und nach Newgate schleppen und den Stab über mich brechen. Mein Gott, mein Gott!«

Und so arm wie ich war, ich hätte die Sachen gewiß wieder zurückgegeben, hätte ich es wagen dürfen, das können Sie mir glauben. In der Nacht dieses Tages schlief ich fast gar nicht, sondern blieb ruhelos wach liegen, denn das Entsetzen über meinen Diebstahl wollte nicht von mir weichen. Und auch am folgenden Tage wußte ich nicht recht, was ich redete und tat. Ich hörte mit Ungeduld herum, ob ich nicht etwas von dem Diebstahl erfuhr, und hätte gar zu gern gewußt, ob die Sachen etwa einem armen Schlucker gehörten, oder einem Reichen.

»Vielleicht«, jagte ich zu mir selbst, »sind sie das Eigentum einer Witwe, die ebenso schlimm daran ist, wie du, und die die Sachen zusammengepackt hat, um sie zu versetzen oder zu verkaufen, damit ihre Kinder Brot bekommen. Nun hungern sie alle zusammen und bejammern den Verlust des Letzten, was sie noch hatten.«

Solche Gedanken quälten mich sehr, und es dauerte Tage, ehe ich sie los ward. Aber dann brachte meine eigene Not mich schließlich wieder auf andere; und die Furcht vor dem Hungertode die täglich wuchs, machte mein Herz härter und härter.

Dabei lag es mir aber doch schwer auf der Seele, daß mich die fürchterliche Notwendigkeit noch des öfteren und weiterhin treiben werde, die Gefahr zu versuchen, ein Ende als Verbrecherin zu nehmen nachdem ich bereits so schön alle meine vergangenen Vergehen bereut hatte und die letzten Jahre einfach und ehrbar gelebt. Und oft sank ich auf meine Kniee und bat Gott um Hilfe in meiner Herzensangst; doch waren meine Gebete, wie ich gestehen muß, von mir selbst aus hoffnungslos und deshalb auch wirkungslos: um mich her war alles Furche und in mir war Dunkelheit, und ich war im Grunde meines Herzens selbst überzeugt, ich hätte mein vergangenes Leben doch niemals aufrichtig genug zu bereuen vermocht, und nun wolle mich Gott dafür strafen und genau so elend machen, wie ich einst schlecht gewesen.

Freilich, hätte ich in dieser Stimmung verharrt, ich glaube, ich wäre doch noch eine aufrichtige Büßerin geworden.

Statt dessen gewann der Teufel bald wieder neue Macht über mich und trieb mich an, dem drohenden Elend zu begegnen – und wäre es auch mir den schlechtesten Mitteln.

Eines Abends hörte ich seine Stimme wieder ... es war dieselbe böse Geisterstimme, die mir damals zugeraunt, ich solle das Bündel nehmen; und wieder redete sie so unerbittlich heftig auf mich ein, daß ich tun mußte, was sie befahl.

»Geh aus!« sprach sie auf mich ein, »geh aus und sieh, ob sich keine Gelegenheit bietet!«

So ging ich denn aus.

Draußen war es noch ziemlich hell. Ich wanderte ziellos, ohne eigentlich zu wissen, wohin mich meine Schritte führten. Schließlich bog ich in die Aldersgate-street ein, und da begegnete mir ein kleines hübsches Mädchen, das wohl aus der Tanzschule kam und nun allein seines Weges nach Hause ging. Kaum hatte ich das unschuldige Geschöpf erblickt, da hetzte mein Versucher auch schon auf mich ein. Ich sprach das kleine Mädchen an, und es plauderte eine Weile mit mir, dann nahm ich es bei der Hand und führte es in ein abgelegenes Gäßchen. Das Kind meinte zwar, das sei nicht sein Weg nach Hause, ich aber meinte dagegen: »Doch, mein Kind, folg du nur hübsch, ich führ dich schon recht und nach Hause. Das Kind hatte nämlich ein Halsband von lauter Goldkügelchen um, und auf das hatte ich mein Auge geworfen. In dem Gäßchen, in das ich das Kind geführt, war es schon recht dunkel; ich bückte mich und tat, als ob ich an dem Schuh des Kindes, an dem sich auch wirklich ein Schnürband gelöst, etwas in Ordnung bringen wollte; dabei machte ich dann hinter dem Rücken der Kleinen mir einer schnellen Handbewegung das Halsband los und steckte es zu mir, ohne daß das Kind den Raub bemerkt hätte. Als ich das Halsband glücklich in meiner Tasche fühlte, führte ich das kleine Mädchen weiter und da, einen Augenblick lang, schoß mir der Teufel den höllischen Gedanken durch den Kopf, ob ich das Kind nicht hier, in irgend einer Ecke, einfach rasch umbringen solle! Ich sage – umbringen! Doch war ich schon gleich darauf selbst so entsetzt vor dem bloßen Gedanken, daß mir schlecht und schwach wurde. Ich führte das Kleine deshalb, so schnell es nur gehen wollte, aus dem Gäßchen heraus und hieß es dann, sich flugs auf seinen Weg nach Hause machen; was es auch tat, während ich in das Gäßchen zurückging, mich dann zu einem anderen wandte, das nach Long-lane führte, von dort bog ich nach Charterhouse-jard und von dort zurück nach der St. Jones's. Darauf ging ich hinüber nach Smithfield, weiterhin hinunter nach Field-lane und endlich zur Holborn-bridge.

Bei der letzteren mischte ich mich unter die Volksmenge, die dort wie alle Tage unablässig durcheinander und aneinander vorbei flutete und aus der man mich unmöglich herausgefunden hätte, selbst wenn man mir gefolgt wäre.«

Das war also meine zweite Tat in meinem Leben als Diebin gewesen! Und zwar zeigte es sich alsbald, daß die Gedanken an den Raub, den ich an dem kleinen Mädchen begangen, die Gewissensbisse, die ich von dem Diebstahl des Bündels her wohl noch manchmal gehabt, vollständig ertöteten. Die Armut hatte eben mein Herz verhärtet, und mein Elend ließ keinerlei Bedenken mehr aufkommen. Über meine zweite Tat selbst hatte ich schon überhaupt keine Gewissensbisse mehr ... im Gegenteil: ich hatte ja dem kleinen Mädchen kein Leid weiter zugefügt, seinen Eltern aber war nur eine gerechte Strafe geworden; denn, so sagte ich zu mir, warum ließen sie das arme Wurm allein durch London gehen? jetzt hatten sie durch mich ihre Lehre weg, und in Zukunft würden sie wohl vorsichtiger sein!

Die Schnur Goldkügelchen war ungefähr zwölf bis vierzehn Pfund wert. Ich denke, daß sie wohl früher der Mutter der Kleinen gehört hatte, denn sie war viel zu dich für eine Kinderkette; jedenfalls hatte eine tadelnswerte Eitelkeit die Mutter bewogen, der Kleinen das Schmückstück umzuhängen, damit es in der Tanzstunde nur recht gut aussähe! Übrigens war es ja auch möglich, daß die Mutter eine Magd gesandt hatte, um das Kind abzuholen, und daß diese Magd – wie derlei pflichtvergessene Weibsstücke nun einmal sind – sich bei irgend einem Kerl von Liebhaber aufgehalten; so daß dann die arme Kleine allein gehen und mir in die Hände fallen mußte.

Aber ich hatte dem armen Ding kein Leid getan, ich hatte es noch nicht einmal erschreckt; ja, ich war ihm eigentlich in meinem Herzen recht gut gewesen, es hatte mir gefallen, und so tat ich denn im Grunde nichts anderes als das, wozu mich, wie ich wohl sagen darf, die Not trieb.

Nach diesem zweiten Abenteuer hatte ich noch viele, viele andere. Doch war ich zunächst noch zu unerfahren in meinem neuen Beruf, um genau zu wissen, was ich zu tun hatte; mein Versucher mußte mich zunächst immer erst anspornen und anleiten, was er auch redlich tat, und immer, wo es nur eine Gelegenheit gab, war er gleich zur Hand.

Ein Abenteuer verlief besonders glücklich für mich.

Ich ging in der Abenddämmerung durch die Lombard-street und befand mich gerade am Ende dieser Straße, als ganz plötzlich, schnell wie der Blitz, ein Bursche an mir vorbei lief und ein Bündel, das er in der Hand trug, gerade hinter mich warf. Ich stand dicht an dem Eckhause vor dem Eingang in ein Gäßchen. Und als er es hinter mich warf, so, daß es so leicht niemand sehen konnte, rief der Bursch mir zu: »Hören Sie, Fräulein, lassen Sie es da ein bißchen liegen.« Und weg war er. Nach ihm kamen noch zwei andere Burschen gelaufen und gleich hinter diesen ein junger Mann ohne Hut, welcher in einem fort schrie: »Haltet den Dieb!« Er verfolgte die Burschen so lebhaft, daß auch sie ihre Beute von sich werfen mußten. Einer von den dreien wurde gepackt, die anderen aber entkamen.

Ich war die ganze Zeit über still auf meinem Posten stehen geblieben, bis die Verfolger zurück kamen. Sie schleppten den armen Burschen, den sie gefangen hatten, mit sich, zerrten die Sachen, die sie wiedererbeutet, auseinander und waren außerordentlich zufrieden, daß sie den Dieb erwischt. Sie gingen ruhig an mir vorbei, denn ich sah aus wie jemand, der abwarten wollte, bis die Menge sich verlaufen hätte. Zwei- oder dreimal fragte ich, was geschehen sei, doch gaben mir die Vorüberhastenden keine Antwort, und ich drängte auch nicht allzusehr. Als die Menge sich dann verstreut, wandte ich mich um, nahm den Packen auf, der immer noch hinter mir lag, von meinen Kleidern verdeckt, und ging harmlos weg; mit viel weniger Unruhe natürlich, als ich sie früher bei einem Abenteuer empfunden. Denn diese Dinge, sagte ich mir, die stahl ich ja nicht, sie waren mir vielmehr sozusagen in meine Hand gestohlen worden. Ich gelangte mit der Beute denn auch sicher und unangefochten in meine Wohnung, woselbst sie sich als einen Ballen seiner schwarzer Seide und einen Ballen Sammet herausstellte. Das heißt, dieser letztere war nur der Teil eines Stückes von ungefähr elf Ellen. Der erste Ballen war dagegen ein ganzes Stück von fast fünfzig Ellen. Die Ware schien einem Kaufmann gebrandschatzt zu sein; ich sage gebrandschatzt, denn alles zusammen, was die Diebe weggeworfen hatten, war viel zu beträchtlich, als daß man das Wort »stehlen« noch gebrauchen könnte. Wie es ihnen überhaupt möglich gewesen, sich so umfangreiche Gegenstände anzueignen, kann ich mir denn auch kaum vorstellen. Auf jeden Fall nahm ich, da ich nur einen Räuber beraubt, diese Gegenstände, wie gesagt, ohne Skrupel an mich und freute mich noch sehr über dieselben.

Ich hatte auch in der Folge noch mancherlei Glück und erlebte noch mehrere Abenteuer, die mir zwar nicht so viel einbrachten, aber doch immer gut ausliefen. Dennoch lebte ich täglich in der Furcht, irgend ein Unheil werde sich ereignen, und man werde mich demnächst hängen. Diese Befürchtung hielt mich davon ab, mich in allzu gefährliche Unternehmungen einzulassen.

Ein Unternehmen will ich rasch noch erzählen, das mich manchen Tag gefreut hat.

Ich begab mich häufig auf die in der Nähe der Stadt liegenden Dörfer, um zu sehen, ob mir dort nichts in die Hände falle. Als ich nun einmal an einem Hause in der Nähe von Stenney vorüberkam, sah ich auf dem Fensterbrett zwei Ringe liegen, einen kleinen Diamantring und einen einfachen goldenen Reif, den gewiß irgend eine gedankenlose Dame, die mehr Geld als Überlegung hatte, dort hingelegt – vielleicht den Augenblick vorher, um sich die Hände zu waschen. Ich ging nun ein paar Mal an dem Fenster vorbei, um zu erspähen, ob sich irgend jemand in dem Zimmer befände. Ich konnte jedoch niemanden erblicken. Da ich mich aber doch nicht sicher genug fühlte, sann ich nach, bis ich endlich auf einen ganz prächtigen Gedanken kam. Ich klopfte nämlich einfach an die Scheibe, wie wenn ich mit jemanden sprechen wollte. War jemand in dem Zimmer oder auch nur nebenan, so kam er gewiß, um zu sehen, was es gäbe: ich würde dem Betreffenden dann einfach gesagt haben, er möge auf die Ringe dort Acht geben, ich hätte zwei junge Burschen überrascht, wie sie sich dielben mit verdächtigen Augen ansahen. Ich klopfte also gegen die Scheibe, klopfte noch Mal und wieder, und als sich dann immer noch kein Mensch zeigte, drückte ich das Fenster leise auf, nahm die beiden Ringe an mich und ging ruhig von dannen. Der Diamantring war drei Pfund wert, der andere, der Goldreif, neun Schilling.

Neunzehntes Kapitel.

Ich sah mich nun allmählich in einige Verlegenheit gebracht, wie ich die Waren, die ich gestohlen und geraubt, m barem Gelde machen sollte? Namentlich wollte sich keine Gelegenheit finden, um mich der Seidenstücke zu entledigen; für irgend einen lumpigen Preis wollte ich sie nicht verkaufen, wie das so mancher arme und beklagenswerte Dieb wohl tun muß, der, nachdem er erst sein Leben gewagt, um irgend einen Gegenstand von Wert zu erbeuten, hinterher gezwungen ist, ihn für ein Nichts loszuschlagen, wenn er überhaupt etwas von ihm haben will. Ich aber wollte möglichst viel aus meinen gestohlenen Waren machen – nur wußte ich nicht, wie ich das anzufangen hatte.

Schließlich kam ich auf den Gedanken, doch meine ehemalige Pflegerin einmal wieder aufzusuchen und den alten Verkehr mit ihr neu aufzunehmen. Ich hatte ihr, solange ich dazu imstande war, pünktlich die fünf Pfund geschickt, die die Frau bekam, bei der mein Junge in Pflege war. In den letzten Jahren war mir die Zahlung jedoch nicht mehr möglich gewesen, und ich hatte meiner Pflegerin brieflich mitgeteilt, aus welchen Gründen die Zahlungen aufhören mußten; daß mein Gatte gestorben sei, daß ich infolgedessen in meinen Verhältnissen sehr zurückgegangen sei, und mein Geld kaum für mich selbst reiche; doch bitte ich sie, dafür Sorge zu tragen, daß der Knabe nicht unter dem Unglück seiner Mutter zu leiden habe.

So machte ich ihr denn jetzt einen Besuch und fand sie, nach wie vor, in ihrem alten Berufe tätig – nur hatte die Kundschaft stark nachgelassen, und es zeigte sich, daß es auch ihr nicht mehr so gut ging, wie früher. Sie hatte Unglück gehabt: ein Herr, dessen Tochter man entführt, hatte sie der Beihilfe angeklagt, und nur mit Mühe war sie dem Galgen entgangen. Die Gerichtskosten, die sie zahlen mußte, waren sehr hoch gewesen, so daß sie, um sie begleichen zu können, Möbel verkaufen mußte, und nun schon allein aus diesem Grunde nicht mehr ein so großes Haus für ihre Praxis zu halten vermochte; aber auch diese Praxis selbst, der Ruf derselben, hatte gelitten – immerhin hielt sie sich über Wasser, wie man zu sagen pflegt, und hatte, da sie ja eine regsame kluge Frau war, sofort, als es mit dem alten Geschäfte nicht mehr so recht gehen wollte, ein neues dazu errichtet: sie war nämlich Pfandleiherin geworden, und das brachte ihr auf jeden Fall so viel ein, daß sie sorgenlos leben konnte.

Sie empfing mich sehr höflich und freundlich, bedeutete mich in ihrer alten verbindlichen Weise, daß ich ihr, wenn es mir auch jetzt nicht mehr so ginge wie früher, darum nicht weniger wert und lieb sei; meinem Knaben ginge es gut, sie habe dafür stets Sorge getragen, trotzdem ich nicht mehr zahlen gekonnt; aber die Frau, die ihn in Pflege habe, sei eine gute Person und lebe in verhältnismäßig günstigen Verhältnissen, so daß ich mir denn wegen meines Kindes nicht die geringste Sorge zu machen brauche und ruhig den Augenblick abwarten könne, in dem es mir möglich sein würde, seine Pflege und Erziehung in eigene Hände zu nehmen.

Darauf erzählte ich ihr denn, wie es mir gegangen, und wie mir so gut wie nichts an Geld geblieben sei; doch habe ich einige Sachen von Geldeswert, und ich fragte sie, ob sie keinen Rat wisse, wie ich dieselben in wirkliche Münze verwandeln könne? Sie fragte mich, was ich denn habe. Da zog ich das goldene Halsband heraus und sagte, es sei ein Geschenk meines Gatten. Dann zeigte ich ihr den Ballen Seide, den ich von Irland mit herübergebracht haben wollte, und den kleinen Diamantring. Die Stücke Silbergeschirr und die Löffel hatte ich schon selbst vorher verkaufen können. Die Kindbettausstattung, von der ich ihr zum Schluß sprach, wollte sie mir sofort selbst abkaufen; sie glaubte wohl, es sei meine eigene. Und die übrigen Sachen, meinte sie, könne sie in ihrem neuen Beruf als Pfandleiherin für mich verkaufen; sie werde tun, als seien sie ihr verpfändet, aber dann nicht eingelöst worden. Sie schickte denn auch gleich nach geeigneten Zwischenhändlern, die die Sachen sofort und ohne viel Nachfrage nahmen und obendrein ganz gute Preise zahlten.

Nun kam ich auf den Gedanken, diese erfahrene Frau könne mir doch sehr wohl zu einer Beschäftigung verhelfen, denn ich hätte mein Leben sehr gern durch ehrliche Arbeit gefristet, wäre sie nur zu erlangen gewesen. Doch ehrlicher Erwerb lag außerhalb des Gedankenkreises dieser Frau; wäre ich jünger gewesen, so hätte sie mir vielleicht dazu verhelfen können, daß ich mir mit Männern wieder Geld verdiente, doch derlei war jetzt ziemlich ausgeschlossen, da ich die Fünfzig überschritten, wie ich ihr selbst sagte. Sie lud mich zum Schlusse ein, doch zu ihr zu ziehen und bei ihr, in ihrem Hause, zu wohnen, bis ich irgend eine Beschäftigung fände; es solle mich das sehr wenig kosten. Ich nahm das Anerbieten auf der Stelle mit Freuden an; und da ich ja jetzt ein wenig besser leben konnte, sprach ich davon, ob man denn nicht meinen kleinen Sohn aus meiner letzten Ehe zu dem anderen in Pflege geben könne. Auch das ermöglichte mir alsbald meine alte Pflegerin, und zwar unter der leichten Bedingung, jährlich fünf Pfund dafür zu zahlen. Es war das eine solche Erleichterung für mich, daß ich ordentlich aufatmete und eine ganze Weile von dem elenden Gewerbe ließ, das ich neuerdings er griffen. Wie gern hätte ich nicht ehrlich gearbeitet! Aber für jemanden, der, wie ich, keinen Bekanntenkreis hatte, war es ungeheuer schwer, sogleich eine lohnende Beschäftigung zu finden.

Immerhin verschaffte ich mir im Laufe der Zeit Nähereien für Damenbettenbezüge, Unterröcke und dergleichen mehr, eine angenehme Arbeit für mich, die mir Freude machte, und von der ich sehr wohl leben konnte, denn ich war eine fleißige Frau.

Aber leider ließ mein Teufel von Versucher nicht von mir ab; immer wieder und täglich stärker mußte ich spüren, wie die Verlockung zunahm, doch wieder einmal »spazieren zu gehen«, das heißt, durch Diebstahl und Raub Geld und Geldeswert an mich zu bringen.

Und richtig, eines Abends gehorche ich diesem Versucher wieder, ging aus und unternahm einen langen Streifzug durch die Stadt, ohne jedoch eine günstige Gelegenheit zu finden. Das aber ärgerte mich dann so, daß ich am folgenden Abend wieder ausging.

Und diesmal fand sich eine Gelegenheit.

Ich kam an einer Alestube vorüber, und da die Türe offen stand, konnte ich einen Blick in das Innere des Raumes werfen. Da sah ich denn auf einem Tische einen silbernen Trinkkrug stehen, wie er in diesen Bierhäusern den Gästen vorgesetzt wird. Wahrscheinlich hatte dort kurz vorher eine Gesellschaft gezecht, und der leichtsinnige Kellnerjunge hatte vergessen, das Gefäß wegzunehmen. Ich trat in den Raum, setzte mich an den betreffenden Tisch und stellte gleichzeitig mit einer harmlosen Bewegung den silbernen Trinkkrug neben mich auf meine Bank, ins Dunkel der Ecke. Dann klopfte ich dem Kellnerjungen. Der kam auch sofort gelaufen, und ich bestellte ihm einen Becher Warmbier, denn es war ein recht kalter, unfreundlicher Tag. Der Kellnerjunge eilte hinweg, und ich hörte, wie er in den Keller hinabstieg, um das verlangte Getränk zu holen.

Gleich darauf kam ein zweiter Kellnerjunge und fragte mich: »Haben Sie schon etwas bestellt?«

Ich setzte ein gleichgültiges Gesicht auf und meinte: »Ja, einen Becher Warmbier; der andere holt schon!«

Während ich noch so dasaß, fragte die Stimme einer Frau aus dem Dunkel des Zimmerhintergrundes, wohl vom Schenktisch her: »Sind die vom Fünften alle weg?«

Der »Fünfte« war offenbar der Tisch, an dem ich saß, und der Kellnerjunge rief zurück: »Ja, sind weg!«

»Wer hat denn den Krug weggenommen?« fragte die Stimme der Frau wieder.

»Ich,« sagte der Kellnerbursch darauf, »hier ist er!« und hielt dabei einen zweiten Krug in die Hohe, den er wohl irrtümlicherweise von einem anderen Tische weggenommen haben mußte.

Auf diese Weise vermißte keiner in der ganzen Bierstube meinen Krug; und alle mochten glauben, er sei längst wieder an den Schenktisch zurückgekommen. Darüber war ich natürlich sehr froh.

Inzwischen war mein Warmbier gekommen, ich trank es langsam aus, zahlte dann und ging, nicht ohne vorher dem Kellnerburschen zugerufen zu haben, er solle auf sein Silbergeschirr aufpassen, wobei ich auf den kleinen silbernen Becher wies, in dem er mir mein Getränk gebracht. Der Junge sagte eilfertig: »Jawohl, Madam, Ihr Diener!« Und fort war ich – mit dem andern Becher.

Als ich nach Hause zu meiner Pflegerin kam, dachte ich bei mir, es sei jetzt vielleicht an der Zeit und eine günstige Gelegenheit, sie einmal auszuforschen, ob sie mir wohl, wenn ich bei meinen Diebereien in Gefahr geraten sollte, Schutz und Beistand verleihen werde. Als ich eine Weile mit mir zu Rate gegangen war, ging ich zu ihr auf ihr Zimmer, und da ich sie freundlich gestimmt fand, rückte ich denn auch sofort mit der Sprache heraus und sagte ihr, ich habe ihr ein Geheimnis anzuvertrauen, dessen Verrat die schlimmsten Folgen für mich haben könne, und fragte, ob sie so viel Zuneigung für mich habe, daß sie es unter allen Umständen für sich behalten werde. Sie antwortete mir, sie habe schon ein Geheimnis von mir treu gehütet, weshalb ich denn zweifele, daß sie es mit einem anderen nicht ebenso machen werde? Darauf erzählte ich ihr denn, daß ich in den Besitz eines Wertgegenstandes gekommen sei, der mir nicht gehöre; und zwar eigentlich ohne alle Absicht meinerseits; und ich setzte ihr die ganze Geschichte mit dem silbernen Kruge auseinander.

»Du hast ihn also mitgebracht?« war ihr erstes Wort.

»Gewiß habe ich das,« antwortete ich, stand auf, holte ihn und zeigte ihn ihr. »Aber was soll ich nun mit ihm tun?« meinte ich dabei. »Ich muß ihn doch zurücktragen?«

»Zurücktragen?« rief sie. »Hast du Luft, nach Newgate zu wandern?«

»Aber,« sagte ich, »die Leute können doch nicht so niederträchtig sein und mich anzeigen, wenn ich ihnen den Becher freiwillig wiederbringe?«

»Du kennst diese Sorte Menschen nicht, Kind,« entgegnete sie. »Man wird dich nicht nur nach Newgate bringen, sondern dich sogar noch obendrein hängen, ohne darauf Rücksicht zu nehmen, daß du so ehrlich gewesen, den Krug wiederzubringen; oder aber, im besten Falle, werden sie von dir Ersatz für alle Krüge fordern, die ihnen je abhanden gekommen.«

»Was soll ich denn aber nur anfangen,« fragte ich.

»Nun,« erwiderte sie, »da du nun einmal die Schlaue gespielt und ihn mitgenommen hast, mußt du ihn jetzt eben behalten, da gibt's keine andere Lösung. Überdies, Kind, brauchst du Silber nicht weit eher als sie? Ich mochte und ich wünsche es dir, du konntest jede Woche solch einen Becher bringen!«

Diese Worte gaben mir einen neuen Begriff von meiner Pflegerin. Freilich hatte ich schon bemerkt, daß sie, seit sie Pfandverleiherin geworden war, eine Sorte von Leuten um sich hatte, die nicht zu den verhältnismäßig Ehrlichen gehörten, die ich früher bei ihr getroffen.

Und als ich nun in der Folge die Augen offen hielt und genau aufpaßte, da merkte ich es noch viel deutlicher als vorher, was es mit ihren Geschäften auf sich hatte; denn hin und wieder brachte man ihr Degengriffe, Löffel, Gabeln, Krüge und Silberwaren, nicht zum Versetzen, sondern geradezu zum Verkaufen. Und sie kaufte sie, ohne danach zu fragen, wo sie hergekommen, und machte, wie ich aus ihren Reden entnahm, gute Geschäfte dabei.

Ich erfuhr auch, daß sie das gekaufte Silbergeschirr vor dem Wiederverkauf stets einschmelzen ließ, damit man es nicht wieder erkennen könne. Und als sie eines Morgens zu dem Manne ging, der das Einschmelzen für sie besorgte, da sagte sie, wenn es mir recht sei, wolle sie auch meinen Krug mitnehmen, damit er von niemanden gesehen werde. Ich sagte mit Freuden zu. Sie wog ihn und erstattete mir den ganzen Silberwert zurück; ich bemerkte aber, daß sie es bei ihren anderen Kunden nicht ganz ebenso ehrlich machte.

Einige Zeit danach, als ich einmal sehr traurig bei meiner Arbeit saß, fragte sie mich, was mir fehle.

Ich sagte, mein Herz sei so schwer, ich habe wenig Arbeit und bald nichts mehr zum Leben; und ich wisse nicht, was ich beginnen solle.

Sie lachte und sagte, ich solle doch wieder ausgehen und mein Glück versuchen; es könne doch sein, daß ich so von ungefähr noch einen Krug ergattere.

»Ach Mutter,« entgegnete ich, »zu diesem Geschäfte habe ich doch zu wenig Geschicklichkeit – und wenn man mich faßt? dann bin ich verloren!«

»Na,« sagte sie, »ich könnte dir ja zu einer Lehrerin verhelfen, die dich so geschickt macht, wie sie selbst ist.«

Ich bebte ordentlich, als sie mir diesen Vorschlag machte, denn bis jetzt hatte ich bei dieser Gesellschaft, die zu meiner Pflegerin kam, weder Bekannte noch Verbündete.

Sie besiegte jedoch mein ganzes Rechtlichkeitsgefühl, so wie sie mir meine Angst ausredete: und in kurzer Zeit wurde ich durch die Hilfe dieser Lehrerin im Diebeshandwerk, die ich jetzt bekam, eine solch verwegene und geschickte Diebin, wie es nur je eine gegeben hat.

Diese Lehrerin und Kameradin, zu der mir meine Pflegerin verholfen hatte, arbeitete auf drei Gebieten: Sie war Ladendiebin, stahl den Leuten ihre Börsen aus der Tasche und nahm den Damen goldene Uhren ab. Dies letztere tat sie dabei so geschickt, daß wohl überhaupt keine Frau je wieder zu ihrer Vollkommenheit in dieser Kunst gelangt sein dürfte. Das erste und letzte Gebiet ihrer Tätigkeit war auch mir sehr genehm, und ich war ihr einige Zeit unentgeltlich in ihrer Praxis behilflich, sie nahm mich auf ihre Züge mit, so ungefähr wie eine Hebamme ihre Gehilfin mit sich nimmt.

Schließlich ließ sie mich dann selbständig arbeiten. Sie hatte mir alle Handgriffe ihrer Kunst gezeigt, und ich hatte mehrere Male eine Uhr von ihrem eigenen Kleide loshaken müssen, was mir mit großer Geschicklichkeit und zu ihrer vollen Zufriedenheit gelungen war; worauf sie meinte, daß ich jetzt soweit sei, um sozusagen mein Meisterstück zu machen.

Als wir eines Tages durch die Straßen Londons geschlendert, schließlich in eine Kirche gegangen waren und dort den Gottesdienst beigewohnt hatten, zeigte sie mir denn auch ein Opfer: es war eine junge Dame mit einem Kinde an der Hand, die beiden kamen mit uns aus der Kirche; und die junge Dame trug eine geradezu prächtige Uhr. Ich sollte die Sache machen, meine Lehrerin mir nur helfen. Sie machte sich in dem Gedränge an die Seite der Dame und ließ sich, als die Dame gerade die letzten Stufen der Kirche hinunterschritt, fallen, wobei sie so heftig an die Dame anstieß, daß diese sehr erschrak, ebenfalls stolperte und beide laut aufschrien. Ich hatte indessen, in demselben Augenblick, schon die Uhr ergriffen, so daß die Bewegung, mit der die

Dame sich wieder aufrichtete, die Uhr von selbst herausziehen mußte, ohne daß die Besitzerin es merkte. Als ich die Uhr hatte, machte ich mich sofort davon und überließ es meiner Lehrerin, sich langsam von ihrem scheinbaren Schreck zu erholen – und der Dame auch.

Wie ich hinterher hörte, wurde die Uhr gleich vermißt. Und »O, diese Schurken!« hatte meine Lehrmeisterin ausgerufen, »das sind gewiß dieselben gewesen, die mich hingestoßen haben, sicher, sicher! Wenn Sie die Uhr doch nur in demselben Augenblick schon vermißt hätten, meine Dame, in dem sie Ihnen genommen wurde, dann hätten wir die Diebe, die schändlichen, gewiß noch gepackt!« Auf diese Weise drehte meine Lehrmeisterin den ganzen Vorfall so geschickt, daß auf sie selbst auch nicht die Spur eines Verdachtes fiel.

Ich kam lange vor ihr zu Hause an. Die Uhr war sehr schön, schwer und mit vielen Verzierungen geschmückt. Meine Pflegerin gab uns zwanzig Pfund dafür, von denen ich die Hälfte bekam.

Durch diesen Streich hatte ich also Meisterrang im Diebeshandwerk erworben; und es zeigte sich zugleich, daß ich gegen alle Gewissensbedenken von nun an in einem Grade gefeit war, den ich vorher für unmöglich gehalten. Auf eine solche Höhe der Verderbtheit hatte mich der Teufel geführt, nachdem er mich einmal die Bahn derselben gewiesen und gelehrt, wie man durch Laster aus seiner Armut herauskommen könne. Und selbst das konnte mich jetzt nicht mehr vor ihm retten, daß ich gar nicht mehr arm war; denn abgesehen davon, daß ich mir ein kleines Vermögen zusammengestohlen hatte, verdiente ich auch allgemach immer mehr durch meine Näharbeiten; so daß ich mich denn sehr wohl davon hätte ehrlich ernähren können; aber Ehrlichkeit hatte jetzt keinen Reiz mehr für mich.

Ja, wenn ich diese Arbeiten früher bekommen hätte, gleich nach dem Tode meines Gatten, damals, als ich zuerst in meine traurige Lage geriet, dann wäre ich wohl niemals so tief gesunken, niemals auf das schlimme Gewerbe verfallen, das ich jetzt betrieb, niemals unter diese verrottete Bande geraten, in der ich nun lebte.

So aber hatte mich mein verbrecherisches Treiben schon ganz und gar verhärtet, es war mir alles gleich, und ich wurde nur noch von Tag zu Tag verwegener; zumal mir bisher jeder Streich geglückt und ich niemals gefaßt worden war. Und auch jetzt, da ich mit meiner Lehrerin und Gefährtin zusammenarbeitete, wurde ich noch nicht gefaßt. Und wir wurden beide nicht nur kühner und immer kühner, sondern auch reicher und immer reicher. Ich erinnere mich beispielsweise, daß wir einmal nicht weniger als einundzwanzig Uhren in unserem Besitz hatten; und wir wußten, wir würden noch mehr bekommen, und waren froh und stolz darüber.

Freilich erinnere ich mich auch, daß ich hin und wieder doch noch andere Stimmungen hatte; so eines Tages, als ich einmal ein wenig nachdenklicher war, denn gewöhnlich: da sagte ich mir, welch ein hübsches Vermögen ich nun besaß, allein zweihundert Pfund in Gold ungefähr – und ich weiß noch, ein gütiger Geist, wenn es einen solchen in dieser schlimmen Welt gibt, kam in jener Stunde über mich und gab mir so recht deutlich den Gedanken ein, daß ich, nachdem mich Armut und Elend zu meinem schlimmen Beruf getrieben, ihn nunmehr ja sehr gut, nachdem Armut und Elend wieder aus meinem Leben geschwunden, darangeben könne; und ich stellte mir vor, wie sorgenlos ich mir meinen Lebensunterhalt durch meiner Hände Arbeit zu verdienen vermochte, und dann noch immer, für alle Fälle der Not, mein kleines Kapital auf der Bank liegen habe: »Und noch eines bedenke,« sagte ich zu mir selbst, »immer wirst du sicher nicht frei ausgehen – und wenn sie dich einmal fassen, dann bist du verloren!«

Dieser Augenblick war zweifellos der ruhigste, glücklichste in meinem ganzen damaligen Leben. Und hätte ich auf das gehorcht, was er mir eingab, auf die gesegnete Stimme gehört, die da zu mir sprach, woher sie auch immer kommen mochte, so würde ich zweifellos den Weg zurück gefunden haben zu einem freundlichen Leben. Aber mein Schicksal wollte es anders: mein finsterer Dämon hatte mich schon zu fest gepackt, um wieder von mir lassen zu können. Und wie die Armut mich vordem in das Reich des Verbrechens eingeführt, so hielt mich jetzt die Begehrlichkeit darin fest – bis es kein Zurück mehr gab. Gegen alle die Gründe, die mein Verstand anführte, um mich zu bewegen, von der Verbrecherlaufbahn zu lassen, trat diese Begehrlichkeit auf und raunte mir zu: Nur vorwärts! Du hast bis jetzt so viel Glück gehabt, du wirst es schon auch noch weiterhin haben! Nur vorwärts, bis der Pfunde vierhundert oder fünfhundert beisammen sind! Dann kannst du ja immer noch ein Ende machen und wieder ehrlich und in Ruhe leben! So hielt mich der Teufel wie durch einen bösen Zauber in dem Labyrinthe festgebannt, in dem ich saß, stieß mich noch immer tiefer hinein, bis eine solche Wirrnis in mir war, daß ich mich überhaupt nicht mehr herauszufinden vermochte.

Immerhin machten die ernsten Gedanken, die mir zuweilen kamen, doch einigen Eindruck auf mich, und hatten wenigstens den Erfolg, daß ich mit mehr Vorsicht und Überlegung zu Werke ging, als meine Lehrerin.

Und richtig, diese Lehrerin und noch eine andere ihrer Schülerinnen wurden denn auch schon bald vom Unglück ereilt!

Sie waren einmal ausgezogen, um sich an den Laden eines Leinwandhändlers in Cheapside zu machen; aber gerade, als sie einen Packen Ware erbeutet hatten, wurden sie von einem habichtsäugigen Kerl von Angestellten erwischt und samt zwei schönen großen Stücken Leinwand festgehalten.

Die Folge war, daß sie nach Newgate wandern mußten; und dort hatten sie das Pech, an etliche frühere Sünden erinnert zu werden; Anklage auf Anklage wurde gegen sie erhoben, und da man sie in allen Fällen überführen konnte, verurteilte man sie zum Tode. Sie schützten nun beide Schwangerschaft vor, um wenigstens noch einen Aufschub zu erlangen, den sie dann auch erhielten, da man ihnen die Schwangerschaft glaubte; ich wußte aber, daß zum mindesten meine einstige Lehrerin nicht mehr schwanger war als ich selbst.

Ich besuchte sie in der ersten Zeit sehr häufig und tröstete sie, und erwartete im Geheimen, nun auch bald daran zu kommen. Der Ort erfüllte mich übrigens derartig mit Entsetzen – war es doch der Ort meiner unglückseligen Geburt und der Schauplatz des Elends meiner Mutter – daß meine Anwesenheit dort mir geradezu unerträglich wurde und ich meine Besuche bald einstellte.

Und ach! hätte ich mir der beiden Unglück nur zu Herzen genommen, so wäre ich im Glücke geblieben, denn ich war noch frei, und noch nichts war gegen mich vorgebracht worden; doch es sollte nicht sein, und das Maß meiner Sünden war noch nicht voll.

Meine Kameradin, die im Ruf stand, eine alte Missetäterin zu sein, wurde hingerichtet; ihre junge Schülerin wurde aber noch einmal geschont, erhielt nur einen Verweis und mußte einige Zeit hungernd im Gefängnis zubringen, bis sie endlich wieder frei kam.

Das schreckliche Ende meiner Kameradin erschreckte mich bis ins tiefste Herz; und eine ganze Zeit wagte ich keinen Diebstahl oder sonst eine Gaunerei mehr. Da rief es eines Abends in der Nachbarschaft Feuer! Meine Pflegerin schaute flugs zum Fenster hinaus, um zu sehen, wo es denn brenne; als ich in ihr Zimmer trat, rief sie mir zu, es sei da und da, das Haus der und der Dame stehe ganz in Feuer – und so war es auch. Dann trat sie auf mich zu, gab mir mit dem Ellbogen einen Stoß gegen meinen und sagte: »Du, da bietet sich eine schöne Gelegenheit! Das Feuer ist so nahe bei uns, daß du hingehen kannst, ehe die Straße ganz voller Leute steht und durch die Menge versperrt ist. Geh, lauf! Geh in das Haus hinein, und sage der Dame oder wen du sonst siehst, du kämst, um zu helfen, Frau Soundso habe dich geschickt, das ist nämlich eine Bekannte von der, bei der's brennt, ich weiß, sie wohnt in unserer Straße.«

Kaum hatte ich ihre Worte vernommen, da war ich auch schon fort; und als ich vor das Haus kam, fand ich dort alles in der größten Verwirrung. Ich lief auf eine der Mägde zu und rief: »Aber Kind, wie ist denn das bei Euch passiert? Wo ist die Hausherrin? Ist sie wenigstens in Sicherheit? Und wo sind die Kinder? Ich komme von Frau Soundso, die mich zur Hilfe geschickt hat.« Sofort eilte das Mädchen davon und rief ihrer Herrin, so laut sie nur schreien konnte, zu: »Madam, Madam,« rief sie, »da ist eine Dame, die Frau Soundso zum Helfen geschickt hat,« worauf die Hausherrin, die vollständig den Kopf verloren hatte, auf mich losstürzte, mit einem Packen unter dem Arme und zwei Kindern an der Hand. »Madam,« sagte ich, »ich will die Kinder zu Frau Soundso bringen, sie wird die armen Lämmer bewahren,« und damit hatte ich das eine Kind auch schon bei der Hand, während sie mir das andere auf den Arm setzte und dabei jammerte: »Ja, bringen Sie sie um Gotteswillen in Sicherheit, und ich lasse Frau Soundso für ihre Güte auch vielmals danken. Ach Gott! ach Gott!« »Soll ich sonst noch etwas retten, Madam,« fragte ich, »sie wird alles wohl in gute Acht nehmen.« »Ja, meine Liebe,« entgegnete sie, »nehmen Sie diesen Packen mit dem Silbergeschirr und bringen Sie ihn auch zu Frau Soundso. Sie ist eine gute Frau, meine Freundin, o Gott, wir sind vollständig ruiniert und zu Grunde gerichtet! o Gott! o Gott!« Und ganz außer sich lief sie wieder weg, und die Magd lief ihr nach, und ich mit den beiden Kindern und dem Packen lief auch – nur nach einer anderen Richtung.

Schon nach wenigen Schritten trat eine Frauensperson auf mich zu und sprach mich an: »Ach, Fräulein,« meinte sie in ängstlichem Tone, »Sie werden das Kind fallen lassen; kommen Sie, ich will Ihnen helfen! Mein Gott! ist das ein Jammer auf der Welt!« Und gleich faßt sie das Bündel an, um es für mich zu tragen.

»Wenn Sie mir helfen wollen,« entgegnete ich, »so fassen Sie lieber das Kind bei der Hand und führen Sie es bis an das Ende der Straße; ich gehe mit und will Sie dann gern für Ihre Mühe entschädigen.«

Sie konnte mir dies nicht abschlagen, nachdem Sie mir selbst ihre Dienste angeboten. Ich hatte aber gleich erkannt, daß das Geschöpf demselben Gewerbe nachging wie ich und nichts anderes wollte, als das Bündel an sich bringen; jetzt aber mußte sie wohl oder übel mit mir gehen, bis an die Tür des Hauses, in dem ich die Kinder abgeben sollte. Als wir dort angekommen waren, flüsterte ich ihr ins Ohr: »So, nun geh lieber! Ich weiß, was für ein Gewerbe du treibst, du wirst noch genug zu tun finden!«

Sie verstand mich sofort und ging davon. Ich aber pochte gegen die Tür; und da die Leute im Hause von dem Feuerlärm schon erwacht waren, ließ man mich gleich ein, und ich fragte: »Ist Madam wach? Sagen Sie ihr, daß ihre arme Freundin sie darum bittet, doch die beiden Kinder für heute zu beherbergen; die arme Frau ist zu Grunde gerichtet, das ganze Haus steht in Flammen.« Man nahm die Kinder natürlich bereitwilligst auf, bedauerte die betroffene Familie, und ich machte mich mit meinem Packen bald wieder davon. Eine der Mägde fragte mich noch, ob ich ihn nicht auch dalassen wolle. »Nein, Kind«, entgegnete ich aber, »den muß ich irgendwo anders hinbringen, der gehört ihnen nicht.«

Ich war nun eine ziemlich große Strecke von dem Gedränge und dem Feuerlärm entfernt und kam mit meinem Packen Silbergeschirr, der außerordentlich groß war, heim zu meiner alten Pflegerin; diese sagte, sie werde sich den Packen nicht ansehen, ich möge nur gehen und nach Weiterem Ausschau halten; bei der Dame, die in dem Hause wohnte, das dem Feuerherd zunächst läge, solle ich unter demselben Vorwand, zu helfen, Eintritt suchen.

Ich gab mir auch alle Mühe, dahin zu gelangen, doch war das Gedränge der Feuerwehren und der Volksmenge inzwischen so groß geworden, daß ich das Haus nicht erreichen konnte.

Ich kehrte also wieder um, ging nach Hause und nahm den Packen mit hinauf auf mein Zimmer, wo wir ihn sofort untersuchten.

Mit Schrecken erzähle ich, welch einen Schatz ich da erbeutet hatte: Außer dem Haushaltungssilber, das sehr beträchtlich war, fand sich eine schwere goldene Kette, ein altmodisches Ding zwar, dessen Schloß zerbrochen und das sicher lange nicht mehr getragen war; das

Gold war aber deshalb nicht weniger wert. Dann fand ich ein kleines Kästchen mit Ringen, darunter den Trauring der Dame. Ferner eine goldene Uhr, sowie eine Börse mit ungefähr vierunzwanzig Pfund Inhalt. Und außerdem noch mehrere andere Sachen von Wert, zerbrochenem Schmuck, Goldteile und dergleichen.

Ja, das war weiß Gott die größte Beute, die ich je gemacht; wie ich schon erwähnte, erschrak ich selbst ordentlich vor ihrer Größe. Und obgleich mein Herz ja gegen alle Gewissensbisse gefeit war, jetzt, beim Anblick dieses Schatzes, faßte es mich doch in tiefster Seele, und es ward mir unheimlich und kläglich zugleich zu Mute, als ich an die arme Frau dachte, die ohnedies schon soviel verloren und die gewiß in diesem Augenblicke noch der tröstlichen Meinung war, daß wenigstens ihr Silberzeug, ihre Wertgegenstände und ihr Bargeld gerettet sei. O, wie sie entsetzt sein würde, wenn es herauskam, daß man sie so unerhört betrogen hatte ... daß die Person, die ihre Kinder und den Packen geholt, gar nicht von der Freundin gesandt worden war, wie die Person behauptet ... o, wie sie entsetzt sein würde und an allem in der Welt verzweifeln! Ich muß gestehen, daß mich die Unmenschlichkeit meiner Handlungsweise mit Abscheu vor mir selbst erfüllte. In mir wurde etwas weich. Tränen traten mir in die Augen. Trotzdem konnte ich mich aber nicht dazu entschließen, auch nur etwas von meiner Beute der Frau wieder zuzustellen; und mein Gewissen beruhigte sich denn auch bald und schwand in dem Maße, in dem meine Freude über die Beute zunahm.

Zwanzigstes Kapitel.

Obgleich mich nun diese meine letzte Gaunerei viel reicher gemacht hatte, als ich vorher gewesen, führte ich den Entschluß, den ich gefaßt hatte, natürlich doch nicht, erst recht nicht aus: nämlich von meinem schmählichen Tun zu lassen, sobald ich eine gewisse Summe beisammen haben würde. Immer noch mehr wollte ich haben! immer noch mehr! Und meine Begehrlichkeit wuchs mit der Zeit so an, daß mir der Gedanke an eine Änderung meines Lebenswandels, solange es noch Zeit dazu sei, schließlich überhaupt nicht mehr kam – obwohl ich innerlich ganz genau wußte, daß ich auf dieser Bahn nie und nimmer zur Ruhe und zum behaglichen Genuß meines Lebens kommen würde.

Immer noch mehr! Immer noch mehr! Das war das selbstgewählte Gebot, unter dem ich lebte.

So war es schließlich unausbleiblich, daß es ein böses Ende mit meinem Diebesleben nahm. Aber es dauerte noch eine geraume Zeit bis es dahin kam, und gar manchen Gaunerstreich, der glücklich auslief, konnte ich vorher unternehmen.

Davon will ich denn auch noch einiges erzählen:

Bevor meine Lehrerin und Kameradin gehängt wurde, war meine alte Pflegerin recht in Angst und Unruhe; denn die Gefangene wußte genug von ihr, um sie denselben Weg schicken zu können, wenn sie nur plaudern wollte.

Als die Gefangene nun tot war und nichts von dem verraten hatte, was sie wußte, fühlte sich meine alte Pflegerin deshalb sehr erleichtert; ja ich glaube, sie war sogar ordentlich froh, als man sie endlich aufgeknüpft hatte, denn es hätte ganz sicher in der Macht der Gefangenen gestanden, sich irgend einen Pardon damit zu verschaffen, daß sie dem Gerichte Angaben machte; der Gedanke jedoch, daß die arme Tote das, was sie wußte, nicht zu ihrem Nutzen und zum Schaden anderer verraten hatte, liesz meine alte Pflegerin nach deren Tode aufrichtig um sie trauern. Ich tröstete sie, so gut ich es konnte – und sie ermutigte mich dafür um so mehr, mir dasselbe Schicksal ebenfalls zu verdienen.

Immerhin machte mich dieser Tod am Galgen ein wenig bedenklich, und ich ging in der nächsten Zeit ganz besonders vorsichtig zu Werke, vor Allem hütete ich mich, in Läden zu stehlen, in denen man Stoffe verkaufte, denn diese Tuch- und Leinenhändler waren eine Gesellschaft, die die Augen ganz verdammt offen hatte; dagegen stattete ich ein paarmal den Auslagen der Woll- und Spitzenwaren-händlerinnen meinen Besuch ab; und namentlich in einem Geschäfte, das von zwei jungen Frauenzimmern gerade eröffnet worden war, die noch nie vorher ein Geschäft gehabt hatten, fand ich prächtige Beute: ich nahm nämlich ein großes Stück Spitze mit, das gut seine sechs bis sieben Pfund wert war.

Wir betrachteten es übrigens schon immer von vornherein als einen wohlgelungenen Raub, wenn wir uns an einen neu eröffneten Laden machen konnten; und besonders dann natürlich, wenn die betreffenden Besitzer noch nie zuvor einen Laden gehabt hatten; solche Neulinge konnten sich darauf verlassen, daß sie gründlich heimgesucht wurden, und es mußten schon selbst die allergewitzigsten Menschen sein, wenn ihnen nicht tüchtig in ihren Auslagen von uns aufgeräumt wurde.

Nach dem letzterwähnten Diebstahl trat übrigens eine Pause ein; nur ein paar ganze Kleinigkeiten brachte ich heim, und es wollte und wollte sich keine größere Gelegenheit finden. Ich dachte schließlich schon, ich müßte das ganze Diebsgewerbe darangeben, meine alte Pflegerin aber, die noch die schwersten Streiche und gewinnreichsten Erfolge von mir erwartete, ließ nicht locker.

Eines Tages brachte sie mich mit einer jungen Frau und einem jungen Manne zusammen, den sie mir als deren Gatten bezeichnete. Es stellte sich jedoch bald heraus, daß sie gar nicht verheiratet und nur Diebskameraden waren. Sie wurden denn auch später so zu sammen gefangen und gehängt, wie sie vorher zusammen gestohlen hatten.

Mit diesen beiden jungen Menschen ging ich ein paarmal auf Abenteuer aus; sie brachten es jedoch nur zu dummen und plumpen Gaunereien, deren Erfolg sie ausschließlich ihrer ganz gedankenlosen Unverschämtheit und der unbegreiflichen Nachlässigkeit der Bestohlenen zu verdanken hatten; ich beschloß daher bei mir, stets außerordentlich vorsichtig zu sein, wenn ich mit ihnen ausging, und auf die meisten ihrer Vorschläge, die sie mir machten, ging ich überhaupt nicht ein, da sie mir allzu unglücklich erschienen; in den meisten Fällen gelang es mir auch, sie von der Torheit ihres Planes zu überzeugen und sie wieder von ihm abzubringen.

Einmal schlugen sie mir vor, gemeinsam einem Uhrmacher die Uhren auszurauben. Der junge Mann meinte, er besäße so viele Schlüssel, daß er zweifellos den Schrank, in dem der Uhrmacher nachts seine Uhren einschloß, würde aufbrechen können. Es sollte sich also um einen regelrechten Einbruch handeln; damit aber war ich ganz und gar nicht einverstanden und ging daher nicht mit. Sie aber wagten den Einbruch, kamen auch mit großer Mühe in das Haus des Uhrmachers, vermochten jedoch nur ein einziges Fach in einem Schranke zu öffnen, in dem sie bloß zwei Uhren, eine goldene und eine silberne fanden. Darauf standen sie von weiteren Versuchen ab und verließen das Haus wieder. Inzwischen war man jedoch, wohl durch das verursachte Geräusch, wach geworden, und der Uhrmacher schrie ihnen aus dem Fenster ein »Haltet den Dieb! Haltet den Dieb!« nach. Sie wurden denn auch beide von Konstablern ergriffen, der junge Mann zuerst, dann die junge Frau: all ihr Laufen half ihnen nichts. Man fand die Uhren noch bei ihnen, sie wurden festgesetzt, angeklagt und verurteilt, und zwar zum Galgen; denn da sie, obwohl noch jung, doch sehr vieles auf dem Kerbholz hatten, konnte das Gericht keinen anderen Beschluß fassen, und sie mußten, wie schon erwähnt, hängen.

Wie war ich froh, als sie nun so zusammen hingen, daß ich nicht mit ihnen gegangen war! Doch machte mich das Schicksal, das auch diese Genossen meiner Tätigkeit gefunden, immer nachdenklicher: ich stellte mir vor, wie ich jetzt zweimal hart am Galgen vorbei gekommen sei, und welch ein Beispiel ich vor mir hatte.

Aber meine alte Pflegerin ließ nicht nach, mit jedem Tag drang sie stärker in mich, doch einmal wieder ein ganz großes Unternehmen zu wagen. Und sie hatte auch schon einen Plan, von dem sie sich, da sie ihn selbst ausfindig gemacht, einen guten Gewinnanteil versprach.

Es war ihr nämlich so von ungefähr zu Ohren ge kommen, daß in einem Privathause ein groszer Vorrat geschmuggelter flandrischer Spitzen verborgen läge. Das wäre nun für jeden Zollbeamten ein schöner Fund gewesen. Wir selbst konnten ihn nicht einfach stehlen, dazu war der Vorrat zu groß und vor allem die Lage des Verstecks zu ungünstig, ein Einbruch viel zu gefährlich. Meine Pflegerin meinte deshalb, man müsse die Sache zusammen mit einem Zollbeamten, gleichsam im Namen des Gesetzes, machen. Ich ging also zu einem solchen Zollbeamten und sagte ihm, daß ich ihm eine hochwichtige Entdeckung machen könne, wenn er mir verspräche, daß ich meinen gebührenden Teil an der hohen Belohnung, die er ohne Zweifel bekommen werde, haben sollte. Der Mann ging sofort auf meinen Vorschlag ein, nahm einen Konstabler mit sich, und so begaben wir drei uns denn auf den Weg. Ich führte sie gleich an Ort und Stelle, zwängte mich, eine Kerze in der Hand, in das Kellerloch hinein – denn im Keller hatte man die Spitze versteckt – und reichte dann von unten die Packen herauf, nachdem ich vorher so viel Spitze an meinem eigenen Körper hatte verschwinden lassen, als ich ohne allzu große Gefahr konnte. Wir fanden im ganzen einen Spitzenvorrat von ungefähr dreihundert Pfund Wert, der Teil, den ich bei mir verborgen, mochte dabei auf fünfzig Pfund kommen. Es stellte sich übrigens heraus, daß die Hausbewohner nicht die Eigentümer der Spitze waren, ein Kaufmann hatte sie ihnen nur in Verwahr gegeben; weshalb sie denn auch nicht so entsetzt waren, als die beiden Beamten mit der Spitze zu ihnen kamen, wie man sonst hätte erwarten müssen.

Der Zollbeamte war hocherfreut über unsere Beute. Er bezeichnete mir ein Haus, in dem ich ihn alsbald treffen werde, und ich ging auch dorthin, nachdem ich mich zuerst bei meiner Pflegerin meines Raubes entledigt hatte. Der Zollbeamte begann nun, mit mir abzurechnen und er mochte wohl glauben, ich wisse nicht, welchen rechtmäßigen Anteil an seiner Belohnung ich zu verlangen habe, denn er bot mir zuerst nur 20 Pfd. Ich machte ihm jedoch sofort klar, daß ich durchaus nicht so dumm sei, wie er wohl annähme, und verlangte rund 100 Pfd. Darauf verlegte er sich aufs Handeln und bot mir 30 Pfd.; ich sank darauf auf 80 Pfd. und er stieg auf 40 Pfd. Schließlich einigten wir uns auf 50 Pfd., doch bat ich mir noch ein Stück Spitze im Werte von annähernd 9 Pfd. aus und tat so, als wolle ich es für mich selbst verwenden. Der Zollbeamte gab es mir denn auch und so hatte ich an diesem einen Abend über 100 Pfd. verdient. Dabei erfuhr der Zollbeamte nicht einmal, wer ich war, noch wo ich wohnte, so daß er, auch wenn er nachträglich entdeckt hätte, daß ein Teil der Waren von mir unterschlagen worden, mich doch nicht hätte belangen können.

Meine Beute teilte ich ehrlich mit meiner alten Pflegerin. Und da sie so groß und der ganze Streich so leicht und gefahrlos auszuführen war, warf ich mich von jetzt ab, wenigstens für eine Weile, nur noch auf ähnliche, das heißt, ich verlegte mich darauf, geschmuggelte Waren ausfindig zu machen und die Leute, die sie besaßen, den Zollbeamten anzugeben; doch brachte mir keine einzige Entdeckung wieder so viel ein, wie die der flandrischen Spitzen.

Das nächste bedeutendere Unternehmen anderer Art war der Versuch, einer Dame ihre goldene Uhr zu stehlen. Ich wäre beinahe dabei gefaßt worden. Wir befanden uns beide in einem großen Gedränge in einem Kaufhause. Ich hatte ihre Uhr fest gefaßt und drängte dann mit einem plötzlichen Stoß vorwärts, als habe mich jemand fest gegen sie gestoßen; zugleich zog ich an der Uhr, aber als ich merkte, daß sie nicht kommen wollte, ließ ich sie sofort los, schrie, was ich nur schreien konnte: es habe mich jemand auf den Fuß getreten, und es seien Taschendiebe da, denn es habe jemand an meiner Uhr gezogen! Dazu muß ich Ihnen bemerken, daß wir auf unsere Abenteuer nur in bester Kleidung ausgingen; und so trug ich denn auch diesmal sehr gute Kleider und hatte eine goldene Uhr, so daß ich so gewiß wie nur sonst jemand gleich einer richtigen Dame aussah.

Kaum hatte ich zu schreien angefangen, so rief auch schon die andere Dame »Diebe! Diebe!« und erzählte dann erregt den Umstehenden, es habe jemand versucht, ihr die Uhr wegzuziehen.

Als ich ihre Uhr angefaßt, war ich natürlich dicht bei ihr gewesen, als ich jedoch zu schreien begann, blieb ich plötzlich fest auf meinem Platze stehen, während die Menge die Dame ein wenig vorwärts schob. Und wie sie nun ihrerseits Lärm machte, da war sie schon ein gut Stück von mir entfernt, so daß sie mich nicht im geringsten beargwöhnen konnte.

Als sie schrie: »Diebe! Diebe!« rief jemand: »Schon wieder ein Taschendieb! Auch hier ist einer gewesen und wollte diese Dame bestehlen!« und zu meinem Glück rief noch obendrein jemand, der sich ein wenig weiter in der Menge befand, ebenfalls: »Taschendiebe!« Und wirklich wurde auch ein junger Bursche auf frischer Tat ertappt, was, obwohl schlimm für den Ärmsten, für mich natürlich sehr günstig war; denn jetzt konnte mich überhaupt niemand mehr verdächtigen. Die Menge drängte in der Richtung auf den Dieb zu und der arme Junge wurde der Rache der Straße überlassen, die so grausam ist, daß ich sie nicht beschreiben will, die ein Dieb jedoch lieber erdulden will, als nach Newgate gebracht zu werden, denn dort muß er oft lange Zeit liegen, nur um zum Schluß gehängt, oder bestenfalls in die Verbannung geschickt zu werden.

Ich war also wieder mit vieler Mühe entkommen, aber so von Schreck erfüllt, daß ich eine lange Weile nicht mehr wagte, mein Augenmerk auf goldene Uhren zu richten. Eine ganze Reihe von glücklichen Umständen hatten mir diesmal noch ein Entkommen ermöglicht. Die Hauptsache jedoch war, daß die Frau, an deren Uhr ich gezogen, dumm gewesen. Sie hatte von der Art des Diebstahls nichts gemerkt, obwohl sie auf einen solchen gefaßt gewesen sein mußte, da sie ihre Uhr so befestigt hatte, daß sie nicht herauszuziehen war. Sie mußte eben einfach so erschrocken gewesen sein, daß sie keinen klaren Gedanken fassen konnte; denn als sie fühlte, daß jemand an ihrer Uhr gezogen, schrie sie laut auf, stieß nach vorwärts und brachte alle Leute in ihrer Nähe in Bewegung und Erregung. Doch sprach sie erst nach wenigstens zwei Minuten von einer Uhr und einem Taschendieb, so daß ich Zeit genug hatte, mich in Sicherheit zu bringen. Denn da ich mit derselben Kraft zurückdrängte, wie sie vorwärts, befanden sich wenigstens sieben oder acht Menschen zwischen uns. Und da ich noch etwas eher als sie »Diebe« gerufen hatte, wurden die Leute irre geführt. Hätte sie jedoch Geistesgegenwart genug gehabt, sich sofort, als sie den Ruck spürte, umzuwenden und die nächste Person hinter sich festzuhalten, so würde sie mich unfehlbar gefaßt haben.

Das ich diesen Fingerzeig hier gebe, ist zwar nicht sehr kollegial, doch ist er ein sicherer Schlüssel zu den Kniffen der Taschendiebe, und wer ihm folgt, wird so gewiß den Dieb fangen, als er ihn verfehlt, wenn er es nicht tut.

Ich hatte noch mancherlei Abenteuer, zu denen mich immer und immer wieder meine alte Pflegerin verleitete. Doch will ich von diesen Abenteuern vorerst noch nicht sprechen, sondern lieber einiges über meine Pflegerin einfügen.

Die war, obwohl sie selbst ihrem Diebesberuf schon lange nicht mehr nachging, so recht als Diebin, und zwar im besonderen als Taschendiebin geboren, und, wie ich später von ihr erfuhr, durch alle Stadien der Kunst hindurchgegangen, dabei aber nur einmal gefaßt worden. Als man sie überführt hatte, wurde sie verurteilt und sollte nach Virginia transportiert werden. Da sie jedoch eine Frau von prächtiger Zungenfertigkeit war und überdies Geld in ihrem Beutel hatte, wie man zu sagen pflegt, machte sie es möglich, daß sie die Erlaubnis erhielt, an Land gehen zu dürfen, als das Schiff an der Küste von Irland Lebensmittel einnahm. Sie entkam bei dieser Gelegenheit und trieb das alte Gewerbe in Irland ein paar Jahre lang weiter. Dann geriet sie in andere Gesellschaft, wurde Kupplerin und Dirne, und verübte noch hundert Streiche und Missetaten, die sie mir alle erzählte, als wir vertrauter geworden waren. Diesem verworfenen Geschöpf verdankte ich all meine Geschicklichkeit, die ich bald in so hohem Grade besaß, daß mir nur sehr wenige gleichkamen, und kaum einer ebenso lange wie ich, ohne gefaßt zu werden, arbeiten konnte.

Nach ihren Abenteuern in Irland verließ sie Dublin und kam wieder nach England zurück. Da die Zeit ihrer Strafe noch nicht verflossen war, ließ sie vom Diebsgewerbe ab, aus Furcht, wieder einmal gefangen und dann gewiß gehängt zu werden. Nun richtete sie sich ihre Hebammenpraxis ein, der sie zum Teil auch in Irland schon nachgegangen war, und in der sie bald durch ihre Handgeschicklichkeit und ihre gute Zunge zu der Höhe gelangte, die ich schon beschrieben habe und Reichtümer zu sammeln anfing, bis es dann nach jenem Pech, das sie – wie ich erzählte – auf ihre alten Tage noch hatte, wieder abwärts mit ihr ging.

Ich erzähle soviel von der Geschichte dieser Frau, um besser zu zeigen, welchen Anteil sie an dem verworfenen Leben hatte, das ich jetzt führte. Sie nahm mich sozusagen bei der Hand und führte mich in alle Besonderheiten ein, gab mir Fingerzeige und Ratschläge, und ich folgte denselben so treulich, daß ich die größte Künstlerin meiner Zeit wurde und mich mit solcher Geschicklichkeit aus jeder Gefahr zog, daß ich, indes manche meiner Kameraden schon nach halbjähriger Arbeit nach Newgate gewandert waren, jetzt schon fünf Jahre meinen Beruf erfüllte, und noch niemand in Newgate mich kannte. Sie hatten wohl schon viel von mir gehört und mich oft erwartet. Doch zog ich mich aus jeder Schlinge, wenn auch manchmal nur unter größter Gefahr.

Am gefährlichsten für mich wurde allmählich der Umstand, daß ich unter meinen Berufsgenossen zu bekannt wurde, und einige von ihnen, die mich haßten, mehr, weil sie mich beneideten, als daß ich ihnen etwas zu leide getan hätte, begannen schon böse und eifersüchtig darüber zu werden, daß ich immer frei ausgehen sollte, während sie wiederholt erwischt und nach Newgate gebracht wurden.

Diese Diebsgefährten, die da in Newgate saßen, waren es auch, die mir wieder jenen Namen Moll Flanders gaben, den ich schon vor langen Jahren geführt, damals, als ich zum erstenmal in der Gesellschaft zweifelhafter Mannsleute gelebt. Dieser Name Moll Flanders ist meinem wirklichen Namen oder einem der Namen, die ich mir im Laufe meines Lebens selbst zugelegt, so unähnlich, wie die schwarze Farbe der weißen. Wie es kommen konnte, daß ich ihn zweimal erhielt, weiß ich nicht; ich kann höchstens vermuten, daß einer aus der alten Gaunerbande es gleich mir zum Diebe gebracht und mich nun in der neuen Gesellschaft wiedererkannt hatte.

Eines Tages hinterbrachte man mir nun, daß einige von denen, die fest in Newgate saßen, geschworen hätten, mich zu verderben und dem Gerichte anzugeben; und da ich wußte, daß zwei oder drei von ihnen nur zu leicht fähig waren, so etwas zu tun, wurde ich sehr unruhig und hielt mich eine ganze Weile im Hause. Meine Pflegerin jedoch, die an meinen Erfolgen teil hatte, selbst aber ein sicheres Spiel spielte, da sie ja nicht mehr auf Arbeit ausging, ließ wieder nicht nach, sondern trieb mich, doch nicht so ein zweckloses und untätiges Leben zu führen, und sie erdachte einen neuen Kunstgriff, um mich zum Ausgehen zu bewegen: sie hieß mich nämlich Männerkleider anziehen und so eine ganz neue Art Praxis beginnen.

Ich war groß und ansehnlich, doch waren meine Züge etwas zu weich für einen Mann; da ich jedoch selten anders als in der Nacht ausging, ließ es sich immerhin machen; nur dauerte es sehr lange, bis ich mich in meinen neuen Kleidern einigermaßen benehmen und bewegen konnte: denn es war ganz unmöglich, in einem der Natur widersprechenden Anzuge so schnellfüßig, fix und geschickt zu sein, wie nötig war. Und da ich alles sehr schwerfällig machte, hatte ich jetzt weder den Erfolg wie früher, noch die leichte Möglichkeit, zu entkommen, und so beschloß ich denn schon bald, die Verkleidung wieder daranzugeben. Ich wurde in dieser Absicht noch durch folgendes Ereignis befestigt.

Als meine Pflegerin mich wie einen Mann verkleidet hatte, brachte sie mich auch mit einem Manne zusammen, einem jungen Burschen, der bei der Arbeit sehr flink und hurtig zu Werke ging. Ungefähr drei Wochen lang kamen wir sehr gut miteinander aus. Hauptsächlich sahen wir es in dieser Zeit auf die Ladentheken ab und eigneten uns allzu sorglos ausgelegte Waren an. Wir machten auf die Weise verschiedene gute Einkäufe, wie wir es nanmen. Da wir uns immer zusammenhielten, wurden wir sehr vertraut miteinander, doch wußte er nicht, daß ich kein Mann war, trotzdem ich mehrere Male mit ihm in seine Behausung ing, wie es unser Geschäft gerade mit sich brachte, und vier- oder fünfmal die ganze Nacht bei ihm schlief. Doch gelang es mir immer, mein Geschlecht vor ihm verborgen zu halten; und dies war durchaus nötig, wie man sehen wird.

Sein Unglück und mein Glück machten diesem Leben, dessen ich allerdings schon leid war, bald ein Ende. Wir hatten bei unserem neuen Geschäft manche Beute gemacht, die letzte hätte jedoch ganz außerordentlich groß sein können.

In einer gewissen Straße befand sich ein Laden, hinter dem ein Warenlager war, das auf eine andere Straße hinausging. Durch das Fenster dieses Warenlagers sahen wir nun auf einem Ladentisch, gerade vor dem Fenster, neben andern Stoffen fünf Stücke Seide liegen; und obgleich es fast dunkel geworden, waren die Leute in dem Laden noch so geschäftig, daß sie keine Zeit gehabt hatten, die Fensterläden vorzulegen; vielleicht hatten sie es auch vergessen.

Darüber freute sich der junge Bursche so sehr, daß er sich kaum zu lassen wußte. Die Seide läge wie für ihn da, sagte er, und schwor, er werde sie sich holen, und wenn er in das Haus einbrechen müsse. Ich suchte ihm abzuraten, sah aber, daß da kein Heilmittel war. Er gab sich also unbesonnen und schnell ans Werk, drückte zunächst sehr geschickt ein Viereck aus dem Glasfenster hinaus, nahm vier Stücke Seide und kam mit denselben auf mich zu, war jedoch beobachtet worden und wurde nun sofort mit schrecklichem Lärm und Getöse verfolgt. Wir standen zwar bei einander, doch hatte ich noch nichts von den Waren entgegengenommen, sondern sagte nur hastig: »Jetzt ist's aus mit dir!« Er rannte schnell wie der Blitz von dannen, ich ebenfalls, doch waren die Verfolger noch schneller als er, weil er die Waren hatte. Er ließ zwei Stücke Seide fallen, wodurch sie ein wenig aufgehalten wurden. Doch gesellten sich immer mehr Menschen dazu und verfolgten uns beide; sie erwischten ihn sehr bald mit den anderen beiden Stücken, die übrigen verfolgten mich. Es gelang mir, das Haus meiner Pflegerin zu erreichen, wohin mir einige schnellfüßige Leute von weitem folgten. Sie kamen jedoch erst an und klopften an die Tür, als ich schon Zeit gefunden, meine Verkleidung abzuwerfen und meine eigenen Sachen wieder anzuziehen; überdies hatte meine Pflegerin, als sie ankamen, sich schon eine Geschichte ausgedacht. Sie hielt die Tür geschlossen und rief ihnen zu: es sei kein Mann zu ihr hineingekommen. Die Leute bestanden aber darauf, es sei ein Mann hineingelaufen und schworen, sie würden die Türe aufbrechen.

Meine Pflegerin, nicht im geringsten erschreckt, sagte ihnen sehr ruhig, sie möchten nur frank und frei hereinkommen und ihr Haus durchsuchen, wenn sie einen Konstabler mit sich brächten und versprächen, nur zu so vielen einzudringen, als der Konstabler bezeichnen würde, denn es wäre sehr unklug von ihr, die ganze Volksmenge auf einmal einzulassen. Dagegen konnten sie nichts sagen, obgleich sie eine ganze Menge waren. Man rief also sofort einen Konstabler, und meine Pflegerin öffnete sogleich die Tür; der Konstabler hielt an derselben Wache, und die Männer, die er bezeichnet, suchten mit meiner Pflegerin, die sie von Zimmer zu Zimmer führte, das Haus ab. Als sie vor meiner Tür ankamen, rief die Alte laut: »Base, mach einmal bitte die Türe auf, hier ist ein Herr, der in deinem Zimmer nachsuchen muß.«

Ich hatte ein kleines Mädchen bei mir, die Enkelin der Pflegerin, wie diese wenigstens behauptete, und hieß das Kind nun die Türe öffnen: und da saß ich nun in einem ganzen Berg von Näharbeit, als habe ich den Tag über nichts anderes getan, als geflickt und gestopft; und zwar war ich nicht einmal ganz angekleidet, sondern hatte nur eine Nachtmütze auf dem Kopfe und einen losen Morgenrock an. Meine Pflegerin entschuldigte sich, daß ich so gestört würde, sagte mir kurz, warum es geschehe, und daß ihr nichts anderes übrig geblieben wäre, als den Leuten die Türe zu öffnen, damit sie sich selbst überzeugen könnten, daß kein Mann im Hause sei. Ich blieb ruhig sitzen, sagte, sie möchten suchen, so lange sie nur wollten, und wenn jemand im Hause wäre, so befände er sich gewiß nicht in meinem Zimmer – und was die anderen Zimmer angehe, so wisse ich nicht, wer darin sei, ich verstände überhaupt gar nicht, was sie von uns wollten.

Ich selbst und alles um mich herum machte einen so ehrlichen und anständigen Eindruck, daß sie mich höflicher behandelten, als ich erwarten konnte; doch erst, nachdem sie alles auf das genaueste untersucht, und unter das Bett, ja sogar in das Bett gesehen und jeden Schlupfwinkel, in den sich nur immer jemand hätte verbergen können, durchstöbert hatten, entschuldigten sie sich und gingen wieder hinunter.

Als sie das Haus so vom Boden zum Keller und vom Keller zum Boden durchsucht hatten und nichts gefunden, beruhigten sie die Menge so ziemlich. Doch nahmen sie meine Pflegerin mit vor den Richter. Zwei Männer schworen, daß sie den Mann, den sie verfolgten, in ihrem Haus hätten verschwinden sehen; meine Pflegerin aber machte einen großen Lärm, man wolle ihr Haus beleidigen und mißhandele sie um ein Nichts; wenn wirklich ein Mann hineingekommen sei, so hätte er auch wieder herausgehen können, ohne daß sie etwas davon zu wissen brauche; sie könne auf der Stelle beschwören, daß ihres Wissens kein Mann ins Haus gekommen sei – was ja sehr wahr war; während sie sich oben im Hause befunden, habe ja allerdings irgend ein Bursche durch die offene Tür kommen und Schutz vor seinen Verfolgern suchen können; sie wisse jedenfalls nichts davon; wenn es aber so gewesen wäre, so sei er gewiß durch die andere Tür, die hinten hinaus in ein Gäßchen führte, wieder entwichen.

Das klang natürlich sehr glaubwürdig, und der Richter ließ sie zu seiner Beruhigung noch einen Eid schwören, daß sie keinen Mann in ihrem

Hause aufgenommen habe, um ihn zu beschützen und zu verbergen. Diesen Eid durfte sie füglich leisten, und sie tat es ohne Skrupel und wurde dann sogleich entlassen.

Man kann sich leicht vorstellen, wie sehr ich mich bei dieser Gelegenheit geängstigt hatte. Meine Pflegerin konnte mich denn auch nicht bewegen, die Verkleidung noch einmal anzulegen, denn ich fürchtete, mich ganz gewiß zu verraten.

Mein armer Genosse bei diesem Unglück war nun übel daran, denn er wurde vor das Gericht geschleppt und von da nach Newgate.

Doch wurde ihm versprochen, die Klage gegen ihn nicht allzu streng zu fassen, wenn er seine Komplizen angäbe, und ganz besonders den Mann, der an diesem Diebstahl beteiligt gewesen. Er versäumte denn auch nicht, dieser Aufforderung eiligst nachzukommen und nannte den Namen, unter dem er mich kannte: Gabriel Spencer. Nun zeigte es sich also, wie klug es von mir war, daß ich mich ihm nicht zu erkennen gegeben, sonst wäre ich jetzt verloren gewesen.

Der Bursche tat natürlich alles, um den Gerichtsmenschen zu helfen, den Gabriel Spencer ausfindig zu machen; er beschrieb mich, nannte den Ort, wo wir uns zusammengefunden, kurz, er gab alle Einzelheiten an, die auf mich hinweisen konnten; da er jedoch nicht angeben konnte, daß ich eine Frau sei, so hatte ich einen großen Vorsprung voraus: er wandte sich an ein paar Familien, die aber auch nicht mehr von mir wußten, als daß er oft einen Burschen bei sich gehabt, den sie nicht näher kannten; und meine Pflegerin, die mich mit ihm zusammengebracht, hatte dies schlauerweise durch zweite Hand getan, so daß er auch von ihr nichts wußte.

Und dies Alles war sehr übel für ihn; denn da er Entdeckungen versprochen hatte, sein Versprechen aber nicht halten konnte, hielt man dies für eine bloße Ausrede und verfuhr nur umso schonungsloser mit ihm.

Ich war jedoch die ganze Zeit über in schrecklicher Angst; und um ein wenig zu verschwinden, verließ ich das Haus meiner Pflegerin für eine Zeitlang. Da ich nicht recht wußte, wohin ich mich wenden sollte, nahm ich eine Magd, bestieg mit ihr die Post und fuhr nach Dunstable zu meinen früheren Wirtsleuten, bei denen ich mit meinem Gatten aus Lancashire so hübsch gewohnt hatte. Diesen erzählte ich nun eine lange Geschichte: ich erwarte meinen Gatten, der jeden Tag aus Irland zurückkehren könne, ich habe ihm geschrieben, ich wolle ihn zu

Dunstable treffen, und er werde, wenn der Wind günstig sei, in ein paar Tagen landen; ich wolle seine Ankunft hier bei ihnen erwarten, er werde entweder mit der Post oder mit der Kutsche von Westchester kommen, ich wisse nur nicht genau, wann; doch wie dem auch sei, kommen werde er gewisz, und mich in ihrem Hause treffen.

Meine Wirtin war sehr erfreut, mich wiederzusehen, und der Wirt machte ein Wesen her, als sei ich eine Prinzessin. Ich war hier sehr gut aufgehoben und hätte zwei Monate oder drei dableiben können, wenn ich es für gut gehalten.

Doch hatte ich an anderes zu denken. Ich war noch immer sehr ängstlich, obwohl ich mich so gut verkleidet hatte, daß es fast nicht möglich war, der Bursche könnte mich ausfindig machen. Er konnte mich zwar dieses Diebstahles nicht bezichtigen, da ich ihm ja sogar zugeredet, ihn nicht zu wagen, und selbst nichts dabei getan hatte. Doch hätte er andere Dinge von mir verraten können und so mein Leben zu gunsten des seinigen in Gefahr bringen.

Dieser Gedanke erfüllte mich denn auch nach wie vor mit den größten Befürchtungen. Ich wußte keine Hilfe, hatte keinen Freund und keinen Vertrauten außer meiner alten Pflegerin und wußte mir keine andere Erleichterung, als mein Leben in ihre Hand zu geben. Ich ließ sie deshalb wissen, wohin sie mir schreiben solle und empfing während meines Aufenthaltes mehrere Briefe von ihr. Einige von ihnen, namentlich die ersten, vergrößerten meine Angst nur daß noch, so daß ich sehr unruhig wurde, zum Schluß jedoch erhielt ich die fröhliche Nachricht, das der Bursche gehängt worden: und das war die beste Botschaft, die ich seit langem gehört.

Ich blieb im ganzen fünf Wochen in Dunstable und lebte dort, von meiner geheimen Angst abgesehen, sehr angenehm. Als ich jedoch den eben erwähnten Brief empfing, wurde ich sofort lustig und guter Dinge und teilte meiner Wirtin mit froher Stimme mit, ich hätte einen Brief von meinem Gatten aus Irland bekommen, der gute Nachricht enthalte; die Geschäfte gingen ausgezeichnet, doch gestatteten sie ihm nicht, so schnell wie erwartet abzukommen; und deshalb würde ich wahrscheinlich ohne ihn wieder abreisen müssen.

Die Wirtin gratulierte mir zu den guten Nachrichten und sagte: »Ich habe wohl bemerkt, Madam, daß Sie in der letzten Zeit nicht so heiter waren wie sonst gewöhnlich, Sie haben sich gewisz seinetwegen viel

Sorgen gemacht, und man sieht Ihnen jetzt gleich an, daß Sie beruhigt sind.«

Und der Wirt sagte: »Es tut mir sehr leid, daß der gnädige Herr jetzt nicht kommen kann, ich hätte mich von Herzen gefreut, ihn wiederzusehen. Aber wenn Sie Beide ein an der mal den Katzensprung zu uns machen wollen, so werden Sie jederzeit willkommen sein.«

Unter solchen Komplimenten schied ich von ihnen, kam froh und munter wieder in London an und fand meine alte Pflegerin ebenso erfreut über die Wendung der Dinge vor, wie ich selbst es war. Sie sagte, sie wolle mir niemals mehr zu einem Helfer raten, das meiste Glück habe ich, wenn ich mich allein hinaus wage. Und dies war richtig, denn ich geriet selten in Gefahr, wenn ich allein war, oder wenn es geschah, zog ich mich schneller und geschickter wieder heraus, als wenn ich mit den oft unüberlegten Versuchen anderer zu rechnen hatte, die weniger vorsichtig und ungeduldiger waren als ich; denn obwohl ich soviel Wagemut besaß wie nur einer von ihnen, ging ich doch stets mit viel mehr Überlegung an eine Sache heran und wußte mich mit viel mehr Geistesgegenwart wieder aus allen Situationen herauszubringen. Ich habe mich später oft über meine eigene Verwegenheit gewundert, die den Entschluß, das Gewerbe aufzugeben, auch nicht einen Augenblick lang aufkommen ließ, trotzdem fast all meine Kameraden erwischt und der Gerechtigkeit überliefert wurden. Und dabei war ich jetzt durchaus nicht mehr arm, so daß ich nicht mehr sagen konnte, die Not, die grose Verführerin zu all solcher Bosheit, treibe mich an. Ich hatte über 500 Pfd. in Gold zur Hand, von denen ich sehr gut hätte leben können, wenn ich mich zurückgezogen hätte; doch hatte ich, wie gesagt, nicht die geringste Neigung, von meiner Arbeit abzustehen, nein, nicht mehr als damals, als ich nur 200 Pfd. besaß und als ich noch nicht solch schreckliche Beispiele vor Augen hatte. Daraus geht deutlich hervor, daß, wenn wir erst einmal im Verbrechen verhärtet sind, uns keine Furcht abhalten, kein Beispiel warnen kann.

Einundzwanzigstes Kapitel.

Es kam des Jahres lustigste Zeit: der Bartholomäusmarkt begann. Ich war früher nie hingegangen, da ich der Meinung war, es sei dort nicht allzuviel zu holen. In diesem Jahre ging ich jedoch hin.

Nachdem ich mich eine Weile herumgetrieben hatte, geriet ich in eine Würfelbude, in der sich alsbald ein äußerst reich gekleideter älterer Herr an mich heranmachte, wie das in diesen Buden so üblich und gar nicht weiter auffallend ist. Er plauderte mit mir und war in allem mein erklärter Kavalier. Nach einer Weile meinte er, er wolle jetzt einmal für mich setzen; und er setzte auch, so lange, bis er glücklich einen schönen Federmuff gewann, den er mir schenkte. Dann plauderte er weiter mit mir und war so liebenswürdig und benahm sich dabei so respektvoll, wie es nur ein richtiger Gentlemen kann.

Schließlich verließen wir die Würfelbube und machten eine kleine Promenade durch den Klostergarten, wobei er anscheinend ganz zweck- und absichtslos von tausend unbedeutenden Dingen mir redete. Nachdem unser Rundgang beendet war, erklärte er mir unumwunden, daß er von meiner Gesellschaft ganz entzückt sei, und fragte mich, ob ich jetzt wohl eine Spazierfahrt in einer Kutsche mit ihm wagen wollte? Ich könne überzeugt sein, daß ich es mit einem Ehrenmann zu tun habe, der mir nichts Unpassendes zumuten würde! Ich tat zuerst so, als lehnte ich das Anerbieten ab, nahm es dann aber, nachdem ich ihn erst noch ein wenig bitten lassen, natürlich doch an.

Ich konnte mir anfangs gar nicht denken, was dieser Herr eigentlich beabsichtigte. Aber ich fand bald heraus, daß er schon ein bischen viel getrunken hatte und nun in angenehmer Gesellschaft noch weiter trinken wollte.

Wir fuhren hinaus, in einen Park, wo wir erst wieder ein wenig spazieren gingen, uns dann aber an einen Tisch niedersetzten. Hier bestellte der Herr abermals reichlich Wein, trank schnell und stark, und drängte mich, ebenfalls zu trinken. Ich aber trank wohlweislich nicht.

Bis jetzt hatte der Herr sein Wort gehalten und mir keine unpassenden Anmutungen gemacht. Dann aber bestiegen wir unsere Kutsche wieder und ließen uns zurückfahren, durch die abendlichen – es war mittlerweile zehn Uhr geworden – Straßen Londons; bis wir schließlich vor einem Hause hielten in dem der Herr bekannt zu sein schien, denn man öffnete ihm gleich und führte ihn auch gleich eine Treppe hinauf, in ein Zimmer, in dem ein Bett stand. Dort sträubte ich mich denn selbstverständlich zuerst wieder, tat so, als wollte ich um keinen Preis hineingehen, aber nach ein paar Worten ließ ich mich dann doch bewegen, wie Sie sich denken können, denn ich war durchaus willens, das Abenteuer bis zum Ende durchzuführen, in der Hoffnung nämlich, daß sich zum Schluß noch mancherlei dabei erbeuten ließe; was das Bett aber anging, nun, aus dem machte ich mir wirklich nicht viel.

In dem Zimmer nun begann der Herr sich etwas freier zu benehmen, als er versprochen, und nach und nach ließ ich alles geschehen, so daß er, kurz gesagt, alles tat, was ihm gefiel. Mehr brauche ich hier nicht zu sagen. Die ganze Zeit über trank er reichlich, und um ein Uhr des Morgens stiegen wir wieder in den Wagen.

In der frischen Luft und bei dem Rütteln der Kutsche verwirrten die Getränke meinem Herrn den Kopf nur noch mehr, wie das ja immer zu sein pflegt. Er wurde sehr aufgeregt und versuchte, das, was er vorhin getrieben, in der Kutsche wieder von neuem zu beginnen; da ich mein Spiel jedoch für sicher hielt, widerstand ich ihm und brachte ihn zur Ruhe – und schon nach fünf Minuten fiel er in tiefen Schlaf.

Ich nahm nun sofort die Gelegenheit wahr und durchsuchte ihn aufs genauste. Ich erbeutete eine goldene Uhr, eine seidene Börse mit viel Gold darin, seine schöne Perrücke, seine Handschuhe mit silbernen Franzen, seinen Degen und seine schöne Schnupftabaksdose. Dann öffnete ich sachte die Tür der Kutsche, stand auf, um während des Fahrens hinauszuspringen. Die Kutsche hielt jedoch gerade, um eine andere Kutsche vorbei zu lassen. So konnte ich die meine in aller Gemütsruhe verlassen und ließ meinen Herrn samt der Kutsche Herr und Kutsche sein.

Dies Abenteuer hatte ich weder erwartet, noch im Geringsten beabsichtigt, obwohl der vergnügliche Teil des Lebens soweit noch nicht hinter mir lag, als daß ich vergessen hätte, wie ich mich zu benehmen habe, wenn ein Narr in seiner Begehrlichkeit so blind war, daß er eine alte Frau nicht von einer jungen unterscheiden konnte. Nun sah ich allerdings gut zehn Jahre jünger aus, als ich wirklich war; immerhin war ich kein Weibsbild von siebzehn Jahren, und das ließ sich doch wahrhaftig leicht genug erkennen.

Es gibt nichts Lächerlicheres, als einen Mann, dem der Wein und seine eigene Lasterhaftigkeit zu Kopfe gestiegen sind; er ist von zwei Teufeln zugleich besessen, und seine Vernunft kann ihn ebenso wenig beherrschen, als eine Mühle ohne Wasser mahlen kann. Das Laster tritt alles Gute, das in ihm liegen mag, zu Boden, ja all seine Sinne werden von seinem wütenden Begehren verblendet, und so begeht er die größten Torheiten: er trinkt immer weiter, selbst wenn er schon betrunken ist, greift irgendwo eine Frau auf, ohne sich zu fragen, was oder wer sie ist, ob sie gesund oder krank, rein oder unrein, ob sie häßlich oder schön, jung oder alt ist. Solch ein Mensch ist schlimmer als ein Wahnsinniger; von seinen lasterhaften Begierden verführt, weiß er nicht mehr, was er tut, als dieser arme, elend Betrunkene wußte, da er einschlief und ich ihm seine Uhr und Börse aus der Tasche ziehen konnte.

Das sind so die Menschen, von denen schon Salomon sagt: sie gehen wie ein Ochs zum Schlächter, bis das Messer ihre Leber durchbohrt. Nebenbei eine wunderbare Beschreibung jenes schlimmen Übels, das sich die Männer gerade dann zu holen pflegen, wenn sie im Trunke sich mit allerlei Weibspersonen einlassen: das wie eine giftige und tötliche Ansteckung das ganze Blut durchdringt, und dessen Quelle oder Mittelpunkt ebenfalls in der Leber sitzt, von wo aus, durch den schnellen Kreislauf des Blutes getrieben, die schreckliche und ekelhafte Seuche sofort den ganzen Körper durchsetzt und des Menschen Eingeweide wie von einem Schwert durchwühlt werden.

Mein Herr hatte nun von mir nichts zu befürchten, vielmehr war ich anfangs in großer Angst, ob mir nicht von ihm Gefahr drohe. Doch war er wohl eigentlich nur zu bemitleiden, denn er schien im Grunde ein guter Kerl zu sein; ein Mann von Benehmen war er sicherlich, und eine stattliche, angenehme Erscheinung dazu. Sein Unglück war es nur, daß er schon am Abend vorher zu viel getrunken hatte und gar nicht zu Bett gekommen war, wie er mir erzählte. Sein vom Weine erhitztes Blut ließ dann am zweiten Tage die Vernunft überhaupt nicht mehr bei ihm aufkommen.

Ich suchte nur Eines bei ihm: Geld – oder was er an Geldeswert bei sich hatte. Außerdem aber, wenn es zu machen gewesen wäre, hätte ich ihn gern wohlbehalten nach Hause und zu seiner Familie zurückgebracht, denn es war zehn gegen eins zu wetten, daß er ein ehrbares und tugendhaftes Weib und unschuldige Kinder hatte, die sich zu Hause ängstlich um ihn sorgten und froh gewesen wären, wenn sie über seine Sicherheit hätten wachen dürfen, bis er wieder zu Verstande gekommen. Mit welcher Scham und welchem Bedauern würde er dann auf seine Tat zurücksehen! wieviel Vorwürfe würde er sich darüber machen, daß er sich mit einer Dirne eingelassen, einer Dirne, die er in der schändlichsten aller Lasterhöhlen, zwischen dem Schmutz und dem Auskehricht der Stadt aufgelesen! Wie würde er vor Furcht zittern, sich mit jener Krankheit behaftet zu haben, wie würde er beben bei dem Gedanken, daß ein Pfeil seine Leber durchbohre, wie mußte er sich hassen, jedesmal, da er auf die rohe, gemeine Tollheit dieser Ausschweifung zurückschaute! Welcher Abscheu mußte ihn, wenn er noch das geringste Gefühl für Ehre hatte, bei dem Gedanken er füllen, daß er vielleicht die Krankheit, die er, wenigstens seines Erachtens nach, ja wohl sehr gut bekommen haben konnte, auf sein tugendhaftes Weib übertragen und damit Gift und Untergang in das innerste Lebensblut seiner Nachkommen bringen würde!

Wenn diese Männer wüßten, mit welcher Verachtung selbst die Frauen, mit denen sie in solchen Fällen zu tun gehabt, sie betrachten – es würde manchen von ihnen zurückhalten. Wie ich schon von mir aus angedeutet habe, liegt solchen Frauen nichts am Genusse, und keine Neigung nähert sie einem solchen Manne; das Weib ist völlig unbeteiligt, und man denkt an keinen andern Genuß als an den, welchen das Geld gewähren wird, in dem Augenblick, da man es seinem Opfer aus der Tasche zieht. Während der Mann in den wüsten Wonnen seiner sündhaften Genußsucht schwelgt, suchen des Weibes Hände wühlend in seinen Tasthen, und er ist in den Augenblicken seiner Tollheit ebenso wenig fähig, den Raub zu bemerken, als er vorher geahnt, daß das Weib es auf Raub abgesehen.

Ich kannte eine Frau, die so geschickt war, daß sie einem Burschen, der allerdings auch keine bessere Behandlung verdiente, seine Börse mit zwanzig Guineen aus der Tasche zog, während er sich gerade in anderer Weise mit ihr beschäftigte, und dem sie eine andere Börse mit falschen Münzen wieder zusteckte. Als er fertig war, sagte er zu ihr: »Hast Du mittlerweile auch nicht meine Taschen ausgeräumt?« Sie scherzte mit ihm und sagte: »Ich glaube, Du hast nicht allzuviel zum Ausräumen!« Darauf steckte er die Hand in seine Tasche, fühlte, daß die Börse noch darinnen war, gab sich zufrieden, während sie mit seinem Gelde abzog. Sie machte einen einträglichen Erwerb aus diesem Handgriff und trug stets eine Börse mit falschen Münzen bei sich, um bei solchen Gelegenheiten bereit zu sein; und ich bin überzeugt, sie brauchte sie oft mit Erfolg.

Ich kam mit meiner Beute glücklich zu meiner Pflegerin zurück, und als ich ihr die Geschichte erzählte, wurde sie von derselben so gerührt, daß sie kaum fähig war, ihre Tränen zurückzuhalten; so ergriff sie der Gedanke, daß die Männer sich fast jedesmal, wenn ihnen ein Glas Wein zu Kopf gestiegen ist, der Gefahr aussetzen, zu Grunde gerichtet zu werden. Mein Raub jedoch und meine Erzählung, wie trefflich ich ihn ausgeplündert, gefielen ihr außerordentlich.

»Gewiß, mein Kind,« sagte sie, »eine solche Behandlung wird ihn eher bessern, als alle Predigten die er je zu hören bekommen kann.«

Am nächsten Tage bemerkte ich, daß sie sich bei mir wiederholt nach meinem älteren Herrn erkundigte. Die Beschreibung, die ich ihr von ihm machte, sein Anzug, seine Person, sein Gesicht, all dies erinnerte sie an einen Herrn, von dessen Charakter und Lebenswandel sie schon gehört hatte. Sie dachte eine Weile nach, und als ich ihr weitere Einzelheiten mitteilte, sagte sie: »Aber natürlich, ich wette hundert Pfund, daß er es ist!«

»Es sollte mir sehr leid tun,« entgegnete ich, »denn ich möchte ihn auf keinen Fall bloßstellen. Er hat schon Schlimmes genug durch mich erfahren, und ich möchte nicht der Grund sein, daß ihm noch mehr widerfahre.«

»Nein, nein,« sagte sie, »ich will ihm auch gar nichts Übles mehr zufügen, laß mich nur meine Neugierde ein wenig befriedigen; wenn er es gewesen ist, so wette ich, daß ich's herausbringen werde.«

Diese Worte beunruhigten mich ein wenig, und ich antwortete mit erschrecktem Gesicht, daß er mich dann ja auch ausfindig machen könne, was mein Verderben sein würde!

Sie antwortete lebhaft: »Warum glaubst du nur, ich würde dich diesmal verraten? Nein, nein, mein Kind, nicht um alles in der Welt! ich habe in schlimmern Sachen, als diese ist, Stillschweigen beobachtet, du kannst mir auch jetzt vertrauen.«

Darauf sagte ich nichts mehr.

Sie spann nun einen Plan aus, denn sie war nun einmal fest entschlossen, den Herrn ausfindig zu machen. Sie begab sich zu einer ihrer Freundinnen, die mit der Familie, an die sie dachte, bekannt war, und erzählte ihr, sie habe mit dem Hausherrn, der nebenbei gesagt, nichts weniger als ein Baron und aus sehr guter Familie war, eine sonderbare Angelegenheit zu verhandeln und wisse nicht, wie sie sich ihm nähern solle, da sie niemanden habe, der sie bei ihm einführen könne. Ihre Freundin erklärte sich gleich bereit, dies zu tun, und begab sich auch alsbald in das Haus dieses Herrn.

Am nächsten Tage kam sie zu meiner Pflegerin und sagte ihr, daß sich der Herr Baron zu Hause befinde, er habe jedoch einen Unfall gehabt, so daß er nicht zu sprechen sei.

»Was für einen Unfall!« fragte meine alte Pflegerin schnell, als sei sie sehr überrascht über diese Nachricht.

»Nun,« antwortete die Freundin, »er ist in Hampstead gewesen, um einen bekannten Herrn zu besuchen; und auf dem Rückwege wurde er überfallen und ausgeraubt. Da er, wie man annimmt, ein wenig getrunken hatte, richteten ihn die Schurken außerdem noch übel zu, so daß er jetzt sehr krank darniederliegt.«

»Ausgeraubt?« rief meine Pflegerin, »was hat man ihm denn abgenommen?«

»Je nun,« entgegnete die Freundin, »sie stahlen seine goldene Uhr, seine goldene Schnupftabaksdose, seine beste Perrücke und alles Geld, das er in der Tasche hatte; und das war gewiß nicht wenig, denn der Herr Baron geht niemals ohne eine mit Guineen wohlgefüllte Börse aus.«

»Bah,« entgegnete meine alte Pflegerin und lachte, »ich möchte wetten, er hat sich betrunken und ein Weibsbild aufgegabelt, das seine Taschen ausgeräumt hat; dann ist er nach Hause gegangen und hat seiner Frau erzählt, er wäre ausgeräubert worden. Das ist ein alter Witz, und die armen Frauen müssen jeden Tag solche Lügen anhören.«

»Aber nicht doch,« entgegnete die Freundin, »ich sehe, daß Sie den Herrn gar nicht kennen; er ist ein ehrenhafter Mann; es gibt vielleicht in der ganzen Stadt nicht wieder solch einen nüchternen, biederen Baron. Er hat einen Abscheu vor solchen Dingen, wie Sie da andeuten, und niemand kann ihm dergleichen nachsagen.«

»Nun wohl,« sagte meine Pflegerin, »das geht mich ja auch schließlich nichts an. Wenn es aber doch der Fall wäre, so würde ich es schon bald herausfinden. Eure biederen Barone sind manchmal nicht besser, als die anderen; sie nehmen sich nur besser aus oder, wenn's gestattet ist, sind die besseren Heuchler.«

»Nein, nein,« sagte die Freundin, »er ist wirklich ein Ehrenmann und ist sicherlich ausgeraubt worden.«

»Das ist ja möglich,« entgegnete meine Pflegerin, »jedenfalls geht's mich nichts an, wie ich schon einmal gesagt habe. Ich will bloß mit ihm sprechen, und zwar über etwas ganz anderes.«

»Mag die Angelegenheit sein, wie immer sie will, Sie können ihn jetzt nicht sehen,« gab die Freundin hierauf zurück, »denn er ist sehr krank und schwer verletzt.«

»Verletzt?« fragte meine Pflegerin, »dann ist er aber gewiß in schlimme Hände geraten.« Und sie fragte nur: »Wo ist er denn verletzt?«

»Am Kopf,« entgegnete die Freundin, »an einer Hand und im Gesicht; sie haben ihm barbarisch mitgespielt.«

»Armer Herr,« jammerte nun meine Pflegerin, »dann muß ich wohl warten, bis er wieder hergestellt ist. Ich hoffe nur, es wird nicht lange dauern.«

Darauf kam sie zu mir zurück und erzählte mir die Geschichte. »Ich habe Deinen feinen Herrn gefunden,« sagte sie, »wirklich ein nobler Mann, aber er ist ja in einem traurigen Zustande; was in Teufels Namen hast du ihm denn getan? Du hast ihn ja beinahe umgebracht!«

Ich blickte sie höchst bestürzt an. »Umgebracht?« fragte ich, »dann hast du dich aber sicher doch in der Person geirrt, ich habe meinem Herrn nichts getan. Er war betrunken und schlief fest, als ich ihn verließ.«

»Davon weiß ich nichts,« sagte sie, »jedenfalls ist er jetzt in einem traurigen Zustande.« Und dann erzählte sie mir alles, was ihre Freundin ihr gesagt hatte.

»Nun denn,« entgegnete ich, »so muß er erst später in schlechte Hände geraten sein, wenn er es wirklich ist; als ich ihn verließ, war ihm noch nichts geschehen.«

Ungefähr zehn Tage später begab sich meine Pflegerin wieder zu ihrer Freundin, damit diese sie bei dem Herrn Baron einführe. Sie hatte sich mittlerweile auch schon an anderen Stellen nach ihm erkundigt und gehört, daß er das Bett verlassen habe. Sie erhielt denn auch die Erlaubnis, mit ihm sprechen zu dürfen.

Als sie bei ihm in seinem Arbeitszimmer war, erzählte sie ihre Geschichte viel besser, als ich fähig bin, sie wiederzugeben, denn sie war, wie man ja auch oft gesehen, eine wahre Meisterin ihrer Zunge. Sie sagte ihm, sie komme – obwohl sie ihm fremd sei – einzig und allein in der Absicht, ihm einen Dienst zu erweisen. Er werde bald selbst sehen, daß sie keinen anderen Zweck verfolge, und da sie sich ihm nur in freundlicher Absicht genähert, bitte sie ihn, er möge ihr versprechen, falls er auf den Vorschlag, den sie machen würde, nicht eingehen könne, es doch nicht übelzunehmen, daß sie sich um Angelegenheiten kümmere, die sie im Grunde nichts angingen. Sie versicherte ihm, das, was sie ihm mitzuteilen habe, sei ein Geheimnis, das nur ihn beträfe, und es solle der ganzen Welt ein Geheimnis bleiben, solange er es nicht selbst offenbare; und wenn er ihre Dienste auch nicht annehmen wolle, so werde das doch auf ihre Haltung ihm gegenüber keinen Einfluß haben, so daß er handeln könne, wie es ihm beliebe.

Er sah zuerst ganz scheu und verdutzt aus, denn er mochte wohl wirklich ein etwas schlechtes Gewissen haben und sagte nur, er wisse nicht, daß er nötig habe, irgend etwas auf seine Person Bezügliches geheim zu halten. Er habe nie jemand Übles getan, und es läge ihm nichts daran, was man von ihm sage; er sei nie ungerecht gegen jemanden gewesen und wisse nicht, inwiefern ihm jemand einen Dienst leisten könne. Er könne es jedoch niemanden übel nehmen, daß er ihm einen Gefallen tun wolle und er überlasse es ihr, weiter in der Sache zu reden oder nicht.

Gegen Schluß seiner Rede tat er dabei so vollständig gleichgültig, daß sich meine Alte fast schon fürchtete, den Kernpunkt ihrer Angelegenheit zu berühren. Nach einigen Umschreibungen jedoch sagte sie ihm gerade heraus, ein sonderbarer und unerklärlicher Umstand habe sie mit dem unglücklichen Abenteuer, das er neulich zu bestehen gehabt, bekannt gemacht und zwar so, daß niemand auf der Welt, nur er und sie, davon Kenntnis hätten, nicht einmal die Person, die damals bei ihm gewesen, wisse davon.

Er sah zuerst recht böse und ungehalten aus. »Was für ein Abenteuer?« fragte er.

»Nun, Herr,« entgegnete sie, »ich meine den Überfall, den Sie auf dem Rückwege vom Bartholomäusmarkt – Hampstead, wollte ich sagen, erlitten haben. Wundern Sie sich nicht, daß ich jeden Schritt kenne, den Sie an dem Tage gemacht haben; ich weiß auch, daß man Sie zum Schluß schlafend in einer Kutsche gelassen hat. Ich sage noch einmal, wundern Sie sich darüber nicht und erschrecken Sie auch nicht, denn ich komme durchaus nicht, um irgend etwas zu erpressen, und versichere Ihnen noch einmal, daß die Frau, mit der Sie zusammen gewesen, nicht weiß, wer Sie sind und es nie wissen wird – trotzdem kann ich Ihnen aber vielleicht einen Dienst erweisen, denn ich bin nicht bloß gekommen, um Sie wissen zu lassen, daß ich von all diesen Dingen unterrichtet bin, oder gar nun etwas dafür zu verlangen, daß ich sie verborgen halte. Seien Sie überzeugt, was Sie auch immer zu sagen und zu tun vorhaben, Ihr Geheimnis wird bei mir so wohl geborgen sein, als läge ich im Grabe.«

Er war sehr erstaunt über ihre Rede und sagte ernsthaft zu ihr: »Madam, ich kenne Sie nicht und deshalb ... und deshalb ist es doppelt schlimm, daß Sie Kenntnis von der schlechtesten Handlung meines Lebens haben. Die Erinnerung daran erfüllt mich mit der tiefsten Beschämung, und mein einziger Trost war mein Glaube, sie sei nur Gott und meinem Gewissen bekannt.«

»Aber ich bitte Sie, Herr Baron,« entgegnete meine alte Pflegerin darauf, »glauben Sie nur nicht, daß mein Mitwissen Ihr Ünglück irgendwie vergrößert; ich bin überzeugt, Sie wurden selbst von diesem Abenteuer überrascht, und jedenfalls wandte die Frau auch allerlei Kunstgriffe an, um Sie zu dem zu verleiten, was sie mit ihr getan haben – nicht wahr? Sie werden jedoch nie Ursache haben, zu beklagen, daß ich von der ganzen Angelegenheit erfuhr; auch kann Ihr eigener Mund nicht verschwiegener sein, als ich gewesen bin und immer sein werde.«

»Gut« sagte er, »doch muß ich auch der Frau einige Gerechtigkeit widerfahren lassen. Wer sie auch sein mag, ich versichere Ihnen, sie verführte mich zu nichts, sie wies mich eher zurück. Meine eigene Unvernunft und der Rausch brachten mich in die Geschichte hinein, und die Frau mit mir. Das muß ich zu ihrer Ehre sagen! Und was das angeht, daß sie mich bestohlen hat, – ja ich konnte ja eigentlich von ihr, in Anbetracht meines Zustandes, nichts anderes erwarten. Übrigens weiß ich bis zu dieser Stunde noch nicht, ob sie mich nun beraubt hat oder der Kutscher. Wenn sie es gewesen ist, so verzeihe ich ihr, eigentlich müßte es allen Herren, die wie ich nicht immer Herr ihrer selbst sind, so ergehen. Mehr jedoch als mein Verlust bekümmern mich einige andere Dinge.«

Meine Pflegerin kam nun auf den Kern der Sache zu sprechen, und auch er öffnete freimütig sein Herz.

Sie sagte: »Es freut mich sehr, mein Herr, daß Sie der Person, mit der Sie zusammen waren, soviel Gerechtigkeit widerfahren lassen. Ich kann Ihnen nunmehr nämlich gestehen, daß es eine anständige Frau ist und durchaus keine der stadtbekannten Dirnen. Und trotzdem Sie mit ihr so verfahren sind, wie Sie es nun einmal getan, so ist es deshalb noch lange nicht ihr Beruf, glauben Sie das ja nicht! Sie setzten sich allerdings einer Gefahr aus, das ist wahr, und wenn Sie sich jetzt wirklich in dieser Hinsicht Sorgen machten, Herr Baron, so kann ich

Sie völlig beruhigen, denn ich versichere Ihnen: seit dem Tode ihres Gatten, der vor fast acht Jahren gestorben ist, hat kein Mann die Frau wieder berührt.«

Die Dinge, die meine alte Pflegerin da angedeutet hatte, schienen nun allerdings sein Kummer gewesen zu sein und ihm viele Sorgen gemacht zu haben. Denn als meine Pflegerin ihm gesagt, daß mich seit acht Jahren kein Mann mehr berührt habe, schien er sehr erfreut zu sein und sagte dann auch sofort: »Um die Wahrheit zu gestehen, wenn Sie mich darüber beruhigen können, so will ich meinen Verlust gerne verschmerzen. Die Versuchung war groß, und die Frau war vielleicht arm und hatte es nötig.«

»Wenn sie nicht arm wäre,« Herr Baron, entgegnete meine alte Pflegerin, »so würde sie Ihnen gewiß nicht nachgegeben haben. Und da die Armut sie angetrieben, Sie nach Ihrem Gefallen handeln zu lassen, so zwang Armut sie auch, sich zum Schluß selbst zu bezahlen, als Sie es nicht mehr tun konnten. Hätte Sie es nicht getan, so würde gewiß der nächste Kutscher oder Straßendieb es besorgt haben, und zwar gewiß noch mehr zu Ihrem Schaden.«

»Gut,« sagte er. »Möge es ihr gut bekommen. Ich sage noch einmal: Alle Herren, die sich in solche Geschichten einlassen, sollten auch so behandelt werden, dann würden sie vorsichtiger sein. Ich mache mir jedenfalls in dieser Sache keinen andern Kummer mehr, als den, auf welchen Sie oben anspielten.«

Nun erzählte er mit großer Freimütigkeit, was zwischen uns vorgefallen war, und was sich für eine Frau zu schreiben nicht schickt. Zum Schluß fragte er sie, ob sie ihm nicht eine Gelegenheit verschaffen könnte, mit mir selbst zu sprechen.

Meine Pflegerin lehnte jedoch ab und versicherte ihm nur immer wieder, daß er von mir nichts zu fürchten habe und daß er bei mir so sicher gehe, wie bei seiner eigenen Frau. Mich zu sehen, könne ja für ihn gar keinen Zweck haben. Sie wolle jedoch mit mir sprechen und ihn dann meine Antwort wissen lassen. Zu gleicher Zeit aber bemühte sie sich, ihn von der Zwecklosigkeit dieses Wunsches zu überzeugen, und daß ich ihm von keinem Nutzen mehr sein könne. Sie hoffte ihm dadurch das Verlangen auszureden, seine Beziehungen zu mir wieder aufzunehmen, denn es wäre dann ja vielleicht doch mein Leben seinen Händen überantwortet worden.

Er antwortete jedoch, er wolle mich unter allen Umständen sehen und mir lieber vorher jede nur mögliche Sicherheit geben, mich nicht in Ungelegenheiten zu bringen.

Sie betonte dagegen, das könne nur dazu dienen, das Geheimnis zu gefährden, und bat, nicht weiter in sie zu dringen, so daß er endlich von seinem Wunsche abstand.

Sie sprachen dann noch von den Gegenständen, die er bei seiner nächtlichen Fahrt eingebüßt hatte. Ganz besonderes Verlangen schien er nach seiner goldenen Uhr zu empfinden und sagte, wenn sie ihm dieselbe wieder verschaffen könne, wolle er gern bezahlen, was sie wert sei. Sie antwortete ihm, sie würde sich bemühen, ihm wieder zu diesem Wertstücke zu verhelfen und es ihm überlassen, einen Preis für dasselbe festzusetzen.

Und sie brachte ihm auch wirklich am nächsten Tage die Uhr zurück, und er zahlte ihr 30 Guineen aus, mehr, als sie mir je eingebracht hätte, obgleich sie anscheinend noch mehr wert war. Dann sagte er etwas von seiner Perücke, die ihn 60 Guineen gekostet haben sollte und von seiner Schnupftabaksdose; und in wenigen Tagen brachte sie ihm auch diese Gegenstände und erhielt dafür noch 30 Guineen. Am folgenden Tage schickte ich ihm seinen Degen und seinen Stock umsonst zurück, doch wollte ich ihn durchaus nicht sehen, damit er es nur ja nicht ausnutzen konnte, daß er wußte, wer ich war.

Als meine alte Pflegerin zuletzt mit ihm zusammen war, begann er ein langes Gespräch mit ihr, um zu erfahren, wie sie zur Kenntnis der ganzen Angelegenheit gekommen sei. Sie erfand nun eine lange Geschichte. Sie habe es von jemandem gehört, dem ich alles erzählt hätte, und mit dessen Hilfe ich die erbeuteten Gegenstände veräußern wollte. Diese Vertraute habe ihr dieselben gebracht, da sie eine Pfandversetzerin sei. Sie habe jedoch zufällig von dem Unfall, der dem Herrn Baron zugestoßen sei, gehört, sofort den Zusammenhang erraten und darauf bei sich beschlossen, die Gegenstände ihrem Besitzer wieder zuzustellen, wie sie es getan. Dann wiederholte sie noch verschiedentlich, daß ihr Mund nie etwas verraten werde; obgleich sie die betreffende Frau sehr gut kenne, habe sie derselben nichts von seiner Person erzählt. Dies war zwar nicht wahr, doch schadete es ihm nichts, denn ich hütete mich wohl, auch nur das Geringste davon rundzusprechen.

Trotz alledem überlegte ich später noch öfter, ob ich ihn nicht wiedersehen könnte, und es tat mir sehr leid, daß ich es zuerst verweigert hatte. Ich war überzeugt, daß er mir eigentlich nur von Vorteil hätte sein können und mich vielleicht ein wenig unterstützt haben würde. Und obgleich ein solches Leben schlecht genug war, war es doch bei weitem nicht so gefährlich, wie das Dasein, das ich jetzt führte. Doch schwanden diese Gedanken bald wieder hin, und ich sah ihn zunächst nicht wieder. Meine Pflegerin kam dagegen noch öfter mit ihm zusammen, und er war sehr freundlich gegen sie. Er machte ihr fast jedesmal irgend ein kleines Geschenk. Einmal traf sie ihn sehr fröhlich an. Er hatte etwas getrunken, der Wein war ihm zu Kopfe gestiegen und er bestürmte sie wieder, ihn die Frau, die ihn an jenem Abend so bezaubert habe, noch einmal sehen zu lassen. Meine Pflegerin, die bei sich von Anfang an für ein Wiedersehen gewesen war, antwortete ihm, wenn er es so dringend wünsche, sei sie fast versucht, ihm nachzugeben, und sie wolle ihren Einfluß geltend machen, um mich zu einer Zusammenkunft mit ihm zu bewegen. Wenn er sich gegen Abend in ihr Haus bemühen wolle, werde sie inzwischen versucht haben, ob sich ein Wiedersehen herbeiführen ließe; worauf er noch des Öftern wiederholte, alles Vergangene solle vergessen sein.

Sie begab sich darauf gleich zu mir und erzählte mir das ganze Gespräch wieder. Es wurde ihr nicht schwer, meine Zustimmung in diesem Falle zu erlangen, da ich meine frühere Ablehnung ja schon oft bedauert hatte, und ich bereitete mich vor, ihn zu empfangen. Ich zog mich so vorteilhaft wie nur möglich an, das können Sie mir glauben, und und gebrauchte sogar zum ersten Male ein wenig Schminke. Ich sage, zum ersten Male, denn ich hatte mich vorher nie dazu verstanden, mich zu schminken, da ich eitel genug war, zu glauben, ich hätte es nicht nötig. Er kam zur bezeichneten Stunde und – wie meine Pflegerin auch schon bemerkt hatte – man sah sofort, daß er etwas getrunken hatte, obgleich er durchaus nicht gerade betrunken war. Er schien nur lustig zu sein, und war dabei außerordentlich erfreut, mich zu sehen, und ließ sich in ein langes Gespräch über die alte Angelegenheit mit mir ein. Ich bat ihn des öfteren um Verzeihung und behauptete, als ich ihn zuerst gesehen, hätte ich keine derartige Absicht gehabt, und ich sei nur mit ihm ausgefahren, weil ich ihn für einen liebenswürdigen und vornehmen Herren gehalten und weil er mir doch wiederholt versprochen hätte, mir keine ungehörigen Zumutungen zu machen.

Er schob alle Schuld auf den Wein, den er getrunken hatte; er habe kaum gewußt, was er tue, sonst hätte er sich nie dergleichen Freiheiten mit mir herausgenommen. Er beteuerte, er habe, seit er mit seiner Frau verheiratet sei, nie ein anderes Weib berührt und sei dies eine Mal wirklich von seiner Leidenschaft überrascht worden. Und nun sagte er mir viel Liebenswürdiges, wie angenehm ich ihm sei, und sprach solange fort, bis ich fand, daß er sich in die Stimmung hineingeredet hatte, alles wieder zu tun, was er damals getan. Ich schnitt ihm jedoch das Wort ab und wiederholte ihm, ich hätte nicht gelitten, daß mich nach dem Tode meines Gatten, der vor acht Jahren gestorben sei, ein Mann berühre. Er antwortete schnell, das glaube er, Madam habe ihm das auch schon gesagt, und gerade dieser Umstand habe den Wunsch in ihm erregt, mich wiederzusehen, und da er schon einmal mit mir vom Wege der Tugend gewichen und keine üblen Folgen gespürt habe, könne er es ja jetzt in Sicherheit noch einmal wagen: und so begann er denn kurzer Hand von neuem zu tun, was ich erwartete und was sich nicht erzählen läßt.

Meine alte Pflegerin hatte es aber ebenfalls vorausgesehen und ihn deshalb in ein Zimmer geführt, in dem zwar kein Bett stand, das jedoch in ein Schlafkämmerchen führte; und in dieses zogen wir uns für den Rest des Abends zurück. Er ging bald zu Bett, ich verließ ihn, als er eingeschlafen war, kam jedoch vor Tagesanbruch entkleidet wieder zu ihm und lag die ganze übrige Zeit bei ihm.

Man sieht, wenn man einmal ein Verbrechen begangen, so hat man zugleich ein Mittel geschaffen, es zum zweiten Male zu begehen; und jede Besinnung schwindet, wenn die Versuchung sich wieder einstellt. Hätte ich nicht darein gewilligt, ihn wiederzusehen, so wäre sein verworfenes Begehren verschwunden und hätte ihn wahrscheinlich auch zu niemand anderem getrieben, wie es gewiß vorher auch nicht geschehen war.

Als er weg ging, sagte ich, ich hoffe, er glaube nicht, diesmal wieder bestohlen worden zu sein. Er antwortete, darüber sei er wirklich völlig beruhigt, faßte in die Tasche und gab mir fünf Guineen – das erste Geld, das ich seit langer Zeit auf diese Weise verdiente.

Er machte mir noch mehrere ähnliche Besuche, doch ließ er es nicht dazu kommen, mich regelrecht zu unterhalten, was mir das Liebste gewesen wäre. Einmal fragte er mich allerdings, wovon ich lebe, und ich antwortete ihm schnell, ich habe nie mit anderen Männern getan, wie mit ihm; ich mache Näharbeiten, und verdiene gerade meinen Lebensunterhalt, doch habe ich oft hart genug zu schaffen.

Dann schien er darüber nachzudenken, daß er der erste Mann gewesen, der mich auf diesen Weg gebracht, und versicherte mir immer wieder, er habe es durchaus nicht beabsichtigt; es gehe ihm auch sehr nahe, die Ursache meiner und seiner Übeltaten zu sein. Auch überließ er sich allerlei richtigen Betrachtungen über die Sünde im Allgemeinen und die seinige im Besonderen: daß der Wein die Begierde entflammt, der Teufel ihn an den richtigen Ort geführt und eine Verführung für ihn ausfindig gemacht habe; und auch die Moral machte er immer selbst darauf.

Wenn ihm solche Gedanken kamen, ging er gewöhnlich weg und kam oft einen Monat lang oder noch länger nicht wieder; dann jedoch schwanden die ernsthaften Betrachtungen wieder, begehrliche Vorstellungen stellten sich von neuem ein, und er kam, zu neuem bösen Tun aufgelegt, wieder zurück. So lebten wir eine zeitlang; er unterhielt mich zwar nicht, doch wendete er mir stets allerlei schöne Dinge zu, die für meinen Lebensunterhalt genügten, so daß ich nicht gezwungen war, zu arbeiten und was noch besser war, auch meinem alten Diebsberufe nicht nachzugehen brauchte.

Doch hatte auch dies ein Ende; denn nach einem Jahr fand ich, daß er nicht mehr so oft wie sonst kam; und zum Schluß stellte er seine Besuche ganz ein, ohne vorher eine Abneigung gezeigt oder sich auch nur verabschiedet zu haben. Und so endete wieder ein Abschnitt meines Lebens, ohne mir viel eingebracht zu haben, abgesehen von neuem Grund zu späterer Reue.

Zweiundzwanzigstes Kapitel.

Während dieser ganzen Zeit hatte ich sehr häuslich gelebt. Es wurde ja für mich gesorgt; und so brauchte ich nicht mehr auf Abenteuer auszugehen.

Als nun aber die Einkünfte von Seiten meines Barons ausblieben und ich von meinem eigenen Gelde hätte leben müssen, da paßte mir das gar nicht; ich beschloß daher bei mir, mein früheres Gewerbe wieder aufzunehmen; und gleich mein erster Ausgang fiel ziemlich glücklich aus.

Ich hatte mich als Frau aus dem Volke angezogen, denn ich konnte ja soviel Kostümierungen annehmen, wie ich wollte; ich trug ein ganz einfaches Kleid aus grobem Stoff, eine blaue Schürze und hatte einen gewöhnlichen Strohhut auf. So angezogen, stellte ich mich an der Tür des Wirtshauses »Zu den drei Bechern« in der St. Johns-street auf. Es standen dort nämlich die Postkutschen nach Barnet, Toteridge und anderen Städten in dieser Richtung, sie hielten dort, wenn sie bald abfahren sollten. Ich aber hatte beobachtet, daß sehr häufig Leute mit großen Packen und kleinen Paketen ins Wirtshaus kamen und sich nach den Postkutschen erkundigten; ferner, daß um diese Zeit gewöhnlich einige Frauen, die Frauen und Töchter der Postschaffner und Kutscher, dastanden und den Leuten helfen wollten, ihre Sachen unterzubringen. Nun fügte es sich sonderbar, daß vor mir an dem Wirtshaustore eine Frau stand, die Gattin des Postschaffners der Kutsche, die nach Barnet ging. Sie fragte mich, ob ich auf eine abgehende Post warte. Ich antwortete: ja, ich erwarte meine Herrin, die heute abend nach Barnet fahren wolle. Sie fragte weiter, wer meine Herrin sei, und ich nannte irgend einen Namen, der mir gerade einfiel; und da muß ich zufällig den Namen einer Familie genannt haben, die in Barnet lebte; denn die Frau schien eine solche Familie zu kennen.

Eine Zeitlang sagte ich ihr nichts mehr und sie mir auch nichts. Kurz darauf jedoch rief sie jemand aus »Drei Becher«-Tür an, und sie bat mich, wenn jemand komme, um die Postkutsche nach Barnet zu benutzen, so möge ich sie doch aus dem Bierhause dort drüben herüberrufen. Ich sagte bereitwillig zu, worauf sie hinüberging ... und kaum war sie gegangen, als auch schon stöhnend und schwitzend ein junges Weibsbild mit einem Kinde ankam, eine Dienstmagd offenbar, und nach der Postkutsche nach Barnet fragte.

Ich antwortete sogleich: »Da ist sie!«

»Gehören Sie zu der Barnet-Kutsche?« fragte mich die Magd weiter.

»Gewiß,« antwortete ich, »was wünschst du?« »Ich möchte Plätze für zwei Reisende,« antwortete sie.

»Für wen denn?« fragte ich wieder.

»Hier für dies kleine Mädchen,« entgegnete sie, »und für meine Herrin, die ich jetzt sofort abhole.«

»Dann eile dich,« drängte ich, »ich glaube, die Kutsche wird sehr voll werden.«

Die Magd trug einen großen Packen unter dem Arm, und nachdem sie das Kind in den Wagen niedergesetzt hatte, sagte ich: »Am besten legst du das Bündel dazu.«

»Nein,« entgegnete sie, »ich fürchte, man wird es dem Kinde fortstehlen.«

»Dann gib es mir,« antwortete ich.

»So nimm es,« meinte sie, »aber gib nur gut Obacht darauf.«

»Für den Packen will ich mich schon verbürgen und wenn er zwanzig Pfund wert wäre.«

»Da hast du ihn!« sagte sie und ging schnell hinweg.

Kaum hatte ich das Bündel in der Hand und kaum war die Magd verschwunden, als auch ich natürlich ruhig hinweg ging.

Um nicht erkannt zu werden, zog ich unterwegs meine blaue Schürze aus, wickelte den Packen darein, packte auch meinen Strohhut dazu und trug das Bündel auf dem Kopfe weiter. Es war sehr gut, daß ich diese Vorsicht gebrauchte, denn als ich durch eine der nächsten Querstraßen kam – wem begegnete ich da anders, als dem Weibsbild, das mir den Packen zum Aufbewahren gegeben! Sie war mit ihrer Herrin, die sie abgeholt hatte, auf dem Wege zur Poststation. Beide eilten schnell an mir vorüber und ich brachte mein Bündel sicher zu meiner Pflegerin. Es enthielt kein Geld, auch kein Silberzeug und keine Juwelen, doch ein Stück sehr guten indischen Damast, ein Morgenkleid, einen Unterrock, eine Spitzenhaube und ein paar Stücke sehr schöner flandrischer Spitze, sowie einige andere Dinge, deren Wert ich sehr wohl zu schätzen wußte.

Dieser Streich war übrigens nicht meine eigene Erfindung, er war mir nur von einer Person angeraten worden, die ihn schon oft mit Erfolg ausgeführt hatte. Auch meine Pflegerin hatte eine ganz besondere Vorliebe für ihn. Ich versuchte ihn noch mehrere Male, aber natürlich nie wieder an demselben Ort. Das nächste Mal ging ich beispielsweise nach White-chapel, wo gerade an der Ecke der Pettcoat-lane die Postkutschen stehen, die nach Stratford und Bow und überhaupt in diese Gegend hinausfahren. Ein anderes Mal stellte ich mich da auf, wo die Post nach Cheston wartet; und jedesmal hatte ich das Glück, mit Beute nach Hause zu kommen.

Ein anderes Mal stellte ich mich auch an der Tür eines Lagerhauses am Wasser auf, da, wo die Schiffe, die von Norden kamen, von New-castle am Tyne, von Sunderland usw. ausgeladen wurden. Als das Warenhaus eben einmal geschlossen worden, kam noch ein junger Bursche mit einem Brief; er wollte eine Kiste und einen Ballen abholen, die aus New-castle angekommen seien. Ich fragte ihn, ob er die Chiffre wüßte; und er zeigte mir den Brief in dem er ermächtigt wurde, die Gegenstände abzuholen, und in dem der Inhalt derselben angegeben war: der Ballen sei voll Leinen und die Kiste enthalte Glasgegenstände. Ich las den Brief und bemühte mich, alles genau im Gedächtnis zu behalten, die Zeichen und auch den Namen des Absenders und des Empfängers. Dann sagte ich dem Boten, er möge am folgenden Morgen wiederkommen, der Expedient sei heute abend nicht mehr zu sprechen, worauf er gutgläubig abzog und ich mich auch davon machte und eiligst einen Brief von einem Herrn John Richardson aus Newcastle an seinen lieben Vetter Jemmy Cole in London schrieb, worin der erstere mitteilte, daß er mit diesem und jenem Schiff (ich erinnerte mich genau an alle Einzelheiten) einen Leinenballen und eine Glaskiste geschickt habe, die nun abgeholt werden könnten. Dann begab ich mich zu dem Warenhause zurück, fand den Expedienten vor, zeigte ihm den Brief, worauf er mir die Güter ohne Bedenken auslieferte. Das Leinen allein war ungefähr 22 Pfund wert.

Ich könnte das ganze Buch mit der Erzählung der verschiedenartigsten Abenteuer füllen. Täglich ersann ich neue Streiche und führte sie mit äußerster Geschicklichkeit und immer mit Erfolg aus.

Zum Schluß jedoch galt es auch von mir »Der Krug geht solange zu Wasser, bis er bricht.« Ich geriet in Unannehmlichkeiten, die mir zwar nicht direkt verhängnisvoll wurden, mich jedoch mit dem Gericht in Zusammenhang brachten, und das war unter Umständen, nächst gehangen werden, das Schlimmste, was mir passieren konnte.

Ich hatte mich in eine Witwe verkleidet, und zwar ohne etwas Bestimmtes zu beabsichtigen; ich wollte nur aufs Geratewohl warten, bis sich etwas darbot, wie ich es oft getan. Während ich nun eine Straße in Covent-Garden entlang ging, hörte ich plötzlich ein großes Geschrei: »Diebe, Diebe!« Einige meiner Berufsgenossen schienen einen Ladenbesitzer »besucht« zu haben. Sie wurden nun verfolgt und flohen nach verschiedenen Richtungen. »Die eine trägt Witwenkleider!« hörte ich einen der Verfolger rufen. Und gleich darauf hatte sich auch schon eine große Menschenmenge um mich Unschuldige, die ich doch wahrhaftig nicht gestohlen hatte, versammelt. Die einen schrieen, ich sei die betreffende Person. Andere meinten, nein, ich sei es nicht, ich sei ja aus einer ganz entgegengesetzten Richtung gekommen. Den Ausschlag gab schließlich, daß ein Angestellter des bestohlenen Ladenbesitzers hinzukam und steif und fest behauptete und sich hundertmal dabei verschwor, daß ich und niemand anders vorhin in ihrem Laden gewesen sei. Darauf wurde ich dann ergriffen und in den Laden geschleppt. Der Ladenbesitzer meinte nun zwar sofort, ich sei die Gesuchte nicht, man möge mich freigeben. Aber andere schrieen dagegen, ich sei es doch, denn mindestens könne er sich täuschen, und es sei unter allen Umständen das Richtigste, mich solange festzuhalten, bis die übrigen Angestellten, die noch auf der Verfolgung der Diebe waren, zurückgekehrt sein würden. Und so wurde ich denn wirklich fast eine halbe Stunde festgehalten. Man hatte einen Konstabler geholt, und dieser bewachte mich jetzt in dem Laden. Ich ließ mich mit ihm in ein Gespräch ein und fragte, wo er wohne und welchem Berufe er sonst nachgehe. Der Mann ahnte nicht im Entferntesten, was sich später ereignen sollte, er sagte mir bereitwilligst seinen Namen und seine Wohnung und meinte boshaft, ich würde so wie so erfahren, wie er heiße, wenn ich nach Newgate kommen werde.

Auch die Angestellten behandelten mich niederträchtig, und ich glaube, es fehlte nicht viel, so hätten sie mich durchgeprügelt. Der Ladenbesitzer war höflicher zuerst als seine Untergebenen, doch wollte er mich nicht gehen lassen, obgleich er selbst nach wie vor meinte, ich sei vorher nicht in seinem Laden gewesen. Ich fing nun an, ein wenig aufzutrumpfen, und sagte ihm, er werde sich nicht wundern dürfen, wenn ich mich später an ihm schadlos halte; vorläufig bäte ich darum, mir zu gestatten, daß ich meine Freunde holen lasse, die würden dann dafür sorgen, daß mir am allerschnellsten mein Recht werde. Darauf antwortete er mir, das könne er mir nicht gestatten, ich möge den Friedensrichter um diese Vergünstigung bitten; da ich ihn aber zu bedrohen scheine, werde er sich erlauben, mittlerweile für mich zu sorgen, und zwar gut: in Newgate werde er mich einquartieren. Ich antwortete ihm, jetzt sei allerdings seine Zeit, die meinige werde aber auch schon kommen; und ich beherrschte mich, so gut es ging. Dann trug ich dem Konstabler auf, mir einen Dienstmann zu holen, was er auch tat; und ich verlangte darauf Feder, Tinte und Papier, was man mir aber nicht bewilligen wollte. Ich fragte den Dienstmann nach seinem Namen und seiner Wohnung, und der Mann gab mir beides gerne an. Ich sagte ihm, er möge wohl zusehen, wie ich hier behandelt werde und sich später erinnern, daß man mich hier mit Gewalt zurückgehalten habe, ich werde ihn an einem andern Orte noch nötig haben, und es würde nicht sein Schaden sein, wenn er dort spreche. Der Dienstmann sagte, er stünde gerne zu meiner Verfügung. »Doch, Madam,« fügte er hinzu, »lassen Sie mich hören, daß man Ihnen das Weggehen verbietet, dann kann ich später desto klarer sprechen.«

Daraufhin redete ich den Ladenbesitzer noch einmal laut an: »Mein Herr, Sie wissen ganz genau, daß ich nicht die Person bin, die Sie suchen, und daß ich nie vorher in Ihrem Laden gewesen, deshalb fordere ich Sie hiermit zum letzten Male auf, mich hier nicht länger zurückzuhalten!«

Der Mensch wurde hierauf noch gröber als vorher und sagte, das tue er erst, wenn es ihm Spaß mache.

»Sehr wohl,« sagte ich zu dem Konstabler und dem Dienstmann, »seien Sie also so liebenswürdig und erinnern Sie sich später an diese Worte.«

Der Dienstmann sagte: »Gewiß, Madam,« und dem Konstabler wurde die Sache ungemütlich; er versuchte, den Ladenbesitzer zu veranlassen, mich gehen zu lassen, da er ja selbst zugestanden, ich sei nicht die gesuchte Frau.

»Guter Mann,« erwiderte ihm der Ladenbesitzer höhnisch, »sind Sie denn Friedensrichter oder Konstabler? Ich habe sie Ihnen übergeben, tuen Sie Ihre Pflicht!«

Der Konstabler entgegnete ihm darauf ein wenig erregt, doch immer noch sehr höflich: »Ich kenne meine Pflicht und weiß was ich bin, doch zweifle ich, daß Sie augenblicklich genau wissen, was sie tun.«

Und sie sagten sich noch einige grobe Worte.

Mittlerweile behandelten mich die Angestellten der Geschäftes immer unverschämter, und der Kerl, der mich auf der Straße zuerst angefaßt hatte, sagte, er wolle mich untersuchen und begann Hand an mich zu legen. Ich spie ihm ins Gesicht und rief dem Konstabler zu, er möge nur ja beachten, wie man mich hier behandle, und »bitte, Herr Konstabler,« fügte ich hinzu, »fragen Sie den Schuft nach seinem Namen.« Der Konstabler wies ihn mit friedlichen Worten zurecht und sagte, er wisse wahrscheinlich nicht, was er tue, sein Herr habe doch selbst zugegeben, daß er mich nie vorher in dem Laden gesehen. »Ich glaube, er bringt mich und sich noch in Unannehmlichkeiten,« fügte er hinzu, »wenn die Dame beweisen wird, daß sie nicht die Frau ist, die Sie verfolgen.«

»Der Teufel soll sie holen,« erwiderte der Kerl mit unverschämtem Gesicht, »ich kann einen Eid darauf leisten, daß sie das Weibsbild von Witwe ist, das hier im Laden war und dem ich das Stück Atlas zeigte, das in ihrer Hand verschwunden ist.

Sie werden noch mehr darüber hören, wenn Mr. William und Mr. Antony (das waren andere Angestellte) zurückkommen. Die werden sie so gut wiedererkennen wie ich.«

Als der unverschämte Schuft noch so zu dem Konstabler redete, kamen dieser Herr William und dieser Herr Antony samt einem ziemlichen Volkshaufen zurück und schleppten die wirkliche Witwe mit sich, schnaufend und schwitzend traten sie in den Laden ein und schleiften triumphierend das arme Geschöpf, roh wie die Schlächter, vor ihren Herrn, der in der Tiefe des Ladens stand. Jubelnd riefen sie dabei: »Da ist die Witwe, Herr, wir haben sie endlich gefangen!«

»Wieso?« erwiderte jener, »wir haben sie schon längst, da sitzt sie ja, und einer will beschwören, daß sie es ist.«

Der andere, den sie Mr. Antony nannten, erwiderte: »Der mag sagen, was er will, und schwören, was er will, aber die Frau, die wir gebracht haben, ist die richtige. Da ist doch noch das Stück Atlas, das sie gestohlen hat, ich habe es mit eigenen Händen aus ihren Kleidern gezogen.«

Ich wurde nun etwas mutiger, doch lächelte ich bloß spöttisch und sagte vorläufig nichts. Der Ladenbesitzer aber wurde bleich; der Konstabler wandte sich um und sah mich fragend an.

»Lassen Sie sie nur, Herr Konstabler,« sagte ich, »lassen Sie sie nur reden.«

Die Sache stellte sich denn auch bald ganz klar heraus, und der Kaufmann erklärte mir, plötzlich sehr höflich geworden, er bedauere seinen Irrtum unendlich, und hoffe, ich werde den Fall nicht allzu übel nehmen; es begegneten ihm tagtäglich solche Sachen, und niemand könne seine Angestellten dafür tadeln, daß sie sich selbst Gerechtigkeit zu verschaffen suchten.

»Ich soll es nicht übelnehmen, Herr,« sagte ich, »soll ich nicht gar noch glauben, Sie hätten mir eine Gefälligkeit erwiesen? Wenn Sie mich hätten meiner Wege gehen lassen, nachdem Ihr unverschämter Bursche mich auf der Straße überfallen und hierher geschleppt, und Sie selbst zugeben mußten, daß ich nicht die gesuchte Person sei, dann, ja dann würde ich die Sache auf sich beruhen lassen; denn ich glaube Ihnen schon, daß Sie wirklich tagtäglich derlei Unannehmlichkeiten auszustehen haben. Aber Sie und besonders Ihre Angestellten haben mich in einer Weise behandelt, für die ich Genugtuung haben will und muß.«

Darauf begann er mit mir zu unterhandeln; er beteuerte, er wolle mir jede vernünftige Genugtuung gewähren; und er würde es offenbar gar zu gerne gehabt haben, wenn ich ihm gesagt hätte, was ich verlangte. Ich antwortete ihm jedoch, ich wolle nicht mein eigener Richter sein, das Gesetz solle für mich entscheiden; und da man mich ja vor den Magistrat führen wolle, so würde ich ihn da hören lassen, was ich ihm zu sagen hätte.

Er antwortete, es sei ja durchaus kein Anlaß mehr vorhanden, vor den Richter zu gehen; ich könne jetzt selbstverständlich gehen, wohin ich wolle. Er rief auch sofort den Konstabler heran, sagte ihm noch ein mal ausdrücklich, meine Unschuld sei vollständig erwiesen, und er möge mich freigeben.

Der Konstabler aber antwortete ihm sehr ruhig: »Sie haben mich eben gefragt, ob ich ein Konstabler oder ein Richter sei, hießen mich meine Pflicht tun und die Dame als Gefangene behandeln. Ich finde nun, Herr, Sie haben mittlerweile vergessen, was meine Pflicht ist und wer ich bin, denn Sie wollen mir ja richterliche Befugnis erteilen. Ich muß Ihnen jedoch sagen, daß das, was Sie verlangen, nicht in meiner Macht steht; ich muß einen Gefangenen, den man mir übergeben hat, bewachen. Nur das Gesetz und der Magistrat allein können den Gefangenen freigeben. Sie befinden sich also im Irrtum, mein Herr, ich muß die Dame vor den Richter führen, ob Sie es gutheißen oder nicht.«

Der Kaufmann redete nun dem Konstabler lange zu; dieser war jedoch ein tüchtiger pflichtbewußter Mensch und wollte mich durchaus nicht freigeben, ohne vorher mit mir zum Friedensrichter gegangen zu sein.

Als der Kaufmann sah, daß nichts zu machen war, sagte er zu dem Konstabler: »Gut, führen Sie sie, wohin Sie wollen, ich habe mit der Sache nichts mehr zu tun.«

»O nein, mein Herr,« erwiderte der Konstabler, »Sie werden mit uns gehen, denn Sie haben mich doch beauftragt, die Dame festzuhalten.«

»Nein, nein,« erwiderte der Kaufmann, »ich habe in der ganzen Sache nichts mehr zu sagen.«

»Aber gewiß,« entgegnete der Konstabler, »und ich rate Ihnen in Ihrem eigenen Interesse, mitzugehen, denn der Richter kann ohne Sie nichts machen.«

»Aber mein Bester,« meinte der Kaufmann dagegen, »ich bitte Sie, stecken Sie doch die Sache auf; ich wiederhole Ihnen, ich habe der Dame nichts mehr zu sagen und fordere Sie hiermit selbst auf, sie zu entlassen.«

»Herr,« erwiderte der Konstabler, »ich sehe, daß Sie wirklich nicht wissen, was ein Konstabler ist, und rate Ihnen, zwingen Sie mich nicht, Ihnen grob zu kommen und Gewaltmaßregeln zu ergreifen.«

»Das ist auch nicht nötig, Sie sind sowieso schon grob genug,« entgegnete der Kaufmann.

»O, durchaus nicht,« gab der Konstabler zurück: »Sie haben sich des Friedensbruches schuldig gemacht, indem Sie eine ehrliche Frau, die ihrer rechtmäßigen Beschäftigung nachging, von der Straße in Ihren Laden schleppen, dort festhalten und von Ihren Angestellten mißhandeln ließen; und jetzt wollen Sie noch sagen, ich sei grob zu Ihnen? Ich finde, daß ich sehr höflich bin, da ich Sie bis jetzt nur gebeten, und nicht aufgefordert habe, mit mir zu gehen; ich könnte mir ja einige Leute von der Straße holen und Sie ein fach zwingen! Sie wissen sehr wohl, daß ich die Macht, Sie mit Gewalt fortzuschaffen, habe, doch stehe ich vorläufig davon ab und ersuche Sie nur noch einmal in aller Ruhe, mit mir zu gehen.«

Dazu wollte sich der Kaufmann aber durchaus nicht verstehen und gab dem Beamten noch böse Worte. Dieser jedoch behielt ruhiges Blut und ließ sich nicht reizen.

Ich kam darauf allen weiteren Auseinandersetzungen zuvor und sagte: »Kommen Sie, Herr Konstabler, und lassen Sie den Mann nur, wo er ist. Ich werde schon Mittel genug finden, um ihn vor den Magistrat zu bringen, davor ist mir gar nicht bange; aber da ist der Kerl, der mich auf der Straße festgehalten hat, als ich ruhig meines Weges ging, und der mich, wie Sie selbst gesehen haben, hier mit Roheiten behandelt hat; er hat die größere Schuld, wollen Sie daher ihn vor den Richter bringen!«

»Gut, Madam,« sagte der Konstabler und wandte sich zu dem Kerl: »Kommen Sie, Sie müssen mit uns gehen. Ich hoffe, Sie werden sich der Gewalt des Konstablers nicht entziehen wollen, wie Ihr Herr.«

Der Bursche sah aus, als ob er selbst ein ertappter Dieb sei, fiel ganz zusammen und blickte seinen Herrn hilflos an, wie wenn der ihm helfen könnte. Aber dieser, ganz verblendet, ermutigte seinen Angestellten noch, widerspenstig zu sein, so daß der Kerl wieder Mut bekam und den Konstabler frech zurückstieß, als dieser schließlich Hand an ihn legen wollte. Darauf schlug ihn der Beamte zu Boden, rief Leute von der Straße um Hilfe, und im Augenblick war der Laden wieder mit einer Menschenmenge angefüllt, die nun dem Konstabler half, den Kaufmann und den Kerl von Angestelltem festzunehmen.

Die erste üble Folge dieses Auflaufs war, daß die wirkliche Diebin sich davon machte und entkam; ebenso zwei andere Frauen, die man festgehalten, ob mit Recht oder Unrecht, weiß ich nicht.

Mittlerweile versuchten einige Nachbarn, die hinzugekommen waren und sahen, wie die Sachen standen, den Kaufmann zur Vernunft zu bringen, und er begann dann auch einzusehen, daß er im Unrecht war. Zum Schluß begaben wir uns allesamt ziemlich friedlich vor den Richter, gefolgt von einer Menge von fast fünfhundert Personen. Während des ganzen Weges hörte ich Leute fragen, was denn passiert sei? und andere antworten: ein Kaufmann habe irrtümlicherweise eine Dame statt einer Ladendiebin festgenommen. Man habe dann aber die wirkliche Diebin doch gefaßt, und nun bringe die Dame den Kaufmann vor den Richter. Dies schien den Leuten außerordentlich viel Vergnügen zu machen, denn die Menge wuchs fortwährend an, und man hörte rufen: »Wo ist der Kaufmann?« »Wo ist der Schuft?« und zwar ganz besonders von Frauen. Und man wies mit Händen auf den Kaufmann: »Da ist er!« »Da ist er!« schrie man, und hin und wieder bedachte man ihn mit tüchtigen Haufen Straßenschmutz und Steinen. So schritten wir eine gute Weile fort, bis es der Kaufmann für angezeigt hielt, den Konstabler aufzufordern, eine Kutsche herbeizuholen, in die er vor dem Pöbel flüchten wolle. Und so fuhren wir den Rest des Weges, der Konstabler und ich, der Kaufmann und der Kerl von Angestelltem.

Als wir vor den Richter kamen – es war ein alter Herr, der in Bloomsbury wohnte –, stattete der Konstabler zuerst einen summarischen Bericht über die ganze Angelegenheit ab. Darauf forderte der Richter mich auf, den Hergang zu erzählen. Zuerst fragte er mich nach meinem Namen, den ich nur sehr ungern angab; es half jedoch nichts, ich mußte ihn nennen und so sagte ich denn, ich heiße

Mary Flanders, sei Witwe, mein Gatte, ein Seekapitän, sei auf der Reise nach Virginia gestorben. Außerdem erwähnte ich noch einige andere Einzelheiten betreffs meiner Persönlichkeit, die man mir nie hätte widerlegen können, und erklärte, ich wohne augenblicklich in der Stadt, bei der und jener Frau, und nannte meine Pflegerin, ich sei jedoch im Begriffe, wieder nach Amerika überzusiedeln, wo die Besitztümer meines Gatten lägen, und sei gerade heute ausgegangen, um mir Kleider zur Halbtrauer zu kaufen. Ich wäre jedoch noch in keinem Laden gewesen, als dieser Kerl – damit wies ich auf den Angestellten des Kaufmanns – voller Wut auf mich zugerannt sei, mich gepackt und in den Laden seines Herrn gezerrt hätte; und dieser Herr nun habe mich, trotzdem er selbst sofort zugegeben, ich sei nicht die gesuchte Person, doch nicht freigeben wollen, sondern einen Konstabler zu meiner Bewachung gerufen. Dann erzählte ich lang und breit, wie die Angestellten mich behandelt hätten; daß mir nicht einmal gestattet worden sei, nach meinen Freunden zu schicken; daß man dann aber die wahre Diebin ausfindig gemacht, und den gestohlenen Stoff noch bei ihr gefunden habe, kurz, alle Einzelheiten, die ich Ihnen eben schon auseinandergesetzt.

Darauf bestätigte der Konstabler noch, daß der Kaufmann sich geweigert habe, mich zu entlassen, und der Bursche sich nicht dazu verstehen gewollt, seiner Aufforderung, ihm zu folgen, nachzukommen, wozu ihn sein Herr noch aufgehetzt habe. Zum Schluß habe der Mensch ihn sogar zurückgestoßen – kurz, auch er stellte die Sache, wie ich sie eben erzählt habe, noch einmal in allen Einzelheiten dar.

Dann vernahm der Richter den Kaufmann und seinen Angestellten. Der Kaufmann hielt eine lange Rede über den großen Verlust, der ihm tagtäglich von Dieben und Betrügern zugefügt werde; es könne doch leicht vorkommen, daß er sich auch einmal irre; als man die richtige Diebin gefunden, habe er mich ja auch gleich entlassen wollen, und so weiter. Und was seinen Angestellten angehe, so könne er nur annehmen, die übrigen hätten diesem gesagt, ich sei die Täterin, und er habe es selbst geglaubt.

Hierauf bedeutete mich der Richter zuerst sehr höflich, ich sei vollständig entlastet, und der Eifer des Ladengehilfen, der leichtsinnig genug gewesen, eine Unschuldige festzuhalten, wäre höchst bedauerlich; es läge jedoch leider nicht in seiner, des Richters, Macht, das Geschehene ungeschehen zu machen; vor allem könne er den Ladenbesitzer nicht in Strafe nehmen, das einzige, was mir übrig bliebe, sei, ihn auf Entschädigung zu verklagen.

Der Angestellte aber sollte für seinen Friedensbruch nach Newgate gebracht werden und dort die Unverschämtheiten gegen den Konstabler und mich abbüßen.

Der Bursche wurde also nach Newgate beordert und sein Herr entlassen; doch hatte ich noch die Genugtuung zu sehen, daß die Volksmenge auf sie wartete und beide, als sie das Haus des Richters verließen, mit Johlen empfing, und die Kutschen, in denen sie davonfuhren, mit Steinwürfen und Schmutz bombardierte.

Als ich nach diesem Abenteuer nach Hause kam, und meiner Pflegerin die Geschichte erzählte, begann sie laut zu lachen.

»Weshalb so lustig?« fragte ich. »Ich finde nicht, daß es in dieser Geschichte etwas zu lachen gibt, die abscheulichen Hallunken haben mir Angst genug gemacht.«

»Lache nur mit,« entgegnete meine Pflegerin, »ich freue mich zu sehr! Denn wenn du es recht verstehst, kannst du aus dieser Sache das beste Geschäft deines ganzen Lebens machen. Ich wette, du kannst 500 Pfd. Schadenersatz aus dem Kaufmann herauspressen, abgesehen von dem, was der Gehilfe zahlen muß.«

Ich sah die Angelegenheit mit anderen Augen an. Besonders beunruhigte mich, daß ich dem Richter meinen Namen angegeben hatte; ich wußte, daß dieser den Leuten in Newgate und ähnlichen Orten wohlbekannt war, und wenn man die Sache öffentlich verhandelte und meiner Person nachforschte, so würde wohl kein Gerichtshof viel Schadenersatz für die Beschädigung meines Rufes beantragen. Immerhin, es war möglich, ja wahrscheinlich, daß der Kaufmann es nicht zu einer Verhandlung kommen lassen werde, und so entschlosz ich mich denn, einen Prozesz einzuleiten. Meine Pflegerin bezeichnete mir einen sehr brauchbaren und viel beschäftigten Advokaten von bestem Rufe als Sachwalter. Und dies war sehr klug gehandelt. Denn hätte sie mir zu einem unbrauchbaren oder zu einem unbekannten Manne geraten, so würde ich nur ein Geringes herausgeschlagen haben.

In meiner Unterredung mit dem Advokaten setzte ich ihm den ganzen Sachverhalt mit allen Einzelheiten auseinander, und er versicherte mir, das Gericht werde ganz fraglos auf einen bedeutenden Schadenersatz erkennen. Er setzte also die Anklage auf, der Kaufmann wurde darauf verhaftet, stellte aber Kaution. Einige Tage später kam er mit seinem Anwalt zu dem meinigen, um diesen wissen zu lassen, er wünsche die Angelegenheit gütlich beizulegen, er habe damals in einer unglückseligen Aufregung gehandelt; und des Anwalts Klientin habe eine spitze Zunge, sie habe ihn verspottet und verhöhnt, als noch nicht festgestellt war, daß sie unschuldig sei und ihn in immer gröszere Aufregung gebracht, und dergleichen mehr.

Mein Anwalt ging ebenso geschickt vor und machte die Gegenpartei glauben, ich sei eine vermögende Witwe, die sich ihr Recht verschaffen könne; ich habe einflusreiche Freunde, die mir zugeredet hätten, wenn es auch tausend Pfund koste, das Äuszerste zu versuchen, um die schmähliche Beleidigung, die man mir zugefügt, zu ahnden.

Immerhin gelang es ihnen, meinem Anwalt das Versprechen abzunehmen, das Feuer nicht noch mehr zu schüren, mir nicht abzuraten, wenn ich einem Vergleiche geneigt sei, sondern mich eher zum Frieden zu bewegen. Alles dies sagte er mir aufrichtig wieder und fügte noch hinzu, wenn er mir einen Rat geben dürfe, so sei es der, mich mit ihnen zu vergleichen, denn sie befänden sich in größter Angst und hätten nur den einen Wunsch, die Sache beizulegen, denn sie wüßten, daß sie die Kosten der Verhandlung zu tragen hätten; auch glaube er, sie würden mir freiwillig mehr geben, als mir ein Gerichtshof zusprechen werde. Ich tat, als ob ich doch noch Bedenken hätte, und fragte ihn, was sie wohl zahlen würden. Er antwortete, darüber könne er jetzt noch keine Auskunft geben, werde es mir aber bei meinem nächsten Besuche sagen. Ein paar Tage später besuchte dann die Gegenpartei meinen Anwalt wieder, um zu erfahren, ob er mit mir gesprochen habe; er antwortete, ja, und ich persönlich sei einem Vergleiche nicht so sehr abgeneigt, wie einige meiner Bekannten, die über die mir angetane Schmach erbost seien und mich aufhetzten, diese bliesen im Geheimen ins Feuer und redeten mir zu, mich zu rächen und mir überhaupt Gerechtigkeit zu verschaffen, so daß er ihnen noch nicht sagen könne, wie sich die Sache entwickeln werde; er werde sich jedenfalls alle Mühe geben, um mich versöhnlich zu stimmen, doch müsse er mir dazu ihre Vorschläge zu einem gütlichen Ausgleich unterbreiten können. Sie erwiderten, es sei ihnen unmöglich, einen Vorschlag zu machen, da man denselben später zu ihren Ungunsten ausbeuten könne. Er erwiderte ihnen, er sei erst recht nicht im stande, eine Summe zu nennen, denn man könne diese vielleicht später anführen, um den höher bestimmten Schadenersatz, zu dem das Gericht sie vielleicht verurteilen werde, anzufechten. Nach einigem Hin- und Herreden jedoch und dem gegenseitigen Versprechen, aus der folgenden Verhandlung keinerlei Vorteil zu ziehen, machten sie beiderseitig die Summen, die sie für angemessen hielten, namhaft. Sie waren jedoch so ungleich, daß eine Einigung kaum zu erwarten war, denn mein Anwalt forderte 500 Pfd. und sämtliche Kosten; sie boten 50 Pfd. und wollten die Kosten nicht tragen. Sie brachen die Unterhandlungen ab, und der Kaufmann bat um eine Zusammenkunft mit mir, die ihm mein Anwalt bereitwilligst zusagte.

Mir riet er, zu dieser Zusammenkunft in guten Kleidern und mit einigem Schmuck zu kommen, damit der Kaufmann glaube, ich sei etwas mehr, als die einfache Dame, für die er mich anfangs gehalten. Ich erschien denn auch in einem reichen Anputz, in Halbtrauer, und machte mich übrigens so schön, als meine Witwenkleidung nur eben zuließ, und meine Pflegerin lieferte mir dazu ein prächtiges Perlenhalsband mit einem diamantenbesetzten Schloß, das man ihr verpfändet hatte. Auch trug ich eine sehr schöne goldene Uhr, so daß ich außerordentlich stattlich aus sah, und da ich wartete, bis ich den Kaufmann schon bei meinem Anwalt wußte, fuhr ich mit einer Magd vor dessen Hause vor. Als ich in das Zimmer trat, merkte ich gleich, daß der Kaufmann sehr erstaunt war. Er stand auf und machte eine tiefe Verbeugung, von der ich jedoch nur geringe Notiz nahm; ich ließ mich vielmehr gleich auf den Sitz nieder, den mein Anwalt mir angeboten hatte. Nach einer Weile sagte der Kaufmann, er kenne mich nicht wieder, und machte mir einige Komplimente. Ich antwortete, ich glaube, er habe mich damals nicht gekannt, denn wenn er es getan, würde er mich wohl anders behandelt haben. Er erklärte mir, daß er das Vorgefallene lebhaft bedauere, und daß er diese Zusammenkunft erbeten habe, um seine Bereitwilligkeit zu zeigen, mir jede nur mögliche Genugtuung zu geben; er hoffe, ich werde die Dinge nicht auf die Spitze treiben, das wäre nicht nur ein großer Schaden für ihn, sondern könne der Ruin seines Geschäftes sein, und in diesem Falle hätte ich allerdings die Genugtuung, ein Unrecht mit einem zehnmal größeren vergolten zu haben, ich würde dann vielleicht gar nichts bekommen, während er jetzt willens sei, mir jede nur mögliche Entschädigung zu geben, ohne daß wir uns in die Unruhen und Kosten eines Prozesses zu stürzen hätten. Ich erwiderte ihm darauf, ich freute mich sehr, ihn endlich wie einen Mann mit gesundem Menschenverstand reden zu hören; in den meisten Fällen werde ja allerdings eine einfache Abbitte für eine genügende Sühne gehalten. Mein Fall sei jedoch zu schlimm, um so einfach beigelegt werden zu können; ich sei durchaus nicht rachsüchtig, noch wollte ich sein oder irgend eines Menschen Unglück, aber meine Freunde hätten alle einstimmig erklärt, ich dürfe meinen Ruf nicht so einfach aufs Spiel setzen und eine solche Beleidigung ohne genügende Sühne und Entschädigung auf mir sitzen lassen. Als Diebin festgehalten zu werden, sei eine Schmach, die sich überhaupt nicht gut machen lasse; wenn ich es als Witwe mit solchen Dingen leicht nähme, würde man mich vielleicht wirklich für eine solche Person halten, und zwar ganz besonders nach der Behandlung, die er mir habe angedeihen lassen. Nun erzählte ich ihm diese mit all' ihren Einzelheiten noch einmal, und es klang allerdings so beschämend, daß er ganz demütig wurde. Er bot mir nun schon 100 Pfd. an, erklärte sich auch bereit, meinen Anwalt zu zahlen, und versprach mir noch obendrein ein vollständiges und sehr schönes Kleid samt allem Zubehör. Ich sank mit meiner Forderung auf 300 Pfd. Schließlich einigten wir uns auf 150 Pfd. und ein schwarzes Seidenkleid; worauf mich die Gegenpartei noch zu einem guten Abendessen einlud.

Als wir uns an einem bestimmten Termin zur Auszahlung und zum Empfang des Geldes wieder zusammenfanden, brachte ich meine Pflegerin mit, die wie eine alte Herzogin gekleidet war, und einen ebenfalls sehr wohl gekleideten Herrn, der als mein Freier auftreten mußte. Der Kaufmann behandelte uns sehr liebenswürdig und zahlte das Geld mit guter Laune; die ganze Geschichte kostete ihm wenigstens 200 Pfd., wahrscheinlich noch etwas mehr. Bei diesem letzten Zusammentreffen, als alles geordnet war, kam nun auch die Beleidigung durch den Ladengehilfen zur Sprache, der Kaufmann legte eine lebhafte Fürbitte für ihn ein und erzählte, der Mann habe früher ein eigenes Geschäft gehabt und in sehr guten Verhältnissen gelebt, er habe eine Frau und viele Kinder und sei jetzt sehr arm; er könne mir keine andere Genugtuung bieten, als mich auf den Knieen um Verzeihung zu bitten. Mir lag nichts daran, den elenden Wicht zu Grunde zu richten, und nachdem ich erfahren, daß bei ihm nichts zu holen war, sah ich auch keinen Grund ein, irgend eine Demütigung von ihm zu verlangen. Ich fand es im Gegenteil ganz angemessen, die Großmütige zu spielen, und sagte daher dem Kaufmann noch einmal, ich wünschte nicht, das Verderben irgend eines Menschen zu verschulden und wolle auf seine Fürsprache hin dem armen Teufel gerne verzeihen. Mich rächen zu wollen, sei mir wirklich zu niedrig.

Als wir bei dem Abendessen saßen, ließ er den Burschen hereinkommen, damit er um Verzeihung bitte; und er tat es mit ebensolch niedriger Demut, als er vorher anmaßend und beleidigend gewesen; er hörte zu jener widerwärtigen Klasse von Menschen, die grausam und unerbittlich sein können, wenn sie die Macht in Händen haben, aber feig und kleinlaut sind, wenn sie eine Macht über sich fühlen. Ich sagte ihm, ich hätte ihm vergeben, wolle ihn aber nicht um mich sehen – worauf er aus dem Zimmer schlich und wir weiter tafelten.

Dreiundzwanzigstes Kapitel.

Ich befand mich nun allmählich in Vermögensverhältnissen, die fast schon vorzüglich zu nennen waren; und ich hätte jetzt nichts Besseres, Klügeres tun können, als endlich mein Gewerbe aufzugeben.

Meine Pflegerin pflegte oft zu sagen, ich sei die Reichste in meinem Beruf. Und das war wohl auch wirklich der Fall, denn ich besaß über 700 Pfd. in Geld, hatte viele, viele reiche und schöne Kleider, eine Menge Ringe und anderen Schmuck, zwei goldene Uhren, kostbares Silbergeschirr und sonstiges mehr. Und all' das war gestohlen!

Ach wirklich, ja, wäre mir jetzt wenigstens, in dem Augenblick, da ich so reich war, die Gnade der Reue zu teil geworden! dann hätte ich noch Muße gehabt, meine Schlechtigkeiten einzusehen und vielleicht auch manches wieder gut zu machen. Aber die Zeit, da ich für mein Diebesleben Sühne zahlen sollte, war noch immer nicht gekommen, und ich konnte nicht anders – ich mußte nach wie vor »ausgehen«, wie ich es nannte.

Das nächste nach der Angelegenheit mit dem Kaufmann war, daß ich in einem ganz anderen Anzug »ausging«, als ich bisher je einen gewählt. Ich kleidete mich nämlich in die abscheulichsten, elendesten Lumpen, die ich auftreiben konnte, und stellte so ein Bettelweib vor, strich wie ein solches durch die Straßen und lugte in jede Tür, in jedes Fenster, wo ich vorüber kam.

Ich hatte dabei von Natur aus einen Abscheu vor Schmutz und Lumpen, ich war von Jugend auf an Sauberkeit gewöhnt und hatte immer, in welcher Lage ich mich auch befinden mochte, darauf gehalten, gut und gefällig auszusehen. So war es denn die für mich unangenehmste Verkleidung, die ich je gewählt. Ich sagte mir auch selbst sofort, daß sie wohl wenig Zweck haben werde, denn jeder Mensch hatte eine Scheu vor einem solchen Aufzuge, und mußte, wenn er mich nur erblickte, mich sofort darauf hin ansehen, ob ich ihm auch nicht zu verdächtig nahe komme und ihm etwas nehmen wolle; wie anderseits jeder sich hüten würde, mir zu nahe zu kommen, damit ich ihm nur ja nichts Unerwünschtes »gäbe«; denn so sah ich aus.

Als ich das erste Mal in dieser Verkleidung ausging, wanderte ich denn auch einen ganzen Abend umher, ohne irgend etwas zu »verdienen«, und kam durchnäßt, müde und noch schmutziger wieder nach Hause zurück.

Ich versuchte es jedoch den nächsten Abend noch einmal und hatte diesmal ein Abenteuer; und zwar eines, das mir beinahe teuer zu stehen gekommen wäre.

Als ich mich an einer Wirtshaustür aufgestellt hatte, kam nämlich ein Herr zu Pferde, klopfte an die Türe und verlangte nach einem Burschen, der sein Pferd halten könne, da er sich in dem Wirtshaus etwas aufhalten wolle. Es kam denn auch ein solcher Bursche heraus und hielt nun das Pferd fest. Der Herr blieb aber sehr lange in dem Wirtshaus und plötzlich wurde der Bursche von dem Wirt wieder abgerufen; da er mich müßig herumstehen sah, sagte er zu mir:

»Hier Frau, haltet das Pferd einen Augenblick fest; wenn der Herr wiederkommt, wird er Euch etwas dafür schenken.«

»Gut,« sagte ich, nahm das Pferd und – ging gemütlich mit ihm von dannen und brachte es zu meiner Pflegerin.

Dies Pferd wäre nun natürlich eine vorzügliche Beute für jeden gewesen, der etwas mit ihm anzufangen gewußt, doch niemals war ein armer Dieb in größerer Verlegenheit, was er mit dem gestohlenen Gut beginnen solle, als ich in diesem Falle mit meinem Pferd. Auch meine Pflegerin sah keine Möglichkeit, sie war sogar zuerst ganz bestürzt; und keine von uns wußte: wohin mit dem Tiere? Es in irgend einem Mietsstalle unterzubringen, ging nicht an, denn wir mußten damit rechnen, daß man den Diebstahl öffentlich bekannt machte und das Pferd beschrieb, so daß wir es nicht hätten abholen können. Der einzige Ausweg aus diesem unglücklichen Abenteuer, zu dem wir uns schließlich entschlossen, war der, daß wir das Pferd in einem andern Gasthof abgaben und einen Dienstmann mit der Nachricht in die erste Kneipe sandten, daß das abhanden gekommene Pferd da und dort abzuholen sei; die Bettlerin, der man es zum Festhalten gegeben, habe es ein wenig auf- und abgeführt, dann jedoch nicht mehr halten können und später in dem zweiten Wirtshause eingestellt: so waren wir das Tier los, ohne daß man uns kannte. Wir hätten ja vielleicht noch warten können, bis der Eigentümer seinen Verlust veröffentlichte und eine Belohnung aussetzte, doch gingen wir auf diese Weise sicherer. So wars ein Diebstahl und auch wieder keiner, und es war dabei wenig verloren und nichts gewonnen.

Für mich hatte dabei das ganze Pferdeabenteuer das gute gehabt, daß es mir schon gleich anfangs bestätigte, wie wenig vorteilhaft es sei, als Bettlerin gekleidet »auszugehen«; ja es kam mir fast vor, als stecke in diesem Anzug eine üble Vorbedeutung für mich, da ich mein Glück immer nur im Scheine des Reichtums gemacht.

Immerhin trug ich die Kleidung noch weiter, wenn auch nur eine kurze Zeit.

In diesen Tagen kam ich auch einmal mit Leuten schlimmerer Art zusammen, als ich sie bisher je angetroffen, und lernte auch etwas von ihrer Arbeit und Lebensweise kennen. Es waren Falschmünzer, und sie machten mir verschiedentlich gute Anerbieten für den Fall, daß ich mich an ihrem Geschäft beteiligen wolle; doch war mir das zu gefährlich; denn hätte man mich beim Falschmünzen gepackt, so wäre mir der Tod sicher gewesen – und zwar am Pfahl lebendig wäre ich verbrannt worden. Die Leute versprachen mir Berge von Gold und Silber, aber trotzdem ich in Bettlerkleidern herumlief, wollte ich mich nicht mit ihnen einlassen; wäre ich vielleicht wirklich eine Bettlerin gewesen, oder in einer ähnlich verzweifelten Lage, wie damals, als ich zu dem Handwerk einer Diebin gegriffen, so wäre es immerhin möglich gewesen, daß ich mich mit ihnen eingelassen hätte; denn was liegt dem daran, zu sterben, der nicht weiß, wie er leben soll! Ich befand mich jedoch nicht mehr in solch schlimmen Verhältnissen und deshalb war ich nicht für Wagnisse wie dieses, ja der bloße Gedanke, am Pfahle verbrannt zu werden, erfüllte mich bis ins innerste Mark mit Entsetzen und ließ mein Blut erstarren und meine Glieder erzittern.

Auch diese Begegnung machte es mir unmöglich, mich meiner Verkleidung in eine Bettlerin noch länger zu bedienen; denn obgleich ich auf den Vorschlag nicht eingehen wollte, hatte ich es ihnen doch nicht gesagt, sondern getan, als sage es mir zu, und auch versprochen, wieder mit ihnen zusammen zu treffen; doch durften sie mich nicht wiedersehen, denn hätte ich auch mit der aufrichtigsten Versicherung, sie nicht zu verraten, ihr Anerbieten abgelehnt, so würden sie mich ermordet haben, um sich »leicht« zu machen, wie sie es nennen. Was für eine Art von »Leichtigkeit« das ist, kann der am besten verstehen, der sich recht lebhaft klar macht, welch ein »leichtes« Herz Menschen haben müssen, die andere umbringen können, nur um einer Gefahr vorzubeugen, die unter Umständen drohen könnte.

Falschmünzerarbeit und Pferdediebstahl lagen also ganz außerhalb des Bereiches meiner Tätigkeit. Diese erstreckte sich eben auf ein ganz anderes Gebiet, und obgleich auch dieses Gefahren genug in sich barg, war es doch angemessener für mich; auch verlangte es mehr Kunstfertigkeit und bot mehr Möglichkeiten, zu entkommen, wenn ich wirklich einmal ertappt worden wäre.

Just um diese Zeit erhielt ich auch das Anerbieten, mich einer Bande von Einbrechern anzuschließen, doch hatte ich ebenso wenig Luft, mich den Gefahren ihres Handwerkes auszusetzen. Sehr gern hätte ich mich dagegen zwei Männern und einer Frau angeschlossen, die sich in Privathäuser einzuschleichen und sozusagen Familiendiebstähle auszuführen pflegten; doch sie waren schon zu dreien und wollten sich weder trennen, noch ihren Trupp vergrößern, deshalb kam es auch mit ihnen zu keinem Abkommen.

Ich zog also schließlich meine Bettlerlumpen wieder aus und beschloß, mit neuem Eifer etwas anderes zu versuchen, denn ich war nicht gewöhnt, so oft ohne Erwerb nach Hause zu kommen.

Gleich am nächsten Tage zog ich mich sehr gut an und spazierte bis ans andere Ende der Stadt, durch die Börse an den Strand, ohne zunächst eine Gelegenheit zu finden und etwas auszurichten, als plötzlich ein großer Menschenauflauf entstand und jedermann, Ladenbesitzer und Hausbewohner, an die Türe eilte und neugierig hinausblickte. Es fuhr nämlich gerade irgend eine bekannte Herzogin in die Börse und man rief, auch die Königin werde kommen.

Ich drückte mich nun in einen Laden hinein, und zwar mit dem Rücken der Theke zugewandt, als wolle ich die Menge vorüber eilen lassen. Dabei hielt ich aber mein Auge auf einen Packen Spitzen gerichtet, welchen die Ladeninhaberin einigen Damen, die in meiner Nähe standen, gerade zu zeigen im Begriffe war; augenblicklich jedoch hatten sie alle genug zu tun, auf die Straße hinaus zu schauen, um zu sehen, wer eigentlich komme, so daß es mir möglich war, ein großes Stück Spitze, und natürlich das kostbarste, in meine Tasche gleiten zu lassen und mich davon zu machen: Wahrlich, die Putzmacherin mußte ihr Gaffen teuer genug bezahlen!

Ich verließ mit meiner Beute den Laden wieder, tat so, als dränge mich die Menge hinweg, stürzte mich dann in den dichtesten Haufen, ließ mich zum anderen Tor der Börse wieder hinausschieben, und rief, um nicht verfolgt werden zu können, einen Wagen heran. Kaum hatte ich die Wagentür hinter mir geschlossen, so sah ich auch schon die Putzmacherin und fünf oder sechs andere Menschen die Straße hinunterstürzen und hörte sie fürchterlich schreien. Sie riefen nicht: »Haltet den Dieb!« weil ja niemand fortlief, doch hörte ich immer und immer wieder die Worte: »Gestohlen« – »Spitze gestohlen« – »Spitze« und sah das Weibsbild die Hände ringen und auf- und ablaufen und so wild um sich herblicken, als sei sie von Sinnen. Der Kutscher, der mich fahren sollte, stieg gerade auf den Bock und die Pferde hatten sich noch nicht in Bewegung gesetzt, so daß ich in furchtbare Angst geriet und schon das Stück Spitze bereit legte, um es zum Kutschenfenster, das sich gerade hinter dem Kutscher befand, hinaus zu werfen. In demselben Augenblick jedoch setzte sich der Wagen in Bewegung, und ich machte mich endgültig mit meiner Beute, die ungefähr zwanzig Pfund wert war, davon.

Am folgenden Tage zog ich mich wieder reich an und machte denselben Weg, doch bot sich mir nichts dar, bis ich in den St. James Park kam. Da gingen viele vornehme Damen spazieren, und ich erblickte ein junges Fräulein von vielleicht zwölf oder dreizehn Jahren mit ihrem kleinen Schwesterchen, das etwa neun Jahre alt sein mochte. Ich sah, daß die größere eine wertvolle goldene Uhr trug und ein schönes Perlenhalsband, und daß ihnen ein Diener in Livree folgte. Da es jedoch nicht gebräuchlich ist, daß die Diener den Damen in den Spazierpark folgen, in den diese jungen Damen, wie viele der

Spaziergängerinnen, hineingehen wollten, bedeutete ihn alsbald die ältere der Schwestern, er möge hier stehen bleiben und sie erwarten.

Als ich dies wahrnahm, trat ich auf den Diener, sobald er allein war, zu und fragte ihn, wer seine kleine Herrin denn sei, und ließ mich in eine Plauderei darüber ein, welch' ein hübsches Kind sie bei sich habe und welch' gute Haltung und anmutiges Wesen die ältere besitze, wie frauenhaft und gesetzt sie schon sei – und der Esel von einem Diener sagte mir auch gleich ihren Namen, erzählte, daß sie die älteste Tochter des Herrn Thomas V. W aus Essex, eine außerordentlich gute Partie und jetzt mit ihrer Frau Mutter in London zu Besuch sei, und noch vieles mehr; sie hätten z.B. eine Magd und eine Wartefrau zu ihrer Bedienung, außerdem ständen Herrn Thomas V. Ws. Kutsche, deren Kutscher, und er selbst, der Diener, den beiden Fräuleins zur Verfügung; die junge Dame sei der Liebling der ganzen Familie, hier sowohl wie bei sich zu Hause. Und noch manches Nähere sagte er mir, jedenfalls genug für meinen Plan, den ich mir schon gleich ausgeheckt hatte.

Ich war wie erwähnt, sehr gut gekleidet und trug meine beste goldene Uhr, sowie reichen Schmuck. Und so verließ ich denn den Diener und gesellte mich zu der jungen Dame und ihrem Schwesterchen, die gerade eine Promenade in dem Rundgang des Parkes gemacht hatten und sich anschickten, eben zum zweitenmale herum zu gehen. Ich trat auf sie zu, begrüßte sie, nannte dabei den Namen der älteren »Lady Betty«; dann fragte ich, wann sie von ihrem Vater die letzte Nachricht bekommen, und wie es ihrer Frau Mutter ginge.

Ich sprach so vertraulich von der ganzen Familie mit ihr, daß sie nur glauben konnte, ich kenne sie alle sehr genau, zudem fragte ich sie, warum sie Madam Chime nicht mitgenommen habe – das war der Name ihrer Wartefrau – damit sie auf Mrs. Judith – das war ihre kleine Schwester – Obacht gäbe. Dann ließ ich mich in eine längere Plauderei über diese kleine Schwester mit ihr ein, fragte, ob die kleine Dame auch französisch gelernt habe, und tausend ähnliche harmlose Sachen, als plötzlich die Wache kam und die Menge sich zusammenballte, um den König, der sich ins Parlament begab, vorüberreiten zu sehen.

Die Damen eilten alle auf die betreffende Parkseite zu, und ich half meinem jungen Fräulein, sich auf eine Bank stellen, damit sie auch etwas sehen könne; die Kleine nahm ich auf den Arm, hatte aber schon mittlerweile der anderen, der Lady Betty, so geschickt die goldene Uhr abgenommen, daß sie es nicht merkte, ehe die Menge sich verlaufen hatte und alle wieder von derselben in den Park zurückgedrängt worden waren.

Ich selbst tat, als würde ich etwas von ihr seitab und hinweg geschoben und rief ihr nur noch eilig zu: »Liebe Lady Betty, geben Sie nur ja auf Ihre kleine Schwester Obacht,« wobei ich ein Gesicht machte, als täte es mir sehr leid, auf diese Weise, durch die drängende Masse von ihnen getrennt zu werden.

Das Gedränge dauert in solchen Fällen nie sehr lange und verläuft sich sofort wieder, wenn der König vorbei ist. Da ihm jedoch immer noch eine große Menge Menschen eiligst folgt, so ließ ich mich jetzt von dieser weiter treiben, als läge mir viel daran, den König noch länger zu sehen, winkte dann schnell einen Wagen heran und entkam in ihm.

Jedenfalls aber, des können Sie versichert sein, hielt ich der Lady Betty mein Versprechen nicht – ich hatte nämlich versprochen, ich werde sie besuchen.

Zuerst hatte ich übrigens beabsichtigt, bei der Lady Betty zu bleiben, bis sie ihre Uhr vermißte, dann mit ihr nach dem Diebe zu schreien, sie darauf in einen Wagen zu setzen und mit ihr nach Hause zu fahren. Sie schien mich nämlich sehr gern zu haben und mir, weil ich mit ihr von ihrer Familie gesprochen, so vollständig zu vertrauen, daß es mir gewiß nicht schwer gefallen wäre, meinen Verdienst noch zu vergrößern und auf der Fahrt auch das Perlenhalsband noch zu ergattern. Es kam mir jedoch rechtzeitig in den Sinn, daß mich, wenn das Kind auch arglos war, so doch andere Leute verdächtigen, und vielleicht gar untersuchen könnten, wobei man dann die goldene Uhr gefunden haben würde. Ich hielt es deshalb für besser, mich mit dem, was ich hatte, zufrieden zu geben.

Später hörte ich übrigens zufällig einmal, von einer anderen Diebin, die auch in dem Park gewesen, daß die junge Dame, als sie ihre Uhr vermißt hatte, den Diebstahl laut ausrufen ließ und ihren Diener herumschickte, mich zu suchen, denn sie hatte gleich auf mich Verdacht gefaßt und mich ihm so gut beschrieben, daß er mich als dieselbe Person erkannte, die längere Zeit bei ihm gestanden, mit ihm gesprochen und die ihn so viel gefragt hatte; doch war ich schon weit genug aus ihrem Bereiche, ehe sie dem Diener ihren Verlust überhaupt mitteilen konnte.

Nach diesem Abenteuer bestand ich bald ein anderes, das ganz verschieden war von allen, die ich je aufgesucht.

Der Schauplatz war ein Spielsaal in der Nähe von Convent Garden.

Ich sah dort die Kavaliere aus- und eingehen und stellte mich mit einer Freundin an den Eingang. Schließlich kam ein besonders reich gekleideter Herr, der auch hinein wollte. Auf diesen ging ich zu und fragte ihn:

»Entschuldigen Sie, haben eigentlich auch Damen Zutritt?«

»Aber natürlich,« war die Antwort, »und nicht nur Zutritt, sie dürfen auch spielen.«

»Das eben wollte ich vor allem wissen,« meinte ich.

Und sofort bot er mir liebenswürdigst an, mich hineinzuführen.

Ich folgte ihm, und er öffnete die Tür zu einem Saale.

»Gehen Sie, Madam, da sind die Spieltische – wenn Sie also ihr Glück wagen wollen?«

Ich blickte in den Saal hinein und sagte dann laut zu meiner Freundin, die mitgekommen war: »Aber da sind ja doch bloß Herren! Nein, da wage ich mich nicht hinein!«

Worauf mein Kavalier jedoch sofort meinte: »Sie brauchen keine Angst zu haben, Madam, die Spieler sind alle Gentlemen, und Sie dürften gewiß allen will kommen sein – außerdem, Sie können setzen, was Ihnen beliebt.«

Ich trat also ein wenig näher, man brachte mir einen Stuhl, ich nahm Platz und sah zu, wie der Würfelbecher die Kunde machte.

Schließlich aber meinte ich zu meiner Freundin: »Die Herren spielen zu hoch für uns, kommen Sie und lassen Sie uns lieber gehen.«

Die Anwesenden waren jedoch außerordentlich höflich, und einer der Herren ermutigte mich und sagte: »Spielen Sie doch nur, Madam, Sie können es wirklich wagen, und ich kann mich dafür verbürgen, daß Ihnen nichts Unrechtes geschieht.«

»Ich danke Ihnen sehr, mein Herr,« erwiderte ich lächelnd, »ich bin überzeugt davon, daß diese Herren eine Dame nicht übervorteilen würden.«

Doch lehnte ich es auch jetzt noch ab, zu spielen, obwohl ich eine wohlgefüllte Börse herausgezogen hatte, damit sie sähen, es fehle mir nicht an Geld.

Nachdem ich nun wieder eine Weile still gesessen hatte, sagte derselbe Herr scherzend zu mir: »Ich sehe, Madam, Sie haben Angst, für sich selbst zu spielen, ich hatte jedoch immer Glück durch die Damen, setzen Sie für mich, wenn Sie nicht für sich selbst spielen wollen.«

Ich erwiderte ihm: »Es wäre mir sehr unangenehm, mein Herr, Ihr Geld zu verlieren, zwar habe ich immer für mich selbst viel Glück im Spiel, aber diese Herren spielen so hoch, daß ich mein Geld nicht daran wagen will.«

»Schön, schön Madam,« erwiderte er, »da sind fünf Guineen, setzen Sie die für mich.«

Ich nahm also das Geld, setzte es für ihn und gewann. Ich setzte nochmals und gewann wieder. Und ein drittes Mal ging es nicht anders. Das ermutigte dann meinen Herrn so, daß er mich aufforderte, doch die Bank zu halten. Und auch jetzt blieb das Glück mir so treu, daß ich schließlich einen ganz beträchtlichen Haufen Guineen in meinem Schoße liegen hatte.

Am Ende forderte ich meinen Herrn auf, das Geld an sich zu nehmen, da es ihm ja gehöre; zum mindesten wollte ich ihm einmal vorzählen, wieviel er eigentlich gewonnen habe.

Er aber meinte: »Nein, nein, zählen Sie das Geld lieber nicht, Sie sind ja ehrlich, und ich weiß, daß es Unglück bedeutet, den Gewinn zu zählen.«

So spielte ich also weiter, und zwar so vorsichtig, ohne all zu große Einsätze zu wagen, daß ich stets eine größere Geldsumme in meinem Schoße liegen behielt. Von dieser Geldsumme wanderte dann immer ein kleiner Teil in meine Tasche; doch ging ich dabei so geschickt zu Werke, daß niemand es sehen konnte.

Nach und nach wurde ich dabei kühner, und als ich zum letztenmal die Bank hielt, setzte ich auf einen Schlag vierzig Guineen. Aber da verließ das Glück mich, und ich verlor.

Ich kannte den Brauch erfahrener Spieler und stand sofort auf; aus Furcht nämlich, schließlich noch alles zu verlieren. Zu dem Herrn aber sagte ich:

»Spielen Sie jetzt bitte selbst weiter, ich glaube, ich habe immerhin Ihre Sache ganz gut vertreten.« Er wollte jedoch nichts davon wissen, daß ich das Spiel aufgab, und bat mich, doch das Glück für ihn noch weiter zu versuchen.

Ich aber meinte, es würde zu spät für mich, er möge mich jetzt wirklich einmal zählen lassen, damit er siehe, wieviel er durch mich gewonnen. Solange wolle ich noch bleiben, dann aber müsse ich sofort gehen.

Ich zählte also und fand 63 Guineen.

»Ach« rief ich dabei aus, »hätte ich doch nur nur den unglückseligen letzten Wurf nicht getan, dann hätte ich ja über 100 für Sie gewonnen!« Ich gab ihm darauf das Geld, er wollte es jedoch nicht eher nehmen, bis ich etwas für mich zurückbehalten, und bat mich, ich möge nur zugreifen.

Ich dankte jedoch und meinte, ich würde mir nie selbst etwas nehmen. Wenn er mir irgend etwas zugedacht habe, so möge er es mir aus freien Stücken geben.

Als die übrigen Herren das Gespräch hörten, riefen sie: »Aber so geben Sie ihr doch das ganze Geld!«

Ich wies das jedoch entschieden zurück.

»Zum Donnerwetter, Sack, so teile es doch wenigstens, weißt Du nicht, daß man mit Damen immer Halbpart macht?«

Er teilte denn darauf auch wirklich mit mir und ich konnte 22 Guineen mit mir nehmen – abgesehen von 43 Guineen, die ich in meiner Tasche schon hatte verschwinden lassen; was mir übrigens jetzt beinahe leid tat, da ich gesehen, daß der Herr sich so tadellos benommen hatte.

Ich brachte also im Ganzen 85 Guineen mit nach Hause und erzählte lachend meiner Pflegerin, welches Glück ich im Spiel gehabt.

Sie freute sich auch weidlich über den Streich. Trotzdem riet sie mir, ich solle lieber das Glück nicht mehr auf diese Weise versuchen.

Und da ich so gut wie sie wußte, daß der Spielteufel, wenn er einen einmal gepackt hat, allen und jeden Besitz gefährdet, so folgte ich ihrem Rat und ging nicht wieder in einen Spielsaal.

Vierundzwanzigstes Kapitel.

Das Glück hatte mir nun schon so lange gelächelt, und ich sowohl wie meine alte Pflegerin, die ja von jedem Erwerb ihren bestimmten Teil erhielt, hatten nun soviel zurückgelegt, daß jetzt selbst die letztere davon zu reden begann, wir möchten uns von unserem Beruf zurückziehen, mit dem Erworbenen uns zufrieden geben, und ihn in Ruhe genießen. Aber nun war ich es, die, ich weiß nicht von welchem bösen Geiste getrieben, von solchen Vorschlägen nichts wissen wollte ... so wenig wissen wie meine alte Pflegerin früher, wenn ich ihr mit ähnlichem gekommen. Ja, ich glaube, ich gab innerlich überhaupt jeden Gedanken daran auf, daß ich mich von meinem Berufe zurückziehen könnte und je würde. Immer verwegener wurde mein Wagemut, immer härter mein Gewissen, und meine Erfolge machten meinen Namen so berühmt, wie es ein Dieb nur werden kann.

Um nur eines zu erwähnen: ich ging jetzt sogar so weit, daß ich ein und denselben Streich – wenn auch natürlich stets in anderem Kostüm – an ein und demselben Orte wiederholte. Ich wußte, daß das unklug, ja, wahnsinnig war. Aber ich tat's. Und nicht ein einziges Mal schlug mir's übel aus.

Ich will Ihnen jetzt noch einige weitere Abenteuer erzählen:

Es war Sommerszeit. Die besten Herrschaften hatten London verlassen, Fremde kamen nach England herüber, Tunbridge, Epsom und derartige Orte waren sehr besucht, in der Stadt aber waren die Menschen, wie angedeutet, dünn gesäet und mein Gewerbe litt darunter naturgemäß, wie jedes andere. Ich schloß mich deshalb gegen Herbst einer Bande an, die gewöhnlich jedes Jahr nach Sturbridge und von da nach Bury zum Jahrmarkte ging. Wir versprachen uns alle goldene Berge; als ich mir die Lage der Dinge jedoch an Ort und Stelle ein wenig näher und in ihrer Wirklichkeit ansah, wurde mir sehr bald klar, daß hier einfach so gut wie nichts zu holen sei. Außer kleinen Taschendiebereien war überhaupt keine Möglichkeit da, etwas zu erwischen; und wenn man nun glücklich so eine lumpige Beute gemacht hatte, so war es obendrein noch sehr schwer, sie glücklich beiseite zu bringen. Der ganze Ertrag der Reise war denn auch nur eine einzige goldene Uhr auf dem Jahrmarkte zu Bury und ein großes Paket Leinwand in Cambridge.

Mit diesen beiden Abenteuern verhielt sich's so:

In Cambridge kaufte ich in dem Laden eines Leinwandhändlers ein Stück feines holländisches Leinen, im Werte von ungefähr 7 Pfund, und ließ es in das Gasthaus schicken, in dem ich am Morgen unter der Angabe Wohnung genommen, ich wolle dort übernachten. Dem Verkäufer sagte ich, er möge mir die Sachen dann und dann in mein Gasthaus schicken, ich würde sie dort bezahlen, da ich nicht so viel Geld bei mir hätte. Zur bezeichneten Stunde wurden sie denn auch gebracht, und als die Magd des Wirtes den Boten, einen jungen Burschen, zu mir führte, sagte ihm vor meiner Zimmertür eine Angehörige unserer Bande, die die Rolle meiner Magd übernommen hatte, ich hätte mich gerade niedergelegt und schlafe; wenn er jedoch die Sachen dalassen wolle, könne er in einer Stunde wiederkommen: dann wäre ich wach und würde ihn bezahlen. Der Bursche ließ das Paket auch bereitwilligst da und ging seiner Wege. Ich aber machte mich sofort mit dem Paket und meiner »Magd« auf und davon, und kam noch am selbigen Abend mit dem fälligen Postwagen, der glücklicherweise nicht ganz besetzt war, in Bury an. Dort hatte ich dann in einem kleinen Tanzhause mein Abenteuer mit der goldenen Uhr. Die gute Dame, der ich sie abnahm, war nicht nur ganz verboten lustig, sondern sogar ein wenig beschwipst, was mir meine Arbeit natürlich wesentlich erleichterte.

Mit dieser geringen Beute begab ich mich, nachdem ich mich von unserer Bande getrennt hatte, nach Ipswich und von da nach Harwich, wo ich mich in einem Gasthaus unter der Angabe einlogirte, ich sei eben von Holland angekommen. Ich zweifelte nicht, daß die Fremden, die dort täglich landeten, mir Gelegenheit zum Erwerb bieten würden. Ich fand jedoch, daß sie keinerlei Wertsachen bei sich hatten, oder wenigstens nicht an sich trugen; sie mußten dieselben wohl in ihren Reisesäcken mit sich führen – und diese waren leider stets von einem aus der Dienerschaft bewacht.

Trotzdem gelang es mir, einen dieser Säcke an mich zu bringen, und zwar war es ein Gepäckstück, das einem Herrn zugehörte, der das Zimmer, das neben meinem lag, bewohnte. Als dieser Herr nämlich einmal für einige Stunden ausging, nahm der Diener die Gelegenheit wahr, um sich sinnlos zu betrinken. Die Tür des Zimmers stand halb offen und als ich zufällig vorüber kam, sah ich, wie dieser Kerl von Diener laut schnarchend am Boden neben dem Gepäck lag. Ich schlüpfte nun schnell in das Zimmer und schleppte den größten Sack mit vieler Mühe und auch einigem Geräusch in mein Zimmer hinüber. Darauf begab ich mich auf die Straße, um zu sehen und zu überlegen, ob sich nun auch eine Möglichkeit böte, den Reisesack aus dem Gasthaus hinaus und nach London zu schaffen.

Die Stadt war klein und ich vollständig fremd in ihr. Nachdenklich wandelte ich durch ihre Straßen: es wollte und wollte sich kein Ausweg auftun. Und schon gedachte ich Kehrt zu machen und den Sack dem betrunkenen Diener wieder ins Zimmer zurückzuschaffen, als ich zufällig hörte, wie ein Mann einige Leute zur Eile antrieb: die Flut sei da und gleich gehe das Boot ab.

Ich fragte schnell: »Welches Boot?«

Worauf er antwortete: »die nach Ipswich bestimmte Wherry.«

»Wann fahrt ihr denn ab?«, fragte ich weiter.

»Gleich! sofort!« entgegnete er, »wollen Sie noch mit?«

»Gewiß,« erwiderte ich, »wenn ich noch Zeit genug habe, meine Sachen zu holen.«

»Wo sind die denn, Madam?«, fragte er.

»In dem Gasthause zu den drei Raben« sagte ich.

»Dann will ich schnell mit Ihnen gehen und sie holen, so viel Zeit haben wir noch,« bot er sich sehr höflich an.

»O, das träfe sich ja sehr schön« sagte ich, und nahm ihn mit mir.

Die Leute in meinem Gasthause waren alle sehr beschäftigt, denn eben war das Paketboot von Holland eingelaufen und zwei Postwagen waren mit Passagieren von London gekommen; diese Reisenden wollten von hier am folgenden Tage mit dem dann abgehenden Boote nach Holland hinüber, und die beiden Kutschen hinwiederum sollten die eben gelandeten Reisenden aus Holland und die Post ins Land hinein bringen. In diesem Trubel nun ging ich schnell zum Schenktische, bezahlte der Wirtin meine Rechnung und sagte ihr, ich werde mit der nächsten Wherry nach Hause reisen.

Diese Wherrys sind große Boote und wohl eingerichtet, Passagiere aufzunehmen; obgleich sie Wherrys heißen, wie man ja auf der Themse kleine zweiruderige Boote nennt, können diese Schiffe sehr gut zwanzig Passagiere und zehn bis fünfzehn Tonnen fassen; so groß und zugleich so seetüchtig sind sie. All dies hatte ich schon am Abend vorher in Erfahrung gebracht, als ich mich erkundigte, wie ich am besten nach London zurückgelangen könne.

Meine Wirtin war sehr höflich, nahm das Geld dankend in Empfang und wurde in demselben Augenblick abgerufen, da in dem überfüllten Haus an allen Ecken und Enden zu tun war. Ich nahm den Mann, der sich mir zum Gepäcktragen angeboten hatte, mit in mein Zimmer hinauf, wickelte den Koffer oder vielmehr den Reisesack, der so groß war wie ein Koffer, in eine große Schürze, übergab ihm denselben – und fort ging es zu dem Boote, ohne daß uns jemand aufgehalten oder auch nur eine Frage gestellt hätte. Der betrunkene, holländische Diener schlief noch immer fest, und sein Herr saß jetzt, wie ich durch das Fenster sah, mit anderen Reisenden unten beim Abendessen und war sehr lustig und aufgeräumt. Ich aber gelangte glatt nach Ipswich, und die Leute im Wirtshause wußten nichts anderes von mir, als daß ich mit der Wherry nach London gefahren sei, wie ich meiner Wirtin gesagt hatte.

In Ipswich belästigten mich die Zollbeamten, die meinen Koffer festhielten, ihn öffnen und durchsuchen wollten. Ich sagte ihnen, es sei mir ganz recht, doch habe mein Gatte, der noch in Harwich sei, den Schlüssel. Das tat ich, um ihnen jeden Argwohn zu benehmen, falls sie beim Öffnen Dinge finden sollten, die nur einem Mann und nicht einer Frau gehören konnten. Sie bestanden darauf, den Koffer aufzubrechen, und ich willigte endlich darein ein, das heißt, ich gestattete, daß sie das Schloß entfernten, was nicht allzuschwer war.

Sie fanden nichts Verzollbares, denn der Koffer hatte die Grenze schon einmal passiert, dafür aber allerlei Dinge, deren Anblick mich mit Zufriedenheit erfüllte, zum Beispiel ein Päckchen Geld in französischen Goldmünzen, ein paar holländische Dukaten, zwei teure Perücken, Leibwäsche, Rasiermesser, Parfüm und andere für einen vornehmen Herren notwendige und nützliche Dinge, die also alle, wie ich angab, meinem Gatten gehören sollten.

Es war noch sehr früh am Morgen und noch nicht ganz hell, und ich überlegte, was weiter zu tun sei. Ich sagte mir, daß man mich wahrscheinlich verfolgen werde, und beschloß, entsprechende Maßregeln zu ergreifen.

Ich ging vor aller Augen mit meinem Koffer in ein Gasthaus und übergab ihn dort der Wirtin mit dem Auftrag, wohl Obacht auf ihn zu geben und ihn sicher zu verwahren, bis ich wiederkäme. Dann ging ich wieder hinaus auf die Straße.

Als ich nun ein Stück von dem Wirtshaus entfernt war, traf ich eine alte Frau, die aus ihrer Haustür herausguckte, und fing mit ihr ein Gespräch an. Ich stellte ihr eine ganze Menge krauser Fragen, die sie gar nicht auf meine Absicht und daß ich eine Diebin sei, schließen lassen konnten, so daß sie mir, ohne es zu wissen, die Lage der Stadt beschrieb, mir sagte, diese Straße führe nach Hadly, jene an den Strand, eine andere da mitten in die Stadt hinein, und die da nach Colchester und folglich nach London.

Nachdem ich dies alles erfahren, machte ich meinem Gespräche mit der Alten ein schnelles Ende, denn ich hatte ja bloß wissen wollen, wo die Landstraße nach London laufe, und eilte so rasch wie möglich von dannen. Nicht daß ich beabsichtigte, zu Fuß nach Colchester oder gar nach London zu gehen – ich wollte nur möglichst rasch und unauffällig von Ipswich wegkommen.

Ich ging zunächst ein wenig außerhalb der Stadt spazieren und traf dabei auf einen grauhaarigen Land mann, der auf dem Felde irgend eine Arbeit vollführte. Diesen redete ich ebenfalls an und erzählte ihm, nachdem ich ins Gespräch mit ihm gekommen, ich sei auf der Reise nach London, habe die Post jedoch so besetzt angetroffen, daß ich keinen Platz mehr bekommen. Vielleicht könne er mir sagen, wo ein Pferd zu mieten sei, das zwei Personen und etwas Gepäck zu tragen vermöge; und ob er nicht einen ehrlichen Mann wisse, der mich und mein Gepäck nach Colchester bringen würde, wo ich meine Reise mit der Post fortsetzen wolle?

Der alte Knabe sah mich darauf ernsthaft an, sprach eine halbe Minute lang kein Wort, schließlich kratzte er sich hinter dem Ohr und sagte: »Ein Pferd wollen Sie, und nach Colchester? Ja, wissen Sie, Fräulein, Pferde können Sie genug bekommen, wenn Sie dafür bezahlen wollen.«

»Lieber Freund,« entgegnete ich, »Sie können sich darauf verlassen, ich dachte nicht, eins ohne Geld zu mieten.«

»Na, Fräulein,« sagte er darauf, »wieviel wollen Sie denn geben?«

»Ich weiß nicht was man hierzulande dafür verlangt,« erwiderte ich ihm, »ich bin hier fremd, aber wenn Sie ein Pferd wissen, so mieten Sie es so billig wie möglich, ich will Ihnen auch etwas für Ihre Mühe geben.«

»Das ist geradeaus gesprochen,« sagte der Landmann.

»Vielleicht doch nicht so geradeaus, wie du annimmst, guter Mann,« dachte ich bei mir.

»Also, Fräulein,« redete er weiter, »ich habe selbst ein Pferd, das zwei Personen und noch etwas Gepäck tragen kann; und es würde mir nicht viel ausmachen, Sie nach Colchester zu bringen.«

»Das soll mich freuen,« entgegnete ich, »ich will Sie auch nach Gebühr bezahlen.«

»Etwas Ungebührliches verlange ich auch gar nicht,« meinte er, »aber fünf Schilling muß ich haben, für mich und das Pferd, denn ich werde kaum heute Abend wieder zurückkommen können.« Damit war ich einverstanden und mietete also den ehrlichen Mann samt seinem Pferd, worauf wir mein Gepäck holten und abzogen.

Als wir jedoch auf halbem Wege in eine Stadt kamen – den Namen habe ich vergessen, sie liegt an einem Flusse – tat ich, als fühlte ich mich unwohl und abgespannt, und sagte, ich könne heute Abend unmöglich weiter reisen, er möge bis zum folgenden Tage mit mir in der Stadt bleiben, ich wollte von Herzen gern für ihn und sein Pferd bezahlen.

Ich tat dieses, weil ich fürchten mußte, die holländischen Herren und ihre Dienerschaft heute auf der Landstraße anzutreffen, denn ich wußte, daß sie ihre Reise entweder mit der Post oder zu Pferde fortsetzen wollten, und erklärlicherweise trug ich kein Verlangen danach, von dem betrunkenen Diener oder irgend sonst jemand aus Harwich gesehen zu werden. Ich durfte jedoch annehmen, daß am folgenden Tage der ganze Schwarm vorübergezogen sei.

Wir blieben also die Nacht über in diesem Städtchen und brachen auch am folgenden Morgen nicht sehr früh auf, so daß es fast zehn Uhr war, als wir Colchester erreichten.

Mit nicht geringem Vergnügen sah ich die Stadt wieder, in der ich so viele fröhliche Tage erlebt hatte, und stellte mannigfache Erkundigungen nach meinen früheren Freunden und Bekannten an, doch konnte ich nicht viel erfahren; sie waren alle entweder tot, oder hatten den Ort verlassen. Die jungen Damen hatten sich samt und sonders nach London verheiratet. Der alte Herr und seine Gattin, meine erste Wohltäterin, waren längst gestorben. Auch der junge Herr, mein erster, mein allererster Liebhaber und späterer Schwager, war tot. Seine beiden Söhne dagegen, die nun mittlerweile auch schon Männer geworden, waren ebenfalls nach London verzogen.

Ich entließ meinen Landmann mit seinem Pferde, blieb unter irgend einem falschen Namen drei oder vier Tage hier in Colchester und nahm mir dann einen Platz in einem Wagen, der gelegentlich nach London ging, denn ich wagte noch immer nicht, die Post von Harwich zu benutzen; obgleich diese Vorsicht eigentlich übertrieben war, denn in Harwich kannte mich niemand als die Wirtin, und es war nicht anzunehmen, daß sie mich, die mich nur einmal und zwar in einem Augenblick, da sie von allen Seiten in Anspruch genommen war, und noch dazu nur ganz flüchtig und bei Kerzenlicht, gesehen hatte, jemals wieder erkennen werde; ganz abgesehen davon, daß sie, wenn man mich wirklich verfolgte, kaum die Verfolger begleiten dürfte.

So kam ich also glücklich wieder nach London zurück, und obwohl mir dies letzte Abenteuer etwas Beträchtlicheres eingebracht, trug ich doch kein Verlangen mehr nach weiteren Fahrten aufs Land. Ich glaube, ich hätte es auch nicht mehr gewagt, und wenn ich bis ans Ende meiner Tage dem Hochstapler- und Diebesgewerbe treu geblieben wäre.

Meiner Pflegerin stattete ich einen genauen Bericht über meine Reise ab. Das Geschäft, das ich in Harwich gemacht, bereitete ihr viel Vergnügen, und sie machte bei diesem Gespräche die Bemerkung »da der Dieb ein Geschöpf ist, das aus der Nachlässigkeit und Trägheit anderer Leute Vorteil zieht, so muß sich einfach einem jeden, der wachsam und fleißig ist, mancherlei Gelegenheit zum stehlen darbieten, und jemand, der so kühn und kaltblütig zu Werke geht, wie du, Moll Flanders, kann eigentlich überhaupt keine Mißerfolge haben.«

Infolgedessen kann denn auch meine Geschichte anderseits, wenn man sie richtig betrachtet, allen ehrlichen Leuten sehr von Nutzen sein; denn sie lehrt sie, aufmerksam und rege zu sein und sich vor allen derartigen Übertölpelungen zu schützen, lehrt sie, ihre Augen offen zu halten, wenn sie mit Fremden irgendwelcher Art zu tun haben; dieweil es nämlich die Regel ist, daß ihnen von denen irgend eine Falle gestellt werden soll. Ich überlasse es aber jedem Leser, sich seine Moral aus meiner Geschichte selbst zu ziehen, sein gesunder Menschenverstand und sein Urteilsvermögen werden ihm dabei zu Hilfe kommen. Ich bin nicht die geeignete Person, um anderen zu predigen; ich wünsche nur, es möge die Erfahrung einer ganz verdorbenen und elenden Kreatur jedem, der lesen kann, Abschreckung und Warnung sein.

Ich komme nun allmählich dem Ende, das meine Diebeslaufbahn nahm, immer näher. Es wurde eingeleitet durch folgendes Abenteuer, das wie eine letzte Warnung war und das ich deshalb erzählen muß.

Am zweiten Weihnachtstage war ich wieder einmal »ausgegangen«, um zu sehen, ob es irgend etwas zu tun gäbe. Als ich nun an dem Laden eines Silberschmiedes vorüber kam, bot sich denn auch eine Gelegenheit, der kein Mensch meines Gewerbes widerstanden haben würde: es war nämlich niemand im Laden, und eine große Menge losen Silbergeschirres lag im Fenster und auf dem Verkaufstische des Besitzers, der, wie ich vermutete, vielleicht in dem Stübchen hinter dem Laden arbeitete, oder auch überhaupt ausgegangen war.

Ich trat dreist ein und wollte schon ein Silbergerät einstecken; und ich hätte es auch glücklich beiseite gebracht, ohne daß der Eigentümer das geringste gemerkt hätte; aber es hatte mich da ein allzu dienersteifriger Mensch, der an der Türe des gegenüberliegenden Hauses stand, eintreten sehen, und da er wohl wissen mußte, daß der Laden leer war, faßte er Verdacht, kam schnell über die Straße geschossen, packte mich und schrie die Leute aus dem Hause zusammen.

Ich hatte aber noch nichts im Laden angerührt, sondern als ich jemanden über die Straße rennen sah, flugs die schon ausgestreckte Hand wieder zurückgezogen und voll Geistesgegenwart mit dem Fuße laut und mehrmals gegen den Fußboden gepocht, als wollte ich nach dem Besitzer des Ladens rufen – da aber packte mich der Bursche schon.

Wenn die Gefahr am größten, war auch immer mein Mut am größten: so tat ich denn auch diesmal, frech wie ich nun war, außerordentlich entrüstet und behauptete keck, ich sei gekommen, mir ein halbes Dutzend silberne Löffel zu kaufen; denn zum Glück machte dieser Silberschmied nicht nur Waren für andere Geschäfte, sondern verkaufte auch selbst solche. Der Bursche lachte aber bloß und wollte seinem Nachbar durchaus den Dienst und den Gefallen erweisen, einen Dieb für ihn abgefangen zu haben. Er schrie in einem fort, ich sei durchaus nicht gekommen, um zu kaufen, sondern nur um zu stehlen, und er trommelte wahrhaftig eine ganze Menge Menschen zusammen. Mittlerweile wurde auch der Besitzer des Ladens nebst seiner Frau, die beide, wie sich zeigte, in ein Haus der Nachbarschaft gegangen waren, herbeigeholt; und ich wandte mich gleich an ihn und sagte, es sei ganz nutzlos, Erörterungen über den Fall anzustellen; der Bursche da habe gesagt, ich sei gekommen, um zu stehlen, das solle er jetzt beweisen, ich bestehe darauf, daß wir alle ohne weitere Worte vor den Richter gingen. Ich hatte nämlich meine Lage schnell überschaut und gesehen, daß es Menschen waren, denen ich wohl gewachsen war.

Der Besitzer des Ladens und seine Frau benahmen sich durchaus nicht so heftig, wie der Bursch von der anderen Seite der Straße; und er, der Silberschmied, sagte sogar: »Sie mögen ja wohl in ganz guter Absicht in den Laden gekommen sein, doch können Sie sich zum mindesten denken, wie es verdächtig sein muß, in ein Geschäft, wie das meinige, einzutreten, wenn niemand darinnen ist; und ich kann leider mei nem aufmerksamen Nachbar nur Gerechtigkeit widerfahren lassen und anerkennen, daß sein Vorgehen wenigstens nicht ganz unberechtigt gewesen; obwohl ja, wie gesagt, anderseits nichts dafür spricht, daß Sie tatsächlich irgend etwas Böses im Schilde führten ... ja, und da weiß ich denn wirklich nicht, was ich in dieser Sache tun soll.«

Ich bestand nun immer dringender darauf, er möge mit mir vor den Richter gehen, und wenn man mir das geringste beweisen könne, wolle ich mich jedem Urteilsspruche unterwerfen, wenn nicht, so wolle ich Genugtuung haben.

Während wir noch so redeten und sich immer mehr Menschen vor der Türe versammelten, kam gerade Sir T.B., der Friedensrichter, vorüber; und als der Silberschmied es hörte, bat er seine Hochedlen, doch hereinzukommen und den Fall zu entscheiden.

Ich muß gestehen, daß der Silberschmied die Geschichte mit viel Gerechtigkeit und Mäßigkeit vortrug, während der Bursche von gegenüber die Sache mit so viel Hitze und törichter Leidenschaftlichkeit hinstellte, daß auch sein Bericht mir nur zum Vorteil gereichte. Schließlich wurde ich aufgefordert, zu sprechen; und ich erzählte seiner Hochedlen, ich sei in London fremd und erst neulich aus dem Norden gekommen. Ich wohne da und da, sei zufällig diese Straße gegangen und in den ersten besten Laden getreten, um ein halbes Dutzend silberne Löffel zu kaufen. Zum großen Glück hatte ich mir zu diesem Abenteuer – ich hatte es nämlich an dem Tage auf einen solchen Laden abgesehen gehabt – einen alten Löffel mitgenommen und in meiner Tasche; den zog ich nun heraus, wies ihn vor und sagte, ich habe ihn mitgebracht, um die Größe der neuen Löffel bestimmen zu können, die zu anderen, die ich zu Hause hätte, passen müßten. Da ich niemanden im Laden gesehen, hätte ich mit dem Fuße aufgeklopft und auch laut gerufen. Es läge allerdings allerlei Silberzeug im Laden umher, doch könne niemand sagen, daß ich es auch nur angerührt habe. Im Augenblick, da ich gerufen, sei ein Bursche über die Straße gelaufen, in den Laden eingetreten und habe mich ganz wütend und heftig angefaßt; wenn er wirklich die Absicht gehabt hätte, seinem Nachbar einen Dienst zu leisten, so hätte er ja erst in einiger Entfernung stehen bleiben und unbemerkt zusehen können, ob ich etwas anrühren oder gar nehmen werde oder nicht – und mich dann auf frischer Tat ertappen.

»Das stimmt allerdings,« meinte der Friedensrichter und fragte dann den Burschen, ob es wahr sei, daß ich mit dem Fuße geklopft.

»Ja,« antwortete der, »das hat sie allerdings getan, aber wahrscheinlich nur, weil sie mich kommen gesehen.«

»Aber,« fiel ihm hier der Richter ins Wort, »da widersprechen Sie sich doch selbst; denn Sie sagten vorhin, die Dame habe mit dem Rücken nach der Straße gewandt gestanden und Sie nicht gesehen, bis Sie sie angefaßt?«

Nun war allerdings richtig, daß mein Rücken der Straße zugewendet gewesen, da ich jedoch, wenn ich bei meiner Arbeit war, die Augen gewohnheitsmäßig überall hatte, so hatte ich wirklich in dem Moment, da er herüberkam, einen schnellen Blick auf die Straße geworfen, ohne daß er es bemerkt.

Als wir alle verhört waren, gab der Friedensrichter seine Meinung ab und sagte, der Nachbar habe sich offenbar geirrt, und ich sei unschuldig. Der Silberschmied und seine Frau beruhigten sich bei diesem Ausspruch und man bedeutete mich, ich könne gehen. Der Richter aber hielt mich noch ein wenig zurück und sagte: »Ich hoffe Madam, Sie werden dem Kaufmann den Irrtum seines Nachbarn nicht entgelten lassen und ihm ihre Kundschaft nicht entziehen.«

»O nein,« entgegnete ich schnell, »ich will die Löffel gerne kaufen, wenn er mir eine Garnitur zeigen kann, die zu meinem mitgebrachten Löffel paßt.«

Der Kaufmann brachte nun in Größe und Art völlig ähnliche herbei, wog sie und verlangte fünfunddreißig Schilling.

Ich zog darauf meine Börse heraus, um sie zu bezahlen und ließ dabei etwa zwanzig Guineen sehen, denn ich ging, wie Sie wissen, nie ohne eine größere Summe Geldes aus, was mir, wie hier, sehr oft gut zu statten kam.

Als der Richter mein Geld erblickte, sagte er: »Nun bin ich ganz überzeugt, daß man Ihnen Unrecht getan hat, Madam. Ich veranlaßte Sie, die Löffel zu kaufen, um zu sehen, ob Sie Geld genug bei sich trügen, um sie auch bezahlen zu können. Wären Sie dazu nicht imstande gewesen, so hätte man doch vielleicht annehmen gemußt, daß Sie nicht zum kaufen in den Laden gekommen wären. Im übrigen aber dürften die Leute, die solche Absichten haben, wie man sie Ihnen eben unterschob, sehr selten so viel Gold besitzen, wie Sie.«

Ich lächelte und bemerkte seiner Hochedlen, ich verdanke einen Teil seiner Gunst also meinem Gelde, immerhin hoffe ich seinen gerechten Urteilsspruch auch auf meine Persönlichkeit zurückführen zu dürfen.

Er antwortete, gewiß dürfe ich das, der Anblick des Geldes habe ihm seinen Spruch nur bestätigt; er sei, wie gesagt, völlig überzeugt, daß mir Unrecht geschehen.

So kam ich also noch einmal mit heiler Haut davon und – zum letztenmale – glatt am Rande des Abgrunds vorbei.

Fünfundzwanzigstes Kapitel.

Zum letzten Male .... Denn klüger hatte mich dieses eben erzählte Erlebnis nicht gemacht, schon gleich am folgenden Tage ging ich auf einen neuen Streifzug aus: und der sollte mir verhängnisvoll werden.

Ich hatte mich in ein Privathaus geschlichen, das wohl einem Manne gehörte, der die Geschäfte zwischen den Webern und den Kaufleuten vermittelte, hatte dort schon ein Stück schwerer Brokatseide zu mir gesteckt und wollte gerade mit ihm verschwinden, als zwei Weibsbilder mit offenem Munde und laut schreiend auf mich zustürzten. Die eine von ihnen zog mich mit Gewalt wieder ins Zimmer zurück, während die andere die Türe verschloß. Ich wollte ihnen gute Worte geben, doch ließen sie mir dazu gar keine Zeit. Zwei feurige Drachen hätten nicht wütender sein können: sie zerrissen meine Kleider, heulten und brüllten, als wollten sie mich ermorden, bis die Hausfrau erschien und bald darauf auch der Hausherr, beide ebenfalls in größter Wut und sehr aufgebracht.

Ich gab dem Hausherrn gute Worte, stellte ihm und seiner Frau vor, die Türen hätten offen gestanden, die Versuchung sei zu groß gewesen, ich wäre arm und in Not, und nur wenige Menschen könnten der Armut widerstehen, kurz, ich bat ihn unter heißen Tränen, doch Mitleid mit mir zu haben. Die Hausfrau wurde denn auch gerührt und schien Lust zu haben, mich laufen zu lassen; und sie hätte wohl auch ihren Gatten dazu bestimmt. Doch diese verfluchten Weibsbilder waren schon, noch ehe man sie dazu geschickt hatte, zu einem Konstabler gelaufen und kamen nun mit ihm zurück. Die guten Leute konnten jetzt nichts mehr für mich tun; sie wären selbst in Ungelegenheiten gekommen, wenn sie mich hätten entwischen lassen, und nicht vor den Richter gebracht, vor den ich nun einmal mußte.

Als ich den Konstabler sah, erschrak ich bis ins Innerste, und es war mir, als müßte ich in die Erde versinken; ich verfiel in Zuckungen, und die Leute glaubten wohl schon, es ginge zu Ende mit mir, und ich hätte einen Herzschlag vor Aufregung bekommen. Die Frau bat nun wieder für mich und suchte ihren Gatten doch noch zu bewegen, mich frei zu lassen, da ich ihnen ja keinen Schaden zugefügt habe. Ich kam daraufhin wieder ein wenig zu mir und erbot mich, die zwei Stück Seide, trotzdem ich sie nicht genommen, zu bezahlen, was der Mann auch immer dafür verlangen werde; und ich stellte ihm immer dringender vor, daß er ja nichts verloren habe, und daß es fürchterlich grausam sei, mich dem Tode zu überliefern, bloß weil ich versucht habe, zu stehlen. Und dem Konstabler sagte ich, es sei gar nicht wahr, ich habe gar keine Türen erbrochen und nichts hinweg genommen. Und auch dem Richter, vor den ich alsbald gebracht wurde, wußte ich soviel von den offenen Türen und dem nicht ausgeführten Diebstahl vorzujammern, daß er mich sicher losgelassen hätte, wenn nicht das widerwärtige Frauenzimmer, das mich zuerst gepackt, immer wieder betont hätte, ich sei gerade im Begriffe gewesen, mit den Waren zu verschwinden, wenn sie mich nicht festgehalten hätte. Dem Richter blieb darnach nichts anderes übrig, als mich festnehmen und nach Newgate, dem schauerlichen Newgate, bringen zu lassen. Noch jetzt gerinnt mein Blut, wenn ich nur diesen Namen ausspreche; den Namen des Ortes, von dem aus so viele meiner Kameraden den fürchterlichen Weg zum Galgen gehen gemußt; an dem meine Mutter so grausam gelitten; an dem ich das Licht der Welt erblickt, und von dem aus ich selbst jetzt keine Erlösung, sondern nur einen schmachvollen Tod erwarten durfte; der Ort, der mir schon so lange bestimmt gewesen und dem ich bis jetzt nur durch eine beispiellose Geschicklichkeit und ein unerhörtes Glück ausgewichen war.

Ich wurde also festgesetzt: und es wäre vergeblich, würde ich versuchen wollen, mein Entsetzen zu schildern, als ich eingebracht wurde und zum ersten Male all die Scheußlichkeiten, die dieser Ort barg, selbst erdulden mußte. Ich hielt mich für verloren und ganz verlassen und hatte keinen anderen Gedanken mehr, als daß es nun hieß, von der Erde zu scheiden; und zwar auf die schrecklichste und verworfenste Art und Weise. Das höllische Lärmen, das Brüllen, Toben, Fluchen und Wimmern, die Unsauberkeit, der üble Geruch und all das Elend, das ich hier sehen mußte, ließen mich den Ort als ein wahres Sinnbild und das Tor der Hölle selbst betrachten.

Nun bejammerte ich es, daß ich meiner Vernunft, die mir so oft angeraten, meinen Beruf daranzugeben, so lange ich es noch freiwillig konnte, nicht gefolgt war; und daß all die Gefahren, die ich glücklich überstanden, statt mir Warnung zu sein, mein Herz nur gegen jede Furcht verhärtet hatten. Es kam mir vor, als habe mich ein unabweisbares Schicksal bis zu diesem Tag des Elendes angetrieben, weiter zu sündigen, damit ich meine Verbrechen am Galgen sühnen und der Gerechtigkeit mit meinem Blute Genugtuung geben sollte. Tausendmal machte ich mir in der ersten grauenhaften Nacht klar, daß meine letzte Stunde nicht mehr fern sei, und all diese Betrachtungen stürmten mit so harter Unablässigkeit auf mich ein, daß ich bald ganz in Entsetzen und Verzweiflung zerwühlt war.

Da bereute ich mein vergangenes Leben von ganzem Herzen, doch erleichterte mich diese Reue nicht und gab mir keinen Frieden, denn ich sagte mir selbst, daß sie sich nur eingestellt, weil mir die Möglichkeit, weiter zu sündigen, genommen worden war. Ich war ja nicht traurig, weil ich gesündigt und Gott beleidigt und meinem Nächsten geschadet hatte, sondern nur, weil ich jetzt dafür bestraft werden sollte; ich bereute, nicht weil ich Böses getan, sondern weil ich jetzt dafür leiden mußte – und das nahm auch in meinen Gedanken meiner Reue jede Kraft eines wirklichen Trostes.

Ich tat mehrere Nächte hintereinander kein Auge zu und wäre manchmal froh gewesen, auf der Stelle sterben zu dürfen, denn nichts hat mich je wieder mit solchem Abscheu erfüllt, wie der Ort, an dem ich mich nun Tag und Nacht aufhalten mußte, und die Gesellschaft, der ich mich nicht entziehen konnte. Ich wäre glücklich gewesen, hätte man mich irgendwo anders hin verbannt, und wäre es der abgeschiedenste Erdenfleck gewesen, wenn ich nur nicht in Newgate bleiben mußte.

Und wie triumphierten nun die Elenden, die vor mir dahin gekommen, über mich! Was? Moll Flanders war zum Schluß doch noch nach Newgate gekommen? Was? die Moll? die Moll Flanders? Der Teufel mußte ihr aber auch wahrhaftig in eigner Person beigestanden haben, daß sie es solange getrieben! Seit Jahren erwartete man mich ja eigentlich schon – und jetzt höhnte man mich, wie liebenswürdig es von mir sei, daß ich mich zum Schluß doch noch herbemüht. Dann hießen sie mich feierlichst willkommen, wünschten mir viel Vergnügen an meinem neuen Wohnort, redeten mir zu, den Mut nicht sinken zu lassen und nicht niedergeschlagen zu sein, meine Sachen ständen vielleicht doch nicht so schlecht, wie ich annähme, und dergleichen. Darauf bestellten sie Schnaps und tranken mir zu, auf meine Kosten natürlich, denn sie sagten, ich sei eben erst in ihre Gesellschaft aufgenommen worden und habe gewiß Geld in der Tasche, was sie von sich nicht sagen könnten.

Ich fragte ein Frauenzimmer aus der Bande, wie lange sie schon da sei. Sie antwortete, vier Monate; und ich fragte weiter, wie ihr denn der Ort vorgekommen sei, als sie ihn zum ersten Male gesehen.

»Fürchterlich! entsetzlich,« rief sie, »ich glaubte anfangs wirklich, ich sei in der Hölle, und ich glaube es auch jetzt noch,« fügte sie hinzu, »doch habe ich mich schon allmählich ein wenig daran gewöhnt und rege mich nicht mehr so sehr darüber auf.«

»Deine Gemütsruhe läßt darauf schließen, daß du weiter nichts Schreckliches mehr zu erwarten hast,« fuhr ich fort.

»Oh gewiß,« entgegnete sie, »mein Urteil ist schon gefällt, aber ich habe Schwangerschaft geltend gemacht, obgleich ich so wenig guter Hoffnung bin wie der Richter, der mich verurteilt hat. Bei der nächsten Sitzung werde ich wohl bestätigt werden.«

Dies »bestätigt werden« sollte heißen, das erste Urteil würde wieder bestätigt und nun ausgeführt werden. Wie das immer geschah, wenn es sich herausgestellt hatte, daß eine Frau, die vorgegeben, guter Hoffnung zu sein, nicht schwanger war, oder auch, wenn sie im Gefängnis glücklich niedergekommen.

»Und trotzdem,« fragte ich verwundert, »bist du so guter Dinge?«

»Was könnte es helfen, wenn ich traurig wäre?« entgegnete sie, »wenn sie mich hängen, dann ist es eben aus.«

Und tanzend sprang sie hinweg und sang dabei das Stückchen, das man in Newgate stets hören kann:

> *Und hört ihr die Glocke[1] bimmeln,*
> *Dann tun wir am Galgen bammeln,*
> *Und aus ist's mit uns, und aus ist's mit uns.*

Ich erwähne das, damit ein jeder, der das Unglück haben sollte, in dies fürchterliche Newgate zu kommen, wisse, wie Zeit, Notwendigkeit und der Umgang mit den Elenden, die er dort vorfindet, ihm den Ort vertraut machen können, sodaß er sich zum Schluß an das gewöhnt, was ihm anfangs die entsetzlichste Qual bereitete, und daß er in diesem Elend so schamlos lustig wird, als er nur je draußen gewesen.

Ich habe nie begriffen, wie Leute sagen konnten, dieses Teufelsloch von Newgate sei nicht so schwarz, als man es male; denn es gibt überhaupt keine Farben, in denen man diesen Ort schildern könnte; und niemand, der nicht selbst dort gelitten hat, kann sich seine Scheußlichkeit auch nur einigermaßen vorstellen. Aber auch nur solchen, die es selbst erfahren haben, wird es verständlich sein, daß diese Hölle nach und nach erträglich werden kann.

Am selben Abend noch, an dem ich nach Newgate geführt wurde, ließ ich es meine Pflegerin wissen; sie erschrak fast zu Tode bei dieser Nachricht und verbrachte wohl die Nacht draußen in ihrer Freiheit eben so schlimm, wie ich drinnen in meinem Newgater Kerker.

Gleich am nächsten Morgen suchte sie mich auf und tat alles nur Mögliche, um meine Lage zu erleichtern und mich zu trösten, doch sah sie bald, daß es unmöglich war, mir Trost zu spenden. Immerhin redete sie mir zu und sagte, im Unglück schwach werden, heiße nur das Unglück verdoppeln. Dann tat sie auch gleich alle Schritte, um, wenn möglich, einem schlimmen Verlauf des Prozesses vorzubeugen, und machte zuerst die zwei hitzigen Mägde ausfindig, die mich ertappt hatten. Sie bot ihnen Geld an und suchte sie zu überreden, in der Verhandlung nichts gegen mich auszusagen; einem der Weibsbilder suchte sie hundert Pfund zuzustecken, um sie dadurch zu bestimmen, aus dem Dienste ihrer Herrin zu treten und nicht vor Gericht zu erscheinen. Das Frauenzimmer war jedoch so erbost, daß sie die große Summe, die ihren Jahresverdienst gewiß um das fünfzigfache übertraf, ausschlug und, wie meine Pflegerin mir sagte, wahrscheinlich auch jede andere größere Summe ausgeschlagen haben würde. Die alte Frau machte sich dann an die andere Magd, die schon eher geneigt schien, auf das Anerbieten einzugehen; ihre Kameradin jedoch hintertrieb dies mit allen Kräften und bedrohte meine Pflegerin sogar, sie wegen Bestechung vor die Richter zu bringen.

Dann wandte sich diese zum Schluß an den Brotherrn selbst, das heißt an den Mann, den ich hatte bestehlen wollen, und besonders an seine Frau, die sich noch immer dem Mitleid mit mir nicht verschlossen hatte und noch immer geneigt schien, mich zu schonen. Der Mann behauptete jedoch, er könne von der Anklage nicht mehr zurücktreten, ohne sich selbst zu schaden, und die Frau war unfähig, auf ihn einzuwirken, sie versprach nur, sich in die ganze Angelegenheit nicht einzumischen; das aber konnte sie, da sie ja auch nicht mehr wußte als ihr Mann.

Es sollten also drei Zeugen gegen mich auftreten, der Herr und die beiden Mägde; das heißt, ich sollte so sicher zum Tode befördert werden, wie ich jetzt lebte, und es blieb mir tatsächlich nichts anderes übrig, als ans Sterben zu denken. Und diese Gedanken hatten für mich durchaus nichts tröstliches und versöhnliches, denn ich sagte mir ja selbst, daß meine ganze Reue, die mir Verzeihung hätte erwirken können, nicht einem aufrichtigen Bedauern meiner Verworfenheit, sondern nur der Furcht vor dem Tode entsprang.

So lebte ich manchen Tag hin, von äußerstem Entsetzen gequält. Ich hatte stets den Tod vor Augen und dachte Tag und Nacht an nichts anderes als an Strick und Galgen, böse Geister und Teufel. Oh, die Sprache hat keine Worte, die beschreiben könnten, wie gräßlich mich die Angst vor dem Tode peinigte.

Der Geistliche von Newgate besuchte mich öfters und sprach mir in seiner Weise zu, das heißt, all sein Trost beschränkte sich darauf, mir zuzureden, ich möge ein volles Geständnis ablegen, und dergleichen, obwohl er nicht einmal wußte, wessen ich angeklagt war. Er wiederholte immer wieder, wenn ich nicht bekenne, werde Gott mir auch nicht verzeihen können, kurz alles, was er sagte, diente nicht im geringsten dazu, mich zu beruhigen und mein Herz zu erleichtern. Außerdem widerte mich die Tatsache, daß das elende Geschöpf von Pfarrer, das mir morgens Buße und Reue predigte, des Nachmittags oft von Schnaps betrunken am Boden lag, so an, daß mir bald der bloße Anblick des Mannes Ekel einflößte und ich ihm eines Tages einfach zu verstehen gab, er möge mich nicht mehr belästigen.

Ich weiß nicht, wie es kam, jedenfalls hatte meine unermüdliche Pflegerin das Ihrige dazu getan, die Verhandlung gegen mich wurde hinausgeschoben, wodurch ich etwa vier oder fünf Wochen Zeit gewann, die ich nun eigentlich damit hätte zubringen sollen, über das Verflossene nachzudenken und mich auf das Zukünftige vorzubereiten, und vor allem, eine wahre Reue in mir zu erwecken; ich tat aber nichts dergleichen, sondern blieb nach wie vor nur darüber verzweifelt, daß ich in Newgate war, und dachte nicht daran, für mein inneres Heil zu sorgen.

Im Gegenteil, wie das Wasser in den Höhlen der Berge alles versteint, das es betropft, so hatte der ununterbrochene Umgang mit den Höllenhunden hier denselben Einfluß auf mich wie auf alle anderen Menschen. Mein Herz versteinte, ich wurde zuerst stumpf und gefühllos, dann roh und ganz gedankenlos und zuletzt ebenso wahnwitzig, frech und verworfen, wie nur irgend einer von ihnen, kurz, ich paßte mich bald meinem Aufenthalt so an, als habe ich immer dort gelebt.

Es ist kaum möglich, sich vorzustellen, daß die menschliche Natur solcher Entartung fähig ist, daß sie sich an eine derartige Verkommenheit gewöhnen kann, ja, daß sie ein solches Elend fast nicht mehr als unangenehm zu empfinden vermag.

Auf mir lastete eine Schuld, unter der jedes andere Geschöpf zu Boden gesunken wäre, das noch die Fähigkeit gehabt hätte, einen klaren Gedanken zu fassen. Ich hatte nun anfangs auch wohl einiges Bedauern, doch keine Reue des Herzens verspürt, nun empfand ich weder Bedauern noch Reue. Ich war eines Verbrechens angeklagt worden, auf das der Tod stand; die Zeugenaussagen waren so einwandfrei, daß ich gar nichts anderes erwarten konnte, als schuldig befunden zu werden. Man kannte mich zudem als eine alte Missetäterin, bei der jede Begnadigung so wie so ausgeschlossen war. Ich hatte somit auch nicht die geringste Hoffnung, glimpflich davonzukommen, und doch war ich ganz besessen von einer seltsamen Stumpfheit der Seele. Ich empfand schlieszlich keine Furcht, keine Unruhe, keine Angst mehr. Das Entsetzen war vorüber. Ich war, ich weisz nicht was, geworden. Mein Verstand, mein Gefühl, mein Gewissen – alles schlief. Mein ganzes Leben war nur eine große Verworfenheit gewesen, Hurerei, Ehebruch, Blutschande, Diebstahl, kurz alles Böse auszer einem Mord hatte ich getrieben, und zwar von meinem sechzehnten Jahre an bis zum sechzigsten; nun war ich in den Abgrund einer fürchterlichen Strafe gestürzt, und ein elender Tod stand mir als Ausgang des Lebens bevor – und doch hatte ich kein Gefühl für meine Lage und dachte weder an Himmel noch Hölle; und nicht der Schatten der Absicht kam mir, Gott um Verzeihung zu bitten. Und damit, glaube ich, habe ich wohl den schlimmsten Zustand, in den ein Mensch auf Erden kommen kann, bezeichnet.

Alle schreckhaften Gedanken waren eingeschlummert, mit den Abscheulichkeiten des Ortes war ich vertraut geworden, und der Lärm und das Geschrei, das in den Gefängnissen herrschte, erfüllte mich ebensowenig mit Unbehagen mehr, wie die, die es vollführten, mit einem Worte, ich war ein richtiges Newgate-Luder geworden. Ja, ich streifte sogar all die guten Manieren ab, die ich mein ganzes Leben hindurch bewahrt hatte. So durch und durch verkommen war ich, und nichts mehr von dem, was ich früher gewesen, ja ich wuszte selbst nicht mehr, daß ich früher etwas anderes gewesen ... ich hatte das Gefühl damals, als müßte ich mein ganzes Leben lang so vertiert gewesen sein.

Sechsundzwanzigstes Kapitel.

Mitten in dieser dunkelsten Zeit meines Lebens geschah plötzlich etwas, was mich wieder ein wenig einem Gefühl von Kummer zugänglich machte, nachdem ich schon geglaubt, daß ich nie wieder einer menschlichen Empfindung würde fähig sein können.

Man erzählte mir nämlich eines Tages, man habe spät in der vorigen Nacht drei Wegelagerer eingebracht, die irgendwo auf der Landstraße einen Raub ausgeführt hatten; man habe sie bis nach Uxbridge verfolgt und nach heftigem Widerstande, bei dem mehrere Landleute verwundet und einige getötet worden, endlich gefangen.

Nun wird es niemandem verwunderlich erscheinen, daß wir Gefangene sehr wünschten, diese tapferen Leute zu sehen, die von allen als ganz außerordentlich tüchtig in ihrem Berufe dahingestellt wurden. Sie hatten, wie man sich erzählte, dem Gefängnisdirektor Geld geboten, wofür er ihnen die Vergünstigung gewährte, sich in einem etwas besseren Teile des Gefängnisses aufhalten zu dürfen. Sie sollten am folgenden Morgen dahin überführt werden; und wir Frauen stellten uns nun rechtzeitig auf, um sie zu sehen; denn sie mußten an unserer Abteilung vorüber. Wer beschreibt aber mein Erstaunen und meinen Schreck, als ich in dem ersten der Männer meinen Gatten aus Lancashire erkannte, meinen Jemmy, mit dem ich in Dunstable so fröhliche Tage verlebt und den ich darauf in Brickhill wiedersah, als ich, wie ich erzählt, mich eben mit meinem letzten Gatten verheiratet hatte.

Ich fühlte mich bei seinem Anblick wie vom Blitze getroffen und wußte nicht, was ich sagen, noch was ich tun sollte. Er erkannte mich nicht, und das war mir eine große Erleichterung. Ich verließ meine Mitgefangenen, zog mich so weit zurück, als man sich an solch elenden Orten eben zurückziehen kann, und weinte eine Zeitlang sehr heftig. »Fürchterliches Geschöpf, das du bist!« sagte ich zu mir. »Wieviel arme Menschen hast du unglücklich gemacht! Wieviel hast du dem Teufel in die Arme getrieben! Auch an dem Untergang dieses Mannes wirst du schuld sein. Er hat dir doch in Chester gesagt, daß er durch seine Heirat mit dir ruiniert worden, daß er um deinetwillen sein kleines Vermögen schnell in alle Winde zerstreut!«

Und das war wahr; denn da er mich für eine große Partie gehalten, hatte er sich obendrein noch in Schulden gestürzt, die er nie hätte bezahlen können. Er hatte damals die Flinte tragen und ins Heer eintreten wollen, oder ein Pferd kaufen und sich sonst einen Erwerb suchen, wie er es nannte; und obgleich ich ihm nie gesagt, daß ich ein Vermögen habe, und ihn somit nicht selbst betrogen hatte, so hatte ich ihn doch nur in diesem Glauben bestärkt und war so die Grundursache all seines Übels geworden.

Dies Wiedersehen ergriff mich mehr, als alles, was mich in letzter Zeit befallen, und brachte mich wieder zum Nachdenken. Der Kummer verließ mich nicht mehr und nahm immer mehr zu, zumal als man mir mitteilte, gerade mein Jemmy sei das Haupt der Bande und habe in seinem Leben so viele Untaten begangen, daß alle früheren Räuber und Mordbrenner unschuldige Kindlein gegen ihn wären; er werde ganz sicher gehängt werden, denn es hätten sich schon eine Unmenge Zeugen gegen ihn gemeldet.

Die Angst um ihn überwältigte mich fast; meine eigene Lage betrübte, quälte, ängstigte mich nicht halb so viel, und ich überhäufte mich seinetwegen mit Vorwürfen, ich bejammerte mein Unglück, daß ich sein Unglück geworden und daß ich ihn in dieses Elend gebracht; die ersten wirklich ernsten Gedanken und Betrachtungen über mein verfehltes Leben stellten sich ein und verließen mich nicht mehr, mein Aufenthalt im Gefängnis, mein Umgang und meine Lebensweise daselbst erfüllten mich wieder mit Abscheu; kurz, es trat ein vollkommener Umschwung in meinem Wesen ein, und ich wurde so recht von Grund auf ein anderer Mensch.

Während ich nun so um seinetwillen in Kummer dahinlebte, erfuhr ich, daß man für eine der nächsten Sitzungen die Verhandlung gegen mich anberaumt habe. Mein Gemüt war schon erweicht, die verworfene

Härte meines Geistes gebrochen; und das Bewußtsein meiner Schuld erwachte in meiner Seele; kurz, ich begann wieder zu denken – und das war schon ein großer Schritt von der Hölle weg und dem Himmel zu; denn jene Versteinerung des Herzens, von der ich eben sprach, ist bloß eine Erstarrung des Gedankens. Wer dem Denken wiedergegeben ist, ist sich selbst wiedergegeben.

Sobald ich also wieder zu denken begonnen hatte, brach es aus mir heraus: O Gott! was soll aus mir werden? Man wird mich verurteilen, und ich habe dann nichts mehr zu hoffen als den Tod. Ich habe keine Freunde, was soll ich beginnen? O Gott! habe Erbarmen mit mir! Was soll aus mir werden!

Dies waren allerdings traurige Gedanken, diese ersten nach so langer Stumpfheit, und doch sprach noch nichts mehr aus ihnen als Furcht, und noch kein Wort wahrer Reue war über meine Lippen gekommen. Ich war noch immer nur darniedergedrückt und trostlos und so verzweifelt, daß mich der Jammer oft mehrere Male an einem Tage ohnmächtig werden ließ.

Meine alte Pflegerin war stundenlang bei mir, und ich muß gestehen, daß sie sich als wahre Freundin bewährte. Sie ließ nichts unversucht, um den bevorstehenden Urteilsspruch möglichst milde zu gestalten, suchte mehrere Richter und Beisitzer auf und stellte ihnen vor, ich habe ja nichts weggenommen, sei nicht eingebrochen usw.

Doch sollte dies alles nichts helfen: die zwei Weibsbilder beschworen ihre Aussagen, und das Gericht erklärte mich des Diebstahls und des Einbruchs angeklagt.

Ich fiel zu Boden, als man mir diese Nachricht brachte, und als ich wieder zu mir selbst gekommen war, glaubte ich, ich werde jeden Augenblick vor Entsetzen sterben. Meine alte Pflegerin sorgte wie eine Mutter für mich, sie bemitleidete mich von ganzem Herzen und weinte für mich und mit mir; doch konnte sie mir in der Hauptsache nicht helfen.

Mein Entsetzen wurde noch größer, als ich herausfühlte, daß alle meine Unglücksgefährten überzeugt waren, ich werde ganz unzweifelhaft zum Tode verurteilt werden. Ich hörte sie sehr oft darüber reden, sah wie sie bedauernd den Kopf schüttelten; und wie sie flüsterten, es täte ihnen sehr leid, aber da sei nun einmal nichts mehr zu machen! Freilich kannte ich dieses Newgater Mitleid und wußte, daß es nur versteckte Schadenfreude war.

Schließlich kam sogar einer der Wärter heimlich zu mir und sagte mit einem Seufzer: »Ja, Moll Flanders, am Freitag (es war Mittwoch) wird Ihr Urteil gesprochen werden, was wollen Sie tun?«

Ich wurde bei diesen Worten so weiß wie ein Leintuch und antwortete: »Das mag Gott wissen, ich weiß nicht, was ich tun soll.«

»Ja,« sprach er weiter, »ich will Ihnen nichts vormachen – ich glaube, das Beste ist, Sie machen sich auf den Tod gefaßt; denn Sie werden gewiß verurteilt werden, und da Sie eine alte Übeltäterin sind, kann von Begnadigung wohl keine Rede sein. Man sagt,« fügte er noch hinzu, »Ihr Fall sei sehr einfach, und die Zeugenaussagen so kurz und bündig und erschöpfend, daß die Sache nicht lange dauern werde.«

Diese Worte gingen mir durch Mark und Bein, und ich konnte eine ganze Zeitlang kein Wort hervorbringen. Endlich brach ich in Tränen aus und fragte: »Was soll ich tun?«

»Schicken Sie zu einem Geistlichen,« entgegnete er, »und reden Sie mit ihm, denn, Moll Flanders, wenn Sie nicht sehr gute Freunde haben, so sind Sie keine Frau mehr für diese Welt.«

Dies war deutlich gesprochen, doch sehr hartherzig, wenigstens kam es mir so vor. Ich blieb in unbeschreiblicher Erregung zurück und lag die ganze Nacht wach; und nun endlich begann ich meine Gebete herzusagen, was ich seit dem Tode meines letzten Gatten nicht mehr getan hatte. Ich sagte sie aber wirklich leider nur her, denn ich befand mich in solcher Verwirrung und Erregung, daß ich, obwohl ich mehrmals ausrief: »O Herr, habe Erbarmen mit mir!« doch nie das Gefühl hatte, eine Sünderin zu sein, wie ich es wirklich war, und Gott dem Herrn meine Sünden bekennen und um Jesu willen Vergebung erflehen wollte. Nur Angst vor der Verurteilung und der Hinrichtung erfüllte mich, und ich weinte nur deshalb die ganze Nacht hindurch und schrie: »O Gott, was soll aus mir werden? O Gott, habe Mitleid mit mir!« und ähnliches.

Meine alte Pflegerin war nun ebenso fassungslos wie ich, ja sie empfand sogar ein wenig echte Reue, obgleich ihr nichts geschehen konnte; sie war vor dem Gesetze sicher – nicht weil sie etwa unschuldig war, sondern weil sie seit langen Jahren selbst nichts mehr gestohlen, vielmehr bloß das, was ich und andere gestohlen, in Empfang genommen und in Geld umgesetzt hatte.

Doch weinte sie jetzt und war oft vor Schmerz über mein Schicksal ganz von Sinnen, rang die Hände und schrie, es sei auch um sie geschehen, der Fluch des Himmels laste auf ihr, und sie werde verdammt werden, denn sie habe alle ihr Freunde ins Verderben gebracht und die und die und die dem Galgen zugeführt. Und sie zählte wohl elf oder zwölf Personen auf, von denen ich einige erwähnt habe, und die alle zu diesem vorzeitigen schrecklichen Ende gekommen. Nun sei sie auch noch die Ursache zu meinem Untergang geworden, fuhr sie dann fort, denn sie habe mir zugeredet, meinem Gewerbe treu zu bleiben, als ich mich zurückziehen gewollt.

Da unterbrach ich sie aber und sagte: »Nein, Mutter, du wolltest mich schon damals, als ich das Geld von dem Kaufmann erhielt, und auch damals, als ich von Harwich zurückkam, bestimmen, meinen Handel daranzugeben, aber ich habe dir nicht gefolgt; du brauchst dir also nichts vorzuwerfen, ich bin selbst an meinem Untergang schuld, ich habe mich selbst ins Elend gebracht.« So redeten wir viele Stunden miteinander.

Jedoch konnte dies jetzt nichts mehr helfen, mein Prozeß nahm seinen Lauf.

Ich war angeklagt, zwei Stück Brokatseide im Werte von sechsundvierzig Pfund gestohlen und Türen erbrochen zu haben. Ich wußte aber nur zu gut, daß ich nicht einmal eine zurückgeschoben, wie viel weniger eine Tür erbrochen hatte.

Freitags wurde ich zur Verhandlung geführt. Das Weinen während der zwei, drei letzten Tage aber hatte mich so erschöpft, daß ich in der Nacht von Donnerstag auf Freitag besser schlief, als ich erwartet hatte, und mich mutiger zur Verhandlung begab, als ich für möglich gehalten. Als die Anklage verlesen worden, wollte ich reden, man bedeutete mich jedoch, es müßten erst die Zeugen verhört werden, dann würde auch ich Zeit zum Sprechen finden. Als Zeugen traten die zwei Weibsbilder auf, ein Paar schlimmäulige Frauenzimmer, denn obwohl sie eigentlich nur die Wahrheit sagten, stellten sie die Sache doch im schlimmsten Lichte dar. Sie schworen, ich habe die gestohlenen Güter schon in meinen Kleidern versteckt und meinen Fuß schon wieder auf der Schwelle gehabt, um so zu verschwinden, als ich sie erblickte. Da habe ich schnell noch einen Schritt vorwärts gemacht, zur Flucht gleichsam, und sei also ganz auf der Straße gewesen, als sie mich ergriffen und ins Haus zurückgeschleppt, wo sie dann die gestohlenen Dinge bei mir entdeckt hätten. Das mochte wohl im allgemeinen richtig sein, doch bestand ich darauf, ich hätte meine beiden Füße noch nicht außerhalb der Schwelle gehabt, als ich gefaßt wurde. Viel konnte mir dies nun auch nicht helfen, denn die Weiber wiederholten, daß ich die Seide gestohlen und bei Seite gebracht hätte, wenn ich nicht erwischt worden wäre.

Ich begann nun meine Verteidigungsrede und behauptete kühn, ich habe nicht gestohlen. Die Tür habe offen gestanden, und ich sei mit der Absicht, zu kaufen, in das Lager getreten. Daß ich die Waren genommen und mit ihnen bis an die Tür, nur bis an die Türe getreten, sei kein Beweis, daß ich sie habe stehlen wollen. Ich habe mich nur in dem hellen Lichte auf der Schwelle über ihre Farbe belehren wollen.

Zu dieser Ansicht vermochte sich der Gerichtshof nun durchaus nicht zu bequemen, im Gegenteil, man machte Witze darüber, daß ich in ein Haus, das gar kein Laden war, zum kaufen gegangen sein wollte; und die beiden Frauenzimmer belustigten sich köstlich darüber, daß ich die Seide auf der Schwelle nur habe betrachten wollen, und lachten unverschämt dazu und meinten, die Prüfung müsse wohl sehr zu meiner Zufriedenheit ausgefallen sein, denn ich habe die Stoffe ja gleich aufgepackt, um mit ihnen davon zu gehen.

Kurz, ich wurde des Diebstahls schuldig befunden, von der Anklage des Einbruchs jedoch frei gesprochen. Das Letztere aber war so gut wie bedeutungslos, denn auf das erste Verbrechen stand schon der Tod, und auf das zweite nicht Schlimmeres. Am nächsten Tage wurde mir denn auch das entsprechende Urteil, mein Todesurteil, vorgelesen, und als man mich fragte, ob ich noch etwas dagegen einzuwenden hätte, stand ich eine Weile stumm da, ganz unfähig, ein Wort hervorzubringen, bis mir jemand laut zuredete, ich möge mildernde Umstände geltend machen. Dies ermutigte mich wieder ein wenig, und ich stellte den Richtern vor, sie möchten doch einmal Gnade walten lassen, ich hätte ja keine Türen erbrochen, nichts weg gebracht, und niemand habe einen Schaden durch mich gehabt; der Bestohlene wünsche ja selbst, daß man möglichst Gnade vor Recht ergehen lasse – wie es auch wirklich der Fall war –, ich sei noch nicht vorbestraft, und dies mein erstes Vergehen; kurz, ich sprach mutiger, als ich selbst für möglich gehalten, und zwar mit solch rührenden Worten und mit soviel Tränen – jedoch nicht allzuvielen, damit sie meine Rede nicht erstickten –, daß auch andere davon zu Tränen gerührt wurden.

Die Richter saßen stumm und ernst da, ließen mich reden und sagten weder ja noch nein. Als ich geendigt, sprachen sie jedoch noch einmal das Todesurteil über mich aus, und ihre Worte waren mir so furchtbar, wie der Tod selbst. Es war mir, als flöhe meine Seele, meine Zunge konnte nicht mehr reden, meine Augen konnten nicht mehr sehen, weder Gott noch die Menschen.

Meine Pflegerin geriet völlig außer sich, und sie, die mich sonst getröstet, brauchte nun selber Trost. Sie jammerte entweder oder raste umher und war so wild, wie nur je eine Wahnwitzige. Doch war sie nicht nur um meinetwillen so von Sinnen, ein Schauder über ihr eigenes elendes Leben hatte sie ergriffen, und sie blickte mit ganz anderen Gefühlen auf dasselbe zurück als ich. Sie war verzweifelt ihrer Sünden und nicht allein ihres Unglücks wegen. Und sie schickte zu einem Priester, einem ernsthaften frommen Manne diesmal, und bereitete sich mit ihm zu einer wahren Reue vor, die, wie ich später erfuhr, nicht nur die schrecklichen Tage lang währte, sondern bis zur Stunde ihres Todes anhielt.

Siebenundzwanzigstes Kapitel.

Ich fühle, daß ich meinen Zustand in dieser Zeit kaum zu schildern vermag. Ich muß Sie schon bitten, sich selbst ein wenig in ihn hinein zu versetzen. Und Sie werden es verstehen, wenn ich Ihnen sage, daß ich an nichts mehr dachte als an den Tod. Denn da ich keine Fürsprecher auf dieser Welt mehr hatte, konnte ich füglich gar nichts anderes erwarten, als meinen Namen auf der nächsten Liste der Hinzurichtenden zu finden; und zwar sollten, wie ich alsbald hörte, am folgenden Freitag außer mir noch fünf andere vom Leben zum Tode gebracht werden.

Meine Pflegerin bat mittlerweile ihren Geistlichen, mich zu besuchen und mir Fassung zuzusprechen. Er kam denn auch und ermahnte mich inständigst, all meine Sünden zu bereuen und meine Seele nicht länger dem Verderben auszusetzen. Ich solle meine Gedanken nicht mehr auf das Leben richten, er wisse, von diesem habe ich nichts mehr zu erwarten, sondern unverwandt zu Gott aufblicken und im Namen des Herrn und Heilandes um Vergebung flehen. Er führte auch viele Stellen der heiligen Schrift an, die den größten Sünder zur Reue, zur Hoffnung und zur Besserung ermutigten. Dann kniete er nieder und betete mit mir.

Und nun fühlte ich zum ersten Male etwas wie wahre Reue; ich blickte mit Abscheu auf mein vergangenes Leben zurück; und da ich schon fast ein Stück Jenseits war, so sahen sich die Dinge dieses Lebens, wie wohl immer in solchen Fällen, ganz anders an. Glück, Freude, Schmerz schienen mir nun etwas ganz, ganz anderes zu sein, als was ich bis jetzt in ihnen gesehen, und ich dachte nun an Dinge, die so unendlich wertvoller waren, als alles, was ich im Leben gekannt, daß es mir plötzlich ganz unbegreiflich vorkam, auch auf die größten Güter dieser Erde nur das geringste Gewicht gelegt zu haben.

Das Wort Ewigkeit stand plötzlich in all seiner unfaßbaren Bedeutung vor mir und erfüllte mich mit Empfindungen, die ich in Worten nicht ausdrücken kann. Wie töricht kam mir nun jeder Genuß vor! Das, was ich früher Genuß genannt! Jetzt, da ich mir sagen mußte, daß ich mein ewiges Heil dafür verscherzt hatte.

Mit diesen Betrachtungen stellten sich furchtbare Gewissensbisse ein. Ich erbebte bei dem Gedanken, in der Ewigkeit, an deren Toren ich nun stand, die Vergeltung für mein verworfenes Leben in Empfang nehmen zu müssen, eine Vergeltung, die auch ewig war!

Ich bin nicht die geeignete Person, anderen geistliche Vorlesungen zu halten, doch ich erzähle diese Dinge ja auch nur, wie ich sie selbst empfand; das heißt, soweit ich dazu fähig bin; denn ich weiß, ich bleibe tausendmal hinter dem furchtbaren Eindruck zurück, den sie auf meine Seele machten. Man kann solche Gefühle überhaupt nicht in Worte bringen, und wenn man die Sprache auch vielmal besser handhabe, als ich. Jedem verständigen Leser jedoch werden meine kärglichen Andeutungen Grund genug zum Nachdenken geben, und jeder wird dann und wann diese Gefühle ein wenig teilen, und klarer begreifen, was die Dinge des Diesseits wert sind.

Doch will ich zu meiner Geschichte zurückkehren.

Der Priester drang in mich, ihm doch, soweit ich es für angemessen halte, zu sagen, wie meine Aussichten auf das Jenseits ständen. Er komme nicht als Gefängnisgeistlicher, dessen Aufgabe es sei, die Gefangenen zum Geständnis zu bewegen und zu veranlassen, ihre Mitschuldigen anzugeben. Er wolle mich nur soweit zum reden bringen, als nötig sei, um mein Gemüt zu entlasten, damit er mir Trost zusprechen könne. Was ich auch immer ihm anvertraue, es solle in seiner Brust begraben liegen und Geheimnis bleiben, als sei es nur Gott und mir selbst bekannt.

Diese liebevolle Zusage entriegelte endlich mein Herz, er rührte mich bis ins Innerste, und ich gestand ihm all die Verworfenheiten meines Daseins. Ich erzählte ihm kurz meine ganze Geschichte und gab ihm ein Bild der letzten fünfzig Jahre meines Lebens.

Nichts blieb ihm verborgen, und er hörte mich still und mit liebevollem Verständnis für alles Menschliche an und ermahnte mich zum Schluß nur doppelt herzlich zu wahrer Reue. Dann pries er mir das unendliche Erbarmen Gottes und sagte, daß im Himmel mehr Freude herrsche über einen bußfertigen Sünder als über neunundneunzig Gerechte. Er redete solange, bis meine Verzweiflung ganz dahingeschmolzen, und ich nicht mehr zweifeln konnte, daß auch mir noch Gnade werden könne. So verließ er mich an diesem ersten Abend.

Am folgenden Morgen besuchte er mich wieder und sprach wieder von der Güte Gottes, die ein jeder erfahren könne, der nur von Herzen begierig sei, sie zu erbitten, und von seiner Gnade, die jedem werde, der die Dinge, die ihm seinen Zorn zugezogen, von Herzen fasse. Ich kann nicht alles, was dieser vorzügliche Mann redete, auch nur andeuten, sondern muß mich darauf beschränken, zu sagen, daß er meinem Herzen das Leben wiedergab und mich in einen Zustand brachte, dem sich nichts in meinem früheren Leben vergleichen läßt. Scham und Schmerz über die Vergangenheit erfüllte mich, und doch empfand ich zu gleicher Zeit eine innere, geheime und warme Freude bei dem Gedanken, daß ich wahre Reue verspürte und auch mir der Trost aller Reumütigen, Verzeihung, werden sollte; und so schnell liefen meine Gedanken und so lebhaft war der Eindruck, den sie auf mich machten, daß ich glaube, ich wäre in jenen Augenblicken gefaßt und heiter zur Hinrichtung geschritten, um meine reuige Seele ganz der unendlichen Erbarmung anheimzugeben.

Als der gute Geistliche sah, welchen Einfluß seine frommen Reden auf mich hatten, wurde er so gerührt, daß er laut den Herrn pries, der ihn zu mir gesandt, und beschloß, bis zum letzten Augenblick nicht mehr von meiner Seite zu weichen.

Nach der Urteilsverkündigung vergingen nicht weniger als zwölf Tage, ehe die Hinrichtung anberaumt wurde, und als die Namen der Todeskandidaten bekannt gemacht wurden, war also der meinige wirklich darunter. Es traf mich wieder ein fürchterlicher Schlag, trotz aller neuen Entschlüsse. Ich wurde zweimal hintereinander ohnmächtig, doch sprach ich kein Wort. Der gute Priester geriet in tiefe

Betrübnis und bemühte sich wieder von ganzer Seele, mich mit seinem Zuspruch zu trösten. Er wandte die gleiche ergreifende Beredsamkeit von früher auf, und blieb so lange bei mir, als es der Gefängnisschließer nur gestattete, solange er bleiben konnte, ohne für die Nacht mit mir eingeschlossen zu werden, was er nicht wollte.

Ich wunderte mich sehr, daß ich ihn den folgenden Morgen nicht sah, ganz besonders, da es der letzte vor der Hinrichtung war. Da mir nun jeder Trost von außen fehlte, sank ich fast zusammen und wartete mit entsetzlich qualvoller Ungeduld, bis er nachmittags um vier Uhr endlich erschien. Er trat schnell in mein Zimmer ein; ich hatte es nämlich durch viel Geld erreicht – ohne dieses ist in New-gate überhaupt nichts zu erreichen –, daß ich ein eigenes kleines, wenn auch schmutziges Gemach hatte und nicht in dem verfluchten Loche mit den anderen Delinquenten die Vollstreckung des Urteils abwarten mußte.

Mein Herz schlug vor Freude, als ich, noch ehe ich ihn sah, seine Stimme an der Türe hörte. Wer jedoch kann die Erregung beschreiben, in die ich verfiel, als er mir nach einer kurzen Entschuldigung seines Ausbleibens erklärte, er habe die Zeit verwandt, um Fürsprache für mich einzulegen, es sei ihm auch gelungen: kurz, er bringe mir meine Begnadigung.

Er wandte alle nur mögliche Vorsicht an, um mir das mitzuteilen, was zu verbergen doppelte Grausamkeit gewesen wäre; denn wie das Entsetzen mich vorher niedergeschmettert, so überwältigte mich jetzt die Freude, und ich sank in eine noch tiefere Ohnmacht, aus der man mich nur sehr schwer erweckte.

Darauf ermahnte mich der gute Mann noch einmal, meinte, die Freude über meine Begnadigung dürfe nun aber nicht die Erinnerung an die vergangenen Qualen auslöschen, und sagte schließlich, er müsse mich nun verlassen, um die Begnadigung in die Bücher eintragen zu lassen und diese den ausführenden Richtern vorzuweisen, damit am folgenden Tage nicht etwa ein Irrtum geschähe. Er kniete jedoch, ehe er ging, noch einmal nieder und betete voll Inbrunst zu Gott, daß er meine Reue dauernd mache und meine Rückkehr ins Leben nicht auch eine Rückkehr zu den Torheiten und Sünden des Lebens bedeuten möge, denen ich doch in feierlichem Entschlusse entsagt habe. Ich schloß mich seinem Gebete herzlich an und war an diesem Abend tiefer von der Güte Gottes, der mein Leben geschont, und von Abscheu über meine Sünden ergriffen, als je vorher von Angst und Sorge um mein Erdenleben.

Viele meiner Leser werden die letzten Sätze wieder für eine Abschweifung von meiner Geschichte halten; und viele, denen die Erzählung meiner Schandtaten Vergnügen bereitet hat, werden der Darstellung dieses besten und lehrreichsten Teiles meines Lebens nur wenig Geschmack abgewinnen können. Ich hoffe jedoch, daß sie mir gern zugestehen werden, meine Geschichte bis zum Ende zu erzählen, auch wenn sie es lieber gesehen hätten, daß dieselbe als Trauerspiel endigte, wie es ja beinahe der Fall gewesen wäre.

Ich will jetzt jedoch wirklich fortfahren. Am nächsten Morgen spielten sich fürchterliche Szenen im Gefängnisse ab. Ich erwachte in aller Frühe von dem Läuten der großen Glocke in St. Sepulchre. Kaum hatte sie begonnen, so erscholl ein schauerliches Ächzen, Stöhnen und Heulen aus dem Loche, in dem die fünf zum Tode verurteilten elenden Geschöpfe lagen. Zwei von ihnen sollten wegen Mord, die anderen anderer schwerer Verbrechen halber vom Leben zum Tode gebracht werden.

Auf dies Jammern folgte ein verwirrtes Geschrei aus allen Teilen des Hauses. Einige Gefangene suchten auf diese Weise ihrem Schmerz über das Schicksal ihrer Unglücksgenossen Ausdruck zu geben, sie taten es aber ein jeder auf verschiedene Weise: einige weinten laut, einige schrieen Hurra und wünschten ihnen gute Reise, viele verfluchten die Richter, die sie zum Tod verurteilt, manche bemitleideten die armen Opfer, und nur wenige, sehr wenige, beteten für sie.

Ich jedoch war nicht einmal gefaßt genug, um der gnädigen Vorsehung, die mich aus dem Rachen des Unterganges gerettet hatte, danken zu können. Ich war wie eine Taubstumme, ganz unfähig, auszudrücken, was ich im Herzen empfand. Denn die Seele ist in solchen Augenblicken zu erregt, als daß ihre Leidenschaftlichkeit sich ihren Weg ordnungsgemäß suchen könnte.

Mittlerweile bereiteten sich die armen Verurteilten zum Tode vor, und der Anstaltsgeistliche redete ihnen zu, ihr Urteil willig als Sühne für ihre Vergehen auf sich zu nehmen. Ich jedoch wurde von einem Zittern ergriffen, das mich hin- und herwarf, als läge ich in kaltem Fieber, ich konnte nicht reden und gebärdete mich wohl wilder als eine Wahnsinnige.

Kaum waren die Verurteilten jedoch auf den Wagen geladen und hinausgeführt, so faßte mich ein Weinkrampf, und zwar so heftig, und hielt so lange an, daß ich nicht wußte, was ich beginnen, oder wie ich ihm Einhalt gebieten sollte. All meine Kraft und mein Mut reichten dazu nicht aus.

Dieser Anfall währte wohl zwei Stunden, länger als das Leben der Verurteilten wahrscheinlich, und dann empfand ich ein Gefühl demütiger bußfertiger Freude. Es war ein Verzücktsein in Dankbarkeit und hielt den größten Teil des Tages an.

Am Abend besuchte mich der gute Priester wieder und sprach in gewohnter Weise mit mir. Er beglückwünschte mich, daß mir noch Zeit geblieben, meine Reue in Besserung umzusetzen, und daß ich nun – im Gegensatz zu jenen fünf armen Geschöpfen – eine Möglichkeit hatte, mir das Heil noch auf dieser Erde zurückzugewinnen. Er bat mich, die Dinge des Lebens stets so zu betrachten, wie ich es nun, an der Pforte der Ewigkeit, getan. Und dann eröffnete er mir zum Schluß, daß ich übrigens auch noch lange nicht glauben dürfe, ich sei schon vollständig gerettet, eine Begnadigung in der Form, wie er sie mir erwirkt, lasse ja wohl erwarten, daß das Todesurteil endgültig in eine andere Strafe umgewandelt werden würde, aber ausgemacht sei dies ganz und gar nicht; immerhin habe ich Zeit vor mir, ein köstliches Gut, wenn es der Mensch zur Besserung seiner Seele benutze.

Diese Worte erschreckten mich sehr und legten von neuem eine schwere, angstvolle Traurigkeit in meine Seele; es war mir, als würde meine Sache zum Schluß doch noch düster ausgehen. Ich fragte den Priester jedoch nicht, was denn noch mit mir geschehen könne; er versprach mir aber von selbst, alles nur Mögliche für mich zu tun, ich dürfe mich jedoch noch nicht in Sicherheit wiegen. Die Folge zeigte, wie sehr recht er hatte.

Ungefähr vierzehn Tage später mußte ich nämlich wieder befürchten, auf der Totenliste zu stehen; und nur mit vieler Mühe und nach einer demütigen Eingabe um Begnadigung zur Verschickung kam ich auch diesmal wieder davon. So sehr schadete mir mein Ruf, eine Gewohnheitsverbrecherin zu sein, obgleich ich es dem Gesetz nach nicht einmal war; denn dieses versteht darunter mehrfach vorbestrafte Personen. Die Richter konnten also diesen erschwerenden Umstand nicht aufrecht erhalten, und der Geistliche war unermüdlich bestrebt, meinen Fall im günstigsten Lichte darzustellen.

Ich durfte nun also endlich hoffen, am Leben zu bleiben, doch unter der harten Bedingung, verschickt zu werden; das heiszt, diese Bedingung war nur als solche hart, denn ich glaube, wir Menschen würden jedes Los auf uns nehmen, das uns den Tod erspart, besonders wenn die Aussichten nach demselben so trübe sind, wie es bei mir der Fall war.

Der gute Priester, dessen Anteilnahme an mir diese glückliche Wendung herbeigeführt hatte, sah jetzt meiner Zukunft mit Sorgen entgegen. Er hatte wohl gehofft, ich werde meine Tage unter seinem guten Einfluß beenden. Nun befürchtete er, ich werde meine wohlverdiente Heimsuchung vergessen und unter der verdorbenen Gesellschaft, mit der ich verschickt werden würde, wieder dem Leichtsinn und dem Verderben anheimfallen. Die göttliche Gnade, meinte er einmal vor sich hin, müsse ja schon ganz ungewöhnlich wirksam in mir sein, wenn ich in solcher Umgebung nicht schlechter werden würde, als ich je gewesen; und zu meiner alten Pflegerin sprach er in demselben Sinne.

Ich habe von ihr eine Weile nichts mehr zu erzählen gehabt. Das kam daher, daß sie mittlerweile gefährlich erkrankt und durch ihre Krankheit dem Tode ebenso nahe gebracht war, wie ich durch meine Verurteilung; auch war sie ebenso bußfertig wie ich. Kaum fühlte sie sich ein bißchen besser, so eilte sie zu mir.

Ich erzählte ihr, welche Befürchtungen und Hoffnungen mich abwechselnd erregten: daß ich dem Tode entgangen und unter welchen Bedingungen. Sie war zugegen, als der Priester von seiner Sorge sprach, mich in der fürchterlichen Gesellschaft, die meiner wartete, wieder in die alten Laster zurückfallen zu sehen. Auch ich wurde ganz traurig, als ich mir vorstellte, welch schauerliche Bande gewöhnlich verschickt wird, und ich erklärte meiner Pflegerin selbst, daß die Befürchtungen des guten Priesters nicht ganz grundlos seien.

»Nun, nun,« entgegnete sie, »ich hoffe doch, daß solch schändliches Beispiel nichts verführerisches hat.«

Und sobald der Priester uns verlassen hatte, sprach sie mir Mut und Hoffnung zu und sagte, es ließen sich vielleicht Mittel und Wege finden, die eine Abweichung von dem gewöhnlichen Verfahren des Gerichtes möglich machten.

Ich blickte sie überrascht an und glaubte sie heiterer zu finden, als sie je in der letzten Zeit gewesen, und gleich schoß mir tausendfache

Hoffnung auf gänzliche Befreiung durch den Kopf; doch konnte ich mir noch nicht vorstellen, wie diese wohl zu bewerkstelligen sei. Immerhin ging mich die Sache zu sehr an, als daß ich es bei dieser Bedeutung hätte bewenden lassen können, und ich drang in sie, mir doch zu sagen, wie sie ihre Worte verstanden haben wollte.

Sie tat es aber nicht und ließ sich lange bitten, ehe sie die kurze Erklärung hinzufügte: »Nun, du hast doch Geld, Kind, oder nicht? Kanntest du jemals jemanden, der verschickt wurde und seine hundert Pfund in der Tasche hatte?«

Ich verstand, worauf sie hinauswollte, sagte ihr jedoch, ich dürfe nichts anders erwarten, als daß man mein Urteil genau vollstrecke, da es ja sowieso schon eine Begnadigung sei.

Sie erwiderte darauf bloß: »Wir wollen versuchen, was sich versuchen läßt.«

Damit trennten wir uns.

Noch fünfzehn Wochen lang saß ich im Gefängnis. Weshalb sich die Sache so hinzog, weiß ich nicht. Nach Verlauf dieser Zeit wurde ich auf ein Schiff, das auf der Themse lag, gebracht und mit mir eine Bande von dreizehn solch niederträchtigen, verkommenen Geschöpfen, wie Newgate sie schlimmer wohl nie ausgespien; und ich müßte eine Geschichte schreiben, noch länger als die meinige, wollte ich die Vollkommenheit im Laster, zu der es diese Gesellschaft gebracht, und ihr Betragen auf dem Schiff beschreiben. Ich besitze übrigens einen sehr unterhaltenden Bericht darüber, den der Kapitän des Schiffes während unserer Überfahrt aufschreiben ließ.

Doch würde ich zu ausführlich werden, wollte ich hier all die tausend kleinen bezeichnenden Ereignisse erwähnen, die sich an Bord des Schiffes zutrugen. Ich bin zu nahe am Schlusse meiner Geschichte, um Raum und Zeit dafür zu haben. Und außerdem muß ich nun auf meinen Gatten aus Lancashire zu sprechen kommen.

Achtundzwanzigstes Kapitel.

Mein Gatte wurde, wie ich schon erzählte, mit seinen Kameraden in einem besseren Teile des Gefängnisses gefangen gehalten.

Hier verblieben sie, ich weiß nicht aus welchem Grunde, fast drei Monate lang, ehe ihnen der Prozeß gemacht wurde. Ich glaube auch, sie hatten es fertig gebracht, einige Zeugen zu »kaufen,« so daß es jetzt an Beweisen gegen sie fehlte. Nach einigem Zögern konnte die Anklage gegen zwei von ihnen jedoch zur Verhandlung gebracht werden. Mein Gatte aber lag noch immer in Untersuchungshaft. Eine Zeugenaussage gegen ihn hatte beigebracht werden können, da das Gesetz aber zwei verlangte, konnte man ihm einstweilen nichts anhaben; immerhin liesz man ihn nicht los, da man noch immer hoffte, die fehlenden Zeugen herbeizuschaffen; man hatte zu diesem Zwecke eine Bekanntmachung erlassen, der und der Wegelagerer sei gefangen genommen worden, es könne jeder kommen und ihn im Gefängnis betrachten.

Ich nahm diese Gelegenheit wahr, um meine Neugierde zu befriedigen, sagte, ich sei in der Dunstablepost einmal beraubt worden und wolle nun den Wegelagerer sehen. Worauf man mir die entsprechende Erlaubnis gab.

Es war aber sofort im ganzen Gefängnis bekannt geworden, Moll Flanders beabsichtige, gegen einen der Wegelagerer als Zeugin auftreten und werde dadurch wahrscheinlich an der Verschickung vorbeikommen.

Auch mein Gatte hörte davon und verlangte nun seinerseits ebenfalls, die Moll Flanders, die ihn kenne und gegen ihn aussagen wolle, zu sehen.

Ich kleidete mich also zur bestimmten Stunde in meine besten Kleider, doch zog ich eine Hülle über den Kopf, so daß man mich nicht erkennen konnte, und ging in seine Zelle hinüber.

Er sagte erst sehr wenig und fragte mich nur, ob ich ihn wirklich kenne. Ich antwortete ihm: ja, ich kenne ihn sehr gut.

Dabei machte ich auch meine Stimme unkenntlich, so daß er tatsächlich nicht erraten konnte, wen er vor sich hatte.

Er forschte weiter, wo ich ihn denn gesehen habe, und ich antwortete: »zwischen Dunstable und Brickhill.« Darauf wandte ich mich an den Wärter, der bei uns stand, und fragte ihn, ob ich den Mann nicht einen Augenblick allein sprechen könne.

»Gewiß,« sagte der Wärter und zog sich höflich zurück.

Kaum war er gegangen, so schloß ich die Türe hinter ihm, warf meine Hülle ab, brach in Tränen aus und sagte: »O du mein lieber Jemmy, erkennst du mich denn nicht?«

Er wurde bleich und stand sprachlos da, wie vom Blitz gerührt, und war lange nicht fähig, sich zu fassen. Dann sagte er: »laß mich sitzen,« sank auf einen Stuhl, stützte das Haupt in die Hand und starrte unbeweglich zu Boden.

Ich weinte jedoch so heftig, daß auch ich lange Zeit kein Wort hervorbringen konnte. Dann, als meine Bewegung sich ein wenig gelegt hatte, wiederholte ich: »Mein Lieber, jetzt erkennst du mich doch?«

Er antwortete dumpf »ja« und verharrte wieder eine Zeitlang in Schweigen.

Dann hob er endlich seine Augen zu mir auf und fragte mich: »Wie konntest du nur so grausam sein?«

Ich verstand nicht, wie er dies meinte, und fragte: »Wie kannst du mich grausam nennen?«

»Weil du mich an diesem Orte aufsuchst,« antwortete er. »Ist das nicht eine fürchterliche Kränkung? Und dann, ich habe Dich doch gar nicht beraubt – wenigstens nicht bei so einem Raubzug.«

Ich begriff nun, daß er nicht wußte, in welch elender Lage ich mich selbst befand, und daß er glaubte, ich hätte erfahren, daß man ihn festgenommen, und käme nun, um ihm vorzuwerfen, daß er mich verlassen. Ich hatte jedoch selbst zu viel zu bekennen, um beleidigt sein zu können, und sagte ihm mit wenigen Worten, ich sei weit entfernt davon, ihn kränken zu wollen, und sei im schlimmsten Fall gekommen, um uns beide zu beklagen. Das werde er mir glauben, wenn ich ihm sagte, meine Lage sei schlimmer als die seinige, vielmals schlimmer.

Er sah mich überrascht und doch wieder erschrocken an und fragte mit mattem Lächeln: »Wie wäre das möglich, du siehst mich in Newgate, im Kerker, zwei meiner Kameraden sind schon hingerichtet, was könnte da schlimmer sein?«

»Höre, mein Lieber,« sagte ich, »wir hätten ein gut Teil Arbeit zu tun, wenn ich dir meine unglückselige Geschichte erzählen wollte, und wenn du zuhören solltest. Jedenfalls würdest du dann aber selbst gestehen, daß meine Lage übler ist, als die deine.«

»Wie wäre das möglich?« antwortete er, »ich habe demnächst meine Verhandlung und vielleicht mein Todesurteil zu erwarten.«

»Es ist doch möglich,« entgegnete ich »und du wirst es bald einsehen, wenn ich dir jage, daß ich in der drittvergangenen Verhandlung zum

Tode verurteilt worden bin. Ist nicht meine Lage nun schlimmer als die deinige?«

Er saß nach dieser Eröffnung wieder starr und schweigend, bis er nach einer kleinen Weile auffuhr. »Oh wir Unseligen, wir beide,« rief er aus, »wie konnte dies geschehen?«

Ich nahm ihn bei der Hand: »Bleib sitzen, mein Lieber,« sagte ich, »wir wollen unsere Sorgen und unseren Schmerz vereinigen. Auch ich bin Gefangene in diesem schrecklichen Hause, und zwar in schlimmeren Umständen als du, und du wirst mir wohl glauben, wenn ich dir Einzelheiten erzähle, daß ich nicht gekommen bin, um dich zu beleidigen.«

Wir setzten uns darauf beide nieder, und ich teilte ihm von meiner Geschichte mit, was ich für passend hielt, behauptete, an meinem ganzen Elend sei nur meine Armut schuld, und die böse Gesellschaft, in die ich geraten und die mich verführt habe, bei einem Einbruchsdiebstahl mitzuhelfen. Ich habe an der Tür stehen müssen, sei von einer Magd ergriffen und ins Haus geschleppt worden. Aber ich selbst habe weder ein Schloß erbrochen, noch irgend etwas weggenommen, nichtsdestoweniger habe man auf Schuldig erkannt und mich zum Tode verurteilt, man habe die Richter jedoch bewogen, mildernde Umstände anzuerkennen, worauf ich zur Verschickung begnadigt worden sei. Man habe mich im übrigen im Gefängnis für eine gewisse Moll Flanders gehalten, eine berühmte Diebin, von der schon ein jeder gehört, die jedoch noch nie jemand gesehen habe. Er selbst wisse nun ja aber, daß ich nicht so heiße. Mein Unglück habe jedoch gewollt, daß man mich um dieses Namens willen wie eine alte Übeltäterin behandelt, obgleich ich zum ersten Male vor Gericht gestanden hätte. Und nun erzählte ich ihm ausführlich, was mir alles begegnet sei, seit ich ihn zum letzten Male gesehen. Von diesem letzten Male wisse er allerdings nichts, und ich erzählte weiter, wie ich in Brickhill gesehen habe, daß er verfolgt worden sei, und daß sich auf meine Aussage hin, er sei ein ehrlicher und reicher Mann, das Geschrei gelegt und der Konstabler die Verfolgung in anderer Richtung fortgesetzt habe.

Er hörte mir sehr aufmerksam zu, lächelte bei den Einzelheiten, als ich jedoch von Brickhill sprach, war er sehr überrascht und gerührt. »Du warst es also, meine Liebe,« rief er aus, »die den Pöbel in Brickhill beruhigte? Man hat mir das später erzählt!«

»Gewiß war ich es,« entgegnete ich ihm.

»Dann hast du mir das Leben gerettet,« sagte er, »und ich bin froh, daß ich dir das Leben verdanke. Auch will ich diese Schuld jetzt bezahlen und dich aus deiner Lage befreien, und wenn ich bei dem Versuche umkommen sollte.«

Ich aber sagte, das möge er nur ja nicht tun. Die Gefahr sei zu groß, und das fragliche Leben der Rettung nicht wert.

Er entgegnete, mein Leben sei ihm die ganze Welt wert, es habe ihm ja einst ein neues Dasein geschenkt; »denn ich war niemals,« fügte er hinzu, »wieder in solch großer Gefahr, wie damals.« Er habe nämlich nicht angenommen, daß man ihn auf dem von ihm eingeschlagenen Wege verfolgen werde, da er erst auf allerlei Zickzackwegen, die nur ein Zufall den Verfolgern verraten haben konnte, nach Brickhill gelangt sei.

Nun erzählte er mir seine Abenteuer, die eine seltsame und sehr unterhaltende Geschichte ausmachen würden, erzählte, daß er schon seit zwölf Jahren vor unserer Heirat ein Abenteurerdasein führe. Die Frauensperson, die ihn Bruder genannt, habe zu ihrer Bande gehört und meist in London gelebt, da sie dort Bekanntschaften hatte, die die Bande ausnutzen konnte. Sie habe ihnen immer Berichte über die Personen geliefert, die die Stadt verließen, und sie hätten mit ihrer Hilfe manchen guten Fang getan. So habe sie auch geglaubt, ihm in mir eine gute Partie zu verschaffen, bis sich herausgestellt, daß sie sich getäuscht, woraus man ihr aber keinen Vorwurf habe machen können. Wenn ich wirklich Vermögen oder ein Gut besessen hätte, so würde er seine Abenteurerlaufbahn daran gegeben haben, um ein neues Leben zu beginnen. Er habe dann eine Amnestie abwarten oder vielleicht auch versuchen wollen, durch Geld ein besonderes Pardon zu erhalten, um auf diese Weise sein vergangenes Leben ganz auszulöschen. Als sich jedoch meine Armut herausgestellt habe, sei ihm nichts anderes übrig geblieben, als seinem alten Gewerbe wieder nachzugehen.

Weiter erzählte er mir einzelne seiner Abenteuer. Besonders interessant war eins, bei dem sie die Westchester Postkutsche bei Lichfield beraubt und eine große Beute gemacht hatten. Dann habe er auch einmal fünf Viehhändler ausgeplündert, die zum Jahrmarkt nach Burford in Wiltshire gingen, um dort Schafe einzukaufen. Er habe bei diesen beiden Gelegenheiten so viel erbeutet, daß er mich damals – es waren Abenteuer nach dem mit mir – gerne gefunden hätte, um, wie ich es vorgeschlagen, mit mir nach Virginia zu gehen, oder sich in einer anderen englischen Kolonie in Amerika als Pflanzer niederzulassen. Er habe mir denn damals auch drei Briefe geschrieben und an die von mir bezeichnete Adresse gesandt, doch nichts von mir gehört. Ich wußte, daß dies der Wahrheit entsprach, diese Briefe waren mir nämlich in der ersten Zeit meiner Verheiratung mit dem Bankbeamten richtig zugegangen, da es mir aber unmöglich war, auf seine Vorschläge einzugehen, konnte ich nichts besseres tun, als ihm einfach keine Antwort geben, und ihn so glauben machen, ich habe die Briefe nicht erhalten.

Er erzählte mir nun weiter, daß er nach dieser Enttäuschung sein altes Gewerbe ununterbrochen weitergeführt, doch stets, wenn er genügend Geld besessen, sich nicht in gefährliche Unternehmungen eingelassen habe. Mehreremale habe es harte und verzweifelte Kämpfe mit Kaufleuten gegeben, die sich nur sehr schwer von ihrem Gelde hätten trennen können; und dabei zeigte er mir verschiedene Narben, die er davongetragen. Zwei Wunden mußten wirklich ganz fürchterlich gewesen sein, eine von einer Kugel, die ihm den Arm zerschmettert hatte, und eine andere von einem Schwerthiebe, die quer über den Leib lief, da er jedoch keine edleren Teile getroffen, konnte er wieder hergestellt werden. Einer seiner Gefährten war ihm so treu ergeben, daß er ihn damals, als ihm der Arm zerschmettert wurde, etwa achtzig Meilen weit reitend trug, und ihn, um jeden Verdacht zu vermeiden, weit vom Tatorte entfernt zu einem Wundarzt brachte, dem sie vorredeten, sie seien auf der Reise nach Carlisle von Wegelagerern angegriffen worden, und einer der Hallunken habe ihn in den Arm geschossen. Der Freund habe diese ganze Sache so wohl vorgebracht, daß sich nicht der geringste Verdacht erhoben und sie den Verlauf der Heilung ruhig abwarten konnten. Verschiedene seiner Abenteuer setzte er mir so genau und possierlich auseinander, daß ich nur mit Widerstreben von einer Erzählung derselben absehe. Doch soll dies ja meine Geschichte sein und nicht seine.

Dann fragte ich ihn um seine jetzigen Verhältnisse aus und was für einen Urteilsspruch er zu erwarten habe.

Er sagte, man habe keine Zeugen gegen ihn. Von den drei Räubereien, die man ihm und seinen Genossen zur Last gelegt habe, sei er zum Glück nur bei einer beteiligt gewesen, und man habe auch nur einen Zeugen aufbringen können. Das genüge aber nicht zur Verurteilung;

immerhin müsse er damit rechnen, daß sich noch andere Zeugen einstellen könnten; so habe er, als er mich zuerst gesehen, fest geglaubt, ich komme, um dem Gericht Beweise gegen ihn zu liefern. Wenn sich aber niemand mehr einstellen sollte, hoffe er, noch einmal glatt vorbei zu kommen; auch habe man ihm angedeutet, wenn er in eine Verschickung willige, so könne er vielleicht überhaupt einer Verhandlung entgehen. Daran dächte er jedoch nicht im geringsten, fügte er hinzu, und er glaube, lieber noch lasse er sich hängen.

Ich tadelte ihn, wegen dieses letzten Ausspruches, erstens, weil ihm, einem wagemutigen Manne, ja tausend Wege offen ständen, wieder zurückzukommen, ja vielleicht könne er sogar zurückkommen, ehe er gegangen.

Er lächelte und sagte, das würde ihm allerdings das liebste sein. Denn er habe einen wahren Abscheu vor dem Gedanken, in die Kolonien verschickt zu werden, wie die Römer ihre Sklaven in die Minen schickten; er halte den Übergang vom Diesseits ins Jenseits am Galgen für viel anständiger; und das sei die Ansicht aller wirklichen Gentlemen, die ihr Unglück dazu triebe, auf der Landstraße ihr Brot zu suchen. Die Hinrichtung bedeute wenigstens ein schnelles Ende aller gegenwärtigen Übel, und was das Weitere anbeträfe, so könne ein Mann ebenso gut die letzten vierzehn Tage seines Lebens unter den Schrecken des Urteils und in der Gesellschaft der übrigen zum Tode Verurteilten Reue erwerben, wie in den Wäldern und der Wildnis Amerikas. Dienstbarkeit und harte Arbeit seien Dinge, zu denen sich ein Gentleman nie herablassen könne; es zwänge sie nur, ihr Urteil selbst an sich zu vollstrecken, was ja noch viel schrecklicher sei: »Überhaupt,« schloß er, »ich mag an die ganze Sache gar nicht denken!«

Ich tat das Äußerste, um ihn zu meiner Ansicht zu bekehren und ließ es auch an der bekannten Frauenrhetorik, nämlich an Tränen, nicht fehlen. Ich stellte ihm vor, schmachvoll vor allem Volke hingerichtet zu werden, müsse einem wirklichen Edelmann doch schlimmer sein, als jede andere Demütigung. Willige er in die Verschickung, so liege es in seiner Hand, sein Leben, wie er wolle, zu gestalten. Nichts sei doch zum Beispiel leichter, als sich den Kapitän des Schiffes, das ihn hinüberbringe, günstig zu stimmen. Diese Kapitäne seien ja im allgemeinen ziemlich gutmütige Menschen; und wenn er gar noch ein wenig Geld aufbringe, werde es eine Kleinigkeit sein, sich bei der Landung in Virginia freizukaufen.

Er blickte mich darauf eigentümlich an, und ich glaubte aus diesem Blicke zu entnehmen, er habe kein Geld. Ich irrte mich jedoch, und er wollte etwas anderes damit sagen. »Du meintest doch eben, meine Liebe,« fuhr er nämlich fort, »es werde sich vielleicht ein Weg finden lassen, zurückzukommen, ehe überhaupt gegangen sein müßte. Ich verstand es so, als wäre es nicht ausgeschlossen, sich schon hier loszukaufen. Und ich möchte wahrhaftig lieber hier zweihundert Pfund zahlen und gar nicht zu gehen brauchen, als mich dort mit hundert Pfund loskaufen.«

»Das sagst du nur,« erwiderte ich, »weil du das Land nicht so gut kennst wie ich.«

»Mag sein,« antwortete er, »und doch glaube ich, würdest du dasselbe denken wie ich, wenn nicht deine Mutter drüben lebte.«

Ich sagte ihm darauf, meine Mutter müsse schon seit langen Jahren tot sein; und die übrigen Verwandten, die ich vielleicht dort noch hätte, kenne ich gar nicht, denn ich habe, seit mich das Unglück verfolge, und das wäre nun schon viele Jahre, alle Beziehungen zu ihnen abgebrochen; auch könne er sich wohl vorstellen, daß ich nur eines sehr kühlen Empfanges gewärtig sein müsse, wenn ich als verschickter Sträfling wieder komme. Ich hätte aber garnicht die Absicht, sie drüben wiederzusehen, sondern verfolge ganz an dere Ziele, die mir mein Los sehr erleichtern sollten. Und wenn auch er darein willigen könne, hinüberzugehen, so könne ich ihm mit ein paar Worten sagen, wie er es anzufangen habe, um in kein Dienstverhältnis zu kommen, besonders, da er ja über einiges Geld zu verfügen scheine, den mächtigsten Freund in solchen Verhältnissen.

Er lächelte und entgegnete, er habe mir ja garnicht gesagt, daß er Geld habe.

Ich fiel ihm ins Wort und sagte, er glaube hoffentlich nicht, ich beabsichtigte, ihn um irgendwelche Unterstützung anzugehen; wenn ich selbst auch nicht sehr viel besitze, so sei ich doch durchaus nicht bedürftig und würde ihm sein Kapital eher vermehren als vermindern helfen. Wenn er verschickt würde, könne er sowieso nicht genug mitnehmen.

Er entgegnete darauf in zärtlichem Tone, er besitze zwar nicht viel, doch solle mir davon kein Pfennig vorenthalten bleiben, wenn ich Geld bedürfte. Er habe eben auch nicht aus der Befürchtung, ich möge ihn in Anspruch nehmen, so zurückhaltend gesprochen; nur – er wisse schon hier nicht, was er beginnen sollte, drüben aber sei er der hilfloseste Kerl von der Welt.

Ich sagte ihm, er stelle sich da allerlei Schrecknisse vor, die in Wirklichkeit garnicht existierten. Da er, wie ich zu meiner Freude hörte, Geld habe, könne er nicht nur der Dienstbarkeit, die ja sonst die Folge der Verschickung sei, aus dem Wege gehen, sondern sogar beginnen, sein Glück aufzubauen, was ihm, wenn er nur ein wenig Fleiß zeige, auch gelingen werde. Er möge sich doch nur daran erinnern, daß ich es ihm schon vor vielen Jahren empfohlen und die Auswanderung nach Virginia als Mittel vorgeschlagen habe, unsere zerrütteten Vermögensverhältnisse endgültig aufzubessern. Und um ihn davon zu überzeugen, daß ich mit der Art und Weise, dort Geld zu verdienen, völlig vertraut und der Wahrscheinlichkeit des Erfolges gewiß sei, werde ich mich zuerst von dem Zwang hinüberzugehen befreien und dann freiwillig mit ihm gehen. Ich könne soviel mitnehmen, daß auch er vielleicht ganz zufrieden sei; denn ich machte ihm mein Anerbieten nicht, weil ich nicht ohne seinen Beistand leben könnte, sondern weil ich glaubte, unser vergangenes Leben sei derart gewesen, daß uns beiden der Gedanke nur sehr angenehm sein könne, diesen Teil der Erde zu verlassen und in einem Lande zu leben, in dem uns niemand des Vergangenen wegen Vorwürfe zu machen habe, in einem Lande, wo uns die Angst vor dem Kerker nicht mehr zu verfolgen brauche, und von wo aus wir aufatmend auf die Gefahren des verflossenen Lebens zurückblicken könnten, wo wir uns sagen dürften, daß unsere Feinde uns vergäßen, und daß wir als neue Menschen in einer neuen Welt lebten, in der wir niemandem und niemand uns mehr etwas zu sagen hätte.

Ich redete ihm so dringend zu und beantwortete all seine Einwürfe so wirksam, daß er mich zum Schluß umarmte und sagte, meine Anteilnahme an ihm rühre ihn fast zu Tränen; er wolle meinem Rate folgen und sich in der Hoffnung, solch eine treue Ratgeberin und Gefährtin im Unglück zu haben, in sein Schicksal ergeben; immerhin wolle er mich noch einmal daran erinnern, daß ich vorhin die Möglichkeit angedeutet, noch vor der Verschickung loszukommen, was ja viel besser sei.

Ich antwortete ihm, er könne überzeugt sein, daß ich mein Möglichstes tun werde, um unsere Befreiung zu erlangen. Wenn es mir aber nicht gelänge, würden wir unser Leben eben auf die vorhin besprochene Art einrichten.

Nach dieser langen Unterredung trennten wir uns mit so viel Bezeugungen der Zuneigung, daß, glaube ich, der Abschied in Dunstable vor vielen Jahren nicht inniger gewesen war. Jetzt erkannte ich allerdings, welchen Grund er damals gehabt, nicht mit mir nach London zu kommen, als er sagte, der Aufenthalt in dieser Stadt sei nicht ratsam für ihn, sonst würde er gerne mit mir dahingehen.

Ich habe schon erwähnt, daß die Erzählung seiner Abenteuer einen unterhaltenderen Bericht abgeben würde, als die der meinigen. Es ist an sich ja schon seltsam genug, daß er sein Raubritterleben fünfundzwanzig Jahre lang hintereinander geführt, ohne gefaßt zu werden, daß er im Gegenteil so ungewöhnliche Erfolge gehabt und zuweilen ein oder zwei Jahre sehr bequem, mit seinem Diener in eine stille Gegend zurückgezogen, von dem Ertrag eines Raubzuges leben gekonnt. Auch hatte er, wie er lachend erzählte, sehr oft im Bierhause gesessen und die Leute, die er beraubt, sich über ihren Unfall unterhalten hören.

Zur Zeit, als er mich um meines angeblichen Vermögens willen heiraten wollte, hatte er gerade wieder einmal einen guten Fang getan und lebte zurückgezogen in der Nähe von Liverpool. Wäre ich die Partie gewesen, für die er mich gehalten, ich bin überzeugt, er würde überhaupt ehrlich geworden sein. So aber hatte er sein wildes, verwegenes Leben fortsetzen müssen, und nun – nun hatte man ihn endlich doch gefangen.

Gut war – ein seltsames Glück im Unglück –, daß er bei dem betreffenden Raubzug nicht persönlich zugegen gewesen, daß man ihn nur vorher mit seinen beiden Kameraden zusammen gesehen hatte, und auch er mit ihnen zusammen ergriffen worden war. Der einzige Zeuge gegen ihn, ein tölplichter Bauer, beschwor nun freilich, er sei mit beteiligt gewesen; doch genügte diese Aussage nicht, wie ich erzählt habe; das Einzige, was befürchtet werden konnte, war nur, daß sich noch mehrere finden würden, die gerade so dumm und eigensinnig wie dieser Zeuge waren. Nach der Bekanntmachung zu urteilen, die erlassen worden war, hoffte man offenbar auch, es würden sich noch andere Zeugen gegen ihn melden – und aus diesem Grunde wurde er noch festgehalten.

Das Anerbieten aber, das man ihm gemacht: ihn ohne Verhandlung zu verschicken, verdankte er einer einflußreichen Persönlichkeit, einem Jugendfreunde, der ihm lebhaft einredete, es auch anzunehmen. Sie können sich denken, daß ich dasselbe tat und nichts unversucht ließ, um ihn zu einem solchen Entschlusse zu bestimmen.

Am Ende gab er denn auch seine Einwilligung. Da er jedoch nicht, wie ich, zur Verschickung verurteilt worden war, mußte er selbst für seine Überfahrt sorgen. Sein Freund aber verbürgte sich dafür, daß mein Gatte auch wirklich in die Kolonien gehen und nicht vor einer festgesetzten Zeit zurückkehren würde.

Diese Einwilligung seinerseits und auch der Umstand, daß sein Freund sich verbürgt, machte allen Plänen, wie ich selbst in Freiheit in England bleiben könnte, ein Ende. Denn trennen wollte ich mich von meinem Jemmy nicht mehr, das stand fest, und niemals würde ich ihn allein nach Amerika übersiedeln lassen. Er aber schwor, daß er lieber am Galgen enden wolle, als allein in fremdem Lande sein Grab finden.

Neunundzwanzigstes Kapitel.

Es war im Monat Februar, als ich, zusammen mit dreizehn andern Sträflingen, einem Kaufmann übergeben wurde, der nach Virginia Handel trieb. Gefängnisaufseher brachten uns an Bord des Schiffes, und der Eigentümer des Fahrzeugs muszte ihm eine Empfangsbescheinigung ausstellen. Von meinem Priester nahm ich vorher noch Abschied, doch sagte ich ihm natürlich nicht, wie gerne und mit welchen Hoffnungen ich Newgate verliesz und in die Kolonien ging; im Gegenteil, ich machte ihn glauben, es geschehe mit äuszerstem Widerwillen und tiefster Betrübnis.

Wir wurden in der ersten Nacht, die wir auf dem Schiff zubrachten, unter festem Verschlusz gehalten und so eng zusammengepfercht, daß ich schon fürchtete, aus Mangel an Luft zu ersticken. Am nächsten Morgen segelte das Schiff dann ein Stück themseabwärts nach einem Orte, der Bugby's Hole hiesz, damit uns nur ja jede Gelegenheit, zu entkommen, genommen wurde.

Hier durften wir dann endlich auf Deck kommen, jedoch nicht auf den Teil, der für den Kapitän und für die eigentlichen Passagiere freigehalten wurde.[394]

Als ich an dem Schaukeln des Schiffes bemerkt und an dem Gelärm der Menschen auf Deck gehört, dasz wir unter Segel seien, war ich zuerst erschreckt und fürchtete schon, die wirkliche Reise habe begonnen, und man wollte verhindern, daß wir unsere Freunde noch einmal sähen. Doch schöpfte ich wieder Mut, als ich fühlte, daß wir bald Anker warfen, und ganz beruhigt war ich, als einer der Aufseher uns verkündete, am folgenden Morgen solle uns gestattet sein, den Besuch unserer Freunde zu empfangen.

Die ganze erste Nacht hindurch hatte ich auf der Erde gelegen, wie die anderen Gefangenen auch, jetzt jedoch teilte man allen, die ein wenig Bettzeug bei sich hatten, eine schmale Kabine zu und gestattete ihnen auch, einen Koffer oder Mantelsack mit Kleidern und Leinen zu verstauen, wenn man, nebenbei gesagt, einen hatte; viele der Gefangenen besaßen nämlich nur das, was sie auf dem Leibe trugen, und sonst keinen Pence. Doch konnten sie immerhin etwas verdienen, besonders die Frauen, die für die Seeleute wuschen und ihnen die Kleider in Ordnung brachten, sodaß sie sich des Lebens Nötigstes erstehen konnten.

Als wir nun am nächsten Morgen auf Deck kommen durften, fragte ich einen der Männer vom Schiff, ob ich nicht einen Brief schreiben und meine Freunde wissen lassen dürfte, wo wir lägen; sie wollten mir noch mehrere wichtige Dinge an Bord bringen. Es war ein Bootsführer, den ich angeredet, ein sehr höflicher Mann, der mir zu verstehen gab, er wolle mir jede Freiheit gewähren, die er mir ohne Gefahr zugestehen könne. Ich entgegnete ihm, ich habe keinen weiteren Wunsch; und er fügte noch hinzu, das Boot des Schiffes gehe mit der nächsten Flut nach London und solle meinen Brief mitnehmen.

Er kam dann auch ein paar Minuten vor Abfahrt des Bootes zu mir und fragte, ob das Schreiben fertig sei, er wolle den Brief besorgen. Ich hatte mir schon Feder, Tinte und Papier zu verschaffen gewußt und einen Brief an meine Pflegerin geschrieben, in dem ich ihr mitteilte, wo das Schiff lag, und sie bat, die Sachen, die sie für meine Reise schon zurechtgepackt hatte, dorthin zu schicken. In diesem Briefe lag ein anderer an meinen Mitgefangenen eingeschlossen, den ich sie zu besorgen bat, ohne sie jedoch wissen zu lassen, daß der Betreffende mein Gatte sei.

Als ich dem Bootsführer den Brief übergab, reichte ich ihm auch einen Schilling hin, als Lohn für den Dienstmann, der den Brief, sobald das Boot ans Land komme, an seine Adresse bringen solle, damit ich, wenn möglich, umgehend Antwort bekommen könne und erfahre, was aus meinen Sachen geworden sei. »Denn, mein Herr,« sagte ich, »wenn das Schiff abfahren sollte, ehe ich sie im Besitz habe, bin ich ganz armselig daran.«

Als ich ihm den Schilling übergab, trug ich Sorge, ihn sehen zu lassen, daß ich in besseren Verhältnissen lebe, als die anderen Gefangenen, daß ich eine Börse und sogar ziemlich viel Geld darinnen habe. Und ich bemerkte, daß mir der Anblick meiner Börse augenblicklich zu einer ganz anderen Behandlung verhalf, wie ich sie sonst hätte erwarten dürfen. Denn wenn er auch schon vorher in natürlichem Mitleid mit mir, als einer armen bedrängten Frau, sehr liebenswürdig gewesen, so war er es jetzt noch vielmal mehr; und er verschaffte mir auch eine bessere Behandlung vonseiten der Anderen auf dem Schiffe. Er überbrachte den Brief übrigens meiner Pflegerin persönlich und nahm mir auch gleich deren Antwort mit. Als er mir ihr Schreiben reichte, gab er gleichzeitig den Schilling wieder zurück und sagte dabei: »da haben Sie auch Ihren Schilling wieder, ich habe den Dienstmann erspart und bin selbst gegangen.«

Ich war so überrascht, daß ich im ersten Augenblicke garnicht wußte, was ich antworten sollte. Nach einer Pause sagte ich jedoch: »Sie sind zu liebenswürdig, mein Herr, es wäre doch aber angebracht gewesen, sich in diesem Falle wenigstens einen Wagen zu gestatten.«

»Nicht doch,« entgegnete er, »wer ist die Dame übrigens, bei der ich war? Ist sie Ihre Schwester?«

»Nein, Herr,« sagte ich darauf, »sie ist nicht mit mir verwandt, aber sie ist meine Freundin, die einzige, die ich in der Welt habe.«

»Nun,« sagte er, »solche sind überhaupt nicht häufig, aber die da weint nach Ihnen, wie ein kleines Kind.«

»Das kann ich mir denken,« meinte ich, »ich bin überzeugt, sie würde gern hundert Pfund geben, wenn sie mich dadurch aus meiner schrecklichen Lage befreien könnte.«

»Würde Sie das wirklich tun?« fragte er. »Ich glaube, ich könnte Ihnen Wege zeigen, auf denen Sie für halbsoviel Geld entwischen könnten.«

Dies letzte sagte er ganz leise, damit niemand sonst es verstehen solle.

»Ach, Herr,« sagte ich, »bei einer solchen Art von Befreiung könnte man mich aber wieder einfangen, und das würde mir mein Leben kosten.«

»Allerdings,« erwiderte er, »wenn Sie erst einmal außerhalb des Schiffes sind, müssen Sie selbst weiter sehen. Da kann ich nichts mehr tun.«

Damit beendeten wir unser Gespräch für diesmal.

Mittlerweile hatte meine Pflegerin, treu bis zum letzten Augenblicke, meinen Brief in das Gefängnis und zu Händen meines Gatten besorgt und auch schon eine Antwort erhalten. Sie kam am andern Tage selbst und überbrachte sie mir, mit allerlei nützlichen Dingen, als da ist ein Seebett, wie man es nennt, mit allem Zubehör und eine sogenannte Seekiste, wie sie fast jeder Seemann mit sich führt, und die sie mit allem gefüllt hatte, was man auf einer Überfahrt nötig hat. In einer der Ecken der Kiste befand sich eine geheime Schublade, in welcher mein Geld lag, das heißt so viel, als ich mitzunehmen beschlossen hatte; den einen Teil meines Kapitals ließ ich zurück, damit mir später dafür die Waren nachgesandt würden, die ich nach der Niederlassung nötig hatte. Bares Geld ist nämlich nicht von großem Nutzen in jenem Lande, wo man alle Dinge für Tabak kauft. Man hat im Gegenteil immer einen großen Verlust, wenn man Kapitalien mit hinüber nimmt.

In meinem Falle lag die Sache jedoch ein wenig anders. Es war unter keiner Bedingung angezeigt, ohne Geld und Waren hinüberzugehen. Kam jedoch ein armer Sträfling, der, sobald er an Land stieg, gewärtig sein mußte, verkauft zu werden, mit Gütern an, so mußte es Aufsehen erregen, und er lief Gefahr, seines Eigentums beraubt zu werden. Ich zog es also vor, einen Teil meines Kapitals so heimlich mit mir zu nehmen und den Rest meiner Pflegerin in Verwahr zu lassen.

Das treue Geschöpf brachte mir noch mancherlei andere Dinge mit, doch war es nicht angebracht, allzu wohl ausgestattet zu erscheinen, ehe ich wußte, mit welchem Kapitän ich es zu tun haben würde. Als sie das Schiff betrat, dachte ich, sie würde auf der Stelle sterben, so schwer schlugen ihr sichtlich die Gedan ken aufs Herz, sich von mir trennen zu müssen und mich in dieser Lage bald hilflos und allein zu wissen; sie weinte so fürchterlich, daß ich eine ganze Zeitlang überhaupt nicht mit ihr reden konnte.

Ich nahm diese Zeit wahr, um den Brief meines Mitgefangenen zu lesen, der mich ziemlich erschreckte. Er schrieb mir nämlich, er werde wahrscheinlich nicht früh genug entlassen werden, um das Schiff, in dem ich verschickt wurde, noch erreichen zu können; ja, was schlimmer sei, er zweifle, ob man ihm gestatten werde, ein beliebiges Schiff zu nehmen, wenngleich er sich freiwillig einschiffe. Wahrscheinlich werde ihm das Schiff bestimmt und er dem Kapitän wie jeder andere Sträfling übergeben werden; sodaß er schon verzweifle, mich eher als in Virginia selbst wiederzusehen; und diese Vorstellung sei ihm gar fürchterlich, denn wenn er mich etwa drüben nicht fände, weil mich ein Unfall auf See oder der Tod hinweggenommen, so sei es auch um ihn geschehen.

Solche Nachricht kam mir allerdings gänzlich unerwartet, und ich wußte nicht, was ich beginnen sollte. Ich erzählte meiner Pflegerin dann auch etwas von der Geschichte mit meinem Mitauswanderer, und sie drängte mich heftig, ihn doch zu Weiterem zu veranlassen, doch ich hatte dazu noch keine Lust, bis ich wußte, ob mein Gatte oder vielmehr mein Freund, wie ich ihn meiner Pflegerin gegenüber nannte, mit mir gehen konnte, oder nicht. Zum Schluß blieb mir nichts anderes übrig, als ihr meinen ganzen Plan mit Virginia in allen Einzelheiten klarzulegen, nur verschwieg ich nach wie vor, daß der Betreffende mein Gatte sei. Ich sagte ihr nur, ich habe ein bestimmtes Abkommen mit ihm getroffen, wenn es eben möglich sei, in demselben Schiffe mit ihm überzufahren. Auch habe ich bemerkt, daß er Geld besitze. Weiter erzählte ich ihr, was ich zu tun vorhabe, sobald ich angekommen sei, wie wir pflanzen und anbauen wollten, um in kurzer Zeit ohne weitere Abenteuer reich zu werden. Und als großes Geheimnis vertraute ich ihr an, wir würden uns verheiraten, sobald wir an Bord zusammenträfen.

Als sie dies hörte, fand sie sich schon viel eher in die Trennung, und sie ließ es sich angelegen sein, alles zu versuchen, um ihm ein rechtzeitiges Einschiffen mit mir zu ermöglichen, was ihr denn auch endlich mit vieler Mühe gelang, und ohne alle die Förmlichkeiten erledigen zu müssen, die nötig gewesen wären, wenn es sich um einen regelrecht zu Verschickenden gehandelt hätte; das aber war er nicht, denn man hatte seinen Fall garnicht zur Verhandlung kommen lassen. Da unser Schicksal nun bestimmt, wir beide an Bord und nach Virginia eingeschifft waren, und zwar in der verächtlichen Eigenschaft als verschickte Sträflinge, die als Sklaven verkauft werden sollten, ich für acht Jahre, und er unter dem Verbot, überhaupt wieder nach England zu kommen, fühlte er sich sehr niedergeschlagen. Das Gefühl, als gewöhnlicher Sträfling an Bord gebracht worden zu sein und dort festgehalten zu werden, wirkte schmerzlich auf ihn, besonders noch, da man ihm anfänglich versprochen, er dürfe sozusagen freiwillig und als Gentleman hinübergehen. Allerdings sollte er nicht verkauft werden, weswegen er ja auch dem Kapitän seine Überfahrt bezahlen mußte. Im übrigen aber wußte er so wenig wie ein Kind, was er nun eigentlich mit sich beginnen sollte.

Es hatte dabei noch drei volle Wochen gedauert, ehe ich überhaupt bestimmt wußte, ob mein Gatte mit mir reisen dürfte oder nicht; und infolgedessen war ich auch nicht näher auf den Vorschlag des biederen Bootsführers eingegangen, was diesem offenbar sehr seltsam vorkam. Nach Verlauf der drei Wochen kam mein Gatte dann endlich an Bord. Er sah wütend und grimmig drein, weil ihn zwei Wärter von Newgate wie einen Sträfling an Bord geschleppt brachten. Sein Freund beklagte sich auch laut darüber, doch wies man ihn mit dem Bemerken ab, daß sowieso Gnade genug erzeigt worden sei. Man habe zudem, nachdem man ihm die Verschickung bewilligt, noch Dinge gehört – kurz und gut, der Verschickte habe Grund, sich für sehr gut behandelt zu halten, wenn man die Verfolgung gegen ihn überhaupt einstelle. Diese Antwort brachte Alle zum Schweigen, denn namentlich Jemmy wußte, was sich hätte ereignen können, und was ihm noch blühen gekonnt, wie man zu sagen pflegt; und nun sah er auch ein, welch guten Rat ich ihm gegeben, als ich ihm zuredete, das Anerbieten anzunehmen, das ihm sein Jugendfreund verschafft, und in eine Verschickung zu willigen. Nachdem seine Wut über die Höllenhunde, wie er die Wärter nannte, verraucht war, sah er denn auch bald ein wenig gefaßter drein, ja er wurde sogar heiter, und als ich ihm dann versicherte, wie froh ich sei, daß ich ihn noch einmal aus den Klauen der Verfolger befreit habe, nahm er mich in seine Arme und bekannte immer wieder mit großer Zärtlichkeit, ich habe ihm den besten Rat von der Welt gegeben. »Liebste,« sagte er dabei, »du hast zweimal mein Leben gerettet; ich will es von jetzt ab dir allein widmen und stets auf deine Stimme hören.«

Das nächste, was wir taten, war: unsere Geldmittel zu überschlagen. Jemmy war sehr ehrlich und erzählte, sein Besitz sei ziemlich groß gewesen, als man ihn ins Gefängnis geworfen. Da er jedoch dort wie ein Gentleman gelebt und sich auch habe Freunde verschaffen gemußt, sei er genötigt gewesen, seine Börse ziemlich stark in Anspruch zu nehmen, kurz, alles, was er sein eigen nenne, belaufe sich jetzt noch auf hundertundacht Pfund, die er in Gold bei sich trage.

Ich zählte ihm ebenso ehrlich auf, was ich besitze, das heißt, ich nannte nur das, was ich mitgenommen hatte; denn ich war fest entschlossen, was sich auch ereignen würde, das Zurückgelassene für alle Notfälle aufzusparen. Im Fall, daß ich zum Sterben käme, hatte er genug an dem, was ich bei mir trug; und was zurückgeblieben, das sollte dann meiner Pflegerin gehören, die es wohl um mich verdient hatte.

Die Summe, die ich mitnahm, betrug etwa zweihundertsechsundvierzig Pfund und ein paar Schillinge, so daß wir im ganzen dreihundertvierundfünfzig Pfund unser Eigen nannten, doch kann ich Ihnen versichern: nie wurde mit einem auch nur ähnlich übel erworbenen Vermögen ein neues Leben begonnen.

Außerdem hatte ich noch ein paar Wertgegenstände bei mir, meine beiden goldenen Uhren, meine Ringe und sonstigen Schmuck – alles gestohlenes Gut. Mit meiner Kleidung war es dagegen schlecht bestellt: ich hatte alles, was ich nach Newgate mitgenommen, an diesem schmutzigen Orte so gut wie aufgetragen.

Da ich jedoch noch eine große Anzahl guter Kleider und auch Wäsche im Überfluß besaß, wollte ich mich ihrer nicht gerne entschlagen und ließ sie, samt meinem Silbergerät, in zwei große Kisten packen, auf dem Schiffe verstauen, und – nicht als mein Eigentum, sondern als Güter an meine wirkliche Adresse, das heißt an meinen wirklichen Namen – nach Virginia schicken. Die Frachtscheine hatte ich in meiner Tasche. In diese Kisten brachte ich zur besseren Sicherheit auch all meine übrigen Wertsachen unter, nur das Geld nicht, das sich, wie schon erwähnt, in einer Schublade in meiner Seekiste befand, aus der es ein Unbefugter nur herausholen konnte, wenn er die Kiste selbst kurz und klein schlug.

Das Schiff wurde nun nach und nach besetzt. Es kamen mehrere Passagiere an Bord, die in der mit vielen Bequemlichkeiten ausgestatteten Hauptkajüte untergebracht wurden, während wir Sträflinge irgendwo unten hingesteckt werden sollten. Als mein Gatte aber an Bord kam, sprach ich mit dem Bootsführer darüber. Ich sagte ihm, er habe mir schon eine Liebenswürdigkeit erwiesen, für die ich mich eigentlich noch nicht einmal erkenntlich gezeigt habe, und steckte ihm damit eine Guinee zu. Nun sei mein Gatte an Bord gekommen, und trotzdem wir uns jetzt in so erbärmlicher Lage befänden, seien wir früher in ganz anderen Verhältnissen gewesen, als einer der Elenden, die nun unseresgleichen seien. Wir möchten so gerne wissen, ob der Kapitän nicht zu veranlassen wäre, auch uns an einigen Bequemlichkeiten teilnehmen zu lassen, wir würden ihm gerne dafür jede beliebige Entschädigung zahlen. Er nahm die Guinee offenbar mit großer Genugtuung zu sich und versicherte, er wolle alles tun, was in seinen Kräften stehe, um mir bei Erfüllung meiner Wünsche behilflich zu sein.

Dann sagte er, er zweifle nicht, daß der Kapitän, der einer der gutmütigsten Menschen auf Gottes Erdboden sei, leicht dazu bestimmt werden könne, uns entgegen zu kommen. Jedenfalls wolle er gleich morgen, bei der nächsten Flut, zu ihm gehen und mit ihm Rücksprache nehmen.

Am nächsten Morgen schlief ich zufällig ein wenig länger als gewöhnlich; und als ich aufstand und herumging, sah ich den Bootsführer mit den anderen Seeleuten eifrig bei seiner Arbeit. Ich wurde ein wenig niedergeschlagen, weil ich dachte, er sei nicht fortgefahren, und ging auf ihn zu, um mit ihm noch einmal zu reden. Er erblickte mich und näherte sich mir ebenfalls.

Ich redete ihn jedoch zuerst an und sagte traurig: »Ich sehe, mein Herr, Sie haben uns vergessen.«

Er erwiderte rasch: »Kommen Sie mit und hören Sie.«

Damit führte er mich in die Hauptkajüte, in der ein Herr saß und schrieb, eine große Menge von Papieren und Schriftstücken vor sich.

»Hier,« sagte der Bootsführer, »hier ist die Frau, von der Ihnen der Kapitän gesprochen hat.«

Dann wandte er sich zu mir und sagte: »Ich habe Sie so vergessen, daß ich schon längst in der Frühe zu dem Kapitän gegangen bin und ihm Ihre Bitte um ein paar Bequemlichkeiten vorgetragen habe. Und der Kapitän hat diesen Herrn, den Steuermann, heruntergeschickt, damit er Ihnen alles zeige und Sie hier zu Ihrer Zufriedenheit einquartiere, und läßt Ihnen weiter versichern, daß Sie nicht als das behandelt werden sollen, als was Sie hierher gekommen, sondern mit der gleichen Hochachtung, die den anderen Passagieren erzeigt wird.«

Dann begann der Steuermann zu reden. Er ließ mir keine Zeit, mich bei dem Bootsführer zu bedanken, und versicherte mir ebenfalls, wie gern der Kapitän sich angenehm und liebenswürdig zeige, besonders denen gegenüber, die sich im Unglück befänden. Dann zeigte er mir mehrere Kajüten, von denen einige sich in den Nebenräumen befanden, jedoch in die Hauptkajüte hinausgingen, und ließ mich unter ihnen wählen. Ich entschloß mich für eine Kajüte ganz außerhalb der Hauptkajüte, die groß genug war, um unsere Kisten und Kasten zu fassen, und auch für einen Esztisch Platz bot.

Der Steuermann erzählte weiter, der Bootsführer habe mich und meinen Gatten so günstig beschrieben, daß er den Befehl habe, uns das Anerbieten zu machen, während der ganzen Reise zum gewöhnlichen Preise mit ihm zu speisen. Wenn es uns gefiele, dürften wir frische Vorräte mit einlegen, wenn nicht, wolle er die Vorratskammer für uns mit füllen, und wir sollten unseren Teil daran haben. Diese Botschaft erfüllte mich nach so viel Bedrängnis mit neuem Leben. Ich dankte ihm und sagte, der Kapitän möge uns nur seine eigenen Zahlungsbedingungen stellen, ich wolle jetzt schnell gehen und meinem Gatten die Nachricht bringen; er fühle sich nicht recht wohl und sei noch nicht aus unserer Kabine herausgekommen.

Ich ging also und suchte ihn auf. Der Zorn und der Kummer über die unwürdige Behandlung, die er erleiden mußte, hatten ihn so niedergeschlagen, daß er gar nicht mehr er selbst war. Als ich ihm nun erzählte, wie wohl wir auf dem Schiffe leben würden, wurde er plötzlich wieder ein anderer Mensch, und der Ausdruck von Kraft und Mut kehrte in sein Gesicht zurück. So wahr ist es, daß die kräftigsten Geister, wenn Trübsal sie überwältigt, der größten Niedergeschlagenheit ausgesetzt sind. Nach einer kleinen Pause nun hatte sich mein Gatte wieder so weit gefaßt, daß er mit mir heraufgehen und dem Steuermann für seine Liebenswürdigkeit danken konnte. Dann wollte er die Überfahrt und die anderen Vergünstigungen im voraus bezahlen. Der Steuermann sagte jedoch, der Kapitän komme am Nachmittag selbst an Bord, und all diese Dinge regele man am besten mit ihm persönlich. Nachmittags erschien der Kapitän denn auch, und wir fanden in ihm wirklich den höflichen und liebenswürdigen Mann, als welchen der Bootsführer ihn dargestellt hatte. Die Unterhaltung mit meinem Gatten gefiel ihm so wohl, daß er uns nicht in der etwas abgelegenen Kajüte, die ich gewählt hatte, lassen wollte, sondern uns eine von denen anwies, die, wie ich schon vorher erwähnte, in die Hauptkajüte hinausgingen. Die Zahlungsbedingungen waren auch sehr mäßig und der Mann überhaupt nicht danach angetan, uns auf Kosten zu treiben. Denn er berechnete für die ganze Überfahrt und für die Pension an seinem Tische fünfzehn Guineen, und dazu war die Verpflegung eine ausgezeichnete. Der Kapitän wohnte übrigens ebenfalls in einer Kajüte, die wie die unsere gelegen war, da er sein Rundhaus, wie man es nennt, einem reichen Pflanzer überlassen hatte, der mit Frau und drei Kindern überfuhr und sich selbst beköstigte. Außerdem waren noch einige andere Passagiere an Bord und in guter Kajüte einquartiert. Unsere eigentlichen Genossen aber, die Sträflinge, wurden nach wie vor tief unten unter festem Verschluß gehalten und kamen nur sehr selten auf Deck.

Ich konnte mich nicht enthalten, meine Pflegerin von dem Vorgefallenen sofort in Kenntnis zu setzen. Es war auch nur gerecht, daß sie, die sich so viel Kummer um meinetwillen gemacht, auch gleich an meiner Freude teil hatte. Außerdem brauchte ich ihre Hilfe, um mir einige Dinge zu verschaffen, die ich vorher niemanden sehen lassen wollte, wie Brandy, Zucker, Citronen usw., damit man auch einmal einen Punsch machen, und unseren Wohltäter, den Kapitän, dazu einladen könnte. Auch sonst bestellte ich noch mancherlei Gutes zum Essen und Trinken, auch ein größeres Bett und passendes Bettzeug dazu, so daß uns nichts abging.

Mittlerweile hatte ich jedoch noch nicht für alles das sorgen können, dessen wir unbedingt bedurften, wenn wir ankamen und Pflanzer werden wollten. Doch wußte ich sehr genau, was man unter solchen Umständen nötig hatte. Vor allen Dingen waren Werkzeuge und Geräte zum Bauen und zur Feldarbeit anzuschaffen und ebenfalls alle Arten von Haushaltungsgeräten, die, wenn man sie im Lande selbst kaufen wollte, das Doppelte kosten würden.

Ich sprach mit meiner Pflegerin darüber, und sie wandte sich gleich an den Kapitän und sagte ihm, sie hoffe, es würden sich Mittel finden, ihren beiden unglücklichen Verwandten die Freiheit wiederzugeben, sobald sie an Land kämen, und ließ sich in ein Gespräch über die Mittel und Wege ein, von denen ich an einem anderen Orte noch mehr erzählen werde. Nachdem sie so den Kapitän ein bißchen auf die Probe gestellt hatte, ließ sie ihn wissen, daß wir trotz der unglückseligen Verhältnisse, die unsere Verschickung herbeigeführt, doch sehr wohl imstande seien, uns als Pflanzer niederzulassen. Der Kapitän bot nun bereitwilligst seine Hilfe an, sagte ihr, wie man es beginnen müsse, um drüben zum Ziele zu kommen, und daß es leicht, ja für fleißige Leute sicher sei, sich dort ein Vermögen zu erwerben. »Madame,« sagte er zum Schluß, »drüben hält man es nicht für eine Schande, auch unter schlimmeren Umständen als denen, in welchen sich jetzt Ihre Verwandten befinden, herübergekommen zu sein, vorausgesetzt nur, daß sie sich klug den Verhältnissen des Landes und ihrer neuen Arbeit anpassen.«

Meine Pflegerin fragte dann weiter, was für Dinge wir mit herübernehmen müßten; und er als verständiger Mann antwortete: »Madame, Ihre Verwandten müssen zu allererst jemanden ausfindig machen, der sie den Bedingungen ihrer Verschickung gemäß, *pro forma,* als Dienstboten kauft, dann können sie ja im Namen jener Person tun, was sie wollen. Sie können entweder eine schon bearbeitete Plantage kaufen, oder sich Boden von der Regierung anweisen lassen und zu arbeiten beginnen, wo es ihnen gefällt. Beides ist ganz vernünftig.«

Sie beredete nun noch mit ihm, wie die erste Bedingung zu erfüllen sei. Er sagte, er wolle uns gerne dabei behilflich sein; und er hat denn hinterher sein Wort auch gehalten. Auch wolle er uns drüben an Leute empfehlen, die uns mit gutem Rat beistehen und sich unsere Unerfahrenheit nicht zunutze machen würden. Besseres konnten wir uns nicht wünschen.

Dann fragte sie, ob es nicht nötig wäre, uns mit Werkzeugen und Materialien zur Feldarbeit zu versorgen. Und er antwortete: »Oh gewiß, unter allen Umständen.«

Sie bat ihn, uns auch dabei behilflich zu sein, denn sie wolle uns mit allem Nötigen ausrüsten, was es auch kosten möge. Er stellte ihr darauf eine Liste der für einen Pflanzer nötigen Dinge auf, deren Kosten sich auf etwa 80–100 Pfd. beliefen. Sie kaufte so geschickt ein, als sei sie ein alter in Virginia wohlbewanderter Kaufmann. Nur kaufte sie auf meinen Wunsch von allem zweimal soviel.

Diese Gegenstände ließ sie als ihr Eigentum an Bord schaffen, sich die Ablieferungsscheine übergeben, die sie meinem Gatten aushändigte.

Ich hätte noch erwähnen müssen, daß mein Gatte ihr sein ganzes Kapital von 108 Pfd. zu diesen Einkäufen zur Verfügung stellte. Auch ich schoß eine große Summe dazu, so daß sie das Kapital, das ich in ihren Händen zurückgelassen hatte, nicht anzugreifen brauchte, wir hatten zum Schluß immerhin noch 200 Pfd. in barem Gelde bei uns, was für unsere Zwecke mehr als genug war. Sehr erleichtert, ja über die glückliche Wendung der Dinge hocherfreut, fuhren wir von Bugbys Hole nach Gravesend, wo das Schiff noch zehn Tage liegen blieb und der Kapitän und alle Güter, die das Schiff befördern sollte, endgültig an Bord kamen. Hier machte uns der Kapitän ein Anerbieten, das wir nicht erwarten durften. Er stellte uns nämlich frei, an Land zu gehen, um uns ein wenig zu erfrischen, wenn wir ihm unser Wort geben wollten, uns wieder rechtzeitig einzustellen. Dieser Beweis von Zutrauen überwältigte meinen Gatten so, daß er antwortete, da er sich für diese Gunstbezeigung niemals genügend dankbar erzeigen könne, denke er auch nicht daran, dieselbe anzunehmen, auch könne er dem Kapitän nicht zumuten, sich unsertwegen vielleicht Unannehmlichkeiten auszusetzen. Nach einigen gegenseitigen Versicherungen aber übergab ihm mein Gatte eine Börse mit 80 Guineen und sagte dabei: »Da haben Sie ein Pfand, wenn wir nicht wieder zurückkehren, ist es Ihr Eigentum.« Und damit begaben wir uns an Land.

Der Kapitän hatte allerdings auch sonst Sicherheit genug und konnte überzeugt sein, daß wir zurückkehren würden, denn nachdem wir solche Einkäufe gemacht, durfte es ausgeschlossen sein, daß wir dies alles im Stich lassen würden, um unter Lebensgefahr uns in England verborgen zu halten, wie wir es als geflohene Sträflinge hätten tun müssen.

Um kurz zu sein, wir begaben uns alle mit dem Kapitän an Land und speisten in Gravesend zu Nacht, wo es sehr lustig herging. Wir übernachteten in dem Hause, in dem wir gespeist hatten, und begaben uns am andern Morgen getreulich wieder an Bord zurück, nachdem wir noch zehn Dutzend Flaschen gutes Bier, eine Quantität Wein und etwas Geflügel und ähnliche Dinge gekauft, die an Bord sicherlich nicht zu verachten waren. Meine Pflegerin war die ganze Zeit über bei uns, ging auch wieder mit uns an Bord und kehrte später mit der Gattin des Kapitäns nach London zurück, nachdem wir glücklich abgefahren waren. Von dem Abschied will ich Ihnen nur das Eine sagen: daß es mir nicht schrecklicher gewesen wäre, mich von meiner eigenen Mutter zu trennen, als von meiner alten Pflegerin, denn ich wußte ja, daß ich sie nie wiedersehen würde.

Dreißigstes Kapitel.

Mit schönem Ostwinde segelten wir in den ersten Tagen des April endlich ab und landeten nicht mehr, bis uns ein scharfer Sturm an die Küste von Irland trieb. In einer kleinen Bucht, in die ein Fluß mündete, dessen Namen ich jedoch vergessen, warfen wir Anker. Da uns nun das schlechte Wetter hier eine Zeitlang aufhielt, gingen wir wieder mit dem Kapitän, dessen Liebenswürdigkeit fortdauerte, an Land. Er forderte uns diesmal aus Freundschaft für meinen Gatten dazu auf, da dieser die See, besonders bei schlechtem Wetter, nicht vertragen konnte. An Land kauften wir wieder frische Vorräte ein, Rindfleisch, Schweinefleisch, Hammelfleisch und Geflügel; während der Kapitän sich fünf oder sechs Fäßchen Rindfleisch einpökeln ließ, um den allgemeinen Vorrat zu vergrößern.

Wir blieben hier jedoch nicht länger als fünf Tage vor Anker, denn dann wurde das Wetter wieder milde; und unbesorgt konnten wir unsere Reise fortsetzen.

Nach zweiundvierzig Tagen erreichten wir darauf sicher und wohlbehalten die Küste von Virginia.

Als wir uns ihr näherten, rief mich der Kapitän zu sich und sagte, er habe aus meinen Reden entnommen, daß ich Verwandte in den Kolonien besitze, und auch selbst früher drüben gewesen sei. Er dürfe also wohl annehmen, daß ich wisse, wie man mit den Sträflingen verfahren werde, sobald man ankomme.

Ich antwortete ihm, ich wisse es nicht; und was meine Verwandten angehe, so hätte ich nicht vor, mich ihnen zu erkennen zu geben – was er in meiner Lage wohl verstehen könne. Wir seien also ganz auf ihn angewiesen und auf den guten Rat und Beistand, den er uns liebenswürdig angeboten.

Er antwortete darauf, ich müsse vor allen Dingen jemanden suchen, der mich zum Schein als Dienstboten kaufe und dem Gouverneur des Landes gegenüber die Verantwortung für mich übernehme.

Ich antwortete, wir würden alles tun, was er uns anrate.

Darauf ging der Kapitän und kam alsbald mit einem Pflanzer wieder, der mit mir über mein Dienstverhältnis so verhandelte, wie es der Kapitän angedeutet, und mich zum Schein kaufte; worauf ich mich mit ihm an Land begab.

Der Kapitän ging mit uns und brachte mich zunächst in eine Kneipe, während der Pflanzer noch einen Gang tun wollte. In der Kneipe machten wir, der Kapitän, mein Gatte und ich, uns ein feines Gebräu und waren lustig und guter Dinge. Nach einiger Zeit erschien dann auch der Pflanzer wieder, und zwar gleich mit einer Bescheinigung, daß ich ihm fünf Jahre lang treu gedient habe; und so konnte ich denn schon am folgenden Morgen gehen, wohin ich wollte. Für diesen Dienst verlangte der Kapitän sechstausend Pfund Tabak, die wir auch sofort für ihn kauften. Außerdem machten wir ihm ein Geschenk von zwanzig Guineen, mit dem er außerordentlich zufrieden war.

Es ist nicht angebracht, hier näher darauf einzugehen, in welchem Teil von Virginia wir uns niederließen. Es mag genügen, wenn ich erwähne, daß wir den großen Potomack-Fluß hinauffuhren. Dort wollten wir uns zuerst ankaufen, doch änderten wir später diese Absicht.

Das erste, was ich tat, nachdem ich unsere Güter an Land gebracht und in ein Vorratshaus geschafft hatte, welches wir zugleich mit einer Wohnung in einem Dorfe gemietet, war, daß ich mich nach meiner Mutter und meinem Bruder erkundigte – dem Unglückseligen, den ich, wie ich erzählt habe, geheiratet hatte und dessen Gattin ich jahrelang gewesen war. Ich erfuhr mit leichter Mühe, daß meine Mutter gestorben sei, daß aber mein Bruder oder mein Gatte, wie man ihn nennen will, noch lebe; freilich wohne er nicht mehr auf der Plantage, auf der ich mit ihm gelebt, sondern er bewirtschafte zusammen mit einem seiner Söhne, gerade an unserm Landungsort eine Besitzung. Ich war sehr überrascht, als ich dies hörte, doch nicht eigentlich beunruhigt, denn ich mußte mir sagen, daß er mich nicht wiedererkennen würde. Immerhin wollte ich ihn gerne einmal sehen, ohne daß er mich sah.

Ich nahm deshalb einmal eine Frau aus dem Lande, die ich zu meiner Hilfe und Aufwartung gemietet hatte, mit mir und begab mich mit ihr in die Nähe der Besitzung meines Gatten. Dort strichen wir umher, und ich tat, als wolle ich mir die Gegend besehen. Ich fragte die Frau harmlos, wem das Haus, an das wir nun nahe herangekommen waren, eigentlich gehöre; und sie antwortete mir, es sei das Eigentum des Herrn Soundso. Und im selben Augenblick rief sie dabei aus und wies zur Rechten: »Da kommt er auch schon mit seinem Vater!«

»Wie heißen sie denn mit dem Vornamen?« fragte ich.

»Ich weiß nicht, wie der alte Herr heißt,« antwortete sie, »der junge heißt Humphry; und ich glaube, daß der Vater denselben Namen trägt.« Sie können sich denken, welch sonderbares Gefühl von Freude und Schreck mich nun erfaßte, als ich an dem Vornamen erkannte, daß dieser junge Mann kein anderer war als mein eigener Sohn. Ich zog meine Kopfhülle so tief herunter, daß ich annehmen konnte, der Vater werde mich nach zwanzigjähriger Abwesenheit, und weil er mich in diesem Teile der Welt doch nimmer vermutete, gewiß nicht wiedererkennen. Doch war die Vorsicht überhaupt unnötig, denn er war durch irgend eine Krankheit, die ihm auf die Augen geschlagen, fast erblindet und vermochte nur noch gerade so viel zu sehen, um bei Tage ausgehen zu können, ohne sich an einen Baum zu stoßen, oder in einen Tümpel zu fallen.

Als sie näher kamen, fragte ich: »Kennt der Herr Sie, Mrs. Owen?« »Gewiß,« antwortete sie, »wenn er mich sprechen hört, wird er mich wohl erkennen. Doch sieht er nicht gut genug, um irgend jemanden, auch einen noch so guten Bekannten, wiederzuerkennen.«

Ich warf darauf meine Kopfhülle wieder empor und ließ die beiden Herren vorübergehen.

Es war ein schlimmes Ding für eine Mutter, ihren eigenen Sohn, einen schönen und stattlichen jungen Herrn, in so blühenden Verhältnissen an sich vorüberspazieren zu sehen, ohne sich ihm erkennen geben zu dürfen. Möge jede Mutter, die dieses liest, sich einmal vorstellen, mit welcher Seelenangst ich fürchtete, ich werde nicht anders können, ich werde auf ihn zugehen und ihn umarmen müssen! Ach, und wie mich danach verlangte, ihn beim Namen zu nennen! und wie heftig sich meine Tränen hervordrängten! Ja, ich dachte, mein Eingeweide brenne und mein Herz wende sich um. Mit Worten, das fühle ich, kann ich diese Empfindungen gar nicht beschreiben.

Als mein Sohn vorüber war, stand ich noch lange zitternd da und schaute ihm nach. Dann ließ ich mich an einer Stelle, die ich mir gemerkt hatte, und wo er gegangen war, ins Gras nieder, tat, als wolle ich mich ausruhen, wandte das Gesicht von meiner Begleiterin ab und weinte und küßte den Boden, den sein Fuß soeben berührt hatte.

Ich konnte meine Bewegung aber doch nicht so verbergen, daß die Frau sie nicht bemerkt hätte. Sie dachte jedoch, ich fühle mich nicht wohl, und ich ließ sie bei dem Glauben. Und sie drängte mich, aufzustehen, denn der Boden sei feucht und gefährlich. Ich folgte ihr, und wir begaben uns auf den Heimweg.

Unterwegs sprach ich noch immer von diesem Herrn und seinem Sohne, und ein neuer Grund, traurig zu sein, tat sich auf. Die Frau begann nämlich die Geschichte der beiden zu erzählen, offenbar, weil sie mich zerstreuen wollte: »Man weiß in der Heimat dieser Herren sonderbare Geschichten über die Familie,« sagte sie.

»Was für Geschichten?« fragte ich.

»Der alte Herr,« fuhr sie fort, »ging in seiner Jugend nach England und verliebte sich da in eine junge Dame, eine der schönsten Frauen, die man hier je gesehen hat, heiratete sie und brachte sie zu seiner Mutter herüber, die damals noch lebte. Das junge Paar lebte nun mehrere Jahre zusammen und hatte auch Kinder, der junge Herr, den Sie eben gesehen, ist eins derselben. Als aber nach einiger Zeit die alte Dame ihrer Schwiegertochter etwas von den Verhältnissen erzählte, unter denen sie früher in London gelebt, wurde diese sehr unruhig und aufgeregt und stellte, kurz gesagt, Nachforschungen an; und dabei soll herausgekommen sein, daß die alte Dame – ihre leibhaftige Mutter, und daß also deren Sohn, ihr Gatte, ihr leibhaftiger Bruder war. Diese Entdeckung erfüllte die ganze Familie mit Entsetzen und hätte fast alle zugrunde gerichtet. Die junge Frau wollte nicht länger mit ihnen zusammenleben, der Gatte, ihr Bruder, wurde für eine Zeitlang ganz irr; und zum Schluß ging die junge Frau allein wieder nach England zurück, und man hat nie wieder etwas von ihr gehört.«

Sie werden mir glauben, wenn ich sage, daß mich diese Geschichte aufs tiefste erregte, doch ist es mir ganz unmöglich, die Art meiner Erregung zu beschreiben. Ich tat äußerlich so, als setze mich die Erzählung in die höchste Verwunderung, und stellte tausend Fragen nach den Einzelheiten, mit denen sie sehr gut vertraut war. Zum Schluß erkundigte ich mich nach den näheren Lebensverhältnissen der beteiligten Personen, fragte, wann die alte Dame, die Mutter, gestorben sei, und wie sie ihre Güter unter die Kinder verteilt habe. Denn meine Mutter hatte mir sehr feierlich versprochen, wenn sie zum Sterben käme, wollte sie etwas für mich tun und ihren letzten Willen so abfassen, daß mir, wenn ich noch lebte, irgend etwas zugute kommen sollte, ohne daß ihr Sohn, mein Gatte, es verhindern könnte.

Die Frau erzählte mir nun, sie wisse nicht genau, wie alles angeordnet worden sei, man habe ihr jedoch erzählt, daß meine Mutter eine

Summe Geldes hinterlassen, die ihrer Tochter zukommen sollte, sobald man etwas von ihr hörte, ob sie nun in England sei oder sonstwo; derselbe Sohn, den wir eben mit dem Alten gesehen, habe sie zur Aufbewahrung übernommen.

Diese Nachricht war zu günstig, um leicht genommen zu werden; und Sie können versichert sein, sie füllten mein Herz mit tausend Gedanken, so daß ich darüber grübelte und sann, wie ich es anstellen sollte, um mich zu erkennen zu geben, und ob ich es überhaupt tun sollte oder nicht.

Ich befand mich jetzt in einem Dilemma, aus dem herauszukommen mir nicht so bald glücken sollte. Die Gedanken drückten in der Folgezeit Tag und Nacht auf mein Gemüt. Ich konnte weder schlafen noch reden, so daß mein Gatte meinen Zustand bald bemerkte, sich verwunderte und sich und mich fragte, was mir wohl so nahegehen könne. Er suchte mich zu zerstreuen, aber nichts hatte Erfolg. Dann drängte er mich, ihm doch zu sagen, was mich denn so beunruhige, doch wies ich die Fragen zurück; da er mich je doch zum Schlusz immer dringender um Mitteilung bat, war ich gezwungen, eine Geschichte zu erfinden, der immerhin einige Wahrheit zugrunde lag.

Und so erzählte ich ihm denn, ich sei in Sorgen, weil wir unseren Wohnort verlassen und unseren Niederlassungsplan verändern müßten, denn ich fürchte, wiedererkannt zu werden, wenn ich noch länger in diesem Teile des Landes bliebe; seitdem meine Mutter gestorben sei, wären mehrere Verwandte und Bekannte gerade in den Teil des Landes gezogen, in dem wir uns niederlassen wollten, ich müsse mich ihnen also entweder zu erkennen geben, was unter den gegenwärtigen Umständen gar nicht anzuraten sei, oder mich in einen anderen Teil des Landes begeben; und ich wisse nicht, wie ich das letztere anfangen solle ... und deshalb sei ich so niedergeschlagen.

Er gab mir Recht, daß es in keiner Weise angebracht sei, mich in den Verhältnissen, in denen wir uns befanden, irgend jemandem zu erkennen zu geben, und erklärte sich deshalb gerne bereit, sich in irgend einen anderen Teil des Landes, ja, wenn ich es für nötig halte, in ein anderes Land überhaupt zu begeben.

Nun stellte sich aber eine neue Schwierigkeit für mich heraus. Wenn wir in eine andere Kolonie übersiedelten, machte ich es mir eigentlich ganz unmöglich, Nachforschungen nach der Hinterlassenschaft meiner Mutter anzustellen, ohne daß mein neuer Gatte es erfuhr; anderseits konnte ich ihm aber doch das Geheimnis meiner früheren Verheiratung nicht offenbaren; die Geschichte mit meinem Bruder ließ sich nicht erzählen, auch war nicht abzusehen, welche Folgen ihre Kundmachung haben konnte. Es war auch ganz unmöglich, von dieser Sache mit anderen zu reden, ohne dem ganzen Land bekannt zu geben, wer ich war und was ich war.

Diese Verlegenheit dauerte eine große Weile und brachte meinen Gatten in rechte Unruhe, denn er glaubte, ich sei nicht offenherzig und lasse ihn nicht meinen ganzen Kummer wissen. Oft sagte er, er frage sich, was er mir getan, daß ich kein Vertrauen zu ihm hätte. Und man hätte ihm wirklich alles anvertrauen können, denn kein Mann hat je mehr Zutrauen von seiner Frau verdient, als dieser. Diese Angelegenheit aber ließ sich ihm einfach nicht mitteilen, und da ich nun auch sonst niemanden hatte, mit dem ich davon reden konnte, wurde die Bürde zu schwer für mich.

Mögen die Leute sagen, was sie immer sagen, daß unser Geschlecht kein Geheimnis bewahren kann – mein ganzes Leben ist ein Beweis für das Gegenteil. Aber ob es sich nun um einen Mann oder um eine Frau handelt, ein Geheimnis sollte immer einen Vertrauten haben, einen Busenfreund, dem wir die Freude oder den Kummer, den es birgt, mitteilen, sonst wird es mit doppelter Last den Geist bedrücken und vielleicht unerträglich werden. Die Äußerungen vieler Menschen, die ich im Leben gehört, schienen mir ein Beweis für die Wahrheit dieser Behauptung.

Und das ist wohl auch die Ursache, weshalb Männer sowohl wie Frauen, und zwar Menschen von den größten und besten Eigenschaften, sich in diesem Punkte schwach gezeigt haben und nicht fähig gewesen sind, eine geheime Freude oder einen geheimen Schmerz zu ertragen. Sie haben davon sprechen müssen, nur um sich selbst Luft zu machen und um ihr Gemüt zu entlasten. Und dies war weder Torheit noch Schwachheit, sondern nur eine natürliche Folge der Dinge; und solche Leute werden, wenn sie allzu lange gegen die Versuchung, zu reden, ankämpfen, sich gewiß im Schlaf offenbaren und das Geheimnis enthüllen; und zwar dann ohne Ansehung der Person, der sie es überliefern. Diese Naturnotwendigkeit ist eine Erscheinung, die zuweilen mit solcher Gewalt in den Geistern derjenigen Menschen arbeitet, die sich eines Verbrechens, eines geheimen Mordes zum Beispiel, schuldig gemacht haben, daß sie gezwungen waren, es zu entdecken, obgleich es ihren eigenen Untergang zur Folge hatte. Wenn nun auch der göttlichen Gerechtigkeit der Ruhm und die Ehre für solche Bekenntnisse gebührt, so ist es doch gewiß, daß die Vorsehung, die sich der Natur bedient, sich hier unnatürliche Ursachen dienstbar macht, um solch außerordentliche Wirkungen zu erzielen.

Ich könnte mehrere bemerkenswerte Beispiele hierfür aus meiner langen Bekanntschaft mit dem Verbrechen und den Verbrechern anführen. Ich will aber nur eines erwähnen. Ich kannte einen Burschen, der, während ich in Newgate gefangen war, so bestimmt alles im Schlafe erzählte, was er getan hatte, wie er es wachend nur immer hätte tun können; und nachdem er entlassen worden, mußte er sich jeden Abend einschließen, damit ihn niemand hörte. Wenn er jedoch einmal wieder all seine Abenteuer und Erfolge irgend einem Kameraden, irgend einem anderen Dieb, anvertraut hatte, so war alles wieder gut, und er schlief so ruhig wie jeder gewöhnliche Mensch.

Da ich meine Lebensgeschichte zu Ehren einer gerechten Moral, zur Belehrung, Vorsicht, Warnung und Besserung eines jeden Lesers niederschreibe, so wird man all diese Bemerkungen hoffentlich nicht als eine unnötige Abschweifung empfinden. Es wird ja immer Leute geben, die genötigt sind, eigene oder fremde Geheimnisse zu behüten. Ich jedenfalls litt schwer unter dem Druck des Geheimnisses, von dem ich eben gesprochen, und die einzige Erleichterung, die ich mir gestatten konnte, war die, meinem Gatten insoweit Mitteilung davon zu machen, daß er die Notwendigkeit einsah, unseren Wohnsitz in einem anderen Teile der neuen Welt aufzuschlagen. Die nächste Frage war nun: welchen Teil der englischen Niederlassung sollten wir wählen? Mein Gatte war ganz fremd im Lande und hatte keinerlei Kenntnis von seiner geographischen Lage, und ich wußte, ehe ich dieses schrieb, nicht einmal, was das Wort geographisch zu bedeuten habe, und kannte das Land nur aus meinen langen Unterhaltungen mit den Leuten, die aus den verschiedenen Teilen hergezogen waren. Doch wußte ich, daß Maryland, Pennsylvanien, Ost- und West-Jersey, New-York und New-England nördlich von Virginia lagen und deshalb ein kälteres Klima haben mußten, vor dem ich eine große Abneigung empfand. Ich liebte die Wärme von Natur aus und kam nun auch in die Jahre, in denen jeder die Kälte scheut. Ich dachte eher daran, nach

Carolina zu gehen, der südlichsten Kolonie der Engländer auf dem Kontinent.

Ich schlug also meinem Gatten vor, uns in Carolina anzusiedeln, und er ging bereitwilligst auf diesen Plan ein, denn seit ich ihm versichert hatte, man würde mich in unserem Teil des Landes bald erkennen, hielt er es, wie gesagt, selbst nicht für ratsam, noch länger da zu bleiben.

Nun war aber noch immer die große Schwierigkeit zu überwinden: ich konnte nicht daran denken, das Land zu verlassen, ohne mich genauer darnach erkundigt zu haben, was meine Mutter mir hinterlassen. Und völlig unerträglich war mir der Gedanke, wegzugehen, ohne mich meinem alten Gatten und Bruder, sowie vor Allem seinem Kinde, meinem Sohne, erkennen zu geben. Nur wollte ich das auf alle Fälle so tun, daß mein neuer Gatte nichts davon erfuhr, und daß auch die anderen von meiner Verheiratung mit ihm keine Kenntnis bekamen. Ich machte nun tausend Pläne, wie dies anzufangen sei. Gerne hätte ich meinen Gatten vorher nach Carolina geschickt und wäre später nachgekommen, doch ging dies nicht an, denn er rührte sich ohne mich nicht von der Stelle, da er sowohl mit dem Lande, als auch mit den Niederlassungsbedingungen vollständig unbekannt war. Dann dachte ich einmal daran, zu gleicher Zeit mit ihm zu gehen, dann aber wieder nach Virginia zurückzukommen. Doch sagte ich mir gleich darauf, daß er sich doch niemals von mir trennen und allein zurückbleiben würde. Er war als Gentleman erzogen und mit der Arbeit nicht nur unbekannt, sondern ihr geradezu feindlich gesinnt; er schlug sich lieber mit seiner Flinte in die Büsche und jagte, als daß er sich den Arbeiten, die auf einer Plantage nötig sind, überließ.

Es standen meinen Plänen also fast unüberwindliche Hindernisse entgegen, und ich wußte nicht, was ich anfangen sollte. Es drängte mich so, meinen früheren Gatten zu sagen, daß ich noch lebte, daß ich diesem Wunsche nicht mehr widerstehen konnte. Außerdem kam noch das Bedenken hinzu, wenn er mich nicht bei seinen Lebzeiten als seine ehemalige Gattin anerkenne, so möge es später sehr schwer sein, seinen Sohn zu überzeugen, daß ich die betreffende Person, seine Mutter, sei, und ich würde auf diese Weise nicht nur meine Verwandten, sondern auch die Hinterlassenschaft meiner Mutter verloren haben. Und hinwiederum – wie konnte ich jemals daran denken, sie wissen zu lassen, unter welchen Umständen ich hierhergekommen? und daß ich wieder verheiratet war und daß ich hier als verschickter Sträfling lebte? Diese beiden Umstände schlossen den Kreis meiner Betrachtungen und wiesen mich von neuem auf die Notwendigkeit hin, mich ihnen von einem anderen Orte und unter anderer Gestalt zu nähern. Ich bestand also meinem Gatten gegenüber immer wieder auf der Notwendigkeit, uns aus der Potomackgegend zu entfernen, wo wir sehr bald erkannt werden müßten. Wenn wir uns jedoch in eine andere Ansiedelung begäben, könnten wir, wie ich ihm bei jeder Gelegenheit versicherte, dort mit soviel Ehren bestehen, wie jede andere Familie, die mit Besiedelungsabsichten herüberkomme und da den Einwohnern ein Zuzug von Besitzenden stets angenehm sei, könnten wir eines liebenswürdigen Empfangs versichert sein. Und nie würde die Notwendigkeit an uns herantreten, unsere Verhältnisse offenbaren zu müssen.

Weiterhin hielt ich ihm immer wieder vor, ich hätte an unserem jetzigen Wohnort noch mehrere Bekannte, die nicht wissen dürften, aus welchen Gründen ich England verlassen. Auch hätte ich Grund, anzunehmen, daß meine Mutter, die hier gestorben sei, mir etwas, vielleicht sogar viel hinterlassen, und daß eine Erkundigung danach sich wohl der Mühe lohnte. Dies könne ich aber nur tun, wenn wir von hier wegzögen. Von jedem andern Ort aus könnte ich ja meinen Bruder und meinen Neffen besuchen, um mich nach meinem Erbteil zu erkundigen. Man würde mich nur mit Hochachtung aufnehmen, und ich sei sicher, daß mir Gerechtigkeit widerfahre. Wenn ich es jedoch jetzt schon täte, könnte ich nichts als Unannehmlichkeiten erwarten. Sollte man überhaupt von mir Beweise verlangen, daß ich wirklich die Tochter meiner Mutter sei, so käme ich in die größte Verlegenheit. Mit diesen Argumenten überzeugte ich endlich meinen Gatten, und wir beschlossen also, uns in einer anderen Kolonie niederzulassen, und wählten endgültig Carolina.

Zuerst erkundigten wir uns nach Schiffen und erfuhren, daß an der anderen Seite der Bucht in Maryland ein Schiff läge, das mit Reis und anderen Gütern beladen, von Carolina gekommen sei und wieder dorthin zurückwolle. Wir mieteten eine Schaluppe, packten unsere Güter hinein, sagten den Potomackgebieten Lebewohl und begaben uns mit unserer Ladung nach Maryland hinüber.

Die Reise war lang und unangenehm, und mein Gatte sagte, sie komme ihm schlimmer vor, als die Überfahrt von England. Das Wetter war schlecht, die See rauh und das Schiff klein und unbequem. Wir fuhren zunächst den Potomack hundert Meilen weit hinauf und kamen in einen Teil des Landes, der West-Morland genannt wird; und da der Fluß der größte in Virginia ist, und, wie ich habe sagen hören, der größte Fluß der Welt überhaupt, der in einen anderen und nicht gleich in das Meer mündet, waren wir bei dem schlechten Wetter häufig in großer Gefahr; denn obgleich dieses Wasser nur Fluß genannt wird, war es oft so breit, daß wir meilenweit nach den Seiten hin kein Land mehr erblicken konnten. Dann mußten wir die große Chesapeakbucht kreuzen, die dort, wo der Potomack mündet, dreißig Meilen breit ist, sodaß wir in unserer armseligen Schaluppe mit all unseren Schätzen weit über hundert Meilen weit reisen mußten. Ein kleiner Unfall hätte uns alle zu grunde richten können; wie fürchterlich wäre es allein schon für uns gewesen, all unsere Güter zu verlieren und nackt und bloß in dieser wilden fremden Gegend ohne Freund und Bekannten zurückzubleiben. Der bloße Gedanke daran erfüllt mich noch jetzt, da die Gefahr vorüber, mit wahrem Schauder. Wir kamen nach fünftägiger Fahrt an dem bezeichneten Orte an, ich glaube, er hieß Philip's Point, und erfuhren, daß das gesuchte Schiff schon vor drei Tagen abgefahren sei. Das war eine grosze Enttäuschung, doch liesz ich mich niemals leicht entmutigen und redete meinen Gatten zu, da wir nun einmal nicht nach Carolina gelangen könnten, und das Land, in dem wir uns befanden, sehr fruchtbar schien, wollten wir einmal zusehen, ob es nicht zweckmäszig wäre, gleich dort zu bleiben. Wir begaben uns sofort an die Küste, fanden den Ort selbst jedoch nicht zur Niederlassung geeignet, dort riet uns nur ein ehrlicher Quäker, den wir antrafen, ungefähr sechzig Meilen weiter östlich zu gehen, das heiszt auf die Mündung der Bucht zu. Dort wohne er auch und wir würden gewiß geeignetes Land zur Anpflanzung finden. Er lud uns mit soviel Freundlichkeit ein, daß wir sein Anerbieten annahmen und mit ihm zogen.

Nachdem wir angelangt, mieteten wir zwei farbige Dienstboten, sowie eine englische Arbeiterin, die eben mit dem Schiff von Liverpool gekommen war, und einen Neger. Denn alle Leute, die sich dort niederlassen wollten, hatten tüchtige Arbeitskräfte nötig. Der Quäker kam uns hilfreich entgegen, und als wir an dem Orte, den er uns im besonderen empfohlen hatte, ankamen, fanden wir ein Vorratshaus für unsere Waren und Wohnräume für uns und unsere Dienstboten. Und nach ungefähr zwei Monaten ließen wir uns von der Verwaltung ein großes Stück Land zuerteilen und gaben jeden Gedanken, nach Carolina zu gehen, vollständig auf. Man hatte uns hier ja so wohl empfangen und gewährte uns Gastfreundschaft, bis es uns gelungen war, ein eigenes großes Haus zu erbauen und das Land urbar zu machen. Der Quäker stand uns in allem bei, und nach Verlauf eines Jahres hatten wir fast fünfzig Morgen Land urbar gemacht, zum Teil eingefriedet und mit Tabak bepflanzt. Außerdem hatten wir Garten und genügend Korn, sowie Wurzeln, Gemüse, Obst und Brot für uns und unsere Dienstboten.

Und nun bat ich meinen Gatten, er möge mich noch einmal über die Bucht gehen lassen, um mich nach meinen Verwandten zu erkundigen. Er schien nicht abgeneigt zu sein, denn er hatte nun eine Aufgabe vor sich, und außerdem seine Flinte, und fühlte sich überhaupt sehr glücklich, und zuweilen sahen wir uns beide erfreut an und dachten darüber nach, wieviel besser wir nun daran seien, nicht allein, als in Newgate, sondern auch, als in den erfolgreichsten Tagen der verworfenen Gewerbe, die wir beide früher betrieben.

Einunddreißigstes Kapitel.

Doch war mit alledem, mit unserer großen Plantage und unserer inneren Zufriedenheit, unser Glück noch nicht erschöpft.

Ich ging nämlich, wie ich ja auch von Anfang an beabsichtigt hatte, noch einmal über die Bucht zurück und fuhr den Potamack hinauf, um meinen Bruder und früheren Gatten aufzusuchen. Diesmal verlief die Reise günstiger und ich kam in verhältnismäßig kurzer Zeit an meinem Bestimmungsorte an.

Ich war anfangs fest entschlossen gewesen, gleich zu meinem Bruder hineinzugehen und ihm zu sagen, wer ich sei. Da ich jedoch nicht wußte, in welchem Zustand ich ihn antreffen, und ob er außer sich geraten würde, wenn ich so unvermutet vor ihm erschiene, beschloß ich, ihm zuerst einen Brief zu schreiben, um ihn wissen zu lassen, wer ihn besuchen werde, und daß ich nicht käme, um ihm unserer alten Beziehungen wegen Unannehmlichkeiten zu machen: ich wolle mich nur als Schwester an den Bruder wenden, um seinen Beistand zu erbitten und ihn zu veranlassen, mir in allem, was die Hinterlassenschaft meiner Mutter anginge, mein Recht werden zu lassen. Ich sei überzeugt, er werde treulich mit mir verfahren, besonders wenn er sich sage, daß ich von so weit herüber gekommen sei, um diese Angelegenheit zu ordnen.

Ich sagte noch einige zärtliche Dinge über seinen Sohn, sagte, daß ich hoffe – da ich ja durch die Heirat ebenso wenig eine Schuld auf mich geladen wie er – er werde mir den leidenschaftlichsten Wunsch meines Herzens nicht versagen und mich das Kind sehen lassen, meinen einzigen Sohn; denn schwach wie jede Mutter, habe ich durch die Jahre hindurch eine heftige Zuneigung zu ihm bewahrt, ob ich mir gleich sagen müsse, daß er nie auch nur mit einem Gedanken sich meiner erinnert habe.

Ich glaubte, der Alte würde diesen Brief seinem Sohne zu lesen geben, da sein Augenlicht, wie ich schon erzählt habe, fast erloschen war; doch ging alles noch besser, denn er hatte seinem Sohne ein für alle Mal erlaubt, die Briefe für ihn in Empfang zu nehmen und zu öffnen; und zumal er, als mein Schreiben ankam, nicht zuhause war, geriet mein Brief in die Hände meines Sohnes; und dieser öffnete und las ihn. Und als er ihn gelesen, rief er den Boten, der den Brief gebracht hatte, herein und fragte, wo die Frau sei, die ihm denselben übergeben. Der Bote nannte den Ort, der etwa sieben Meilen entfernt war. Darauf befahl mein Sohn, ein Pferd zu satteln, nahm zwei Diener mit, und eilte mit dem Boten zu mir.

Nun können Sie sich meine Bestürzung vorstellen, als mein Bote, der voraufritt, bei mir ankam und mir mitteilte, der alte Herr sei nicht zuhause gewesen, sein Sohn sei jedoch schon auf dem Wege zu mir und werde in wenigen Minuten eintreffen. Ich geriet ganz außer mir, denn ich wußte nicht, ob dies Krieg oder Frieden, Haß oder Liebe bedeuten sollte, noch wie ich mich zu benehmen habe.

Doch blieben mir nur wenige Augenblicke zum Nachdenken, denn mein Sohn folgte dem Boten auf dem Fuße, und nachdem er gefragt, wo ich sei, und man ihn zu mir gewiesen, kam er sofort auf mich zu, umarmte mich, küßte mich und drückte mich fest an sein Herz; und ich fühlte, daß sich seine Brust hob und senkte – wie bei einem Kinde, das schluchzt und nicht weinen will.

Ich kann die Freude, die mich bis in die innerste Seele ergriff, nicht beschreiben, denn ich fühlte gleich, daß er nicht als ein Fremder kam, sondern als ein Sohn zur Mutter, und zwar als ein Sohn, der nie erfahren, was es heiße, eine Mutter zu haben. Bald weinten wir beide zusammen, und zum Schluß brach er in die Worte aus: »Meine liebe Mutter, du lebst also noch, ich hatte nicht mehr gehofft, dein Angesicht zu sehen!«

Ich aber konnte eine lange Zeit überhaupt kein Wort hervorbringen.

Nachdem wir beide uns ein wenig gefaßt hatten, er zählte er mir, wie die Dinge lägen. Er habe meinen Brief seinem Vater noch nicht gezeigt und auch noch nicht mit ihm darüber geredet. Was seine Großmutter mir hinterlassen, befinde sich in seinen Händen, und es sei selbstverständlich, daß mir volle Gerechtigkeit widerfahren solle. Sein Vater sei alt und gebrechlich, launenhaft, aufgeregt und fast blind, und es sei fraglich, ob er in dieser Angelegenheit richtig gehandelt haben würde, deshalb sei er auch selbst gekommen, sowohl um mich zu sehen, als auch um mich selbst urteilen zu lassen, ob es überhaupt angebracht sei, mich seinem Vater zu entdecken oder nicht.

Dies war sehr klug und weise gedacht und gehandelt, und ich sah bald ein, daß mein Sohn ein Mann von Verstand war und keinerlei Leitung von mir nötig hatte.

Ich sagte ihm, es setze mich nicht in Verwunderung, daß er den Vater launenhaft und eigensinnig genannt, denn der Kopf des alten Herrn sei schon angegriffen gewesen, ehe ich nach England zurückgekehrt. Diese geistige Störung sei wohl entstanden, weil ich mich geweigert habe, als Gattin bei ihm zu bleiben, nachdem ich gehört, er sei mein Bruder. Da er aber den jetzigen Zustand seines Vaters besser kenne als ich, würde ich die ganze Angelegenheit gern ihm überlassen. Es liege mir auch wenig daran, seinen Vater wiederzusehen; und er hätte mir nichts günstigeres sagen können, als daß die Hinterlassenschaft seiner Großmutter seinen Händen anvertraut worden, und ich zweifle nicht, daß er mir, wie er ja auch selbst betont, vollständige Gerechtigkeit widerfahren lassen würde. Ich fragte dann, wie lange meine Mutter noch gelebt habe, wo sie gestorben sei, und erzählte ihm selbst soviel Einzelheiten aus unserem Familienleben, daß er nicht zweifeln konnte, daß ich wirklich und wahrhaftig seine Mutter sei.

Mein Sohn erkundigte sich darauf, wo ich mich jetzt aufhalte, und unter welchen Umständen ich lebe.

Ich erzählte ihm, ich wohne in Maryland an der Bucht, auf der Plantage eines Bekannten, der in demselben Schiff mit mir von England gekommen. Auf dieser Seite der Bucht hätte ich keine Wohnung.

Er sagte darauf, ich solle mit ihm nachhause gehen, und wenn es mir gefiele, mein Leben lang bei ihm wohnen. Sein Vater erkenne niemanden mehr und würde nie auch nur auf die Vermutung kommen, wer ins Haus gekommen.

Ich dachte zum Schein ein wenig darüber nach und entgegnete dann: obwohl es mich nicht wenig bekümmere, so weit entfernt von ihm zu leben, könne ich doch nicht sagen, daß es mir angenehm wäre, mit ihm in einem Hause zu wohnen und die unglückselige Ursache des fürchterlichsten Mißverständnisses stets vor Augen zu haben. Wenn es mich auch freuen würde, in seiner Gesellschaft zu leben, so sei es doch ganz unmöglich für mich, in dem Hause zu bleiben, in dem ich mich jeden Augenblick verraten würde, sobald ich mich nur mit ihm unterhalte, was dann die unangenehmsten Folgen haben könne.

Er sah ein, daß ich recht hatte, und meinte nur: »Dann bleibe aber so nah wie möglich bei mir, liebe Mutter.«

Worauf ich einging und er mich zu Pferde auf eine Plantage geleitete, die dicht bei der seinigen lag, und wo ich so gut wie in seinem eigenen Hause aufgehoben war.

Er selbst begab sich zurück und sagte, er wolle am folgenden Tage das Geschäftliche regeln. Er nannte mich seine Tante und gab den Leuten, die seine Pächter zu sein schienen, den Auftrag, mich mit aller nur möglichen Obacht zu behandeln, und zwei Stunden später schickte er mir eine Magd und einen Negerknaben zu meiner Bedienung, mit einem fertig hergerichteten Nachtmahl.

Ich befand mich plötzlich wie in einer neuen Welt und wünschte beinah schon, ich hätte meinen Gatten aus Lancashire überhaupt nicht mitgebracht. Doch kam mir dieser Wunsch nicht ganz von Herzen, denn ich liebte ihn und hatte ihn immer geliebt; und er verdiente es auch. Aber das alles nur nebenbei gesagt!

Am nächsten Morgen, als ich kaum aufgestanden war, besuchte mich mein Sohn wieder. Nach einigen Worten zog er einen wildledernen Beutel heraus, der fünfundfünfzig Pistolen enthielt, und sagte, das sei eine Vergütung für meine Auslagen, denn obgleich es ihm nicht anstehe, nach meinen Verhältnissen zu fragen, glaube er doch, daß ich nicht allzu viel Geld mitgebracht habe. Dann brachte er das Testament meiner Großmutter hervor und zeigte mir, daß sie mir am Yorkriver eine Plantage mit Dienstboten und Vieh hinterlassen und sie meinem Sohne zur Verwaltung übergeben hatte, bis er etwas von mir oder meinen Erben höre. Im Falle ich keine Erben habe, dürfe ich nach meinem Gutdünken über diesen Besitz verfügen. Das Einkommen von dem Gute solle, bis ich mich melde, meinem Sohne zugute kommen, und falls man nichts mehr von mir höre, mein Erbteil auf ihn und seine Erben übergehen.

Diese Plantage, fuhr er fort, habe er nicht verpachtet, obgleich sie ziemlich weit von seinem Besitztum entfernt läge, sondern er lasse sie, wie eine andere, die seinem Vater gehöre, von einem Verwalter bewirtschaften und gehe jährlich selbst drei- oder viermal dahin, um nach dem Rechten zu sehen.

Ich fragte ihn, was die Plantage nach seiner Schätzung wert sei.

Er antwortete, wenn man sie verpachte, werde sie wohl jährlich sechzig Pfund eintragen; wenn ich sie jedoch selbst bewirtschafte, könne sie wohl hundertundfünfzig Pfund jährlich einbringen. Da ich aber nun einmal die Absicht hätte, mich an der anderen Seite der Bucht niederzulassen oder vielleicht sogar wieder nach England zurück wolle, biete er sich an, mein Verwalter zu sein, und er glaubte, er könne mir wohl jährlich soviel Tabak schicken, daß ich hundert Pfund, vielleicht sogar mehr, dafür zu lösen vermöge.

Dies waren unerwartete Neuigkeiten, an die ich nicht zu denken gewagt; und mein Herz blickte ernstlicher und dankbarer als je zur Vorsehung auf, die solche Wunder für mich getan – für mich, die ich vielleicht das größte Wunder von Verderbtheit gewesen, das jemals in dieser Welt gelebt. Und ich musz hier noch einmal bemerken, daß mir mein böses und verworfenes Leben nie so abscheulich vorgekommen, und daß ich nie mit gröszerem Entsetzen auf dasselbe zurückblickte und mir bitterere Vorwürfe machte, als wenn mir – wie an diesem Tage wieder einmal – zum Bewusztsein kam, daß die Vorsehung mich mit ihrer Güte überhäufte, während ich ihr dieselbe mit solchen niederträchtigen Handlungen dankte.

Doch überlasse ich es dem Leser, diese Gedanken besser und weiter auszuspinnen, und erzähle die Tatsachen weiter. Das zärtliche Betragen meines Sohnes und seine gütige Dienstwilligkeit rührten mich zu Tränen, und ich muszte, solange er sprach, das Weinen mit Mühe zurückhalten. Ich konnte nur hin und wieder, wenn ich meine Erregung ein wenig bemeisterte, einige Worte reden. Dann sagte ich ihm, wie glücklich es mich mache, daß man die Verwaltung meines Erbes den Händen meines eigenen Kindes anvertraut habe. Ich hätte auszer ihm kein Kind mehr in der Welt, und wenn ich mich auch noch einmal verheiraten sollte, so würde ich doch keine Kinder mehr haben. Ich bäte ihn deshalb, ein Schriftstück aufsetzen zu lassen, in dem ich meinen Besitz nach meinem Tode ihm und seinen Erben zum Eigentum vermachte.

Dann lächelte ich und fragte, weshalb er denn noch Junggeselle sei?

Er antwortete schnell, in Virginia gäbe es ja so wenig Frauen, und da ich davon spreche, wieder nach England zurückzukehren, möge ich ihm eine Frau aus London schicken.

Über diese Dinge unterhielten wir uns während dieser Unterredung, am ersten Tage, dem heitersten Tage, der je in meinem Leben über meinem Haupte dahinzog und der mir die größte Genugtuung gewährte.

Er besuchte mich nun jeden Tag, brachte manche Stunde bei mir zu und führte mich bei mehreren seiner Freunde ein, die mich alle mit größter Achtung und Liebenswürdigkeit aufnahmen. Ich speiste auch mehreremal in seinem eigenen Hause zu Mittag, und er trug dann jedesmal Sorge, daß sein halbtoter Vater nicht zugegen war und ich ihn nicht sah. Ich machte meinem Sohn auch ein Geschenk mit einer goldenen Uhr, das einzige, was ich an Wert bei mir hatte, und sagte, er möge sie hin und wieder küssen zu meinem Angedenken. Ich fand es jedoch nicht nötig, ihm zu erzählen, daß ich sie einmal einer Dame in England abgestohlen hatte. Doch auch das nur nebenbei gesagt!

Er zögerte eine Weile, ob er sie annehmen solle oder nicht. Ich drängte ihn jedoch, und er wies sie dann auch nicht zurück. Sie war nicht viel weniger wert, als sein lederner Beutel voll spanischem Golde. Ja, wenn man sie in London abgeschätzt hätte, wäre sie zweimal so viel wert gewesen. Zum Schluß nahm er sie also, wie gesagt, an, küßte sie und sagte mir, er wolle die Uhr stets als eine Schuld betrachten, an der er abtragen müsse, solange er lebe.

Nach ein paar Tagen brachte er auch das Schriftstück, das die Erbangelegenheit regeln sollte, mit. Ich unterzeichnete es und übergab es ihm mit herzlichen Küssen; denn niemals bestand zwischen einer Mutter und ihrem Kinde ein zärtlicheres Verhältnis. Am nächsten Tag brachte er ein von seiner Hand geschriebenes und gesiegeltes Schriftstück, in dem er sich verpflichtete, die Plantage für mich zu verwalten und mir die Einkünfte, wo ich auch immer sei, zukommen zu lassen. Dieselben sollten jedoch nicht unter einhundert Pfund jährlich betragen. Dann sagte er mir, da ich mein Eigentum verlangt hätte, ehe eingeerntet sei, gehöre der Ertrag des laufenden Jahres bereits mir, und bezahlte mir hundert Pfund spanischen Goldes aus.

Ich blieb fünf Wochen hier und hatte dann auch noch viele Mühe, mich loszureißen. Er wollte mich durchaus selbst über die Bucht bringen, dies gab ich aber nicht zu. Doch ließ er es sich nicht nehmen, mich in seiner eigenen Schaluppe, die wie eine Yacht gebaut war, hinüberfahren zu lassen. Nach den herzlichsten Ausdrücken der Zuneigung schieden wir dann, und ich kam in zwei Tagen sicher bei meinem Jemmy wieder an.

Ich brachte zum Gebrauch auf unserer Plantage drei Pferde mit Geschirr und Sattelzeug, einige Schweine, zwei Kühe und mancherlei andere nützliche Dinge mit herüber: Geschenke des treuesten und zärtlichsten Kindes, das eine Mutter jemals ihr eigen genannt. Ich erzählte meinem Gatten getreulich alle meine Reiseerlebnisse, nur nannte ich dabei meinen Sohn meinen Vetter, und behauptete, die Uhr verloren zu haben. Dann erzählte ich ihm, wie liebenswürdig dieser Vetter gegen mich gewesen sei, daß meine Mutter mir eine Plantage hinterlassen und er dieselbe, in der Hoffnung, noch einmal etwas von mir zu hören, für mich verwaltet hätte. Ich habe sie auch weiter seiner Bewirtschaftung überlassen. Er wolle mir ihren Ertrag pünktlich zukommen lassen. Damit zog ich die hundert Pfund heraus und zeigte sie ihm als den Ertrag des ersten Jahres.

Mein Gatte erwiederte darauf: »So wirkt also die Güte des Himmels für alle, die sich der Gnade nicht entziehen!« Dann hob er die Hände empor und rief in übermäßiger Freude aus: »Was tut doch der Herr für einen solch undankbaren Hund wie mich!«

Nun zeigte ich ihm, was ich sonst noch alles in der Schaluppe mit herübergebracht hatte: die Pferde, Schweine, Kühe und die anderen Vorräte, und seine Freude stieg und füllte sein Herz mit Dankbarkeit, und er war von der Zeit an so bußfertig, so reumütig und fromm, wie nur je ein büßender Wegelagerer oder Räuber geworden ist. Ich könnte eine längere Geschichte als diese mit dem Beweis für diese Behauptung füllen. Doch bezweifle ich, daß dieser Teil der Geschichte ebenso unterhaltend sein würde, als derjenige, in welchem ich unsere Bosheiten erzählt habe. Außerdem ist dies ja meine Geschichte und nicht die meines Gatten.

Ich kehre deshalb wieder zu mir zurück. Wir bewirtschafteten unsere eigene Plantage mit der Hilfe neugewonnener Freunde, und besonders des ehrlichen Quäkers, und wir hatten viel Erfolg. Da nun obendrein noch die hundert Pfund von der geerbten Plantage hinzukamen, konnten wir bald die Zahl unserer Dienstboten vermehren, bauten uns ein sehr gutes Haus und machten jährlich neue Landstrecken urbar. Im zweiten Jahr schrieb ich meiner alten Pflegerin, damit sie Teil an unserem Glück nehmen könne, und bat sie, für die zweihundertfünfzig Pfund, die ich ihr zurückgelassen, bestimmte Waren einzukaufen und uns zuzusenden. Sie erfüllte unsere Bitte mit ihrer gewöhnlichen Güte und Treue, und alles kam sicher bei uns an. Wir hatten nun einen Vorrat an guten Kleidern, und ich ließ es mir angelegen sein, besonders meinem Gatten alles das zu verschaffen, was ihm Freude machte, zum Beispiel zwei schöne lange Perücken, zwei lange Degen mit Silbergriffen, drei Jagdflinten, einen Sattel mit Polstern und Pistolen, einen scharlachenen Reitermantel, kurz alles, was ihm, wie ich wußte, Freude machte und ihn als das erscheinen ließ, was er auch wirklich war – als einen Edelmann. Dann hatte ich auch eine Menge Haushaltungs- und Leibwäsche kommen lassen. Ich selbst hatte nur sehr wenig an Kleidern nötig, da ich noch von früher her sehr wohl ausgestattet war. Dafür hatte ich Pferdegeschirre, Handwerkszeug, Kleider für die Dienstboten, Wollstoffe, Futterzeug, Strümpfe, Schuhe und Hüte kommen lassen. Und die ganze Ladung gelangte, wie ich schon bemerkt habe, sicher in unseren Besitz, samt drei Dienstmägden, lustigen Weibsbildern, die meine alte Pflegerin für mich gemietet hatte, und die sich sehr bald in den Ort und in die Arbeit, die ihrer wartete, fanden. Eine kam sogar zwiefach und brachte uns sieben Monate nach der Landung einen prächtigen kleinen Burschen zur Welt.

Mein Gatte war, wie Sie sich denken können, sehr überrascht beim Anblick der ganzen großen Ladung und sagte eines Tages, als er sie sich im einzelnen betrachtete: »Ich fürchte meine Liebe, Du bringst uns in Schulden. Wann sollen wir dies alles bezahlen?«

Ich aber lächelte und sagte ihm, es sei alles längst bezahlt, und erzählte ihm dann, ich hätte nicht mein ganzes Kapital mit herübergenommen, um in einem Notfalle noch immer eine Hülfe zu haben. Da wir uns aber jetzt eine Existenz geschaffen, hätte ich es in diesen Waren herüberkommen lassen.

Er war sehr erstaunt, stand eine Weile stumm da und zählte an seinen Fingern, und sagte, während er auf den Daumen wies: »Da sind zweihundertsechsundvierzig Pfund in Gold, zwei goldene Uhren und Diamantringe, hier,« sagte er und zeigte auf den Zeigefinger, »ist reichliches Silbergeschirr, und hier,« er zeigte auf den folgenden Finger, »liegt eine Plantage am York River, die hundert Pfund jährlich einbringt, weitere hundertfünfzig Pfund in Geld, dann die Ladung einer Schaluppe die in Pferden, Kühen, Schweinen und Vorräten bestand, und nun,« er zeigte wieder auf den Daumen, »noch eine Ladung, die in England zweihundertundfünfzig Pfund, hier aber das doppelte wert ist.«

»Weshalb zählst du dies auf?«, fragte ich.

»Weshalb?« antwortete er, »wer sagte mir damals, ich sei betrogen, als ich mich in Lancashire verheiratete, ich glaube, ich habe damals eine ganz gute Partie gemacht, was?«

Kurz, wir befanden uns in sehr guten Verhältnissen, und unser Besitz nahm jährlich noch zu. Unsere neue Plantage gedieh zusehends, und in den acht Jahren, die wir auf ihr lebten, brachten wir sie zu solch einer Höhe, daß sie uns dreihundert Pfund jährlich einbrachte, das heißt, soviel war ihr Ertrag in England wert.

Nach einem Jahre fuhr ich wieder einmal über die Bucht, um meinen Sohn zu sehen, und vor allem, um mir den zweiten Jahresbetrag meiner Plantage abzuholen. Mit Überraschung hörte ich, daß mein ehemaliger Gatte gestorben und vor ungefähr vierzehn Tagen begraben worden sei. Dies war mir, ich muß es gestehen, nicht unangenehm, denn nun durfte ich verheiratet erscheinen. Ich erzählte deshalb meinem Sohne auch, ehe ich ihn verließ, ich hätte vor, mich mit einem Herrn, der eine Plantage ganz in der Nähe der meinigen besitze, zu verheiraten, was ich jetzt nach dem Tode seines Vaters ja dürfe. Mein Sohn behandelte mich mit größter Liebe, zahlte mir die hundert Pfund aus und schickte mich abermals reich mit Geschenken beladen nach Hause.

Nach einiger Zeit ließ ich ihn wissen, ich sei glücklich verheiratet, und lud ihn ein, uns zu besuchen. Auch mein Gatte schrieb ihm einen liebenswürdigen Brief, und er kam denn auch richtig. – gerade einige Monate, nachdem wir die erwähnte Ladung aus England erhalten; und ich machte ihn glauben, sie gehöre meinem Gatten, und nicht mir.

Ich muß noch erwähnen, daß ich, nachdem der Alte tot war, meinem jetzigen Gatten die ganze Geschichte mit ihm aufrichtig erzählte, und ihm gestand, daß der junge Mann, den ich meinen Vetter genannt, in Wirklichkeit mein Sohn aus dieser unseligen Ehe sei.

Mein Gatte sagte darauf, das sei ihm alles ganz gleichgültig, und würde ihm auch gleichgültig gewesen sein, wenn er es vorher gewußt, bevor der alte Mann gestorben, »denn,« sagte er, »diese unnatürliche Heirat war ja weder deine Schuld, noch die seine, sondern nur ein Spiel des unabweisbaren Schicksales.«

So lebten wir denn, mein Jemmy und ich, in der größten Liebe und Zärtlichkeit miteinander weiter, ohne ein Mißtrauen zwischen uns zu haben.

Jetzt sind wir beide alt und grau geworden und haben eine längere Zeit, als die uns vorgeschriebene von acht Jahren, in Virginia zugebracht. Als wir dann wieder nach England und London zurückkehrten, war mein Jemmy achtundsechzig Jahre alt, und ich schon über siebzig.

Hier in London befinden wir uns, trotz all der schlimmen Zeiten, die wir jeder durchgemacht, bei guter Laune und in guter Gesundheit. Wir sind vermögende Leute und haben die gewisse Hoffnung, daß wir unsere Tage in aller Ruhe und Behaglichkeit, dabei ebenso reumütig und fromm, wie wir früher sündhaft und gottlos waren, beschließen werden.

Bd. 90 *Gefährliche Liebschaften*, Pierre-Ambroise-François Choderlos de Laclos, Bd. 91 *Gegen den Strich*, Joris-Karl Huysmany, Bd. 92 *Geschichte des Fräuleins von Sternheim*, Sophie v. La Roche, Bd. 93 *Geschichte vom braven Kasperl und dem Annerl*, Clemens Brentano, Bd. 94 *Geschichten aus dem Wienerwald*, Ödön v. Horváth, Bd. 95 *Glanz und Elend der Kurtisanen*, Honore de Balzac, Bd. 96 *Glück und Unglück der berühmten Moll Flanders*, Daniel Defoe, Bd. 97 *Götz von Berlichingen*, Johann Wolfgang v. Goethe, Bd. *98 Gullivers Reisen*, Jonathan Swift, Bd. *99 Heidis Lehr und Wanderjahre*, Johann Spyri, Bd. 100 *Heinrich von Ofterdingen*, Novalis, Bd. 101 *Hiob Roman eines einfachen Mannes*, Joseph Roth, Bd. *102 Immensee*, Theodor Storm, Bd. 103 *Iphigenie auf Tauris*, Johann Wolfgang v. Goethe, Bd. 104 *Italienische Märchen*, Clemens Brentano, Bd. 105 *Ivannhoe*, Walter Scott, Bd. 106 Jahrmarkt der Eitelkeiten, William Makepaece Thackeray, Bd. 107 *Jane Eyre*, Charlotte Brontë, Bd. 108 *Jugend ohne Gott*, Ödön v. Horvath, Bd. 109 *Jürg Jenatsch*, Conrad Ferdinand Meyer, Bd. 110 *Kabale und Liebe*, Friedrich v. Schiller, Bd. 111 *Kasimir und Karoline*, Ödön v. Horvath, Bd. 112 *Kinder- und Hausmärchen*, Gebrüder Grimm, Bd. 113 *Kleiner Mann, was nun*, Hans Fallada, Bd. 114 *König Alkohol*, Jack London, Bd. 115 *Krambambuli*, Marie Ebner-Eschenbach, Bd. 116 *Lausbubengeschichten*, Ludwig Thoma, Bd. 117 *Lavinia - Pauline - Kora*, George Sand, Bd. 118 *Leben und Lüge*, Detlev von Liliencron, Bd. 119 *Lebensansichten des Katers Murr*, ETA Hoffmann, Bd. 120 *Lenz. Der hessische Landbote*, Georg Büchner, Bd. 121 *Lieutenant Gustl*, Arthur Schnitzler, Bd. 122 *Lord Jim*, Joseph Conrad, Bd. 123 *Luise*, Johann Heinrich Voß, Bd. 124 *Madame Bovary*, Gustave Flaubert, Bd. 125 *Märchen*, Wilhelm Hauff, Bd. 126 *Maria Stuart*, Friedrich v. Schiller, Bd. 127 *Max Havelaar*, Multatuli, Bd. 128 *Meister Floh*, ETA Hoffmann, Bd. 129 *Michael Kohlhaas*, Heinrich v. Kleist, Bd. 130 *Minna von Barnhelm*, Gotthold Ephraim Lessing, Bd. 131 *Moby Dick*, Hermann Melville, Bd. 132 *Nathan, der Weise*, Gotthold Ephraim Lessing, Bd. 133-1 und 133-2 *Nils Holgersson wunderbare Reise*, Selma Lagerlöf, Bd. 134 *Niels Lyne*, Jens Peter Jacobsen, Bd. 135 *Nußknacker und Mausekönig*, ETA Hoffmann, Bd. 136 *Oliver Twist*, Charles Dickens, Bd. 137 *Onkel Toms Hütte*, Herriett Beecher Stowe, Bd. 138 *Peter Schlemihls wundersame Geschichte*, Adalbert v. Chamisso, Bd. 139 *Peterchens Mondfahrt*, Gerdt v. Bassewitz, Bd. 140 *Pinocchio*, Carlo Collodi, Bd. 141 *Reinecke Fuchs*, Johann Wolfgang v. Goethe, Bd. 142 *Rheinmärchen*, Clemens Brentano, Bd. 143 *Rinaldo Rinaldini*, Christian August Vulpius, Bd. 144 *Robinson Crusoe*; Daniel Defoe, Bd. 145 *Romeo und Julia*, William Shakespeare Bd. 146 *Schach von Wuthenow*, Theodor Fontane, Bd. 147 *Schachnovelle*, Stefan Zweig, Bd. 148 *Schatzkästlein des rheinischen Hausfreundes*, Johann Peter Hebel, Bd. 149 *Schelmuffskys Reisebeschreibung*, Christian Reuter, Bd. 150 *Schloss Gripsholm*, Kurt Tucholsky, Bd. 151 *Siebenkäs*, Jean Paul, Bd. 152 *Sternstunden der Menschheit*, Stefan Zweig, Bd. 153 Tao te king, Laotse, Bd. 154 *Till Eulenspiegel*, Hermann Bote, Bd. 155 *Tolldreiste Geschichten*, Honorè de Balzac, Bd. 156 *Tom Jones, Geschichte eines Findelkindes*, Henry Fielding, Bd. 157 *Tom Sawyers Abenteuer und Streiche*, Mark Twain, Bd. 158 *Troquato Tasso*, Johann Wolfgang v. Goethe, Bd. 159 *Traumnovelle*, Arthur Schnitzler, Bd. 160 *Trost der Philosophie*, Boethius, Bd. 161 *Über den Umgang mit Menschen*, Adolph Freiherr v. Knigge, Bd. 162 *Uli der Knecht*, Jeremias Gotthelf, Bd. 163 *Uli der Pächter*, Jeremias Gotthelf, Bd. 164 *Ungeduld des Herzens*, Stefan Zweig, Bd. 165 *Ut oler Welt*, Wilhelm Busch, Bd. 166 *Vater Goriot*, Honorè de Balzac, Bd. *167 Väter und Söhne*, Ivan Sergejeviç Turgenev, Bd. 168 *Verlorene Illusionen*, Honorè de Balzac, Bd. 169 *Von der Freiheit eines Christenmenschen*, Martin Luther – Bd. 170 *Von der Ursache, dem Prinzip und dem Einen*, Bruno Giordano, Bd. 171 *Vor Sonnenuntergang*, Gerhard Hauptmann, Bd. 172 *Walden oder Leben in den Wäldern*, Henry D. Thoreau, Bd. 173 *Wilhelm Meisters Lehrjahre*, Johann Wolfgang v. Goethe, Bd. 174 *Wilhelm Meisters Wanderjahre*, Johann Wolfgang v. Goethe, Bd. 175 *Wilhelm Tell*, Friedrich v. Schiller

Von demselben Autor/Herausgeber sind bei BOD bereits erschienen:

Alle Tage Feiertage
ISBN 978-3-7386-0409-2, 280 S.
Allerlei Anlässe zum Aktionieren, Feiern und Gedenken

100 Kinderlieder
ISBN 978-3-7322-3024-2, 112 S.
100 Kinderlieder, altbekannt und immer wieder gern gesungen

Liederbuch (Deutsche Volkslieder)
ISBN 978-3-8423-6702-9, 312 S.
300 Volkslieder aus 8 Jahrhunderten und aller Herren Länder

Sagen und Erzählungen aus Marburg und Oberhessen
ISBN 978-3-7347-8909-0 , 164 S.
Allerlei Schwänke und Geschichten aus dem Marburger Land

Tausenderlei über die Freiheit
ISBN 978-3-7322-9721-4, 140 S.
Mehr als 1000 Zitate, Bonmots und Aphorismen über die Freiheit

Tausenderlei über das Glück
ISBN 978-3-7322-5525-2, 160 S.
Mehr als 1000 Zitate, Bonmots und Aphorismen über das Glück

Tausenderlei über die Liebe
ISBN 978-3-8423-7474-4, 140 S.
Mehr als 1000 Zitate, Bonmots und Aphorismen zum Thema Nr. Eins

Weihnachtsgedichte– Verse, Reime und Gedichte zum Fest
ISBN 978-3-7347-6393-9, 352 S.
290 Werke bekannter und unbekannter Dichter zum Weihnachtsfest

Weihnachtsgeschichten - Erzählungen und Märchen
ISBN 978-3-7347-6404-2, 392 S.
85 kurze und lange Texte zur Weihnachtszeit

Weihnachtsgeschichten 2
ISBN 978-3-7481-7533-9, 360 S.
35 kürzere und längere Geschichten zur Weihnacht

100 Weihnachtslieder
ISBN 978-3-7322-3375-5, 112 S.
100 Weihnachtslieder aus der Heimat und der ganzen Welt

Lob und Tadel an tessitore@web.de